フリードリヒ・グラウザー

種村季弘＝訳

Der alte Zauberer

Friedrich Glauser

老魔法使い

——種村季弘遺稿翻訳集

国書刊行会

老魔法使い——種村季弘遺稿翻訳集＊目次

シュトゥーダー初期の諸事件

Wachtmeister Studers erste Fälle

老魔法使い

鉄道駅からせまい通りになってヴァルクリンゲン方面に行くバイパスまでの道路はまだアスファルト舗装されたばかり、というよりようやく舗装工事がはじまったばかりだった。それで雨はどしゃ降り、しかもとてつもなくひどい秋風がぴゅうぴゅう吹きまくっていた。それでいてシュトゥーダー警部はさほどののしり声を出さなかった。悪天候のほかに警部が気に食わなかったのは、妻が朝食に出した例の「トースト」だった。朝食のトーストなら、とシュトゥーダー警部は思った、エンメンタールの農夫だった彼の父も、祖父も、毎朝食べていた。どうしておれだけ例外でなければならないのか？　しかし年を取ると消化機能が若い頃のようにはいかなくなり、トーストは胸焼けがする。シュトゥーダーはそれを妻が倹約のためにつかった粗悪なラードのせいにした。ラードなんて、なんかこう今風の手抜きみたいなもんだ。彼は厚ぼったい靴底でどたどた水たまりを蹴散らし、ゴムのマントをぴったり身体に巻きつけた。こんな天気じゃ煙草も喫《す》えやしない。

ほら、バイパスだ。それはちょうど肥料車《こえたご》が通れるくらいの幅があり、右手はがくんと川の河床の側に落ち込み、左側はずっと雨に濡れた森がのぼり斜面になっていた。警部はどしゃ降りで身体が冷えるときに、いかにも人間が考えそうなことを考えた。ヤスの大会だの、公務室だの、植字工の徒弟修業を終えた息子だののことだ。シュトゥーダーはそろそろ青っぽく変色しかけているはれぼったい赤ら顔をして、茶色の、いかにも人を信頼させそうな口髭をたくわえていた。煙草の脂《やに》で茶色くなった門歯の間から、彼は一直線に飛んでゆく唾《つばき》を八歳の男の子みたいに器用にプッとはいた。雨も風も、こんな器用さが相手では歯が立たなかった。シュトゥーダーは得意満面だった。これとは逆に雨が袖づたいに内懐にまで流れ込んでくるのにはどんな渋面をしたらいいのかわからないほどつくづくいまいましかった。こんな天気のときに自分の意志をつらぬき通すのは、どうして容易なことではなかった。特に顔つきをどうするかという問題になるとだ。雨はどうかすると濡れた指先を眼のなかまで突っ込んでくるからで、帽子の幅のひろい鍔もこの悪意たっぷりの攻撃に対してはまるきりお手上げだった。

道の勾配がきつくなった。シュトゥーダーはちょっと悪態をついて頭《かぶり》をふったので、雨滴が帽子の縁をかすめるようにして飛んだ。まあそうはいっても、と彼は思った、こんなところをずぶぬれでうろついてるのも州警察署長のせいというわけじゃない。上のほうではふつう匿名の手紙なんか無視するんだろうな。でも、これはどうも毛色が変わってる事件みたいだ。大体がなんだかばかげた話だった。どこから手をつけていいのか皆目見当がつかない。警察当局をからかおうとする魂胆なのかもしれず、それだと二重に慎重を期さなければならない。そうでないとすると何かしら大事件、どうやらセンセーショナルな訴訟事件が背後に隠れていそうだ。だとすると外国の新聞記者がわんさと押しかけてきて、こっちはちょいとばかり国際的名声にありつけるぞ。こいつはバカにならないな。いやはや、そりゃあ国際的名声なんぞお呼びじゃないさ。そうでなくても専門分野ではとっくに顔が売れている。特にウィーンでな、それにパリでも。一度か二度、かなりやっかいなスイスの国際的事件（半ばスパイ事件、半ば泥棒事件）がねずみ取りに引っかかったことがあった。あれだけでもうたくさんじゃないか。殊に年金生活にもうすぐ手がとどきそうなのだから——あと五年、なんとかあと五年持ち堪えられれば。それにしても、たとえば「ジュルナル」紙でお追従たらたらの形容詞つきで自分の名前が読めるなんて、こいつ、そうバカにしたもんじゃない。たとえばこうだ、「警察畑にその人ありと知られた、卓越せる鬼才、保安警察の名警部シュトゥーダーは……」それにシュトゥーダーの近影が添えてある。そう、フランス人はでくの坊じゃない。スイスの新聞はほめ言葉をケチりすぎるもの。このとき道路の右側に干草の山が目についた。ちょっと雨宿りできるぞ、とシュトゥーダーは思い、そう思いながら胸ポケットに重みを感じた。こいつはいい、妻がコニャックを入れておいてくれたばっかりだった。

それがもう彼の体温で温燗《ぬるかん》になる頃合いだ。だって周囲一帯何もかも押し流すような大洪水のなかで一口ぐっと気付けを飲《や》るなんて、ちょいとオツなもんですぜ。シュトゥーダーは干草の山のなかにもぐった。干草は乾いていた。干草を一束手に取って、それで濡れた靴をぬぐい、清潔なハンカチで両手をきれいに拭き、署長をえらく興奮させた例の手紙をポケットから取り出した。手紙にはこう書かれていた。

「ヴァルクリンゲンの農夫ベルトルト・ロイエンベルガーが四度目の女房を埋葬しました。彼は六十歳で、三人の先妻は過去三年以内に死んでいます。どれも若かった。彼の言うには、うちの農園の水がよくないのだそうです。そうは思わない人がすくなくありません。法はいつになったら介入してくれるのですか？　うちの農園の水がよくないのなら、どうして彼は、のみならず家畜や下男や一族郎党どもは一度も病気に罹らなかったのでしょう？　いまやくだんの農夫は、吼えたけるライオンさながらあたりを徘徊して餌食を探しまわっています。だが人間の法が彼を忘れているのなら、神の裁きが下るでしょう。」

文字は筆跡を変えており、紙は粗悪、細長い長方形がこまかい網のようにその上に張ってあった。手紙の結句からすると書いた当人は「信心家《おがみや》」にちがいなく、聖書読みに相違ない。三年間に三人の妻とは尋常でない。しかし死亡証明書はきちんとしたものだったに相違ない。シュトゥーダーは署長といっしょに電話帳を調べ、良心的なので知られたある医者の名前をみつけ出した。以前は病院勤務で、警察は事故の度にいろいろと彼をわずらわすことがあったが、この医者は非の打ちどころがなかった。だが田舎の診察が実際にどう行われるかは察しがつく。遠出の往診をしなければならないとなるとあまり時間がない……それに狂人というのは、知られるようにいたってにこやかだ。

シュトゥーダーはなおも足をふみしめて歩いた。ほんのすこしながら悪天候が晴れてきた。ということは、どしゃ降りがやみ、かわりに厚ぼったい真っ白な霧が陸地に舞い降りてきたのだ。霧はおそろしく厚ぼったかったので、シュトゥーダーにはヴァルクリンゲンの村落を構成している家々がまるきり目に入らなかった。ふくらはぎの中程までとどく半ズボンを穿いて足は木靴といういでたちの少年が目の前を通り過ぎた。「旅籠《はたご》はどこかね？」シュトゥーダーはたずねた。少年はひとまずギョロリと目をむき、次に汚れた男児の手でまっすぐ前方を指し、左側を示すと、それから指を五本開いて上にあげてみせた。「口がきけないのかい？」少年はうなずいた——つまりは左へ曲がって五軒目ということだな、とシュトゥーダーは考え、なおも歩き続けた。

いくつかの小店舗が軒を連ねているのに隣り合ったその旅籠のロビーは、小さくて天井が低く、まもなく正午《ひる》近いというのに暗かった。シュトゥーダーは水滴のしたたるマントを脱ぎ、腹の上のチョッキのボタンをゆるめ、さらに袖口が濡れてぐっしょりになった上着を脱いで椅子に腰かけた。それからポケットから懐中時計（勤続二十周年記念贈呈品を後生大事にしてきた、平たい金時計だ）を取り出した。時計は十時を指していた。まだ午前中だ。時間はたっぷりある。ロビーはいつまでたってもがらんとしていた。人っ子ひとりいない。部屋のなかは気が抜けたビールと冷たいパイプ煙草の、あのいくらか吐き気を催させるにおい（アルコール気の抜けた胃にはなおのこと耐え難い）がたちこめていた。ようやくあくびをかみ殺したウェイトレスが現れ、仏頂面で上履きの踵の汚れを床の上でこそぎ取った。シュトゥーダーは三年物の赤ワインとハム一人前を注文した。肉は上等だった。彼はマスタードをたっぷり塗りつけた。ワインも悪くなかった。部屋のなかはほこほこと暖房がきき、二重窓のおかげで外からの湿気が押し入ってこなかった。シュトゥーダーはホロ酔い気分になり、目は乾いた明るい輝きを帯びた。彼はどうしたらウェイトレスにうまく近づけるか頭をしぼった。ウェイトレスは以前は都会で給仕の仕事をしていたのにちがいない。チリチリにパーマネントをかけていたし、人絹の、いささか性《しょう》がなくなりかけている服がその証《あか》しだった。シュトゥーダーは村のウェイトレスをジュネーヴ人のいうところの「飲食《のみくい》」に招待するのは心理学的に間違いだと感じたが、ここはやってみるだけのことはあった。ウェイトレスはキッチンのほうから暖房を焚きつける石造の大きな暖炉のそばで糊づけしたエプロンにアイロンをかけていた。シュトゥーダーはテーブルを叩いた。彼はささやかな退屈しのぎをほしがっている実直な年配の行商なのだ。ここでは退屈しのぎにいささかの自制が必要ではあったが。ウェイトレスがぶつぶつ言いながら近づいてくると猫なで声でたずねた。きみも何か飲んだらどうかね、戸外《そと》はおそろしく冷えるからね。ウェイトレスはヴェルモットをねだり、壁に取りつけた棚から埃まみれの壜を取ってきて、「ごめんなさいね」と言い、痩せぎすの身体をいい加減べったり警部に押しつけた。すると話の糸口がほどけた。じつは時間があまっちまってね（かならず時間の余裕《ゆとり》はみておかないとね）。肥料の行商をしてるんだ。特にトーマス鋼滓がいまは高値で売れるんだよ、極上の黄燐肥料だ。でもその前に、まずは少々ご当地の人の様子を知りたくてね。車は鉄道駅に置いてきた。だって道路があんまり悪いもんでね。シュトゥーダーはしゃべりまくり、ウェイトレスは退屈してあくびをかみ殺した。ウェイトレスがあくびをするのはもっともだ。大いにごもっともだった。それから後は彼の話を真に受けた。そこでシュトゥーダーは、この地方の農園主のだれがいちばん大きな農園所有者で、買い手として気前がいいかを話題にして質問をはじめた。もっとも、こちらとしてはお金がある人を知りたいだけでね。小耳に挟んだところでは、大農園主のベルトルト・ロイエンベルガーってご仁の評判がとみに高いけれども、でも大農園というのは概して借金漬けと相場が決まっているものでね。そういう家の扉は叩いたほうがいいものかどうかねえ。そんな家《とこ》のお嬢さんが着てる服《モノ》はなんてきれいだか。一目見て、ここら出身の女性《ひと》じゃないってわかるよね。マナーがいいもの、グラスの持ち方ひとつでさえね。そういった話を、特にお追従を、ひそひそ声のだらだら眠り込ませるような話し方で話した。というのもシュトゥーダーはとうに気がついていた。ロイエンベルガーの名前を口にしたとき、ウェイトレスの痩せぎすの身体にかすかな愕《おど》ろきの衝撃がピクリと走ったのだ。思わずハムを切りそこねた。そうか、するとこのロイエンベルガーってご仁はやっぱりイの一番の訪問先にお薦めなのかな？　やっこさん、この旅籠によく飲みにくるのかい？　隣席にいるウェイトレスの蒼白い眼に奇妙な光がまたたいた。ロイエンベルガーさんなら昨日うちのお店でお葬式の会食をしたばかりだわ。

「お葬式の会食だって？」警部はたずねた。どなたが亡くなったんだい？「奥さんよ」

するど、本日参上するのはどうも好ましくなさそうだな。ウェイトレスはプッと噴き出してグラスを開け、もう一杯飲んでいいかしら、となれなれしげに訊いた。警部はうなずいた。このウワバミ女を生酔いにさせちまえば、こっちのものだ。

詮索が続いた。じゃあロイエンベルガーはこの店でお葬式の会食をしたんだね。一体彼は何歳《いくつ》なんだ、これからまた結婚するつもりでいるのかしら？　ウェイトレスは知らんぷりを気取ってみせた。あら、あの人のことだもの、こわいもの知らずの気丈な女《ひと》をまたすぐにみつけるでしょうよ。これでわかった。ロイエンベルガーは女房の生きているときからもう夜は居酒屋でよろしくやっており、彼の家で幸福になれる女がだれかまだいそうだったのだ。何という人間だろう、とシュトゥーダーは思った、この農夫は。自分で土の下に埋めた四人の女ではもの足りない。それどころか最後の女房がまだ生きているというのにスペアを用意し、もうお次の女房の心配をしている。怖くないのか、ロイエンベルガーの女房たちの星まわりは良くないじゃないの。質問があわや喉元まで出かかったが、まだ時期尚早とコメントは差し控え、両切り葉巻の外巻き葉を注意深く調べあげると（この煙草の火口のほうの端を間違えるのが嫌いだったのだ）押し黙った。いまこの場にふさわしいのは沈黙しかなかったからだ。話の流れは樽の栓を抜いたように、おのずとどくどく流れ出した。ヴェルモットが効いてきたのだ。どうか止まりませんように。彼は自分がキャリアをはじめようとしたときに、ある年取った予審判事が忠告をしてくれたのを思い出した。相手が猛然としゃべりだしたら、気がつかないふりをしていろ。しかし忠告はもう必要なかった。わかってるさ。証人審問のときの待ちに待って落とす自白の際、沈黙がいかに強力な強制手段であることか。中世の拷問方法だって、これにくらべればほんの子供だましのこけおどしみたいなものだ。

話はたんまり聞かせてもらった。警部は、ロイエンベルガーなる人物についてかなり成功したイメージを作るのに充分なだけの話を聞かせてもらった。齢にしては茶がかった黒い髪の毛の、大柄の、痩せた男、とウェイトレスはロイエンベルガーの風貌をうまく描写した。髭はきれいに剃っている。最初の女房とは三十年間連れ添った。夫婦に子供はいない。そのうちこの女房が肺炎で死んだ。十年前のことだ。彼女は信心深かったが、農夫のほうは教会《おがみや》はもとより信心家の集会でも一度も見かけたことがなかった。妻の死後は独身《ひとりみ》になり、女中一人と下男三人といっしょに農園を経営した。さなきだに彼には良からぬ評判があった。悪魔と契約しているという評判だ。ウェイトレスは笑い、金の充填物《つめもの》をした歯をニィッと剝いた（安物だな、とシュトゥーダーは思った、そこらの歯科診療所の量産品だ）。あたしはそんなこと信じないわよ、でもロイエンベルガーが大もてなのは事実だわ。ずいぶん遠くからくる人たちがいるのよ。家畜が病気に罹ったり、医者が匙を投げた人間が出たりすると、どうしたらいいか相談にくるの。だからってロイエンベルガーはお医者さんとべつに仲が悪いってわけじゃないのよ、とウェイトレスは言った。奥さんたちが病気になればかならずお医者さんのプフィスター博士を呼んだし、あの博士《せんせい》はその度に一度か二度往診にきたものだわ。ロイエンベルガーが呼ぶのだけれど、お医者さんには病気の原因がよくわからないのよ。三人とも腸カタル。一度なんかはティフスの疑いもあると思ったらしいわ。二度目の奥さんのときね。でもそのときはもう彼女は死んでしまっていたから検査がちゃんとできなかった。そうね、ロイエンベルガーはひどく憎まれてるわ。特に信心家《おがみや》たちにはね。あの人が悪魔と契約してるなんて噂も連中が流すのよ。悪魔なんてものが本当にいるみたいにさ！　ウェイトレスはまたしてもプッと噴き出すような笑い声をあげた。あたしは啓《ひら》けた人間だからね、と彼女は言った。この飲み屋にくる前は都会《まち》でいいとこに勤めてたのよ。でもいまじゃこんなド田舎の、「泥臭い百姓ども」のとこでくすぶってなきゃならない。だけどロイエンベルガーはここらじゃ最高だわ。いつもマナーだっていいし、あたしのことをきまって「ローザさん」て言ってくれるし。いつかなんか言うじゃない、今度またやもめになったら、どうだ、わしの女房にならんかだって。悪くないんじゃない？　だって、他の人たちが言うことは全部が全部真に受けられないし、あたし、ちっとも怖くなんかないもの。ロイエンベルガーの奥さんになれば大船に乗ったようなものだし、うまくやってけるわ。ロイエンベルガーは約束してくれた。いつでも好きなときにベルンに行っていいとも。前々からそのために車を一台買おうと思ってたところなんだって。そうしたらあたしも昔の女仲間を訪ねて皆の鼻をあかしてやれるし、ねえ、悪魔とだって、悪魔のお祖母《ばあ》さんとだって張り合いたいわよ。だけどいまはキッチンの手伝いをしなけりゃならないし、大体からして女将《おかみ》さんがまだきてないってのがへんなんだわ。呼んでくる。昼食の支度をしなきゃいけないし、お客さんも店《うち》で食べるんでしょ？　うん、とシュトゥーダーは言った。十二時半頃になったらまた食事をしに戻ってくるつもりだ。その前にひとまずそこらの家を一回りしてきたいんでね、肥料の件でね。

マントは乾いていた。外では労咳病みの太陽がミルクみたいな霧をなんとか飲みほそうと四苦八苦していた。霧はうんざりするほどありすぎた。飲みほすのはあきらめた。緊張のあまり太陽はいくぶん赤くなっていた。シュトゥーダー警部は村の道路の左右にちらほらしているわずかな戸数の家々の間を通りぬけ、こちらで一軒、あちらで一軒と内部《なか》に入り、実直な顔つきでトーマス鋼滓を絶賛した。たまたま女房ひとりで留守番していて、ご亭主が材木の伐り出しに森に出かけていたりすると、キッチンに上げてもらえた。女房たちをお望みの話題にもってゆくのは造作なかった。しかしこの日の朝交わした会話の一切からシュトゥーダーが取り出すことができたのは、二つのまるであやふやな感情だけだった。女房たち皆がロイエンベルガーに対して抱いている恐怖、それにロイエンベルガーは三人の妻を殺したという確信。この点は匿名の手紙もはっきりそう認めている。だからといって一人の人間を噂だけで、確信だけで逮捕するというわけには行かなかった。シュトゥーダーの気持ちはぐらついてきた。女どもの陰口さ、と彼は考え、ちょうどいま二本の輝くばかりに赤いきれいな樹を解放してやった目の前の霧のように、すてきにセンセーショナルな訴訟事件が雲散霧消するのをまざまざと目に浮かべた。くだんの二本の樹は太陽に照らされて液状の金属のような輝きを放った。と、奇妙な観念連合によってシュトゥーダーは幼い子供の頃に想像していた地獄のことを考えないわけにはいかなかった。

　午前中まるごと女どもが悪魔がどうのとしゃべり散らしたので、もううんざりだった。小さな子供の頃からロイエンベルガーは一風変わっていて、ほかの人間より目が利いたということだ。とんでもなく齢を取った一人の婆さんがこんなことをおぼえていた。ベルテル［Berthel＝あの子］はあの時十一歳だったけど、一万騎士の日に息を切らして家に帰ってきて閾際でばったり倒れ、それから夜になると熱を出したんだよ。熱に浮かされてあの子はひっきりなしに、黒い馬にまたがって絞首台の丘を走って行く黒い男の話をしてたっけ。馬に乗っているその騎士は首がなくて、それでいて少年にたえず手をふって合図をしていたそうな。その日からロイエンベルガーは人が変わってしまってな。父親が持っていたたくさんの分厚い本をいつも読んでいただよ。あの子の父親というのもえらいかしこい人で、家畜に憑いた憑きものを祓う術を知っとったし、お祖父さんのロイエンベルガーもそうじゃった。あのロイエンベルガーという家は何代も前にここに流れ込んできたんじゃが、どこからきたのかだれも知らんでな。きっと再洗礼派だったんじゃろうて、と婆さんは言った。

死体解剖の記録もなければ、まともな告発状一通もないのだ、このド阿呆めが、とシュトゥーダーはわれとわが身を叱咤した。この高地までわざわざ上がってくる前にせめて死んだ女房どもを診察した医者に問い合わせて、特に気がついたことはなかったかとたずねてみればよかったのに。警部は気分が悪いような気がした。身体中がぞくぞくし（きっと今朝のひどい天気で風邪を引いたんじゃないか？）、考えがバラバラに散乱するような感じがした。おとなしく旅籠に戻ってそこで昼飯を食い、それでこっそりベルンに帰ったほうが無難じゃないのか？　だが何かが彼を引きとめた。永いこと御用勤めをしつけると、なるたけ恥はかきたくなくなる。そんならロイエンベルガーなんてやつにさっさと尻尾を巻いて帰れというのか？　はっきりは断定できぬままぼんやりと、身体がぞくぞくするのは端的に不安の兆候だという思いが込み上げてきた。何が風邪なもんか！　これまでにも何度となく、もっとひどい悪天候に何時間もどこかの街頭で見張りをしなければならないことだってあったじゃないか。ロイエンベルガーを怖がってるんだ！　シュトゥーダーは憤《いきどお》ろしげに、だが盲滅法、のっしとばかりに足を踏み出したものだから靴底が水たまりにばしゃっとはまり、とばっちりがズボンの上のほうまではねあがった。あらまほしくはロイエンベルガーみたいなやつにお目にかかりたくはない。悪魔のヴィジョンなんてものは中世の話だ。今時なら精神病医や精神鑑定の領域の問題だ。そんなロイエンベルガーなんて男にお目にかかるのは、どうも気が進まなかった。

これがやつの農園か！　シュトゥーダーは夢を見ていたかと思った。例の二本の赤い樹がいまやすぐ目の前にあったからだ。するとたかだか十歩も前に進んでなかったのだ。さあスタートだ。濡れたズボンがべたべた膝にこすれた。右側に巨大な果樹園がひろがっていた。どれも老樹だな、と彼は思った、でも比較的最近接ぎ木をしたばかりだ。そしてこの果樹園が彼の心にある暗い記憶を浮上させた。果樹園／害虫／害虫駆除。

害虫駆除には何を使うか？　砒素塩？　家の玄関扉の前でシュトゥーダーは一瞬立ちどまった。自分が証人だったある毒殺事件のことが頭をかすめた。砒素中毒の症状というのはどんなものだったか？　下痢？　さよう、エキスパートはどう言っていたっけか？　砒素中毒を確認するのはまず容易ではない。他の病気と酷似しているのだ。

体内臓器を化学的に分析しなければ決め手はない、というのでは？　それがつけ込まれやすい点だったのでは？　しかしそうだとして、どうしてロイエンベルガーとやらは（毒殺犯かどうかはまだ証明されていないが、彼が毒殺犯だとして）自分の女房たちを殺したのか？　ウェイトレスの話では、いずれも貧しい娘たちだったという。まあ、そういうことなのだろう。が、なぜだ？　シュトゥーダー警部は玄関の扉を押し開けた。顔面に実直そうな皺を寄せてキッチンに入った。キッチンにはだれもいなかった。隣の部屋でだれかが咳き込んだ。シュトゥーダーはタイルの床でこれ見よがしの足音をどたどた立てた。隣室でだれかが立ちあがり、連絡ドアを開けた。ドアのところに大柄の老人が立って闖入者のほうを見ていた。

「何かご用かな？」老人はたずねた。シュトゥーダーは役になりすまし、農園主を相手にしているようにトーマス鋼滓だの肥料だののことをぺらぺらしゃべりまくった。話している間に相手の眼を見ようとしてみた。それは難しかった。瞼を下ろさずに相手の視線を避けるのは非常に難しかった。古い常套句が警部の頭をかすめた、「人はパンを食うのみにはあらず」。なおもおしゃべりを続けているうちに、湿っぽい不安が背中に這い上がってきてうなじに巣くい、頭をいっぱいに満たし、ほとんど爆発寸前にまでふくれ上がり、目に涙があふれて視線を伏せざるをえなくなり、次いでシュトゥーダーは黙った。

相手は待った。かなりの時間待った。それからドアのところから奇妙に胸に浸み入る声が聞こえてきた。その声には身体のなかに震動を喚び起こすような音色があった。軽度の電流のような、好ましくなくもない音色だ。「もっとこっちにおいでなさい」とその声は言った、「ようこそおいで下された。山を上がってくるには、さぞかしよからぬお天気じゃったろうが。」間《ま》。「それで御社の肥料の推薦をなさりにわが家にお越しなされた！　まあ、そう急《せ》くこともございますまいて。どうかわしらの食事につきあって下され。ときにはお客をしたくなってな。世間のことがいろいろ耳に入る。それもいまという時においで下された。わしが困っている、このいまという時においで下された。」

シュトゥーダー警部の悟性は、突然正確な作業をことごとく忘れた。おれは笑いものだ、とシュトゥーダーは、その丸まっちい身体を相手の筋肉質の身体の前にすり抜けさせながら思った。明るく暖かい部屋だ。太陽が窓の小さなガラスを通して流れるような黄色の光をたっぷりはね散らせた。警部の頭は混乱してきた。こんなやつにはまだお目にかかったことがないな、こんなやつにはまだお目にかかったことがないな、彼はたえまなくそう思い、自分がズブの新人のような気がした。いかなる優越性もなく、先生の前に出た小学初年生みたいにおそろしくちっぽけになったような気がした。おれはこの男の意のままに操られるのだな、となおも思った。シュトゥーダーよ、と彼は自分自身に向かって言った、旅籠に戻って食事をして、それで家に帰ったほうがいいぞ。シュトゥーダーよ、おまえとしたことが一体どうしちまったんだ？　他の連中はあっさり片づけてきたというのに、一介の農夫におじけづいてるだなんて。年を取ったもんだ、シュトゥーダー、退職して年金生活入りしな。

ロイエンベルガー老人は悠然と構えていた。このだんまりごっこをごりっぱに楽しんでいるようだった。もちろんやつは、と彼は思った、こちらがでまかせに名のった職業なんぞにたぶらかされてやしないさ。こちらが何者であるかはたちまち見抜いた。だからあんなに悠然としている……金城鉄壁の構え。ロイエンベルガー老人の物腰は申し分なかった。余計なことはしゃべらずに、客を窓辺のベンチにすわらせて自分は向かい合わせに腰を下ろすと黙り込んだ。永い沈黙だった。

シュトゥーダーはスタートした。「するとお困りなのですね？」せいぜい無邪気にそうたずね、ほんの一瞬だが目を上げた。なんとも耐え難かった。この老いぼれ農夫はなんという眼をしてることか。それは光沢《つや》消しの石でできていて、瞳孔のあるところだけから二本のするどい光線が押し出されており、その光線は見る者の目に水を吹きかけるとしかいいようがないしろものだった。シュトゥーダーはまた瞼を伏せた。

「はい」とロイエンベルガーは言った、「家内《うち》が昨日埋葬されました。親戚の家へ行っておって、なにか良からぬものを食べたのでしょうな。亡骸《なきがら》になって家に運び込まれてきました。医者が彼女を診たのは死ぬほんの直前のことでした。腸熱でした。はい。」言ってからロイエンベルガーはまた黙り込んだ。彼は目の前のテーブルに両手を重ねて置いていた。ずいぶん爪を長く伸ばしている手だな、とシュトゥーダーはそれを見て思った。曲がった爪、湾曲した黄ばんだ爪が手に生えている。キッチンをだれかが歩きまわっていた。「ローザちゃん」、とロイエンベルガーがおそろしくやさしい声でよびかけた。仔猫の鳴き声のような声だ。と、メイドが一人現れた。「旅籠までひとっぱしり行って伝えてくれんか。旦那を待つことはない、旦那はこの家で食事をなさるとな」メイドは何も言わずに出て行った。彼女も一度も目を上げなかった。

「すると」とロイエンベルガーは言って古びたテーブル板の上に目を落とした、「人工肥料をわたしどもに売りたいとのこと……でしたな？」目を伏せていれば、この老農夫に特別変わったところはまるでなかった。色とりどりの絹糸の花模様を刺繍した天鵞絨《ビロード》の縁なし帽を頭にのせた他の老農夫たちとまるで変わらなかった。この縁なし帽の刺繍をしてくれたのは四人の女房のうちだれだったのだろう？　と警部は考えた。すると同時に答を出す必要にせまられ、そこでまたしてもうなじにあのいやな感じが巣くった。それは、早い話が殴り合いのときに受ける感じによく似ていた。前方に向かって身を護っている。と突然、頭の後ろに目がついているみたいに警告がやってくる。ほら、後ろにゴムの棍棒をふりかざしたやつがいるぞ……と、ガンと一発。警部はおずおずとあたりを見まわした。後ろにあるのは、何の変哲もない背の低い窓だ。窓のガラス越しにこちらを覗いている人間はだれもいはしなかった。目の前に両手を重ねた一人の老人がいた。どこからも危険が脅かしていはしない。それなのにこの農家の清潔なダイニングキッチンは不気味だった――警部は身のまわりをざっと一瞥した。古い戸棚、一隅に暖炉の座席、壁際の棚、その上に古い本が何冊か。シュトゥーダーの視線はその古い本に釘付けになった。ロイエンベルガーが目を上げ、視線の方向を追い、うなずいて、質問に答えなければならないとでもいうようにこう言った。「古い本です、祖父のそのまた祖父の代からの。今時はもう見つからないものでしょう。手書きの手記です。これはお見せしたくありません。」そしてまた沈黙。キッチンの外で木の床がおずおずと軋む音がした。どうやらメイドが帰ってきたらしい。鍋類がガチャガチャ音を立て、水道の水がザァーと流れた。雄鶏が一羽窓の前で鬨の声をあげた。死体解剖の記録すらないのだ、と警部は思った、どうやってこの男に接近できるのか。勝負は開始されなくてはならぬ。バカげた考えが脳裡に浮かんだ。だがその考えが頭から離れなかった。ヤス［トランプのゲーム］の勝負と同じだ、と思わないわけにいかなかった。相手は両手いっぱいに切り札を持っている。どんどん切り札を切って勝負をつけようとしてくる。が、一枚だけ偽のカードを持っている。こちらは前々回のトリックのときにフォローすべきエースがまだ二枚手にあった。相手の偽のカードをフォローするとまんまとペテンに引っかかるのだ。いまもそうだ。相手はすべての切り札を持っているが、一枚だけは偽のカードだ。シュトゥーダーははっきりそんな感じがした。次々にフォローし続けなくてはならない。本物のカードを出し続けていないと一切はおじゃんだ。おれの一生は三文にも値しなかった。ここが決戦場だ。それも自国の本土で。こっちだって農夫の倅じゃないか！　やれやれ、ナショナルチームの選手のご同輩か！　スイスにはでかい大砲が一度もぶち込まれたことがない。しかしこの、こちらをいらいらさせる農夫のロイエンベルガーには一発お見舞いしてやらなければな。そうはいっても勝負はまだはじまったばかり。賭金はどこだ？　今度ばかりはスイス産白葡萄酒半リットルじゃすまないぞ。とてもじゃないがそんなわけには行かない。シュトゥーダーはまるで上の空でポケットからハンカチを取り出すと額の汗をぬぐった。ぐっしょりの汗だった。

　小さな部屋のなかでこの沈黙だ！　持ち堪えられるものではなかった。それに外はいちだんと暗くなって、どうやら霧がまた降りてきたらしい。いや、雨だ。雨が窓ガラスにびたびたおだやかに流れていた。目の前には天鵞絨《ビロード》の縁なし帽に花模様の刺繍のおとなしやかな老人。そして農夫はいまや最初の切り札を切ってきた。

「あんたはわしにずいぶんと関心をお持ちだな、旦那」と老人はとても静かな、無関心な声で言い、言いながら平静そのものだった。石になった眼からピカリと一瞬だけ光がきらめいた。「おっしゃる意味はどういうことですか？」シュトゥーダーは軽はずみにもそうたずねたが、できるならそのことばをすぐにまた捕まえたかった。口をきかなければよかったのだ。沈黙こそは金、あの老予審判事もそう言っていたではないか？　シュトゥーダーはこんなふうに思ってため息をついた。やれやれ、予審判事たちの言ってることなんか気楽なものだ。なにしろ事務所にちんまりしてる連中だもの。こっちは現場の仕事で、あっちは雲の上にましましてる。オーソリティーだ。予審判事がこっちの立場になってるところを見てみたいものよ。

しかし相手は勝負のやり方も心得ているようだった。警部の質問に対しても沈黙を守り、ただ黙って静かに自分の重ねた手に目を遣っているだけだったからだ。それからロイエンベルガーはその響きのよい声で言った。「さよう、この数年間にわしは三人の家内を亡くしました。うちの農園にはきっと呪いがかかってるんです」、と言って、「呪い」ということばがどんな効果を上げたか客のほうを窺うようにこっそり盗み見た。しかし警部のほうも今度は多少の心得ができていて、ハンカチを手にしてはいたが、それには軽く指を合わせるだけにして、いかにも無邪気そうにうなずいた。

女中が食事を運んできた。ベーコンとザウアークラウトとじゃがいもだ。男二人は黙って食べた。キッチンで下男たちがどかどか床を踏み鳴らしている。彼らがテーブルにつき、皿にスプーンがカチャカチャふれるのを警部は耳にした。一言でも会話が聞き取れるのではないかと、半ば開いているドア越しに耳をそばだてた。下男たちはものも言わずに食べていた。椅子をずらす気配があり、がたがた音を立てて彼らが出て行くと、女中が部屋にやってきて食事の後片づけをし、テーブルに「焼酎」を一壜、グラスを二つ置いてまた部屋を出ていった。グラスは焼酎用のグラスではなくてワイングラスだった。ロイエンベルガーはグラスになみなみと焼酎を注ぎ、一息でぐっとそれを飲みほした。警部も相手の例にならい、できれば長々と悪態を吐きたかったのだが、しかし悪態の最中に息が尽きてしまったろう。まるで硝酸だった！　ロイエンベルガーのこわ張った顔面は筋肉一筋ピクリとも動かなかった。「極上のチュウ」、と彼は言ったが、警部には相手が臼歯のあたりでニヤリと笑ったように見えた。それから相手は二番目の切り札を切ってきた。「ベルンの警察はわしの一身上の問題を気にかけおって、こちらに警部を一人差し向けおったとな？　わしが何か犯罪をおかしましたかな？」　焼酎が効きはじめたのか、公然たる嘲笑だった。シュトゥーダーは突然、彼のいわゆる「ドタマ」がすっかり明晰になった。不安な気分はふいに消えた。突然物事がはっきりした感じになった。目の前にいる男は熟年者だ。時間だけはたっぷりだ。いまやこの男と午後いっぱいだらだら飲むことになるのだ。もう一度彼の頭がほんのつかの間だが紛糾した。健康のことを考えた。心臓に、と彼は考えた、一発お見舞いされかねないな。ありがたや、とまた考えを続けた、子供たちはほとんど一人前になったし、老妻には年金があることだし。と、またまた頭が冴えてきた。ハンカチを引っぱり出して、答を返す前にややためらってからくしゅんと鼻をかんだが、その応答たるやいたってみじめったらしいものでしかなかった。「ああ、あなたに対してべつに他意があるわけではないのです。しかし口さがのないろくでなしが世の中にはうようよしてましてね。ここにわたしどもが受け取った手紙があります、これが……」、ためらうようなふりをし、それから手紙をポケットから出して農夫の目の前に置いた。

今度は農夫がハンカチを引っぱり出して、一瞬ためらうようにそれを手にしていたが、それから眼鏡を出してレンズをきれいに拭いた。と、相手のその仕事の最中《さなか》を警部が妨害した。「煙草をやりますか?」と言って、濃い焦茶色のトスカーニ葉巻のぎっしり詰まった細長いケースを相手に差し出した。「すまん」とロイエンベルガーは言い、なかの一本を選んで自分の脇に置き、眼鏡の掃除が終ると馬鹿丁寧に鼻にかけた。シュトゥーダーはとうにマッチをつけて農夫に火を差し出しており、マッチの火はすんでに警部の指を焦がさんばかりだった。なんとか持ち堪え(たとえ指を焦がしても、ここはこんな些細なこと、何ということがないようなことが大事なのだ、と彼はぼんやり感じた)、ようやく葉巻に火がつき、ロイエンベルガーは躾《しつけ》の良い蒸気機関車のようにお行儀よく紫煙のかたまりを吐き出すと、二つのグラスに焼酎を注ぎ、例の硝酸をぐいと飲み込んで警部のほうをながめやった。危険ヲアラカジメ知ル者ハ二倍ノ用心ヲスル、という諺をシュトゥーダーは思い浮かべ、今日はやけにフランス語の諺が脳裡を徘徊するな、と腹が立った。だが彼はそのしろものを落ち着いて飲みほしてから、あまつさえ舌鼓まで打ち、いまや「極上のチュウ」とのたもうたのだった。ロイエンベルガーは手紙の上に身をかがめた。彼は永いこと時間をかけてしげしげと調べてからそれをつき返した。「さよう」と彼は言った、「この世の中には悪い人間がおりますな」またしても沈黙。雨がガラス窓にぴたぴた音を立てた。部屋のなかにはよごれた黄昏《たそがれ》の光がこもっていた。男たちは葉巻をくゆらした。この静寂がこの家だけのことだといいのだが。シュトゥーダーはまたもや背後に危険が迫っているような気がした。そこで彼はさりげなくついでのことを話すようにこう言った。「こんなお天気の日にお墓の濡れた土のなかにいるのは、奥さんたちさぞ気持ちが悪いことでしょうね」

「わしの家内のことですかな。祖父《じい》さんは六人お墓に埋めましたがな」

「まさに青髭一族ですね」と警部は言い、ことばが口を出たかと思ううちにすんでに自分の頭に拳骨をお見舞いしそうになった。バカなことを言いおって。だがこの応答はどうやら間違っていなかったようだ。というのも相手の口の端に奇妙なチック［不随意筋痙攣］が浮かび、おまけにその口の端がピクリとふるえるのが目に入ったからだ。いまやシュトゥーダーはテーブルから壜を取り双方のグラスに注いだ。エチケットに反するのは百も承知だ。だがこうなればもうエチケットも糞もあるものか。これはもう相手をぐしゃりと叩きつぶすしかなかった、掌のなかで梨の実をぐしゃっと押しつぶすようにだ。「乾杯」、と彼は言った。農夫はためらい、それから飲んだ。するとまたしてもシュトゥーダーは余裕綽々の体で、「極上のチュウ」と言った。するとロイエンベルガーが立ちあがって電灯のスイッチをひねった。警部はすんでに歯の間でピーと口笛を吹きかねなかった。相手の眼はもはや石になっているどころではなかった。ぐっしょり濡れていた。涙滂沱たるものだったのだ、その眼は！　このとき沈黙を破らなかったのを、警部は後にわれながらまんざらではないと思ったものだ、それはまあ……ロイエンベルガーはもう腰を下ろさなかった。へんにしゃがれた声で彼は言った。外に極上のワインが一本あるで、あれを持ってきてよろしいか？　妙にうやうやしげな口調でそうたずねた。警部はうなずいた。いきなり気分が悪くなろうが、目の前がまっくらになろうが、もうどうとでもなれであった。歯を食いしばり、ほとんど頭が爆発しそうな勢いでプンと鼻をかんだ。ここだけなんとか持ち堪えるのだ、と彼は思った、でないと一切がおじゃんになる。いまが正念場だ！　心のなかでそう絶叫した。これで助かった。ロイエンベルガーは出て行った。長いこと出て行ったきりだった。警部も出て行ってくつろぎたかったが、あたりに人っ子ひとりいない哨所の兵隊みたいに我慢した。

　ようやく農夫が部屋に戻ってきた。片手に小さな壜を抱えている。壜は埃だらけだった。だがもうコルクが抜いてあった。農夫は栓抜きをコルクにさしたままで手にしてさえいた。それで警部はあやしいと思ったのではなかったか？　後日、警部はそうとは言えなかっただろう。しかしロイエンベルガーは第二のヘマをやらかしたのである。つまりこう言ったのだ。「わしはもうたくさんだ。あんたひとりで飲《や》って下され、旦那」いまや彼は顔色を隠しそこねた。偽のカードの顔色だ。警部はすんでに大声でそう叫ばんばかりだった。だが相手の手から壜と栓抜きを受け取っただけで、彼は入念にゆっくりコルクをねじ切り、また壜に栓をしてポケットにしまった。トスカーニ葉巻をしまってある、あの同じポケットにだ。そしてまったく感情をまじえない声で言った（いまや彼はまたしてもベルン警察のシュトゥーダー警部、公務員だった）。「この壜は裁判所の化学鑑定家のところに持って行こう」ロイエンベルガーは一瞬ピンと背筋を正してからまた腰を下ろし、片方の拳をつっかえ棒にして頭を支え、テーブルの上にじっと目をやった。「あれはただ空中飛行ができるようになるためだったんで」、とロイエンベルガーは夢のなかから出てきたように言った。

警部は口をつぐんだ。こいつ、喜劇を演《や》ろうってつもりなのか？　さあ、さっさと吐いちまうがいい。吐いた自白の証人がいなくても死体発掘の申請はできるんだ。だっていまやこちらが、このシュトゥーダー警部が金無垢のエースをにぎってるんだものな。でも後生だ、口をきくんじゃないぞ。彼はすこしばかりこの男に同情した。どうやらちょっと気がふれてたんだな？　だが同情の最中《さなか》にも農夫の天鵞絨《ビロード》の縁なし帽の絹の刺繡の花模様がまたしても目を刺した。それを刺繡した指。その指は朽ち果てた。おそらくは断末魔の痙攣でむごたらしく湾曲していたのだ。あれらの指をだれも助けてはくれなかった。警部がこんなことを考えるのも、きっとほろ酔い加減だったからだろう。と、相手はまたしてもこう言った。「そう、空中飛行のためなんだ。だって祖父《じい》さんが本に書いてるんだ。七番目の女房が死んだ後にあの能力ができてくる、空を飛べる、って。祖父《じい》さんはほとんど成功しかかっていた。ところが七番目の女房が祖父《じい》さんより生きのびちまった。でなきゃ……でなきゃ飛べたんだ」

「だって、おい」、と警部はわめいた（実際、そんなバカな話があるものかと怒鳴りつけたのだ。午後いっぱい焼酎漬けだったせいもあった）。「だって、なあおい。アルプス飛行をやればいいじゃないか？　どこの飛行場でだって飛べるじゃないか！」

ロイエンベルガーは途方もなく困り切ったようにこちらを見つめた。その眼はまたもや石化し、老いた光が瞳孔を刺し通した。そしてぐっと声を落とし、老いた響きのいい声で言った。「じゃあ不死性は？　それも飛行場で買えるかね？　こういうことが書いてあるんだよ。なんじは世の日々の最後まで飛べるであろう、なんじに隠されている何物もないであろう」農夫はとび上って壁の棚から古い本の一冊を持ってくると頁を打ち開いた。警部にかろうじて古風な手書き文字が読み解けた。そう、そこに書いてあったのはこうだ。「日々の最後まで」

警部はその本を小脇に抱えた。「さあ、いっしょにくるんだ、ロイエンベルガー」、と彼はほとんどものやわらかな声で言った。「これとはちがう本の出番になるだろう」

彼らは静かな村を通って山を下りた。ロイエンベルガーは抵抗しなかった。警部は片手で彼をとらえ、もう一方の手の下に例の古い本を抱えた。小さな町までくると、警部はベルンと電話連絡を取りながらロイエンベルガーを地域の拘置所に引き渡した。

だがシュトゥーダー警部は当然受けてしかるべき国際的名声をもらいそこねた。「ジュルナル」紙は彼の写真をのせもしなければ、フランス人お得意のあのお追従たっぷりのほめことばも掲載しなかった。というのもロイエンベルガーは、同夜独房で縊死を遂げたからだった。そして彼の魂が空中飛行をマスターしたかどうか、それは神のみぞ知るである。

尋問

あなたは強い力のある人です、予審判事さん。あなたがちょっと手を動かすだけで、うるさくつきまとう連中がさっといなくなってしまう。世間でよくいうあれです、ちょっと手を上げて合図しさえすればというやつ。この数時間わたしがどんな目に遭わされたか、あなたにはとてもご想像できますまい。連中は六人でわたしをしょっぴいてきて、こちらを質問責めにしよりました。手足の関節を外したり水責めにしたりの中世の拷問よりひどい質問責めです。それに水気のものを飲ませてくれなくて……おかげで喉がカラカラです。ところが、予審判事さん、あなたが現れると、とたんにうるさく質問責めにする連中があっというまに消えてしまった。世間でよくいう、ちょっと手を上げさえすればそれで済むと、いうあれで……

いやいや、わたしがおしゃべりだなどと思われては困ります。これはただの反動です。かりにあなたが革命法廷に出頭させられるはめになり、その審問官というのが、あなたが一生の間裁判処理してきた押し入り泥棒や浮浪者や酔いどれどもだったとしたら、どんな気がするでしょう。どうかそうご想像なさってみて下さい。この連中がお手やわらかな扱いをしてくれる、とお思いになりますか？　まずそれはないでしょうね。さて、あなたがたの警視、監督官、秘密警察官（実のところわたしはこの連中の位階をよく知らないのですが）といった手合いこそが、わたしにとってはこうした大衆であり、下層民であり、昔の人のいわゆる賤民なのです。この手合いにとっては手縫いのネクタイをしめ、オーダーメイドの靴をはき、きちんとアイロンをかけたズボンを身につけた人間たちをいためつけることこそが歓びなのです。ちがいますか？……

黙っておいでですね、予審判事さん？　あなたの部下たちがさんざんたてまくった、あの騒音の後ですもの、あなたの沈黙はとってもいい気持ちですとも。彼らは三人でしきりにわたしの頭の上にかがみ込み、顔に唾を吐きかけて質問しまくりました。はじめのうちわたしはつとめて返事をしようとしましたが、そのうち止めてしまいました。何のためにこんなことしてるんだ？　このプロレタリアの法官どもは？

わたしは喉がカラカラです。しゃべるのもやっとです。昨夜から飲まず食わずなのです。よろしければ水を一杯頂けませんでしょうか？……

ワインと何か食べるものをご注文頂ければまことにありがたいのですがね。わたしに力がつきさえすれば事件を明快に申し上げられるようになると、おわかりになりますよ。わたしを釈放しないわけには行かなくなるとも、ね……

わたしは大工場経営者です、予審判事さん。わたしが暮らしている小さな工業都市では、いつぞや闇の市長なる称号をたてまつられました。わたしはこの称号が気にいっています。と申しますのも、わたしは原則として政治には関係せず、いかなる党にも所属していません。ですから選挙の際に二つの党派の勢いがほとんど伯仲すると、わたしの発言が重要になって、それが決め手になるという事態が生じます。こんなことをお話するのも、わたしについて、わたしの人格について、一つのイメージを作る方向づけができればと思うからです。自画自賛とはまさかお思いにならないでしょう。けれど、こんなちぎれたカラー、しわくちゃになっている服をご覧になって、わたしという人間がどんな印象を与えるかを考えてみると、自分が何者であるかを申し述べておくのが、いわば義務であるような感じがいたします。

つねに税の支払いを怠ったことのない、非の打ち所のない人間たるわたしを（たしかに、商売上の都合があって、必ずしもただちに支払い済みというわけにはいきませんが）、財界の指導者たるこのわたしを、このはげ頭の警視だか何だかは、どうです殺人犯と呼びおるのです。

一度ならず、いや数え切れないほど何度となく、彼はそのことばをわたしの顔面にわめきちらし、耳元にささやきかけました。わたしが殺人犯だなどと、ねえ予審判事さん、そう見えますか……

ああ、注文のワインですね。それにサンドイッチまで！　どうぞ、予審判事さん、ご遠慮なく一緒にやりましょうよ。察するに、きっとご朝食はまだなんじゃありませんか。こんな早朝にベッドから連れてこられて……そうでしょう、そうでしょう。

義務の意識……それはわたしも存じております。経営を改善するため、労働の軽減をはかるために研究に研究を重ねて幾夜さを不眠不休のうちに過ごしたことか、それを考えると……そう、義務です……

もちろん、職務中はコーヒーが決まりです。コーヒーは欠かせませんよね。お願いできれば、わたしにも一口残しておいて下さいませんか。ワインのおかげで眠くなってしまいはしないか心配なもので……

わたしの煙草ケースもお願いできませんか、あなたの横のそこにあります。あなたの取り巻き連中に、危険な武器を入れてあるんじゃないかとばかりに取り上げられたのです。ハッハ……煙草ケースに喫煙具以外の何を入れるはずがありますか、え？

あなたの部下たちは、わたしがそこにダイナマイトを仕込んだとでも思ったんでしょうかね？……

おっしゃる通りです、予審判事さん、ふざけている場合じゃありません、冗談はもうたくさん……あなたにはこれから、物語を、わたしの物語を、わたしの冒険の物語を申し述べる義務があります。その前にもう一つだけお願いします、あなたさまのお名前は？　たぶんわたしの質問は適切ではございませんでしょう。あなたがふつう尋問しつけている相手の犯罪者たちなら、きっと先刻承知のことでしょう。あなたはきっと専門分野ではその人ありと知られた知名人なのでしょう。しかしお考え頂かなくてはなりません。わたしは法律問題、特に刑事事件（民事訴訟ならば得意ですが）にはまずもって門外漢です。犯罪学の知識の仕入先はといえば、せいぜい列車のなかで読むような、犯罪小説だの、探偵物語といったものでしかありません。ですからおわかりのように、その方面にはあまり明るくないのです……

それで、いかがでしょう、え？……シャーフロート？　めずらしい名前ですね、シャフォット〔断頭台〕を連想させますな、あなたもそう思いませんか？……

さて、わたしの物語です。わたしはつまり夜間急行列車でイタリアに行こうとしました。飛行機は機内で気分が悪くなるし、自動車は道路事情が悪いし、道に雪が降るしで、この季節は使用不能です。ですからいっそ二等の切符を買うほうがましです。わたしは贅沢を言いません。ふだんはいつも三等で行きます。だってわたしという男は、根はデモクラットなんですからね。ただし夜行だけは二等を使わせてもらいます。でないと疲れが取れませんものね。

まあ、寝台車席を買えばよかったんでしょうね……だけどどんなものでしょう、この不景気時代です、とにかく節約が肝腎……はい、イタリアの仕事は重要なものでした。ぜひともわたしが立ち会う必要がありました。でなければ確実に代理人を送ってすましていたでしょう……妻が鉄道の停車場まで送ってくれました。わたしたちは市内で夕食をしてきたばかりでした……はい、妻はわたしよりいちじるしく若いのです。げんにご覧の通り、わたしの鬢《びん》はもう白髪まじりです。たぶんあなたとほぼ同じ年くらいでしょう、その……ええ……お名前は何だったか？……断頭台《シャフォット》とか何とか……いや、シャフォットじゃない……さあて、思い出せないな、まあ、どうでもいいや、ですから、予審判事さん、あなた……そうだシャーフロートさんだ……

恋愛結婚でした。妻は二十九歳です。でも見た目には、若い娘みたいにしか見えません。もちろん、お化粧はしています。きっとそのせいもあるんでしょう。わたしたちは、あなたがたの考えられるかぎり相思相愛の結婚生活を送っています。夫婦喧嘩をしたためしがありません。五歳の子供もいます、男の子で、ローヴィスという名です。わたしはこの名前が気にいっています。たぶん彼はいつか芸術家になるでしょう……もっとも、今日の芸術というのは……さあ、いかがなものでしょう、わたしは本を読むのが好きですし、美術品のコレクションもあります。版画だけですけどね、ホイッスラーの試し刷りを数点、いうなれば珠玉の作！……何かおっしゃることがございますでしょう？　あなたもコレクションをしてらっしゃる？　それならわたしどもを歓ばせて下さいますね。一度うちにいらっしゃって下さいな。一夜、うちでごゆっくり過ごして下さい。車でお迎えに上がります。異議は却下ですよ、予審判事さん。あなたのご好意になんとか謝意を表したいのです。妻がどんなにか歓びますことやら！　妻はお客をするのが大好きです。わたしもです。良き友とわが家でまみえること、この世にこれに勝る歓びがまたとありましょうか？

妻はそんなわけで鉄道停車場までわたしを送ってくれました。ご存じですよね、この本格的な十一月の雨。いまもこいつがびしゃびしゃ窓ガラスをたたいています。わたしは空いている車室を見つけると、車掌を呼んで五フラン硬貨を手に握らせ、朝までひとりになれるといい、ともう一度念を押しました。人生というものをわきまえた、ちゃんとした男に当たって、まあ運がツイてました。車掌は魔術師のようにふっと金を消えさせてから、わたしが低く見積もって参謀本部長クラスででもあるかのように、パッと挙手の礼をしました！　妻もいっしょに乗車していて、わたしたちは列車の通路に沿って車内をぶらつきました。と、一人の紳士が目にとまります。この人も空いた車室の席に陣取っていますが、新聞のかげに隠れていて顔は見えません。わたしは妻のイレーネに言ったばかりです。イレーネ、あの男、なんだかちょっとへんだと思うね、警察の目を隠れようとしているみたいだ。たぶん本気で越境するつもりだったのでしょうね。そちらで身分証明書を確認しましたか？……いまのところまだ確認してない？　では、あなたがたを信頼して確認の結果を待つとしましょう。いずれにせよ、わたしは彼の顔に見覚えがありません。後ほど死体を見たときにも……

どうしてそんなことを力説するか、ですと？　力説なんかしてやしません。どうか、あの……ええ……予審判事さん、あなたの耳は猜疑過敏症になってますね。人間、告訴されれば、どんな弁護でも利用するものです。そうでしょう？

妻が列車から降り、わたしたちはお互いにやさしく別れのあいさつを交わしました。ひとりで旅に出るのはいたって例外的かと思われます。ふつうは妻が同行するのです。ところが今回はちょうどローヴィスが扁桃腺炎を患っていて、世の女が四六時中心配しているように妻も心配で、子供をひとりきりにしたくなかったのです。そう、わたしたち夫婦は、何事につけ子供優先、母性本能優先なのです。ですが話が脇道にそれました。

列車はもう走りはじめており、わたしは車窓際に立って妻に手をふっていました。と、このときいきなり車室のドアが開いて一人の老婆が入ってきました。老婆が二等車にふさわしくないのがたちまち見て取れました。考えてもご覧なさい、車室に入る前にコートの背中からおぶっていた二人の幼児を下ろしたのです。わたしの値踏みでは、一人は二歳、もう一人は三歳ぐらいでしたろう。この三つ葉のクローヴァ風の三人組の後ろに車掌の姿が現れて車室から婦人を追い出そうとするのを、わたしがそうはさせじと目で制しました。なぜって、どうやら老婦人（老婦人といったのは婉曲話法で、おそらく研磨工の女房と思しい労働者階級の女で、孫たちといっしょにイタリアに向かおうとしているところなのでした）は二等車旅行のためのお金を苦労してかき集めたにちがいないからです。そういうわけで親切ごかしに車掌を目で制し、とっさに新聞のかげに隠れているのを目撃した例の男の車室が頭に浮かぶ。男同士だ、とわたしは思います、なんとかよろしくやって行けるだろう。というわけで、手荷物をまとめて引っ越します。だって子供たちと一晩中夜行列車旅行を共にするなんて、だれだって歓迎したくはありませんからね。

そんなわけでわたしは新聞紳士の車室に行きます。いまにして思うと、子供たちといっしょに夜行列車旅行をしたかった、そのほうがましだったと思います。そうしていれば、ここにはきていなかったでしょう。でもきっと事件はすべて解明されて、わたしは昂然と頭を上げてこの予審判事室を出て行けるでしょう、ねえ、ええと……ええと……予審判事さん?

新聞紳士は、ほかにどう呼んだらいいのかわかりませんので、さしあたりその新聞紳士はあいかわらず新聞の後ろに隠れたまんまでした。ちなみに興味がおありでしたら、読んでいる新聞は「ル・タン」でした。わざわざ身を隠すためにこしらえたような、実際的な、大判の新聞です。

新聞紳士は列車の進行方向の窓側の席を占領しており、わたしが車室に入って行ったときにも目を上げなければ、彼の足にけつまずいて謝ったときにも目を上げないのです。何だかわけのわからないことをむにゃむにゃうめくだけ。わたしは手荷物を上の網棚に押し込み、席に腰を下ろして、なおも考えます。これだと進行方向に背を向けることになって、どうも具合が悪いことはなはだしい。これではめまいの発作にやられるな。しかしこの場合はたぶん不都合はありません。横になってゆっくり手足を延ばせますし、顔を壁のほうに向ければ進行方向を向いていることになり、何の問題もありません。ご覧のように、わたしは抜群の記憶力の持ち主ですし、この告訴事件のような、こうした重要問題で思い違いをするはずがありましょうか？　商人であるわたしは、記憶力抜群で知られています。わたしはじつに明確きわまる記憶力システムを持っておりますが、いまはこれを皆さんの前に開陳している場合ではないでしょう……

このワインは極上だ……失礼、何かご質問されましたか、よく聞いておりませんでしたもので……いや、その……ええと……シャーフさん……予審判事さん、これは例の人間最悪の悪癖とお考えになっては困ります。そうじゃないんです、いいえ、どうか、考え込む時間を稼ぐために、質問を二度もくり返すなんてことはなさらないで下さい……しかし人間、わたしのように六時間も尋問されていると、それもなんという尋問！　おわかり頂けますね、脳が弛緩しきって、もうふだんのように迅速に反応しなくなってしまうのです……

例の紳士は荷物を持っていたか、というご質問ですね？……お待ち下さい、このなかにはすべてが彫り込まれている、というかいっそ、すべてが食刻《エッチング》されていますね。ご存じのように、一つの銅版画がよくわかったと思い、そして二度目に見てみると、それがまるで見たこともないように思えるのです。前にはちっとも気がついていなかった、ある種の細部、ある種の微細なニュアンスが、突然前面に浮かび上がってきて……これはご質問とは関係ないですか？……

ごめんなさい、どうも。わたしもいま、ある種の細部を記憶に喚び戻さなければなりません。先ほども申し上げたように、銅版画のある種の部分を我が精神の眼でためつすがめつしなければなりません……そうしてはじめて情報をお教えできる。でもおわかりですね、あなたの下卑た岡っ引どものおかげでわたしはすっかり支離滅裂にされてしまいました……彼らもこんな質問をしましたな……わたしの記憶のかぎりでは、例の紳士は小さな黄色のバッグを持っていました。たしか豚革のバッグです。正真正銘の豚革で、いまだにあの匂いが鼻についています……じつにはっきり、いまも……さよう、はっきり憶えています、戻ってきて、わたしのいない間に、あの……事故が……いやいっそ、あの殺人が起こってからは、このバッグのことをもうすっかり忘れていました。しかし無意識がしっかり登録していたにちがいありません。というのも、いまあらためてはっきり空の網棚が目に浮かぶのです……あのバッグは見つからなかったのですか？……だとすると、あれはごく月並みの列車強盗だという、わたしの説を強化するばかりですね。たぶんあのバッグのなかに貴重品があったんで……

これはどうも、予審判事さん、お砂糖は一匙で結構……コーヒーはいつもはノンシュガーで飲むのがいちばん好きなんです。でも今日はもう特別にして……

お追従を申すつもりはありませんが、あなたのおことばは、驚くべき推理力がおありになることの証しですな……たしかに、バッグの中身が手がかりになるかもしれません。たしかに、あのバッグがだれかさんのところに見つかることがあれば、このだれかさんの仕業と簡単に推察できるでしょうね。しかしその点にこそまさに難点があります。ちなみにこれまでのところ、バッグはまだ出ていないのでしょう？……それらしい気配すらね？……さまざまの証人たちの発言のなかにも出てこないのでしょう、たとえば列車の車掌の発言のなかにも？……何もおっしゃって下さらない！……いや、この点はあなたの手下どもからは聞かされなかったので……車掌の証言はいちばん重要だと思えませんかね？　車掌の言うには、あの車室にだれか第三者が足を踏み込むことは絶対にあり得ない、ですよね？……

どこからこの男はそんな確信を得たのでしょう？　証人の供述というものの頼りなさを扱った、ある本の書評をいつぞや読んだおぼえがあります。ある教授が学生たちの目の前で小喜劇を演じてみせ、それからこの喜劇を文字に書いて語らせてみた……そうですか、そうですか、あなたはあの本をお読みになった。わたしのように書評で読んだだけではなくてね。でも、あなただってお思いでしょう、ある種の証人の言うことは信用し難いと？　特にわたしに賄賂をつかまされておきながら、この賄賂相応の返礼をちゃんとすることさえできないような手合いの言うことは、ね？　どうやらやつは、車両の隅っこで安酒をガブ飲みして、眠り込んで業務をすっぽかし、今度はそれをわたしになすりつけてわが身は潔白とやらかすつもり……

いいえ、いきり立ってやしません、気が立ってるんじゃありません。でもひとつだけはっきり申し上げたいことがある。司法機関の方法《メソッド》はアンフェアだということです。司法機関は規則を守らない。

無関心がひとつの有罪証明であり、気が立っているのがひとつの有罪証明なのです。被告人はやりたいように振舞うがいい。が、どうやろうと、それは偽りであり、その振舞いは彼の不利にカウントされるのです。これは偽りだ、これはまるきり偽りだ、と。あなたがたは真実を見つけだそうとしておられるし、そうすべきです、そうですよね？　ところがあなたがたが見つけ出そうとしているのは真実なんかじゃなくて、罪人なんです……

ほとんどすべての囚人が同じことばを使って話すはずです、きっとそうです。単純な事実をなんとか複雑に表現しようとするあのくどくどと持って回った法の諸形式は、わたしたちには使いこなせませんもの……

また脱線してしまいました。でも、これはあなたご自身のせいです。では話の先を続けましょう。

わたしは靴を脱ぎ、イレーネが去年のクリスマスにプレゼントしてくれた革製のスリッパを取り出し、室内用のガウンをはおり、用心して自分の紙入れをピストル入れのバッグに突っ込みました。そのとき愛用の小さなウェルター・ピストルが手にふれたのでバッグから（紙入れ用とピストル用とになると、このバッグは小さすぎるのです）取り出して、ピストルは先ほどぱんぱんに空気を入れておいた空気枕の下にしまいました。これをやっている間にわたしはもう一度わが道連れに目を遣りましたが、向こうはあいかわらず新聞から目を上げず、ですからわたしが慎重に支度しているのには気がついていませんでした。わたしは、シガレットを一本やってもお邪魔ではないだろうかとなおも丁重にたずねました。これをやらないと眠れないのです。見た、というよりはむしろ推察したところでは、頭をちょっと横に振り、それに鼻にかかったエー、エーというような音声を出しました。すると構わないわけです。わたしはシガレットを一本最後まで喫《す》い終えました。

あり得ないことではありません、いや、非常にあり得ることです。車室のドアの窓越しにこちらは難なく観察できましたろう……この点もまたあなたの推理力が取り組む相手として不足はありませんな、その……予審判事さん。と申しますのもこの点こそが、当事件においてわたしのピストルで殺人が犯されたということの、唯一の事実上の根拠だからです……それにピストルの上にわたしの指紋が、指紋だけが確認されたということ……こちらはしかしべつにあやしむには足りません。というのも、わたしは戻ってきたときにピストルをひろい上げていましたから……

ピストルはそのままにしておいたほうがよかったと、あなたはよくぞおっしゃった。あれは反射運動のようなものでした。よく知っていると思われる何かが目に入ると、ふっと身体をかがめて見ませんか？　本能みたいなものです……それをわたしを陥れる罠にすることはできませんよ、断頭台《シャフォット》さん、いや失礼、シャーフロートさん。

さて、結論はまもなくお話します。わたしは、列車が次の駅に走り込む前にトイレに行っておこうと思いました。ですからドアまで行き、車内通路を通って行きました。だれにも遭いませんでした。これは本当です。わたしが席を空けていたのは、まあ十分間位だったでしょう。手を洗い、歯をみがいて（もう一度申します、わたしはじつに無意味な細部をむやみに正確に憶えているのです）、それから通路を引き返しました。車室のドアの窓はどれももうカーテンが掛かっており、習慣で時計をひっぱり出して見てみると、きっかり八時半でした。わたしの計算によると列車は約十五分で次の駅にすべり込むはずなのでした。わたしの車室にもカーテンが引かれており、わたしがカーテンを引いたおぼえはないのでこれにはびっくりし、さらにはこう考えました。わが新聞男がようやく「ル・タン」紙を手放せることになれたとは、まことに欣快の至り、これで灯りを消せて、二人とも安眠できるというものだ。わたしはくたくたに疲れきっていました。その日は朝とても早く起きました。片づけておかなければならぬことが山ほどあったのです。

わたしはそおっと引戸を開けました。電灯が明るく光り、枕がひっくり返されていて、もうお話したように、小さなピストルが床に転がっていました……

どこにあったか、ですと？……ちょっとお待ちを……男の足下でした。男はポカンと口を開けて自分の席にすわり、新聞は膝の上にひろげられていて、新聞には大きな穴がぽっかり開いていました……

ともかく、新聞はそこにありました……そしてわたしははじめて、わが新聞男の顔を見たのです。ごくふつうの顔でした。つるつるに髭を剃っている。まだかなり若く、死者の、掌を上に向けてクッションに置かれている左手の脇に、グレーのバックスキンの手袋が一揃いあるのが目に入りました……

いいえ、ほかに目にとまったものは何もありません……

本当です、予審判事さん、ほかには何も見当たりません。バッグが消えていたことはもう申し上げましたよね。上着ははだかったままでした。まるでだれかが急いでポケットを探った後みたいに……なぜでしょう、その質問は三度目ですよね。罠なんでしょうか？……罠ならどんどんかけられるがいいでしょう。人は、わたしみたいに心にやましいところがないと、怖いものなしですからね……

紙切れですと？……いいえ、紙切れなんて見ていません……どうしてこう不運な目に遭うのでしょう？……おっしゃることがわかりません……何もかもが奇妙に思えるんです。すみません、マッチの火を……これはどうも……ど……どこで……それを見つけたのですか？　それは、それは、だって……の頭部……いいえ、このご婦人は知りません。瞬間の錯覚で、最初はイレーネかと思いました。顔だちにちょっと似たところがあります。それは否めません。この紙切れが車室で見つかったんですか？　だんまりを決めこまれてますね……

男の顔は見たことがありません。その点はもう一度念を押しておきます……これは妻に対する侮辱です、あの……予審判事さん、シャーフロートさん。いいえ、妻には男友だちなどいません。下司の勘ぐりは願い下げです。実際、あなたもまた、ご自分の賤民じみた先輩諸氏の轍をそっくり踏んでおいでのようにお見受けします。でも、きっとあなたはあなたなりの拷問の流儀を考えておいでらしい。にこやかな好意という拷問、このほうがずっと効きめがある……だからワインとサンドイッチを注文してくれたんです……ハッハ、ちゃんとわかってます、わかってるんです。わたしどもは、自分たちはアラブ人より文明化されていると思い込んでいます。しかしこのいわゆる野蛮な民族の国に行って、客として招待を受けてパンと塩を手渡されると、そのときから人は絶対に不可侵の賓客になります……わたしもあなたがたからパンと塩を受け取りました――わたしはあなたがたの賓客になった、ねえ、しかしあなたがたは客のもてなしを濫用されておられる……

笑ってますね、シャーデンフロイデ〔人を傷つけてよろこぶこと〕の笑い……まだまだ思いもかけぬ意外な手を隠してますね……さあ、どうかカードをお開け下さい。水入らずの二人きりです。もしもわたしがあなたをも……いや、冗談です。ここには書記がいませんね。どうやら書記はまだベッドから出てきたくないみたいですね？　わたしはもとより自分の好きなように話をして、偽の自白であなたをからかって、とどのつまりはやっと寝かせてもらう、というふうにだってやれますよね。もう目が閉じそうだ。偽の自白か、これ、どうでしょう？　有能な弁護士だったら、この状況を使っていろいろなことができるでしょうね……スローガンはたとえば、心理的拷問、長時間の尋問……不法に長時間の尋問。わたしの弁護依頼人はきっと卒倒しますぞ……

P・Tの読者にこれがどういう反応を起こさせるか、どうお思いになります？　え？　司法には良い新聞の味方がない……さあ、質問を続けなさい。確信があります。わたしは無罪だ。わたしの身には何も起こるはずがない……

ずいぶん長いこと黙っていらっしゃる……瞑想のお邪魔をするつもりはありませんが……でもあなたも、もう寝に行く潮時だとお思いなんじゃありませんか。戸外はもう甍々《いらかいらか》が暮色を帯びはじめています……こちらでは暖房を入れないんですか？……冷えますな……あいかわらず何もおっしゃらない……わたしも黙秘はできるんですよ……

こうして静かにしていると、何かカリカリひっかく音が聞こえますね……さっきから気がついていて、家鼠かと思ってました……さもなければ野鼠か。しかし動物が立てる音にしては、どうも規則的すぎますね……ひっかく音、削りとる音、研ぐ音なら、正体の見当がつきそうなものですからね……ディクタフォン〔口述用録音機〕だ！　それにロールが満杯になったら替える、熟練の助手も？……ねえ、われわれ容疑者だって何か思いつくことがないわけじゃない。われわれも推理するんです……とても狡猾にね……わたしの声の抑揚をいちいちこうして裁判官に披露することができる。かしこい、非常にかしこい。ただし残念ながら、あなたのかしこさは役に立たない……

あなたの沈黙はゆっくり苦痛になってきますね……こちらの戦意を喪失させる戦略ですかな？　確かめてみましょう……バックスキンの手袋……グレーのバックスキンの手袋。これが死者の横に置いてある……おしゃれな男だったのですね、新聞男は。どうやら教養もあったらしい、だって「ル・タン」紙を読んでたじゃありませんか。グレーのバックスキンの手袋……

ときたまおそれ入るような偶然があるものです。一週間前のことです、妻はいっしょに手袋専門店に行ってくれないかと、わたしに頼んできました。彼女の父に手袋を一揃い買ってあげたいと言うのです。父の誕生日なもので、あなたのお見立ては趣味がいいし。わたしはいっしょに行き、二人で彼女の父のためにバックスキンの手袋を一揃い買いました。グレーのバックスキンの手袋です……偶然ですね。死者の手袋も真新しかった……

まだ黙っておいでだ。その紙切れをもう一度見せてもらってよろしいですか？……やっぱり彼女らしい、そう、イレーネらしい。ただわたしは彼女がこんな幸福な微笑を浮かべているのを見たことがない……でもやっぱり、ほらね、妻だ。あなたは妻という人間の頭部の写真しかお持ちでないけれど。その女性は、写真全体では服を身につけてもいて、その服がイレーネの夏着そっくり……

中途半端な自白をしただけで楽にゲロを吐けるようにさせてくれるんですな、あなたは……なぜって服のことを話している以上、わたしはその写真を見たことがあるということになる、そうお考えですね。もちろん写真は見たことがありますとも。その写真は死者のすぐそばにありました。わたしはそれをズタズタに引きちぎりました。見たくなかった……で、ズタズタにちぎった切れ端を車窓の外に投げ捨てた。みんな風に吹き飛ばされてしまう、と思ったのです。ところが風めがわるさをしでかしました。ちょうど頭の部分だけがわたしの車室に吹き返されてきたのです……

わたしはもう長いことあなたを観察していますが、あなたは何かを待っていますね……ハァ、さすがのあなたも自制がきかないようですな。ドアの外に足音が聞こえています。だれかがやってきて、何かを持ってくる……わたしを驚かそうとしてももうその手は食いません。近づいてくる男が持ってくるものが何なのかはわかっています……しかしうろたえたりしたくない……シガレットをもう一本願えますか?……もっといい銘柄のやつがまだ二、三本残ってるんです……いえ、おおきに、火をつけるのは、あなたに驚かされてからにしましょう……

豚革のバッグね……風が吹き込みます……もうお引き取り願って結構です、お若い方、ご苦労さまでした……川がさほど深くなかったので、見つかるのが早かったんですね……いまも申しましたね、ご苦労さまでした、お若い方……あなたはお引き取り願います。これから申し上げることはあまりにも深刻すぎるので、若い人には笑われるだけでしょう……それで結局あなたに、予審判事さん、シャーフロートさん、いまやっとあなたのお名前を覚えました、これでもう二度と断頭台《シャフォット》と混同しませんぞ、そう、あなたに心の丈を打ち明けて、なんとかご好意に報いたい……

バッグは開けないで下さい……ひとまずわたしにしゃべらせて下さい……おっしゃる通りです、とりあえずシガレットに火をつけましょう……おお、興奮のあまりシガレットをぐちゃぐちゃに嚙みつぶしてしまいました。これは紙屑籠に捨ててもらいましょう……どうぞご自由にバッグをお開け下さい……中は手紙です。わたしがこのところ集められるかぎり集めたものです……おわかりですよね?……このマッチはダメですね、擦っても擦っても折れてしまう。

それで、その……ラブレターです、妻が出したラブレター……すみません、ワインをもう一口頂きたい。口のなかがなんだか苦い味がして……

ひとつだけ自己弁護の引き合いに出せることがあります。それはこうです。あれは正当防衛のためにやったことだ、と。ですがご存じのように、それも証明できません。すみませんがディクタフォンを止めてくれませんか。それはもう必要がありません。明日になったら一切合財調書にゲロするつもりですよ……まだその必要があればね……ありがとう、シャーフロートさん。正当防衛ですよ。三日前のことです、取引先との往復通信のなかにわたしは一通の手紙を見つけました。間違ってまぎれ込んでいたものです。それは妻が出した手紙で、切手を貼り、相手の宛名が書いてありました。妻はたぶんその手紙を女中に渡し、女中がうっかりして届いたばかりの取引先との通信のなかにまぎれ込ませたのです。女というものはときたま軽率です。それはまあいいでしょう。手紙を開封しました。私書箱宛てでした。名前は書いてありません。内容ですか？　ざっと次のようなものです。妻がそのクロード某なる男に確認しているところでは、このわたしは所用で二日後にイタリア旅行に出る。何時の列車かも教えており、すべてが細大漏らさず述べてあります。絶好のチャンスよ、と彼女は書いていました。クロード、このチャンスを利用しない手はないわ。わたしは新しい封筒をもってきて、タイプライターでもって自分で宛名を書き、それを発送しました。

チャンス……手紙はこまやかな心づかいにあふれていた……列車の走行中に発生する事故はよくあって、べつに大騒ぎするほどのことはないわ。新聞に三行、ローカル紙の死亡欄にこうよ。かの著名な企業家……金無垢の愛郷人……忘れがたい思い出……定評ある指揮者の指揮する合唱団が……葬送歌をうたった。どうもありがとう。気配をさとらせはしませんでした……捜したって無駄です、予審判事さん、手紙は燃やしてありました。後から書き写したものが何通かあり、それらの手紙にざっと目を通しました。あなたがたの手に入ったものはまあ意味がない。手紙をかくかくしかじかと解釈することはできても、あなたがたはそれでイレーネの犯行を証明することはできません。一つあれば充分です。私を信じて下されば、あなたがたなりのスキャンダルに行きつくことでしょう。部屋のなかが熱くなりましたね。足がむずがゆい。不眠のせいでしょう。無理して急ぎたくはありません。いまにゆっくりさせてくれますよね。

と申しますのも、事件の山場は次のようなものです。つまりクロードは詐欺師なのでした……どうしてそれがわかったか、と？　「ル・タン」紙で顔を隠していたのに？　前に申しましたよね、イレーネとわたしの二人して車内の通路をぶらついてたって。新聞男の車室の前までくると、イレーネが急にピクッと縮み上がったのです……

話に脈絡がありませんね……つまり事件の山場はこうなのです。クロードはわたしに手紙を買ってくれと申し出たのです。事故なんぞいやだ、あんたを片づけるつもりもさらさらない……だって脅迫のほうがずっと簡単じゃありませんか。殺しほど人を興奮させることもないし……なのにわたしは殺しのほうを選びましたよね？　殺し？　こちらにも多々申し訳はあります。この紙切れさえなかったら、とか、ましてそちらがバッグを捜し出さなかったら、とか……いまとなってはそちらが何もかも知っている……でも、そちらがひとつだけ気がつかなかったことがあった……あなたがたはガツガツしすぎた。手紙をあまりにも急いで読もうとしすぎた。あのシガレット、そうです、あのぐちゃぐちゃに嚙みつぶしたシガレットのことです。いいえ、もう手遅れですよ。

さよう、わたしはあの嚙みつぶしたシガレットのなかにあるものを隠しておいたのです……あらゆる事態にそなえて……もうかなり前から持っていました。友人の一人の、もう故人の医者が贈ってくれたのです……

交感神経系統に効く薬で、効果抜群。心臓をちょっと圧迫するだけで一巻の終りです……そう、そのグレーのバックスキンの手袋です……かりにイレーネがぴくりと身をすくめなくても、これであの男だとわかりました……そう、このバックスキンの手袋です。

でも女というものはじつにうまく嘘をつくものですねえ……もっとも、人間みんな多かれ少なかれ嘘つきですけどね……あなたもお気の毒ですな、毎日のように、じつはちっとも真実なんぞではない真実を探しもとめなくてはならないのですから……だって真実はことばとは関係ありませんからね……あなたもそう思いませんか？……

では、これにておいとまをします、予審判事さん、ディクタフォンには悪いことをしました……司法機関の仕事はいつだって不合理です、いつだって……それはお認めになって下さらなければ……ああ、もうご心配なさらずに、医者は手遅れです……わたしは眠りたいんです、予審判事シャーフロートさん、おやすみなさい……それともこんにちは、でしょうかね、空がもう明るくなってきました。

犯罪学

これは不道徳な話だということを、あらかじめ申し上げておいたほうがいい。ただなにぶんにも犯罪捜査にはじめてある種の方法が適用された、はるか昔に起こった事件なので、いまお話しても、もはやさほどの不都合はなかろうと思う。

ある若い予審判事が、ある陪審裁判所グループの所在地になっている小都市に配属された。同地ではさほど犯罪は多発しないのだが、その若い法律家（ちなみに彼みずから事件の話をしてくれたときには、もう高齢の、円熟した、ユーモアたっぷりの検察官になっていた）は当時リヨンのロカールやローザンヌのライスが考え出し理論的に構築した方法を実際に起用してみようと思い立った。右にいう方法とは、化学的かつ顕微鏡的な土や埃の検査だの、紫外線写真だの、その他、いまではそこらの子供でも知っているけれども、当時としてはかなり目新しい、すばらしいことどものことだ。実験室が設営された。クレジットの額がかぎられていたのでさして値の張るものではなかったが、いずれにせよ良質の顕微鏡と良質のカメラは購入した。というのも予審判事は、万一大きな訴訟事件になった場合、うまく撮っておいた写真を法廷で映写して陪審員たちをびっくりさせてやろうと考えたからである。検査局主任にはさる二十六歳の女性が任命された。ヒルデという名の、化学検査官の資格のある婦人だ。

この若い婦人は美人でこそなかったが、かなり毅然とした気質の女《ひと》だった。実験室では何人《なんぴと》といえども容赦しなかった。もっとも、その必要もなかったのである。というのも仕事はほとんど彼女ひとりでやれたからだ。日付けを偽造した遺言書があったし、またそれとは別に、スーツに付着したまぎらわしい血痕のために有罪判決が下ったものの、それはじつは雄鶏の血にすぎず、真犯人の浮浪者に犯行を認めさせるといういやな殺人事件があった。いずれの事件においても必要な証拠はこの実験室から、というよりはむしろ女性実験室長の手から生まれたのだった。二度とも予審判事は得意満面、かつまた検事局の賞賛を浴びた。予審判事はそれ以上を望まなかった。ヒルデ嬢は市のはずれの一軒の家の二部屋で快適に暮らしていた。ひとり住まいだった。予審判事はしばしば彼女の住まいを訪れたが、いつも彼の姉を同伴していたので、だれもそれをみだりがわしい仕業とは思わなかった。まもなく二人は結婚するのだろうと噂されていた。ヒルデ嬢は家ではいつも輝くばかりの絹地のすてきな菫色の部屋着を身につけていた。それが彼女によく似合った。

すると大事件が起こった。ある夜の十時頃、その小都市の一人の富裕な商人がとある暗い路地で何者かに襲撃され、殴られて人事不省になったうえ、持っていた紙入れを中身ごと奪われたのである。男はまもなくショックから立ち直り、警察詰所までよろめいて行くと、五万フランに上る額の現金を盗まれたと通報した。彼のマント（それはけばだった織地のラグランのマントだった）はびりびりに引きちぎられ、マントの下の上着はボタンがとんでしまって、どうやらたっぷり暴力を加えられた模様だった。銀行紙幣の番号を訊かれると、農民たちの家をまわって貸し越し勘定を徴収したということで、これは通報のかぎりではなかった。彼に勘定を支払った人びとの側も紙幣番号は申告できないだろう。金はすでに永らく家に置いてあるか、それとも家畜商人から受け取ったかしたものだったからだ。要するに、紙幣はそもそものはじめから杳として消息を断った。

事件の翌日、予審判事はヒルデ嬢を事務所に呼び寄せて、犯罪学のセオリーをたっぷり浴びせかけた。「容疑者が出たら」、と彼は言った、「有罪証明は簡単だ。だって考えても見給え。あれだけの暴力でマントが引き裂かれているんだよ。犯人の爪の下には絶対にマントの織地のけばが見つかるはずだ。ほんの塵毛ほどのけばさえあれば、やつは犯行を認めるとも！　犯行を認めさせられるとも！　で、犯行を否認するとなれば、そのときはスライド映写だ！　あなたにスライド映写の種板を作ってもらおう！　容疑者が出たらねえ！　容疑者さえ出てくれればねえ！」

その夜、ニーマイヤー某なる男が下宿の女将《おかみ》の証言に基づいて逮捕された。ブロンドの髪をした美青年で、筋骨たくましく、年齢はおよそ二十八歳、どんぴしゃり襲撃を受けたあの商人の商店の店員だった。ちなみにニーマイヤーは前夜家を留守にしていた、と下宿の女将は陳述した。予審判事は電話口で、逮捕を遂行しようとした警官に「やつは手を洗ったかね？」と質問してびっくりさせた。――「お待ち下さい」、と警官は言い、奥へ行って拘留中の男の手を調べ、戻ってきて、言った。「いいえ、両手とも汚れています」――「やつが手を洗わないように気をつけろよ！」それから予審判事はヒルデ嬢をつれて地区刑務所に行った。ニーマイヤーは独房にいた。手を出すように言われ、ヒルデ嬢がやわらかい楊枝をつかって爪の下のごみをほじくり出した。これを見てニーマイヤーが言うには、「今時は監獄でもマニキュアをするんですか？」――「われわれがマニキュアをしてやっているおかげで、なあおい、すくなくともおまえさんが五、六年がとこは食らうおためになるんだ」――予審判事は足早に紙とペンを取りに出て行き、ごみは小さな紙片れに包んで、ヒルデ嬢が規則でその紙包みにサインさせられた――外に出ると予審判事がまた言った。「宣誓したことをちゃんと忘れていませんね、ヒルデさん？」――「はい」、と若い女性は言った。

ニーマイヤーは翌日犯行を否認した。あの夜家を空けたのは重い偏頭痛のためだと説明した。偏頭痛に悩まされたあげく夜の散歩に出て行かざるをえなかったのです。お決まりの言い逃れだった。予審判事は笑った。商人のラグランはけばがこそがれていた。その塵毛がニーマイヤーの爪の下のごみと照合されることになろう。両者が一致すればニーマイヤーは書類送検されるのだ。商人の陳述によると、彼は事務所にそのマントを着て行ったことは一度もなかったと言う。

その夜、予審判事は実験室に行った。「鑑定の結果はどうですか？」「白です」、とヒルデ嬢は冷たく言った。予審判事は怒り狂った。ヒルデ嬢は沈黙し、映写装置を回転させた。白いスクリーンの上に糸玉状にもつれた、まばゆく輝く、菫色の虫のようなもののうようよしている円形が現れた。「これがニーマイヤーの爪の下にありました」、とヒルデ嬢が言った。「そしてこちらがラグランのくずです」新しい円形が現れた。黒い、光沢《つや》のない糸の端である。両者は似ても似つかない。「わたしの言うことが信じられなければ」、とヒルデ嬢は言った、「他の実験室で検査し直して下さい。これがあのときの紙包みです」そう言って彼女は予審判事に小さな紙袋を二つ差し出した。予審判事はそれには及ばぬと手で制し、打ちのめされた体で帰宅した。ニーマイヤーの審理は撤回された。証拠がなかった。ニーマイヤーはそれからまもなくその小都市を去った。半年後にヒルデ嬢は辞職を申し出た。予審判事は独身のままでいた。商人の損害は保険がカヴァーした。

それからおよそ十年後、その間に検事になっていた予審判事は、友人たちとプロヴァンスに自動車旅行に出た。一行は、ある小さな町のホテルがよく管理が行きとどいていると勧められていた。そこで車を降りた。ホテルの亭主はブロンドの筋骨たくましい男で、元予審判事のいまや検事は、なんだか男に見覚えがあるような気がした。しかしそれ以上詮索はしなかった。顔ならうんざりするほど見つけてきているのだ。——夕食の終る頃にホテルの女主人が姿を見せた——と、彼はポカンと口を開けた顔をしたまま、いましも飛び上がらんばかりだった。女主人はほほえみかけ、彼の椅子の上にかがみ込んで声音も毅然としてささやいた。「検事さま《ムッシュー・プロキュルール》、後ほどわたしどもの自宅《すまい》のほうにもちょっとお寄り下さいましな。夫もたのしみにしております」

夫婦の家のサロンで検事はまずメドックを二杯飲んだ。おかげで気分がくつろいできた。いまやニーマイヤー夫人の元ヒルデ嬢はむかしよりきれいになってこそいなかったが、精力的であることに変わりはなかった。「あの事件は時効になりました」、と彼女は言った、「掘っくり返したところで無益です。わたしは幸せで、子供が二人います。夫は申し分なく身持ちがよくて、何も言うことはありません」彼女はニーマイヤー氏の肩をたたいた。「でも真相がどうなっていたのか、聞かせてほしいんじゃありませんこと?」——検事はうなずいた。「あのときあなたは五、六分、紙とインクとペンを取りに独房から席をはずしましたよね? あの数分間を利用したんです。わたしは彼に言いました。「あんたをここから出してあげる。でも、そのかわりにわたしと結婚してもらうわ。わたしは一生月給取りをしてるつもりはないの。そのお金で商売をやりましょう。でも、無作法なまねはもうだめよ。わかった？　これはどうしても約束してもらいます。お金はちゃんと隠してあるの？」この人はうなずきました。それで、どうして彼にそんな話をしたか、ですか？　それは、この人が気にいったから。で、わたしは万全を期して、彼の爪のごみのとラグランの塵毛のと、凸版を二つ作りました。両方とも見間違えるくらいそっくりでした。彼がお堅い人間になったと安心の行くまで、それは取っておきました――わたしのそばを逃げないように強制するためにもね。でももうその必要はありませんでした。彼のほうもわたしにぞっこんになってしまったんですもの」

「でも」、と検事は言った、「あなたが見せてくれた、あの菫色の部屋着は？」

「さて」、と元ヒルデ嬢はじれったそうに言った、「事がうまく運ばないってこともありうるわ。彼にアリバイが必要になることがあるかもしれない。そうなったら彼は事件の当夜わたしのところにいたことになるのよ。でしょう？」

「するとあの輝くばかりの菫色の……」

「大損害」、と彼女はいかにも気前よさそうに肩をすくめた、「わたし、部屋着をちょっとばかり掻きむしってしまいましたの……」

はぐれた恋人たち

リマト河畔のバーデンとトゥルギの間で電話線修復工事をしていた二人の工夫が――夏の夕べははや暮れかけていたので、二人は残業せざるをえなかったのだが――、人間が一人河を押し流されてゆくのを目にとめた。工夫たちは河の浅瀬をじゃぶじゃぶ渉って、なんとかその息絶《ことき》れた若い娘を岸に引き上げることができた。茶色の、みじかく剪《き》った髪の毛がべったり頭に貼りつき、顔にはまだ怒りの表情が残っていた。二人の工夫は人工呼吸をこころみたが、どうやら効果なしと見切りをつけ、近くの農家に娘の身体を運び込んだ。農夫は彼らに物置の空部屋を見せて使うがいいと言い、そこで工夫たちは山積みにした古い粉袋の上に死体を寝かせた。それから工夫たちの一人がバーデンに電話をした。まず知り合いの医者に、次に警察に。

三十分後に到着した医者の確認したところでは、娘は死んでおり、死体はほぼ二時間半水に浸っていた。なお手首に掻き傷あり。二人の捜査官が医者の十分後に自転車に乗って到着し、身分証明書の類を探したが、そういうものは一切見つからなかった。下着に二つの「E」がからみ合っている図が描き込んであった。

「殺人はしたがって六時半と七時の間に、ここから遠くない場所で、おそらくバーデンの下流のあたりで犯されたことになりますな」、と一人の捜査官が言った。彼は巡査長で、犯罪学の実践にかけては心得があるとのことだった。殺人と断じたのもそのためで――掻き傷が決め手だった。医者は肩をすくめただけではっきりしたことは言おうとせず、ふたたび自分の車に乗った。

「ところで」、と捜査官はことばを続けて、小さな物置の戸口の前に立って煙草を喫《す》っている農夫のほうに向き直った、「死体を今晩移送するとなると、ちょっと晩《おそ》すぎるのでね。ご迷惑でなければ、ここに置かせてもらうのが一番いいのだが」どちらでも構いませんよ、と農夫は言った。それから二人の工夫と警官たちは、自転車にまたがって町へ帰って行った。

別れる前に彼らは四人で一軒の居酒屋に立ち寄り、ビールを一杯飲《や》った。客はまばらだったが、かなり暗い片隅にこげ茶ブロンドの髪の、若い、やせぎすの男がいた。年の頃は二十三歳位だろうか。四人はかなり声高に死体発見のことをしゃべっていて、と、電話線工夫の一人が自分の故郷のある事件の話をした。四年前に一人の娘が川から引き上げられた。医者の言うには、娘は死んでいるということだった。父親はしかしそんな話にあまんじようとはせず、それから十時間懸命に息を吹き返させようとこころみた。そう、もう冷たくなってしまった身体に添い寝をして、それを温め、口のなかに息を吹き込もうとした。次の日の朝娘は生き還り、医者は恥をさらした。自分は事件を生《なま》で見聞きしたわけではないけれども、と工夫は言った、でもこれは請け合って本当の話だ。

片隅にいる若い男はじっと聞き耳を立てていたが、このとき立て続けにコニャックを二杯注文して、それを一気に干すと異様なキーキー声を出したので、捜査官たちは思わずそちらのほうをふり向いた。と、若い男はギクリとして足早にその居酒屋を立ち去って行った。

翌朝、エッガー夫人なる女性が警察に名のり出た。自家の二十歳の娘が昨日の午後から行方不明になっているという。夫人はいなくなった娘の容姿をかなり正確に描写したうえで、この娘のことがもっぱら悩みの種でしたと訴えた。娘は、安定した地位もなければ金もない、若い郵便局員に夢中になってしまい、結婚したいと言うのです。「でも、わたしたちは同意しませんでした。エンマはその気なら玉の輿に乗れたのです、地主で……」ここで彼女のことばを小柄なふとった警部がさえぎり、青い眼で奇妙に途方暮れたように相手を見つめると、娘さんの下着には二つのからみ合った「E」が描き込まれていませんでしたかとたずねた。エッガー夫人はうなずいた。それならエッガー夫人にすぐきていただいたほうがいい。娘さんはおそらく死んでいると思われます。昨日、トゥルギに近いリマト河の河畔から死体が一体上がりました。夫人は音を立てずに鼻をかみ、おたおたしたくありませんときっぱり言った。あのならず者のシュッツ、あれのせいで娘は身を滅ぼしたのです。それは何としてでもはっきりさせてもらいます。

「すると郵便局員の名はシュッツというのですね」、とシュトゥーダー警部は悲しげに言った。「では、彼のことは後ほど調べるとしましょう」

翌朝の九時頃、二台の車が農家の前にとまった。後ろのほうは救急車だった。捜査官は自分の役割に得意顔になり、シュトゥーダー警部を物置小屋のほうに案内しようとしたが、主《あるじ》の農夫が二人の前に立ちはだかった。死体が昨夜のうちに消えてなくなっている、と農夫はそっけなく報告した。シュトゥーダーは何も言わなかった。エッガー夫人はしかしおもむろにこちらに近づいてきて、警察を、医者を、声高に罵りはじめたが、小柄なシュトゥーダーにその悲しく寄る辺なげな眼でじっと見つめられると、突然黙り込んだ。「もしかすると娘さんは息を吹き返して、家へ帰ったのでは?」シュトゥーダーはたずねて赤いハンカチで口を拭った。エッガー家には電話があるので家に電話をかけてみた。エンマは電話口に出なかった。

「となると残るは郵便局員のシュッツだけだな」、とシュトゥーダーはため息をついて言った。「ここにじっとしていて下さい、エッガー夫人、もうすこしくわしい事情がわかるまで」彼は捜査官に目くばせをし、二人は車でバーデンに戻った。

警部はぎょうぎょうしい警察活動を好まなかった。同伴した捜査官といっしょに郵便局に入っていき、シュッツはいるかとたずねた。一人の若い男が立ち上がり、お尋ねのシュッツは自分です、と言った。

「ちょっと話したいことがあるものでね」、とシュトゥーダーは気安げに言った。郵便局員は、仕事中で手を離せませんと答えた。「では、昨夜どこにいたか言ってもらえるだろうね?」シュトゥーダーは言って、男の目を見つめるのを避けた。男はしどろもどろになりはじめた。

「ぼ、ぼくは……ぼくは……彼女を殺してはいません……」

「だれも人殺しの話なんぞまだしてやしないがね」、とシュトゥーダーはものやわらかに言った、「しかしあんたは自分からその話をしはじめたのだから、同行してもらったほうがよさそうだな。それでこちらは事件を説明できます」

シュッツが席を立ってくる間に捜査官が警部の耳元にささやいた。「あいつですよ、昨日居酒屋にいて工夫が生き返った娘の話をするのを聴いてたのは」

「そこにいたのは、むろんやつに決まってるよ」、とシュトゥーダーは言った。彼らは三人で車に乗り込んだ。郵便局員が無実だと言い張るのをシュトゥーダーは疲れ切った沈黙で応じた。夏の日は暑く、途々シュトゥーダーは河に通じる小さな道路に車を迂回させた。河岸にくると三人は車を降りた。さしてめぼしいものはなかった。茂みの生え放題になった小さな岬が、ギラギラまぶしい水面にそびえ立っていた。

「最後の逢引には絶好の場所だな」、とシュトゥーダーは連れのほうに目を遣らずに言った。相手は無言だった。

彼らは農家に戻った。二人の警官が付近一帯をくまなく捜しまわったが、何も見つからなかった。エッガー夫人は気分が悪くなり、農家のなかで横になっていた。郵便局員シュッツはこれを聞くとほっと一息ついた。だがそれから思わず木の壁に背をもたせかけた。シュトゥーダーが彼のほうには目を遣らずに静かにこう言ったからだ。

「死体を引きずっていった場所を教えてくれんかね」

「でも、ぼくは彼女を殺しちゃいないんです」男は嗚咽し、涙が頬をつたって流れた。「もちろん殺してやしないさ」、とシュトゥーダーは言った。「あんたは卑怯だっただけだ。でもいまはお役に立てる。彼といっしょに行きなさい」捜査官が口を開き、一人の同僚に目くばせをした。シュッツは二人といっしょに原っぱを横切って、近くの小さな森のほうによろめき歩いて行った。静かな大気のなかになおも長い間男の子供っぽい嗚咽の声が聞こえた。

「心中の片割れです!」シュトゥーダーはかたわらの警察医のほうに向き直って言った。「やつと娘が死のうとした!まともに殺していたほうがまだしもましな気がします。なんだか嫌な感じだ」シュトゥーダーは唇をぬぐった。「二人のロマンティックな娘がある状況にのめり込んでしまう。「あんたか、でなきゃ死ぬわ!」娘はそう言って両親の冷酷さを嘆いたのでしょう。最後のお別れ、最後の抱擁。「二人で河に飛び込みましょう！」男はうなずき、物思わしげに彼女を見る。だが男には娘について行く勇気がなかった。やつは居酒屋で酒を飲んで忘れようとした。そこで工夫たちが奇妙奇天烈な話をするのを耳にした。やつは死体を盗みにゆき、それを森まで引きずっていって――生き返らせようとした、そう思いたいところだが……その証拠はない。どうやらやつは娘が息を吹き返すんじゃないかと、それが怖かっただけみたいだ。万一そうなったら？　どういうことになるか？　やつは卑怯者だ。ね、博士《せんせい》、率直にそう申し上げましたよね、ずばり殺人のほうがまだしもだと。こういう手合いをどうすればいいのか？　二度と一人の娘を不幸にしないように、河に飛び込ませますか？　ありがたいことに、この種の事件はそうしょっちゅうは起こりません」

不運

……状況のせいなんです、予審判事さん、もっぱら状況のせいなんで……ツイてなかったんです、もうまったく運が悪かったんです。わたしは気安く法を破るといった連中のお仲間じゃありません、なのに……どうなんでしょうかねえ、人間、よく自分のコントロールがきかないといった状況になることがありますよね、そうなると……でも、もっとわかりのいい説明をしなければなりませんよね。絶望的な事件をこの世からなくしたということで、きっとわたしはあなたに感謝されるでしょう。そりゃ、裁判所ではいったん決着のついた事件が歓迎されないのは知ってます……

わたしは踏切番です、予審判事さん。職業柄列車の通過を見張り、遮断機の腕木を下ろしてから赤旗を踏切番小屋の前に立て、列車を目の前で分列行進させる、というのが仕事です。もう二十年もお勤めしています。わたしの小屋は線路の際にぽつねんと立っています。急行列車が通ったり、普通列車が通ったり……妻は四十歳で、一人前になった娘が一人おり、アンナという名前です。アンナには婚約者がいます……

三週間前の木曜日のことです、はじめてその男を見かけました。単純なグレーのスーツを着て森のはずれにたたずみ、こちらのわが家のほうを眺めやっていました。角縁眼鏡を掛けているのがはっきり目に立ちました。その眼鏡をしきりにはずしたり、また掛けたりしていました。それから彼は掌をひさしのようにして額にかざし……あの男、いったい何をしようとしているのだろう、とわたしは自問しました。このときはまだ事件のことを知らなかったのです。新聞はいつも遅配されてきます。小屋は辺鄙《へんぴ》なところにあり、それにわたしの購読紙は週に二度しか出ません。先程申し上げましたよね、男が初めて姿を見せたのは木曜日だった、と。それでも男が何をしようとしているのか、すぐにわかりました……

説明が回りくどい、ですか？　もっと分かりやすくとおっしゃってもねえ。話をするというのが、ねえ……昔は、そりゃ、こんなじゃありませんでしたよ。昔は男声合唱団の団長をしていて、たびたび歓迎の辞をしゃべらされましたよ。でもずっと昔の話です。それに歓迎の辞は説明みたいに難しくありません……

正午きっかりにパリ発の急行列車が小屋の前を通過します。で、あの木曜日は紙入れがこちらの足下に飛んできたのです。目を上げると一等車室の窓が開いていて、角縁眼鏡をかけた男が一人身をのり出している……しかしすべてがあっという間のことでしたので、それ以上こまかいことは見れませんでした。しかし角縁眼鏡ははっきり見ました。ですからその晩男が森の際にきて、眼鏡をはずしたりまた掛けたりし、ひさしみたいに額に手をかざしてわたしの小屋のほうを眺めやっていても、ちっとも不思議には思いませんでした……紙入れを探しているのだな、とわたしはひとりごちました、でもどうしてもっとこっちに近づいてこないのだろう？　何かやましいところがあるのか？　でもどうして？　いずれにせよ、中身がいっぱいの紙入れを車窓から投げ捨てるというのは尋常な話ではありません……紙入れの中身は大金でした。そのことはまだお話していなかったと思います、あのことは……しかしこれは、あなたご自身のほうがよくご存じでしょう。新聞という新聞が当時はあの鉄道列車殺人事件の記事で……一等車の車室内で絞殺されて発見された男の記事で持ちきりでしたもの……

あの木曜日の晩、角縁眼鏡の男はわたしの家にはやってきませんでした。約十五分間森の際に立っていて、それから姿を消しました。わたしはしかしその拾得物を妻にも娘にも、だれにも見せませんでした。女というものは日頃見なれないものが現れると、すぐに大声を上げたりするものですからね。紙入れは隠しました。うちには古い長櫃があり、わたしはそこに書類や記念品や昔の手紙類をしまっておいて、鍵はいつも身につけて歩いています……次の日の晩、男はまた森の際にきていました。

その日は金曜日でした。男は近くまでやってきました。「今晩は、ご機嫌いかがですか？」ことばつきといい、見たところといい、外国風でした。顔色は蒼白く、くたびれていてスーツはしわくちゃ。森のなかで寝たのだな、と思いました。そりゃ今は夏で、夜は温かい。でもどうして森のなかで夜を過ごさなきゃならないんだ？　男はどう見ても浮浪者のようには見えませんでした……「今晩は」、とわたしも言いました。「あなた、ひょっとして」、と男は言って、角縁眼鏡をずらしました、「ひょっとして偶然、何か拾った物はありませんか？」――その気なら彼を安堵させてやることもできたでしょう。しかしわたしは「拾い物？」と言っただけで、それ以上何も言いませんでした。男は眼鏡のレンズ越しにじっとこちらを見ていて、その目は悲しそうでした。打ち明けた話が同情したくらいです。ツキに見放された男の顔をしていました……この晩はほかには何も起こりませんでした。十時頃妻が寝ました。娘は外出していましたが、婚約者と逢っていたので、ようやく帰宅した時は一時になっていました。

娘を待っている間、暇にまかせて金を数えてみると……大金でした、予審判事さん、すぐに使える、額面の大きくない銀行紙幣ばかりです……家一軒が買えるでしょう……

次の日、新聞がきました。「パリ発急行列車で強盗殺人……犯人は逃亡……犯人は若い男で、どうやら被害者の甥であるらしく、伯父の大金入りの紙入れを盗み……事件解決の資料になるような情報……等々……」とっくにおなじみのスタイルですよね……

もちろんですとも、予審判事さん、届け出るべきでした。でも人間いつも、すべきことをするものでしょうか？男には気の毒なことをしました。悲しそうな顔をしていました。一度も幸運に恵まれたことのない人みたいに悲しそうな顔をしていました。おそらく伯父さんを殺すつもりは全然なかったんじゃありませんか？　さあ、それはどうでしょうかね？　骨肉の争いということもあるし、ねえ……それで紙入れは取らなかった、窓から投げ捨ててしまった……

晩になるとまたやってきました。「隠れなければ」、とわたしは彼に向かって言いました、「警察が捜している。外国に高飛びしなければね。後のことはそれからだ。その気なら匿《かくま》ってやる。森に小屋があるのを知ってるんだ。

あそこならだれもこない。食事はそこまで運んでやる……」わたしはただもうぺらぺらまくしたてました。ツキに見放された男ってものがどういうものか、どう思われますか。わたしは知ってます……わたしも昔は、自分がすこしはましな人間になれるかと思ってました。高校に通っていましたが、そのとき父が死に、そこで鉄道に勤めたのです。もういまでは何もかも昔の話です……角縁眼鏡の男は怒っているみたいでした。「金をよこせ!」、と彼は言いました。「まあ落ち着けよ」、とわたしは答えましたが、おもむろに憤りに駆られました。この人殺しめが何をあつかましい? けれどわたしには彼の金を着服する下心はありません。こいつ、一体、どういうつもりなのだろう? しかしわたしはいとも平静にこう言いました。「金を渡したら、あなたは逃げようとしてかならずパクられます。警察が捜しています。金はわたしのところが安全だ。そのことは後で話す。それよりうちの女房に顔を見られる前に、こっちへいらっしゃい。うちのやつはおしゃべりが好きなものだから……」と、彼が弱気になるのがわかった。「よかろう」、とだけ言って彼は森の小屋のほうに案内されるがままにまかせました。そこには樫《かし》の大木があるのですが、その樫の葉はかたくて半透明です……そう、金と家です! 予審判事さん、わたしの夢はずっと犬を飼うことでした、それも純血種の……この種の夢がどんなにしぶといものか、ご存じでしょうか? きっとおわかりではない……わたしは角縁眼鏡の男に二週間食事を運びました。彼が話してくれたところによると、金を盗んだのは伯父さんのほうなのでした。殺された男は彼の父親の兄弟で、彼の後見人なのでした……二人は列車のなかで争いになり、ツイてない男の彼は、あの角縁眼鏡の男は、殺すつもりはなかった。人殺しになる気なんかなかったのです……最後の瞬間に伯父さんのほうが窓から紙入れを外に投げ捨てたのです。一昨日、わが被保護者は怒り狂ってしまいました。金がほしかったのです。何とか逃げられる、と思ったのです……そして毎晩、妻がベッドに入ると、わたしは金を数えました……大金です、予審判事さん……あれは正当防衛でした、本当です、正当防衛でした。あのツイてない男がわたしの喉元にとびかかろうとしたんです。でも、わたしのほうが強かった。向こうもそれは覚悟していたにちがいない……いまは樫の木の太い枝にぶら下がっています、あの半透明の葉をつけた樫の木に……そしてここにあるのがその紙入れです……どう思います、予審判事さん、やつはどこまでもツイてない男だったんですよ……

砂糖のキング

クライビヒ警部が現場に駆けつけて確認したように、はじめからまるきり《パール・エクセランス》絶望的な事件だった。場所は闇ブローカーの巣――胸を一突きされて傷口から血を流している死んだ男は、ヤーコプ・クスマウルという名で、パスポートによるとリガの出身だった。しかしおそらく彼はクスマウルという名ではなく、出身地はおそらくブカレスト。この連中のお話は信用できたためしがない……クライビヒ警部はため息をついた。世界大戦が終わって四年後である。ウィーン中が餓え、猫も杓子も闇取引をしていた。ため息をつきながらクライビヒは思った。旧君主制が健在のままだったらたぶん宮廷顧問官になっていた身だ、ところがその……つまりこの、どうやらそんな名前では全然ない、ヤーコプ・クスマウルとやらが目の前の床に寝ている。その薔薇色の絹のシャツは胸の左側が裂け、大きな血痕がそのやわらかい織物をごわごわにし褐色に染めていた。

死んだ男はテーブルの脇に寝かされていて、テーブルの上にはチェス盤が駒ごと置いてあった。勝負は序盤だ。チェス盤の傍らには半分方飲んだブラックコーヒー入りコーヒー茶碗が二つ。その横には（贅沢な！）砂糖のための銀皿が二つ置いてある。一方にはいわゆる角砂糖を三個包んだ四角いパックが一つ載せてあり、もう一つのほうは空だった。

床の上にはしかしヤーコプ・クスマウルが寝かされいて、右手にチェスの黒のキングの駒をにぎり、左手には角砂糖の四角いパック、明らかにテーブルの上の空の銀皿に載せてあったと思しい例のパックをにぎっていた。

「どのくらいまだ生きていたかな？」クライビヒ警部が警察医にたずねた。

「はい、まあ二、三分と思いますが……」

「意識はまだあったのでしょうか？」

「そりゃあったと思いますよ。タフな生き方をしてた男ですもの、そう思っていいでしょうな、宮廷顧問官殿」

「で、やつが手に持っているものに何か意味があると思われますか？」

「あり得るでしょうね……しかし何です？　チェスの黒のキングの駒と角砂糖三個でしょう？　こんなものに何の意味があるんです？……ご存じなんですか、宮廷顧問官殿？」

「まあね」、と警部は言った。医者の「宮廷顧問官」ということばが警部の耳を快く愛撫した。「ガイシャはたぶんこれでヒントをくれようとしたんです、ヒントをね。われわれがどうやって殺人者のところにたどり着くかご存じですね、先生。だって砂糖は何かを意味しているはずですよ……」

「で、チェスの駒は……」ホッホロイツポイントナー警官が控えめにことばをはさんだ。ホッホロイツポイントナーは貧弱な赤い口髭を蓄え、額に深い皺が走っていた。

「うむ」、と警部は言った、「黒のキングねえ……キング・ハーバーは知ってるし、キング・リアも知っている。シェイクスピアに出てくるキングならどんな名前もみんな、ヘンリーであれ、リチャードであれ、おなじみだし、オトカール王だって知っている――だけど砂糖のキングときた。砂糖のキング……」ともう一度くり返して、警部は頭《かぶり》をふった。彼は部屋を見まわした。どこにでもありそうなホテルの一室。床にはすり切れた絨緞、四壁は緑色がかった壁紙が色あせて、ベッドの上のほうの四角形だけは元のままの色。たぶんそこにかつて皇帝の肖像が掛けてあったのだ。窓は光庭〔採光用の中庭〕に面していて、室内にはどんよりした光がたちこめていた。外は雨が降っていて、まもなく日が暮れようとしていた。

　医者が別れを告げた。クライビヒ警部は長らくチェスの序盤勝負を見て考え込んでは、何度も首をふった。市警警官ホッホロイツポイントナーは無言で控えていたが、ようやくささやき声で言った。

「ボーイを呼びましょうか？」

クライビヒはうなずいた。彼は死んだ男を見つめた。男の顔つきはいかにも感じが悪かった。おそろしく悪かった。三重顎、チーズ色の皮膚、額が狭く、唇はソーセージみたいに肉厚。その名も高いあの「死の尊厳」の面影は露ほどもなかった。


クライビヒは死んだ男から顔を背け、室内のもう一つのテーブルにあゆみ寄った。それは四角くて、窓際にあった。書類があれこれ載せてある。計算書、送り状、業務上の書簡などだ。「貴下の十五サンチームのご注文に従い、これに応じますことを謹んでお知らせ申し上げます……」革のすり切れた、はち切れそうにパンパンにふくらんだ紙入れ。クライビヒは中身を開けた。トルコ・ポンド、スイス・フラン、ドル、イギリス・ポンド、小切手が二枚。クライビヒは機械的に金を数え、インフレの金で支給される自分のサラリーを思ってため息をつき、ていねいにまた銀行紙幣をしまい込んだ。そのとき奥のほうにしわくちゃになった紙片が一枚あるのに気がついた。電灯の明かりにさらして見た。彼の後ろではホッホロイツポイントナー警官が部屋のなかをゴム底靴でひっそり歩きまわっていた。


紙片はフランスの新聞の切り抜きだった。片面にはある占星術師の予言。しかし全部言い終わってはいない。真ん中のところで切り抜いたので後半がそっくり欠落している。裏面に赤鉛筆でマークした記事。

「デュラン教授による糖尿病の合理的治療法」

明らかに糖尿病治療に関する本の広告だ。クライビヒの視線は新聞の切り抜きからテーブルへとさまよった。糖尿病［砂糖の病気の意］？……砂糖か？……

このテーブルで二人の男がチェスをしていて、チェスをしながらコーヒーを飲んだ。しかし彼らは二人ともコーヒーに砂糖を入れて飲んだ……その一人、おそらく殺人者のほうは角砂糖のパックを小さな銀皿に載せたままにしておき、クスマウルのほうはしかし椅子から転げ落ちる寸前にすばやく左手でパックをつかんだが、一方右手は……が、もう手遅れだった。左手がこうしてパックをつかみ、殺人者は立ち上がっておもむろにドアを出て行き、それからクスマウルは床の上に転げ落ちて死に、そしてその身体がいずれにせよ奇妙な姿勢で硬直していた。左右とも下腕が肘のところから空に向かって直立していた。左手は角砂糖のパックを、右手はチェスの黒のキングをつかんで……

フロア・ボーイのポスピシル・オトカール、既婚者、マリーアヒルフ街四十五居住、は、殺されたクスマウルに対してさしたる高い評価を与えられないようだった。あの男は大酒飲みでした、と彼は供述した、夜通し「ダチ公」や女どもと遊んでいました……でも、わたくしポスピシルとしてはそんな話は口にするのも御免です。それでいてクスマウルは病気でした。糖尿病。小麦粉入りの食べ物は厳禁なのです。専門医の診断も受けていて、その人が一度訪ねてきたことがあります。山高帽に白の革脚半、それに真っ白な美髯を蓄えたノーブルな紳士でしたが、名前はもう思い出せません。

「はい、宮廷顧問官様」、とひどく飢えやつれた感じのボーイのポスピシルが言った、「ですから関わりにならないほうがおよろしいと思います。その男にはいろいろとコネがございまして、申し上げますれば、アメリカ使節団の大佐が訪ねてきて二人で英語で話をしておりましたし、とにかく一日中訪問客が絶えませんで、トルコ人だの、ロシア人だの、アルゼンチン人だのがやってきました——ヤクザたちもです——、宮廷顧問官様、わたくしの意見が知りたいとおっしゃるのなら、その男は暗い裏街道の人間でした……」

「うん」、とクライビヒ警部は言って、絹のように光沢のあるその白髪を撫でた。「うん、ありがとうポスピシル、その点はわたしも考えていた。はじめからそう言ってたんだ、そうだな、ホッホロイツポイントナー？　わたしははじめから言ってたよな、まるきり《パール・エクセランス》絶望的な事件だって、な、そう言ったじゃないか？」

ホッホロイツポイントナーは無言でうなずいた。

「もう行っていい、ポスピシル……いや、いかん、まだ待っててくれ。どうして砂糖かは、ホッホロイツポイントナー、わかったな。ほらこの新聞の切り抜きを見てみろ、な、フランスのデュランて名前の教授の〈糖尿病の治療〉だと。糖尿病患者は砂糖を禁じられている。で、まさにそのために四六時中砂糖を欲しがっている。それはだれでも知っているな。で、クスマウルは自分が死ぬと見るや、えい、どうとでもなれとばかり、さっとばかり角砂糖のパックを手に取って――いわば末期の望みを果たしたのさ。なあ？　どうかね、これは、ホッホロイツポイントナー？」

ホッホロイツポイントナーはこれには答えず、両手を肩の高さで宙に浮かせた。そうしているとチンチンをする犬そっくりだった。クライビヒ警部はこの格好が大嫌いだった。

「訊かれたら返事をしろ！」クライビヒはどなった。秘密警察警官のホッホロイツポイントナーは返事をせず、質問をした。しかもボーイのポスピシルに質問をした。

「いつもこの旦那のチェスのお相手をしているのはだれかね？」

「一番のお相手ならスウィフトです、イギリス人の。この旦那が……ええ……ホトケがおっしゃるには、一人前に指せるのはスウィフトだけ。あとはまあ鼻たれ小僧どもだ……」

「で、そのスウィフトさんは今日の午後もおいでになったのかね？」

「はい、三時半においでになりました。それでクスマウルが……ええ……この死んだホトケがベルを鳴らして、ミルクコーヒーを二つ注文しました……」

「ミルクコーヒー二つだって？　だってミルクはどこへ行っちまったんだ？」

「ミルクが品切れだったんです。で、ブラックの小カップを二つ持って行きました……するとクスマウルさんにどなりつけられました。どうして砂糖を持ってきたんだ。おれが砂糖を口にしちゃいけないことは、知ってるだろ。それにもう一人の旦那のスウィフトさんだって、砂糖は口にしちゃいけないんだ。この人も糖尿病のせいで……」

「ふん、ふん……」、と秘密警察警官ホッホロイツポイントナーは言っただけで、いなくなった。

「行ってよろしい、ポスピシル」、と警部が言った、「いや、まだだ。あんたはスウィフトが出て行くのを見たのかね？」

「はい、宮廷顧問官様、わたしは三時四十五分きっかりにスウィフトを呼びにまいりました。だれかが電話であの方がいないかとたずねたもので」

「クスマウルはそのときはまだ生きていたかね？」

「それは存じません、ごめんくださいまし、宮廷顧問官様、ほんとうに存じません。わたしはドアをノックして、「スウィフトさんにお電話です」と言いました。すると「イエス」という声がして、ドアがパッと開き、わたしはつい後ずさりしていました。なぜって、ねえ、宮廷顧問官様、クスマウルはわたしが部屋に入るのを嫌っていまして、一度などわたしの……」

「そんなことは訊いてやしない、ポスピシル」

「わたしの頭に空瓶を投げつけたことがあります……はい、ですから、スウィフトさんはわたしについて電話機のところまでおいでになって、わたしには全然わかりませんでしたが、お話になって、そのままお帰りになりました。わたしにおっしゃるには、それから英語で、チェスの勝負は最後までつけられないとクスマウルに伝えてくれと……しかしわたしはお伝えするのが遅くなってしまいました。やらなければならないことがあって、他のお客さまがベルを鳴らしたので、ああ、やれやれ！　宮廷顧問官様には、わたしどもの仕事がどんなに大変なものか、おわかりにはなりますまい。一日中走りまわって、これっぽっちのチップ。闇ブローカーというのはケチンボで……」

「もういいよ、ポスピシル。で、あんたはいつこの部屋にきたんだね？」

「きっかり四時半です、宮廷顧問官様、するとクスマウルが……いえ、ガイシャが、というのはほんとにクスマウルという名なのかどうかは、だれも知らないんで、いつだったか別の名前で呼んでいた人がいましたからね、そのガイシャが床に転がっていたんで、わたしは警察に電話を……」

「オトカールという姓だったね、あんたは、ポスピシル？」

「仰せの通りでございます、宮廷顧問官様、はい、祖父と同じくオトカールで……」

「オトカール王の幸運と末期……」クライビヒ警部がつぶやいた。

「何とおっしゃいました、宮廷顧問官様？」

「いや、何でもないよ、ポスピシル。ウィーンの劇作家のグリルパルツァーにそういう題の戯曲があるんだが、あんたは知らないよね……」

「はい、存じません、宮廷顧問官様。わたくしどもにはそういう名前のお客さまはおいでになりません」

「ナイフを持ってないか、ポスピシル？」

……黒のキング……オトカール王……しかしそれだとまたまた砂糖とは無縁になる……だがスウィフトは糖尿病だった。ホッホロイツポイントナーの言ったことはどうやら正しかった。しかしスウィフト、スウィフト……スウィフトはキングのドラマなんか書いてやしない、書いたのはあの巨人の物語だけだ……ガリヴァーだっけ？ そう、ガリヴァーだ……クライビヒの頭は縦横にはたらいた。

「ナイフを持ってないか、ポスピシル？」ボーイが答えないので、クライビヒはまたたずねた。

「鵞ペンを削るペンナイフしかございませんが、宮廷顧問官様」、そう言ってポスピシルは、思わず胸を打たれるような戸惑いのほほえみを浮かべてその傷んでいる歯を見せた。

「出しなさい！」

「かしこまりました、ただいますぐ……」

黒光りしているズボンからポスピシルは小指ほどの長さのナイフを取り出した。クライビヒはナイフを眺め、ぱたんと刃を飛び出させた。錆びて刃こぼれしている。クライビヒは肩をすくめた。

「下がってよろしい、ポスピシル」

「かしこまりました、宮廷顧問官様」ポスピシルはさきほど秘密警察警官が消えたのと同様、音もなく姿を消した。

クライビヒは椅子を取ってきて序盤戦のチェスの置いてある円テーブルの傍らに据えると、両手に顎を埋めて、駒の配置をじっくり調べた。

するとスウィフト氏が白の駒だ。スウィフト氏は、古くからの、定石通りの指し方の愛好家であるらしかった。クライビヒは相当なチェス理論家だった。白がキングのギャンビット［序盤で駒を一個ポンと捨てて有利な展開をはかる手］をし、黒がそれを取っている。双方とも何手ぐらい指しただろうか？　せいぜい十手。白はナイトを犠牲にしていた。つまり古いも古いかのキーゼリツキー・ギャンビット戦法で行こうとしていたわけだ。が、黒は、どうやら、応戦法を心得ているらしかった。かつては妙手とされた攻撃の撃退法、この応戦の仕方を編み出したのは、だれだったかしら？　何とかいうやつだ、しかし何という名前だったっけ？　ジュースキント？　ちがう。ショコラーデントルテ［チョコレートケーキの意］？　何をバカな！　有名な名人、前世紀のチェス名人だ。だれだったかな、あれは？　アンデルセン？　ちがう。モーフィー？　ちがう。ピルガー？　あれは理論家だ……

　クライビヒはあきらめた……彼は死んだ男をじっと見つめた。片手に黒のキング、もう一方の手には三個の角砂糖……重要なのは砂糖のほうか、それともキングの駒か？　いまはどこかに消えて、イギリス人のスウィフトを逮捕しに捜しに出かけている、ホッホロイツポイントナーの言うことが正しかったのでは？　同じく糖尿病患者だったスウィフトを捜しに行ったホッホロイツポイントナーが？　クスマウルよ、とクライビヒ警部は思った、世が世なら君主制下で宮廷顧問官の身分にありついているのは確実で、いかにも宮廷顧問官らしい風貌をしてもいるので人びとがみんな宮廷顧問官の称号つきで呼ぶのも不思議はない——やんぬるかな、共和制の下でさえ——、そのクライビヒ警部が思うには、クスマウルよ、おまえの死はとびきり《パール・エクセランス》じつに救いようのない、じつにやりがいのない事件だけど、どうやらおまえはわれわれにささやかな絵謎の宿題を課する欲求を感じたようだな。その点はおまえに感謝してしかるべきだろう。やれやれ、人生は退屈もいいところだ。おまえを殺したやつを捜したって、それにどんな意味があるんだ、クスマウル、おまえが死んだって悲しむやつなんかいやしない。ポスピシルがいみじくも言ったように、おまえの「ダチ公」どもでさえな。おまえは一生の間あんまり良いことはしてこなかった。顔を見ればそれはわかる。人びとをだまし、女たちを誘惑してきた。そんなおまえの所業には毒を盛ってやりたいくらいだ。おまえは恐喝《ゆすり》屋だ、人を食いものにする禿鷹野郎だ、クスマウル、なのにわたしはおまえを殺した犯人を捜し出さなきゃならない。おまえの気持ちがどうあろうと、義務は義務だし、われわれはそれにはまあ慣れっこになっている。それに、かりに「砂糖のキング」にまつわるおまえのささやかな絵謎が解けなかったら、たぶんおまえはわたしを笑うだろう。おまえがいま、この世におけると同様、うろうろうろついているあちらの世界でな……

たそがれが色濃くなってきた。クライビヒは躍り上がって、電灯のスイッチをひねった。死んだ男はあいかわらず、なかば握りしめた拳《こぶし》を部屋の天井のほうにつき上げていた……

……キーゼリツキー・ギャンビットの撃退法を見つけたのは、あれはだれだったか？……

クライビヒはいま一度死んだ男の上に身をかがめ、警察医がボタンを閉じていったシャツをはだけた。傷は小さく、きれいになっていて、縁の線が鋭く、びらびらしたほつれがなかった……

……柳葉刀で切ったみたいだな、とクライビヒは思い、ドアまで行って、外側からドアを閉めると階段を下りて行った。

「スウィフトさんはどんな風采をしているかね？」彼は門番に訊いた。

「スウィフトさんですか？　小柄で、年寄りで、膝がえらくぶるぶる震えて、手も両方とも……」

「ふん、ふん」、とクライビヒは言っただけで、かなりすり切れがきているそのグラーセキッドの手袋をつけた。

事務所までくるとクライビヒはウィーンの専門医一覧表を持ってこさせた。名前をざっと通覧した。突然、リストのほぼ最後まできて飛び上がり、右手の掌でぴしゃぴしゃ額を叩きはじめた。「そうだとも！」加えて彼は言った。「当り前じゃないか！　王侯の遊戯！　遊戯のキング！　名人！　チェスの名人！　あのツッカーマイスター！」そしてまた額をぴしゃぴしゃ叩きつづけた。しまいにホッホロイツポイントナーがそっとドアを開け、びっくりして目をぎょろつかせて小声でこんなふうに言うまで。

「わたしはてっきり宮廷顧問官殿が赤ちゃんを抱っこして、お尻をぴしゃぴしゃ叩いてるんだとばかり思いましたよ」これはちょっと注釈を加えておく必要があるが、ウィーン風の言い方ではぴしゃぴしゃ《ヴァッチェン》というのはお尻叩きのことなのである。

「で、スウィフトは？　ホッホロイツポイントナーくん……」クライビヒがたずねた。

「スウィフトはまあイギリス大使館の使い走りみたいなやつです。逃げられました。自動車で。国境警備隊に出動を要請したほうがいいかどうか、お訊きしたくて……」

「その必要はない、必要ないさ。まあ一服シガレットをやりたまえ、ホッホロイツポイントナーくん……」

それが賢明だった。なぜなら幼稚な「ドラマ」は当時は費用がかかったので……

*

「教授殿にお目にかかれますかな?」クライビヒがたずねた。

「ええ、まあ……」従僕が答えた。

「重要な問題なのです。クライビヒ警部がきた、と通じてくれればよろしい」

教授殿は黒のフロックコート、白のチョッキを身につけていたが、その長い髯のほうがチョッキよりずっと白かった。教授殿はナーヴァスになっていた。こうした場合にいつも言われるような科白《せりふ》を言った。

「何かわたしにご用かな?」

「教授殿」、とクライビヒ警部は言った、「どうしてあなたはあの詐欺師《ファロット》を刺されたのですか?」(詐欺師《ファロット》とはルンペンを指す具体的なことば。)

「詐欺師《ファロット》? 刺した?」教授は反問した。

「ご心配はありません、教授殿」、とクライビヒは愛想よく言った。「あなたにどうということはありません。クスマウルがあの世に行ってよろこんでいる人間は、まだほかにすくなくありません。これはむしろわたしの個人的な勝利の問題です。と申しますのも死んだ男はわたしに絵謎の課題を与えていったからです。わたしはそれを解きました。つまり死んだ男は殺人者の名前をはっきり教えていったのです」

「そう? で、どんなふうに?」

「片手に角砂糖、もう一方の手にはチェスのキングです」

「それで？」

「それで黒はキーゼリツキー・ギャンビットに対する撃退法をやっていました」

「失礼だが、その、警部殿、わたしはじつはいそがしいので……」

「あなたは、だって糖尿病がご専門のツッカートルト〔シュガーケーキ、砂糖のケーキの意〕教授ですよね……」

「そうだが、で？……」

「前世紀に同名の人物がいました。有名なチェスの名人でして、この人もツッカートルトという名でした。故クスマウル（〔独語の〈故〉は神の祝福を受けた、の意なので〕彼が神の祝福を受けたかどうかはあやしいものですが）はこれ以上名前をうまく当てこすることはできなかったろうと、お認めになりますよね。その名がツッカー〔砂糖〕ではじまる、キング、名人……さあ、どうしてあいつを殺したのか、教えて下さい。わたしは逮捕状を持っていません。あなたが正しかった、と確信しています。事件は免訴にされます。ですからわたしに私的な勝利を授けては下さらぬか？」

「なぜわしがあの豚を刺したか、だと？　なぜだと？」

白髯の上の顔面が火のように紅潮した。

「あの詐欺師めがインスリンの代わりにただの井戸水をよこしたからだ。そして重症の患者が二人も、敗血症で死んでしまったからだ……」

「そうですか」、とクライビヒ警部は言った、「インスリンの代わりに井戸水をね……」そうして彼はいとまごいをした。

ちなみにインスリンは重症の糖尿病にいくらかは効きめのある唯一の薬剤なのである。

医師の看板の前でクライビヒはまた一瞬立ち止まって、ひとりごとのようにして看板を読んだ。そこにはこうあった。


レギス・ツッカートルト教授博士　　循環器系専門医

「〈レギス（Regis）〉もRexの第二格《ゲニティーフ》だし、ギムナジウムで教わったな、Rexはキングの意味だって。もうじつに良いことずくめだな」

クライビヒ警部は頭《かぶり》をふってそのすり切れかけたグラーセキッドの手袋をはめ、通りに出て、雨傘を開いた。ごく控えめながら雨が降っていたからである。彼が街の雑踏に消えて行くと、白髯の紳士が二階の窓からその後ろを見送ったが、紳士はおそらくその長い医師生活のうちではじめて、心理学の問題に思いをめぐらす必要があると思ったのであった。

死者の訴え

いま五分経ったところ。だれもこない。すると家のなかの銃声を聞いた人間はいなかったわけね。だからまだ三十分は傍にいて、あんたと話ができる。あんたはもうわたしの話を聞けない。それはそれでいいわ。さあ、このブルーのパジャマの上着を上にかけて胸を覆ってあげる。そうすればもうあの小さな暗い穴を見ないでも済むもの。血はほとんど一滴も出ていないわ。見たところ玩具《おもちゃ》みたいなこのブローニングはあんたの手に握らせたままにしておきましょう。あんたがどんなふうにしてわたしの手からブローニングを奪うのに成功したか？　そうね、あんたはいつも器用だったものね。

明日になったらあんたは見つかるでしょうね。そのときには、わたしはもう遠くに行っている。だれもわたしがきたのを目撃した人はいない。わたしは慎重を期したわ。わたしがこの家を出るのを目にする人もいないでしょう。明日……明日はわたしが結婚する日。彼はいい人で、わたしを愛してくれている。わたしは家庭を持ち、子供を持ち、あんたといっしょに過ごした六年間を忘れてしまうわ。わかるわね、一人の女にとって六年は長いの。ねえ、わたしはもう二十九よ。それにわたしはあんたのおかげでどんなに苦しまされたことか！　あんたは人に見せびらかせるような男じゃない、女が自慢できるような男じゃないわ。そんな卑劣な笑い方をしなくてもいいのよ。あんたはほんとにわたしの手紙を燃やしたの？　だらしのなさでは自他ともに認めるあんたのこと……

いいえ、あんたはちゃんとしていた……でも、それが何なの？　これは今晩書いたの？　じゃ、わかっていたのね?……「もううんざりだ。ケリをつける。無一文のからっけつの身だ。遺言書も必要ない」そして署名。簡単明瞭ね、まああんまり趣味は良くないけど。すこしは悲しそうなことばがあってもいいのに、なぜなの? 新聞の紙面をさぞや美しくしてくれたのにね。だから〈事故と犯罪〉の欄に小さく、こう書いてあるだけ。「昨日その住居にてN・N某が拳銃自殺。どうやら困窮のあまりかかる悲しい挙に及んだものと思われる」読点。終り。そして「社交欄」にはこうあるわ。「有名な女流ヴァイオリニストX・Yが今日かくかくのディレクター氏と結婚。婚礼が挙行され、かくかくしかじか」そう、そういうことになるでしょうね。だって、きょう日では何だって新聞に載るんですもの。それでいて、わたしたちが六年間いっしょに暮らしていたことはだれも知らない。だってあんたのことはだれにも知られていないし、わたしは用心深かった……ここのワンルームの部屋をあんたに借りてやっていた。だってあんたはわたしのお金で生きていたのだもの、六年間も。まるまるってわけじゃない。はじめのうちはあんたも多少は稼ぎがあって、わたしがうまく行ってないときは助けになってくれた。でも、その後は……公平を期するために言っておく必要があるわ、あんたを援助したのはいつもわたしの勝手でやったこと。あんたにせがまれたことは一度もない。だけどあんたはなまけ者だったわ! まったく! あんたはいつでも眠りたがっていた。それであんたが眠っているので、わたしはレッスンさえできなかった。あんたみたいな人間は何の役に立つのかしら? そんな人間がどうしてこの世にいるのかしら? 落ちぶれた、役立たずのくず。まともな人たちがそう言うのも無理はないわ。あんたがいつも俗物と言っている人たちが。あんたがこれまで何をしたっていうの? たいしたことのない詩を二、三篇、青くさい、あんたそっくりに青くさい批評を二、三篇……まったく身から出た錆というもの……わたしがあんたの死を悼んでいるなんて、それだけは思わないで頂戴ね……あんたは……あんたは……ヒモなのよ……

男たちは、人生の只中にいる男たちは、あんたを見て肩をすくめていたわ。あんたはそんな男たちの軌道をはずれたのね。そうですとも、あんたは彼らに怖れをなした。卑怯だったのよ。動物と、子供たちと、それに老女たちとしか心からの仲よしになれなかった。六年前のあの時のことをまだ憶えてる? わたしは犬を飼っていた。とてもなついて、どこへ行くのにもわたしの後を追いかけてきたわ――ところがあんたが家にきてからというもの、あんたのそばにしか寄りつこうとしなくなった。あんた、あの犬に魔法をかけたの？　あんたのその手で？　あんたは奇妙な手をしてた。いつも熱くて乾いているの。わたしはあんたのそういう手がとても好きだった。いまはその手も冷たくなって、もうだれの身体にも触れられなければ、もう馬の首筋を撫でることもないでしょう――うちにきていた牛乳屋の馬のことを憶えているかしら、あの馬はあんたのことがわかって、あんたがくるとかならず首をふるの……するとあんたはポケットから手を出して、鬣《たてがみ》をなでながら、人間に向かって話しかけるよりもずっとうまく話しかけてやっていた。人間とはどうしてもうまく話せなかったわ――わたしと話をする以外には。本当はとても啓発的な話をしてくれたことが何度もあった。音楽のことでさえいささかの心得があって、そう、モーツァルトのヴァイオリン協奏曲よ、あんたが説明してくれなかったら、ああは演奏できなかった、それは認めざるを得ないわ。あんたがあのとき鍵をくれたのよ。「死者の舞踏《トーテンタンツ》だよ」、とあんたは言った、「陽気な死者の舞踏みたいに演奏しなけりゃ。死は陽気なものさ、それがわからないのかい？」それでわたしは精を出した。すると批評家たちは何かまったく個人的な解釈を書いた。阿呆どもが。

そう、批評家たちをわたしはあの頃そう呼んでいた。するとあんたはそれにどう答えた？　あんたは言ったわ、「ああ、あれは哀れな犬だった。どうしてあんなやつらに腹を立てるんだ？」あんたにとっては人間は全部哀れな犬ってだけのものじゃないか。自分をお高く感じる気持ちのいい便法だわ。だってあんたに自慢できる何があるの？　何もない。ゼロだったのよ、あんたは……ゼロ？　でも完全にゼロじゃなかった。何でも屋の物知りだった。憶えてるかしら、わたしははじめの頃あんたをいつも歩く会話辞典て呼んでたわ。本があんたを駄目にしたのね。あんたが人生の何を知ってるの？　だってあんたはどんな戦いからも脱落したじゃない。どんな争いからも。わたしたちは一度も――ええ、本当よ――一度も争い合ったことがなかった。今晩まではね。そしたら突然あんたのほうから喧嘩を吹っかけてきて、ひどい物腰になって、それでとうとうわたしは小さなピストルを手にするはめになって――それが暴発して、それであんたがベッドの上に倒れた。で、あんたの上にかがみ込むと、あんたはわたしの手からとてもおだやかに武器を取って、にっこり笑って——その笑いがあんたの顔に残っていたわ。みんな用意してあったことなの？　結婚式へのあんたの贈物だったの？　あんたの死が？　わたしがそれで安心できるように？　ねえ、答えて！　そんなに押し黙ってないで。目を閉じさせてあげるわ……

あんたの足はりっぱだった。わたしはしょっちゅう言ったものだわ、あんたの足は見た目がりっぱだわって。金無垢の子供の足、そんな表情よって。だって裸足だって表情があるかもしれなくてよ。それにいとおしい背中をしていたわ。わたしはそんな背中を撫でるのが大好きだった。あんたの身体は温かかった。わたしはいつも凍えていて、あんたはほかほかする暖炉だった……

いっそ笑ってしまいかねないところ。でも本当は悲しいのにね。だってあんたはカチカチにこわばって寝ているし、足はガチガチにまっすぐ伸ばされていて、全然前のようじゃないのですもの……目を覚ましてよ。だってわたしたち……そう、わたしたちどうしたらいいというの？……また新しくやり直す？　一人の女の一生のなかで六年という時間は長いわ……それにわたしは子供を持ちたい、夫を持ちたい、家庭を……そういうものをあんたからもらえるかしら？　いいえ。わたしはいつも介護役にまわるだけ。あんたはお金があればへべれけになるまで飲みに行ってしまう。そうよ、ケリをつけましょうよ。あんたとはもう辛抱も限界だわ。わかる？　ああ、もうそれも意味ないんだわね。

辛抱？　わたしは本当にあんたのことでそんなに辛抱したことがあるかしら？　ついに堪忍袋の緒が切れたなんてことが何度もあったかしら？　あんたはそんな類のことは一度も口にしたことはなかった。無口だった。無口もいいところだった。もっとおしゃべりをすればよかったのに。もっと人びとのなかに入っていけばよかったのに。あんたはいい素質があった。なのにいつだって、そんなことおもしろくも何ともないって言ってた。それならあんたには何がおもしろかったの？

でも、これだけは本気にしてるわ。あんたはわたしを好いてくれた。あんたはわたしにいろいろ妙な名前をつけてたわ。全部は思い出せないけど。たいていは動物の名前だった。まあ、恋人を「小鳩ちゃん」なんて呼ぶのはよくある話よね。でも、どうして「雲の鹿」なんて名前をつけたの？　そんなの、何の意味もないじゃないの。あんたが「雲の鹿」と言うととても美しく聞こえたけど、でもやっぱり子供っぽい遊びよね。わたしたち、二人になるといつも子供っぽかった。ときにはまじめに話し合ったこともあったのじゃない？　あったと思う。でも、そっちのほうは忘れてしまったわ。

雲の鹿ですって……わたし、ほんとに鹿みたいに見えるのかしら？　だけどわたしは、自分が何をやりたいかをわきまえている強靱な女よ。のし上がりたいの、いつまでも巷で平々凡々のその日暮らしをしたくない。だから監督さんとも結婚するのよ、大人の男と。ねえ、聞いてる？　監督さんはわたしをクレールリと呼ぶの。これからもクレールリと呼ぶでしょうし、もうすこし後で子供ができたら「ママ」か「母さん」ね、きっと。でも雲の鹿なんて呼び方は金輪際思いつかないでしょうね……きっと親切にしてくれるでしょうね、監督さんは。沈着で情熱的、脂の乗りきった男盛りですもの。でも、あの人の前で泣くことだけは注意しなければね……ヒステリックな女は大嫌いだと、もう言い聞かされているんですもの。それだけは肝に銘じてるの。あんたの前だと泣いても大丈夫だった。泣くとわたしの髪の毛を撫でてくれて、どうかするとモルゲンシュテルンの詩を口ずさんでくれたわ。

ぼくはバカ、あんたはバカ
ぼくら死んじまいたい、クム……

あんたは死んじまった。雲の鹿ももう死んだわ。おぼえてる？　わたしが満ちたりて二人並んで横になってると（外は雨で、わたしたちの小さなアトリエのガラスの天窓にはポタポタ雨音がしてた）、わたしはあんたのために歌ってあげた、とても低い声で。「おや、雲の鹿は歌もうたえるのかい？」あんたは言った。それでわたしは歌いつづけた。すっかり満ちたりているときの小さな子供みたいに。おぼえてるかしら？　二人とも、筆跡までそっくりになってしまったのよ。どちらも片方の筆跡をまねたわけじゃなかった。二人の筆跡がおたがいにあゆみ寄ったのね、あの頃のわたしたち自身みたいに。二人してダンスも踊ったわ、二人っきりで。アトリエにはガスの焔が燃えていた。あそこにはわたしの古いグラモフォンもあった。いまでもハワイアンのレコードが好き？　わたしはとてもじゃないけど甘いにもほどがあると思うけど、あんたは大好きだった。あれがダンスによく合ったわよね。あんたはわたしに料理をさせたがらなかった。いつでもあんたが自分で料理をして、後片づけもした。「指を台なしにしちゃうじゃないか」、と言ってた。料理が上手だったわ。特にリゾットが。おぼえてる？　床掃除もしてくれたわ。あんたは、ほんとはいいやつだったの……

　とても静かに寝てる。髪の毛だけがいつものようにもじゃもじゃに逆毛立ってるわ。こっちへきて、梳いてあげる。明日の朝当局の連中に見つかって、身だしなみが悪いだなんて思われないようにね。連中はあんたをどうするのかしら？　検死解剖してから埋葬するんでしょうね。あんたの埋葬式にはおそらくだれもきはしないわね。そしてあんたのりっぱな足が……

　ほかのことを考えましょう。おぼえてる、あの湖畔の夏のことを？　ほらね、あのときわたしはだまされたんだった。あんたは言ったわ、水泳ならまかせとけよ。ところが一度も水に足を入れさえしなかったわ。あんたはそういう人だった。でもわたしは泳ぐのが大好き。水はなまぬるかった。あんたは岸辺にしゃがんで、退屈しのぎに焚き火をしてた。そうして犬と遊んでた。わたしは犬に嫉妬《やきもち》をやいて追い払った……あんたは岸辺にいて、焚き火の煙が鼻に入ると咳き込んでた。だって、それでなくてもひっきりなしにシガレットを喫《す》ってたじゃない。あのフランスの強いやつをしょっちゅう。あの悪癖をわたしにまで感染《うつ》してしまったほど。おぼえてるでしょう、一時期わたしはひどいヘビースモーカーだったわよね。あれはあんたに仕込まれたの。でもそれから煙草はやめた。

　あれは音楽学校《コンセルヴァトリウム》の最終学年だった。わたしはお金がなかった。するとあんたは家を出て建築現場で日雇いの仕事をしたわね。わたしたち、とてもきりつめた生活をした。それからわたしに遺産が入った。あんたは、助けが必要なときにはいつも助けてくれた、そう言わざるを得ないわ。それに結局、お金がそんなに重要なものかしら？　ああいう単純な肉体労働をやるのが、当時のあんたにはもう容易なことじゃないことはわかってました。でも、あんたはやってのけた、わたしのためにね。

そうして横になって凍りついたようなうす笑いを浮かべていると、何だかおかしな感じだわ。あんたは眠っている最中にもときどきそんなうす笑いをしていたわね。そうよ、それでいつもわたしは腹を立てていた。わたしを笑ってる、と思ったものだから。でもあんたはほんとにおかしな人だった。おぼえてる？　あたしが頭がおかしくなって、あのおバカさんの医者にぞっこんイカレてしまって、それをあんたに話したわよね。あのときもあんたはふっと笑った。それでわたしは逆上して、家を出て、医者とグルであんたをだましてやった。それでその話もあんたにしたんだったわよね。あんたはあのとき一度たりと泣いたことがなかった。でもあたしはギャンギャン吼えた。自分が何か美しいものを破壊してしまったと思わずにはいられなかったからね。だってあれは、あの医者は、とんでもない人間で、不器用で、思い上がっていたのですもの。二度と会う気にならなかったわ、あれ以後。それからはあんたが慰め役。何て言ったか自分でおぼえてる？「女たちはまずぼくを、世間でいうように、だまそうとする」、とあんたは言った、「それからは今度はぼくが慰め役をやるはめになる。それがどうもぼくの運命らしいのさ」それからこう言ったわ。これでおしまいになったわけじゃない、反対に、おたがい今度こそもっと仲良くなるのさ。その通りだった。あれからあのすばらしい、熟《う》れた時がやってきたのね。どれくらい続いたかしら？　一年？　わたしはデビュに成功した。あんたは絶対に演奏会にこようとしなかった。それでいて家でいつもわたしの演奏をチェックしてくれた。どうしてだか、あんたは勘所がわかっていた。あんたみたいな人は、この地上でほんとは何をしてるの？

ねえ、赦して。わたしはブルジョア的なものを自分のなかにまだいっぱい持っている。わたしはできればあんたと結婚したかった。でもあんたにはまったくその意思がなかった。結婚なんて面倒事はたくさん。ブルジョア的もいいとこだったのね。

そう、年月よ。へんなものね、年月って。わたしたち、筆跡が似ていただけじゃなくて、ことばだって同じことばをしゃべった。沈黙語をね。へんだわね、目だけでおたがいに何を言ってるのかわかった。おぼえてる、いつかプロモーターがうちにきたときのことを？　あのときパリのどこかにわたしをデビュさせようと思ったのね。ところが気味が悪くなって逃げ出したんだった。わたしたち二人とも一言もしゃべらなかった。きっと幽霊と差し向かいになってるような気になったんだわ。正体は雲の鹿とお仲間さんにすぎなかったのにね。

わたしはあの頃あんたをいつもお仲間さんて呼んでた。きっとあのシャンソンのせいだわ。


お仲間さん、すてき、意地悪しちゃ駄目よ……


教えて、あんたなら説明できるわね？　どうしてこんなにセンチメンタルになるのか。思い出っていつもセンチメンタルなものなのかしら？　それともわたしはまた何か思い違いをしてるのかしら？　でもわたしは感情的、というか、あんたがいつも言ってた「思い入れたっぷり」なんかじゃない。いろんなイメージが見えるだけなの。そのイメージの上をあんたが動いてるの、お仲間さん。今夜こそあんたのそばで、これを最後に、泣いていいんだわ。明日は押しも押されもせぬ奥様になるの。ご主人様に腕を取られて祝辞を受けるときは、ご主人様の腕で（この言葉を聞いて、あんたはニヤニヤ笑うでしょう。でも彼は、「ねえきみ、要するに立場の問題にすぎないんだよ……」と言うでしょうけど、その場合絶対に笑いはしないわ）、それなりのポーズをひけらかすでしょう。

お仲間さん、あの人は、監督さんはグラモフォンを持ってないわ、持っているのはラジオだけ。ハワイアンのレコードを放送さえしなければ、でないとどうなるか保証できないわ……鼻風邪を引いたっていうことにしましょう……あの、嗚咽《おえつ》をこらえ切れなくなったらね。そしてモルゲンシュテルンの詩はもう二度と読まないわ。

後ろに隠れたのね、坊や、わたしの坊や。おぼえてるわね、あんたが不安になると、わたしはその度にそう言ってあげた。あんたはしょっちゅう不安になってた。そんなとき守ってあげてはいけないのかしら？　わが子を母親が守るように？　たぶんわたしは今度こそ本物の幼児《おさなご》を持つことになるわ。あんたがいつも言ってたように、ピカピカの新品の赤ちゃんを。あんたはいつも怖がっていた。私があんたの子供を産むんじゃないかって。おバカさんの坊やったら。

もう三十分すぎた。わたしはちっとも泣かなかった。あんたは静かに寝ている。あんたはズラかったのよ。オリジナルなやり方で、と言わざるを得ないわね。つまり、わたしを殺人犯に仕立てることによって。殺人犯ですって？　わたしはちっとも罪の意識はないわ。わたしがいなくなったらあんたはどうなるかしら？　なぜって、あんたはよくわかっていた。監督夫人になったら、もうあんたを助けることはできないって。まさか強請《ゆす》りはしないでしょう。そんなことするにはお行儀がよすぎたもの。それなら、あんたはどうなってしまうの？　どこかの施設に収容されるかもね。それならこの方がまだましだわ。ねえ、お仲間さん、ほんとうにもう怒らないでね。あんたは二度だけ、わたしの前で泣いたことがあった。おぼえてる？　一度目は幸福のあまりだったわ。その次が一週間前、わたしが結婚するって、言ったとき。泣いているあんたは、みっともなかった。小さな坊やみたい。だけど、あんたを慰めることはできなかった。わたしは心を鬼にしていなければならなかったの、わかるわね。わたしは泥沼から出なくてはならなかった。あんたのために、ますます深間にはまり込んでしまうの。あんたの怠惰に、あんたの不精に、どうなろうと構うものかに。わたしは生きたいの、わかる？

いいえ、あんたは怒っていない、笑ってるもの。やっとわかってくれたのね。いい人ね。ごめんね、ヒモだなんて言って。そんなんじゃなかったのよね。グズだなんて言ったこともあったわね。ごめんね、あんな悪態も。だってそんなんじゃなかったもの。あんたはいい人だった、あんたから教わったことはいっぱいある。それで満足？　わたしが何を教えてもらったかって？　たぶん、自分をもう買いかぶらないってこと。わたしのヴァイオリン……そりゃね、お客さんがあれば、監督夫人が一曲弾くことはあるでしょう。聴衆は控えめな拍手をして、耳元にささやくわ。「残念だわ、あたらすばらしい才能を……」お仲間さん、ね、赦してくれるわね？

あんたがこう言うのが耳に聞こえる。「雲の鹿さん、おたがいさまだったんだよ。きみはぼくが自殺する労を省いてくれたんだし、ぼくはきみのお荷物を一つ降ろしてやった。さようなら、雲の鹿。ほんとうだよ」

あんたは神信心なんかしなかった。だけどときどき地上以外の世界のことを口にすることがあったわよね。あそこは、願わくは、ここトはちがってほしいわよね、お仲間さん、もっと俗悪じゃなくて……もう二度とあんたの耳に息を吹きかけられないわね。わたしがそうすると、あんたはいつも怒った。さよなら、雲の鹿は行くわ。

さよなら、お仲間さん、わたしの小さな坊や、わたしの子……

ギシギシ鳴る靴

一九一九年のその頃、一年半前からベルン市警の警部だったヤーコプ・シュトゥーダーは、住んでいたキッチンつき三部屋の家が取り壊しになったので新たな住居を探していた。引っ越しは厄介なものだが、一日中仕事がいそがしいのに家を探すのはもっと厄介なものだ。夫婦は十月に引っ越した。警部は口峡炎を患って、それから三週間というものベッドに寝たきりになったが、もとはといえばそれもヘトヴィヒ・シュトゥーダー夫人のせいだった。家具を引きずって階段を上がり、ひとまずこちらの壁に、今度はあちらの壁際にと据える。びっしょり汗をかき、雨が降ってもおかまいない。――ようやく新しい部屋に落ち着けるようになると、苦しい咳き込みがはじまった。腰のすぐ上のほうの背中に刺すような痛みが走った。顔が赤味を帯び、額に汗の粒が浮かび上がった。夫人が、「あんた、熱があるわ!」と言って、ケースにしまった体温計を探す……三十八度九分だ。医者がくる。退屈だ。なぜってこれまで、病気になるというのがどういうことか、さっぱりわからなかったからだ。裸になった胸部、背中を打診される。アスピリンを飲まないといけない。それが胃のなかでカッカする。絶対安静が必要だ。ヘトヴィヒ・シュトゥーダー夫人が役所に電話する。夫は病気が重くて、これから先何日かお勤めに出られません。ベッドに寝て、眼がしくしく痛んで、その一本調子な会話を聞いていると腹が立つ。しかしもっと腹が立つのが壁掛けだ。こっちの持ち合わせの好みに合わないのだ――というより好みに逆らうのだ。それに家の中が騒々しい。階上《うえ》の三階で子供がピアノで音階を弾いている。それからエチュード、お次はソナチネ、最後にワルツときて、その間隣の建物の住居でだれか外壁に釘をガンガン打ちつけているやつがいる――釘が合わなくて、見当はずれの場所に打ってるらしく、聞いているといまにも釘が壁から弾け飛びそうだ。そしてお次はそれから二センチ右のところでまたガンガンおっぱじまる。

やれやれ、電話の話はやっと終った。しかしピアノ弾きはまだ続いており、金槌はまだガンガン釘を打っている。細君が部屋に入ってきた。爪先でそっと歩いてはいるが、ドアを閉めるのにどうしても音がする。外の大通りに秋の嵐がごうごう吹き荒れ、それが住居にも押し入ってドアにぶつかるとバタバタ音を立てた。――あれはきちんと閉まらないのか、とベッドの病人が細君にたずねる。ヘトヴィヒ・シュトゥーダーはだが腹立たしげに顔をゆがめて、ちゃんと閉めてるわよ！　新しい住居に越したからといって、それがあたしのせいかしら！――あたしにどうすればいいっていうの！　憤然として言い、背もたせ椅子にどすんと倒れ込んで本を読みはじめる。警部夫人はけばけばしい表紙の長篇小説《ロマン》を読むのが大好きで、ときおり勃発する夫婦喧嘩の原因は、装丁を省いて仮とじしてあるだけの、この手の本と決まっていた。

「おい！」とベッドの病人が言い、その声がしゃがれている。「のどが渇いた！」――ため息。細君が立ち上がり、部屋を出ていき（今度はドアはバタつかない）、十分後には菩提樹の花のお茶を持って戻ってきた。――「ありーがとうさん！」とご亭主は言い、ティー・カップにお茶をなみなみと満たすと、熱い液体にスプーン一杯の砂糖を入れてかきまわして飲みはじめる。――「そんなにズルズル音を立てないで！」細君が言い、亭主はブウブウ唸る。時刻は午後三時、娘はまだ学校だ。――ついでながら例の男は金槌をやめ、三階のピアノは鳴りをひそめた。市警察警部は本が読みたいのだが、細君に何か頼むのが億劫だ。そこで両手を頭の下で重ね合わせてベッドに横になっている。鼻が詰まり、首筋が痛い。

ヤーコプ・シュトゥーダーがそのとき部屋借りしていた建物がどの通りにあったかをくわしく報告しても、あまり意味はない。いささか変わった通りだった、と報告しておけば充分だ。変わっている、というのは、窓から遮るもののない眺望がきいたからだ。その代わり鉄道の駅がすぐ近くにあって、通りの反対側には五条の線路が通っていた。すぐ近くにガラス張りの信号扱い所がそびえ立っていた。夜になるとそれが光り輝いた。鋼鉄の支柱が支えになって、地面との結びつきがない小屋。シュトゥーダーは不眠の夜々ごし、夜もかなり更けてから起き上がる。と、レバーを持ち上げたり、レバーを押し下げたりして、旅客用急行列車が駅入りして線路にガタガタ音を立てるまでじっと待っている男が目に入った。いくぶん快方に向かってきた日々の夜ごと、彼は別の夜々を思い出さずにはいられなかった。それらの夜々も熱のせいで目が覚め、列車のごうごう轟く音が頭のなかに反響《こだま》するのでガンガン頭痛がし、耳には列車がガタガタやってきて、甲高いラッセル音を立てて通りすぎ、しまいにスーッと鳴りをひそめるのが聞こえていた。それから車輪が駅で停止し、レールとレールの間のスペースで車輪がキイッといってからしばらくブレーキの摩擦音がし、突然静寂が訪れて今度はそれがつらくなる——熱で頭のなかがズキズキする間中、ガラガラいう車輪の音も不可解な言語でシャンソンを歌っていた——、それが語っているのがシャンソンか、それとも訳のわからぬ物語なのかはわからなかった……

そもそものはじめからベルン市警察警部は、長年住み慣れた古い家が古くなって取り壊されることになったので引っ越してきた、その住居が気にくわなかったのだ。警部は何とかして、通り一つ隔てて五条もの線路軌道があって昼となく夜となく出入りする列車の騒音が聞こえる住居を借りてしまったことを、細君に嫌味たっぷりに怒鳴らぬよう努力した。何度も夢を見ている最中に目が覚めた。そんな夢のなかでは、南国だの、海だの、山々だの、北方の島々、イギリスの炭坑、ナポリ、スエズ運河だののような、列車がやってきたり、これから向かおうとする場所を目のあたりにしていて——遠方の、いよいよ遠方のものになる映像がそんな夢のなかでどんどんふくれ上がり、熱のある身体を汗で苦しめ、北国の冷気で悩ますのだった……だがこの住居をさらに呪わしいものにしたのは、以下の二つのものだ。

まず部屋の壁紙である。どこかの技師が通廊式の薔薇の阿亭《あずまや》を夢想した。阿亭のみごとに作りつけたワイアーが目に浮かんだ。そこに薔薇の葉や蔦や花や蕾がたわわに懸かっている。その壁紙は病人にいやでも夏を、公園や馥郁と香る花々を思い起こさせた。

次に騒音だ。その音は列車の車輪のガタガタより気に障った。ベッドの頭の部分が貼りついている壁は、どうもこの部屋を階段室と隣り合わせにしているらしい。というのも、しょっちゅう――それも同じ時刻に――ある足音が聞こえるからだ。足音は階段をこちらに上がってくることもあれば、降りて行くこともあった。こちらは病人でベッドに寝たきりで、何も見えないので、いつも上ってきて後でまた下に降りて行くこの男は一体何者なのだろう、と頭をひねった。一人の男……間違いなく男だ……女の足音だったらあれよりずっと軽いだろう――肥満体の女性だとしても、ヒールがカタカタいうのが聞こえるはずだ。若い女の足音ならあんなに重くないだろう。だから男だ……男はどんな様子をしているのか？……靴底がギシギシ鳴った。どうやら靴の底張りの具合がよくないのだ――男はどうしてたとえばゴム底靴を履いてないのか？　それとは別におかしなことがある。足音が聞こえる時刻だ。男はどんな職業なのか？　朝十時きっかりにゆっくり階段を降りて行き、昼は十二時に戻ってきた。午後は家にいるらしい。が、七時半にまた降りて行き、そのときも階段で靴底がギシギシ鳴った。そして真夜中、晩《おそ》くとも零時半にまた階段を上ってきたが、午後は毎日子供がピアノ練習をしている三階ではなくて、もっと階上《うえ》に上がって行く……建物は三階建で――最上階の上にまだ屋根裏部屋《マンサード》がある。とすると……とするとギシギシ鳴る靴の男は上の屋根裏部屋の住人にちがいない。

　市警察警部にも屋根裏部屋の一室に居住権があるが、いままではそんな権利などどうでもいいと思っていた。屋根裏部屋には家具を置いてあった――ということは細君が、古い家具だの、トランクだの、女には手放し難い無用の長物だのを、この部屋に詰め込んで部屋中いっぱいにしていたということだ。シュトゥーダーは、後日病気が治ったらこの部屋を家具つきの貸間にしようかと考えた。悪い商いではないし、高価《たか》い家賃の多少の足しにはなる。どうやらこの計画を実行に移している世帯がこの建物にもうあるらしく、屋根裏の一室が貸間になっているのだ。借り手は誰？　貸主は誰？　一階にエンジンオイルの商いをする店がある。その店主というのは問題外だ。二階には大学教授が住んでおり、これが女中を雇っていることもあり得る。その女中に屋根裏部屋を空けてやったのかもしれない。だが階上《うえ》の三階に住んでいるのは何者だろうか？

八日後になると市警察警部はもう朝と午後の数時間は高熱に苦しまなくなった。けれどもヘトヴィヒ・シュトゥーダー夫人は、家事を終えると背もたせ椅子に腰を下ろして本を読んだ。そういうとき亭主がたずねたことがある。「おい、ヘディー！」――三階にはどなたが住んでいるのかね？　返答はいぶかしげな「は？」ではじまった。シュトゥーダー夫人が本に熱中している徴《しるし》だ。警部は忍耐強く質問をくり返した。だが無駄だった。下の駅のほうで列車がすさまじい音を立て、シュトゥーダーはやむなく三度目の質問をしなければならなかったからだ。

「階上《うえ》に住んでいるのは何者かね？」――でも、お父さん、どうしてそんなことに興味があるの？

「名前は何という？」

男はゾーベルという名で、市内のどこかに煙草店を持ってるそうです。あんたが興味があるなら言いますけど、ある楽士に屋根裏部屋を間貸ししていて、聞くところではこのヴァイオリニストは煙草店主夫人とねんごろなんですとか。

「ああヘディー！　ねんごろだなんて！　そんな言い方はしないでくれ！」

こういう状況になると女はきまってとんがらかる。警部さんときたらえらい道徳家におなりだと思う……お巡りさんてみんな、こんなにご清潔なものなの？

警部は、答はあきらめたほうがいいと思った。すると屋根裏部屋にはヴァイオリニストが住んでいるのか――その男はどこで演奏するのだろう？　カフェで？　市立劇場で？――で、この楽士が煙草店主の亭主の留守をいいことに奥方と乳くりあってる、か……ふむ……シュトゥーダー夫人はそう言った。が、ただの噂ということもあり得る。世の中には、お隣さんのことに気がもめて仕方のない女がいるものだ。

ヴァイオリン奏者ね！……男は十時から十二時までリハーサルがある。夜は職業活動だ……そのうち署で仕事をするようになったら、男の名前を調べるのは簡単だろう――でも住居で、それもベッドのなかではねえ？　待っているのが得策だった。さて、寝ついてもう十日になる。そして医師の言うにはアンギーナ〔口峡炎〕は二週間以上は続かないということだ。ただし後一週間ばかりはベッドにくるまれているほうが無難だろう――腎臓合併症ということもあり得るし……どっちにしてもだ。そう難しい話ではない。後十一日の辛抱だ……

ベルン市警察警部ヤーコプ・シュトゥーダーはさして長く待つまでもなかった。というのも四日後の日曜日には熱も下がり、なじみのない医師の指示も気にならず、食物を噛み込んでももう痛くないので、ベッドを起き出した。この日、細君は娘をつれてコッピゲンの叔母の家に遊びに行っていたので、シュトゥーダーは新しい住居がひどくさびしい感じがして、暖かい服を着込むと、午後三時頃——外は温かなフェーンの気候だった——住居を出た。住居の玄関扉に鍵を掛けようとした、まさにそのときのことである。上のほうの階で靴底のギシギシ鳴る音が聞こえた。シュトゥーダーは病気の間に伸び放題になった口髭の下でニヤリとほくそ笑み、そのまま待った。ギシギシいう靴底の音は三階までやってきて、そこで静かになった。それからドアが開き、女性の声が言った。「今日は、アルフレート。」応答というよりはむにゃむにゃいう口ごもり。するとまた女性が言った。アガーテちゃんは結構練習したのよ。すこしあの子につき合って下さる?……無言。またしても返答はむにゃむにゃだ。応じて女性の言うには、あの子にすぐ支度させます。どのみちあの子のマントは階下のこっちの部屋にあるの。アルフレート、四、五分待っててね?……今度は短く強い、「はい、かしこまりました!」が容易にわかった。

住居の鍵が手にしてこんなに重いということが、いっそ市警察警部をよろこばせた。と、脚がすこし頼りないような気がした——二週間ベッドに寝たきりだったのだから、天罰覿面だ。筋肉、ふくらはぎ、太腿がおかしな動き方をする——、要するに、シュトゥーダーはやっとの思いで住居の玄関扉の鍵を閉め終えたのだが、そのとき、三階を二階とつなぐ階段室に靴底のギシギシ鳴る音が聞こえたのである。

警部は静かに立ったまま外壁により掛かった。三階と二階の中間にある踊り場に奇妙な二人組が姿をあらわした。そして耳障りな革の靴底が歩き続けている間に、上の階でドアがパタンと閉まった。

ギシギシ鳴る靴底は短靴に裏張りしてあるのだ。それを履いている男はしかし、うすい、はげちょろけたマントを着、ほとんど禿げた頭に堅い円鍔の帽子をかぶって、右手に散歩用のステッキを持ち、それをほとんど規則的にコツコツ地面に突いているのだが、石突きがゴムなのでステッキはまるで音がしなかったのである。

「今日は」、とシュトゥーダーは愛想よく言って、その鍔広の帽子を持ち上げた。禿頭の紳士もその堅い帽子を上げて応酬し、老人の左手にしがみついている女の子はちょっと頭を下げた。女の子は長いブロンドのお下げ髪で、齢の頃は十二歳ぐらいだった。しかし何といっても警部をいちばん驚かしたのは、老人が右腕の下に抱え込んでいるブリキのケースで――しかもそれはステッキをつくじゃまになっていないのだ。ヴァイオリン・ケースではなかった。ましてチェロは問題外――どうやら管楽器らしく、しかしシュトゥーダーはその名前がわからなかった。ホルンだったか、オーボエだったか、それともフルートだったか？

「今度越してきたものです。」、とシュトゥーダーは丁重に言い、標準ドイツ語を使った。返事はない。だが女の子が言った。「お父さんを勘弁してあげて。耳がよく聞こえないの。」

「ああ、そうか！　すまなかった！　ごめんなさいね、お嬢さん！」

二人はなおも階段を降りて行き、シュトゥーダーは奇妙な二人組の後を追ったが、女の子連れの老楽士より緩慢な歩調を余儀なくされた。ちなみに建物の門から外へ出ると、警部はもう二人を見失っていた。ただ列車がガタガタ転轍機の上でやかましい音を立て、それから上のガラスの番小屋で当番勤務中の男がレバーを押した。シュトゥーダーは舗道の上をのろのろ歩いた。通りは見知らぬ街のようだった。二週間前は全部をはっきり目にしたわけではなかったし、それに、そのときは「引っ越し」最中で、ろくすっぽ余裕がなかったからだ。彼の歩行はいくぶん不安定で――手袋をするのがわずらわしいので、両手を背中の上で重ねていた。青い十一月の空からむしむしした風がやってきて家々に沿って這いまわり、埃の渦巻きをぐるぐる舞い上げた。おかげでシュトゥーダーは瞼をなかば閉じたままにして眼をかばった。またもや日曜列車がガタガタ通過し、車窓越しに男たちがじっとこちらを見ながら両切り葉巻を喫《す》い、ときどき意味もなく笑った。女たちは手鏡を手にして頬紅を捌いたり、ヴェールを直したりした。シュトゥーダーは足を止めた。頭のなかに列車の車輪のガラガラ鳴る音がどよめき、これに攪乱されるあまり、なお数歩歩いて一軒の居酒屋まで行き、ドアを押して、一つだけ空席のテーブルに腰を下ろした。グラス一杯の淡色ビールとブリッサゴ葉巻を注文した――この二つは本来なら彼の健康に有害なのに決まっている。でも、そんなことはどうでもよかった。というのも彼はたとえわずかな時間なりと、このところの二週間を忘れたかったからだ。頸部の痛みや熱や不眠の夜々を。しかしまもなくそれが失敗に終ったのに気がついた。頭痛がして、眼が燃えるように熱くなった。咳込みさえ出てきたので、「お勘定!」と大声を上げて居酒屋のホールを後にしたが、窓際の一隅にヤス〔トランプのゲーム〕をやっている四人組がおり、その一人がいましも切り札のエースの百を出しかねないところとあって、思わずため息をついた……

とある横丁に曲がり込むとガタガタやかましい音を立てる列車の苦しみから遠ざかった。そのぶん階段の上で遭った奇妙な二人組のことが頭に浮かんだ。さまざまな説明が思い浮かんだ。ブロンドのお下げ髪の小娘は、靴底のギシギシ鳴る短靴を履いた男の娘にちがいない。毎日一時間――音階、エチュード、ソナチネ、ワルツ、とピアノのお稽古をしている、あの娘は何という名なのか? そしてあの難聴者はどこで仕事をしているのか、靴ばかりがギシギシ鳴り、ステッキの石突きは階段の上を突いても音を立てない、あの難聴者は? おそらくこの男の稼ぎは多くはあるまい――男の賃金は住居を借りる家賃にも足りなくて、自分は屋根裏部屋で満足しなければならないのだろう……

長いお下げ髪の女の子はしかしどこに住んでいるのか?

たぶん一階の店にも屋根裏部屋の居住権はあるはずで――女の子はそちらに住んでいるのだ。しかし三階の一家はきっと子供のいない夫婦で、夫人が退屈しのぎの面倒見に――あの女の子を引き取り、楽士を「アルフレート……」と呼んでいかにも親しい身内扱いしており、これが女どもをしてこの夫人が老楽士と関係があると思いちがいをさせたのだ。ばかげた言い分だ、そんなもの、何の証拠もありはしないじゃないか。おそらく娘を連れた禿頭の老人はあの夫婦の部屋を又借りして部屋代を払っている――娘の母親はきっと死んだのだろう。だからこれはどちらの側にとっても――つまり両方の夫婦にとって都合のよい解決だったのだ。煙草店稼ぎの男の収入はたかが知れている。三階の住居の家賃は高価《たか》い、のにちがいない――だから屋根裏部屋の賃貸だけでなく、賄い付き下宿人を二人引き受けるだけのことはある……

ふむ……シュトゥーダーは掌で顎の上を撫で、髭を剃っていないのを確かめた。腹が立った。そこで家に帰った。ヘトヴィヒ夫人はまだ帰宅していなくて、まだやっと四時半だった。シュトゥーダーは、細君がいつも看病のお勤めをしていた窓際の背もたせ椅子に腰を下ろし、裁縫台の上にあの憎たらしい読物の一冊を見つけると、パラパラ頁をめくってから放り出した。彼は長たらしくのうのうとあくびをし、今日が日曜日だというのが腹立たしかった。日曜日だと、髪も口髭の手入れもやってもらえない。理髪店はみんな閉まっている……彼は右手の親指と人差し指で痛む眼を撫で、もう一度のうのうとあくびをした――と、突然飛び上がった。

何やら只ならぬことが階上《うえ》で起こった。物音がして警部は興奮した。泣き喚くような叫び声――が、叫んでいるのが男の声なのか女の子の声なのか、定かではなかった……それからドサッという音。足音があちらこちらしてドアがバタンと閉まった――これは、どうやら開いている窓から忍び込むフェーンのせいらしい……次いで無音。警部は細君の背もたせ椅子に腰かけて椅子のアームを両手でぎゅっとにぎりしめ、一心に耳を凝らした……おかしなことに、階段室には足音が聞こえなかった。

シュトゥーダーは背もたせ椅子に腰かけたまま微動だにしなかった。列車が下をガタガタ通過していった。警部は、思わずレバーを押し下げるガラス小屋の男のことを思い浮かた。次いで静けさ。彼が借りた新しい住居の静けさ、二階と三階の沈黙。この建物は空家なのかと思われかねない……下をゆっくり一台の自動車が通過し、それから二人の男がぎゃんぎゃんいがみ合いながら建物に沿って歩いて行った。何を言っているのかはしかしわからなかった。

と、建物の玄関扉が閉まって、足音が階段を上ってき、シュトゥーダーの住居を通り越して、さらに上階に上り、そちらの住居のドアでカチャカチャ鍵音がした……

と、甲高い叫び声が上がった。女の声だ。警部は飛び上がり、ウールのマフラーを首に巻きつけると住居のドアをパッと開け、階段を一階分、二段またぎで駆け上った。階上の住居のドアは開いていて、だれかがワンワン声を上げて泣いていた。そこへシュトゥーダーは入って行った――コート掛けにコートは掛かっておらず、キッチンも二つの部屋も暗かったが、一つの部屋だけは灯りがついていた。

シュトゥーダーはずきずき頭が痛んだ。くらくらめまいがした。それでも灯りをつけた部屋に入った――ということはつまり、ドア框《がまち》の下で立ちつくしたのである。

ブロンドのお下げ髪の女の子が床に横たわり、かたわらに見知らぬ女が跪いていた。

「どうしたんですか?」

跪いている女が目を上げた。涙がまるまるした頬の上に輝く線を描き、素肌を覆う白粉《おしろい》を洗い流していた。

「あなたはどなた?」跪いている女がたずねた。シュトゥーダーは自己紹介をした。「じゃあ、警察から?」跪いている女がたずねた。シュトゥーダーはうなずいた。――「よかった!」――「どうして?」

身分を明かさないほうがよかったのに! 女の子は死んでいた……絞殺らしい!……何者かわからぬ人間の手による絞殺!……

市警察警部はしかし大げさなまねはしたくなかった。そこでふとった女を脇に――ごてごて厚い白粉をぼやけさせた涙の痕には先刻むかついている――押しのけ、屈み込んで、いたいけな女の子を間近で観察した。絞殺!……頸部に指の痕は見られない……代わりに女の子は後頭部に打撃を食らっていた――それははっきり見て取れた。打撲による腫れが認められ、首筋が折れたと思われかねぬほど頭がかしいでいた。

「わたしにはどうにもならない」、とシュトゥーダーは言った。「いちばんいいのは警察に電話をすること、それに医者にきてもらうことだ」

煙草店主の連れあいにちがいないふとった女は、グレーのジャケットも脱いでおらず、手袋も着用したままだった。手袋は願ったりだ、と警部は思った、指紋の件となればそのほうが都合がいい。「お名前は何と?」

「あら、シュトゥーダーさん! お隣同士ですからご存じのはずですわ!」

警部はがっしりした肩をそびやかした。「わたしは病気をしてました……ですから、この建物のなかのどなたも存じ上げません……」

「あら、そうでしたわね！　ほんとに！　口峡炎のご病気でしたわよね！……階上のここまで上がってらっしゃるなんて、慎重さを欠いておいでではございませんこと？……」

二つのことがシュトゥーダーの癇《かん》にさわった。ようやく立ち上がってもう跪いていないふとった女は、なんとかして標準ドイツ語をしゃべろうとし——で、市警察警部の隣人なのが誇らしげな様子だった。彼女の最初の質問、あなたはどなた、はお芝居だったわけだ。そんな質問をだれが真に受けるものか。女がベルン訛りの標準ドイツ語をしゃべりたがるものだから、シュトゥーダーはそれをもじってたずねた。「お宅に電話はございますか、ええと……ええと……？」

「シュタウプですわ！　わたしの名前はご存じでしょう、警部さん。それとも？」

「いえ……残念ながら存じ上げません！」

女は傷つけられた様子で部屋を出て行き、隣室の灯りがついて、「電話をなさるのならこちらで……」

「どうも……ありがとう！」

シュトゥーダー夫人とシュトゥーダーの代行者は、すぐさま駆けつけてきた。数分後に煙草店主シュタウプもあらわれ、住居の玄関扉の框に立ったまま、今日午後クラブでチェスに勝った話をしはじめた。しかし死んだアガーテのことを聞くとことばをうしない、頬の皮膚に血脈の網の走っている脂ぎった顔は疲れた表情に覆われた。

だがそうして半時間が経過するうちにも、シュタウプ夫人の舌の戦《そよ》ぎは止まらなかった。話題はとりわけ彼女が隣人の市立劇場管楽器奏者アーノルド・ヴァルターに寄せる好意のことに関わっていた。アーノルド・ヴァルターが屋根裏部屋を借りられたのは、夫の意向に反対してまで部屋を貸してやったわたしのおかげ、それにあの楽士がアガーテちゃんが住んでいる二つ目の部屋を持っているのもわたしのおかげですわ。いつぞやの朝、三時間がかりで一階にエンジン・オイルのお店を持っているアイヒェンベルガーさんに談判して、貧しい老人があの部屋を月にたった十フラン払えばいいようにしてやったのも、このわたしですのよ。たしかにあの部屋は家具なしでした。でもわたしが、このシュタウプ夫人が、うちの在庫備品《もちもの》からベッドを一台、椅子が二つにテーブル一台を探し出して、あの子がちゃんと住めるようにしてあげたんですよ。それに重い病気を患ってから耳が遠くなった父親のほうのお部屋は、それでなくても家具つきでお貸ししているのだし。父親のほうも娘さんも、お二人とも、食事はわたしどものところでしてあげていて、賄い付き二部屋で月に二百二十フランしか請求しておりません。これはもう贈与というものじゃございませんこと？　とりわけアーノルド・ヴァルターさんの稼ぎが——あの人はクラリネット奏者なのです——月収三百フランであることを考慮に入れますとね。贈与ですよね、ちがいますか？……シュトゥーダーは答えないで済むように、がっしりした肩をそびやかした。というのも計算してみれば老人の手元には、服だの下着だのに必要な八十フランしかのこらず——煙草は喫いたいだろうし、ときには散髪にも行かなくてはならず……この世に生きて行くのは楽じゃない、と彼は思った……

市警察警部の代行者ラインハルト刑事がその住居にきたのはそのときのことだった。次いでシュトゥーダー夫人が娘を連れてやってきて、ご亭主を咎《とが》め、病気がぶり返しますよと予言をし、娘の手を取って、死んだ女の子の寝ている住居を立ち去った。そして彼女が姿を消したのと入れ替わりに煙草店主のシュタウプ氏があらわれ、玄関扉の框のところでさっそくチェスの話をしはじめたのである。シュトゥーダーは女の子が横たわっている隣の食堂に無言で立って壁により掛かっていた。頭がずきずき痛んだ。先刻からずっと一つの疑問に悩まされていた。あのクラリネット奏者はどこにいるのだ？　どうして父親はこの事故死した娘のことを気にかけないのだ？　警察医がやってきた。日曜日の午後を台なしにされたので、仏頂面をしていた。警察医は床に跪いて女の子の身体を、とりわけうなじをさわって調べ、驚いて首をふり、瞼が閉じているかどうかを確かめた……「きみが瞼を閉じてやったのか、シュトゥーダー？」と警察医はたずねた。市警察警部は首をふった。頭痛がいよいよ激しくなってきた。何のためにここにいなければならないのかわからなくなっていた。彼にはここで捜査をしなければならない義務はなかった。彼は声を低めてシュタウプ夫人にたずねた、クラリネット奏者——アーノルドとかいったっけ——は今日の午後どこにいたのかね？——四時までマティネなんです。ふつうならもうとっくに戻っているはずですが。

戻っている……そのことばがシュトゥーダーの頭に貼りついた。ブリッサゴの火が消えていたので、また火をつけた。火のついたマッチを手にしている間に、ふいにマッチを落とした。階上からかすかにフルートのメロディーが漏れてきたのだ。フルート？……ではなくてクラリネットでは？　とても悲しいメロディーだった。死んだ女の子が毎日午後になると弾いていたソナチネのどれかに似ていた。

その遠い、かすかに聞こえる歌曲は、奇妙な印象をかき立てた。跪いている警察医はポカンと口を開け、ラインハルト刑事はよく聞こえるようにと右の耳に小指を突っ込んだ。シュタウプ夫人は涙にぬれた頬をぬぐい、ハンドバッグから手鏡を取り出してお化粧をして、日曜列車の車両の窓際にいる女性たちのどれかにそっくりになった。煙草店主シュタウプ氏は、喫おうとしてたったいま箱から取り出した両切り葉巻をまた元に戻した……

床の上にはしかし女の子がへし折れてかしいだ頭をして横たわっていた。閉じた瞼が蠟燭のように白かった。

「だれ……だれです……あそこで弾いているのは？」シュトゥーダーの代行者がたずねた。

「父親だろう」、と市警察警部は身動ろぎもせずにいった。突然彼は、どうして事件の後階段室が静かなのかがわかった。

「あの男を連れてこい、ラインハルト！」とシュトゥーダーは命じ、代行者が従順にうなずいた。ドアをくぐったが、もう一度くるりと回れ右をしてたずねた。「具合はよくなったのかい、シュトゥーダー？」警部は上の空でうなずいた……

だがラインハルト刑事が行ってしまうとシュタウプ夫人はめそめそ泣き、亭主のほうはおろおろと窓際のソファに足を組んで腰を下ろした。ときおり彼は猪首をふり、右手の親指と人差し指の間で火のついてない両切り葉巻をつまんでくるくる回した。「十手目にね、マルタ、ネーゲリのやつがヘマをした。ナイトを切ってこっちをハメようとしたんだ——ところがこっちは、やっこさん何をやらかすつもりか先刻承知ときたね。で、もちろんその手は桑名の焼きハマグリ。クィーンでh3からe6へ動いた。これでネーゲリはすっかりうろたえて、お手上げさ。勝負は二時間かかり、三十手目でやつはギブアップさ。どうだい——あれでは雪隠詰めになるしかなかったろうな……」

「お黙り！」とシュタウプ夫人が命じ、ようやくジャケットと手袋を脱いだ。彼女は部屋に戻り、まず廊下の灯りを消してからドアを閉めた。階上の歌曲は続いていたが、それがぱったり止み、足音が階段の上に聞こえた――が、それはギシギシ鳴る靴底の足音ではなかった。じつは一人の足音しか聞こえなかったのだ。ラインハルト刑事が履いているのは分厚い靴底の靴だ。彼の連れはどうやらスリッパを履いているらしい。

シュトゥーダーはまたしても階下の住居で耳にした足音を思い浮かべないわけには行かなかった。あれは妙に音がしなかった。ドアが閉まる音だけがした。

玄関のチャイムが鳴った。シュタウプ夫人が開けに行った。

アーノルド氏はカラーも上っ張りも身につけず――古い普段着をはおっているだけだった。ステッキを持っていないので、いくぶん跛《びっこ》をひいていた。右腕の下にクラリネットを手挟《たばさ》んでいた。ドアの框の下に立って――シュトゥーダーは彼がスリッパを履いているのを見て取った――、小刻みな足取りで近づいていきて、娘の死体のかたわらで立ち止まった。ラインハルト刑事が質問をしたが、応答はなかった。

「おまえは……おまえは……死んだのかい、アガーテ？」楽士はたずねた。シュトゥーダーは男の頭に血が上っているのに気がついた。禿げた頭蓋骨の地肌が青っぽく紅潮していた。「おまえは死んだのかい？」老人は茶色の普段着を着て両手を脇ポケットに突っ込み、微動だもせずに立っていた。「おまえが話すと」、と楽士は声を落として言った、「わしにはおまえの言うことがちゃんとわかる！　言ってくれ、だれが……他の人たちは唇をへんな形にするものだから、何を言っているのかわしにはわからん。けど、おまえは……おまえの言うことは……わしにはいつだってわかったよ！」

老人は奇妙なドイツ語を話した。といっても、そこにい合わせている、スイス・ドイツ語に慣れている人たちにとって奇妙だということにすぎない。楽士のことばにはしかし奇妙な響きがあった――シュトゥーダーは、ドイツ語を話すスラブ人みたいだと思った。それでいてアーノルドは、明らかにドイツ民族の血統だった。

「アガーテ」、と老人は言い、うなじの髪の毛が数本逆立った。するうちにも禿げた頭は微細な汗の粒々にびっしり覆われた……

と、突然クラリネットがけたたましい音を立てて寄せ木張りの床に落ちた。しかし老人はがくんと跪いて、死んだ女の子の右手をつかんだ。老人はわなわな震えた。「おまえの手は何て冷たいんだ！」と彼は言い、左手を高々と上げてから娘の額の上に置いた。「だれがおまえを……だれがおまえを……アガーテ……」沈黙。それから、「おまえはきっと、だれもそれを知らないことを望んでいるのだね？」それは問いかけのように聞こえた。シュトゥーダーは依然として壁により掛かっていた。左の口の端から火の消えたブリッサゴが突き出していた。

「どうしたらいいかな、シュトゥーダー？」ラインハルト刑事がたずねた。刑事は小柄で、顔が鼠そっくりだった。

「どうする、とは？」シュトゥーダーはおうむ返しに言った。おれは疲れているな、と感じた。明らかにまた熱に苛まれはじめている。てっきり病気がぶり返しちまったらしい。それにしてもいわゆる捜査とは、何と退屈なものなのだろう。

「火を貸してくれ、ラインハルト！」彼は命じた。葉巻にようやく火がつくと壁から身を離し、あいかわらず火のついてない両切り葉巻をもてあそんでいるチェス・プレイヤーのほうに近づいて行った。

「どうしてあんなことをしたんです、シュタウプさん？」病気の警部はたずねた。「あの女の子があなたに何をしたんです？」

部屋のなかを沈黙が支配した。シュタウプ夫人がびっくりして目を剝いた。「あんたなの、アルフレート？　嘘でしょう！　あんたは、だってチェスをしてたんですものね？　それとも？」

男は長椅子の上に崩れ落ちた。

「わたしのせいじゃない」、と彼は声を落として言った、「わたしのせいじゃないんだ。帰ってきたらあの子がピアノの練習をしていた。そこでちょっとお下げ髪をひっぱったんだ……それだけだったんだ……そしたらあの子はひっくり返った……。ただひっくり返っただけなんだ……でも、あれは間違ってなかった！　聞いてるのかい？　あの子が死んだのは間違ってなかったんだよ。そこにいる男に、稼ぎもなければ耳も聞こえない楽士に子供がいて、どうしてわたしたち二人にだれもいてくれないんだ、わたしたちはいつも二人だけでいなきゃならないんだ？　わたしたちはあんなに子供をほしがっていたじゃないか、え？　言えよ！　ほら、本当のことを言えよ！」

夫人は黙っていた。化粧直しをしたばかりの頬に何本もの線が描かれた。

市警察警部は幅広い肩をそびやかした。ゆっくりとドアのほうに近づいたが、歩調があぶなっかしかった。

「結局」――と標準ドイツ語を使って――、「きみがわたしの代行者だ、ラインハルト。きみがこの一件に……一件に……わたしはいいから……片をつけてくれよ。なあ、わたしは疲れた。それにこの熱だ！」彼は咳き込んだ。

ブリッサゴは消えていた。彼はそれを煙草店主のように親指と人差し指の間にはさんでくるくる回した。

「おやすみ……」つかえつかえ言った。「おやすみなさい……おたがいに……」

部屋のなかは重みのある男の足音が皆に聞こえるほど黙しがちになった。外の廊下でドアが閉まり、階下へ降りて行く足音がしだいに遠くなった。階下の住居の玄関扉のチャイムが鳴り、蝶番が軋り、ドアが閉まった。沈黙。ヘトヴィヒ・シュトゥーダー夫人の声が非常に大きく、甲高く上がった。

世界没落

1

裁判所書記パウル・モンタンドンより上級裁判所官房室長ハンス・フェールバウム博士に宛てた秘密報告。（一九三一年九月十五日）

……でありますからどうかこの件に簡潔に立ち入ることをお許し下さい。と申しますのも当事件を決済する任務は、シェーンタール検事がわたしの上司に関して提出すべきだと感じている本抗告と密接な関わりがあるからであります。

ブラントは、八月四日早朝、地方警官コーリにより逮捕され、農場主ゴイマンの家に忍び込んだ罪ありとする公訴の下に当地の地区刑務所に引き渡されました。翌日、わたしの上司たる予審判事マックス・ユッツェラーの行いましたところの尋問を通じて被告は押し入りの事実を認めましたが、けれどもこれはひもじさに迫られてやったことであり、盗んだのはソーセージ一本と大型パン一個だけだと強調しました。犯行は八月一日から二日にかけての夜間に起こりました。尋問に際してブラントはきちんとしており、犯行がまるで小学生の愉快ないたずらででもあるかのように、奇妙に乾いたユーモアをさえ交えて語りました。その後でブラントはちょっと涙をこぼしましたが、その理由を訊かれると、自分がこれまでたどってきた生活歴の話をしはじめました。あとから予審判事殿とわたしは、この供述調書は検察庁に回付される書類に添付しないことに決め、また博士殿にお願いでございますが、わたしの報告もどうかご内聞扱いにしていただきたく存じます。以下の事実はブラントのその後の行動を通じて当局の知るところとなったものです。被告の申すところによれば、彼はブライティヴィル救貧院から、同じく同院に収容されていたプルファー・マルガレートとともに脱走し、二カ月間に亙ってユーラ〔スイス北西部の州〕をさまよいあるき、籠を作ってはこれを売ってなんとか口糊をしのいでいたと言います。一九三一年五月十五日、彼に同行した女はビール市警察により逮捕され、一九三一年七月十六日付け州評議会決定により一八八四年五月十一日制定の刑法第四条第二項にしたがい、ヒンデルバンク州立労働施設に一年間収容されました。被告はそれからあてどもなくさまよいあるき、自ら認めるところによると、何軒かの農家に忍び込んでは食べ物をせしめていましたが、ついに一夜の宿としていた野積みの藁のなかでコーリ地方警官に取り押さえられたのであります。ブラントが続いて申し立てますには、彼は十七歳のとき以来、はじめはトラクゼルヴァルトの教育施設、その後はヴィッツヴィル精神病院、そこを脱走してからはトールベルク刑務所でと、ほとんどたえまなく監禁されていたそうです。責任能力への疑問が浮上してきたので、ヴァルダウ精神病院から鑑定の申し入れがなされ、その結果、ブラントに顕著な精神病の症例が見られるとの結論に達しました。この鑑定に基いてブラントは精神病院にずっと監禁されておりましたが、同精神病院を脱走し、さまざまの忍び窃盗の罪を犯した後逮捕せられたのでありました。彼は社会的危険性ありとしてトールベルク刑務所に送られ、同所においてさしあたり五年の刑期で収容せられました。彼はこの機会を利用して通信教育で無線通信技術を修得し、最終試験に評点一の成績で合格しました（この点に関する証書をブラントはユッツェラー氏の要求に応じて提示しております）。当該の刑務所所長は愛する同所の囚人に肩入れし、釈放後の囚人のための社会福祉施設がブラントに彼の能力に適合した職場を見つけてやるまでの間の、彼の釈放ならびにブライティヴィル救貧院への暫定的収容を支持しました。けれどもブラントは二週間後にはもう、とまれこちらのほうが逃亡計画の張本人であったと思しい、前述のプルファーを伴って脱走しました。ちなみにこの女は跛《びっこ》でありますが、ブラントにあって事の引き金になった原因は同情だったと思われます。彼の申し立てに明らかに露呈している救貧院に対する憎悪という、より卑近な理由に関しては、そうだろうと問い詰めても受けつけませんでした。

ユッツェラー予審判事によるブラント事件の処理にこれ以上詳細に立ち入る前に、博士殿、わたしはわが上司に対する自らの立場を手短に明らかにしておきたく存じます。マックス・ユッツェラー博士はわが町ではさして人気がありません。確かに、取調べ方が人間的だというので、彼と接触するようになった被告には好意を持たれていました。二年前にこのポストに選ばれたとき、彼はいくつかの困難を克服しなければなりませんでしたが、その最大のものはおそらく彼の妻が外国女性だという事実でしたでしょう。ユッツェラー博士が後に本官に内密な会話で打ち明けたところによると、彼は研究目的のためにデンマークで二年間を過ごし、そこで結婚もしたのでした。リリー・ユッツェラー＝ユルゲンセン夫人はドイツ語は流暢に話しますが、当地土着の訛はなかなかこなせません。いずれにせよ彼女は家に引きこもりがちです。夫妻にはこれまでのところ子供はおりません。ご夫妻が町の地元民に対して遠慮がちな態度が地元民には高慢とみなされました。わたしは、わが上司がそもそものはじめからわたしを同等の権利を持った協力者とみなしてくれたのを誇りに思っておりましたし、上司のほうもすこぶる好意的で、わたしをよく家に招待してくれました。難しい事件のときには、わたしのほうが土地では古株なので当地に住んでいる人たちとの経験が多々あるので、ユッツェラー博士殿がわたしの意見を訊かずに事を処理したためしは一度もありません。陪審員地区所在地であるわが町は周辺が主に農民人口でございます。ですから都市出身者であり遠い外国留学も経験したユッツェラー博士殿が、多少の困難と闘わざるを得なかったのは異とするに当りません。特にシェーンタール検事殿の態度を指摘しておきたく思います。検事は当初からわが上司をさまざまの厄介事で手こずらせ、予審の結果にしょっちゅう難癖をつけていました。博士殿、貴官は秘密報告を要求されたましたが、貴官はまさかわたしの意図に反してこちらの示唆を悪用するようなことはあるまいと確信しています。シェーンタール検事はわが上司とはまさに正反対なのです。つまりは政治活動に長けていろいろな協会に所属し、わが都市の出で、夫人も同様であります。右の事実の必然的結果として検事は多くの家族と血縁関係があり、知名度は絶大、彼および彼の夫人はあらゆる機会をとらえて、またそういう機会がすくなくないのでありますが、会合に出席しています。

わが上司は反対に、先にも申しましたように、つつましやかで引っ込み思案なのであります。音楽好きで、このことに関して申しますならば、わが上司がヴァイオリンを弾く腕前はまさに名人級でありますし、夫人がまたこれをピアノでみごとに伴奏いたします。わたし自身も、飯の種にこそしておりませんが音楽は大好きなので、おわかりいただけるとは思いますが、親しみの持てる家族の身内で過ごせる音楽の夕べはこよなく貴重なものでした。わたしは力の及ぶかぎりにおいてユッツェラー博士殿に不愉快な思いをさせるまいと努め、貴官がその結末を他の方面からすでにお聞きになってもおられるであろうにもかかわらず、こうして簡潔にご報告したく存じているかのブラント事件が持ち上がるまでは、それがうまく行っておりました。

被告相手の尋問の後、予審判事は、ブラントにもう一度チャンスを与えてはどうか、というご意見でした。彼の前科、彼の不幸な生活をわれわれが知ったのは、もっぱら彼の自白からです。公式にはその点で何ひとつわかってはおりません。判事殿にはブラントに関するさらなる問い合わせを手に入れる義務がおありだ、とわたしは予審判事殿に一応注意を促しはしました。しかし彼はこの要求を受け入れるには当らないと抵抗し、わたしは判事殿の高度の倫理的論拠に屈服せざるを得ませんでした。それは、さる重要な著作において、あらゆる倫理のそもそもの根源を同情と見なす、哲学者ショーペンハウアーの考察に基づくかぎりにおいて重要な倫理的価値を有するものでした。わが上司は、ブラントの過去の生活経歴に関して述べた発言を検察庁に回付された調書に記入しなかった、というかぎりにおいて形式上の誤謬を犯したのであります。ユッツェラー博士殿は結論として、当面する事件はたかだか総額二十フランを越えない食料・日用品窃盗である、と述べておられます。シェーンタール検事はこの短い調書をのぞいてから、警察裁判所に回付したブラントを監禁一週間の刑とするという判決決定を認可しました。ブラントは八月十一日に釈放されましたが、なおも予審判事殿を訪問して判事殿から援助金を頂戴しました。この日の夕方、ブラントは積み藁とブライティヴィル救貧院の納屋に放火をしました。保険会社がカヴァーした損害はほぼ一万五千フラン近い額に達しました。ブラントは同夜中にもいわば現行犯として逮捕され、最寄りの未決監に引き渡されました。犯行のあったのが別の陪審員地区だったので、公式にはわれわれは事件にもう何の関わりもありません。しかしながら検事殿は待ってましたとばかり、破廉恥な取調べ方をしたというのでわが上司を非難し、官房室に抗告すると称して上司を脅迫しました。実際に彼がどのような脅迫を行ったかは、貴官の十三日付け書簡から明らかにされている通りでございます。

願わくは、博士殿、貴官がわが上司の至上に人間的かつ倫理的なる動機を評価することができますように……

2

リリー・ユッツェラー博士夫人よりその妹、コペンハーゲンの小学校女教師インゲ・ユルゲンセンに宛てた手紙より。(日付けなし)

……マックスは毎日これまで以上にわたしのことを心配してくれていますが、わたしはこの恐ろしい小さな都市《まち》にだれ一人お友だちがいないので、もうあなたに聞いてもらうしかありません。マックスがわたしたちの家に遊びにきていたあの当時から、あなたはもう彼の、あなた流にいえば「変人ぶり」におどろいていましたね。あの人は日にすくなくとも二十回は手を洗う、なんて話さえあなたはしてました。あなたは法律家であるあの人が正義に関して抱いている奇妙な見解にもわたしの目を向けさせてくれました。白状しておかなければならないけど、こういう変人ぶりがわたしにはさほど気にならなかったし、夫婦生活の最初の数年間はそれがさほど目立ちもしませんでした。わたしたち二人の仲はもちろん情熱的なものではありませんでした。あの人はむしろわたしのなかに母親を見ていたんだと思います。これはほとんど変わらないままでした。わたしのほうはマックスがわたしに慰めと逃げ場をもとめてくるのをうれしがってさえいて、あの人にとってはとても大切な(慰めと逃げ場という)この二つのものをわたしはよろこんで与えていました。あの人は、もともと自分の柄ではない権威性を職務上強く押し出さなければならなかったのですもの。でも気がつくと、ここ二週間というものマックスはどこかふだんとちがってるんです。二、三例を申しましょう。わが家はたびたび夫の書記であるモンタンドンさんの訪問を迎えます。この人はちょっとおかしなふとったお人で、大きな禿げ頭にテカテカ光る赤ら顔、その顔の口はもじゃもじゃの口髭のかげにすっかり隠れていますの。独り者で、いつもにこにこ顔でわが家へおいでになります。モンタンドンさんのおっしゃるには、居酒屋にシケ込むのはもうたくさんだし、俗物どもじゃなくて気の合う人たちとご一緒するのが大好きだと。わたしたちの音楽合奏も大いに評価してくれてるらしく、特にモーツァルトのト長調ヴァイオリン・ソナタがお気に召しています。これはマックスがとてもうまく弾くし、わたしもかなりこなせる曲なのね。モンタンドンさんはいつかおっしゃってたわ、これは一人の人間が死の舞踏を見ていて、その恐怖を追い払うために歌っているみたいな感じがする曲ですって。書記風情にしてはとてもオリジナルな判断ですわよね。それがここ二週間というもの、マックスはもうヴァイオリンに手もふれていません。わたしがピアノの前にすわって誘いかけるように弾いても、そっけなくやらせているだけ。それにほとんどの時間わたしをモンタンドンさんと二人きりにしておくの。するとモンタンドンさんはどぎまぎして濃い口髭をひねりながら、夫の身に何が起こったかを、おかしな癖のある標準ドイツ語で説明しようとしてくれるの。ちなみに、マックスの身に起こった変化がある特定の一件と関係がある、というのがこの問題全体の奇妙な点なのです。モンタンドンさんのお話では、事件は一種の浮浪者の問題で、マックスはその浮浪者に何かはっきりしない理由からして好意を持っていて、その人をかばっているのです。男が重罰に値する罪を犯したというのに、釈放のときにお金までこっそり上げているんです。それからこの浮浪者はここを出て、積み藁の山に火をつけて……マックスはもちろん自責の念に駆られました。ほとんど夜も眠らなくなって、明け方近くまで仕事部屋のなかを往ったりきたり、そしてベッドに入ると枕から頭を持ち上げて壁に向かって聞き耳を立てているものだから、わたしはときどき不安になって、「マックス、何か聞いてるの?」とたずねます。そうすると首をふって、へんにうつろな目でこちらをじっと見つめているんです。その度にとてもへんな感じ、まるでわたしが話をしているのは一人の人間の半分で、後の半分はどこかよその世界に生きていて、そこであっというまにぐんぐん大きくなり、それから突然こちら側の世界に闖入してくるんじゃないかなんて感じなんです。わたしにはよくわからないけど、でも、状況全体もそんなふうなのです。

かてて加えてマックスは、直接の上司のシェーンタール検事といろいろ厄介事があるんです。わたしはこの方には一度しかお会いしたことはありませんが、とっても嫌な感じでした。植物性脂肪の色を思わせる、白い、ぬめりとした顔を想像して下さいな。その顔のなかに、ほとんど唇のない、いやに大きな口の裂けめがぱっくり開いていて、ために検事殿は絶望的に色のあせた蛙そっくりに見えるんです。えらそぶるのがお好きで、しょっちゅうマックスがオフィスにいるところを不意打ちしては、目下進行中の書類をちょっと見せてくれと要求します。どうやらマックスの間違いを現行犯逮捕するおつもりでね。こんな不信の念に一人の感じやすく良心的な男（そうよ、マックスは良心的なんです）がずっとつきまとわれていたんです。こうした不眠状態が打ち続いてマックスはすっかりダウンしてしまい、そこでいっそ一思いに精神医に相談してみることに決めました。わたしもいっしょについて行きました。この精神医がまたなんとも感じが悪かったこと。難聴で、いやにえらそぶっていて、とっても異常なことやわたしたち二人の間のあれこれをたずね、しこたまコンプレックスだの抑圧だのの話をし、とどのつまり音楽はやめて、代わりにデッサンに集中し、心のなかに湧いてくるイメージを形にしてみてはどうかとマックスに薦めました。そうすれば解放感が感じられるだろうと。不眠症に対しては温足浴とセドルミド〔鎮静・催眠剤〕を推奨しました。そんなもの、どれもちっとも役に立ちませんでした。たしかにマックスはパステルを一式手に入れて、ときには夜中まで絵を描いてました。その絵を見たら、きっと祝福された表現主義者だって嫉妬に狂いかねなかったことでしょう。なかば人間、なかば獣の恐ろしい生き物。でもベックリーンばりの飼いならされたケンタウロスなんかじゃなくて、悪魔学《デモノロギー》から浮上してきたようなゴシック風の怪物なのです。妹よ、わたしは当地でとても孤独です。すべての人が自分に敵意を持っているような気がします。町を歩いているとそう感じます。外見だけでは、この町の内面《うちづら》がそんな悪意に満ちていようとは見えません。おそらく実際にもまるで悪意なんぞはなくて、わたしがそう感じているだけなのでしょう。町は湖に面していて、遠くに白い山々が見え、市の中心部の家々は古風で、歩道が高いところにまでついているので、かならず階段をいくつか下りないと車道まで行きつけません。夫のオフィスは都市を一望の下にみはるかす丘の上の古いお城にあります。そこからはぐるり一帯、近くの山々や湖や川のすばらしい眺めが望めます。なかでも川は、陽に照らされると、谷間をうねうねとくねる輝く金属性の蛇もさながらです。いまでこそ十一月で、ものみなを霧が覆い、その湿気がたえず細かい雫となって滴り落ちてくるので、ちょっとした散歩から帰ってきてさえぐっしょり濡れそぼってしまいます。人びとにもこの湿気が伝染してしまったようで、だれしもが水っぽくすべすべしています。なかでマックスとあのおかしなふとったモンタンドンさんだけは、まるっきり毛色がちがうのです。海風が彼らの魂を干上がらせてしまったように、なんだかからからに乾燥したみたいなんです。この二人は、その名も高いアルプスの山頂の朝の景色になじもうとするや遠景にふんぞり返って至高の威厳を気取る、あの砂糖菓子みたいなアルプス連山にはまるで似つかわしくありません。前にも申しました。他の人たちはご当地生まれです。たぶん気性も悪くないのでしょう。でも、わたしはあの人たちのことばがしゃべれないので、よそ者あつかいでのけ者にされています。社交界に入れないのです！　あの人たちはとてもおしゃべりです。海に沈黙を教えられたことがないのです。あの人たちにはあの人たちのちっぽけな湖があり、その湖と何もかもがそっくりのちっぽけな政治があります。ときにはその湖も危険になりそうな気配を見せることがなくはありません。でも、それ以上に事は及びません。水掻き車つきの玩具《おもちゃ》みたいな蒸気船が湖面を安全航行しています。退屈です、妹よ、それに不安でもあって……

3

上級裁判所官房室長宛ての陪審員地区検察庁の報告からの抜粋。（一九三二年二月六日）

……本官はなお、本官の当時却下せられたユッツェラー予審判事に対する抗告を裏づけるもののように思われる以下の諸事件についての所見を述べたく存じます。右に名を挙げた人物の責に帰される、粗放さといいかげんな規則違反はいまや目盛りの上限を満たすのに充分と思われ、本官の権威によってわれらが司法機関のこの類例のない不面目を隠蔽することが今後は不可能となるので、本官としては本件の模範的な取扱いに固執せざるを得ず、したがって全権をゆだねられた委員会が本官により貴官の知るところとなった事件を調査するよう要求するものであります。

事件一。シュテッフィゲンなる場所において、一九三二年一月二十五日、中年の、身なりのいい男性の死体が、村の墓地で発見されました。ユッツェラー予審判事、彼の書記モンタンドン、シュトゥーダー警察刑事からなる裁判委員会が、死体の死体置き場移送を指令しました。一体の死体を解剖してから二十四時間は助産をしてはならないという口実の下に、二人の開業医が解剖の執行を拒絶いたしましたので、当市からジーバー博士が呼び寄せられ、それからは同博士が解剖を執行いたしました。死因は心臓銃創と確認されました。ジーバー博士は自殺ではあり得ないと申し立てましたが、にもかかわらずユッツェラー予審判事は即刻、これは明らかに自殺だと表明したそうであります。自殺ではあり得ないというのは、銃殺された被害者の衣服がまったく無傷であるばかりか、シャツ、チョッキ、上着、マントは、一人の男が心臓弾傷を受けてから衣服を整えるのは不可能でありますから、何者か第三者の手によって、ボタンがきちんと嵌められてあったのであります。ユッツェラー予審判事が医師に八つ当たり気味に言うには、あなたは解剖調書をお書きになればよろしい、犯罪学的結論は裁判委員会の要件です。ジーバー博士はただちに本官の部下たちの遺憾至極の違反を本官に報告してきました。だが、時すでに遅し。事件現場の捜査ますが――目下のところの、そして本官の見解はジーバー博士と全面的に一致して、これは殺人事件だというものでありますが――はまことに杜撰きわまるもので、足跡のいくつかは消失せられました。いまにいたるまで死者の身上調書さえ未確認であります。予審判事殿はしかしながら今日にいたるまで、本件は自殺であるとの自説に頑強に固執してはばかりません。予審判事殿は、殺人事件であるとするような結論は不可能であると非難しつつ本官に対して、自分には特定の根拠があるのであり、ともかくも捜査はしたのであって、第三者の命令的介入はご遠慮願いたいと明言したのであります。

事件二。ブルーム・クリスティアン、日雇い労働者、前科なし、は、二カ月以前から、明らかに泥酔状態において犯した総額十フランのコソ泥の廉《かど》により逮捕せられました。右の犯行は、おそらくは保護観察期間付きで、最高限十日間の禁固刑を課されるものでありますが、にもかかわらず二カ月来未決勾留房に座しており、七週間来一度たりと尋問室に引き出されておりません。当該の男には妻と二人の子供がおり、地元住民はたいそう激昂しております。ブルームは人気者だからです。特に予審判事殿のブラント事件における態度を考慮に入れるならば、この事件に関する爾余の注釈は無用です。

即刻の解決を待ち望むものであります……

4

（日付けなし）

モンタンドン様、

わたしどものところにおいでになって、どうか助けて下さい。夫は昨日のお昼から部屋に閉じこもり、わたしは夫の仕事部屋に入れず、夫は何を言っても返事をしないし、何も口に入れていません。ここ数日前からもうひどいことになっていました。どうしてあなたはうちにお見えになって下さらないの？　わたしには、あなたのほかに相談できる人がだれもいません。お願いですからできるだけ早くおいでになって下さい。

リリー・ユッツェラー拝

5

官房長等に宛てた、モンタンドン書記の第二の秘密報告。（一九三二年二月十四日）

……尊敬する上司たるマックス・ユッツェラー博士に突発せる不慮の事故に関して、ほかならぬわたしにお問い合わせを下されたる次第、わたしは博士殿の大いなる信頼の徴《しるし》と存じております。

わたしが、二月十二日、ユッツェラー＝ユルゲンセン夫人より同封の日付けなしの手紙を受け取ってからというもの、最近数日間を通じて予審判事殿の態度に気づかざるを得なかったある種の奇妙な節々のいくつかにようやく相応の説明がつきました。ついでながらに申しておくなら、この異常がシェーンタール検事殿のお目にもとまらなかったのが、わたしはふしぎでなりません。この種の事柄に本格的に取り組むのは、一介の部下たる身にはいずれにせよ容易なことではありません。今日もなお精神病者たちの上にのしかかっている汚名はあまりにも大きく、ために必要な処置を取ることができないほどであります。ユッツェラー夫人の手紙は使いの者がオフィスのわたしのところに持ってきたのでありますが、そのオフィスにもう二日間というもの上司はごぶさたしています。彼は電話で短く、気分が悪くベッドで休んでいなければならない、と言ってきただけでした。いまでこそ申しますが、わたしは、ユッツェラー博士の態度が奇異なことをこの気分のすぐれぬことと結びつけておりました（ある種の伝染病がその初期局面において人格の変化を喚起するぐらいのことは、わたしも承知しております）。ユッツェラー夫人の手紙からすぐにピンときたのは別の可能性でして、そこでとりあえず電話で近くの精神病院の医師と連絡を取り、急患の診察をしてほしく、いずれにせよ看護士を二人連れてこちらへきてくれと申しました。そうしてから予審判事の住まいにまいりました。夫人が玄関の扉際で迎えてくれました。夫人は、その手紙から語りかけてきた不安を上手に隠すすべを心得ていました。彼女に頼まれたのはもっぱら、どのような世間の注目をも避けること、そして夫を仕事部屋から出るように仕向けることでした。彼女は一晩中鍵をかけたドアの前で過ごし、ノックをして中に入れてくれと頼んだけれども無駄でした。部屋のなかはコトリとも物音がしなかったといいます。さてわたしは仕事部屋のドアの前まで行き、何度も予審判事殿の名前を呼ばわりましたが、まるで応《いら》えはありません。鍵穴のほうに身を屈めると、鍵が中に差し込んでありました。錠前屋を呼びたくはありません。そのために世間の注目を浴びるようなことになれば、夫人の健康さえもが害されかねないからです。わたしの身体はかなり重量があり（わたしの体重は、博士殿、興味がおありとあらば申しますが、二百キロ近くございます）、しかもドアはごくありきたりのもので、非常に堅牢なドアではございませんでしたから、ちょっと助走をいたしますとドアはふっとびました。同時に木の破片がいくらか飛び散りましたが、といって損害甚大といったものではございません。これまでの行文のいささかわざとらしい諧謔をどうかお許し下さい。と申しますのも、ここに出現した光景を述べる段となると、どうにも気が進まないからなのであります。

まず目に入ったのは、なにやら巨大なサイズと見える一枚の絵（よくよく確かめてみると、六十×五十センチのふつうの画用紙くらいのものでしかありませんでした）で、それが書き物机の上のほうの壁面に四つの画鋲でとめてありました。それは、人間の顔をし、人間の腕を生やした、巨大な、白い洞窟イモリの絵でした。怪物はおびただしい数の人間の姿をしたものを両腕で抱え持っていました。それらの顔はどれも小さいながらも、容易にだれそれと識別がつきます。最前列にブラント某の顔が見えました。この男の事件のことは、その当時博士殿にわたしからご報告申し上げました。さらに、その死亡事件について検察庁が抗告中の、墓場の身なりのいい紳士の顔が見えます。ブルーム・クリスティアンの顔も見えました。これらすべてのものの頭上に立ってニタニタ笑っている白い洞窟イモリの顔はシェーンタール検事に瓜二つでした。わたしはこの奇妙な絵からもう目が離れなくなりました。それは、けばけばしい色合いにもかかわらず（背景は青まじりの毒々しいグリーンで、一方、小さな人間どもはすべて青っぽい赤マントを着せられています）どこか硬直して死んでいるような感じでした。と、このとき小さな叫び声が耳に入りました。声を上げたのはユッツェラー夫人でした。予審判事殿が絵の真向かいの壁にもたれていたのです。もたれていた、と申しましたが、こういったのでは正確ではありません。彼は裸足《はだし》で、壁から十センチくらい踵を離して立っており、後頭部だけで壁に接触しているので、身体がまるで壁に立てかけた板のようにへんにかしいでこわばった姿勢で突っ立っていました。ユッツェラー博士殿は何時間もそのままの姿勢を保っておられたのです。すくなくともわたしにそのように見えました。手は両方とも胸の上にぴったりつけていました。わたしはなんとかして身体をその姿勢から引きはがすことができ、かたわらにあるベッドに運び入れると、失礼して精神医の介添人に電話をしたいのだが、とユッツェラー夫人に告げました。彼女はすこぶる落ち着いてこの告知を受け取り……

6

官房室長等に宛てた……精神病院の鑑定書より。

一九三二年三月一日

……潜伏期はかなり長期に及ぶ可能性もありますが、前駆症状は専門家の目には簡単に認知し得るものであります。サンプルの症例ではのっけから潜伏性精神分裂病の嫌疑が思い浮かびますが、これは相談を求められた医師も病歴をある程度正確に作成した際に気がついておりました。サンプルの若年時の生活に認められる不連続性、いかなる社会集団からも自己隔離している状態、難解な哲学的諸問題に当っての思い悩み、抽象的かつ極度に観念的な正義の観念に近い一切の事柄における日常的現実と一致しない極端な昂揚などは、最初から分裂病の形態圏内の病像を推論せしめるものであります。右の診断はサンプルの描いた絵によって証明されます。この絵はブロイラーによって記述されたかの現実喪失をあからさまに露呈させております。サンプルの身体的体型もいわゆる無力症的体型であって、これがいわゆる分裂症タイプに編入せられることはクレッチュマーの体質研究によっても裏づけられます。サンプルの日記から以下に数箇所抜粋を引いておきますので、これが、州裁判所判事閣下、男の心における、はや長年にわたる分裂のイメージを与えてくれるでありましょう。

「八月五日。ブラント事件。わたしの思うに、この男は組織的に狩り立てられて絶望しているのだ。わたしが法的処置を間違ったのはわかっている。しかしそんなことはどうでもいいのだ。法か、それとも人間性か。どちらが上位にあるのか？　人間性、つまりは子供のときから迫害されてきた人間への同情こそが自分にとって価値があり、同時にまた義務でもあると思う。」（専門家による注。この叙述のわざとらしい調子に、どうか、ご注目いただきたい。これまたなおざりにできぬ症候群《シンドローム》なのであります。）「わたしはじつは着服の罪を犯している。男の生活歴に関する調書を着服して伏せてあるのだ。わたしは彼に金をやるだろう。わたしに信仰があれば、彼といっしょにお祈りをするところだ。わたしは彼を苦しめている傷を癒してやる自信がある。というのも、人は苦悩から犯罪者になることもあり得るからだ。

八月十二日。ブラントが納屋に放火した。復讐しようとしたのだ。これはわたしの責任だ。どうしてわたしは、あの救貧院で彼の身にどういうことがあったか話してくれるように仕向けなかったのだろう？　おそらく彼といっしょに脱走した女性のほうが、彼よりひどい目にあっていたのだろう。なのに彼は同情からして事を起こした。わたしが想像するに、事はこんなふうだった。彼はその娘と一、二度話をした。人びとが陰口をきいた。二人はあるとき散歩をしていて、それがだれかに見られた。娘は恥じて帰った。で、彼は彼女といっしょに出ていった。本来はけなげなやつなのだ。この人たちは女というものを目にすることもなく、いわんや女性と話もできずに何年間も監禁されていたのだ。一体、こうした人びとの心のなかで何が起こっているか、われわれにわかっているだろうか？　われわれは彼らにいつも権力の代表者として対してきたのであって、対等の人間として対してきたのでは決してない。そのうえで、本音を吐いてくれと、どうして言えるだろうか？　われわれはどなりつけ、懲罰する。そのわれわれを彼らはどう見ているだろうか？　仲間とは見ていないに決まっている。同情が安っぽいことはわかっている。それならしかしどうやって彼らを助けてやったらいいのか？　彼らが現に立っている、あの段階に通じる道をどうやって見つけたらいいのか？　結論。放火はじつはわたしに責任がある。罪を償わなければならないのはこのわたしだ。

九月一日。妙な頭痛がする。それが動き回る。いまにも眼に飛び込みそうだ。人間が影のように見え、家々は非現実的だ。まだ生きていると思えるのは、わずかにわが書記モンタンドン君だけ。あとはみんな幽霊で、死んでそこらを動き回っていながら、そのことをご存じない。わたしは自分を罰する刑罰を見つけなくてはならない。

九月十日。わたしはもうヴァイオリンに手を触れたくない。あれは生きていて、口をきくみたいな気がしてならない。ピアノも口をきく。しかもしゃべることがおそろしく下卑ている。この下卑た話のあれこれを書きとめる気はない。リリーはわたしに対してたいそう冷たい。彼女はどうやらわたしの敵にくみしていて、音楽のことばでわたしを誘惑して狂気に駆り立てようとしているらしい。さる神経科医が絵を描くように薦めた。わたしはそうする。絵を描くのはものすごくつらい。というのも描こうとすると頭痛がひどくなるのだ。が、描き終えるとふしぎな緊張解除がやってきて、一時間ないし二時間は眠ることができる。わたしが描いている怪物が、紙の上に出してやるやいなやたちまち、やつがいつもささやき声で――ここに書くのをはばかるようなことを――しゃべっている壁のなかにすくなくともわたしにあってはまざまざと姿を現《げん》じ、いまや現実に戦う相手となるとでもいうかのようなのだ。

十一月六日。モンタンドンはいつもわたしの味方だ。いまやその彼でさえ悪い噂でもってわたしの敵方にまわっている。彼がタイプライターの前にすわると、どこかにこっそり発電機を仕込んでいて、それでわたしに陰険な振動を送っているのが、まざまざと感じられる。

十二月六日。わたしはわたしの敵、つまり敵対者の絵が描けたとき、はじめて救われるだろう。そいつは顔は蛙、身体は洞窟イモリで、自分に近づいてくるものをことごとく押しつぶしてしまう。やつはいつもわたしのオフィスのまわりをスパイしているのだ。源《みなもと》を、わたしにやつをしのぐ力を与えてくれる源を、見つけ出そうとしているからだ。やつはわたしの鉛筆に！　すれすれに近づいているのをまるでご存じない。今日、一人の男が護送されてきた。ブルームという日雇い労働者だ。見た目にはたかが十フランを盗んだだけだが、正体は大犯罪者なのだ。しかし彼の策略はすでにして見えすいている。すくなくとも彼は殺人者だ。彼は敵であり、情け容赦を知らない破滅的な力の大物の使者だ。ということは取りも直さず、妻や子供たちを虐待した、ということでもある。われわれはしばらく、ドイツでいうところの懲役場に入れておくだろう。宿敵サタンがいくら狡猾でも、まさか彼を見つけるほどではなかろう。

一九三二年一月二十五日。わたしはいつも不眠だ。朝、用事があってオフィスに行くとき町がまるで舞台装置みたいに見える。リリーはこちらが外出するときまだベッドにいるけれど、見るからに死体そっくりで、しかも彼女は自分が死んでいることを知らない。ちなみにわたしの母も死んでいる。でも母の話はしたくない。それはだ……それは……

墓場で一体の死体が発見された。解剖を執行した医師が説明してくれるには、これは殺人事件なのだという。もちろん殺人事件に決まっている。しかし殺人犯を見つけたとして、それが何になるのだ？　そしてそいつをあの、蛙の顔と洞窟イモリの胴体をしている巨大機械に引き渡したとして？　巨大機械はそいつを何年間も監禁するだろう。そうしたところでどんな得があろうか？　何もありはしない。我輩のは復讐だ、とおえらい方はおっしゃる。敵対者はわたしを殺人論者に改宗させようとした。わたしは面と向かって笑ってやった。自殺、とわたしは言う、それで一件落着になるではないか。

二月十二日。ようやく敵の姿が見えた。そこでわたしは、見えた通りに敵の姿を絵に描いてみたい。やつの犠牲者もことごとくもろともに。それからわたしはまなざしでやっと決闘するだろう。二日間、それも飲まず食わずで。リリーには何も言ってはいけない。じゃまされるだろう。」

右に引用した後では、州裁判所判事殿、当方のさらなる叙述に一段とついて行きやすくなったと、想定してよろしいかと存じます。そこで結論を申し上げます、すなわち……

7

官房室長以下略は、医学博士以下略殿の陳述を聴聞した後、以下略による抗告に目を通した後、以下の通り結論する。

アルフレートならびにマリー・ホフマンの息子、ユッツェラー、マックス、一八九三年生まれ以下略、以下略と結婚、鑑定以下略に基づき、上記ユッツェラー、マックス、予審判事を一年間の病気休職に処するものとする。この休暇期間が満期終了してより後、さらなる精神医学的鑑定を迎え、これに基づいてさらなる決定以下略が……

8

陪審員地区の検察庁に宛てて州裁判所官房室長より。

一九三二年三月十日

……われわれは予審判事ユッツェラー、目下R精神病院在院中、に対する貴官の続けざまの抗告にいたく憤激しております。当該人の精神状態は同人の書記でさえ気がついており、貴官は当然この男に問い合わせることができたのですから、なおのことであります。今日では法律家でも精神医学の諸問題に最小限通じている必要があり、貴官のごとき態度は精神医学の専門家の見地からしても法律家の資格なしと見なされ得るものであります。したがってわれわれは、貴官の上級官庁にこれ以上職務不適格の嫌疑をかけられぬようお薦めするものであります。さもないと……

9

ベルン州裁判所官房室長

一九三二年三月十一日　ユッツェラー夫人殿

小生、貴女のご夫君マックス・ユッツェラー博士殿の身に起こった不幸を聞き知り、まことに遺憾千万に存じております。貴女とともに小生深く感じ入るものであり、また外国女性として貴女には敵意をふくむ住民の只中にあって耐え忍ばざるを得なかった、貴女の気丈さにいたく感嘆の念をおぼえます。ご夫君のご病気を憂うるご心痛をいささかなりと克服されたあかつきに、いつか小生の許をご訪問下さるなら幸甚に存じます。小生、ユッツェラー博士をいまもよく憶えております。彼は若い頃しばしばその秀逸なヴァイオリン演奏によって小生をよろこばせてくれました。ユッツェラー夫人、よくお考え下さい、われわれは皆おのがじしそれぞれの運命を有しており、貴女のご夫君の運命はおそらく避けがたいものだったのです。すくなくとも最近の学問はそうした方向を指し示しております。ここで立ち入った説明は控えたい、一面でのある種の思いやりのなさが病気の発症を促進して、結果、それが専門家筋のいわゆる解発因になった次第については、平にご容赦願わなくてはなりません。われわれは皆、おのれの性分を変えることはできません。残念ながら、それが事実です。そして通常はその一方の側の破局的な崩壊に終るにいたるほど、由々しい敵対関係が存在するのです。

終りになお貴女に深甚なる敬意を捧げたく存じます。そして小生のささやかなことばがいくぶんなりと貴女の慰めになれれば、と思っております。小生、かなり重責の仕事のプログラムが許しさえすれば、ただちにご夫君のお見舞いに参上する所存でありますが、おそらくご夫君はすでに回復の途上にあらせられると確信しております。どうか、ご夫君には貴女こそが堅固この上ない支柱であることをお忘れなきよう。

頓首謹言　　（署名）H・フェールバウム博士。

10

コペンハーゲンのインゲ・ユルゲンセン嬢宛てのリリー・ユッツェラー夫人のある手紙からの抜粋。

……どうやらいちばん辛い時期はすぎたみたいです。最近病院に見舞ったときのこと、マックスはわたしの顔がわかって、わたしが持っていった鳩肉を食べ、おずおずとほほえみかけながら、「きみが毒を盛ろうとしているって、ずっと思ってたんだ」と言ったのです。医者はわたしたちに二人だけの一室をくれました。マックスがまた興奮状態になった場合にそなえて、看守が一人ドアの前に立っていました。でもマックスは子供みたいに柔和でした。わたしは看守を追い払いました。それからマックスの横にすわりました。マックスは突然わたしの膝の間に頭を埋めて泣き出しました。あとでわたしが話をした医者は、白衣を着て、奇妙に凍りついてはいるけれども、しかし心からの微笑をたたえた大男でしたが、何かおかしなことを言っていました。幼時体験、特に母親への結びつきがとても強いことがあって、その結果……でも、言いにくいな。ともかく、予後は良好だと医者は言いました。この連中ときたらほんとうに自分たちの隠語《ジャルゴン》から離れようとしないものだから、連中は外来語をずらずら並べていられれば幸福なんだって、こっちは思いかねないくらいなのね。それ以外にはとても人間的でした。とにかくマックスの状態は急速に回復していると思います。むろん、ここの人たちの言う「人格統合の再建《レスティトゥティオ・アド・インテグルム》」(幸いにも、ラテン語はきれいさっぱり忘れてましたから、これは泥縄式のおさらいの産物よ)だなんて、むろんそんな複雑な問題をわたしに期待してもらっては困りますけど。マックスはしばらく田舎に住んで、肉体労働をするといいのね。それがいちばんなの。フェールバウム博士の応対には感謝してます。夫のサラリーが何の面倒もなく今後とも支払ってもらえるようにして下さったのですもの。わかるでしょう、わたしはいまだにこんな光景をまざまざと思い浮かべます。マックスが仕事部屋で、けばけばしい色のおそろしい絵を前にして、それをじっと眺めているの。科学はそりゃすばらしいものよ、だけど……

千里眼伍長

マティアス神父はアルザス人で、すでに三年間、どこからきても交通の遠い僻地のジェリヴィーユに暮らしていた。ここからいちばん近い鉄道駅といえば、百四十キロも先のブーク‐トゥーブだった。しかし神父はこの孤独に満足していた。やせて病気がちの小男で、だぶっとした白マントが、乾ききった手足に衣文掛けに掛けたようにかぶさっていた。赤いシェシア、つまり球を扁平にした形の縁無し帽がその鳥頭の上にのせられ、グロテスクな寸法になるまで長い頭にしていた。

ジェリヴィーユはアルジェリアの内陸部の奥のさる高原にあり、この高原そのものは、広大な営庭の真ん中に立っている一本の石柱の碑銘が証言しているように、地中海から海抜千五百メートルの地点にある。兵営そのものの造作はフランス人の考案になるムーア様式で、意味のない馬蹄形アーチだの、だれにも使われたことのない平屋根だのが、そこらじゅうむやみにくっつけてある。明らかに、冬場はまずアルプスにしかありそうもない激しい吹雪が荒れ狂い、夏場は日射病になりたくないので士官たちが外に出ないのも無理はない、と思わせるほどの暴威で太陽が燃えさかるのだ。ヨーロッパでなら春や秋に相当する、季節の変わり目というものがジェリヴィーユには存在しないのだ。風土は極端であり、住民もそのリズムを余儀なくされる。というのも当地の住民の祖先は、アルジェリアの他の住民たちとはほとんど無縁の種族だからだ。彼らは奇妙に無垢のまま純血のままでいるのだ。交雑がほとんど起こらず、奥地によく見かけるムラート〔白人と黒人の混血児〕のタイプがこの高原には絶無だ。原住民の顔だちは高貴にして端正、皮膚の色はほとんど透明な黄がかった象牙色で、太陽に当るとそれがときおり白く光る。

マティアス神父がもっと若かったなら、いくら働いても効果がないのに失望したことだろう。がっしりした四角い肩の、本物の硬木でこしらえたような頭をした、カンペール出身の若いブルターニュ人の助祭のほうは失望を隠しはしなかった。小さな町の住人たちは子供を宣教師の家（それは石の基礎の上に乾燥煉瓦を積んだ平屋だった）に送りはしたが、これはどうやら神父たちの配布してくれる新しいマントを見ないふりができなかったのだ。しかしチビどものだれひとりとして、カトリック教会の唯一成聖の信仰を受け入れるつもりはなかった。半分も大人になりきらぬうちに、早くもこの子たちはこの二人の司牧者にそっぽを向くようになるのだった。血肉を分けた父祖や親類縁者に畏れを抱いているからだ。ジェリヴィーユに改宗者が出たことはたえてなかった。

マティアス神父はこれに関して独自の哲学を用意していた。「わたしたちのところにくる者はみんな」、と彼はマーカス神父に説明した、「神のお造りになった人間です。わたしたちの義務は彼らを救うことです。わたしたちがいくら努力しても彼らが永遠の至福に参入するのを避けるのなら、それは、それほどにはわたしたちの言う意味での大罪であるところの傲慢のしるしではなく、おそらく自然法則であって、そのようなものとして神により定められた一種の慣性なのです。この慣性の法則を破るのは奇跡に匹敵することでしょう。自然法則のかかる破砕を神に要請するくらいなら、いっそ傲慢の罪に荷担したほうがいい。つつましさこそが、またへり下りこそが、わたしたちにはふさわしいのです。さながら種子を蒔いて発芽をうながすためにおのれの持てる力のかぎりを尽くしてすべてをなし終えた後、芽生えは主《しゅ》のおぼしめしにゆだねる種蒔く人に、つつましさこそがふさわしいように」

マーカス神父はこの論述をぽかんと口を開けて聞いた。彼にはこんな弁舌の才は無縁だった。彼は「真珠を紐に通すように」次々にことばを枚挙するすべを心得た、この年長者にひたすら賛嘆の声を上げるほかなかった。この「真珠を紐に通すように」という表現を、マーカス神父は好んで使った。どうやらそれは神学校教育の名残で、マティアス神父がこのことばが出る度にきまって「真珠を豚の前に置くのではなく《ネク・マルガリータース・アンテ・ポルコース》」というラテン語の引用句で応じると、マーカス神父はゲラゲラ大笑いするのだった。

それでも、ときには神父の網にどこかの魂が引っかかるということがないではなかった。兵営には年々外人部隊の大隊が宿営した。マティアス神父は宣教師の家にささやかな読書室を設けていて、外人部隊の兵士たちがこの読書室によくやってきた。おおむねワイン一リットルや娼婦よりはいずれにせよ一冊の本や雑誌のほうを好む、多少はましな兵士たちだった。冬場だと室内は暖房がきいており、夏場はしきりに床に水をまくので気温が涼しく保たれていた。のみならずマティアス神父は猛烈なヘビースモーカーなので、兵士たちはいつでもまず確実に煙草やシガレットペーパーにありつけた。だが宣教師たちは二人とも、訪問客に押しつけがましい応対はしなかった。とりわけマティアス神父のほうは心得ていて、新たな訪問客には、深刻な話があるならいつでも待機していますと説明してやった。わたしが必要ならそちらへ参りますと説明し、それからしかし隣室に消え、ドアはそのまま開けておいて訪問者が懺悔をする気になるまで待つ。それから黙って耳を傾け、話し手がひどい嘘八百を並べたてると、奇妙に皺の多い微笑を浮かべるのだった。訪問者たちが本気になるのに長い時間がかかるのはわかっていた。はじめは聴き手に何とか自分を印象づけようとする時期だ。運命の打撃をいろいろとでっちあげる者もあれば、荒唐無稽な悪徳をぶちまける者もいる。真っ赤な嘘とわかっても忍耐を失ってはならない。ようやく信頼を持ちはじめたところで、どんなにかたやすく魂をおびえさせてしまうことだろう。こんなふうに話をしたがる欲求を、あべこべに歓迎してやらねばならない。すると嘘はおのずとからっぽになる。それからたぶん二、三日、訪問者は黙しがちになる。お天気のことや日常茶飯のことをあれこれ話す日がやってくる。そうなってもひたすら話について行き、相手のように気軽に話をし、相手が聴罪司祭の存在をすっかり忘れてしまうまで自分を隠し通さなくてはならない。この時期に、礼拝堂としてしつらえた小さな部屋で日曜日に催される、静かなミサに相手を連れていってもまずぶち壊しになるおそれはない。マーカス神父はオルガンを達者に弾き、フランス人のさる老廃兵がミサの侍者を務めた。「ミサにはどれだけ心の痛みを和らげてくれる効果があることでしょう」、とマティアス神父は助祭に説明した。「その効果を一度でも味わった者は、新たな痛みの発作が起こるとそれなしでは済まなくなります。〈民衆のための阿片〉、といって悪気に取る人たちがあります。でも阿片がなかったら医学は悪魔の思うつぼにはまります。宗教がなければ魂は悪魔の思うつぼにはまるどころか、痛みと不安と恐怖の独擅場になってしまいます。わたしたちの阿片は、断じて奪われてはなりません」

マティアス神父がこの第二の時期に名づけて痴呆状態の時期と称する当の時期の後、患者は、ある晩会話の最中に自分の前に対面者がいることを忘れてしまう。するともうマティアス神父の勝ちだった。男はすすり泣き、ため息をつき、自分の人生を、その失敗に終った人生を呪い、いっそ死んだほうがましだと叫ぶ。この激発の発作は、相手をしている人間によってそれぞれ違いがあった。おとなしい連中は概して態度にまるで抑制がきかなくなる。その反面、大言壮語居士やおしゃべりどもは、ここでようやく心底からの絶望を打ち明けようとしながらも、それをポーズで代用する。いらだちのあまりマティアス神父がこうした嘘つきをあざけって叩き出してしまうのは、後者のような場合だった。この容赦のない治療法が功を奏することもある。罪人《つみびと》たちはまた戻ってきて、へり下りを示す。そういうことが起こると、マティアス神父はただひょいと肩をすくめた。

コラーニ伍長の奇妙な能力をはじめて見出したのもマティアス神父だった。もしもコラーニ伍長がその導師の言うことにしたがっていたら、彼の戦友たちの多くも、多くの住民たちも、あの重い苦悩を免れていられたことだろう。だが彼は目立ちたいという欲求に駆られた。自分の能力に見合う報酬として、当然要求してしかるべき栄誉を逸したくなかったのだ。そして老神父が神父なりの流儀で彼を悪魔の罠から解き放ってやらなかったら、請け合って破滅の道をたどって、彼がこの気違いじみた事件に巻き込んだすべての人間といっしょに軍法会議の席に引き出されただろう。

コラーニ伍長は、機関銃中隊オフィスの設営給養係下士官の助手役を務めていた。年を取りすぎているうえに病弱なので他の部門を勤めるのは無理だと、苦労して戦争中にやっとありついた給仕が前職のペクー中尉が彼をこのポストにつけてやったのだ。しかし小柄で弱々しく、筋肉もなく、身体つきもみにくければ顔もみにくいコラーニは、デュトルイユ准尉（元ＰＬＭ寝台車給仕）やガニ股のドイツ系ユダヤ人の設営給養係下士官レヴィタン（自称ではシュティンネスの元私設秘書、彼の敵のいうところではストラスブールのシナゴーグの元下男）の下でさんざんな目にあわないでは済まなかった。彼らはコラーニの禿頭をからかい、下士官食堂で顔が合うと、ワインに胡椒をふりかけたり、料理に煙草の灰をぶちまけたりした。コラーニは中隊長にはすこしばかりかわいがられた。それというのも彼は古参兵で十三年勤務の筋金入り、外人部隊に応募して後三年で年金生活入りするだけ勤め上げていたからだ。正規の軍隊に入るには身体が弱すぎ齢をくいすぎていたのだ。虐待する上司の二人さえいなければ、永年勤務のおかげで高給をもらっていたので、コラーニ伍長は幸福な生活を送れたはずだ。中隊では人気があった。欲がなかったせいもある。特に若い伝令たちにワインをおごったり、煙草を気前よく分けてやったりするのが好きだった。

彼がマティアス神父に通じる道に出遭ったのはかなり晩《おそ》くなってからのことだ。それもいやいやながらこの道に入った。神父が徐々に聞き知ったところによるとコラーニは神学校に入り、それも副助祭の最初の聖別式までは受けたということだった。それから悪の道にはまり、神学校を脱走し、個人授業で何とかやっているうちに新たな事件のために警察とごたごたを起こすはめになった。二年間くらっていた。それから偽名を使って外人部隊にもぐり込み、成績は優秀、さる大佐の伝令を勤めた。この大佐の引き立てで戦争の初期に正規軍に編入された。戦功勲章をもらい、二本の棕櫚に四つの星のある軍事十字章をもらった。戦争終結後彼はまた外人部隊に入隊し直した。

コラーニの告解は、ふだん神父が慣れている告解にくらべるなら、およそのところはずっと穏やかだった。だがこの穏やかさにこそなにやらへんに不気味なところがあった。コラーニはコチコチになって椅子に腰かけ、静脈の青筋が浮いた、やせ細った両手を腿の上に行儀よく重ねていたが、その黄色の眼（虹彩が黄色で、角膜はその陰影がついている分だけやや明るい）は夜の鳥の眼のようにまなじりが裂けてどこか遠い点に向けられていた。この眼にとっては壁は透明なのにちがいない。というのもコラーニは告解が終わっても口を閉ざさず、同じぺちゃくちゃしゃべくる調子でこんなふうに話を続けるのだった。「ママドゥーはどうしてベッドのシーツを持ってきて戦闘帽の下に隠すんだ？　あれを町で売るつもりだな、さもしい犬めが。わたしは倉庫管理に責任がある立場の人間です。いま彼は階段を下りて行く。それから中庭を横切って鉄格子塀のほうへ。もちろん、門番の哨兵の前は通りません。

鉄格子塀のところにビエーユが待っていて、シーツを受け取るとそいつを持って走っていきます。どこへ行くんだろう、どこへ行くんだろう?」これを訴えるような調子の大声で言うので、しまいには若いマーカス神父が開けてあるドアのすき間からその木彫りの頭を突っ込み、そっと部屋に忍び込んで、話をしている男の前まできて立ちどまることになるのだった。だがコラーニは部屋に入ってきた人がまるで目に入りもしなかった様子で、なおも鸚鵡のように単調にがらがら声でしゃべり続けた。マティアス神父はこの不気味な訪問客のいるところにもう自分ひとりでいるのではないのがよろこばしく、立ち上がって告解者の肩をぐいとつかんでゆすぶりながら、それにつれてやや息切れ気味にこんなふうに話しかけた。「目をさましなさい、ほら、目をさますんだ! あんたは憑かれている、いいなりになってはいけない、戦うんだ! 悪が、禁制が、あんたをたぶらかしている。戦いなさい、ほら、戦うんだったら!」

だが老神父の悪魔祓いはさっぱり功を奏さず、マーカス神父は笑いをかみ殺さずにはいられなかった。両人ともに、あまりにも二羽の毛をむしられた老鳥そっくりに、原始時代のファンタスティックな二羽の鳥そっくりに思えた。神父の白い修道服の折り目は両の翼のようにふわりとふくらみ、コラーニのモスグリーンの戦闘帽の背中に突き出ている布地も、戦闘帽にくらべて幅が広すぎるので二つの翼の形を帯びた。小柄な伍長は立ち上がり、黄昏《たそがれ》かけた部屋のなかでぐっと伸びをして、片手を何やら目に見えないものに向かって脅かすように打ちふった。「そうか、あの小さな横丁のユダヤ人の店でシーツを売り払おうって魂胆だな? 待ってろよ、インチキは先刻お見通しだ。明朝になればコラーニさまが目にもの見せてやる。軍の財産をきさまがちょろまかすために、おれがきさまに日頃煙草を恵んでやってると思うのか? とっくり教えてやろうじゃないか!」憤怒のあまり声がうわずった。大きな汗の粒が、この小男のもじゃもじゃの眉毛の上に浮かんだ。

マティアス神父は告解の奇態な効果に愕然としたようだった。頭《かぶり》をふりながら助手のほうを向いて、声を低めてたずねた。「どういうことだと思うね? どうやらこれは、わたしの知識では及ばぬようだ。この男を突然襲ったのは一体どんな謎の力なのだろう? 神の力なのか、それとも悪魔の力なのか? 壁を通して見ている、というか、それができると思っている。とりあえず、彼が実際に見ているのか、それとも妄像が当人の目をたぶらかしているだけなのか、確かめてみる必要がある」コラーニは元通り椅子に戻って放心状態で虚空に目をやり、周囲のことも、いましがた言ったことばも、何もかも忘れてしまったように見えた。若いマーカス神父は、まだ狐につままれたような思いの事件によりは、むしろ老神父のこうした疑問のほうにおどろいた。「もしかすると芝居をしてるだけかもしれませんよ」、とマーカス神父はあざけるように言った、だが老神父のほうは悲しげに頭をふった。「いや、いや」、と老神父はため息をついた。「どうやら本物の千里眼らしい。明日になればわかるでしょう」コラーニはやっとの思いで椅子を立った。夕暮れがもうどんどん進捗しているのに、突然気がついたようだった。どうやら漠とした麻痺状態から彼を目ざめさせたのは、どこか遠くの自動車のホーンの低い警報音のせいもあるようだった。ドアのほうに向かっていくコラーニの顔は、疲れてやつれ果てたように見えた。

「どうしたんだ、おい?」神父の震える声がその背中に呼びかけた。「何を見たか、おぼえているかね?」「見た?」コラーニはことばを長くひっぱり、声がしゃがれた。「見た? いや、何も。でも、ビエーユが今晩シーツを小さな横丁のユダヤ人の店で三フランで売っぱらったのはわかってます。明日の朝、中隊長殿に報告します」なおも口のなかでもごもごおやすみを言い、やがてその鋲を打った靴を引きずる音が外の舗道に聞こえた。

さわやかな四月の夕方のなかを兵営へ戻っていきながら、コラーニはひどく不機嫌だった。告解の誘惑に身をゆだねるがままになったことに心中むらむらと反抗がわき立った。長い間埋めてあったものを掘っくり返して、むりやり取り組むように仕向けたのはどこのどいつだ? 若いときの体験はこんなに何年も経ってからまた起き上がってくるほど強い力があるものなのか、後ろ暗い思いの根がまだ残っているのだろうか? そういうものは一切弁済した、と自分では思っていた。このうえまだ清めらるべき行為、清めらるべき身ぶりやことばが必要なのだろうか? 本気で天と平和条約を締結しなければならないのだろうか? コラーニは、そんなことを夢見るようにぼんやり考えた。だがこんな考えや疑問をぞろ切り抜けてしまうと、その度に、何か非常に大事なことを、それも過去に関わるものではなく、そう、じかにいま現在あるものを忘れているような気がするのだった。しかしこのいま現在あるものというのがどこにあるのかとなると、さっぱりわからなかった。

シーツ泥棒のことはよくおぼえていたが、しかし彼はこの事実を犯人とは結びつけなかった。一体だれがこの事件を自分に教えてくれたのだろう、と思い出そうとしたが徒労だった。信頼できる証人がいたはずだ、そうでなければ、と彼は思った、この事件が何の疑念もなしに記憶にとどまり続けているはずがない。

暗い営庭を歩きながら、自分だけの考えに没頭するあまり、コラーニは何を呼びかけられても聞き逃してしまっていた。オフィスに着いた。ドアの近くの一隅に彼のベッドがある、飾りけのないさむざむとした部屋だ。明るい夜に面している窓のほうに向かって書類が山積みになっていた。空気は埃まみれの書類と灯油のにおいがした。コラーニは石油ランプに灯をともした。静けさのなかでかすかにガラス円筒がきしった。と、窓をこつこつノックするものがあり、ひとりでいたコラーニはギクリとした。やせこけた顔をガラス窓に押しつけていて、それが片手で合図をした。コラーニは閂をはずした。ドイツ人のシュタールとわかった。そこでまたすぐに思い出されてきた。シュタールのいる部屋には黒人のママドゥーもいる。それにシュタールの部屋のチーフはビエーユだ。シーツを持って町に行った、あの赤い口髭をはやしたフランス人のビエーユ伍長。考えに耽りながらコラーニは額をこすり、シュタールがせき込んでささやいた最初のいくつかのことばを聞き逃した。「ビエーユがどこから金を持ってくるのか、やっとわかったよ。今晩やつを待ち伏せたんだ。やつはシーツを持って町に行った。ママドゥーがやつのために隠しておいたんだ。いつも煙草をくれるから、あんたに真っ先に言いたくてね。でも明日は中隊長のところへ行くよ。中隊長は泥棒を届け出たら褒美を出すと約束してるよな?」「どう思う?」コラーニはあいかわらず不動の姿勢のままだった。上体がやや猫背気味に窓の外にはみ出していた。まん丸な目がじっと眼窩にとまっていた。この話を今日すでにおれに聞かせてくれたやつがいる。そいつはだれだ?「そんなこと、もうとっくに知ってるよ」、とコラーニは口ごもった。「じゃあ、だれか別のやつがおれより先にきたんだな」、シュタールは躍起になって異論を唱え、そしてささやき声のことばが次々に口をついて出た。「しかしそんなことはあり得ないな。ママドゥーが鉄格子塀のところに行ってからずっと、おれはここのあんたの窓の前で待っていたんだ。だって真っ先にあんたに話を聞いてもらいたいと思ったもんだから。それとも、ここへくる途中にだれかに聞いたのかな？　なら、そう言ってくれよ。だれかが途中であんたを捕まえたんだな。じゃあ、だれなんだ？　部屋のほかの連中はみんな、デピオーが家から金をせしめたもんだから酒保に飲みに行っていた。外にいたのはおれだけだ。それに、あんたはまた白人神父のところへ行ってたんだろ？　ちがうか？」

「いいよ、いいよ。そうまくしたてるなって。ほら」、コラーニはデスクの抽出しをかきまわしてシガレットを一箱取り出し、シュタールに差し出した。「いいからもう寝ろよ。この件はすぐに解決するよ。明日の朝あんたはもちろん中隊長に謁見を要求して、一件の話をするがいいのさ。おれはいま疲れてるんだよ」彼は窓を閉めた。それから石油ランプを手に取ってベッドのかたわらの椅子の上にのせ、その横に一冊の本を置いた。ケバケバしい表紙絵の、「泥棒王、ロカンボール」とかいう誘惑的なタイトルの、その手の本の一冊だ。次いで制服を脱ぎ、服をていねいにたたんでベッドの足下に置いた。けれどもシャツ、ズボン下、ウールのソックスだけは身につけたままで、がたがた震えながら毛布の下にもぐり込んだ。

読みはじめた。物語はすこぶるサスペンスに富み、夕方のもろもろの体験はしだいに力をうしなってしまいにはすっかりストーリーの流れのなかに沈んだ。ロカンボールはとある城をミステリアスな状況のもとで略奪したのだった。警察は事の成行きに途方に暮れた。城の住人中ひとりとして物音を聞いた人間はおらず、それでいて翌朝には宝石や現金ばかりか、高価な絵画や骨董品物の家具までもが消えていた。しかしすべての人が高価な品々を見つけ、泥棒を発見するのに絶望したとき、突然城の所有主の乳母の老女が登場する。彼女は盲目なのだが、それなのにすべてはどのようにして起こったかを物語ることができ、泥棒の容姿を述べたて、盗賊一味が利用した道をことこまかに説明する。それは、いまではだれも知っていない古い抜け道なのだ。それほど彼女の眼は明晰に見えており、こうして警察は彼女の眼のみちびきにつれて、まんまと盗まれた財宝の隠し場所を見つけ出すのである。

コラーニはここまで読むとベッドカバーの上にすとんと本を落とした。何やら意味不明のことばをむにゃむにゃつぶやいたが、それは文章の形にしてみるとこんなふうだった。「おれはこの目であれを見たんだ、この目で。夢を見てたのかな？　ひょっとすると夢を見てたのかもしらん。でも現実だったんだ。だってシュタールも確認してたじゃないか。おれは、ビエーユがどんなユダヤ人の店に行ったのかもちゃんと知っている」

彼は黙り込んだ。考えがたちまちのうちに底をついてしまったからだ。おれは千里眼だ。遠くのものが、さながら目の前で演じられているもののようによく見える。なんというすばらしい未来！　これはきっと告解をしたことへの神の贈物にちがいない。どうしてもっと早くこれをやっていなかったのだろう？　そうしていたら軍隊に入ることだってなかっただろう。うまいことやって行けたろう。遠方から人びとがわんさと押しかけてきたことだろう。たんまり金が入ったろうに！　ああ、引きくらべて何とみじめったらしい年金！　いまここを出られるんなら、年金なんぞよろこんで返上してやるさ。そうだ、何としてでもそうしなくては。おれは病身で齢をくってる。医者に、軍医殿に診断してもらって、こっちの特異能力をほんのちょっと臭わせてもらえればいいんだ。そのうちに金が入ってきます、そのときは助けていただいたご恩を忘れません、とやんわり聞かせてやりさえすればいいのさ。

先刻まではがたがた震えていたのに、いまや身体中が燃えるようにカッカした。毛布は熱すぎ、シーツが圧迫するのが耐え難かった。彼は下着姿のまま、ベッドの上に痩身の手足をひん曲げて横たわっていた。皮膚がもう身体にぴんと張りついておらず、ギザギザのへんてこな皺になってしまった老獣もさながらのありさまだった。それからコラーニはランプを消して、なおしばらくは目を開けて闇のなかにかじかまっていた。

翌日は大隊全体が活気づいた。雑多なうわさ話がバラックからバラックへ火の粉のように飛び散った。機関銃中隊の兵営として使われているムーア様式の建物は、午前中ずっと蜂の巣をつついたような騒ぎだった。九時にママドゥーとビエーユ伍長が中隊長のオフィスに呼ばれた。シュタールが先にきていた。対面は長くはかからなかった。最初にゲロしたのはママドゥーだった。中隊長のことばを聞くと凍えた鶏みたいにわなわな震えだし、そのフランス語が一段と頼りなくなった。シュタールが五フランの褒美をもらい、その一方で二人の罪人は着剣した鉄砲を装備した四人の兵により営倉に連行された。シーツを買った町のユダヤ人が、彼らに続いて一時間後にやってきた。ビエーユは買い手の名前をどうしても打ち明けようとしなかった。プウエット中隊長の甲高い金切り声も、彼に対しては威力がなかった。ビエーユの赤い口髭は、髭の下に相手をなめ切った薄笑いを隠すように、不敵にひくりと引きつった。ママドゥーにもユダヤ人の名前は言えなかった。小さなオフィスを緊張が支配した。設営給養係下士官のレヴィタンが戻ってきた。被告の部屋をガサってきたのだ。部屋のシーツの枚数には不足はなかった。ビエーユがはじめて口を開き、さしあたり自分に対する拘束力のある証拠はありませんね、と落ち着いた声で言った。シユタールがママドゥーを見たかもしれないし、ママドゥーはゲロしたかもしれない。しかしドイツ人や黒人の言うことなんかが当てになりますか？　レヴィタンは逆上しかけたが、すぐに我に返った。自分のドイツ人気質をひけらかすのはまずい。告発者たちがうろたえたと見えたそのとき、こんなからす声がひびいた。「わたしはユダヤ人がどこに住んでいるかを知っています」どこからそんな情報を知ったのだ？　おまえは、コラーニ、現場にいたのか、と中隊長はたずねた。中隊長はえらく興奮しており、ブロンドのチョビ髭がぴくぴく震えた。コラーニはこれに答えて、それは後ほど説明することにいたします、目下のところは、くだんのユダヤ人を逮捕するのが先決と存じます、と言った。二人の被告は重要容疑者として連行された。ママドゥーは捕獲された獣のようにくんくん泣きながら、ビエーユのほうは泰然自若として。オフィスのドアの前でビエーユはこれを最後にたっぷり時間をかけてブラシで赤い口髭を梳いた。営倉に入ると、この髭梳き用ブラシは取り上げられた。

二人の見張り役の兵がコラーニ伍長に同行した。適切な距離を置いてプウエット中隊長が後を追い、ペクー中尉がお供をした。一行は、ぜひともこの奇妙な事件の結末を見たかったのだ。内心いささか不安ではあったが、コラーニが早足で先を進んだ。立ちどまって目を閉じ、昨日の晩この目で見たイメージをもっとはっきり見ておきたいという欲求に駆られた。もともとはっきりしないところへ持ってきて、あれから時が経ってさらにぼやけていたのである。それができないと思うと、後ろにいる二人の将校が自分を獣のように駆り立てる勢子のように思われ、彼は不機嫌な顔をして内心の不安を隠した。番兵の一人の、長いガリア人口髭をたくわえてワインレッドの顔色をしたベルギー人が何度か話をしかけようとした。が、コラーニは依然として黙り込んだままだった。

ジェリヴィーユではヨーロッパ人区はアラブ人区とはっきり隔離されていない。白人の数がすくなすぎたからだ。

町は郡庁所在地ですらなく、そこに住んでいるのは将校たちだけで、かなり大きな二軒の食料品店がスペイン系ユダヤ人の手で営まれており、彼らはフランス人の数に入れられるのを許されていなかった。コラーニは大通りに沿って小走りに急いだ。午前も晩い時間帯のいま、ほとんど人影はなかった。幅の広い灰色のフード付きマントの老人が数人、荷籠をいくつも積んだやせた驢馬を駆って通っていった。驢馬たちはときどき立ちどまっては、悲しげに甲高いいななき声を上げた。大通りのはずれまでくると、背後に兵営のある大きな広場を横切った。広場では二つの中隊が小部隊に分かれて演習をしていた。隅のほうで大隊の「ブラスバンド」たるラッパ手と鼓手が単調な行進曲の練習をしていた。演習中の兵たちは演習を中断して小グループの固まりに戻った。それも長くは続かなかった。二人の将校が視野に入るとたちまち演習は再開され、伍長たちの命令する声が、さわやかな、やや酸味のかかった空気のなかで前にもましてはげしく鳴り響いた。

広場の隅に背の低い家が一軒あった。コラーニははじめはこの家を大きく輪を描いて迂回するつもりだった。そうしようとして広場の真ん中に立った。だが一本の見えない糸がこの家に彼を引きつけた。白人神父たちの家だ。それはよくわかっていた。告解司祭の家に自分が引きつけられるのはやましい気持ちがあるからだ、とも思った。神に贈られた霊感のひらめきを世俗的名誉を我がものにするために利用したのだから、自分はまさしく神聖な儀式に対して裏切りを犯したのではないのか？　だが彼はすぐに自分を慰めた。自信がなかった。ユダヤ人がどこに住んでいるかよくわからなかった。目の前の暗い錯雑としたせまい横丁に目を凝らしたが、どこにその店を探せばいいのか口にできなかった。昨日は告解の後のほんの一瞬だけ、ビエーユがたどった道が目の前にまざまざと見えた。しかしいまはこのひらめきの第一部全体が消え、わずかに小さな横丁と、ユダヤ人が住んでいる店と、黒い円錐帽をかぶったもじゃもじゃのごま塩髯の当のユダヤ人その人のイメージしか残っていなかった。

いくら抵抗があっても、彼はその赤黒いペンキを塗ったドアのある小さな家の前を通らないわけにはいかなかった。折りしもちょうど前を通過しようとしたときのことだ。ドアが開いて、マティアス神父が家のなかから出てきた。コラーニはおどろいて跳びすさった。神父の様子がすっかり変わってしまったからだ。顔の皮膚が灰色だった。

皺が前にくらべていっそう深く刻み込まれていた。神父は十字を切る穏やかな身ごなしで、無言で彼の告解者に祝福を与えた。「どこへ行くのかね、こんなに早く、それにお連れのお供はどういう意味かな?」コラーニはしどろもどろの答を返した。「昨夜はまっすぐ部屋に帰りなさったかな?」コラーニも気がついていたが、奇妙なことに、神父はその無頓着さをすっかりなくしていた。ことばを探しているようだが、それが見つからないのだった。「今晩わたしのところにきてくれるね? きっとだね? 当てにしてていいね? そのとき重大な問題をいっしょに話し合おう。それまではお祈りをしなさい、お祈りを。でないと悪いものにとり憑かれる。それとももうとっくに憑かれているかな?」

二人の将校が近づいてきた。プウエット中隊長が神父にあいさつした。そのあいさつはへり下りと嘲笑のあいのこだった。マティアス神父は上の空であいさつに応じた。中尉のほうにはまるきり気がついてもいないようだった。お祈りをしたほうがよさそうだ、とコラーニは思った。その通りだ。たぶんお祈りをすれば、それが助けになってくれそうだ。そしてゆっくりと歩を進めながら頭のなかでロザリオの祈りをはじめた。「アヴェ・マリア」を唱える回数を数えるのにポケットに突っ込んだ両手を使い、お祈りを一つ終えるたびに指を折った。こんな黙想を長いこと続けるまでもなかった。両方の手の指を折りつくして拳骨になった。と、ちょうどそのときのことだ。昨夜のイメージがまたしてもまざまざと浮かんできたのである。それは、一瞬自分がビエーユその人ではないかと思ったほど説得力があった。頭を地面のほうに屈めながら、彼はついてくる人たちの前をあるいた。小さな道が目の前に現れた。その道に沿って歩を進めると、しまいにとある小さな横丁にさしかかった。それは抜け道で、二軒目の家が商店だった。コラーニは片翼だけの扉を押し開けた。店のカウンターの奥のスツールに、髯もじゃの黒い円錐帽をかぶった猫背の男がうずくまっていた。ユダヤ人は跳びあがり、空中で手をふりまわした。金切り声で話す彼のことばは何を言っているのかさっぱり聞き取れなかったが、カウンターの下から取り出したシーツは軍用品で、一隅に第一外人部隊のスタンプが赤い光を放っていた。

「でかしたぞ、コラーニ」プウエット中隊長は手袋をはめた手を部下の肩にそっと下ろし、数瞬の間そのままにしていた。それからその手が別目的に使われた。髭の尖《さき》をひねくりまわす用途に使われたのである。「だけどどこから聞いたんだね？」コラーニは気ばかり急《せ》いて、中隊長に平静な答が返せなかった。「後ほど」、と彼は喘ぎあえぎ言った、「後ほど、何もかもご説明申し上げます」「よし、いいとも」手袋をはめた手が興奮した部下の肩にまたしてもなだめるように置かれた。「目下の眼目は、ユダヤ人を連行させることです」「ブタ箱入りだ《トイ・ヘムシ・プリゾン》」、と彼は老人のほうに向き直って言った。ユダヤ人は大声で悲鳴を上げた。歯のない口からとめどもなく泣訴懇願の流れがあふれ、あわれなやせこけた腕がしきりに拝むような身ぶりをした。しかし二人の番兵がその腕の肘をつかみ、こうして彼は扉の外に消え、するうちにもおうおう泣きわめく声が背後に尾を曳いた。

　コラーニは将校たちに両脇をはさまれて帰営の途につくことを許された。どんなに鼻高々だったことか！　未来の希望の第一部は着々と実現されつつあるかのようだった。昨日の晩この目で見たものは間違いではなかったのだ。成功の陶酔のなかで、この種の幻視がどうしたらくり返されるようになるかをしばらく考えた。一瞬の成功で充分なのだ。相も変わらずやや息を殺し気味に、彼は将校たちに自分の「霊感のひらめき」の話を語りはじめた。おのれの勝利に深入りしすぎて、おもむろに中隊長の顔面に浮かび、その照り返しのように中尉の貌《かんばせ》にも走った嘲けるような笑いが、目にとまらなかった。

「そんな話を真に受けろというのか、コラーニ？　どうして目立ちたがるようなまねをするんだ？　部下たちとの良好な関係のおかげで事件の全貌をわれわれより早く耳にしたと、どうして正直に言わないのだ？　それだってりっぱな功績じゃないか。もういい」中隊長は、コラーニが本当にその通りなんですと言うのを手を振ってさえぎった。これはリヨーテのところで一度見て、以来自家薬籠中のものにしたジェスチュアだった。

　男子共同体にあるニュースがもたらされると、同時にその話が事実起こった出来事より真実に近いふうに変わってくるあり方は、いついかなる場合にもミステリアスである。この場合はニュースは厨房から出た。十一時半頃食事を各バラックに運ぶ役目の兵たちがほうぼうに情報を分けあるいた。つまりビエーユは自分から秘密を漏らしたというのだ。ある特定の男（一説には第二中隊のラッパ手といい、一説にはまた副官の伝令だともいう）に事件の全容を話して聞かせたところ、男が秘密を守っていられず、そこで事件の委細が明るみに出てしまった。機関銃中隊第三セクションのヨランド伍長の説明は大して役には立たないが、要するにヨランド伍長の言うところによれば、いま営倉入りしている彼の友ビエーユが武勇伝をつい昨夜自分にすっかり話してくれたという。ビエーユは途々しばしばまわりを見回した。たえず何かある影につきまとわれているような気がした。近づいてよく見ようとすると黄昏に溶けてしまう影。で、ビエーユは、その影がコラーニのあの猫背の姿にそっくりなような気がしてならないというのだった。

何よりもおかしいのはしかし本物の裏切り者の、つまりシュタールの名前がまったく名指されなかったことだ。人びとの心の基底に、この事件全体の確実な沈殿物として残ったのは次のような構成要件であった。コラーニは「白人神父たち」の助けによる何らかの魔法の陰謀で自分の影を外部に送り、こうした形でビエーユをどこまでも追跡した。ビエーユと黒人のママドゥーはかくして悪魔の仕掛けた罠の生贄《いけにえ》になりおおせた。気の毒なのはビエーユとママドゥーのほうなのだ。コラーニに対する感情は時を追うにつれて険悪になった。大隊の精神貴族をもって自ら任ずる人びとの何人かが、落ち着いてよく考えろと諌めないこともなかった。が、大して効果はなかった。同日午後の第二中隊の実弾射撃の場でヨランド伍長は弾薬筒の話をした。コラーニの分の弾薬筒は別に取りのけておくつもりだ、と。

だれよりも敏感に、コラーニ自身が、下士官食堂の昼食時の空気が掌《たなごころ》を返すように一変したのを感じた。デュトルイユ准尉を筆頭に、だれもが席をずらしてコラーニから離れようとした。もうコラーニのスープに胡椒をふりかける人間はいなかった。古参軍曹の何人かは、それぞれ故国で当のおまじないを習った通りの自己流で、邪視を祓うような謎めいたジェスチュアをした。

しかし将校たちのテーブルでも座はコラーニ事件で持ちきりだった。肉厚の上唇にブロンドのまばらなチョビ髭をたくわえた、人の好さそうな太鼓腹のバルスーアン司令官は、プウエット中隊長が今朝の出来事の話をすると、スープを飲みながら早くも喘息患者のようなうなり声を発した。「信じられん」――と、火傷をするほど熱かったのでスプーンのスープをふうふう吹き、そうしておまじないをしてから話に聴き耳を立てた。「そりゃきみのことだから笑うのは当然だ。懐疑家をもって任じているきみには似つかわしいよ。だけど、ぼくの年齢に手が届くまで待ってくれたら、まあ嘲笑《わら》ってばかりはいられないだろうね。戦争中、ぼくがやらなければならなかったことの半分でもきみが体験してたら、そんな話し方はしなかったと思うよ、まったくの話が。この件で大事なことは、言うまでもなくまず何はさて、ぼく自身がこのコラーニとやらとじかに話をしてみることだ。お次は、われらが「医者《トゥービブ》」、カンタキュツェーヌ博士殿じきじきのご診察が下されるだろう。なあ、アナトール？」彼は、たったいま入ってきて赤い天鵞絨《ビロード》地の軍帽を帽子掛けにかけたばかりの、やせた男のほうに向かって言った。「きみにコラーニの診察をしてもらうと大変助かるな。だってきみは、聖アンヌ精神病院に一年間いたんだものな」

　大隊付き軍医アナトール・カンタキュツェーヌはまず念を入れてチンと鼻をかみ、それから自分の席に行って質問をまるで聞いていなかったようなそぶりをした。その場に居合わせた全員の目が、カンタキュツェーヌのスプーンが皿から口元に持って行くまでにたどる道筋を追った。医者はようやくスープを飲み終わると上の空でたずねた。「どうしたんだ？　仮病使いか？　麻痺患者か？　ええ？」質問を一つ一つ噛みちぎるようにビシビシ言った。バルスーアンは皿にアントルコート〔牛の肋間肉〕が載っているのを忘れた。大仰な身ぶりで、プウエットが事の次第を報告した通りに「千里眼伍長コラーニ」事件を話して聞かせた。多少の粉飾は大目に見てもらった。若い中尉が熱心に話に聞き入るそぶりをしてみせた。医者はどこ吹く風とばかりの面持ちだった。ナイフとフォークをあやつって食べ物をせっせと大きな口に放り込み、痩顔には大きすぎる上眼瞼を開けて司令官のほうに質問と同じく短く刺すような一瞥を、たまさかにチラリと投げかけるだけだった。

「ヒステリーだな」、バルスーアンがようやく口をつぐむと、医者は短くうなった。「間違いない。男のヒステリー症状だ。しかし、どこがおかしいんだい？　千里眼の症例は実際にあり得るんだからな」彼は皿を押し返すと、頭のところにみごとな色どりのナポレオンの肖像をのせた、金無垢の農民パイプたる陶製のパイプに入念に火をつけた。それから満腹してもうたくさんという風情で、ときにはパイプを吸い、ときにはとがった羽の軸で前歯をせせりながら講義を続けた。「症状を診断してみないといけない。提案だ、降霊会《セアンス》を開催してもらおう」並みいる人びとの間に長く延ばした「ああ」の声が走った。医者は憤《いきどお》ろしげにふーっとパイプの煙を眼前に吐いた。「きみたちをご招待するとでも思ってるのかね？　大間違いだ。こういう問題に必要なのはまっとうな大人だ。たまたまマテリアリザシオン〔心霊の物質化現象〕が出現したというのでズボンに漏らしちゃうような赤ちゃんはお断り。きみなら使いものになるだろう、ボビー」、と司令官のほうに向き直った。バルスーアンの顔がパッと輝いた。「それから第四中隊のフォンヤランツもだ。飲んべえは」、と一座の無言のプロテストに答えて、「飲んべえだからいい。霊に影響されにくいからね。それから、ボビー、わかってるね、かならず神父を連れてきてくれ」バルスーアンが不審顔をした。医者は腹を立てた。「きっとだぜ。絶対に必要なんだ。言ってやれ、悪魔と事を決しなきゃならんと思ってるなら、悪魔祓いができる絶好のチャンスだってな」そして小声で、自分自身に言って聞かせるようにつけ加えた。

「こいつは観物だぞ。二つの力の戦いだ。ハッハ」

　こうしてコラーニはマティアス神父の招きに応じられないことになったのだ。四時頃、コラーニは医務室にくるようにとの命令を受けた。診察は二時間続いた。カンタキュツェーヌ博士は特に患者の子供時代をくわしく聴き出した。その短いノートから知られる目新しい事実は多くない。コラーニの両親は早く亡くなり、彼は八歳になるともうカトリックの孤児院に入れられた。父親は酒飲み、母親は肺結核で、たいそう信心深かった。息子をカトリック教会に預けたのは彼女だった。子供の頃にこの種の心的現象を自分の上に観察したことはなかったか、という質問に対しては、コラーニは何も答えられなかった。使われている用語が外国語だったからではない。反対に、自分のことを「教養がある」と言われたりして悪い気はしなかった。一目見たときからカンタキュツェーヌ老博士の人格は彼に甚大な効果を及ぼした。司祭たちの口からは、自分の罪深い生活に対する難詰、ということは手厳しい批判が出てきて、この過去の行為に対する批判はコラーニの良心にそのつど不愉快なことどもを目ざめさせた。アナトール・カンタキュツェーヌは、ブールヴァール喜劇がこのんで描きたがるような、懐疑的で、アイロニカルで、何事も赦してしまう「わけ知り」役を演じるすべにみごとに長けていた。コラーニが昨夜よりはずっと心を開いたのも無理からぬ話だった。しかし診察を終えてから、予期していた千里眼現象はさしあたりは起こらなかった。

医者はノートのなかに太い線を引いてから顔を両手に埋め、指で頬と眼を熱心にマッサージした。それから立ち上がって、黄昏の立ちこめはじめた部屋のなかを長い歩幅で往ったりきたりした。コラーニは背の低いアームチェアにゆったり腰かけてシガレットを喫った。するとまた単調な声音で医者が話しはじめた。「きみの事件は、伍長、ざっとこんなふうに要約できる。きみはかなり煩わしい家族の出だ、そうだな？　若いときに、それも十五歳から十六歳の間に、厳格な宗教教育を受けた、そうだな？　しかしこの時期に、なんらかの千里眼現象なりオカルト的な種類の現象なりが現れたことはなかった、そうだな？」

「思い出しました」、とコラーニは相手のことばをさえぎって、「あの頃一度、あるフランシスコ会士のところに行かされました。それというのも同室の連中が、夜中にわたしのベッドに隣合っている壁に、わたしが熟睡している間に、こつこつノッキングする音が聞こえるといってきかなかったからです。でもそれは、そのうちぱったり聞こえなくなりました」コラーニはとても小さな声で話した。ひどく疲れているようだった。頬のたるんだ皮膚に皺がよっていた。

医者は立ったままノートを取り、なおも単調な声で話し続けた。「そうか、そうか、壁にノッキングする音をね。そりゃあ、じつにおもしろい――よな。しかしきみは、どうやらいまは疲れてやすみたいらしいな。まもなく部屋に返してやるから、そうしたらゆっくりやすめる。しかしもう二、三訊かなきゃならんことがある。目を閉じてくれないか。目を閉じるだけでいい。そう、それで眠くなってきたね？　でも眠気に逆らっちゃいけない、すこし休むのはいいことだ。いいから眠りなさい、緊張をほどいて。どうだ、ゆったりした、いい気分になってきただろう？　さあ、眠ったかね？　何か見えるかね？」

コラーニは話しはじめた。彼の声は単調さといい、無色透明な点といい、質問者の声そっくりになった。「町のなかの家です。そこにアラブ人が何人か外人部隊兵たちといっしょにいます。兵隊のなかで顔見知りなのは二人しかいません。第三中隊のフォンツーガルテンとわが中隊のシュタールです。いまちょうどシュタールがわたしのことを話しています。彼の言うには、「コラーニから目を離さないように！」――「わかった」、ときれいにターバンを巻いた、ひときわ大柄なアラブ人が言った。「そのコラーニとやらはさっそくこちらで片づける。しかし別の件だが」、とアラブ人は言った。「来週の木曜日は機関銃中隊が営門の哨兵勤務の日だ。この日に決めよう。他の連中にはわたしから連絡しておく。こちらは総勢二百人だ。きみたち二人で大隊のドイツ兵たちをうまいこと操作してくれたら、兵営を乗っ取るのは造作もない。協力してくれた者には全員、モロッコの非占領地帯への護送が、それから先に故国への帰還が、約束される」

　しだいに黄昏の冷たい空気が満ちてくる大きな部屋は、いくぶん居心地が悪かった。コラーニは、なにやら生命のない機械装置のような、遠い声を伝えるラジオ受信機のような趣だった。没感情的で冷ややかだった。老医師は慎重に暖炉の前にひざまずき、まだ残り火がかすかに白熱の光を放っている薪の山をボール紙で煽ぎはじめた。「で?」とだけたずねた。「とシュタールが言って」、と単調なしゃがれ声が先を続けた、「そのことばにつれて立ち上がると、「中隊長はおれに絶大な信頼を置いていて、ビエーユをはずすためにおれがやつを密告《さし》たのをご存じないときている。いまやおれは夜間も自由に徘徊していいし、外部の人間と話すこともできる。木曜日まではこうしていられる」彼はまた腰を下ろした。「もう帰ったほうがいい」、と例の気品のあるアラブ人が言う、「でないと帰らないのがあやしまれる」「でも」、とシュタールが言う、「金が要る。わかるだろ、一杯飲ませなきゃならないし、シガレットも分けてやらなくちゃいけない。連中は、こっちに金があるのを見て、はじめておれたちを信用するんだ、本当だ。でなきゃ笑いとばすだけさ」いまアラブ人が財布を取り出しています。赤い財布で、編み革の黄色い縁どりがしてあります。シュタールに銀行紙幣をやる、二枚――四枚――六枚――二十フラン紙幣でです。シュタールがそれをしまいます。いま彼はドアのほうにあるいて行く。フォンツーガルテンが後を追っています」

　コラーニは深いため息をつき、黙り込んだ。部屋の闇は濃密だった。窓の外が、眠り込んでいるコラーニの息遣いがはっきり聞こえるほど静かだった。そしてそれは、しだいに喉をごろごろ鳴らす音に移った。医者が足音を殺してドアに近づき、外からドアに鍵をかけるとそおっと階段を降り、と、さわやかな夕暮れのなかを足早に走ると、やや息を切らせて営門哨所にたどりついた。医者は哨兵たちの指揮をとっている軍曹を呼び出して簡潔に命令を下した。機関銃中隊のシュタールならびに第三中隊のフォンツーガルテンが帰営したら即刻逮捕し、なによりも徹底的にボディーチェックをせよ。これは自分がいま遂行しつつある、指揮官の特別命令である。それからどうするかの沙汰は追って命令する。カンタキュツェーヌは大尉の位階の制服を着ており、それより大切なことだが、人柄の好さが単純な兵に人気があったので、ペトロフ軍曹は「かしこまりました」と言うだけだった。医者は親しげにあいさつをし、興奮した面持ちで足早に闇に身を隠した。

カンタキュツェーヌが医務室に帰るとコラーニはあいかわらず眠っていた。目をさまさせるのは簡単だった。やや高めの声で呼びかけさえすればよかった。「見ていた夢をおぼえているかね?」医者は石油ランプに灯をともしついでにそうたずねた。前夜と同様、今度もコラーニは「幻視」の二、三の要点しかおぼえていなかった。謀反の話をし、シュタールの名をあげた。アラブ人もこの一件に加わっているという。「いっしょにきてくれ」、とカンタキュツェーヌは言った。突然、別の決心を固めた様子だった。ランプをまた吹き消し、コラーニの手をつかむと、二人して手探りで野外に出た。

マティアス神父は落ち着かない一日を過ごした。町を駆けまわり、病気の子供を二人訪ね、その後で自分の聖務日課を上の空で読み、同じく上の空で夕食をしたためた。それから身も細る思いで告解者を待ちはじめた。「心理学雑誌《ルヴュ・プシコロジック》」の古いバックナンバーの、イスロップ教授のテレパシー実験に関する記事を読むともなくパラパラと目を通した。彼はそのごま塩の鳥頭を何度もふった。この実験は穏やかなもののように思えた。実験が成功したところでべつに恐ろしいことではない! だが昨日の晩突然硬直したときのコラーニの顔が、またしてもまざまざと目に浮かんだ。「大きな危険があるのかもしれない、いや危険なのだ。いずれにせよ神の御業に関わりはない。神は、みずからの力を顕示するという裏切り行為を必要とされはしない。あれは裏切り行為だ!」彼は裏切りということばにこだわった。裏切りには吐気がする。彼は身ぶるいをした。捕まったのは泥棒なのだ、と自らを慰めようとしたが無駄だった。何か非常に強い感情が彼のなかで密告に異議を唱えた。それは聖なる行為ではない。ユダも裏切り者だった。あの告解者が演じたのは裏切り以外の何ものでもないではないか？

この考えにどこまでもつきまとわれた。

マーカス神父は老神父と向かい合って、硬木の切れはしでスプーンを彫っていた。「なあ」、と神父は突然その助手に向かって話しかけた、「戦友を密告するなんて、卑劣でいやな話だよね？　それにわたしは知っている。あそこではどんなふうに」、と兵営に向かって拳をふり、「囚人を扱うかをね。どういうことになったのか、これからすぐに司令官のところへ行って見てみようと思う」神父は白い修道服の上に灰色のフード付きマントをはおった。夜はさわやかだった。人けのない広場を横切って、町の反対側のはずれにある指揮官の家をさして急いだ。

早くも道路から、窓という窓にあかあかと灯りがついているのが見えた。マティアス神父は煙草の煙には慣れていた。だのに踏み込んだ部屋の雰囲気は息が詰まるようだと思った。長いことせき込み、目の涙をぬぐわずにはいられなかった。それからようやくその場に居合わせた顔ぶれがわかった。さながら軍法会議の座長といった趣で、抽出し式テーブルを延ばした一番奥の背もたせ椅子にバルスーアン司令官のぶよぶよの巨体が鎮座ましましていた。デブのサンチョ・パンザのお隣のドン・キホーテといった格好で、その脇にアナトール・カンタキュツェーヌの痩身が直立している。残りの人びとはこれにくらべるといささか影が薄い感じだった。プウエット中隊長はときどきあくびをしては、両手を重ねて口もとを抑えた。ペクー中尉は目の前に一枚の白い紙を置き、書記を気取ってもったいぶっていた。原告役を勤めるのは小柄なコラーニ伍長であるらしい。というのも彼はテーブルの上に大きく身を折り曲げ、悪意のこもった話をしていたからだった。

「わが子よ」、とマティアス神父は言った。その声はやさしく、ちっとも非難がましいところはなかった。「今夜はどうしてわたしをこんなに長く待たせるのですか？」神父はしかし話しかけた相手の返答を待ちはせず、立ち上がって神父に手を差し出した司令官のほうに向き直った。二人はたがいにあいさつを交わした。バルスーアンはうろたえた。「ああ、これはわれらが科学と確信せる無信仰のお人」、と彼は言って、医者の手をにぎった。この無邪気なちょっとした冗談は、耳ざわりに聞こえて座を冷却する効果があった。気まずさを長く続かせないために、神父は代わりばんに居合わせた人びとのほうに向いて、立て板に水とばかりに弁じた。どうか説明をしていただきたい、と彼はまくし立てた。コラーニは自分の告解者であって、自分としては彼の行為とことばに責任を感じる。昨夜のことだが、この告解者の身に目の前で奇妙な変貌が見られた。おそらくこの変貌には決着というものがあるだろう。そこで、その決着について詳しい話をお聞きしたいと思うのだ。どうかご説明願いたい。こういう問題を純粋に科学的な問題として観察することは、自分には不可能だ。何人かの人間の、死と生とは言わぬまでも、幸運と不運がこの出来事にかかっている。それは奇怪な力の慈悲と無慈悲の手に引き渡された寄る辺ない人たちにかかわる問題であり、自分はその寄る辺ない人たちの弁護役を勤める義務があると感じている。ここにきてすぐにこの集会は刑事裁判のようだと思った。原告はたしかに気の毒そうな役を演じてはいるが（コラーニは異議を唱えようとして、相手の非難がましい目つきを浴びた）、自分が何よりも気に入らないのは被告不在のままで、いや弁護人すらいないままで審理が行われていることだ。こんなことでは我慢がならない。自分はこの地上の正義の、神の正義の（地上の正義、神の正義、とうっかり正義の反覆を口にして、すぐに間違いだとは思ったものの、いまさら取り返しはつかず）代理人を勤めるものである。さて、お望みとあらば、神はあらかじめ局外に置いておいてもよろしい。だが最新の出来事に関して、自分がつんぼ桟敷に置かれたままであるのは困る。

長い沈黙が続いた。ようやくバルスーアンが、「わたしの思うに……」と口を切った。医者がうなずき、腰を下ろした。「どうぞ、ペクー中尉、書類を読んであげて下さい」

影の薄い中尉が、目の前にあるノートを読み上げた。陰謀の発覚、容疑者シュタールならびにフォンツーガルテンの逮捕。前者のポケットから総額百二十フランの現金が見つかったが、その出所を問われても一切黙秘するばかり。上記の陰謀に関するあらまほしい説明をことごとくふくむ、コラーニ伍長にあって観察せられたテレパシー現象に関する医師の発言。同コラーニ伍長は、司令官がお望みなら、医師の監視下でこの実験をくり返してもよいと確約している。問題を容易にするために、被告フォンツーガルテンを営倉から出すがよい。兵隊二人に護衛され、バルスーアン司令官閣下、大隊付き軍医、プウエット中隊長、ペクー中尉立合のもとに、コラーニ伍長が被告フォンツーガルテンの肘をつかんだ。その上、上記コラーニは目隠しをされた。被告フォンツーガルテンが明らかに否認するにもかかわらず、コラーニは二、三度逡巡してから陰謀家たちの集まっている家を見つけた。馬商人アリ・ベン・モハメッドならびにシディ・メジャヘド族の族長アブダラー・ベン・ヤヒーハーがこの家で逮捕され、軍刑務所に送られた。小遠征から帰ってフォンツーガルテンは、大隊副官クラッシュの尋問を受ける。三十分後にフォンツーガルテンは全容を自白したが、それは細部のことごとくにおいて、催眠状態で申し立てたコラーニ伍長の報告と一致する。この自白に基づいてさらなる六名の逮捕におもむかなければならなかったが、しかしこれが大隊内部にいたずらに不穏な空気をかもし出すことはなかった。新たな六名の囚人たちも、集団尋問の後で、主謀者フォンツーガルテンの申し立て通りであることを確認した。右申し立てによれば、それはシディ・メジャヘド族の加勢による兵営襲撃のプランだという。弾薬と武器と装備品はタフィラレット暴動のためのものだった。各中隊から兵を集めた、ロシア人、スイス人、ベルギー人からなる混成部隊が、シディ・メジャヘド族急襲を期して、いまから十五分前に出発したという。

マティアス神父は頭を両手で支えて、かすかにうめき声を洩らした。書類を読み終えると、ペクーは神父に向かって丁重におどろきの目を上げた。陰謀の発覚といえば当たり前なら幸運な出来事であるはず。そういうときにこんな苦悶をあらわにするとは、何とも場違いではないか、とでもいうように。他の人びとも無言のまま、発言を待ち構えるように神父のほうに目を上げた。と、コラーニがためらうような足取りでうめいている神父に近づいて、たずねた。「ああした危険がぶじ通過したというのに、どうしてよろこばれないのですか？　あなただって渦中で苦しむことになったかもしれないのに」マティアス神父ははげしい動き方をして頭を上げた。聴いていたほうは姿勢をただし、続いてやってくるはずの説教に緊張した。だが神父は期待を裏切った。彼は手を重ね目を閉じただけで、上のほうに顔を向けて大きな声ではっきり言った。「神よ、この人びとを赦し給え。彼らは、自分たちがあなたの被造物にもたらした痛みについて何もわかっていないのですから。彼らに厳しすぎる罰を与えないで下さい。あなたの罰の時期が熟したときには、どうかわたしを彼らのそばにいさせて、彼らにあなたのお力がわかる助けになるようにさせて下さい」それから立ち上がって、あいさつもなしに、身体をまっすぐに立ててドアのほうにあるいていった。

続く数週間、コラーニの名声はめきめき上がった。しかし陰謀弾圧に一役買った将校や下士官たちも忘れられてはいなかった。師団を統率するラルーメット将軍がジェリヴィーユにやってきた。将軍の慶賀のために「ブラスバンド」が一晩中行進曲を演奏し、シディ・メジャヘド族が楽士と踊り子たちを用立てた。罰金一万「ドゥーロ」〔五万フラン〕を支払う約束をした後で、族長は刑務所を釈放された。フォンツーガルテンとシュタールはオランの軍法会議に送られ、そこで「公共労働」五年の判決を下された。ビエーユとママドゥーのシーツ泥棒ご両所は大隊の裁判にかけられただけで、禁固六十日の判決。将軍はこの刑罰を認可し、二人のために感動的なスピーチをした。ビエーユはスピーチを不気味な薄笑いを浮かべて聴き、それを伸び放題にのびた赤い口髭の下に隠した。コラーニはさる秘密基金から総額五百フランの報奨金をもらった。のみならずパレードする大隊の最前列で将軍のねぎらいを受けた。

将軍の出立の前夜、バルスーアン司令官は将軍に何か選りすぐりのものを提供しようと思い立った。コラーニは、医者に説得されて「心霊術の降霊会《セアンス》」をやる気になった。過去何日かリハーサル風に催した何度かの降霊会はうまくいった。小さな木の円テーブルがはっきりパキッと大きな音を立て、円テーブルは一本の脚でこつこつノッキングして、多少とも意味のある文章をいくつも自動筆記し、しまいには降霊会の出席者たちといっしょに部屋中をダンスをして回り、おかげで司令官を多少は息切れさせたものの、すっかり幸福で満ち足りた気持ちにさせた。

降霊会にロマン派風のささやかな微光を添えるべく、会は司令官の自宅の屋上の平屋根の上で挙行することに決定された。この件は極秘裡に処置され、コラーニにはいともきびしい箝口令が布かれた。司令官は、降霊会がうまくいったら兵役免除にしてやるとまで約束してくれた。そしてカンタキュツェーヌがつけ加えた。「今夜は科学的実験をするのがお目当てではない。しかし何事かが起こって将軍に印象を与えることは必要だ。だからわたしはきびしいコントロールはしない。これは肝に銘じておくといい、お手柔らかに願いたいと思うんなら、そこは大目に見てやるからな」コラーニはうなずいた。彼の様子は見た目によくなかった。目は疲れて輝きがうせ、角膜に赤い血脈が走って、まるで炎症を起こしたみたいに見えた。かてて加えて顎がかすかにふるえるのを抑えられなかった。「できるだけのことはします」、と彼は冴えない声で言った。

しかしプロジェクトは完全には秘密を保てなかった。どこかで多少事が漏れたのにちがいない。というのも当日の午後になると、マティアス神父がいきなり司令官の前に現れたのである。「きみの計画のことは聞いた、ボビー」、と彼は深刻な顔をして言った、「きみに警告する。上演を取りやめなさい。神を笑いものにすれば神は罰を下さないではおられぬ。この種の催しは、全部が全部ペテンというわけではない。ときには本質が浮かび上がることがある。それがきみたちを相手に危険なゲームを演じかねない」

一瞬司令官は考え込んだ。それから無頓着そうに笑って太鼓腹をゆすった。「取りやめにしろだと？　バカな。ぼくを笑いものにする気か。だって結局のところこれは、きみの告解者を助けるためにやってるんだぜ。あいつは故国《くに》に帰ったほうがいい。病気なんだ。われらがコラーニは、こうやって自分の自由を獲得するのに大いに満足してると思うよ。パリで千里眼占い師を開業する気なら、これはいい広告になるだろう。いつだって将軍を保証人に立てられるわけだもの」

マティアス神父は悲しげに首をふった。「ところで」、と彼は言った、「元はといえば一切の責任はわたしにあります。それならわたしも責任を取ります。わたしの手でなんとか事故は防げるでしょう」

春の宵は蒸し暑かった。空には大きな白い月が出て、その光が蒸し暑さをいや増しにしているようだった。平屋根は真四角で、その四辺は家の回りをぐるっと囲んでいる石の舗道の上に、約六メートルの垂直線をなして落ち込んでいる。手摺の類は一切なかった。

宵のうちに二台のテーブルが平屋根の上に運ばれた。司令官の伝令がシュナップスとミネラルウォーターを一台のテーブルのほうにならべた。もう一台のテーブルの上は空っぽで、やや離れた位置に置かれた。これは単純な円テーブルで、医者の申し立てにより、釘または金属部分を一切使わずに大隊付き指物師がこしらえたものだった。

九時に将軍が現れた。バルスーアンがつき添っている。ラルーメット将軍は中背で痩身、すこぶる身だしなみがよい。雪のように白い口髭は、淡色の、薄い口にかぶさってはいない。お偉方ご両人は飲食用にしつらえたテーブルに腰をすえた。伝令がグラスに音もなく飲み物を注いだ。ご両人は黙って飲んだ。それからまもなくカンタキュツェーヌがその被保護者をつれて登場。コラーニは許可を得てスツールに腰かけた。将軍があいさつの手をふってパトロンぶったサインを送った。それから医者が小声で科学的説明を二、三述べたて、将軍がこれをいかにも丁重な面持ちの関心ぶりを示して聞き取った。招待客の殿《しんがり》として現れたのは白い礼装制服のプウエット中隊長だった。他の暗色の服の間に立ち交じると、中隊長はいくぶん幽霊のような印象を与えた。

「では、はじめましょう」、と医者が開幕宣言。お偉方たちの吸い終えたシガレットが腰壁の上を飛び越し、火花のみじかい尾をのこした。伝令が、屋根の真ん中から家の内部に通じる縦穴に消えた。

コラーニは軽いカーキ色の制服に長ズボンを穿いていた。ゲートルはつけていない。足には藁底の軽装靴を履いている。月に顔を向けて彼が最初に着席し、右側にカンタキュツェーヌ、左側には将軍が着席した。次に司令官が続き、一方プウエット中隊長が司令官と医者の間に入って輪座をこしらえた。

「さて、どんなめずらしい経験ができるかな？」将軍がおどけた。「フランスの運命を打ち明けてくれるのかな、それとも霊に私事の秘密を教えてもらえるのかな？」「お静かに」、とカンタキュツェーヌがきびしく言った。と、大いなる沈黙が一座の上にひろがった。医者の無言の勧めにしたがって一座の全員が、手と手が切れめなくつながるように大きく指を開いてテーブルの上に両手を置いた。五分間は何事も起こらなかった。それからコラーニの身体にピクッと痙攣が走り、顎ががくんと落ちて眼が白目になった。月が引き攣《つ》った顔をあかあかと照らし、角膜の白がたれさがった上眼瞼の下にはっきり見えた。

ゆっくりとテーブルが一本の脚で二回ノッキングした。医者が質問をはじめた。「だれですか……」、と彼は言った。と、不可解な出来事が起こった。見知らぬ力にわしづかみにされたように、コラーニがいきなり宙空にさらわれた。すわっていたスツールがひっくり返った。他の人たちもそれぞれの椅子から持ち上げられた。はじめはゆっくり、それから徐々に速度を増して、屋根の縁のほうをめざして行く。将校たちはテーブルから手を離そうとしたが無駄だった。やがてしかしこの望みは消えた。彼らはひたすら、凍《い》てついた歓喜に満たされて月光のなかで発光しているかのように見える、硬直した顔に目を据えているほかはなかった。見知らぬ力はグループ一同をじりじりと屋根の縁に引き寄せていき、すでにコラーニの靴の踵は屋根の端を踏んでいた。壁の漆喰がぼろぼろ崩れ落ち、舗道の上でバラバラ音を立てた。と、プウエット中隊長は肩の上に手を感じ、二本の腕が身体にからみついて、ぐいと引き戻された。「悪魔よ《アパージュ・》、去れ《サタナス》!」冴えた声音が叫んだ。コラーニの顔のなかで何かが壊れたように見えた。彼の両手がテーブルから離れ、月に向かって追い払うように平手が上がり、それから彼の身体が板のようにコチコチにこわばって落ちていった。下の舗道にどすんと当たったにぶい音で他の人たちは魔法からさめた。真っ先に我に返ったのは将軍だった。将軍は拇指と人差し指で唇を上に生えている口髭からはがしてやり、手を伸ばしてマティアス神父のほうにあゆみ寄った。「ハア」、と彼は言い、その声は完全に明晰だった、「わたしたちが悪魔から解放されたのは、本当にあなたのおかげだと思います」

マティアス神父は悲しげだった。神父はゆっくり十字を切った。「わたしは行って、わたしの告解者のためにお祈りしたい。彼を不運に突き落としたのはわたしではなかったでしょうか?」

カンタキュツェーヌが何か言い返そうとした。「後ほど」、と神父は言った、「わたしがいなくなってから、科学的説明を」――「科学的・説明」の二語に意地の悪いアクセントを込めて――「持ち出されるがよろしい。しかし死人が運び去られるまではお控え下さい」神父は脅すように手を上げた。「定めし、死人に聞く耳はないとお考えでしょうな? もしも死人が聞く耳を持っていたら、あなたがたは彼の復讐におびえるのではありませんか?」マティアス神父の形姿はゆっくりと縦穴に消えていった。

「ああ、あの司祭、迷信屋なんだな」、とアナトール・カンタキュツェーヌは小声で言った。だがバルスーアンは、何も言うなと手を上げて制した。「それよりも恐怖に乾杯と行きましょうや」、と彼は言い、言いつつもいくぶんしゃがれ声になっていた。酒を注ごうとしたときにも、壜の口がグラスの縁に当たっていかがわしげにカチカチ鳴った。

黒人の死

シャルル・セニャック伍長がぼくと同時にモロッコ行き志願を名のり出たとき、ぼくはすこぶる満足だった。ぼくは彼が好きだった。それはたぶん彼が黒人で、中隊でたった一人の有色人下士官として他の下士官に毛ぎらいされているからだった。一人の人間に対するぼくらのシンパシーは、どうかすると単に多数の人間が当の人物に示す反感から醸し出されることがあるのだ。しかもセニャックは礼儀正しい男で、他の同僚たちについては金輪際言えないことだが、感じのいい好青年だった。非常に背が高く、すらりとして、肩幅はひろく、胴回りは締まっていた。長頭の上に、銀の針金の飾りをいくつも象眼した鎖状兜みたいに、真っ黒な髪の毛がのっていた。耳は小さく、皮膚の色は黒いアイスコーヒーみたいに冷たそうだった。

ひとつだけ腹が立つことがあった。それはファーニーもモロッコ行きを申し出て、彼がぼくら臨時編成部隊の指揮をとる手はずになったことだ。こいつには我慢がならない。ファーニーを見ていると、ぼくはいつもオイルサーディンを思い出した。退屈で、べとべとしていて、消化不良。朝彼に出くわすと、一日中精神に腐った油の味がのこった。ファーニーが同行するのは、とりわけセニャックのせいでぼくにはしっくりこなかった。ファーニーもくることが確実になってからはじめてセニャックが名のりをあげたのにだ。どちらも口をきき合ったことはついぞなかったが、二人の間には何かがあった。なんだか背広を着て忠実なガールフレンドさえいた、あの伝説的な時代に、二人とももう会ったことがあるような感じさえするのだ。セニャックは無口で、そのためにどこか謎めいていた。

だれもが身の上話ともなれば、泥棒王か婦女売買人なのがおいやなら伯爵か将軍か変装した王子ときた、あそこでは、自らの過去について何も語らない人間は謎であり、それゆえに魅力的なのだった。

ファーニーはともかくも軍曹で、南モロッコにある前哨基地のアッチャナまでぼくらを引率して行くことになっていた。そこまでの途上、セニャックは兵士としてなすべきことはした。ただしファーニーが命令を下すときには耳が聞こえないふりをした。ファーニーはこの無言の知らんぷりを（そこには侮蔑がこもっている、と言い立てるまでもなかった）自明のこととして受け取った。憤りもいら立ちも顔には出さなかった。二、三度無益な試みをすると、それからはもっと耳の聞こえのいい兵に命令を下した。ファーニーはまぎれもなく下士官根性の持ち主で、そういう手合いの常として麻薬みたいに命令好きだった。命令できるとなるとよろこびのあまり目を白黒させるのだった。それはあんまりいただける光景ではなかった。

セニャックとファーニー両人の間に目に見えない何かが蜘蛛の巣のように張られていることは、行軍の日々に、次いで列車内で、最後にはトラックの車上で、ますますはっきりしてきた。アルジェリアの駐屯地ではそれがさほど目立っていなかった。この目に見えない何かというのは幽霊のようなものという意味ではない。それはある思い出、ある体験なのかもしれない。しかしだれも、そのおかしなものが何かという原因を探り出そうとまではしなかった。ちなみにあそこでは、ちょっとした規模の人間集団ではお定りのことだが、ともすればゴシップが蔓延した。どうやらファーニーは自分の伝令にはあの黒人に対する自分の関係を打ち明けているらしかった。しかしある理由からしてぼくは絶対にそうだと確信はできなかった。ローマーというこの伝令は身ぎれいなブロンドのドイツ人で、ファーニー軍曹が悪評嘖々のうえ病気なので、ぼくらは気の毒に思っていた。

ローマーはぼくらの移動旅行の最後にセニャックに接近してきた。黒人は黙って耐えた。それはちょっとした手助け、遺失物を取り戻す仕事だった。セニャックがいつぞや出発の際（たしかブゥ－デニブでのことだったと思う）戦闘帽を紛失したのに気がついた。ローマーはそれが盗まれたのだと言い張り、探しに出かけた。ローマーは帽子を持ち主のところに返しにきて、犯人を見つけて殴り倒してやったと話した。セニャックはワイン一本とシガレット一箱をおごった。後でぼくはセニャックに言った。「なあ、あれは訳ありだぜ。ローマーのペテンさ。やつはお役に立つとこを見せたくて、自分で戦闘帽をちょろまかしたか、それともファーニーが入れ知恵したかだな。それにあんたがまんまと引っかかった」セニャックはおだやかに言った。「大事件だな。おれが知らないとでも思ってるのか？　しかし二人ともやりたいようにやらせとけばいい。それでお次はどうなるか、これはおれの問題だ。きみはこんなことに関わらないほうがいいんだよ、フレッド」ぼくのことをフレッドと呼ぶのはセニャックだけだった。ここだけの話が、ぼくはそれがうれしかった。いや誇りにさえ思っていた。

ある夕暮、ぼくらはアッチャナの前哨基地に着営した。平原は赤みを帯び、北の山々は真っ赤だった。南の丘陵の背後に明るい光が射していて、そちらには砂漠があるということだった。前哨基地はみるからに退屈そうだった。バラックは生子《なまこ》板屋根で、それを風が砂でざらざらやすり掛けした。ぼくら二十人の新入りがなんとなく隊列を組み、常駐兵たちがぽかんと口を開けてそれを眺めた。中隊長もあいさつをしにきた。中隊長は霜降りのもじゃもじゃの口髭を生やし、脂肪過多症を病んだニーチェみたいだった。だが思いやりがあり、こちらの身体の調子はどうだとたずねた。それからぼくらはそれぞれ区々《まちまち》のバラックに配分された。セニャックとぼくは同じセクションに入った。これは適切だった。すくなくともぼくは満足だったし、セニャックだってあいかわらず高慢な顔をしていたが、悪い気持ちではなかったと思う。

あそこでは新しい環境にすぐに順応する。八日後にはもうすっかり周囲に溶け込んでいた。どうやら、ぼくらのセクションを指揮しているラルティィーグ少尉の力にあずかるところが大だったと思う。ラルティィーグ少尉は、芸術とか音楽とかの、いろいろな話題についてぼくらとおしゃべりをするのが好きだった。黒人のセニャックは博識だった。現代詩人の作品にさえ通じていた。いずれにせよ正則的なフランス語を話した。もしかするとソルボンヌで勉強したことがあるのではないか。

このラルティィーグ少尉のおかげで、ぼくは中隊本部の印刷部門付きのポストにまわされた。本来ならセニャックのほうが適切だったろう。しかし皮膚の色がじゃまをした。フランス人は過度の人種的偏見は持たないのがふつうだが——それでも皮膚の色はやはり無視できないらしい。ほとんどすべての白人の国でことほどさようであるために、彼ら白人は黒人に気がとがめる。おそらく彼らの黒人嫌いはここに起因するのだ。

ぼくはいくらかセニャックと疎遠になった。もうバラックの連中のところで寝るのではなく、——なんという名誉！——准尉殿と同室になったからだ。この准尉は抜け目のない男で、自分の懐のためと、百キロメートル四方にたった一軒しかない村の飲み屋でウェイトレスをしている（まさかホステスとはいえない）その小さな白黒混血《クレオール》の女友達のためによろしく立ち回っていた。一週間も経つとわがボスは慨嘆した、——ボスはその名もナルシスという、ギリシア神話の同名の人物と同様自分の顔にうぬぼれ切っていた——あの黒人の畜生めがさかりのついた雄猪みたいにおれのスケにつきまといやがって。どうもセニャックらしからぬ話だなとぼくは思った。いずれにせよ彼に面と向かって会えないのが残念だった。それに、とわがボスが言うには、あの野郎はしこたま銭を持っていて、それが娘《あま》っ子をトチ狂わせてるんだ。それにまあ、血が同じだってことあるだろう。これを要するに、ボスは憤激のあまり中隊の金庫に手をつけて飲みに出かけては、女友達とトイレ（それ用の部屋をここではトイレといった）でよろしくやっていた。申すまでもなくそれをゴマかすのがぼくの仕事——複雑な帳簿付けをしているのでそんなのはお茶の子だったけれど、それにしても午後いっぱい、おまけに晩までかけて、ぼくは狭い事務室で汗みずくになって過ごさなければならなかった。そのうえぼくは食料貯蔵庫係のフランス人と闇取引して、小麦粉五袋、コーヒー三袋をボスが受け取って代金を支払ったという帳簿のゴマかしをしなければならないのだ。頭にきた。そんなことをするくらいならセニャックに会ってじかに話を聞きたい。あの黒人はどこでいきなりそんな大金を手に入れたのか？　アルジェリアではしょっちゅう文無しで、ぼくらはよく二人の金を合わせてはワイン一リットルを手に入れたものだ。それが白黒混血女《クレオール》からボスが聞いたところによると、いまや突然パンパンにふくらんだ財布を手にしているという。

ぼくは真偽のほどを確かめたいと思い、前哨基地の管理もしている電話交換手のところに行った。ああ、セニャックならパリから現金書留がきたよ。香水の匂いがプンプンしてな、宛名書きはまぎれもなく女の筆跡だね。おれは、さてはパリに金持ち女を置いてきたなと、あの黒人をからかった。「あんたの思ってるのとは違うんだ」、とセニャックはいやにていねいに答えた、「この女《ひと》に煩わしい思いをさせてはいない。しかしあんたには関係ない事情からしてどうしてもこうならないわけには行かないんだ」交換手はこのことばを真に受けたが、ぼくには何かに腹を立てたときのセニャック独特のもったいぶった表現がたやすく見てとれた。にもかかわらずそのことばを聞いてぼくは不審な思いに駆られ、どうしてもセニャックに会わなければと思った。バラックのなかはまだ灯りがともっていて、ドアからのぞくと部屋のなかは二本の短い蠟燭だけでほそぼそと照らされていた。声をかけるとセニャックが出てきた。ぼくらは中隊の騾馬《らば》を囲ってある柵のなかに入った。（ぼくらの中隊はときどき騎馬巡視することもあるので騾馬がいた。）そこならじゃまの入るおそれがなかった。

「なあ、ちょっと聞いてくれないか……」、とぼくは言った。彼はそれ以上ぼくに話させなかった。「金が要るのか？」とたずねた。「とっくにあんたのところへ行ってればよかったんだが、ナルシスと顔を会わすのがいやでね。ちょうどいい。ほら……」彼は財布を出して二十フラン札二枚をぼくに渡した。ぼくは身を屈め、それが最後に残った金なのを見た。「うん、でも……」、とぼくはまた話を続けようとした。「わかってるよ」、と彼は目くばせをし、「おれがしこたま金を持ってるってボスがあんたに言った。ところが見ての通りオケラだ。大金が入ったというのはその通りだ。それもかなりの額さ。でもあれはおれのものじゃない。おれがもらったのは百フランだけだ。全額を見させちまったのがまずかった。しかしおれは、その金がもらえるはずの男に遭えればいいと思ったものだから。それの分は」、とぼくが手にしているノートを指して、「あんたのために取っておいた。だっておれたち、友達だろ？」ぼくはうろたえてうなずいた。友達！　だなんて、何だってこの男はそんな大仰なことば遣いをするんだろう。この事実は公開発言されねばならない、とでもいうようじゃないか！「そうだ、でもそれだときみに一文も残らない」、ぼくはとがめるように言った。

「おれにはもう必要ないんだ」彼は落ち着いてそう認めた。その声はちっとも悲しそうではなかった。ぼくは思う。あのとき彼はもう事がどういう結末になるかわかっていたのだ。それから彼はぼくの腕に手を置いた。その手は横幅がせまく尖《さき》のほうがとがっていた。皮膚が月の光を浴びて暗い蜜のように透明になった顔のなかで一箇所だけ、唇がダッシュのようなうすい線を形作っていた。月が照って、ものみなに夜光塗料を塗ったヴェールを掛けていたからだ。

「だけど、説明してくれなきゃ……」、とぼくは言った。

「そうだな、話すだけの値打ちがあればな」セニャックは考え込み、二、三度首をふった。ようやくしゃべる決心をしたと思しく、身体を前に曲げた。

このとき基地のほうから叫び声が上がった。同時に金切り声でも悲鳴でもあるような、いやな耳ざわりの声だった。セニャックがぼくの腕をつかんだ。「あれはファーニーだ。いっしょにこい」セニャックが声を聞き分けたのにぼくはおどろいた。ぼくらは走った。バラックとバラックの間の空き地にたどりつくと、そこに月に声を上げながら両腕で漕ぐようなしぐさをしている孤独な人影が立っていた。一群の人びとがそれを見守っていた。ただし遠くからだ。だれもあえて近づこうとはしなかった。セニャックはその人影に近づいた。それは本当にファーニーだった。だが、ついぞ見たこともないファーニーだ。顔の表情が仮面のようにこわばっている。ぼくはおっかなびっくり近づいて行くしかなかった。神よ、人はいつも気丈でいるとはかぎりません。ぼくの怯懦はいくぶんかは月光のせいもあった。

セニャックは一言も口をきかなかった。身体が大きいので相手をひるませたのかもしれない。ちなみにファーニーは小柄だった。黒人が手で合図をして先に立って歩くだけで充分だった。ファーニーの叫びがはたと止まった。ファーニーは合図をうべなって黒人の後にしたがった。それからとあるドアに消え、セニャックが戻ってきた。「おやすみ、フレッド」、と彼は言った。それからバラックの影に呑み込まれた。もう二度と彼の声を聞くことはなかった。

後でボスから話に聞いたところによると、次の日ファーニーは例の飲み屋で一晩中飲みまくり、居合わせたみんなの飲み代も支払ったという。帰り道で荒れてわめきはじめ、だれもそばに寄せつけなくなった。みんなは彼が怖くなった。それからファーニーは女友達のことで苦情を言った。あいつ、あの黒ん坊に完全にイカレてやがる。一晩中セニャックの話ばかりしてるんで、まったくうんざりしちまったよ。

　翌々日の朝、ぼくらがクサールと呼んでいるアラブ人の村の付近でセニャックが発見された。死体を見つけたのが、よりによってあのファーニーの伝令兵のローマーだった。ぼくは死体を見たくなかったのでこれも後から聞いた話だが、後頭部がむざんに打ち砕かれていたという。黒人はクサールの連中に撲殺されたのだという憶測があっさりまかり通り、報告演説で中隊長はぼくらにクサールの部落に立ち入ることをきびしく警告した。ぼくは埋葬式にも行かず、前哨基地の塀から見送った。墓場はすぐそばにあったからだ。それからぼくも立ち会いの上で、将校たちの間で話し合いをした。墓の装飾をどうするかの話だ。キリスト教徒なら十字架だし、回教徒なら半月、宗教的帰属のよくわからない黒人（大多数がセネガル黒人）はハート形だ。セニャックが洗礼しているのは確実だとは思っていたが、それでもぼくはハート派に賛成だった。ハートのほうがよく似合うような気がした。ぼくは強硬に自分の見解を押し通した。墓の頭のほうに棒を一本立て、それに赤く塗ったブリキのハートを釘付けにした。それは、なんだか宗教雑貨店の店先でよく見かける、悪趣味な「聖心」像を思わせた。

　セニャックの死は前哨基地の空気を一変させた。埋葬後一日目はまだ平静だった。ときおり中隊のなかを、赤い山々からときとして吹いてくるごく軽い風に似たささやき声が吹き抜けるだけだった。ファーニーは病気と申告していた。高熱を患っているという。ボスは「恋敵」が消えたので上機嫌だった。

　徐々に、疫病のように、前哨基地は賭博熱に侵されはじめた。それは、セニャックが分隊長だったセクションではじまった。夜通し十七と四《ジープツェーンウントフィーア》の賭博をやり（このゲームは「二十一《ヴァン・テ・アン》」ともいった）、勤務外時間には昼間も――いまや夏になって勤務外時間が増えていた――ゲームを続行した。刃傷沙汰が多々起こり、半年分の給与を先にスッてしまった者もすくなくなかった。ぼくらの中隊にいる五人のトルコ人が高利貸し役になって金を貸したが、その利息たるや百パーセントだった。かてて加えてすさまじい暑熱が前哨基地にかぶさってきた。太陽は厚かましくギラギラ輝き、赤い石からなる山々にいたるまで砂に埋まっている土地は、先のほうが丸い灰色のアルファ灌木が鉱滓のように浮かんでいる白い液状の鉄みたいだった。一日中昼間はどこにも影が見られなかった。バラックのなかは蝿の濃密な羽音がブンブンうなった。しかし徐々に高まってきた興奮は、かならずしもそういうものだけが原因ではなかった。それならもう初夏からそうなっていた。そんなものならこれまでも黙って我慢していたぜ、と古参兵たちは言った。どうして今年はちがうのだろう？　騾馬にもいらついた気分が感染したようだった。たとえばセニャックが乗っていた、おとなしい灰色の騎乗用騾馬のゼップルだ。こいつは、ふだんはほろ酔い機嫌のペシミスティックな哲学者みたいなひょうきん者だった。ちょうど用がなかったので、二、三日厩に入れられていた。それから気分転換になるだろうと踏んだ中隊長の命による、ちょっとした演習行軍のために出動した。ゼップルは鞍を置かれ、新たなご主人様を乗せもした。中隊がクサールにさしかかると（ちょうどセニャックの死体が発見された場所だと言う者もいて、これがあまねく蔓延した迷信にとりわけ合致した）、ゼップルは突然宙に跳ね上がり、騎り手は頭から先に申し分のないジャンプをやらかして片腕を折った。例の伝令ローマーもこのとき下腹部に蹄の一撃をくらって病室入りするはめになった。だれも病室に見舞いに行く者はなかった。前哨基地中に、あの伝令がセニャックを殺《や》ったのだというわさがひろまった。アラブ人のせいだと思っている者はいなかったからだ。ファーニーが黙って自室にこもっていてよかった。すでにこのとき三々五々彼の部屋のドアにはりついている小グループがあったからだ。

ミデルトからの食料品運搬を迎えよという命令がきたので中隊長はよろこんだ。ぼくら少数の人間だけが前哨基地に残った。ボス、ファーニー、重傷を負った騎乗兵と伝令のローマー、ぼくが憶えているのはそれだけだ。ほかに名前は忘れたが、なんだか影のうすい少尉が一人いた。この男はめったに顔を見せなかったが、姿を現すとなると、疲れ切った眼でうなじをうつむけながら、重い運命を背負って外気にさらして歩かなければならぬとでもいうかのようにこっそり忍び歩いた。ほかにもまだ何人かの人影が太陽のなかをうろついていた。行軍に落伍した兵たちだ。いるな、とわかってはいても、どこかへもぐり込んでしまうと、すぐにまた忘れてしまうのだ――それほど影がうすかった。

ある晩、あの白黒混血《クレオール》のボスの女友達のアニーが前哨基地に押し入ってくると（それもまだ中隊が出発している最中のことだ）、中隊事務所でギャンギャン大騒ぎをやらかした。アニーはどうやら僕がセニャックのただ一人の友達であるのを知っているらしくて、ぼくもこの騒ぎに巻き込まれた。ぼくにセニャックが善い人間だったと証言しろというのだった。ボスがぼくに眼を瞋《いか》らせていたが、ぼくもそう証言した。あんな人が陰謀の犠牲になって仆《たお》れるなんて、めちゃ悲しいよ、とアニーはわめいた。怒りにまかせて彼女が二言三言口走ったことがある。あんたがわるいんだとボスに食ってかかった。セニャックの「事故」の前夜、軍曹のファーニーと同席していて、二人でローマーをべろべろに酔わせてたじゃないか。後で何が起こったか、とアニーはわめいた、ねえ、火を見るより明らかじゃないか。ぼくが問いただすようにそちらを見ると、ボスはうろたえ、それから咳払いをして、この娘は気が狂っている、と言い張った。するとアニーは前哨基地中に聞こえるほどのキイキイ声を立てはじめた。そうしたところで基地はいわば空になっているのだから、べつに実害はないとは言い条——落伍兵たちの影があたりを徘徊してはいたし、重い運命を背負った少尉はドアの前にきて足を止めた。それがおそらく、この爆発がどうして気分にとどまって、それ以上の毒にはならなかったかという消息を説明してくれるのである。

アニーがわめきちらしたことは、もしもある強烈で篤実な体験が背後に感触されなければ、ただのおかしな話で終ったことだろう。セニャックは敬意をこめてアニーをあつかった。生活様式を変えるように彼女を説得した。どこか都会で仕事の口を見つけるか、それとも農家に入って（道徳的専門用語にいうところの）われとわが手の労働で暮らしを立てるかして、あれやこれやの男のおもちゃにされるのはもうやめたがいい。これがアニーに感銘を与えた。おそらくそんな話をしてくれた男は、一人としてなかったのだろう。とどのつまりは、セニャックが、ここを出て行きやすいように彼女に多少の金を与えていたことまで判明した。白状しなければならないが、ぼくはセニャックがいわば彩りもあざやかな守護天使として、堕落した娘の救い手役を演じているのに、すこしばかりこっけいな感じがした。でもぼくは確信していた。セニャックはひたすら良風美俗のわきまえからこそ、そんなことをしたのだと。この場合の彼のふるまいは彼のイメージにじつにぴったりだった。ファーニーの場合にも似たようなふるまいが一役演じていたのだろう、とぼくはうすうす感じはじめていた。娘が彼に首ったけなのは確かだったので、彼女は最終的には彼の言う通りここを出ては行かなかっただろう。しかし彼が死んで、彼女にはこれ以上長くここにいる口実が一切なくなってしまった。次の日、彼女は勤め先をやめると、前哨基地に戻ってくる中隊が先導してきたトラック隊の一台に乗って立ち去っていった。帰営してくると、兵士たちは疲れて怒りっぽくなっていた。中隊の留守をしていた間に、原住民と白人の間の軋轢を解明する義務のあるアラブの関係機関はセニャックの死亡事件をきびしく調査していた。クサールは徹底的にガサを食ったけれども何も見つからなかった。わが中隊長に捜査の結果何も出てこなかったことを報告されると、彼はむかつくような顔（ぼくは中隊長のすぐ隣にいた）をしたが、これでぼくはわかった。中隊長はわかっている。だのに自分の確信に抵抗しているのだ。つまりは、自分の部下を軍法会議に送るのがいやなのだ。そんなことは彼の権力圏への許すべからざる干渉と思えた。しかし結局のところ殺人犯をどうすればよかろうか？　彼は病室の伝令ローマーを訪ね、長い間そこにいた。彼が呪ったり、わめいたりする声が聞こえた。ドイツ人伝令の泣き叫ぶ声がはっきり聞こえたという者もすくなくなかった。ありようは中隊長が立ち去ったすぐ後でローマーが吐血したのである。実際、ローマーの内部の損傷はかなり重いものだったものに相違なかった。彼はそれから翌日の晩になって死んだ。たったひとりで。真夜中まですすり泣きが聞こえていた。しかしだれも助けられなかった。前哨基地にモルヒネはなく、医者は呼ばれたときにしかこなかった。

一度ぼくは思いきって、ひさしく姿を見せていないファーニーを訪ねにいった。彼の部屋の前には、中隊の倉庫用に使っている暗い控え室があった。ぼくはそこにたたずんでいた。というのもファーニーが何かしゃべっているのが聞こえ、そこではじめは先客がいるものとばかり思ったのだ。が、このおしゃべりは一本調子だった。まるでだれかが何年も前に演説をはじめて、もう永遠にやめられないとでもいうようなのだ。ぼくはドアをノックした。演説はやまずに続けられ、ぼくは部屋に入った。壁という壁いっぱいにパリ生活のなかのヌードに近い薄着の女たちの写真が貼ってある小さな部屋の真ん中にファーニーが棒立ちになっていた。彼はこちらに背を向け、壁に向かってしゃべった。「山の上に黒き顔の天使立ちて、真夜中の方へ身を傾けたり。椰子を曲げるとき、その声は熱き嵐のざわめきのごとし。汝もまた沈黙の暗き使者のごとく来たれり、そは……」「今日は、ファーニー！」ぼくは呼びかけた。――「武器をとれ！」男はうなり、くるりと身体をこちらに向けた。眼はギラギラと燃え、乏しい口髭の剛毛が濡れて光っていた。軍曹はやせて弱々しそうに見えた。どうやら彼にこんな黙示録風の演説をさせているのは高熱があるためらしい、とぼくは思った。でも、それならどうしてベッドに寝ていないのだろう？　彼はすぐにぼくがわかった。「おや、事務室のじゃじゃ馬か」、声は嚙みつくようで、もう最前のように暗誦じみていなかった、「スパイにきたのか？　お友達の黒人はいなくなった。さあ彼を捜せだ。しかしその前にまず飲み物を持ってきてくれ」隅のほうのテーブルに手紙が置いてあるのが見えた。明るいブルーの手漉き紙だ。横目で見たが、中身までは読めなかった。そこで部屋を出て、ワインの罎を一本持ってきた。

「それでいい」、とファーニーは言った、「たとえ百度しがない伍長の身になったとしても、上官の命令にはかならず従わなければならん。さもないと……さもないと……」ことばの結末が見つからないので、彼はワインの罎を口に持っていってラッパ飲みをした。ぼくは手紙のほうへと足を忍ばせた。女手の筆跡、とがった……「セニャック氏があなたに一肌脱いで下さって、逃亡に役立つようあなたに相当な額のものをお渡し下さるはずです……」そこで手紙をひったくられ、ぼくはテーブルの前に四つん這になった。ファーニーが鋲打ちの靴を履いていなかったのが、せめてものさいわいだった……セニャック氏だって？　するとあの黒人は昔はセニャック氏だったのだ。そして白人を保護することを依頼されていた。彼にうってつけの仕事にはちがいない、とぼくは思った。どうやら彼は古い首長一族の出であるらしく、支配への欲求が彼のなかにひそんでいるようだ。要するに、人を助けるのも保護するのも、支配の代替物以外の何ものでもないではないか？

とりわけ夕方になると、またしても単調なおしゃべりが聞こえてくるファーニーの部屋は、前哨基地の住人たちに奇妙な牽引力を行使した。アニーとの恋物語は、予想にたがわず中隊中にひろまった。物語は、センチメンタルな潤色を加えられるほど絶大な効果を発揮した。セニャックの形姿は、嬰児虐殺の守護人という殉教の聖人のような英雄像にまで肥大化した。そしてその死が復讐を促したのである。幼稚な考えだが、じつにわかりやすいではないか！　と同時に彼の死は、人びとの蒙ってきた抑圧の一つの具体例であった。贖罪の山羊はしかしファーニーでなくてはならなかった。このドラマにおけるファーニーの役割はさほどはっきりしたものではないが、彼以外の、生《なま》の怒りをぶつけるには疎遠にすぎ、直接関与もしていない高級将校という小専制君主たちにくらべれば、直属の上官としてはるかに憎悪の対象たるに足りたのである。

二晩の間ファーニーの部屋の手前にある中隊倉庫の前に人びとの怒りが鬱積した。ぼくは一度その襲撃を観察したことがある。それはなにやらセンセーショナルな観物だった。片や粘土壁の背後の単調な声——片や群衆のにぶい沈黙。例の文学ディレッタントのラルティーグは出来事を遠くから注視していたし、中隊長は群衆のなかにその肥満体を割り込ませてなだめすかしはしたものの、沈黙の高電圧を解除することはできなかった。

三日目の晩になるとついに緊張が破れた。それも粘土壁の背後に絶対の沈黙が君臨したためだ。一本調子の声にはしかし催眠性の効果があるらしかった。いまや当の声が聞こえなくなって、呪縛は解けた。とりあえずは、「ファーニー！……人殺し！……」と叫ぶ声。脅かすように拳を上げた。下級将校たちは姿を消した。将校食堂の窓から中隊長が騒然とどよめく薄暗がりをじっと見つめていた。それから群衆が倉庫のドアを破った。ぼくは戸外にいて、二番目のドアがめりめり裂ける音が聞こえ、憤怒の叫びが聞こえた。

ぼくにはとうにわかっていた。部屋のなかにはだれもいはしないのだ。昼食の直後、前哨基地中が昼寝《シエスタ》をとっている時間に、人影が門からこっそり抜け出していったのだ。その人影は身を屈めてクサールへ行く道を走って行き、そこの近くのオリーヴの林のなかに姿を消した。現地人とその逃亡の交渉をしたのもたぶんセニャックだったのだろう。ファーニーは結構デリカシーに欠けなかった。つとめて有色人種の守護天使の恩恵をないがしろにしないようにした。

群衆は潮のように引いていった。そのなかからある一群が分離した。それが行進の先頭に立って、木製トランク、空壜、下着、ズタズタに引き裂かれた写真といったさまざまの物品を引きずっていった。いまや行列は奇妙に黙りこくって門を出て行き、門番の衛兵がその殿《しんがり》についた。ぼくもついて行った。二階の窓には中隊長の禿頭が月光のなかで銀盤のように光っていた。

行列は小さな流れの岸沿いの墓場に向かった。ぼくは墓場を囲んでいる粘土塀の上に腰を下ろした。藁を持ってくる者もあれば、アルファの枯れ草を持ってくる者もいた。藁や枯れ草の山ができた。その上にトランクや写真やファーニーの下着が積み上げられた。と、白い焔が空中に上がった。ファーニーの所有物を黒人の墓のかたわらで燃やしたのだ。さながら、それで何かの霊を追い出そうとする生贄のようだった。赤塗りのブリキのハートが赤々と光るかのように見えた。

それから兵たちは静かに前哨基地に戻った。ぼくはまだ飲み屋に飲みに行った。帰り際に中隊長にばったり逢った。「もう終りと思うかね？」中隊長がたずねた。ぼくはうなずいた。――「そりゃいい。で、ファーニーは？逃げた？　やれやれだ。やつを追跡させたりはしないよ。中隊長はそれほどバカじゃないさ。」

次の日、重苦しい二日酔いの気分が基地中にひろがった。中隊長は爪先立ちで歩きまわった。中隊長は、興奮状態は何となく処理するのにしくはないことを、三年間のモロッコで学んでいた。午後になって到着した経理将校の車も、中隊全体が眠りこける妨げにはならなかった。経理将校の車にはスパーヒ〔北アフリカの現地人騎兵〕の護衛がついていた。一人の婦人が同行していた。中隊長とラルティーグ少尉が婦人を将校食堂に案内した。中隊長も少尉も軍帽を脱いで手に持っていた。ほどなくしてぼくも呼ばれた。

婦人は年取っており、短く剪った頭髪は彼女が膝の上に置いているトービー〔熱帯用ヘルメット帽〕のように真っ白だった。ぼくは前もって言っておきたかった。ロマンティックな話をしたがっているという嫌疑はご免蒙りたい。というのはご承知とは存じますが、人生は絶望的にセンチメンタルなものではございません、と。

「この男です」、と中隊長は言ってから自分は姿を消した。ぼくはこちこちになっていた。婦人が祖母を思い出させたからだ。祖母は毎日のように道徳的お説教を垂れてはぼくの子供時代を真っ暗にしてくれたものだ。その祖母とそっくりの灰色の眼を婦人もしていた。「おすわりなさい」、と婦人は言った。「セニャック氏がわたしの手紙に返事をよこさないものですから、きちんとやっているかどうか、自分の目で確かめようと思ってきたのです。息子のほうも返事をくれませんでした」彼女は立ち上がり、足取りもすばやくドアまで行って、それを開けた。そちらの部屋にだれもいないと見てとると、またすわり直した。「だれにも聞かれないほうがよろしい」、と彼女は言った。「さて、中隊長が言うには、セニャック氏は死んだそうですね。つまり罪を濯いだわけね。わたしの息子は消えた。そうでもしなければ、きっともうあの子も死んでいたでしょう」婦人の話し方は心地よく乾いていた。彼女は上着のポケットからシガレット・ケースを出して、煙草を喫いはじめた。「セニャック氏の話をして下さいますね、フレッド。お名前は存じてます。彼があなたのことを手紙に書いてました。」

ぼくは何とかして煙草にシガレット・ペーパーを巻くことができただけだ。それから知っていること、おそらくこうではないかと思うことを話した。つまり、伝令のローマーがなれなれしくセニャックに近づいてから彼を殴殺したこと、それにセニャックが自分の身に迫った事態をかなり正確にわきまえていたこと。「そうね」、と婦人は言った。「わたしは、セニャック氏が外人部隊に入って息子を捜そうと決意したとき、息子のイメージをさも良さげに描いてやりましたものね。セニャック氏がどうして外人部隊入りする気になったのか、わたしにはさっぱりわかりませんけど。わたしの息子のことが忘れられなくていつもそのことばかり話していた、わたしの妹に恋をしてたんじゃないかしら。セニャック氏はあの当時、ようやく有名になりかけてました。小説を出版したのです。それから外人部隊に行きました。ちょうどその頃、エドムントが外人部隊で軍曹に昇進したと聞いて……」(ファーニーはエドムントという名で、まだ小さいときにある女性が彼をそういう名で呼んでいたのだとは！　このにちゃにちゃした、酸敗したような男がかつては清潔で、「ピッカピカの子供」だったとは。それが彼という人間の輪郭をどんなにかやわらかくしてくれたことか。)「わたしにはセニャック氏の気持ちがさっぱりわからないのです。妹は黒人が嫌いでした。原因はきっとそれだったのでしょう」ぼくはニヤリとし、それが婦人を傷つけたようだった。こんな女にセニャックの何がわかるのだ！　しかし彼女に心理学の講義をして、文明化した黒人小説家だって冒険にあこがれることがあるし、手当りばったりの高級な動機をつかんで上流社会から逃亡したがるものだ、と説明してやる余裕はぼくにはなかった。「セニャック氏は、息子が脱走したがっている、金を送ってほしいと、手紙に書いてきたのです。わたしは送金しました。できればもうあの子の顔は見たくないの。でもお金の話は別問題。わたしは自分の義務を果たしたと思ってます」「義務」という言葉は、この婦人が属している世代のお定まりの逃げ口上なのだ。彼女は立ち上がり、ぼくは解放された。外に出るとぼくは、祖母がまるでそっくりの話し方をしていたと、またしても思い出さないわけには行かなかった。

ファーニーの消息は二度と聞かなかった。セニャックにはしかしまたお目にかかったことがある。セニャックその人ではなくても、彼にそっくりの黒人に――それも映画のなかで。映画のなかの彼は裸だった。その身体が非常に美しく、背中に翼を暗示させているフレームを背負っていた。雪の玉が命中した小さな男の子を抱きとって運んで行き、それからまた戻ってきて、ある若い男のトランプからハートのエースを抜きとった。ともかく映画はコクトーのものだったが、しかし映画の主人公がモロッコのお墓の頭部にある赤いハートのことを知る機会があり得たとはまず思えない。

殺人——外人部隊のある物語

土曜日の九時半に小男のヴァイヒハルトは二十名の特別臨時編成部隊一行とともにベル゠アベッスに到着し、月曜日に准尉のザードゥナーと知合い、木曜日に外人部隊志願者手当ての二百五十フランを受け取り、金曜日の朝八時頃には頸部を掻き切られ嚢中無一文となって担架で営庭に担ぎ込まれた。

最初に担架にあゆみ寄ったのはコンスタン指揮官だった。掛けてある布をめくった。ブンブンうなる黒煙のように蠅が飛び上がり、それからまた頸部にぱっくり開いた傷口に舞い降りた。

「どこで見つけたんだ？　下の黒人部落でか？　川のほとりで？　パトロール隊が見つけたのか？　何時だ？——そうか、そうか、六時だな。それがやっと今きたんだな？——前代未聞だな。この無秩序は」

指揮官は中央棟に走り込み、ブーレ゠デュカロー連隊長大佐の事務所に通じるドアをいくつか押し開けると、背中をまっすぐにして眠たそうにデスクの前にすわっている、その肥った男に事の顚末を報告した。大佐の丸まっちい身体つきはその安定したバランスからもたらされるものではなかった。「一人ふえて、一人へった」、と彼は猫髭の下でほーっと長息をした、「わが隊の兵員は充分おる。充分間に合っておる。何を大騒ぎしとるのだ？　ヴァナガスを呼びなさい、コンスタン」

ヴァナガスは昔はオデッサの弁護士だった。団子鼻で、ガニ股の上に身体を乗っけていた。のみならず彼は准尉で、オランの軍法会議のための訴状を作成し、軍法会議では通訳を務めていた。

「もう聞いてるな?」と大佐は迎えた。ヴァナガスはうなずいて、薦められもしないのに椅子に腰を下ろした。落ち着いた声で彼は自説を開陳した。

「秘密情報機関の連中を召集して情報を仕込みましょう。あの若造が最近だれとつき合っていたかですね。殺人犯はきっと、まもなく除隊になるやつらのなかを捜せばいい。黒人部落のパトロール隊にもそう言ってレポートを出させましょう。この半年でこれが四件目の殺人事件です」ヴァナガスは事務的に確認した。

パトロール隊の隊長は何も見ていなかった。だが新参兵の部屋のチーフで顔に白刃の傷跡のあるルクセンブルク人のブークラーの話によると、小男のヴァイヒハルトは二度ザードゥナー准尉といっしょに外出したという。ヴァナガスはブークラーに通行許可証を与えてザードゥナー准尉の捜査を依頼した。連隊長大佐は殺人犯の逮捕に五十フランの賞金を出していた。ブークラーは手早く計算した。五十フラン、ということは安シガレット五十箱とワイン二リットル分だ。彼は捜査に乗り出した。

営庭は、酸化鋼のような輝きを見せている屋根にいたるまでびっしり白い光が充満していた。わずかな樹々が灰色の影を投げかけた。その白い暑熱のなかをザードゥナー准尉が膝を曲げるようにして、四角い懲役房のすぐ隣の一角にある酒保のほうに歩いていった。ブークラーは追いついて、おだやかに相手の肩をたたいた。ザードゥナーはギクリとして後ろへ飛びのき、刺青を入れたまぶたをパチクリさせた。

「何だい?」ザードゥナーはぜいぜいしゃがれ声を出した。突き出した両手がぶるぶる震え、青い斑点のある顔の皮膚がたるみ、しわくちゃの黄色い制服の下で身体がスポンジのようにぶよぶよした。

「その制服は洗濯したばっかりかい?」ブークラーはたずねて、目の端で様子をうかがった。酒保に入るとザードゥナーはロゼを一リットル注文し、百フラン紙幣で釣りをもらった。二人は席に着いた。カウンターの向こうで肥ったスパニオーレがまたうなずいた。室内は暗くて冷たかった。酸っぱいワインの匂いのなかで蠅がブンブンうなった。

「それに金もあるじゃないか、しこたまな!」ブークラーは媚びるようにいった。ザードゥナーは声を上げて笑い、咳き込み、床に唾を吐いた。「貯金さ」、と短く言った。二人はまた黙り込んで飲んだ。

「ところで《ア・プロポ》」、とブークラーは言った、「小男のヴァイヒハルトを知ってるだろ、今朝見つかった?」

「知ってる?」ザードゥナーはおうむ返しにことばを返し、注ぎそこなったワインをずらして、テーブルの目が二つある顔のようなものを描いた絵のほうに持っていった。絵の頸のあるあたりのテーブル面の木に親指の爪をグサッと立てた。

「昨夜はどこにいたんだ?」

「連れ出した?」またしても上の空でザードゥナーはおうむ返しに言った。

「だって夕方になって何度か彼を連れ出していたじゃないか?」

ザードゥナーはゲラゲラ笑い、またしても咳き込んで笑いやんだ。それからつっかえつっかえ、急きこんで言った。「昨日の夜かい?――いいよ、言おう。黒人女だよ、なあ。高価《たか》くないもの。黒人女。ハハ」

「するとやっぱり村にいたんだな?」

「黒人部落にかい? シュネックの娼婦宿に? ちがう、ちがう、スパニオーレの飲み屋さ。ウェイトレスよ」

またしてもザードゥナーは上の空で目の前を見つめた。ブークラーはこれ以上は無理だと思った。「町に出ようか」、とブークラーは言った。准尉は承諾した。彼はせまい室内を往きつ戻りつした。そうしながら人差し指で喉仏の上をごしごしこすり、それにつれて「クゥイク、クゥイク」と言った。

「待てよ、いっしょに出るから」、とブークラーはその背中に呼ばわったが、ザードゥナーはどんどん歩いていき、奇妙に安定した足取りで営庭を横切ると門番の下士官のところで立ちどまった。そして一生懸命で何事かを説明している様子だった。おれは何もわかってない、とこういうふうにしておれをからかってやがる。ブークラーはそう思った。ザードゥナーは営門を出ていった。ブークラーは追いついて、相手の腕を取った。彼らはとてつもなく派手なネクタイを締めて黄色い鼻の穴からもくもくシガレットの煙を吐いている、スペイン人たちのたむろしているバーを二、三軒飲み歩いた。路上には将校夫人たちが散歩していた。

二人は、都市《まち》をアラブ人区から分けている大練兵場にさしかかった。回教寺院の白い塔が強烈な彩色をした絵葉書の空に明るくそびえている。そこから黒人部落がはじまった。両側に色とりどりの積木の家々を並べた、せまくて汚らしい横丁。家々の扉は開け放たれ、そこにあらゆる種族の女たちがうずくまっている。女たちはどぎつい化粧をし、疲れたまぶたで客を引いた。奥の暗い部屋にベッドが見えた。小柄な、頬に赤いまん丸の模様をつけて額に刺青をしたアラブの女たち、扉の柱に身体をもたせかけて腹をくねらせるしぐさをしている黒人女。顔の皮膚が古いゴムホースみたいにざらついているフランス人の老娼婦たちもいる。それがみんな二人にウィンクをして、ときには金切り声を上げたりもする。小さな男の子が埃まみれの菓子を平べったい木の皿にのせて運んでいく。やせこけた黒人が金串に刺したレバーをあぶっている。ザードゥナーはそれを一串買い、うまそうに頬ばった。

横丁はカタリとも音のしない広場につながっていた。その右手に地面にのめり込んだ粘土製のサイコロみたいな家があった。ザードゥナーはその開いた扉にブークラーを引き込んだ。奥の壁際の床から巨大な人影がぬっとばかり立ち上がった。その黒い顔がギトギト光った。ザードゥナーを迎えて抱擁し、当局のスパイを疑い深そうに白眼視したそのムラート〔白人と黒人の混血児〕を見ると、ブークラーは不安になった。ザードゥナーは床にしゃがみ込んで、言った。「ミルー、ハシーシュをくれ」ミルーは腰帯から革袋を取り出し、指貫《ゆびぬき》大の赤い陶製パイプに細かく刻んだ大麻の葉と煙草の粉を混ぜたものを詰めた。その薬草の上に白熱した石炭をのせ、それを自分で一服してからザードゥナーに渡した。こちらは二服喫うと、パイプを返した。

「アムル・スブシ」、と言ってまたつけ加えた、「パイプを詰めてくれ」

小さな部屋中に喘息煙草のにおいがした。だがそれは遠い山の、太陽の光に乾く牧草地のにおいでもあれば、風が渡っていく、正午の広大な平原のにおいでもあった。パイプが効いてきたようだ。ザードゥナーが突然、脈絡もなしにしゃべりはじめた。ブークラーは片隅に身を隠すようにして、ぺらぺらしゃべりまくる男を不安気に見つめた。

「ハハハ、クゥイク、クゥイク」、とザードゥナーは言って、またしても人差し指で喉の上をしごいた。「昨日は黒人女のところにいた。ミルーが証人だ、ミルーがあそこにいた。そうだな、ミルー？　そこにいるやつはスパイだ。ミルーが証人だ。おれは昨日やつの家にいた。だけどあんたは、おれがあのチビを殺したと思ってる。あんたが特別任務《セルヴィス・スペシャル》の人間なのを、おれが知らないとでも思ってるのか？　ザードゥナーおやじは阿呆じゃないぞ。何が起こったかは心得ている。スパイは一目ですぐにわかる。酒保でもうあんたの正体はわかった。おい、でも話はしてやるよ。すてきなお話だ。こんなやつに、あそこの下司どものために働いているスパイなんかに、話してやっていいのかな？　まあミルーもそばにいるからな。あんたにおれたちは捕まえられないぞ。おれたちはズラかる、遠くに、どこか奥地に、モロッコのほうにな。ザードゥナー准尉は何人も女を持つだろう、少年たちもな、好きなだけ。部族のシャイフ［イスラムの指導者］になるだろう。ここから長い間やつらは彼を探すだろう。あのチビは四百フランも持っていた。本国での貯金と志願者手当だ。髭剃り用の剃刀を自分で買ってくれた。ザードゥナー、と言ってたっけ、あんたの顔はざらざらだ。ぼくが髭剃り用の剃刀を買ってやるよ。で、買ってくれた。刷毛と石鹸もな。でもみんな何の役にも立たなかった。だって死ぬしかなかったんだものな。十二年間おれはじっと我慢した。いまやヨーロッパに返されようとしている、もうだれもおれを知ってる者のいないヨーロッパにな？　おれはここにはもういられない。帰国しなくてはいけない、規則でそうなっている。そんならいっそここでくたばったほうがましさ。そのほうがおもしろい。ミルーといっしょだ、友だちのミルーと。ミルーは案内に通じている。フィギィグ越えの道を知っている。スパイはおれたちの道についてこない。そう、そうだ、見たな、おれがカーキー色の制服を洗ったのを、クゥイク、クゥイクしたのを。もうわかっている。兵舎にいればおれを捕まえられたろうな。もうおれを密告《さし》たって無駄だよな。五十フランが欲しいので話をでっち上げたんです、こっちはそう言えばいいだけだ。そう、そうしてやろう」

　ブークラーは二本の指を口に当てて、ピューと口笛を吹いた。だが大きな手が頭に当って、彼はもんどりうって床の上に倒れた。ザードゥナーは、くすぐられた女の子のようにキャアキャア声を上げた。その笑い声はいつまでも止まろうとしなかった。

「パトロール隊を呼ぼうという気だな。昨日のパトロール隊のチーフはおれを見たが、だれだかわからなかった。あのチビは女のマントを着ていた。ミルーの女房のマントだ。ミルーの女房は珊瑚の首飾りをせしめるよ。それから小川のほとりで、おれはあっさりあのチビを抱いた、どうしておれなんかが好きになったんだ、それから剃刀でぐさっと。四百フランだ。ワインをくれ、ミルー、喉が渇いた」彼はなお二、三歩、踊るようにあるくと疲れ切って、くずおれるように倒れた。ぽかんと口を開けて床にころがった。

大男のムラートがかたわらに跪いた。陶製の甕から手に水を汲んできて、失神した男の額にしたたらせた。ザードゥナーは目を開け、あたりを見回して、おもむろに起き上がった。「金たっぷり」、と彼は口ごもり、ムラートがうなずいた。「やつらにおまえを捕まえられるもんか、おれもだ」いま一度ブークラーは身を起こそうとしてみたが、ムラートが脅かすような目でこちらを見て、ナイフで刺すようなそぶりをした。そこで片隅に身を寄せて、ご両所のほうをながめやった。ミルーはザードゥナーを扉の外に運び出した。

十分が経過するとブークラーはようやくあるく気になった。小広場は人けがなかった。歓楽街は静まり返っていた。夜も晩かった。遠くでホルンを吹く音が聞こえた。

連隊長の事務所でブークラーは細大漏らさず事件の話をした。コンスタン指揮官はデスクの縁にお尻をのせてバランスを取っていた。連隊長はゲラゲラ笑った。

「どうしてやつはザードゥナーに剃刀をプレゼントしたんだ。それで殺《や》られたんだから、自業自得だ」コンスタンは上司のこの機知に熱意をこめてうやうやしくうなずき、ヴァナガスがかたわらでいただけませんなという身ぶりをした。

シュルンプ・エルヴィンの殺人事件——シュトゥーダー刑事

○主な登場人物

ヤーコプ・シュトゥーダー………刑事

ヴェンデリーン・ヴィッチ………殺害された被害者

シュルンプ・エルヴィン………逮捕された容疑者

アナスタシア・ヴィッチ………ヴィッチの妻

アルミーン・ヴィッチ………ヴィッチの息子、兄

ソーニャ・ヴィッチ………ヴィッチの娘、妹

ベルタ・クライエンビュール………ウェイトレス

エレンベルガー………園芸場の主

コットロー………園丁長

エッシュバッヒャー………村長

シュヴォム………教師

ゲルバー………理髪店助手

ムールマン………地区巡査

公証人ミュンヒ………シュトゥーダーの友人

ノイエンシュヴァンダー博士………医師

マラペッレ博士………医学助手

Schlumpf Erwin Mord : Wachtmeister Studer

もう生きてたくない

三重顎に赤鼻の看守は「永遠の呪い」と言わんばかりにぼやいた、――なにしろ昼飯の最中にシュトゥーダーにとっつかまったのだ。だが何といってもシュトゥーダーはベルン州警察の刑事《デカ》だ。さっさと消えなと無下に追い返すわけには行かなかった。

そこでリーヒティ看守は席を立ち、コップになみなみと赤ワインを満たして一気に飲みほし、鍵束を手にすると、当の刑事が護送してきてから一時間そこそこしか経っていない囚人のシュルンプの房まで同行した。

廊下……暗い長い廊下……壁は厚かった。トゥーン城は万古不滅をめざして建てられたようだ。いたるところにまだ冬の寒気がうずくまっている。

外は湖に暖かい五月の日がやって来て、人びとが日光のなかを気分もうららかに散歩をし、湖上ゆらゆらとボートに乗って小麦色に肌を焼いている人たちさえいようとはここでは夢にだに考えられなかった。独房のドアが開いた。一瞬、シュトゥーダーは閾の上で立ちどまった。高いところにある窓に、水平の鉄棒が二本、垂直の鉄棒が二本、交差して鉄格子を形作っている。一軒の家の屋根棟が見える――古い、黒煉瓦を葺いた屋根だ――その屋根の上に目にまばゆい青巾のような空がはためいている。

が、最下端の鉄棒に人間が一人ぶら下がっていた！　革のベルトでしっかりゆわえつけられて結び目ができている。かしいだ身体が白い漆喰《しっくい》塗りの壁から暗く浮き上がっていた。二本の足は奇妙によじれた格好でベッドの上にのっている。日光が首吊り人のうなじに真上から当るので、ベルトの金具がギラリと光った。

「いやはや！」シュトーダーは言いざまぱっと飛び出してベッドに跳び上がり——リーヒティ看守はこの中年男の敏捷さに舌を巻いたものだ——右手で首吊り人の身体をむずとつかみながら左手でベルトの結び目をほどいた。

シュトゥーダーは呪い声をあげた。指爪をはがしてしまったのだ。次いで自分から先にベッドを下りて、息切《こと》れた肉体をやさしく下に降ろしてやった。

「そっちがこれほどもたもたしてなかったら」、とシュトゥーダーは言った、「それに窓の前にせめて金網をつけてくれといたらこうはならなかったのに。——さあ！　でも、いまはひとっ走り頼むぜ、リーヒティ、医者を連れてきてくれ！」

「は、はい！」看守はおっかなびっくり言い、びっこを曳きひき出ていった。

とりあえず刑事は人工呼吸をほどこした。一種の反射作用。救急隊講習を受けていた頃に身についたコツだ。五分ほどしてようやくシュトゥーダーはふと思いついて横になった男の胸に耳を当て、まだ心臓が動いているかどうか聴診した。うん、心臓はまだ動いてる。のろのろとながらも。ネジを巻き忘れた時計がよたよた動いているような格好だった。シュトゥーダーはなおも続けて寝ている男の腕を上下させた。と、顎の下に片方の耳から反対側の耳に一本の赤い線がさっと走った。「おい、シュルンプ！」シュトゥーダーは小声で言った。ポケットからハンカチを取り出してまず自分の額の汗をぬぐい、それから若者の顔をハンカチで拭いた。童顔だ。若い。鼻の付け根のところに二本の深い皺がある。反抗的。それと顔色がひどく蒼白い。

つまりはこれが、今朝オーバーアールガウのさる峡谷で逮捕されたシュルンプ・エルヴィンだ。ゲルツェンシュタインの商人兼行商人ヴィッチ・ヴェンデリーン殺害の廉で起訴されたシュルンプ・エルヴィン。

間にあった。偶然の賜物だ！　およそ一時間前に規定通りシュルンプを刑務所に引き渡した。三重顎の看守が受け取りの署名《サイン》をした——これで心置きなくベルン行きの列車をつかまえて、一件はきれいさっぱり忘れてしまえるとも。犯人逮捕はこれが初めてじゃないし、これで最後になるわけでもあるまい。われながらどうして、もう一度シュルンプ・エルヴィンの独房を訪ねようだなんて気を起こしたんだろう？

偶然だろうか？

たぶん、な……じゃあ、そもそも偶然とは何なんだ……このおれが、シュルンプ・エルヴィンの運命に面と向かって関与していることは否《いな》めない。もうすこしありように言うと、おれはあのシュルンプ・エルヴィンが好きになっちまったのだ。それは否めない……なぜだ？……シュトゥーダーは独房のなかで何度かうなじを掌で撫でた。なぜだ？　息子をつくらなかったからか？　逮捕されてからずっと、連行中の旅のなかでやつは無実だと言い切っていた。だからか？　そうじゃない。逮捕された犯人はどいつもこいつも無実を言い立てる。だが、シュルンプ・エルヴィンの断言はあだやおろそかなものじゃない。そう思えた。それでいて……

それでいて事件は、本当は明快そのものだった。商人兼行商人のヴェンデリーン・ヴィッチは、水曜日の朝、ゲルツェンシュタイン近傍のさる森で右耳の後ろの部分を一発で仕留められ、うつぶせの姿勢で発見された。死体のポケットは空っぽだった……殺された男の妻の言うところでは、彼は大枚三百フランを持ち歩いていたという。

それに水曜日の晩には、シュルンプがホテル〈熊《ベーア》〉亭で百フラン紙幣を両替している……

木曜日の朝、地区警官がシュルンプを逮捕しようとして、まんまとズラかられた。

そこでついに木曜日の晩、警察隊長がシュトゥーダー刑事を事務所に訪ねてくるというはめになったのだ。

「シュトゥーダー、きみは良い空気を吸ったほうがよさそうだな。明日の朝、シュルンプ・エルヴィンを逮捕しに行ってくれ。身体にいいぞ。きみはふとりすぎだ……」

その通りだった、残念ながら……たしかに、この種の逮捕には平巡査を送るのがふつうだ。その任が刑事に当った……これも偶然だろうか？……運命だろうか？……

このくらいにしておこう。つまりはあのシュルンプにはまったのだ。好きになっちまった。それが事実というもの！　感情に関わる話にすぎないとはいえ、事実は事実なのだから仕方ない。

あのシュルンプ！　たしかにあんまり大した人間じゃない！　シュルンプは州警察の常連だった。独身者だ。当局はほとんど年柄年中やつのお相手をさせられていた。貧民相談課のシュルンプに関する書類はすくなくともゆうに一・五キロの重さには達するだろう。これまでの経歴は？

さる農家の小僧奉公。何度かの盗み。——おそらくひもじい思いをしたのでは？　そうと知れたところで、もはや後の祭りなのでは？——後はこういう場合のお決まりのコースだ。テッセンベルク少年鑑別所送り。脱走。盗み。再逮捕。鞭打ち刑。しまいに釈放。窃盗《しのび》。ヴィッツヴィル刑務所。釈放。泥棒。トールベルク刑務所三年。釈放。その後は落ち着いていた——まるまる二年間。シュルンプはゲルツェンシュタインのエレンベルガー園芸場で働いた。時給六十ラッペン。一人の娘に首ったけになった。二人は結婚するつもりだった。結婚だって！　シュトゥーダーはくすんと鼻を鳴らした。こんなやつが結婚だって！　そしてそれからだった、ヴェンデリーン・ヴィッチ殺人事件が起こったのは……

エレンベルガーじいさんが園芸場に好んで前科者を雇いたがるのは有名だった。労賃が安上がりにつくためばかりじゃない、いや、エレンベルガーは彼らといっしょにいるのが性に合うらしいのだ。さて、人間だれしも相性というものがある。で、累犯者たちはエレンベルガーじいさんのところがとても性に合った……

シュルンプが水曜日の晩に〈熊〉亭で百フラン札を両替したからといって、それだけで彼が殺人を犯したことになるだろうか？……若者はそれをこう説明した。あれは貯金した金で、それを持ち歩いていたんです……

バカな！……貯金だと！……時給六十ラッペンで貯金だと？　月給にすればおよそ百五十フラン……部屋代が三十フラン……食費は？——重労働の労働者ならすくなく見積もっても一日二フラン五十。月に七十五フランの食費と三十フランの部屋代で百五フランになる。洗濯代五フラン——煙草、居酒屋、ダンス、散髪、風呂……残るのはせいぜい月五フランがいいところだ。それで二年間に三百フラン貯め込んだんだと？　不可能だ！　その金を持ち歩いていたんだと？　心理学的に考えてまずありえない。こういう人間はポケットに金を入れて歩けば、かならずすってんてんになるまで使い果たしてしまうものだ……銀行預金なら？　まあね。しかし現金《げんなま》で財布に入れていたなんて？……

なのにシュルンプは三百フランの現金を持ち歩いていた。三百きっかりじゃない。二百フラン札と約八十フラン。シュトゥーダーは自分で署名をした刑務所送りの書類を見た。「所持金、282 Fr. 25.」

これだ……すべて一部始終つじつまが合っていた！ ベルン駅での逃亡の試みでさえもが。ばかげた逃亡だ！ 子供っぽいもいいところ！ だけど気持ちはわかる！ 今度はまず確実に無期懲役だった……

シュトゥーダーは頭《かぶり》をふった。だけど！ だけど！ 事件全体に何かしっくりこないところがあるのだ。さしあたっては一つの印象、ある種の不快感でしかなかった。刑事はぞっと鳥肌立った。この独房は寒い。医者は何をもたもたしてるんだ？

シュルンプは息を吹き返さないのでは？……ふかぶかとした息遣いが寝ている男の胸を大きく盛り上げた。ねじれた眼がまともな位置にきた。シュルンプが刑事の顔を見た。シュトゥーダーは後ずさりした。

いやな目つきだ。と、シュルンプは今度は大きく口を開けて叫んだ。ぜいぜいしゃがれた叫び声だ——おどろき、防御、死の恐怖、驚愕……叫び声にいろいろなものがまじっていた。それは、いつまでもいつまでも終りそうになかった。

「静かに！ 静かにしろって！」シュトゥーダーは耳元にささやいた。ドキドキ動悸がした。ついに彼は、ただ一つ、いまできることをした。ということは、その大きく開けた口を手でふさいだ……

「静かにしたら」、と刑事は言った、「もうしばらくそばにいてやる。そして医者が行っちまったら煙草を一本吸わしてやる。な？ それにしてもよくも間にあったもんだ……」言って、笑おうとした。しかしその笑いはシュルンプにまるで効きめがなかった。目つきはやわらいだものの、シュトゥーダーが口から手を離すとシュルンプは小声で言った。

「どうしてぶら下がったまんまにしといてくれなかったんです、刑事さん？」

この質問にまともに答えるのは難しい！ だって牧師じゃあるまいし……

独房は静かだった。戸外《そと》で雀がさえずっていた。階下《した》の中庭では小さな女の子がか細い声で歌をうたっていた。

「かわいい天使さん、
ローズマリーの天使さん、
いつ、いつまでも、あたしはあなたに忠実よ……」

するとシュトゥーダーが言った。声が思いなしか嗄れていた。

「ええと、たしかおまえ結婚するつもりだと言ってたな？　あの娘《あま》っ子は……あの娘はおまえの味方をするだろう、どうだ？　おまえが無実を主張したら有罪判決は出ないかもしれないじゃないか。そうしたら自殺未遂だなんて、思うだに最低のバカだったと思うようになるかもしらん。そんなことをしたら白状したも同然だと見られるし……」

「未遂だなんて。ぼくは本当に……」

だがシュトゥーダーが答える必要はなかった。廊下に沿って足音が近づいてき、看守のリーヒティが言った。

「この中にいます、ドクター。」

「もう良くなったのかな？」とドクターは言ってシュルンプの手首を握った。「人工呼吸ね？　おみごと！」

シュトゥーダーはベッドから立ち上がり、壁に背をもたせた。「さて、と」、とドクターは言った、「この男をどうしますかな？　自傷傾向あり！　自殺性！　まあね、それはわかっている。専門家の精神鑑定が必要だろう……そうだね？」

「ドクター、精神病院入りはいやです」、とシュルンプは大きな声ではっきり言い、それからゴホゴホ咳き込んだ。

「そう？　どうして？　ふん、そうしたほうが、だって……二人部屋はあるだろうな、リーヒティ、その男を二人部屋に寝かせて独りきりにさせないようにな……大丈夫か？　よろしい……」

それから劇場で耳元にささやくように声を落として、だが一語一語はっきり聞き取れるように、「この男、何をやらかしたんだ？」「ゲルツェンシュタインの殺人です！」看守が同じくはっきりささやき返した。

「ああ、ああ」、ドクターは気の毒そうに――すくなくとも見かけはそう見えた――うなずいた。シュルンプは首を回して刑事のほうをながめやった。シュトゥーダーはほほえみ、シュルンプがほほえみ返した。双方おたがいに理解しあった。

「で、こちらの方はどなたかな？」医者がたずねた。二人のほほえみが医者を困惑させたのだった。

シュトゥーダーはドクターが思わず一歩後じさりするほどの勢いで前へ出た。刑事は気をつけの姿勢をした。鼻筋の奇妙に細長い蒼白いその顔は、いくぶん脂肪がつき気味の身体に似合わなかった。

「州警察のシュトゥーダー刑事であります！」声に煽動的かつ反抗的な気配があった。「そう、そうですか！　よろしく、どうかよろしく！　で、この事件を担当されているのですね？」ブロンドのドクターは自信を取り戻そうとしていた。

「この男を逮捕しました」、とシュトゥーダーは手短に言った、「ともかくわたしはもうしばらく、彼が落ち着くまでそばにいてやろうと思います。時間はあります。ベルン行きの次の列車が出るのは四時半ですし……」

「よろしい！」医者は言った、「すばらしい！　どうかそうなさって下さい、刑事。で、今晩はその男を二人部屋に入れておくんだ。いいかね、リーヒティ？」

「かしこまりました、ドクター」

「では、みなさん、ごきげんよう」、とドクターは言って帽子をかぶった。リーヒティが、鍵をかけようかとたずねた。シュトゥーダーはかけなくてもいいと身振りで示した。拘禁精神病のもっとも効果的な鎮静法はドアを開放しておくことだろう。

足音が廊下を遠のいて行った。

シュトゥーダーはブリッサゴ［葉巻］から引き抜いたストローにていねいに火をつけ、葉巻の尖《さき》の下に炎を近づけて煙が立ちのぼるまで待ち、そこで葉巻を口にくわえた。

それからポケットから黄色い小箱を出して言った。「ほら、一本取りな！」シュルンプはシガレットの最初の一喫《の》みをふかぶかと肺に吸い込んだ。シュルンプの眼がキラキラ光った。シュトゥーダーはベッドに腰を下ろした。

——刑事さんはいい人だ、とシュルンプが言った。

シュトゥーダーは身をすくめ、首のあたりの妙な感情を抑え込まなくてはならなかった。大きなあくびをしてそれを追っ払った。

「さて、シュルンプ」、シュトゥーダーはそれから言った。「それで、だな。どうしてケリをつけようだなんて思ったんだ？」

——簡単には言えません、とシュルンプは言った。何もかもおじゃんだと思ったんです。やり口は分かってます。逮捕されたらもうおしまいです。前科《まえ》持ちですもの！——それに今度は終身刑だろうし……刑事さんがおっしゃってた、あの娘《あま》っ子だってきっと待っててくれやしません。そんなことをするほどバカじゃなかろうし。——その娘というのはどんな子なんだね？——ソーニャという名で、殺されたヴィッチの娘です。——で、そのソーニャは、殺しをやったのがおまえだと思ってるのか？——それはわかりません。殺人の容疑をかけられたと聞くと、すぐにズラかったんですから。——どうして選りによっておまえに容疑がかかったりしたんだ？——ああ、〈獅子《レーヴェン》〉亭で両替した百フラン札のせいです。——〈獅子〉亭だと？〈熊〉亭じゃなくて？——〈熊〉亭だったかもしれない。そうだ、〈熊〉亭です！〈獅子〉亭は高級旅館だもの、あそこでいつかみんなで演奏したことがあったっけ……

「いつかって、どんないつかだ？　だれが演奏したんだって？」

「結婚式の時でした。ブッヒェッガーがクラリネット、シュライヤーがピアノ、それにベルテルがヴィオラを弾いて。それにぼくはアコーディオンでした……」

「シュライヤー？——ブッヒェッガーだと？——やつら——そいつらなら知っているぞ！」シュトゥーダーは眉間にしわを寄せた。「そういえば！」とシュルンプは言い、口辺にかすかな微笑を浮かべた。「ブッヒェッガーがよくあなたのことをお噂してました、シュライヤーもです。やつはあなたに三年前にしょっぴかれた……」

シュトゥーダーは笑った。そうそう！　昔なじみだ！——するとやつらが集まって田舎楽団を結成してるってわけか？

「田舎楽団？」シュルンプはむっとした。「とんでもない！　ちゃんとしたジャズバンドです。親方のエレンベルガーが英語の名前までつけてくれたんです、ザ・コンヴィクト・バンド。囚人楽団って意味だそうです……」

シュルンプ青年はどうでもいいようなことを話しているといたってご機嫌だった。だが殺人の話になるとたんに話題をそらそうとした。

シュトゥーダーは一向に構わなかった。シュルンプが脱線したければ好きなだけするがよかろう。ゴリ押しはいけない！　辛抱していればきっと自然にうまく行く……

「じゃあ近在の村にも演奏して歩いてたんだな？」

「そりゃそうですよ！」

「で、まともに金を稼いでた？」

「本格的に……」ためらい。沈黙。

「だから、シュルンプ、おまえがヴィッチを殺すだなんて——殺して財布を奪《と》るだなんて、わたしは思いたくない。あの三百フランはおまえが貯めたんだろう？」「はい、三百フランは貯金で……」シュルンプは窓のほうを見上げてため息をついた。どうやら空があまりにも青かったせいで。

「じゃあ、おまえはホトケの娘と結婚するつもりだったんだな？　娘はソーニャという名前だって？　で、両親は承知してたのか？」

「父親のほうはとっくに。ヴィッチさんは、自分は構わないと言ってました。ヴィッチさんはよくエレンベルガーのところに遊びにきてました。そこであの人は、あなたの言い方ではホトケだけれど、ぼくと話をしてくれました……あの人の考えはこうでした。おまえはまっとうな青年だ、たとえ前科《まえ》があっても、それで裁判にかけられるわけじゃない。ソーニャを女房にすれば、おまえもバカなまねは二度としなくなるだろう。ソーニャはまっとうな娘だ……それから親方がぼくに園丁頭のポストを約束してくれました。なにしろコットローがもう老齢《とし》で、ぼくはけっこう腕が立つし……」

「コットロー？　死体の発見者じゃなかったかな？」

「ええ、コットローは毎朝散歩に出ます。親方はしたいようにさせとくんです。コットローはジュラ山地の出ですけど、ロマン語圏の人間らしい面影はもうありません。水曜日の朝、彼が園芸場に駆け込んできて言うには、森のなかにヴィッチが倒れて、射殺されている……それで親方がすぐに報告させにコットローを地区警官詰所に走らせたんです。」

「コットローから事件のことを聞いた後、おまえは何をした？」

ああ、とシュルンプは言った。みんな、怖くなりました。だってかならず嫌疑がかかりますからね、前科者ですもの。しかしその日は一日中静かでした。園芸場にはだれも訪ねてきませんでした。コットローだけは静かにしてられなくて、そのうちとうとう親方が騒ぐのはやめてくれとどなりつけたものでした……

「で、水曜日の晩におまえは〈熊〉亭で百フラン札を両替したんだな？」

「水曜日の晩に、はい……」

沈黙。シュトゥーダーはパリジェンヌの小箱をそばに置いた。シュルンプは訊きもしないでそのシガレットを一本取った。刑事は彼にマッチ箱を手渡して言った。

「両方とも取っとけ。けど、召し上げられるなよ！」

シュルンプはにっこり笑って感謝した。

「園芸場の終業時間は何時だ？」

「六時きっかりです。十時間労働なんです。」そこでシュルンプは急いでつけ加えた。「大体からしてぼくは園芸の通《つう》なんです。テッセンベルク［刑務所］の職長がいつも言ってました。おまえはモノになるって。ぼくだって大好きだし……」

「そんなことはどうでもいい！」シュトゥーダーはわざときびしい口調で言った。「終業時間の後おまえは村の自分の部屋に帰る。どこに住んでるんだ？」

「ホフマンの家です、駅前通りの。あの家ならすぐにわかります。ホフマン夫人はとても好い人で……籠売りのお店を持ってます。」

「それがどうした！　おまえは部屋に戻って身体を洗った。それから晩飯を食いに出かけた？　そうだな？」

「はい。」

「すると、六時に終業だ。」シュトゥーダーはポケットから手帳をひっぱり出してメモをとりはじめた。「六時終業、七時半──七時十五分前に晩飯……」目を上げて、「早飯食いか？　ゆっくり食うほうか？　非常に腹がへっていたかね？」

「さほど空腹じゃありませんでした……」

「じゃあ、さっさと食って、七時には食べ終っていた……」

シュトゥーダーは手帳に目を凝らしているように見えた。だが彼の眼はすばやく動いた。シュルンプの顔つきが変わったのを見て取ると、こともなげにこうたずねて緊張をさえぎった。

「晩飯にいくら払った？」

「一フラン五十。昼飯はいつもエレンベルガーの家でスープ一皿を食べます、パンとチーズ付きです。エレンベルガーはスープ一皿につき五十ラッペンを請求するだけです。おやつは無料《ただ》でふるまってくれます。エレンベルガーはいつもぼくたちの扱いは丁重でしたし、ぼくたちも彼を好いてます。彼はぺらぺらバカなおしゃべりばかりするし、見かけはものすごく老人っぽくて、歯だってもう一本もないけど……」、ここまでを全部一気にしゃべりまくった。まるでしゃべっている当のシュルンプが途中でとぎれるのを怖がっているように。だがシュトゥーダーは、今度はそのおしゃべりを取りあおうとしなかった。

「水曜日の夜、七時と八時のあいだに何をしていた？」きびしい口調で言った。彼はやせた指と指のあいだに鉛筆を握り、目を上げなかった。

「六時と七時のあいだ、ですか？」シュルンプは重く息をついた。

「いや、七時と八時のあいだだ。七時ちょうどに晩飯をすませた。そして八時には〈熊〉亭で百フラン札を両替した。おまえに三百フランくれたのは誰だ？」

言って、シュトゥーダーは若者に視線をぴたりと釘付けにした。シュルンプは頭を脇にねじ曲げ、いきなり寝返りを打って眼を肘のくぼみにぎゅっと押しつけた。身体がわなわな震えた。

シュトゥーダーは待った。満足でないこともなかった。小さな文字で彼は手帳に「ソーニャ・ヴィッチ」と書き、その言葉の後ろに大きな疑問符を描いた。それから次のように言ったときには、その声はもうやわらかくなっていた。

「シュルンプ、そろそろ問題を元に戻そうじゃないか。おまえが火曜日の晩、つまり殺人の前日の晩だ、そのとき何をしていたか、特別《エキストラ》にはたずねてなかった。訊いても嘘をつくだけだったろう。けど書類にはちゃんと記載されるし、おまえの部屋の女将《おかみ》に訊くことだってできるんだし……でも、もう言っちまいな、ソーニャってのはどんな娘《あま》っ子なんだ？　彼女は一人っ子なのかい？」

シュルンプの頭が伸び上がった。

「兄貴が一人います。アルミーンのやつが！」

「そのアルミーンが嫌いなんだな？」

一度本格的にやつのあたまに食らわしてやったことがあります、とシュルンプは言って、総毛を逆立てた犬のように歯をむき出しにした。

「そのアルミーンがおまえに妹をくれたがらなかった？」

「はい。それにやつは父親ともいつもいがみあってました。ヴィッチさんはよくやつのことを嘆いてました……」

「そうか……で、おふくろさんのほうは？」「あのばばあは小説ばかり読んでいて……」（「あのばばあ」、と若者は臆面もなく言った。）「彼女《あれ》は地区村長のエッシュバッヒャーの親戚筋に当るんで、エッシュバッヒャーにゲルツェンシュタイン駅のキオスクを世話してもらったんです。いつもそこにしゃがみ込んで本を読んでます、亭主のほうがせっせと働いているのに……いや、働いているというのは当らない。バイクで走り回ってるんです、床ワックスやコーヒーの行商をしながら……そのバイクも見つかりました、すぐ近くに、街道にほったらかしにして……」

「ヴィッチさんはどこに寝かされてたんだ？」

「そこから百メートルの森のなかだとコットローが言ってました。」

シュトゥーダーは手帳に小人の絵を描いた。彼は突然遠方にいた。若者を逮捕したオーバーアールガウの峡谷にいた。母親がシュトゥーダーに玄関を開けてくれた。このシュルンプの母親というのは奇妙な婦人だった。ちっともおどろいていなかった。ただこう訊いただけだった。「でも、朝食は食べてってもいいんでしょう？」……

ゲルツェンシュタインの娘っ子、オーバーアールガウの老母……この二人のあいだに殺人容疑で起訴されているシュルンプ……

問題は、事件を担当するのがどんな予審判事かだ……その人と話をする機会があるにちがいない。おそらく……足音が近づいてきた。リーヒティ看守がドアのところに現れ、その赤い顔が悪意ありげに輝いた。

「刑事、予審判事殿がお話したいそうです。」

リーヒティはあつかましくニヤリと笑った。このニヤリが何を意味するかは容易に察しがついた。一人の捜査官がおのれの権限を越えたために、そろそろお目玉を頂戴する潮時になったわけだ……

「ごきげんよう、シュルンプ！」シュトゥーダーは言った。「もうバカなまねはするなよ。ソーニャに会うことがあったら、おまえからよろしくと伝えておこうか？　な？　ということは、きっともう一度おまえに会いにくることになるってことさ。ごきげんよう！」

城の長い廊下を歩いているあいだ、シュトゥーダーはシュルンプが自分を見送ったまなざしから離れられなくなり、そのまなざしの意味が分からなくなっていた。そのまなざしにはおどろきがあった。そう、だがその底に救いようのない絶望がしゃがみこんではいなかったか？

ヴェンデリーン・ヴィッチ事件第一回

「きみが……」（咳払いをして）「きみが、シュトゥーダー刑事かね？」

「はい。」

「おすわり下さい。」

予審判事は小男で痩せており、顔色が黄色かった。フロックコートは肩にパットを詰め、ライラック色がかった茶色だった。白い絹シャツに矢車草のように鮮やかなブルーのネクタイ。太い印章付き指輪には家紋が彫り込まれて——これはどのみち古色蒼然たる指輪だった。

「シュトゥーダー刑事、一体どういうつもりなのかうかがわせて頂きましょう。どうしてご自分の独断で——くり返しますが、独断で！　ですな、事件に介入するようになったのか、事件というのは……」

予審判事は言葉を詰まらせた。理由は自分でも分からなかった。目の前にいるのは一介の刑事、これといって目立ったところのない中年男だった。白いカラー付きのシャツ、グレーのスーツは中身の肉体がふとっているのでいくぶん型が崩れていた。男の顔は蒼白く痩せていた。口髭が口にかぶさっているので、男が笑っているのか真面目な顔をしているのかはよくわからなかった。椅子に座って股を開き、腿の上に腕を置いて掌を組んでいる。つまりはこれがその捜査刑事だった……

どうして「きみ」から「あなた」に突然変わってしまったのか、予審判事は自分でも気がつかなかった。

「おわかりですな、刑事、わたしの見るところ、どうやらあなたは権限を越えられた……」シュトゥーダーは何度も何度もうなずいた。そうです、権限を！……「一度引き渡した人間に、つまり規定通り引き渡したシュルンプ・エルヴィンにもう一度面会に行く、一体どんな理由があなたにあったのですか？　あなたの面会がきわめて時宜を得たものであったことは、よろこんで認めるとしましょう――ですがそれが捜査警察の権限領域と一致しているとまでは申せません。なぜなら、刑事殿、あなたももう長年勤務しておいでですからご存じでしょう、いくつもの審級の実り多い共同作業は、それらの審級が各自の権限領域の境界をきびしく守ることに留意してこそ可能であるという……」

一度きりではない、いや、三度も出てきた、この権限という言葉……シュトゥーダーはのみ込めた。運が良かったな、と彼は思った、権限、権限でのしてくるのは最悪のやつじゃない。こういう相手にはすべからくにこやかに応じて、相手の言い分を正面切って聞いてやらないといけない。すると自縄自縛になって……

「おっしゃる通りです、予審判事殿」とシュトゥーダーは言った。その声には柔和と尊敬の色がこもった、「実際、まったく、自分の権限を越えたと自分でも承知しています。いみじくも貴官のお認めになったように、わたしは囚人シュルンプ・エルヴィンを引き渡すだけにしておくべきでした。ところがそのうちに――さよう、予審判事殿、人間は弱いものです――そのうちにこう考えたのです、この事件はどうもはじめに思ったほど簡単に割り切れないぞと。事件の再捜査が必要とされ、わたしが追査を任されることがひょっとするとあり得るかもしれない、と思いました。だとすると、知っておきたい……」

予審判事は明らかにもう打ち解けていた。「しかし、刑事」、と彼は言った、「事件は明々白々じゃありませんか。それにですよ、このシュルンプがたとえ首を括ったにもせよ、結局のところさほど不都合な話じゃなかったでしょう――わたしはいやな事件から放免されるのだし、国家は裁判費用を一文も負担しなくて済むわけだし……」

「仰せの通りです、予審判事殿。しかしシュルンプの死によって事件の全体が本当に片づくでしょうか？　というのもシュルンプが無実であることは、いずれ貴官も見つけられることでしょうから。」

本来ならこんな言い分はずうずうしかった。だがシュトゥーダーの声はまことにうやうやしく、どうしてもうべなわざるを得ないほど強い要請を発していた。で、家紋を飾った印章付き指輪の紳士も、さすがにうむうむとうなずくほかなかった。

部屋の四壁は鏡板に褐色の木が張り込まれ、窓のよろい戸が閉めてあるので室内の空気が鬱金《うこん》のようにキラキラきらめいた。

「事件の書類は」、と予審判事はやや自信なげに言った、「事件の書類は……時間がなくてまだきちんと調べてなくて……待って下さい……」

予審判事の右側に五つの書類の束が積まれていた。そのいちばん下の、いちばんうすいのが当の書類だった。青いボール紙製の表紙に次のように書かれてある。

シュルンプ・エルヴィン
殺人

「残念ながら」シュトゥーダーは言って、いかにも罪のなさそうな顔をした、「残念ながら、このところ、首尾一貫しない取調べの話をずいぶん耳にします。ですから明快きわまる事件の場合にも必要な予防措置をめぐらしておいたほうがよくはないかと……」

腹の底でにんまりした。そっちが権限で来るなら、こっちは予防措置で行ってやる。

予審判事はうなずいた。彼は眼鏡ケースから角縁眼鏡を取り出して鼻にのせた。すると悲しげな顔をした映画の喜劇役者そっくりの顔になった。

「たしかにおっしゃる通りです、刑事。あなたにぜひともお考え頂きたいのは、これはわたしの最初の重大な取調べだということです。ですからこの一件では、もちろんあなたの権限がわたしには……」

それ以上は言葉が続かなかった。シュトゥーダーはさえぎるように手を上げた。しかし予審判事はその動きに気がつかなかった。彼は二枚の写真を手に取り、それをテーブルの上に差し出した。

「犯行現場の撮影写真です……」、と彼は言った。

シュトゥーダーは二枚の写真を観察した。犯罪学の専門家の撮ったものではないが、悪い写真ではなかった。写真には二枚とも樅の森の下生えが写り、細い針葉がいちめんに散りしいた地面に——映像は非常に鮮明だった——、黒っぽい人物がうつぶせに転がっていた。禿げた後頭部の右側、耳殻からおよそ指三本分のところ、一部が上着の襟にかぶさっているうすくなった頭髪の冠状の縁の真上に黒ずんだ一個の孔が見えた。かなり気持ちの悪い感じだった。だがシュトゥーダーはこの種の写真には慣れっこだった。彼はこうたずねただけだった。

「ポケットは空ですか?」

「待って下さい、ここに地区警官ムールマンの報告書があります……」

「ああ」、とシュトゥーダーはさえぎった、「ムールマンはゲルツェンシュタインにいるのか。そうか、そうか!」

「知合いなんですか?」

「はい、はい。同僚です。でももうずいぶん永いこと顔を見てません。ムールマンは何と書いていますか?」

予審判事は報告書の頁をめくり、それから文の半ばほどをぶつぶつ口にした。シュトゥーダーはそれでわかった。

「……うつぶせになった男の死体……右耳の後部に射入口……弾丸は頭の内部に残存……おそらく二十六口径のブローニングから発射……」

「武器にはくわしいんです、ムールマンは!」シュトゥーダーは言った。

「……ポケットは空でした……」、と予審判事が言った。

「何ですって?」するどく問いかけた。「ルーペをお持ちじゃないでしょうね?」シュトゥーダーの声からはすっかり慇懃さが失せていた。

「ルーペ? ええ、待ってください。ここに……」

ややしばらくは静かだった。窓のよろい戸の隙間から日光がちょうどシュトゥーダーの髪の上に落ちた。予審判事は黙って目の前にいる男を見た。幅の広い、丸い背中、それに連銭葦毛の馬の膚《はだ》のように輝く灰色の髪。「これはおもしろい」、とシュトゥーダー刑事は言った。(なんだってこん畜生、ホトケの写真がおもしろいんだ! と予審判事は思った。)「上着の背中にまるでゴミがついてない……」

「背中にゴミがついてない? そう、それで?」

「それでポケットは空だ」、とシュトゥーダーは、それですべてが明らかになったとでもいうように短く言った。

「おっしゃる意味がよくわかりませんな……」予審判事は眼鏡をはずし、ハンカチでレンズを磨いた。

「かりに……」、とシュトゥーダーは言ってルーペで写真を軽くたたいた。「かりに貴官があの男がこの森のなかで闇討ちにあったと、つまり何者かが背後から撃ち倒したと想定されるなら、男は前のめりに顔を先にして倒れたことが死体の位置からわかりますね。でしょう? だからうつぶせになって、これ以上身動きはしない。ところがポケットは空です。いつ、ポケットを空にしたのでしょう?」「犯人がヴィッチに財布をよこせと強要したのかもしれない……」

「ありそうにない話ですな……解剖所見報告書は、死亡推定時間が何時だったかについてどう言ってますか?」

予審判事は書類の頁をめくった。まるで教師から良い点をもらいたがっている小学生のように大急ぎで。ふしぎだった、おたがいの役割がこんなに早く交換されてしまうとは。シュトゥーダーは相変わらずすわりごこちの良くない椅子に腰かけていた。どうやらふだんは連行されてきた囚人用と決められている椅子だろう。それがまるで、彼こそが事件全体を一手に掌握している、とでもいうような趣《おもむき》なのだ……

「解剖所見報告書によれば」、と予審判事はようやく言った。こほんと咳き込み、眼鏡をずらして読んだ。「後頭部骨折……中脳は……左の……地帯に残存……しかしあなたの知りたいのはこんなことじゃない、と……ここだ……死亡時刻は死体発見のおよそ十時間前……あなたが知りたかったのはこれですよね、刑事?……死体は朝七時半と七時四十五分のあいだにエレンベルガーの園芸場の園丁頭ジャン・コットローにより発見された……殺害はしたがっておよそ夜十時に行われたものと見られる。」

「十時？　よろしい。問題の場面をどう想像されますか？　ヴィッチさんは行商旅行の帰る際《さ》で、バイクをゆっくり運転して帰宅中です。突然、彼は車を止められる……もうこのあたりからはっきりしないことがずいぶんあります。どうして彼はバイクを下りたのでしょう？　怖かったのでしょうか？……バイクを止められた、と仮定しましょう。よろしい、彼はバイクを木にもたせかけるように強要され、森のなかに追い立てられた……どうして犯人は路上で財布をかっぱらって姿を消さなかったのでしょう？……そう！　犯人はヴィッチに自分といっしょに百メートルも——たしか百メートルでしたね？——森のなかを歩くように強要したのです。犯人は後ろから撃った。で、ホトケはうつぶせに倒れた……こうおっしゃりたいのでしょう、予審判事殿、では、いつ彼のポケットから三百フラン入りの財布が奪られたのか？」

「財布？　三百フラン？　お待ち下さい、刑事。ひとまず方向を整理しなくてはなりません……」

沈黙。一匹の蝿がぶんぶんうなっていた。シュトゥーダーはほとんど身動きもせず、頭を下げたままだった。

「あなたの言う通りだ……ヴィッチ夫人の供述によると、ご亭主は朝方夫人に言ったそうです、夜になったらたぶん百五十フラン持って帰ると。何件かの支払いの日だったのだそうです。未払いがまだ百五十フランあったらしい……電話聴取の結果明らかになったところによると、事実ヴィッチの二人の顧客が支払いを済ませています。支払額は一件が百フラン、もう一件が五十フラン……」

「百フラン一件と五十フランが一件？　おかしいな……」

「どうしておかしいんですか？」

「シュルンプは百フラン札を三枚持っていたからです。〈熊〉亭で両替したのが一枚、わたしが彼から取り上げたのが二枚。財布はどこへ行ったのかな？」

「おっしゃる通りです、刑事。この事件にはよくわからない点がいくつかある……」

「よくわからない点ね！」シュトゥーダーは肩をすくめた。

化け物じみた男だ、と予審判事は思った。彼は昔の司法試験のときのように神経質になっていた。きっとこの刑事はお追従に敏感だろう……そこで予審判事は言った。

「お見受けするところ、刑事、あなたの犯罪学上の訓練は、わたしなどのはるか上を行っているらしい……」

シュトゥーダーは何やらぶつぶつつぶやいた。

「何をおっしゃりたいのですか?」予審判事は片方の手を耳に当てて、相手の言葉を一語たりと聞き逃すまいとした。

だがシュトゥーダーは突然、自分がどこにいるかを忘れてしまっているようだった。なにしろ彼は念入りにブリッサゴに火をつけたからだ。「シガレットのほうがよろしくはありませんか?」予審判事は葉巻の臭いを好かなかったので、勇を鼓しておずおずとたずねた。テーブル越しにシガレットケースを開けて刑事に差し出した。シュトゥーダーは頭《かぶり》をふっていやいやをした。シュトゥーダー刑事ともあろうものが、金口付きのシガレットなんぞ!……

相手が黙り込んだところで予審判事はたずねた。

「どこでそんな実践的知識を身につけられたのですか、シュトゥーダーさん?」だが話しかけの形式が変わっても――刑事ではなくて、シュトゥーダーさんに――黙り込んでしまった男を物思いから目ざめさせることはできなかった。

「どうしてなんです、それだけの知識がおありならせめて警察少尉には昇進してるはずなのに?」

シュトゥーダーは急に目をさました。

「え?……何をおっしゃったんで?……灰皿はありますか?」

予審判事はかすかに笑って、テーブルの上に真鍮の灰皿を押しやった。

「わたしは昔グラーツのグロス教授のもとで研究していました。で、どうしてそれから先へ行かなかったか? それはねえ、一度銀行事件でちょっとした火傷を負いましてね。当時は市警の警視でした……そう、戦争中でした……銀行事件の後は寵愛喪失というわけで、もう一度下からやり直さなければなりませんでした……そういうことです……しかしわたしの言いたいのはこうです、貴官はこの事件をどう扱おうと思っておいでなのか？　どういう措置を講じようとされているのか？」

　はじめのうち予審判事はこの男に分《ぶん》をわきまえさせ、ここでは自分が指揮を取っていることをはっきりさせようとした。捜査の責任は何といっても自分が負うのだ……が、いまはそんな気負いは捨てた。シュトゥーダーのまなざしにはなにやら期待に満ちた不安の気配があった……そこで予審判事はかなり和解的な口調で言った。

「それは、例によって、思います。ヴィッチの家族だの親方だのを召喚しよう……その……被告の……」

「シュルンプ・エルヴィンには」、とシュトゥーダーがさえぎった、「窃盗《しのび》と泥棒その他、小さな違法行為の前科があります……」

「その通り。つまり本質的に、いかにも犯罪をやりそうだと思われかねない人格、ということですね？」

「まあ……かも知れません……」間。「しかし前科者にしたって魔法は使えません……それにシュルンプは口を割らないでしょう……あなたがいくら長時間質問をしてもね。やつはあまんじて終身刑でトールベルク刑務所に移送されて行きますよ――で、そこに着いたら、また首を括ります。この若造、じつは気の毒な人間なのです……そう、本当に気の毒だ……」

「あなたの人間味には脱帽します、シュトゥーダーさん、しかし……われわれは捜査を進めなければならない、そうでしょう？」

「そう、そうです……ところで死体はまだゲルツェンシュタインですか？」

　予審判事はまたもや書類の頁をめくった。「死体は水曜日の晩に法医学研究所に移送されています。ロッグヴィルの政府総督の命により……」

　シュトゥーダーは指折り数えた。

「水曜日の五月三日朝七時半に死体が発見された。正午頃、ドクターによる第一回の剖検……ドクター……ドクター何という名でしたっけ？」

「ノイエンシュヴァンダー博士。」「ノイエンシュヴァンダー。よろしい。水曜日にシュルンプは〈熊〉亭で百フラン札を両替しました。木曜日逃亡。今日が金曜日で、わたしは彼を母親の家で逮捕しました。死体が法医学研究所に運び込まれたのは何時頃でしたか？」

「水曜日の夕方……」

「研究所から報告をもらえるのは何時頃とお考えですか？」

「わたしの考えでは、被告を死体と対面させたほうがいいのではないかと。その点、どうお考えですか？」質問は慇懃だった。しかし予審判事は内心考えていた。この野郎さっさとうせればいいのに、ブリッサゴの臭いをプンプンさせてやがる。あつかましい男だ、と当局に苦情を申し立てたとして、それが何の足しになるか？　そういうわけでやつをいますぐには手放すまい。だからここは、おたがいにこやかに……

「対面させる？」シュトゥーダーはおうむ返しに言った。「シュルンプをまた逃亡させようというんですか？」

「何ですって？　彼は連行中に逃げ出そうとしたんですか？　そんなことは一言もおっしゃらなかったけど？」

シュトゥーダーは落ち着き払った目で予審判事を見つめた。肩をすくめた。こんな質問にどう答えようがあろうか？

「腹蔵のないところを申し上げましょう、予審判事殿」、とシュトゥーダーは突然言ったが、その声は奇妙にくぐもって興奮しているように思えた。「おしゃべりはもうたくさんです。あなたは内心こう考えておいでだ。この年金生活も間際の、ホサれた老いぼれ捜査官は大物ぶりたがっている。自分の助言を押しつけがましく売り込んでいる。いまに一発お見舞いしてやろう。今夜にもやつが出て行ったら警察本部に電話をして、文句たらたら不平を鳴らしてやろう……」

沈黙。予審判事は鉛筆を手にして吸取紙の上に輪を書いた。シュトゥーダーは立ち上がって椅子の背もたせをつかみ、椅子をぐるりとふり回して目の前に持ってくると背もたせの上に手をついて――ブリッサゴを二本の指のあいだに挟んでぷかりとふかしてから言った。

「あなたに申し上げたいことがあります、予審判事殿。事件がわたしの望んだように捜査されないようなら、わたしは辞表を出そうと思っています。辞表を出せば自分のやりたいようにやれますからね。わたしはシュルンプと約束したんです、おまえの事件はおれが引き受けてやる……」

「弁護士になられたんですか、刑事？」、予審判事は揶揄《やゆ》するようにまぜ返した。

「いいえ。しかし弁護をすることはできます。陪審裁判所の審理中――公訴を形なしにしてしまうような弁護をね。あなたがお望みならね！　その情景をまざまざと想像されるがいいでしょう！　あなたは弁護側の証人として召喚され、予審の欠陥を根掘り葉掘り指摘されるでしょう……それでいいんですか？」

こいつ、気が狂ってる！　と予審判事は思った。まったく文句の多い男だ！　当局はどうしてこのシュトゥーダーなんかをわざわざ逮捕の任につかせたのか！　正義の狂信者じゃないか！　こんなのがまだ生存していたとは！　おれはずっと押されっ放しになっていた……この男、こっちの考えが読めるのだろうか？　なにをバカな！　あのシュルンプが無実だとすると、ひょっとしてスキャンダルになって、こっちが疑われかねない。こいつといっしょに仕事をしたほうがまだしもかもしらん……ここで声に出して言った。

「もちろん別にどうってことはないんです、刑事。わたしが事件のことをよく知らないだけです。だからってお叱りを蒙るんですか？　どうしてこんなふうに、いきなり集中砲火を浴びるんでしょう？　わたしがご意見を拝聴するのを避けましたか？　せっかちすぎますよ、シュトゥーダーさん。まあ落ち着いて事件の話をしましょう。あなたはどうも傷つきやすいようですね、刑事。でも、きっとこうお考えなのでしょう、大体からして他の連中のほうこそ神経質なのだって……」

予審判事は待った。そして待っているあいだ、彼はシュトゥーダーの手中でくすぶっているブリッサゴにじっと目を注いだ……

「ああ、そうか！」シュトゥーダーは言った。「つまり……」彼は窓際まで行ってよろい戸を開け、ブリッサゴを外に捨てた。「そう思えばよかったわけだ。あなたのような人は……そのせいだったのか？　わたしはまた、あなたがこっちに何か含むところがあるのだとばかり思ってました、それもシュルンプの一件のことで……ところが何のことはない、ブリッサゴのせいだったんですね？」

　シュトゥーダーは笑った。

　妙な男だ！　と予審判事は思った。でもいろいろわかってきたぞ！……ブリッサゴの臭い！　そんなものが敵対的な気分を解消させることもあるのかな？……そんな考えにふけりながらシュトゥーダーは言った。

「妙ですな。人間の神経にさわるのはしばしば別にどうということのない習慣にすぎません。一例が悪い葉巻の臭いです。わたしの側からすれば、それが金口の高価なシガレットというわけで……」

　言って、また腰かけた。

「そう、そうですな」予審判事は言っただけだ。しかし内心はシュトゥーダーの読心術にかなりの敬意を覚えた。それから予審判事は言った。

「そろそろあなたの被保護者のシュルンプを引き出したいのですがね。立ち会っていただけますか？」

「そりゃあ。よろこんで。しかし貴官はもうとうにきちんと……」

「はい、はい。」予審判事はほほえんだ、「二度と首吊りをしないように扱いますよ、すくなくとも差し当たりはね……つまりやり方を変えてもいい……検事と話をしてみようと思います。これ以上の捜査が必要とあれば、われわれとしては是非ともあなたのお出ましを……」

ビリヤードと慢性アルコール中毒

シュトゥーダーはキューを突いた。白玉は緑の玉を越してカシャッと赤玉に当たり、玉突台のクッションにぶつかって間一髪のところで二番目の白玉をかすった。

シュトゥーダーはキューを台上に置き、目をしばたたかせて腹立たしげに言った。

「せめての効果にもならんな。」

そしてこの瞬間、これからはしばしば耳にすることになるはずの、あの脅かすような声をはじめて聞いたのである。

声は言った。

「ほんとうだぜ、ヴィッチ事件は難問だらけってわけじゃない。嘘じゃない、そう、何かこうつじつまが合わないところがあるんだ……それはきみもわかってる。連中はシュルンプをパクった……」それ以上の言葉はシュトゥーダーにはわからなかった。一瞬室内にただよっていた沈黙がはじけ、人びとの交わす会話の騒音がまた入ってきたのだ。シュトゥーダーはふり返り、奇妙に脅かすような声の主にひたと目を向けた。

痩せて深いしわを刻んだ顔の、ひょろりと背の伸びた男だった。男はカフェの一隅の小卓にデブの小男とすわっていた。デブがうなずいた。痩せた老人のほうが小卓に肘を突き、人差し指をまっすぐに立てて話を続けているあいだ、デブはひっきりなしにうなずいていた。唇はよく見えないが——男の歯はすっかり抜けているにちがいない。

老人はここで手を下ろしてぼんやりとグラスを口に運んだが、突然それが空なのに気がついた。と、固く結んだ唇がいたってやさしいほほえみに打ち解けた。自分自身をさほど真に受けていない人間がほほえむように。

「ローザ」、と彼はそこへ通りかかったウェイトレスに声をかけた、「ローザ、もう二杯だ。」

「かしこまりました、エレンベルガーさん。」赤毛のウェイトレスは手を撫でられるがままにさせた。撫でられて喉をごろごろ鳴らしたくて、でも邪魔が入らずにそれができる場所を探している猫そっくりだった。

「きみの番だ……」、シュトゥーダーのゲームの相手の、肉厚の首に高い硬いカラーをつけている公証人のミュンヒが言った。

シュトゥーダーは目をほそめて玉の位置をためつすがめつしながら、そのあいだずっと考えていた。エレンベルガー？　エレンベルガーだって？　話題はヴィッチ事件のことかな？　このエレンベルガーはもしかしたらシュルンプの親方のゲルツェンシュタインの園芸場主じゃないのか、そう考え続けているあいだについ玉を突きそこねたのは申すまでもない。チョークをきちんとつけておかなかったのだ。キューの先がいやな甲高い音をキューッとたてて玉からはずれた。

おそろしく明るい、下のほうへ向けてシェードをかぶせたランプに照らされたビリヤードのシートが、空中に緑の光を投げ上げてかすかに宙をただよう煙に奇妙な色づけをしていた。鴉の鳴き声のような笑い声が老エレンベルガーの小卓のほうから聞こえてきた。だが笑ったのは老人ではなく、連れの小男のデブのほうだった。笑い声に続く沈黙のなかでエレンベルガーじいさんが言うのが聞こえた。

「そう、ヴィッチの野郎はそれほどとんまじゃなかった。だけどエッシュバッヒャーのやつがな。生まれたばかりの仔牛だな、たかが知れてるって……」

「どうしたんだ、シュトゥーダー？」公証人ミュンヒがたずねた。返事はなかった。

ヴィッチ事件にはどうやら魔法がかかっているらしい。いまのいままでシュトゥーダーは、せめて今晩だけは事件を忘れていられると思っていたのに。

ところがどっこい。たまたまカフェにビリヤードをしにきた。と、選りによってあのエレンベルガーのやつもきていて、ヴィッチ事件のことを声高にしゃべっている。これじゃせっかくの安息時間もおじゃんだ……写真で見たホトケの背中……その背中には、樅の木の針葉が一本も付着してなかった……後頭部の傷口……家族のメンバー一人一人の奇妙な名前……父親はヴェンデリーンという名で、娘はソーニャ、息子の名はアルミーンだ。たぶん母親はアナスタシア？……まず間違いはあるまいて？

ヴィッチ……って名前は、雀のさえずりを思わせるような風情がある。そのヴェンデリーン・ヴィッチがバイクで注文取りの行商をしていたのが森のなかで射殺された姿で見つかり……一方、ヴィッチ夫人は駅のキオスクにしゃがみ込んで小説を読んでいた……

シュトゥーダーがビリヤードのキューにもたれかかって今晩は好調らしい公証人のゲームをながめていると、またしてもあの快く脅かすような声が言うのが聞こえた。

「うちのシュルンプが何をしたっていうんだ？　どう思う、コットロー？　ポリ公のやつらはシュルンプをしょっぴいて行ったんだろう？」

ポリ公という言葉にシュトゥーダーの身体はぴくんと震えた。シュトゥーダーは自分が捜査官として浴びるあざけりなど屁とも思わなかった。ただ、このいやな「リ」のついた悪罵だけは聞くだにカッとさせられた。パクられたみたいな感じがするんだ、と彼はいつか妻に言ったことがある。それをいまエレンベルガーじいさんの口から聞いてすっかりうろたえ、男のほうにじっと目を注いだ。

と、その目が放つまなざしにぶつかった。そのまなざしは不愉快なものだった。シュトゥーダーは永く我慢できなかった。エレンベルガーは異様な目の持ち主だった。その目はいかにも冷たい感じだった。瞳孔が、猫の目みたいにほとんど真横に裂けた裂けめのようだった。紅彩は青緑色で非常に明るい。

「お返しは？」公証人のミュンヒが言った。ミュンヒは黙々としてセリーに取り組み、それをいまやりとげたところだった。

シュトゥーダーは頭《かぶり》をふった。

「向こうにいる、あいつを知ってるかい？」とシュトゥーダーはたずねて親指で肩越しに指さした。公証人ミュンヒは高いカラーからひょいと首をよじり出した。「あそこのじいさんかい？　デブといっしょの小卓にいる？　知ってるとも！……エレンベルガーだ。彼は今日わたしの家へ来たんだからな。ヴィッチ某《なにがし》の一件でね……なあ、きみも噂に聞いてるだろう。二、三日前に殺された、あのヴィッチだ。やつはエレンベルガーに借金があった……そのヴィッチにもわたしは一遍会ったことがある……」

公証人ミュンヒは口をつぐみ、鰭《ひれ》を思わせる右手を挙げて、まあまあと宥《なだ》めるようなしぐさをした。シュトゥーダーがふり向くと、公証人に合図をしてエレンベルガーじいさんが近づいてくるのが見えた。ミュンヒは室内をすっと横切った。彼は向こうの小卓の際に行ってエレンベルガーじいさんと握手をし、それからシュトゥーダーにこちらにくるように目顔で合図をした。ミュンヒが刑事を紹介すると、エレンベルガーもシュトゥーダーもまた聞きでおたがいに相手を知っているとわかった。それはそうとエレンベルガーの手は、いちめんに枯れたブナの茂みの色を思わせる斑点だらけだった。

「さっき〈ポリ公〉と申しまして、シュトゥーダー刑事、気を悪くなさったんじゃありませんか？　鞭の鳴る音を聞いて若い馬がおびえるみたいにぴくんと肩をすくめたのを先程お見受けしました。」

それは、とシュトゥーダーは言った、園芸家だって「ヘボ庭師」と言われていい気持ちがしないのと同じことですよ。

どうです、図星でしょう？

エレンベルガーは深い低音の笑い声で笑い、しわだらけの瞼をパチパチまたたかせ、歯肉のあいだに唇を吸い込んで、しまいに黙り込んだ。その顔はしばらく硬直したままだった。それは、古代的でグロテスクな感じだった。

彼らは小卓を囲んでいたが、ちゃんとすわってはいなかった。一座の横に窓が一つ開き、空気は蒸し暑く、戸外には熱風が吹きすぎ、空は有毒な鼠色の軟膏を塗りたくったように汚れていた。

ウェイトレスが注文もしないのに丈の高いビア・グラスを四つ卓上に置いた。

「健康を祝して」、とシュトゥーダーは言ってグラスを挙げ、一口ひっかけて下に置いた。白い泡が口髭にしばらく貼りついていた。「あーあ、うまい……」

エレンベルガーは親指と人差し指とを使って漫画のコースターの上でゆっくりグラスを踊らせた。それからいきなり質問した。

「シュルンプの一件で何かご存じなのでしょう?」

——今朝彼を逮捕したのはわたしです……シュトゥーダーは小声で言った。

——どこで? 母親の家で。

沈黙。エレンベルガーじいさんは頭《かぶり》をふった。何か納得の行かない節がある、とでもいうように。

——ポリ……捜査官はかならずしも人間に好意的な、善良な小人《ビュッツェ》とはかぎらないのですね、と彼はそれからそっけなく言った。あの母親から息子をもぎ取るなんて……わたしなら、いっそ薔薇の芽接ぎをするか、冬場なら土地の深耕をするほうがまだしもだ。

公証人ミュンヒは当惑したように小卓の大理石板の上をこつこつ叩き、くねりと首をよじった。コットローという名の、したがってあの死体を発見したという園丁頭のデブは大きな赤いハンカチでくすんと鼻をかんだ。シュトゥーダーは卓上を沈黙の支配するがままにさせ、エレンベルガーじいさんの前をかすめて窓の外をながめた。

「で? シュルンプはどうなんです?」じいさんは悪意たっぷりにたずねた。

「ああ」、シュトゥーダーは落ち着いて言った、「自分で首を吊りました。」

公証人がチョッと舌を鳴らすのが聞こえ、彼はびっくりして友人シュトゥーダーの顔を見つめたが、エレンベルガーのほうは椅子から跳び上がって両の拳《こぶし》を卓上につき、声をあげてたずねた。

「何だと? 何を言う?」

「さよう」、シュトゥーダーはおだやかに言葉をくり返した、「シュルンプは自分で首を吊った。あなたはあの若者にずいぶん興味をお持ちのようですな?」

「いやァ!」エレンベルガーは払いのけるようなしぐさをした。「彼と話をするのは嫌いじゃなかった。うちではうまくやってくれてましたしね……だのに死んでしまった……そうか、そうか……あの魔女ばばあのせいで、あれとおまえらのせいで、二番目の死人が出たんだ……おまえらの……」エレンベルガーは言葉を中断した。「するとシュルンプは死んじまったんだな?」もう一度そうたずねた。

——そうは言っていない、とシュトゥーダーは言って、手にしたブリッサゴをしげしげとながめやった。行き合わせたときにちょうどシュルンプを——いわばまあ助けるのに、間にあうには間にあったんだが……

「すると死んでないんだな? いまどこにいる、シュルンプは?」

「トゥーン城に」、とシュトゥーダーは気楽に言って、瞼の下で目を伏せた。「トゥーン城に。あそこの監獄に。」シュトゥーダー、つまりわたしは、予審判事とも話をした。予審判事は有能な男で、事件はまるで希望がないわけじゃない。しかしよくはわからない、わからないんだ……やりきれないよ。

「裁判所は事件を解明したがっていて、きちんとした審理がなされている……ところがシュルンプは何もかも否認している。事件はもちろん陪審裁判に持ち込まれる……その陪審員がどういう連中かはわかってるだろ……」ビールを飲むのとブリッサゴを喫《す》うのとが替わりばんこで、話は長い間《ま》に何度も中断された。

「ところで」、とシュトゥーダーは続けた、「聞き捨てならないことをおっしゃいましたね。魔女って、だれのことを言ったんです? ヴィッチ夫人のことですか?」

エレンベルガーは返答を避けた。

「何かを知りたいんなら、刑事、ゲルツェンシュタインに行って、あのド田舎を見てみなければ。それだけのことはある……」それからため息をついて、「そう、ヴィッチはツイてなかった。よく泣き言を言ってた、あの飲み助は……だけど飲み助は世にごまんといる……結婚なんてするもんじゃないな、刑事。」

——もうしてるよ、とシュトゥーダーは言った。でも泣き言は言えないしな。——そうか、ヴィッチは飲み助だったのか？――ああ、とエレンベルガーは言った、あんまりひどいんで地区村長のエッシュバッヒャーは――やつが丹毒持ちの豚野郎みたいな見てくれだもんで――ヴィッチをハンゼンに送り込んじまおうと思ったくらいさ……（ベルン州では聖ヨーハンゼン労作場をハンゼンと呼ぶ）。

ややあってエレンベルガーがたずねた。

「あれは、エルヴィンは、何かわたしのことを言ってたかね？」

シュトゥーダーはうなずいた。シュルンプは親方を誇りにしていると言ってました。エレンベルガーさん、あなたはいつから釈放された囚人の世話に熱を入れてるんですか？

「世話ですって？」世話は盗めませんからね。格安の労働力がほしい、それだけの話《ヴォワラ・トゥー》。若いやつらを人間並みに扱うのも仕事のうちでね、でなきゃまた逃げられちまう。彼、エレンベルガーは世間をずいぶん渡り歩いた。まともな人びとはもううんざり、ところが世間様が美辞麗句でおっしゃるところの黒い羊どもはけっこう気ばらしになってくれましてね。来る日も来る日も最上の犯罪小説のど真ん中にどっぷり浸っていられるんですからね。たとえば《パール・エグザンプル》殺人事件に一枚嚙むとか、それがおもしろい。

エレンベルガーじいさんは席を立った。

「もう帰らないといけません、刑事さん。さあ行こう、コットロー……きっとまたお会いすることになると思います……ゲルツェンシュタインへおいでになったら、わたしの家にお寄り下さい……では、ごきげんよう……」

エレンベルガーじいさんはウェイトレスに目くばせをして「全部こっち」と言い、相当なチップを弾んだ。それからドアに向かって歩いて行った。シュトゥーダー刑事が最後に老人のことで気がついたことがある。奇妙といえばとても奇妙なことだ。エレンベルガーは身体によく合わない混紡亜麻布のスーツを着て、それに褐色のモダンな手袋をはめていた。短いズボンの下から覗いている黒い靴下は黒絹製だった……

次の朝、シュトゥーダー刑事は勤務報告書《ラポール》を書いた。事務所は埃と床ワックスと冷えた葉巻の煙の臭いがした。

窓は閉まっていた。外は雨が降っていた。暖かかった数日は気の迷いで、街路には酸性の風が吹き抜け、シュトゥーダーは最悪の気分だった。この勤務報告書をどう書いたらいいのだろう？　というより、何を書き、何を書かないでおくべきなのか？

このときドアの際から彼の名前を呼ぶ声がした。

「何だい？」

「トゥーンの予審判事から電話があった。ゲルツェンシュタインへ来てほしいそうだ……きみは昨日シュルンプを逮捕したんだったね！　どんな具合だった？」

――シュルンプのやつ、駅でズラかろうとした、とシュトゥーダーは言った、そうは問屋が卸さなかったけどね。言いながら彼は腰かけたまま巡査長を下から見上げた。

「おい！」、と巡査長は言った、「じゃあ勤務報告書はうっちゃっとけよ。書くのは後にしたっていい。まずは出発だ。いちばんいいのは、その前に法医学研究所に行ってみることだ。何か教えてくれるかもしらん。」

そのつもりでいたところだよ、とシュトゥーダーはぶつくさ言い、立ち上がってレインコートを手に取ると小さな鏡の前まで行って口髭にブラシをかけた。それからインゼル病院まで車を走らせた。

応対に出た助手はみごとな赤と黒の市松模様のネクタイをしていたが、ターンダウンカラーの下で小さなリボンのタイを結んでいた。話をするときは、片手の指をもう一方の手の指球の上にぺたりとのせ、批判的な、いくぶんうんざりしたような顔つきで指の爪をためつすがめつした。

「ヴィッチですか？」助手は言った。「来たのはいつだったかな？」

「水曜日、水曜日の晩です、ドクター」、とシュトゥーダーは極上にきれいな標準ドイツ語を使って答えた。

「水曜日、ですか？　待って下さいよ、水曜日とおっしゃいましたね？　ああ、やっとわかった、あのアルコール死体だ……」

「アルコール死体？」シュトゥーダーは言った。

「そうです、アルコールの血中濃度〇・二一パーセントですものね。射殺される前にへべれけに酔ってたんでしょう……はい、請け合ってそうですとも、警視さん……」

「刑事です」、とシュトゥーダーはそっけなく言った。

「うちでは皆、警視と言うんです。そのほうが聞こえがいい。よろしいですね、アルコール濃度だけじゃありません。内臓の状態もです、ねえ、警視さん、こんなみごとな肝硬変を見たのははじめてですよ。まるで絵空事みたいだ、まったく。この人、精神病院にいたんじゃありませんか？　ない？　白鼠を見たとか、壁に幻覚が見えたとか？　踊る小人たちを見たとか、ねえ？　そんなご立派な、典型的な飲酒家譫妄《デリリウム・トレメンス》があったとか？　それはなかった？　ああ、ご存じない。それは残念。で、射殺されたんですね！　およそ一メートルの距離から。皮膚上の火薬の痕跡は皆無、ですから距離一メートルと申せます。よろしいですか？」

相手がどうでもよさそうな問題を滔々とまくしたてているあいだに、シュトゥーダーは無言で考え込んでいた。ネクタイで小さなリボンを結んでいるこの若い男の国籍は一体どこの国だろう……とうとう最後まできて、「よろしいですか？」でイメージが固まった。

「イタリア語を話しますか《パルラ・イタリアーノ》？」「話しますとも《マ・シクーロ》！」相手の歓喜の爆発は、はやとどまるところを知らなかった。シュトゥーダーは笑みを浮かべ、相手の舌の戦《そよ》ぐがままにさせた。

助手はすっかり気をよくしていた。シュトゥーダーの片腕《かいな》をやさしく手に取ってふところに導いた。教授はまだきていないが、助手の自分は教授とまったく同様最新の情報に通じている。自分だけのセクションを作っているくらいだ。まだヴィッチに会えますか、とシュトゥーダーはたずねた。会えるという。ヴィッチは保存されていた。まもなくシュトゥーダーは死体を目前にした。

要するに、これがヴィッチ・ヴェンデリーンだ。一八八二年生まれ、したがって五十歳。古びた象牙みたいに黄色い、バカでかい禿げ頭。たらりと垂れた、しょぼしょぼしたみすぼらしい口髭。ふかふかの、海綿状の二重顎……いちばん奇妙に思えるのはしかし、その顔の静かな表情だった。

静かだ、そう。いまは死んで。だが、それでもその顔はしわだらけだった……やれやれ、ヴィッチという男はようやく苦労から解放されたのだ……

いずれにせよ飲んだくれの顔ではなかった。だからシュトゥーダーもこう言った。「実際には、森林・牧草地性アルコール依存症者には見えませんねえ……」

「森林・牧草地性アルコール依存症者ですか！　すばらしい表現ですね！」

二人はおたがいの専門知識を披露し合った。二人のあいだにはまだ死んだヴィッチの身体が横たえられていた。こうして寝かされていると、耳の後ろの傷口は見えなかった。そしてイタリア人と専門文献でセンセーションを惹き起こしたさる保険金詐欺事件（男が自分を銃で撃って、自殺を殺人と見せかけた）の論議をしているうちに、シュトゥーダーは突然言った。

「この場合にはそんなことはあり得ませんよね？」そう言って、人差し指で死体を指さした。

「絶対に不可能です」、そのあいだにミラノのマラペッレ博士と自己紹介したイタリア人は言った。「まず絶対に不可能です。こういう傷を作るには、腕をこんなふうに持ってこなければ……」彼は肩甲骨のほうに肘をねじ曲げるようにして動きを実演して見せた。ピストルの代わりに自分の万年筆を手にしている。万年筆の先端は、死体に弾丸の射入口が見える右耳の後ろの例の箇所から十センチも離れていなかった。

「絶対に不可能です」、とくり返した。「それだったら火薬の跡があるはずです。ところが火薬の痕跡はまったく見られない。ですからわたしどもは、距離は一メートル以上あっただろう、と結論したのです。」

「ふむ」、とシュトゥーダーは言った。すっかり納得したわけではない。彼は死者の顔にかぶさっていた布を元に戻した。ヴィッチは奇妙に長い腕をしていた……

「なにごとも運命です！」シュトゥーダーは声に出して言った。探していた言葉がようやく見つかったとでもいうように。死者の顔の表情に関わることだった。

「運命論ね！　おっしゃる通り！　彼はこうなるとわかっていたのです。でも、死ななければならないと知っていたかどうかまでは、わたしにはわからない……」

「さよう」、とシュトゥーダーはうべなった、「彼が待っていたのは、何か別のことだったのかもしれない。ただし、逆らって戦うことができない何か……」

フェリシタス・ローズとパーカー・ドゥオフォルド

娘はフェリシタス・ローズの小説を読んでいた。娘が本を一度持ち上げたので、シュトゥーダーに表紙が見えた。乗馬ズボンにピカピカの長靴といういでたちの紳士が手摺にもたれかかり、後景にお城の池に何羽もの白鳥が泳いでいて、白衣を着た乙女がはじらいながら日傘をもてあそんでいる。

「どうしてそんなクズを読むんだね？」とシュトゥーダーはたずねた。

――ある種の人びとは沃素や臭素に極端に敏感に反応する。こういうのを特異体質《イディオシンクラシー》という……シュトゥーダーが特異体質反応をするのはフェリシタス・ローズとクールツ‐マーラーだった。おそらく妻が昔その手の小説を好んで読み――夜っぴいて――そうしては翌朝コーヒーがうすく生ぬるくなって妻が面やつれした、そのためだった。朝の面やつれした女房とは……

娘は質問されると目を上げて赤くなり、「よけいなお世話だわ！」と邪険に言って読み続けようとはしたものの、やはり傷つけられたと見え、パタンと本を閉じて書類鞄にしまい込んだ。当の書類鞄には、シュトゥーダーの見たところでは、まだ汚れたポケット版が二冊、それに畏れ入るような太軸の万年筆とハンカチが一枚詰め込まれていた。それから娘は窓の外をながめた。

シュトゥーダーはニコニコしながら娘を観察した。時間はたっぷりある……

列車は灰色の風景のなかをのろのろ這っていた。車窓のガラスに雨滴がポツポツ点線を描き、それから流れ落ちて車窓の下で小さなほの暗い水たまりを作った。と、また別の雨滴が新たにガラスに点々を描いて……丘がいくつも隆起し、森が霧のなかに隠れた……

娘の顎はとがっていた。鼻梁の上と、とても白いこめかみの部分の皮膚に、点々とそばかすが……ハイヒールの踵は内側がななめに減っている。その靴の片足がずれると、黒っぽい靴下に穴が開いているのが見えた。裏側の、踵の上あたりだ。

娘は先刻定期券を見せた。この区間を通勤しているらしい。どこまで行くのか？　もしかすると彼女もゲルツェンシュタイン行きか？　うなじに小さなリボンを結び、右耳の上までベレー帽を引き下げていた。ブルーのベレー帽は埃っぽかった。

娘のまなざしがこちらをかすめると、シュトゥーダーは父親めいたおだやかな笑みを浮かべた。しかし父親めいたおだやかさは効きめがなかった。娘は車窓の外にじっと目を凝らした。

手がぶるぶる震えた。短く剪《き》った爪に喪の黒枠が描かれていた。右の人差し指の内側にはインクの汚点《しみ》がこびりついていた。

娘はまたもや鞄を開け、中をかきまわすと探していたものを見つけた。太軸の、まぎれもないパーカー・ドゥオフォルド。茶色の純紳士用万年筆だ。

娘はキャップをはずし、親指の爪でペン先を試し、それからもう一度フェリシタス・ローズを鞄から取り出したが、今度は読むためではなかった。巻末の白頁を練習場にしようというつもりだ。娘は落書きをした。シュトゥーダーは目を凝らして書かれた文字を盗み見た。

「ソーニャ」、と書いてある。それからペンは別の文字を描いた。

「永遠にあなたを愛するソーニャ……」

シュトゥーダーは目をそらした。娘がいま目を上げたら、てっきりどぎまぎするかあしざまに取るかだろう。人に無益に悪意を抱かせたりどぎまぎさせたりするのは禁物だ。そうでなくても刑事なんて職業をやっていれば、しょっちゅうそんなことばかりやってるに決まっているわけだし……

車掌が車内を通った。隣の車両に通じるドアのところで車掌はふり向いた。

「ゲルツェンシュタイン」、と大声で言った。

娘は万年筆を手にしたまま、抜け目のない乗馬ズボンをはいたすてきな紳士つきのフェリシタス・ローズを鞄のなかにしまってから席を立った。

変圧器小屋。何軒かの一軒家。それからかなり大きめの家が一軒。そこに「ゲルツェンシュタイン新聞。エーミール・エッシュバッヒャー印刷所」の看板がかかっている。隣の庭園に針金細工の鳥籠。小さな極彩色の鸚鵡《おうむ》が止り木にうずくまって凍《こご》えている。ブレーキがキーッと金切り声を上げた。シュトゥーダーは席を立ち、トランクの把手をつかんでドアのほうに歩いて行った。ブルーのレインコートを着た彼の身体が列車の廊下いっぱいに立ちはだかった。

あいかわらず小雨がパラついていた。駅長は分厚いマントを身につけ、その赤い帽子があたりいちめんの灰色のなかでただ一つ色のあるものだった。シュトゥーダーは駅長のほうに歩み寄り、〈熊〉亭という旅籠《はたご》がここのあたりにあるかとたずねた。

「駅前通りを上がって、それから左、横にレストラン・ガーデンのある最初の大きな家です……」シュトゥーダーはその場を動かない。駅長は彼をそのままにさせておいた。

あの娘はどこへ行ってしまったのだろう？　仮綴じ本の小説の巻末頁に細かい、いくぶんふるえ気味の書体で「永遠にあなたを愛するソーニャ」と書いていたあの娘。ソーニャだと？　ソーニャという名の娘はそれほど多くはない……

娘はいた。窓いちめんにきらびやかな表紙の本をびっしり飾ったキオスクの前にいた。娘は引きちがい窓のほうに身を屈めていた。娘が言うのがシュトゥーダーの耳に聞こえた。

「いまから家に帰るわ、ママ。ママは何時に帰ってるの？」

返事は何やらむにゃむにゃだった。

するとやっぱりあれがソーニャ・ヴィッチだ……母親のほうにもすぐにお目にかかれる。地区村長エッシュバッヒャーの斡旋で駅のキオスクを手に入れた例の母親。

ヴィッチ夫人は娘と同じように鼻がつんととがり、顎もとんがっていた。

シュトゥーダーはブリッサゴを二本買い、それから駅前広場をぶらぶら歩いた。アーク灯が一基。その台座のまわりに、赤い、しゃちほこばったチューリップを配した花壇。駅舎の階上の窓の一つからラウドスピーカーがドイツ騎士修道会ドイツ管区長行進曲を高らかに奏でた。刑事の前方約五十メートルのところを例の娘ソーニャが歩いていた。

とある理髪店の前に、ブルーの襟の折り返しつきの白いマントを着た顔色の悪い若い男が立っていた。ソーニャはその若者のほうに行き、シュトゥーダーは一軒の店の前で立ちどまった。そこから横目で、ささやき声で話している二人のほうをうかがい見た。すると娘が若者に何かを手渡して小走りに立ち去った。理髪店のドアから団子が喉につかえたような声があふれ出した。「さあ、いまです、ヌーシャテル時刻決定天文台の時報です……」それにシュトゥーダーが前に立った店のなかからは和《なご》めた音量で、閉まったドア越しに「サンブル・エ・ムーズ」行進曲が押し寄せて来た……「ゲルツェンシュタイン村は音楽好きなんだな……」、刑事はひそかにそう思い、理髪店に入った。

シュトゥーダーはトランクを床に下ろし、ブルーのレインコートをコート掛けに吊るし、理髪台にすわってため息をついた。「髭をあたってくれ」、と彼は言った。

若者がシュトゥーダーの上に身を屈めたので、刑事に理髪師の白衣のブルーの襟の折り返しのあいだからチョッキの上ポケットの太軸の万年筆が見えた。列車のなかで娘のソーニャが鞄から取り出した万年筆だ。

シュトゥーダーは運を天にまかせてたずねてみた。

「すげえじゃないか、えっ？　そんな豪勢な万年筆をプレゼントしてくれるガール・フレンドがいるなんて？」

一瞬、シュトゥーダーの頬の上でシャボンまみれの刷毛の動きが止まった。シュトゥーダーは刷毛を持っているその手を見た。わなわな震えている。すると何かが変だったのだ。では何が？　シュトゥーダーは鏡のなかの若者の顔を見た。あつかましい顔つきだった。いやに赤い唇がめくれ上がり、茶色っぽい、傷んでいる上のほうの歯並びが丸見えになっていた。ソーニャはこんな小僧に惚れていたのか？　シュルンプはこんなやつとはさすがに段ちがいだった。前科《まえ》もあれば、昨日はすっかり絶望もしてたけれど……昨日？　あれはつい昨日のことだったのか？

――あの窓の鉄格子に男がぶら下がり、まだ冬の寒気が居残っている独房のなかで叫び声が上がり――そして窓の外では小さな女の子が歌声を上げていたのは、

「いつ、いつまでも、あたしはあなたに忠実よ……」

シュトゥーダーの頬の上をまたやわらかく刷毛がさすった。

――きみをおどろかしてしまったんじゃないかな、とシュトゥーダーはあつかましげな若者に言った。相手は頭《かぶり》をふった。シュトゥーダーはなおも彼をなだめた。――ガール・フレンドからプレゼントをもらったって、まあどうってこともないやね。靴下に穴を開けてる娘さんが豪勢な万年筆をプレゼントできるってのは、それでもやっぱり変な感じじゃあるけどね……

――万年筆はあの娘《こ》の父親の遺品なんです……そう、遺産ですよ。

若者の声は嗄れていた。口も舌も喉もからからに干からびてしまったように。

部屋の隅でラジオのスピーカーがぺちゃくちゃおしゃべりしていた――と突然、シュトゥーダーはぴくんと身動きをした。ずっと遠くのどこかにいる男がマイクロフォンで話していることが、彼にも関係があったのだ。刷毛でぼんやり洗面台をこすっていた若者は仕事をやめ、コチコチの不動の姿勢になった。遠い声は一段と迫るような調子で言った。「正午《ひる》のコンサートを続ける前に、みなさんにベルン州警察当局の短いお知らせをお伝えしなければなりません。昨夜来、ゲルツェンシュタインのエレンベルガー園芸場の園丁頭ジャン・コットロー氏が行方不明になっておりました。残忍な誘拐が行われたものと思われますが、その背後関係はいまだに明らかにされておりませ

ん。行方不明者は昨夜、親方のエレンベルガー氏に伴われてベルン発十時の列車で帰宅しました。二人がゲルツェンシュタイン村の外側にある畑中の道に曲がり込もうとしたとき、背後からライトを消した自動車に追突されました。エレンベルガー氏は転倒して道路の縁石に頭をぶつけ、軽い脳震盪《のうしんとう》を起こしました。短い失神状態から意識が戻ると、見れば同伴者のジャン・コットロー氏の姿が消えておりました。自動車の痕跡は影も形もありません。激しい頭痛にもかかわらず、エレンベルガー氏は地区警察詰所に届け出ました。地区警察巡査伍長ムールマン及び若干名の住民の助力により行われた周囲一帯のパトロールも、はかばかしからざる結果に終りました。これまでのところ、行方不明者の手がかりはまったく見つかっておりません。右の行方不明者の特徴を州警察は次のように述べています。

身長一メートル六十、肥満体、赤ら顔、髪はうすく、黒のスーツ……事件解決に役立つ情報を受付中……」

若者は二、三歩忍び足で歩いた。パチンとスイッチをひねる音。ラジオの声が消えた。それから若者は元のところに戻った。砥ぎ革で剃刀を研ぐ、パタパタいう音がはっきり耳についた。

「剃刀の具合いかがですか？」片方の頰を剃り終えたところで若者がたずねた。

シュトゥーダーはぶつぶつうなった。

それからまた沈黙。

若者は髭剃りをすっかり仕上げた。シュトゥーダーは洗面台に屈んで顔を洗った。

「石ですか？」若者はたずねて、噴霧器のゴム玉をリズミカルに圧した。

「いや」、とシュトゥーダー。「パウダーだ。」

ほかには何の応酬もなかった。

店を出がけに、シュトゥーダーは奥の小卓に仮綴じの本が何冊も積み上げてあるのに気がついた。そのいちばん上の本のタイトルを目にとめた。

『ジョン・クリングの回想』、とタイトルにある。その下に「赤い蝙蝠の秘密」。

シュトゥーダーは店を出しなに、口髭の下でニヤリとした。

商店、ラウドスピーカー、地区巡査

「このゲルツェンシュタインときたら!」シュトゥーダーはつぶやいた。道路の左右、どの家にも看板がかかっている。肉屋、パン屋、食料品店、消費組合ミグロスの商品保管所。そのあいだに居酒屋が一軒、さらにもう一軒。〈修道院〉亭、〈鳩〉亭。それからまた肉屋、薬局、煙草と葉巻の店。使徒共同体礼拝堂の大きな看板。その後ろの庭園には救世軍。一つながりのその家並みを狭い牧草地が中断する。しかしそれからすぐにまた薬局、ドラッグストア、パン屋。エードヴァルト・ノイエンシュヴァンダー博士なる医者の看板。——そうそう、死体を最初に通り一遍に調べた男だ……それからようやく、道を間違えたかと思ったときのことだ、シュトゥーダーは、幅の広い、ゆったりした、灰色の石造の、屋根の張り出した一軒の家を目にした。旅籠屋の〈熊〉亭だ。

刑事は部屋を所望し、屋根裏部屋を一つもらった。部屋は清潔で木の香がし、窓は裏側向きで白い泡立つような花々に覆われた牧草地に面していた。牧草地の向こうに淡い菫色のライ麦畑がひらけている。ライ麦畑のどんづまりにある森は真っ黒な樅の木の地《ぢ》に、何本かの広葉樹の明るい緑の斑点を点々と見せていた。その色がシュトゥーダーにことのほか気に入った。彼は二、三分窓際にいてから荷をほどいて手を洗い、また階下に降りていった。ウエイトレスに三十分もしたら食事に戻ると言った。それから地区警察巡査の詰所を探しに出かけた。

ずらずら看板の続いている村の通りに沿って歩いて行くと、このゲルツェンシュタインの第二の特性が目についた。どの家からも音楽が押し寄せてくるのだ。窓を開けて不愉快な大音響を鳴らしているのもあれば、窓が閉まって音がくぐもっているのもあるにしても。

「ゲルツェンシュタイン、商店とラウドスピーカーの村」、とシュトゥーダーはつぶやいた。そう言ってみると、この村の雰囲気の特徴をいくらか言い当てた気がした……

地区警察巡査伍長ムールマンは引退したレスリングのチャンピオンそっくりだった。制服の上着は前が開き、シャツもはだけて、頭髪より生え方の濃い胸毛をのぞかせていた。「よう」、とシュトゥーダーは言った。

「やあ、シュトゥーダー！」あいかわらずビリヤードをやってるか？　姿勢を低くしたほうがいいぞ。それからムールマンはIの文字を長く引っ張って割れ鐘のような声を張り上げた。呼んでいる相手はムールマン夫人――といってもムールマン夫人がエミィというのかアニィというのかが、一向にはっきりしないのだ。じつを言えば、まあどっちでも同じことだったが。

「白かい、赤かい？」ムールマンは言った。

「ビール」、とシュトゥーダーは短く言った。

割れ鐘めいた声がまた上がり、二度目のI音が家中に響きわたった。返事がきたが、返事の声も割れ鐘さながらだった。音域が一段高いだけだ。それからムールマン夫人がドアの際に現れた。彼女は八〇年代のヘルヴェティアの彫像そっくりだった。ただし顔立ちだけは、いま言った彫像にくらべてずっと知的だった。愛国的肖像にもむろん知性は要求される。何のために？

シュトゥーダーを憶えているかい、とレスリングのチャンピオンは訊いた。すると知的ヘルヴェティアはうなずいた。それから、昼食は済ましたかとたずねた。〈熊〉亭で昼食を注文してきた、と刑事が答えると、巨大なご両人はこぞって気を悪くした。それはよくない、だってシュトゥーダーはここでメシを食うのが当然じゃないか――がんがんわめき立てるこのデュエットにはなすすべもなかった。階上では同じ調子で三人目の金切り声が上がり、これにムールマン夫人――名前はエミーなのか、アニーなのか――が相槌を打って応じた。夕食にはかならず参上しますから、とシュトゥーダーは約束しないわけには行かなかった。

「ふん、うむ」、とシュトゥーダーは言ってグラスを飲みほし、「ああ」とため息をついて口をつぐんだ。

「うむ」、とムールマンは言ってグラスを飲みほし、くすくす笑い声を上げ、炭酸の泡のおかげで目に涙を浮かべて、これまた口をつぐんだ……

小さな事務所はおだやかだった。隅のほうに、キーが黄色い光沢《つや》に光っている古ぼけたタイプライターが置いてある。それはしかし大きくがっしりして、ムールマン伍長によく似合った。開けてある窓越しにシュトゥーダーは庭をながめた。ささやかな柘植《つげ》の垣根が花壇を囲い、そこにもうホウレン草が勢いよく芽吹いていた。だが庭の真ん中の、柘植の垣根がおかしなアラベスク模様をこしらえているところには赤いチューリップが透き通るように咲いていいた。黄色い三色菫がそれをつつましく取り囲み、早くもしぼみかけていた。それらの三色菫はいかなる党派にも属さず、それで何の役にも立たなかった人間たちを思わせた……

「ヴィッチの一件で来たんだろう……」、ムールマンは言って割れ鐘声を低めた。階上の金切り声は鳴りやんだ。ムールマンはそれを二度と響き渡らせたくないようだった。

「うむ」、とシュトゥーダーは言って股倉を開いた。椅子はすわり心地がよく、アーム付きだった。シュトゥーダーは足を運び、いまや日光に照らされている庭を目をほそめてながめた。だが日照りは長続きせず、灰色の空模様がまたしてもやって来た――チューリップだけがあいかわらず光を放って……

シュトゥーダーは予審判事との会話のことを思い出した。あそこでどれだけ無駄な時間を浪費しなければならなかったことか！　ムールマンは絹シャツこそ着ていないが、明らかに手短にやる流儀だった……

――ここはとても静かだ、としばらくしてシュトゥーダーが言い、応じてムールマンが笑った。うちには他のゲルツェンシュタイン人の家みたいにラウドスピーカーがないからな、と言った。それでシュトゥーダーも笑った。

それからまた二人は黙り込んだ。

やがてシュトゥーダーがムールマンにたずねた。シュルンプが殺《や》ったと思うかい。

「バカな！」ムールマンはそう言っただけだった。

このたった一語がシュトゥーダー刑事に、これまで収集してきたすべての犯罪学的かつ心理学的ごたごたにもまして、シュルンプ青年の無実といういやます感情的確信を固めてくれた。

シュトゥーダーはムールマンが無口な人間なのを承知していた。ムールマンに話をさせるのは容易ではなかった。そう、日常的などうってことのない会話で交わされることばならムールマンも口が軽かった。しかし事がいささか重要な問題となると、たとえば「バカな」という一語が、一人のエキスパートの強力な証言とほとんど対等の値打ちがあった。

——シュトゥーダーはまだこのゲルツェンシュタインという片田舎をご存じないな、とムールマンはしばらくして言った。彼はパイプを詰め、ゆっくり煙草をくゆらした。

「おれはもう六年ここにいる」、とムールマンは言った。「やり方がわかってきた。おれは何もできない。見張ってるしかないんだ。なあいいか、外交だ！」（彼は「ガーイコー」と言って片目をつむってみせた。）「きみが来てくれたのはありがたい。おれはつまり……」彼は腕を水平に伸ばし、右手左手のたくましい手首の関節を上下に重ねて、自分がいかに無力かというありさまをまざまざと演じて見せた……

それからまた黙り込んだ。

「なあいいか」、またしばらくして言った、「エッシュバッヒャーだ、村長の……」、それからまた長いこと黙り込んだ。「だけどあのエレンベルガーじいさん！……」彼は右の目をパチクリさせた。

「しかしコットローが消えた……」、とシュトゥーダーは言葉をさえぎり、グラスのビールをちびりと飲《や》った。

「ご心配ご無用」、とムールマンは気楽そうに言った。「あれはじきに帰ってくる……」「ん、まあね……でもきみが通報したおかげでラジオのニュースに流されたんじゃないのか？」

「おれが？」ムールマンは言い、大きな毛むくじゃらの人差し指で裸んぼうの胸を指さした。「このおれが？」シュトゥーダーともあろうものがそんなバカな質問をするなんて、病気にでもなったんじゃないか？　あれはエレンベルガーが面白半分にやらかしたことさ！　ベルン放送は、といつかエレンベルガーは言っていた、犬小屋用に建てたわけじゃない、何か人びとのお役に立たなきゃ。で、あのラジオ放送だ……

シュトゥーダーはひそかに、ゲルツェンシュタインというのはおかしな村だが、村人たちはもっとおかしいと思った。しかしムールマン伍長をこれ以上わずらわせてはならない、と心に決めた。いずれにせよもう〈熊〉亭では食事が自分を待っているだろう。そこで彼はいとまごいをし、晩方にまた来ると約束した。ムールマンはこの方針を評価したようだった。まだ話をする時間はたっぷりあるし、それに正午《おひる》にはいつも昼寝をするんでね。毎晩飲み屋という飲み屋の閉店時間をチェックしなけりゃならんので、昼間は頭がボーっとしてるんだ。そう言ってのうのうと大あくびをした。

こうしてシュトゥーダーはアスファルト道路に出て行った。目路のとどくかぎり、右も左も、店、店、店ばかり。しかも家々は静まり返っていない……

土曜日の午後だった。

壁越しに、閉めた窓や開けた窓越しに、グリトリ・ヴェンガーの歌声がヨーデルしていた。

日曜日を呼ぶヨーデルだった……

もう生きていたくないのがまた一人

脂身は堅く、たっぷりしすぎのスープにキャベツが浮かんでいた。食堂にはだれもいなかった。カウンターでウエイトレスがワイングラスを磨いていた。雨はすっかり上がり、空は白い雲に覆われ、その雲がまぶしく照り輝いた。

シュトゥーダーは鼻の奥がひりひりした。くしゃみが出る前ぶれだろう。こんなに寒い五月ならそれも無理なかった。彼はコーヒーの味をみた。それは、小説を読んで徹夜した朝妻が淹れるコーヒーそっくり、ラフでなまぬるかった。シュトゥーダーは肉汁《ブィヨン》に桜桃ブランデーをふりかけ、ブランデーをもう一杯持ってこさせると、それからゲルツェンシュタインの情報を研究しにかかった。気分はおもむろに良くなってき、彼は部屋の隅に背中をもたせかけて、壁に気持ちよくはまり込むまで肩をごろごろ転がした。

と、若い男が一人食堂に入ってきた。ウェイトレスはまず、先週末国民議会が気に病んでいたいくつかの決定について部屋の隅のほうでぺちゃくちゃしゃべくっているラジオの男の声の言葉の続きをそっけない手つきでパチンと切った。それから食堂ウェイトレスは言った。

「いらっしゃい!」声に抑えた好意の響きがこもった。すぐそばに愛情こまやかな関係があざとく浮かび上がれば、だれだって、世にもお堅い人物でさえ何か思い当るものがある。シュトゥーダーも、さてはと思い当った。「淡色ビール、グラスで!」若い男はぶっきらぼうに言った。はねつけるような様子がありありと目に立った。

「はい、アルミーン」、ウェイトレスは辛抱強く、いくぶん非難がましそうに言った。アルミーンだって？　シュトゥーダーは若者を仔細にながめた。えらくたっぷり髪の毛を生え放題にし、それをパーマネント・ウェーヴの形にして額にかぶせる、そんな一群の若造どもの一人だった。ブルーの上っ張りは胴回りをえらく細身に裁《た》っているので、横一本の襞ができているほどだった。幅の広い、明るい色のズボンは靴の踵にかぶさり、ほとんどずるずる床を引きずっていた。

　顔は？　そうだ、それはシュトゥーダーが今朝おそろしく明るい部屋でお目にかかった、あのもう一人の顔とそっくりだった。こちらの若者の顔は、痩せてつるりとして口髭がない。けれども顎は双方とも変わりなかった。やわらかくて、やや脂肪がつき加減……

　僥倖がいくつも重なった。明らかにアルミーン・ヴィッチだった。どうやら確認が取れたようだ。

　ウェイトレスが若者にすり寄っていった。若者のほうはいやいや我慢した。

――店番してなくていいの？　とウェイトレスはたずねた。

――妹が帰ってきた。妹は今日の午後非番でベルンに行かなくていい。ともかく、と若者は話を続けた、何もかもこっちはお手上げ。それでなくても店にはもう誰もこないし、おれももうすぐ親父みたいに行商に出なきゃならないだろう、それでたぶん……続く間《ま》は意味深長そうだった。

「だめよ、アルミーン！」とウェイトレスが言った。三十歳かそこらだろう、美しい顔立ちに疲れた表情がある。

――旅になんか出ちゃダメよ、と彼女は言った。シュルンプだって仲間がいたし、エレンベルガーじいさんは何でも屋だから、あそこなら何か仕事がありそうだし……

　彼女は突然シュトゥーダーが聞き耳を立てているのに気づき、ささやくように声を低めた。アルミーンはグラスのビールを一口ぐいと飲んだ。飲みながら小指を上げた。ウェイトレスのささやきはしだいに熱を帯びてきた。アルミーンは二言三言ちょっと会話に口をはさむだけだった。だが彼が投げ入れる数少ないことばは重みがあった――なんなら、偽りの重みが、とシュトゥーダーは言いたかった。懐中時計を引っぱり出す。二時半だった。疲れて、手足がずきずきした。ささやき声が神経を逆なでした。すこし散歩したほうがよくはないか？　エレンベルガーの家のほうへ？　いまはピアノを弾いているシュライヤーや、ヴィオラのブッヒェッガーのような旧知の連中を訪ねに行ったら？　ジャズ・バンドの名は「囚人楽団」だったっけ？……エレンベルガーってのはなかなかのユーモリストだな。エレンベルガーって人間の正体はさっぱりわからん。どうやら雇い人たちの面倒見がいいらしい……

それともシュルンプが住んでいた家の主婦を訪ねたほうがいいかな？

このゲルツェンシュタイン新聞ってのはひでえ代物だな。「週二回発行、婦人用品、棕櫚の葉、農業関係用品の付録付き。」「農業関係用品」って何だ？　ある説明しがたい理由からして、その言葉がシュトゥーダー刑事を立腹させた。何のことだ？

「最近われわれは、わが功績大なる隣人W・ヴィッチの悲しい逝去の報を聞きました。彼は当年とって五十歳にしてさる卑劣な若者の手の犠牲《いけにえ》になりました。W・ヴィッチ氏は誠実と義務履行の模範として周知の人であり、彼の追憶は墓を越えてまでわれわれに高価なものたり続けるでしょう。なぜなら彼は、あのしだいに絶滅の一途にある気質の持ち主の一人だからです」――シュトゥーダーは口髭をさすった。「しだいに絶滅の一途にある気質の持ち主」たちが、ことのほか気に入ったのだ――、「古き父祖たちの習俗に則った人たち……」――そう、そうだ、その通りだとも。シュトゥーダーは何行か飛ばし読みした。

が、ふいに詰まるともうそれ以上は読めなかった。何か邪魔が入ったのだ。どうやらそれは突然の静けさという邪魔物で――ささやき声が止まったのだ。シュトゥーダーは新聞の端からそっと目を覗かせた。小銭のちゃらちゃらする音が聞こえた。ウェイトレスは前掛けの下にたくし込んだ革鞄のなかをかきまわした。アルミーンは無関心の体《てい》を装い、ときどきさりげない身ぶりでていねいにウェーヴをかけた髪の毛に手をふれた。左手がテーブルの上でコツコツ拍子を取っている。

するとその手がつとテーブル板の下に消えた。彼女はやつにいくら金をやったのだろう？　とシュトゥーダーは自問した。さらさら銀行紙幣を数える音がした。

「お勘定を……」、とシュトゥーダーが声をあげた。ウェイトレスが赤毛の頭をつと持ち上げ、アルミーンはこのたった一人の客を意地の悪い目つきでながめやり、シュトゥーダーが視線を投げ返すと、若者は永くはこちらの視線に辛抱できず、シュトゥーダーはそれと目立たぬほどにうなずいた。彼は心ひそかに自分の観察を定義した。

「腎臓つき腰肉から上、かならずしも清潔でなし。」

「昼定食一人前でございますね……」、とウェイトレスは勘定を機械的に暗誦し、シュトゥーダーは五フラン硬貨を押しやり、釣銭を無造作にズボンのポケットに押し込んだ。

「ベルタ、勘定！」若い男が向こうで声をあげた。二十フラン紙幣をひらつかせた……

フランス語で鼻もちならない若造のことを何と言ったっけ？　何か魚の名前だったな。シュトゥーダーはすぐにはそれが思い浮かばなかった……

そうだ！　鯖《マクロー》「売春婦のヒモ、の意味もある」だ！


自動車道路から農道が右へ分かれるところに、大きな看板が立っていて、

園芸と薔薇栽培
ゴットリープ・エレンベルガー

矢印が方向を示していた。シュトゥーダーはそこを訪ねるのを後程にまわした。彼はあべこべに左折した。道はやや上り坂になったが、すぐに森に出た——針葉樹が主で、そこにわずかながらの広葉樹……樅の木のにおいは健康によい、特に鼻風邪に効く、シュトゥーダーの父親は昔からそう言っていた。通りすがりにシュトゥーダーは、エレンベルガーじいさんが昨夜つんのめって頭を打ったと思われる歩道の縁石を見つけた。ありきたりの縁石だった。

血痕もついていない。できれば右側に寄せておいたほうがいい、森の小道が上りやすくなるように……

飢えた豚ががつがつ食いつくように事件に飛びかかるのは禁物だった。が、今日のところで満足、というわけには行かない。いろんな人物とずいぶん知り合いになり、さまざまのシーンも集まった、チョコレートの絵のシーンみたいなものでしかないけれど。しかしそれらの絵は悪くなかった。たとえばまずアルコール血中濃度〇・二一パーセントのヴェンデリーン・ヴィッチだ。これは、犯罪学の知識のある例のイタリア人助手の見るところ、「アルコール漬け死体」の特徴だという。それに靴下に穴の空いている、理髪店の丁稚に奇妙なふるまいを見せたソーニャ。それからウェイトレスのガールフレンドがいるヒモ……

いやはや、人間はどこでも変わりはない。スイスでは、羽目をはずしたければ多少とも人目から隠れ、誰にも気がつかれなければ周囲の人たちは黙視してくれる。それに法医学研究所に保存されているあのヴェンデリーン・ヴィッチは、いまや絶滅に瀕しつつある性格だった。

よろしい、その通り。

だってそうじゃないか？　こうした表現は人生にはつきものだ。こういう表現の適用対象になる人間たちはとにかくぬらりくらりとやっていて、誰も彼らの大なり小なりの罪悪に反応する者はない、かりに……かりに何かこれまでに見たこともない出来事が起こるのでさえなければだ。それがたとえば殺人事件だ。ボートに錨がないということがないように、殺人事件にはかならず犯人がいる。でなければ世間は承知しない。で、そのいわゆる犯人が首を括ろうとするところへ勘の鈍い刑事が行き合わせたとする。するとそこで、どんな人間の生活のなかにもある、何かささやかなつじつまの合わぬ節々が突然どれもこれも重要なものになってくる、そういうことにならないともかぎらない。するとそのつじつまの合わないものを相手に、刑事は石工が煉瓦を積むようにこつこつ仕事をする――建物を組み立てようとして……建物だって？　さしあたりはまあ、壁、と言っておこう……

シュトゥーダーは森のはずれにたたずみ、額の汗をぬぐって田園を見はるかした。電信柱にノスリが一羽とまって休んでいた。するとそこへ鴉がやってきて、静かにしているノスリにちょっかいを出しはじめた。ノスリは飛び立ち、鴉はその後を追っていやな嗄れた声をあげてカアカア鳴いた。ノスリは声をあげない。どんどん、どんどん空高く舞い上がり、向かい風を身に受けて翼をほとんど動かさないでいる。鴉は後を追った。鴉はどうしても一戦交えたくて手をゆるめず、静かにしているノスリに何度も襲いかかった。が、最後にはあきらめるしかなかった。ノスリが鴉には居にくくなる高度まで行き着いてしまったからだ。鴉はカアカア鳴きながら舞い下りた。ノスリはまんまるに輪を描いて飛ぶ。シュトゥーダーはそんなノスリがうらやましかった。地上のここでは、あんなにやすやすと鴉の追手を逃れるわけにはいかない。

シュトゥーダーはどんどん森に深入りしていった。森はとても静かだった……

どのくらい歩いただろう？　小さな風が頭上の樹木の梢とたわむれていた。梢はやさしくざわめいた。と、その涼しげなざわめきがふいに、これとは別のざわめきに破られた。小枝がパリッと折れ、うめき声が聞こえ——まるで傷ついた動物がやっとの思いで這い歩いているようだ……茂みの奥にシュトゥーダーは腹這いになってうめいている男を見つけた。上着の背中の縫い目が破れ、髪の毛はくしゃくしゃに乱れ、靴は泥まみれだった。

男は二の腕の上に顔を押しつけ、地面に向かって泣いていた。

一瞬、シュトゥーダーは別の人間の姿を思い浮かべた。両眼を肘関節に押しつけていたシュルンプ青年の姿だ……

それからシュトゥーダーは横になっている男の肩を叩いて質問した。

「どうしたんだ？」

男は身をひねってのろのろ仰向けになり、目をパチクリさせて黙り込んだ。シュトゥーダーが見ると、エレンベルガーの園丁頭コットローおじさん……

しかしシュトゥーダーがまたしても、どうしたんだとたずねると、あらためてめそめそ泣きじゃくりはじめた。

今度は言葉がはっきり聞き取れた。

「畜生！　畜生！　何てまあ、やっと人間がきてくれてよかったよ。森のなかでくたばるところだった。ああ、痛てて、痛てて！　身体がバラバラになったみたいだ。連中にさんざんぶちのめされて……」

　ぶちのめしたのは何者なのか、シュトゥーダーは聞こうとしなかった。と、泣きじゃくりはやんで、左目がずるそうにぱちくりまばたき——もう一つの右目は青く皮下出血し皮膚が腫れ上がって、ほとんどすっかり目にかぶさっていた——そしていとも静かな声で園丁頭コットトローは言った。

「だれにやられたんだか知りたいんだろう、えっ？　だけど、おれから聞き出せることは何もないよ。あれはまるで、どうも……いや、何もなかったんだ！　そりゃそうと、起こして家まで連れてってくれよ。でなくてもずぶ濡れだ、夜通し森のなかで……あんたがおれを見つけてくれて……いや、親方がさぞかし待ってるだろう、親方はきっと心配してくれてたんだろうな？」

「ラジオで探させていたよ……」、とシュトゥーダーが言うと——とたんに男は腕立て伏せの姿勢になったが、顔は渋面にひきつった。次いでそこに自負の表情がひろがった。

「ラジオでだって？」彼は言った。それに虚をつかれた格好で、「うん、いかにもエレンベルガーだな！……具合はどうなんだい、親方の？　傷は深かったのかい？」

　シュトゥーダーは首を振り、それからきびしい口調で言った。だれに襲われたんだか言いたくないんなら、コットローよ、このままお寝んねさせとくぞ。

「勝手にそうするがいいだろうさ、刑事さん」、とデブの小男は言い、懐中鏡と櫛を取り出して髪を梳きはじめた。

「さあ、これで家に連れ帰ってもらおう……おれがやつらにぶちのめされたのは、どっちみちあんたのせいだ。だけどコットローはタフだ。何も言わない。親方に義理があるのをわきまえている……」

　しばしの沈黙の後、

「人間は年を取る」、と小男は言った。「昔ほどタフじゃなくなる。残念ながら、親方は昨日はついてこなかった。ほかのやり方であの若造を痛めつけたんだ！」

「若造？」シュトゥーダーは言った。「若造って、どの？」

「へっへ」、とコットローは笑った。「それが知りたいんだな、刑事。だけどおれは何も言わないよ。おれはもうこれ以上生きていたくない……終止符……おしまい……もうこれ以上生きてたくないんだ！」

そう言うと、どう見ても痛みを覚えているというのにおそろしくエネルギッシュに頭《かぶり》をふった。

シュトゥーダーは身を屈めた。コットローは刑事の肩に腕をかけ、うめきながら身を起こしておもむろに歩きはじめた。シュトゥーダーがそれを支えた。

「背中だ！」デブは訴えた。「やつらがぶったのはそこだ！　それもこう言いながらね、「そら！……町の刑事が一人、内輪の事件に介入しに来たじゃないか！　こんなのはまあ」とやつらの言うには、「ちょっくら試しのおなぐさみにすぎない、コットロー。ぺらぺらしゃべくらんこった、いいか。わかったな？　こっちには地付きの警護人てものがいるんだ！　町者のポリ公なんぞ要らねえや！」はい、やつらはそう言ってた。だから誰にもおれの口を割らせることはできやしねえ。わかったかい、刑事？　おれは何も言わないぜ。黙秘だ、黙秘、お墓みたいにな……」それからコットローおやじは、まだ何か訳のわからないことをぶつぶつつぶやいた……

シュトゥーダーがエレンベルガーの一件をすっかり解明したと思ったのなら、それは大間違いだった。エレンベルガーは家の前にある小さなベンチに腰を下ろしていた。それはまだかなり新しい別荘風の家で、家の裏手には物置小屋があり、温室のガラスがキラキラ光った。エレンベルガーは頭に厚い白い包帯を巻いていた。

「そうか」、と彼はそっけなく言った、「あんたがコットローを見つけたのか？　ありがとう、刑事。あんたはまさしく〈機械仕掛けの神《デウス・エクス・マキナ》〉ですな。」――そう言うとシュトゥーダーのおどろいた顔を見て、ふふっと笑った。

「どうしてラジオにお出まし頂いたんだね？」シュトゥーダーはついに好奇心に駆られてたずねた。

「そのうちすぐにわかるよ」、とエレンベルガーじいさんは言って、その白い包帯の上を手で撫でた。「あれであんたのお役に立てたらしいし……」

「お役に立てた？」シュトゥーダーは頭にきた。「コットローは口を割らない。あんたも何も言ってくれない。一体、あんたたちを襲ったのは何者なんだ、だれがあんたの園丁頭を拉致したんだ？」

「刑事」、とエレンベルガーは言って、たいそう真面目な顔をした。「林檎にもいろいろある。熟しているのは樹からもぎって食えるし、熟してないのは貯蔵室に貯蔵しておかなきゃいけない。ホルンではじめて食える、それとも三月か……待つんだよ、刑事、林檎が完熟するまで。辛抱することだよ。ねぇ?」

そう聞かされると、シュトゥーダーはそれでよしとしないわけにはいかなかった。シュライヤーやブッヒェッガーと旧交を温めることさえままならなかった。彼らはまだ仕事中だという。園芸場はお役所仕事じゃないからな、とエレンベルガーはいくぶん辛辣に言った。土曜日の午後もここじゃ仕事がある……

貸間あり

シュルンプが刑事に言ったところによると、彼は駅前通りで籠編み細工業を営んでいる夫婦の家に下宿していたのだそうだ。夫婦の名はホフマンといった。

その家はすぐに見つかった。店の前の舗道に、サロンとおきまりの椰子の樹にあこがれてます、といった風情の籠編み細工のフラワースタンドが置いてあった。シュトゥーダーは店に入った。呼び鈴が奥の部屋でくぐもった音でリンリン鳴り、それから一人の婦人が店の奥から出てきた。青いストライプ入りのエプロンを身に着け、髪は白髪まじりできちんと調髪していた。どんな御用でしょうか、と彼女はたずねたが、その慇懃さには仕込まれた感じがあった。

参りましたのは、とシュトゥーダーは言った、こちらに住んでいたシュルンプ・エルヴィンのことをうかがいたくて。州警察のシュトゥーダー刑事でございます。事件の訴追を任せられまして、あの若者のことで少々おたずねしたいと思いまして。

婦人はうなずき、顔色が悲しげになった。ひどい話なんでございますよ、と彼女は言った。何でしたらこちらへお入り下さいませ。夫は行商に出かけておりまして、わたし一人ですの。刑事さん、キッチンまでちょっとおいで下さいませんか。ちょうどコーヒーを作ったばかりですので、よろしかったらコーヒーを召しあがって下さいませ……どうぞ、ご遠慮なさらずに。

コーヒーならシュトゥーダーは飲みたかった……
で、後悔はしなかった。コーヒーは悪くなく、〈熊〉亭のようになまぬるいドブ水ではなかった。キッチンは小さくて白く、とても清潔だった。もっとも、シュトゥーダーがすわった椅子だけはいくぶん幅が狭すぎたけれども……

シュトゥーダーは慎重に質問にかかった。——シュルンプはきちんと家賃を払ってましたか？——それはもう、毎月、月末に月給日になるとやって来て、テーブルに二十五フラン置いて行きました。——夜はいつもずっと家にいましたか？——最初の一年はね、でも、かなり前からよく夜遅く帰ってくるようになりました。——ああ、とシュトゥーダー、情事《いろごと》のほうは？

ホフマン夫人はほほえんだ。うちとけた母親のようなほほえみだった。シュトゥーダーはそんな夫人を見て心ひそかにうれしく思った。彼女はうなずいた。

——でもあの娘《こ》は絶対にシュルンプの部屋には入らなかったでしょう？——そう、決してね。そういうことをあの娘《こ》はしたがらないんです。別にどうという考えはないけど、村のなかですからね！……刑事さんならおわかりですよね……

シュトゥーダーは了解した。うなずきたい気持ちになり、心の底から確信してうなずいた。シュトゥーダーは得意の姿勢で腰かけていた。両足を大股開きにし、前腕を太腿の上に、両の掌を組み合わせて。肉の殺《そ》げた頭部は伏せていた。

——あの娘《こ》は、シュルンプを連れ出しにきもしなかったんですか？——ええ……そうね、一度だけ……水曜日の夜……

「何時でした？」

「六時半でした。シュルンプは仕事から戻ったばかりで、部屋で身体を洗ってました……洗っている最中でした、そこへあの娘《こ》がお店に入ってきたんです。顔色が真っ蒼でした。でも、それほどおどろきもしませんでした。だって父親が殺人死体で発見されたんですもの……彼女の言うには、シュルンプとぜひとも話をしたいので呼んでもらえないだろうか。やがてシュルンプがきて、わたしはキッチンに二人だけにしてやりましたけど、二人が話をしていた時間は一分もありませんでした。それから娘はまた出て行きました。そしてシュルンプはようやく真夜中に帰ってきました……」

「それが水曜日だった、とすると殺人死体発見の夜の後、ということですね？」

「はい、刑事さん。あの晩は寝つきが悪くて、四時にシュルンプが靴を脱いで抜き足差し足で階段を降りて行くのを耳にしました。それから七時にはもうムールマンが来てシュルンプを逮捕しようとしました。ところがそのときはエルヴィンはもう出てってしまって……」

エルヴィン……白髪まじりの婦人の口が言うと、その名はいかにもやさしげに聞こえた。ことほどさようにエルヴィンは二年間同じ家に下宿していたのだ。よっぽどお行儀よくしていたのにちがいない。でなければこの家の人たちがそんなに長く引き止めておくはずがない……

「彼の以前のことはご存じでしたか？」

「おお、刑事さん」、とホフマン夫人は言った。「エルヴィンは事故に遭ったのです。わたしの父が申しておりました。「自分が裁かれたくなければ他人を裁くな」と。いえ、いえ、わたしは信心家の集会には参りません。でもご存じのように、刑事さん、ああいうことはよくあることですわ。エルヴィンは二週間もしないうちに何もかも話してくれました。押し込みのこと、トールベルク刑務所のこと、それに強制教育施設のこと……一度お母さんが彼を訪ねてきたことがあります……いい婦人《ひと》で……エルヴィンが母親から享けたものはすくなくありません……あのお母さんにお会いになりました？」シュトゥーダーはうなずいた。「でも、朝ごはんは食べて行っていいんでしょう？」とたずねた、あの年老いた、もの静かな声が聞こえてきた。

キッチンのドアの振り鐘の呼び鈴がチリリンと鳴った。誰かお店にきたようですわ、と夫人は言って立ち上がり、シュトゥーダーの茶碗にコーヒーをていねいに注ぐと――お砂糖とミルクはご自分でどうぞと言って――、客を迎えに出て行った。

シュトゥーダーは茶碗のコーヒーを一口一口すすって飲み終えると懐中時計を取り出した。まもなく六時だ。まだ時間はある。

シュトゥーダーは両手を背中で組んで小さなキッチンのなかを歩き回った。何を考えるというのではない。ただときどき、何かある考えに煩わされている、とでもいうように、しきりに頭《かぶり》をふった。二度三度白いキッチン戸棚の前を通りすぎたが、まともに目もくれなかった。と、急にくるりと向きを変えたとき、角にぶつかっていやというほど痛い思いをした。ようやくその家具をじっと見つめて首をふった。下のほうが幅の広い、木の扉付きの、白いキッチン戸棚だった。この幅の広い下のほうの部分の上にガラス戸付きの細長い棚が立ててある。山のように積み上げた皿、その隣に何卓ものコーヒー茶碗とグラス、焼き肉皿が何枚か。いちばん上のボードにきちんと畳んで古新聞がのせてあり、その脇に乱雑に重なりあった古い包装紙の山。ドアはきちんと鍵がかかっていなかった。シュトゥーダーは乱雑に重ねた包装紙の山に目を凝らした。そして退屈していたのでその包装紙を引っ張り出すと――彼は小さめの紙が床に舞い落ちないように両手でしっかりそれをつかんだ――、包装紙の山をテーブルの上に置いて丹念にそれを折り畳みはじめた。

五枚目の紙を持ち上げたときのことだ（のちのちまで彼はこの紙の色を覚えていた。それは円錐形の砂糖をくるむのに使う青い紙だった）、下のほうに何やら黒い物体があるのが目にとまった。

シュトゥーダーはテーブルに拳《こぶし》をつき、頭をかしげてその黒い物体を注視した。まちがいない。二十六口径のブローニング拳銃。優雅な武器だ。しかしどうしてホフマン夫人のキッチンにブローニングが隠してあるのか？　どうしてこいつが、この紙の下にすべりこんできたのか？　ひょっとしてシュルンプが……？　うまくない話だ。トゥーンの予審判事がこの拾得物のことを耳にしたら……

シュトゥーダーはよろめいた。銃の床尾は畝をつけてあって、それで何かが証明できるほどの圧痕ははっきりついていないとしても、ひょっとして床尾に指紋が見つかるかもしれない……

キッチンの振り鐘がまたチンと鳴った。客が店を出ていったのだろう。ホフマン夫人がじきに戻ってくるはずだ。

「うは」、とシュトゥーダーは声をあげ、その優雅な黒い物体を手に取ると――この物体がつくった孔、つまりヴェンデリーン・ヴィッチの後頭部の右耳からほぼ指三本の射入口の孔が一瞬チラと目に浮かび――それからシュトゥーダーはピストルをズボンの尻ポケットに突っ込んだ……

キッチンのドアが開いた。ホフマン夫人は一人で戻ってきたのではなかった。ソーニャ・ヴィッチを連れていた。コーヒーのお礼にちょっとそこらを片づけさせてもらおうと思いまして、とシュトゥーダーは言った、でももう必要ありませんね。彼は包装紙の山を手に取り、キッチン戸棚の上のボードにどさりとのせてまた腰を下ろした。娘にはまるで注意を払っていないようだった。

「村ではあなたが捜査なさっていることをもうみんな知っています、刑事さん。それで、このソーニャがあなたとお話したいと言うので」、とホフマン夫人は言った。そして娘のほうをふり向いて、――おすわりなさいな、コーヒーはまだあることだし……

シュトゥーダーはじっと娘を見た。鼻のとんがった、こめかみにそばかすのある小さな顔は蒼白く、取り乱しているように見えた。目はたえずシュトゥーダーの視線を避けていた。目はおどおどとキッチンのなかをながめまわし、包装紙がのせてあったテーブルから、その紙の山がいましまわれている戸棚へとさまよった。唇がキッとばかり嚙み合わされていた。

シュトゥーダーはできれば席を立ち、ぶるぶる震える犬をなだめるように娘の髪の毛を撫でて落ち着かせてやりたかった。が、そうは行かなかった。もしかしたら娘は隠した拳銃のことで何か知っているのではなかろうか？シュルンプがその武器を隠し、逃亡の前夜、娘にどこに隠したかを話したのではないか？　それならソーニャはどうしてもっと早くきて片づけておかなかったのか？　疑問、疑問、疑問の山だ！……シュトゥーダーはため息をついた。

このときソーニャがこちらへやってきた。ソーニャはどうやら、彼が列車のなかでフェリシタス・ローズのことを云々した人物なのを思い出したようだった。シュトゥーダーと握手しながら顔を赤らめたからだ。しかし顔を赤らめたのは、それとは別の原因もあるようだった。それまでキッチンにたちこめていた友好的なアトモスフェアは元の木阿弥と化した。空気はにわかに緊張した。それは、小柄なソーニャ・ヴィッチの戸惑い（それとも不安か？）が生み出した緊張であるだけではなく――いや、シュトゥーダーにはホフマン夫人の態度さえ一変してしまったように見えた。

小さなキッチンを圧した沈黙を破るのは、時刻表示の数字がブルーの白磁製の時計のチクタク時を刻む音だけだった。この沈黙のあいだにシュトゥーダーの楽天的な気分は腐食され、彼のなかに徐々に麻痺的な意気阻喪が増大してきた。どうやらこの意気阻喪の増大には、ズボンの尻ポケットにずしりと重い、あの異様な重みもあずかって力あるようだった。

――ほかにもお客さんがきてたようですね、とシュトゥーダーが突然言った。――いえ、お客さんじゃなくて……ホフマン夫人は首をふった。殿方がお二方いらっしゃって……――殿方がお二方？　どなたかな、お名前は？――村長さんと、教師のシュヴォム。――どんなご用だったのですか？

ホフマン夫人は詰まって黙り込んだ。シュトゥーダーは、心中ひそかにフェリシタスと呼んでいるソーニャ・ヴィッチに目をやった。が、娘は肩をすくめただけだった。

――きみはそのお二方の殿方といっしょにきたのかい？　シュトゥーダーは娘にたずねた。――わたし、刑事さんがお店に入るところを見たものですから、あの二人を連れてきたんです。

シュトゥーダーは立ち上がって額をかきむしった――ますますこみいってきたな……ホフマン夫人からはもう何も出てこないだろう……しかしこの娘からならどうか？……

「アデュー、ホフマン夫人」、とシュトゥーダーは親しげに言った。「それからきみ、ちょっといっしょにきてくれ。もうすこし話しあおうよ……」

シュルンプの部屋を見たところで意味はなかった。掃除をしてみがき込んであるのに決まっていたし、シュルンプの持ち物は荷造りしてどこかに保管されている……

家を出しなに、シュトゥーダーはこの考えが間違ってなかったのを知った。上階のある窓の緑色のよろい戸に白い厚紙製の紙切れがゆれていた。

紙切れにはへたくそな字で書いてあった。「貸間あり。」

刑事はもう一度ホフマン夫人のほうをふり向いてその広告を指さし、もうどなたか借り主が名乗り出ましたか、とたずねた。

ホフマン夫人はうなずいた。

——その方の名前は？

ホフマン夫人は答をためらった。が、彼女にはこの質問が危険とは思えなかった。そこで言った。

「教師のシュヴォム。できれば自分のところに一カ月きたがっている、どなたか親戚の人のために借りたいとおっしゃって。それから通りすがりにゲルバーが立ち寄りました、あの理髪屋で助手をやっている……はい、それで全部です。」

「で、あなたはそのご両人をキッチンに案内して、コーヒーをふるまわれた？」

ホフマン夫人は顔を赤らめて、当惑したように手をこすり合わせた。「一日中ひとりでおりますとね、おわかりでしょう……」

シュトゥーダーはうなずき、帽子をちょっと持ち上げると、ゆったりとした歩幅であゆみ去った。彼の横をソーニャ・ヴィッチが並んでちょこちょこ小走りについて行った。靴のヒールがアスファルトの上でカタカタ音を立てた。だが靴下は取り替えていた。すくなくとも右の靴の踵の上にもう穴は見えなかった……

ヴィッチ家のインテリア

その家はとある丘のはずれの、ささやかな住宅団地の一角に建っていたが、まわりを囲んでいる建物より古かった。店内に入るためのドアが玄関ドアと隣りあって左側にあった。その脇に一種の野外ヴェランダがあり、奥の外壁に雪山を背景にした湖の絵が大きく描かれ、雪山は水っぽい木苺アイスみたいに薔薇色がかっていた。ドアの上に渦形装飾風にのたくらせた書体で次のような金言がご大層にのさばっていた。

ようこそ、立ち寄れば福あり！

二階の窓の下にブルーのペンキで店名が、「アルプスの憩い」と書かれている。

マギーのポスターが色あせている店のショーウインドウでも同じく次のような看板が風化していた。

W・ヴィッチ－ミッシュラー、食料品商

庭は荒れ果て、伸び放題の雑草が立ち上げる支柱のない豌豆のあいだに茂っていた。家の一隅に錆びたレーキがもたせかけてある。シュトゥーダーは途々ずっと黙り込み、娘がいまにも話をはじめるのではないかと待ち構えていた。だがソーニャも黙り込んでいた。一度だけ彼女はおずおずと言った。「今朝列車のなかで、あなたがシュルンプの件でベルンからやってきた警察の人だってことはすぐにわかったわ……」シュトゥーダーはうなずき、それから先がどうなるかを待った。「それであなたがホフマン夫人のお店に入って行くのを見て、わたしはエッシュバッハー伯父さんを迎えに行った。ホフマン夫人ときたらとびきりおしゃべりなんですもの……」

シュトゥーダーは黙って肩をすくめた。事件全体が突然行き詰まってしまったのだ。明日の朝地区巡査のムールマンとすこし立ち入った話をしよう、と彼は思った。

教師のシュヴォムと理髪店助手のゲルバー、と彼は考えた——するとジョン・クリングの小説を読んで万年筆のプレゼントをしてもらったあの若造は、ゲルバーという名なんだな——、この二人がホフマン夫人のキッチンにきた……そしてもちろんシュルンプも。

拳銃を隠したのはだれなのか？　どうして選りによってこの場所に隠したのか？　そいつは、ホフマン夫人が拳銃を見つけて警察に届けに走るのを期待していたのか？　ホフマン夫人が拳銃を見つけたと仮定しよう、だとすると彼女はむろんそれを手に取って、ご婦人方のつねとして好奇心たっぷりにひねくり回したはず。するともう指紋が確認できないのは言うまでもない。だから、とシュトゥーダーは考えて胸を撫で下ろした、ブローニングを別に予防措置も施さずにすとんと突っ込んでおいてよかったわけだ……シュルンプが家に戻って来たのが火曜日の晩方だったのか、それとも火曜日の夜中だったのか、残念ながら、それはホフマン夫人に訊きそびれた……でも、そもそもそんな質問は不要だった。答は書類に書いてあるに決まっている。さよう、シュトゥーダーは書類のある頁を思い出した。そこにはこう書いてあった。「ホフマン夫人は尋問に応えて供述した。被告は殺人の夜、ようやく午前一時頃に帰宅したと……」

シュトゥーダーは頭をふった。奇妙なことに、この思うだに気が重い事実は彼の興味をそそらなかった。すべてがじつに単純な筋書きに組み立てられている。一人の前科者が殺人を犯した。アリバイはもちろんなく、やつのポケットにホトケの金が発見されたが、やつは口をきこうとせず、ひたすら絶対に無実だと言い張り、自殺未遂をやらかす……におうのだ——そう、全体に何やら安物の小説臭いにおいがぷんぷんする……

しかしもちろん無実の犯人はこの事件では現実の人物だった。人生がうまく行かなかった人間、しばらくはまた順調に運んでいたものの、それが今度は……シュルンプは休みの日には何を読んでいたのだろう？　フェリシタス・ローズみたいなものか？　でなければジョン‐クリング？　それがわかったらおもしろかろう。あの小柄な娘ならきっと知っている、あの高価な万年筆をプレゼントした娘なら……あれは理髪師助手のゲルバーとの色恋沙汰なのか？　どうもそうは見えない……それならなぜ、あんな高価なプレゼントを？……

万年筆……そう……万年筆はふつう上着の左の胸ポケットかチョッキの上のポケットにはさんでいる。万年筆は特に注文を集めに行くときに身につけて行く。ヴェンデリーン・ヴィッチは火曜日にも万年筆を持って行ったのだろうか？……するといつ娘にそれを渡したのだろう？……ヴェンデリーン・ヴィッチのポケットはどれも空だった。上着の背中には樅の針葉が付着していなかった……

二人はキッチンに入った……流しにまだ洗っていない食器類……テーブルの上には皿が一枚、皿の上にバター、その横に櫛が一つ。

シュトゥーダーはひとりだった。ソーニャは姿を消していた……

開いているドアを抜けて刑事は隣の部屋に入った。窓のカーテンは灰色で、ピアノの上には埃がつもっていた。ドアがバタンと閉まった。家のなかに衝撃が走った。ドアの閉まった衝撃でピアノの上に架けてある肖像写真から灰色の雲が舞い落ちた。肖像写真は故ヴェンデリーン・ヴィッチの若き日の面影を見せていて、どうやら結婚式のときに撮影されたものらしい。堅いターンダウンカラーの左右の尖端のあいだに小さな黒い頭がのぞいていた。口髭はこの頃すでにみじめたらしかった。そしてその目……

総飾り《フリンジ》付きの赤－黄－ブルーのテーブルクロスを敷いたテーブルの上はパンフレットだらけだった。ずっしりと重たげな黒いカウンターもパンフレットでくまなく覆われている。

シュトゥーダーはパンフレットの頁をぱらぱらとめくった。パンフレットはどれも同じ種類のものばかりだった。犬や子供の写真、山の礼拝堂の絵、小説、家庭の主婦のための豆知識、筆跡学のコラム。それに表紙タイトルには、どれもこれもれいれいしく、

「本社は会員資格を保証します……完全廃疾または死亡には保険料が支払われます……」

それぞれ異なる五種類のパンフレット。保険料が支払われると、その結果……その結果はかなり莫大な額になる

……ところで公証人のミュンヒは何と言っていたか？　エレンベルガーじいさんは債権証書持ちで、それを決済したがっていると言ってなかったか？

上の階に足音が往ったり来たりした。ソーニャは階上《うえ》で何をしているのか、どうしてこちらを住まいにひとりきりにしておくのか？　何か重いものを動かす気配がした。シュトゥーダーはほほえんだ。娘はどうやらベッドメーキングをしているらしい。もう夕方だった。ヴィッチ家ではおかしな規律が守られているのだ……

シュトゥーダーはまたパンフレットの頁をめくった。アンダーラインを引いたいくつかの箇所にくると、頁をめくる手を止めて読んだ。

「と、彼女の胸には熱い燃える思いがこみあげた。彼女は男の腕に身を投げ、もう二度と、二度と離すまい、とでもいうように彼の首にひしとかじりついた……」

さらに、

「そしてぼくらは、ソーニャ、ぼくの愛する恋人、ぼくのいとしい女《ひと》よ――ぼくらはきっと幸福になるだろう……」

「死人のように唇まで蒼ざめ、手足をわななかせながら、ソーニャは彼の目の前に立っていた……」

シュトゥーダーはため息をついた。なまぬるいコーヒーと、夜通し小説に読みふけったので朝はめっきり憔悴している一人の女のことが思い浮かんだ……

それから刑事はずっしりと重たそうなビュッフェに歩み寄った。ヴェンデリーン・ヴィッチの肖像写真の真下のビュッフェのプレートの上に、蠟製の薔薇と秋の木の葉の枝を二、三本挿した花瓶が置いてある。写真のヴィッチはその花瓶を横目遣いにながめている風情だ。シュトゥーダーは何気なく花瓶を持ち上げた。妙に持ち重りがした――いずれにせよ秋の木の葉も人工の模造品だった。シュトゥーダーは花瓶をゆすってみた。何やらがさがさする音がした。彼は花瓶をさかさまにひっくり返した……

二個、四個、六個、十個――十五個の薬莢が飛び出してきた。二十六口径……

階上の物音がやんだ。シュトゥーダーは薬莢を一個上着のポケットに入れて他のはまた花瓶に戻し、花束を元通りにきちんとそろえた。階段を足音が下りてきた。シュトゥーダーはキッチンのドアを開け、閾の框《かまち》際に立った。

刑事さんにお詫びしなければなりませんわね？　とソーニャは言った。刑事さんが家のなかを視察している間に、わたし、階上でまだやらなければならないことがあって。母は九時の列車の後でないと帰りません、それまでは駅にいなければならないので……でもアルミーンはすぐに戻るでしょう。

ソーニャはぺらぺらまくしたててシュトゥーダーの目をそらした。しかしシュトゥーダーが脇見をしていると、娘の目が彼の顔に向けられるのがわかり、ふたたびそちらに目を向けると、瞼が目の上にまたもやパタンと落ちた。娘は長い睫毛《まつげ》をしていた。額は丸く、やや前に突き出し気味だった。髪の毛はきれいにブラシがかけてある。ソーニャは今朝の列車内よりずっときちんと身じまいをしているように見えた。

——それはそうとシュルンプがあなたによろしくと言っていました、とシュトゥーダーはついでながらに言った。シュトゥーダーは窓の外を眺めた。菜園のはずれに古い、ボロボロに朽ちた小屋が立っている。屋根の支柱がぐんにゃりと折れ曲がり、煉瓦が何個か欠け落ちていた。小屋の扉もとれている。

ソーニャは黙り込んだ。シュトゥーダーはふり向き、見れば娘は泣いていた。とめどのない涙だ。小さな顔はひきつり、尖《さき》のとんがった鼻は深いしわに埋もれ、唇はぶるぶるふるえて目から頬をつたって涙が流れ落ち、それが顎のところで止まるとブラウスにぽたぽた滴り落ちた。両手をかためて拳固にしていた。

「でもねえ、きみ」、とシュトゥーダーは言った、「でもねえ、きみ！……」いい気持ちはしなかった。とどのつまりポケットからハンカチを取り出して、ソーニャのそばに近づくと流れる涙を不器用にぬぐってやるくらいのことしか思いつかなかった。

「おいで、ほら、しゃんとして……」

ソーニャは刑事にもたれかかった。身体は震えていたが、肩はやわらかかった。シュトゥーダーはわけもなくため息をついた。

「こっちだ、さ、こっち……」

ソーニャは椅子にすわった。両腕をテーブル板のバターを載せた皿の横、櫛の横に長々と伸ばした……外ははや黄昏の気配が色濃かった。シュトゥーダーはもうわずかしか時間がなかった。七時半にはムールマン家の夕食に参上しなければならない……

ソーニャが憐れだった。シュトゥーダーは彼女にあれこれ質問したくなかった……ソーニャの父親は死に、最愛の人は独房にいて、彼女は昼の間ずっとベルンに働きに出、兄はウェイトレスに金を貢がせ、母親はキオスクで小説に読みふけっている……

「エルヴィンが」、とシュトゥーダーはやさしい声で言った、「エルヴィンが、わたしに言づけをしてね、きみによろしくってさ……」

「エルヴィンは無罪だと思う？」

シュトゥーダーは何も言わずに首をふった。一瞬ソーニャはほほえみを浮かべた。が、またしても涙が出た。

「あの人は、自分が無罪だってことを証明できないでしょう……」、嗚咽《おえつ》しながら彼女は言った。

「彼に金を上げたのはきみかい？」

顔がこれほどまでに変われるとは不思議だった！……ソーニャは目の前の窓の外、入口が真っ黒な正方形になってしまった、あの古い、ボロボロに朽ちた小屋がある方角にじっと目をこらし……そして黙り込んだ。

「どうして理髪屋のゲルバーに万年筆をプレゼントしたりしたのかね？」

「だって……だって……ゲルバーは何かを知っているの……」

「そうか、そうか」、とシュトゥーダーは言った。

シュトゥーダーはテーブル際に腰を下ろした。腰かけ椅子《スツール》が彼の重い身体には小さすぎて居心地が悪かった。

——この家にはもう長いこと住んでるの？　と彼はたずねた。——父が母の金で建てさせたんです、とソーニャは語った。話せるのがうれしそうだった。父は鉄道にいて、車掌をしてました。ところへ母に遺産が転がり込んだんです。母はここのゲルツェンシュタインの出、父は湖水地方の出身です。母はお店を出し、父はそのまま鉄道勤めを続けました。戦争中は商いもうまく行ってました。その頃はゲルツェンシュタインにもまだお店がすくなかったんです。それで父は年金付きで退職しました。父は心臓弁膜症の持病があって、それが鉄道勤務を難しくしていたので、どちらかといえばただ離職するだけで年金はあきらめるつもりでした。そう、戦争中は万事がうまく行ってたんです。アルミーンは後でベルンのギムナジウムに行けたし、ゆくゆくは大学にも行っていたはずでした。ところへあの金融大恐慌がやってきて、両親は何もかも失いました。で、全部すっからかんになりました。母は不機嫌になり、父は行商に出ました。でも、稼ぎはわずかなものでした。そこへもってきて何もかもが物価高ですもの！……母はお金のやりくりができない人なんです。しょっちゅう医者だの何だので有り金を全部はたいちゃうんです。エッシュバッヒャー伯父が一、二度面倒を見てくれたこともありますけど……最後の言葉を口にするのをえらくためらった。

「エッシュバッヒャー伯父がどうしたんですって？」シュトゥーダーはたずねた。

沈黙……

「それでいて、わたしがホフマン夫人の店に入るのを見ると、きみはエッシュバッヒャー伯父を連れてきたんだね？」

娘の顔はいやというほど苦悩を表していた。シュトゥーダーは同情した。それ以上尋問を続ける気にならなかった。しかし最後に一問だけ。

「教師のシュヴォムというのは何者ですか？」

ソーニャは赤くなり、一息入れ、話をしようとしたが声が出ず、咳払いをし、ハンカチを探し、手の甲で目頭をぬぐうとどもりどもり、

「シュヴォムは中学教師で、地区の書記、地区長も兼ねていて、混声合唱団の指揮者も勤めてます……」

「じゃあ村長とはいろいろ関係があるね？　例のエッシュバッヒャー〈伯父〉と？」

ソーニャはうなずいた。

「元気を出して。」シュトゥーダーはソーニャに手を差し出した。「泣くなよ。そのうち万事良くなるって。」

「お元気で、刑事さん」、ソーニャは言ってその小さな手を差し出した。爪がきれいに手入れしてあった。

彼女は席を立たず、シュトゥーダーをひとりで外に行かせた。玄関口でシュトゥーダーは立ちどまり、ハンカチを探したが見つからず、キッチンでハンカチを使ったのを思い出すと、玄関扉のところから取って返してドアをノックもせずにキッチンに入った。

だれもいない。隣の部屋に通じるドアが開いたままだった……ずっしりと重たげなビュッフェの前にソーニャが立っていた。ソーニャは蠟製の薔薇と模造の秋の木の葉を手に持って、花瓶の重さを計っているように見えた。目は父親の肖像写真に向けられていた。

シュトゥーダーのハンカチはキッチン・テーブルのすぐそばの床の上に落ちていた。

シュトゥーダーはそっとテーブルのほうにしのび寄るとハンカチを拾い上げ、ドアのほうに引き返した。

「おやすみなさい」、と彼は言った。

ソーニャはびっくりしてこちらをふり向き、花瓶を下に置いた。彼女は気をつけの姿勢を取った。

「おやすみなさい、刑事さん……」

奇妙なことに、彼女の目はシュルンプ青年のそれを思い出させた。その目にはおどろきと、それにかたくなな絶望が宿っていた。

ヴェンデリーン・ヴィッチ事件第二回

「お掛けなさいな、シュトゥーダー」、とムールマン夫人が言った。テーブルに生ハムのスライスとシンケン〔燻製ハム〕を盛った大皿がでんと腰をすえ、サラダがあり、テーブルの一角のムールマンの席の傍らにはビール瓶が四本並んでいた。

「さあ、シュトゥーダー、上着を脱いで」、とムールマン夫人はなおも言った。それから退席した。子供を寝かせつけなければならないので、と彼女は言った。

――シュトゥーダー、何か見つかったかね、とムールマンが顔も上げずにたずねた。ムールマンはサラダの野菜の葉をフォークで突き刺そうと躍起になっていた。それからおごそかな顔をして放心状態で咀嚼をはじめた。「コットローを見つけたよ……」、とシュトゥーダーは言って、汁気たっぷりのシンケンの切り身をためつすがめつした。

「そう、そうか」、とムールマンは言った。「そりゃ相当なものだ……」ムールマンはビールのグラスを一気に干した。それから二人ともまた黙り込んだ。

部屋の隅に彩色ゆたかな農家の箪笥が置いてあり、その観音扉の左右に薔薇の花綵《はなづな》装飾が絡みついている……

ムールマンが出ている皿を片づけた。それから腰を下ろし、パイプに火をつけた。

「では、話してもらおう……」

だがシュトゥーダーは黙っていた。彼はズボンの尻ポケットに手を突っ込み、ホフマン夫人の家で発見したピストルをひっぱり出してテーブルの上に置いた。それから上着のポケットをさぐり、ヴィッチ家で見つけた薬莢をランプの灯りにかざしてキラめかせ、おしまいにこう言った。

「二つとも同じものかね?」

ムールマンは調べに没頭した。何度かうなずいて……

「口径は同じだ」、彼は静かに言った。「そこの武器の薬莢が発射されたものかどうかは、すぐには言えないな。デリケートな問題だ。弾痕を調べてみないとな……薬莢はどこで見つけたんだ?」

「ヴィッチ家の居間のピアノの上の花瓶のなかだ。花瓶には十五個あった。なんだか、だれかが躍起になってピストルを試射したみたいな感じがする……」

「ほう?」ムールマンは言った。

「ソーニャは怖がってる……すくなくとも最低四人の人物をだ。あの理髪屋の助手、教師のシュヴォム、自分の兄貴、それにどうやら〈伯父〉のエッシュバッヒャーも。」

「うん」、とムールマンは言った、「それはおれもそう思う。ソーニャは父親が自殺をしたと考えている。しかし自殺だと保険金は支払われない。理髪師のゲルバーは気がついたんだ。いわゆる殺人にしてはどうもつじつまが合わないところだらけだ、とね。で、ソーニャは心配になってきた。やつが何か言い出しやしないか……わかるかね?」

「事件の話をそもそものはじめからしてくれないか。わたしが必要とするのは、事実よりもむしろ人間がそこで生活している空気だ……わかるね? だから、誰も気にとめないようなちっぽけなことがやがては事件の全体をパッと照らし出すことになる……パッとね!……もちろん、そんなことができれば、の話だけどね。」

合間《ま》にかなりの間をおきながら、またいろいろ脇道にそれたり、言外に「な?」だの、「わかるな?」だのをはさんだりしながら、地区巡査ムールマンはおおよそ次のようなことをシュトゥーダー刑事に語った。

――ヴィッチ・ヴェンデリーンは二十二年前に結婚した。その頃は鉄道に勤めていた。夫妻は当初はエッシュバッヒャーの家に間借りしていたが、ヴィッチ夫人の叔母が死んで遺産がかなり莫大な額だったので、それで家を建てることに決めた……

「ちなみにヴィッチ夫人の実家の姓は何と言うんだね？」シュトゥーダーがたずねた。「アナスタシアだ……どうして？」

シュトゥーダーはほほえみ、一瞬沈黙してから言った。

「いや、先を続けてくれ……」

ヴィッチ夫妻はこうして家を建て、子供たちが生まれ、二人とも幸福そうに見えた。夫人は仕事熱心で、庭をきちんと整備し、お店では働きものだった。夕方になると二人が家の前のベンチになごやかに腰をかけて、ヴィッチは新聞を読み、夫人は編み物をしている光景を見かけた……

――シュトゥーダーはその光景をまざまざと脳裡に浮かべた。二階の窓の下にはまだ真新しく色も褪せずに、「アルプスの憩い」と店名の表札がピカピカ光り、玄関扉には「ようこそ、立ち寄れば福あり」の金言。ヴェンデリーン・ヴィッチはシャツの袖をまくり上げてベンチにすわり、ときどき新聞を脇に置くと（彼はおそらくゲルツェンシュタイン・アンツァイガー紙しか読まないのだろう）、立ち上がって風にぶらぶら揺れている格子垣の小枝をつなぎとめに行って戻ってくる……砂場には二人の子供たちが這いまわっている。空気は静かだ。空気中に枯草のにおいが重たくたちこめている。夫人が言う、「あんた、そろそろ行かないと……」平和がたっぷり。お店の振り鈴がリンリン鳴る。いそいそと立ち上がって、いっしょに店内に入り、顧客を相手に天気の話や政治の話をする……ヴェンデリーン（彼を夫人は何と呼んでいたのだろう？　それも知らなくちゃな……父《とう》さん？　まあな。それがいちばんぴったりだ……）、ヴェンデリーンはチョッキの切れ込みに親指をかける。村長と血縁関係のある名望ある市民、一戸建ての家の持ち主……それが年とともに変貌した……不機嫌になる夫人、小説に読みふける夫人、次いで経済的不如意がやって来た。息子は母親の側に寝返り、庭は荒れ放題に荒れ、ヴェンデリーンは行商に出、安酒を飲み、保険契約のある雑誌を……完全廃疾の場合、支払い額は死亡とまったく同じだ……しかしシュトゥーダーには、追い払っても追い払っても消えないイメージとして家の前のベンチが目に浮かんだ。地面で遊んでいる子供たち、たるんだ小枝が風に揺れ、ヴェンデリーンが黄色い鞆皮の紐を手にそれをゆわえに行く……シュトゥーダーはしばらくのあいだ話を聞いていなかった。それがまた聞き耳を立てた。ムールマンがこう言ったからだ。

「……あの家には犬も一匹いたんだ。一度、ヴィッチが酔っ払って家に帰ろうとしたときのことだ、若者たちが何人かいやがらせをした。すると犬が吠えて、その若者たちに跳びかかった。若者の一人が石で犬を殴り殺した……」

もちろん、そうこなくては嘘だ。ヴィッチはひとりぽっちだと感じ、ひしとばかり犬にしがみついた。おそらく犬は、非難がましいことを言われることのない、こちらから苦情をさらけ出すことのできる唯一の生物だったのだろう……それからまたしてもシュトゥーダーは夢想に沈んだ。

——彼も知っている居間でテーブルを囲んでいるヴィッチ家の人びとを目に浮かべた。居間の隅に埃をかぶったピアノがある。ヴィッチは新聞を読もうと思って探す……すると妻のがみがみ声がする。うちは安全だわ、なのに保険料ばっかり支払って！　妻はわかってない、彼女《あれ》こそこの保険のご利益をいままでいちばん享《う》けてきたじゃないか、小説を満載したあの絵入り雑誌だって……あれらの小説はアナスタシア・ヴィッチにとって、亭主にとっての安酒とどっこいどっこいの代物じゃなかったのか？　寄る辺なさを逃れる手立て、伯爵令嬢や伯爵がいて、お城と池と白鳥と美しい衣装と、それに「ソーニャ、ぼくの最愛の女《ひと》」といったふうに、せりふで雰囲気をかもしだす愛のある世界に逃れ行く手立て。

ムールマンはもうかなりのあいだ黙っていた。刑事が夢想に浸っているのを邪魔したくなかった。シュトゥーダーは突然沈黙に気がついたらしい。ギクリとした。

「続けて、話を続けて……ちゃんと聞いてるとも……」

——そうは見えないな、とムールマンは言った、何をそんなにもの思いに耽ってるんだ、シュトゥーダー？——

それは後で話すよ、とシュトゥーダー。今度はあの二日間のことを話してくれないか、ムールマン、死体の発見だの、捜査だの、シュルンプの逃亡だの……――大して話すことはない、いずれにせよもう書類に書いてあることばかりさ。ちょっと待ってくれ、シュトゥーダー……

ムールマンは立ち上がって書類を取りに行った……

部屋のなかの静寂は深かった……シュトゥーダーは窓際へ行き、観音扉の片翼を開けた。夜のなかにはっきり唄を口ずさむ声が聞こえてきた。その唄なら知っている。昨日独房の前で小さな女の子の声が歌っていた唄だ。

「おお、かわいい天使さん……」

歌声は暗闇のなかを水のように流れてきた。ムールマン夫人が子供を寝つかせに唄っているのだ……

地区巡査が部屋に戻ってきた。手にバラバラの書類の束を抱え、席に着くとそれを目の前にひろげて話しはじめた。シュトゥーダーは窓辺に立って壁に背をもたせかけた。

――コットローは――それはそうと、シュトゥーダー、どうやってコットローを発見したんだい？――シュトゥーダーは目くばせをした、それは後で……

――つまり、そのコットローが警察詰所に駆け込んできて、森に死人がいるとか何とか訳のわからんことをごたごたしゃべくった……殺人死体だ！……

「出て行く前に州総督府に電話すると、向こうがそっちへ行くと約束した。家を出るときドアの前で村長のエッシュバッヒャーとばったり鉢合わせをした。村長は教師のシュヴォムといっしょだった。別におかしくはない、シュヴォムは役場書記だからね。二人とも妙にせがんでね。エッシュバッヒャーは捜査の結果をすぐにも手に入れたがった……しかしエッシュバッヒャーの成果はかんばしくなかった。こっちは何も教えなかったのでね。でもこっちは村の写真屋を呼んでおいた……」

――おれたちはそれから五人で犯行現場に向かった。村長、シュヴォム、写真屋、それにおれ、ムールマン……で、コットローがこの四人を案内した……犯行現場に着くとムールマンは写真屋に何枚か撮影するように指示し、写真屋はそれをいたって几帳面にやってのけた。

「まったくだ」、とシュトゥーダーは言った、「写真屋はいい仕事ぶりだった。気がついてたかい、上着の背中に樅の針葉が一本も写ってなかったのを?」

ムールマンは首をふった。

——こっちの目にはとまらなかった。しかしシュトゥーダーの目にとまったのなら、それは重要問題になるな……村長はずっと何だかだと口を突っ込みたがって、これは殺人だと言うんだ、強盗殺人だって。それも、エレンベルガーが自分のところに雇っている犯罪者たちの一人の仕業にまちがいない……発見現場にはたくさんの人が居合わせたので、現場は州総督にもむろん容易に見つかった。州総督一行はあまつさえノイエンシュヴァンダー博士も呼んでおり、博士は死亡を確認し、またヴィッチを州立病院に運ばせもした。ムールマンが、死体解剖は法医学研究所でやるほうがいいと要請した。ノイエンシュヴァンダー博士は腹を立てた。しかしやがて博士も承諾し、ただし調書を一通作成して、それを「死体解剖調書」と命名したうえ銃創をゾンデで調べて学問的表現でその推定箇所を確定した……

「ポケットは空だったかい?」

「すっからかんさ」、とムールマンは言った。「それはおれにだってわかったよ。」

「どうして?」

「自分でもわからん……」

「だけどあの日、ヴィッチは手元に三百フラン持ってたはずだろう? 勘定を徴収したって言うじゃないか? そのうえまだ家から金を持って行ったんじゃないのか?」

——家からはまず一銭も持ち出してないだろう、それは不肖ムールマン、誓ってもいい。だけど百五十フランは持っていたと思う。勘定を徴収したことだし、彼が立ち寄った何軒かの農家も電話でそれは確認している……

「それで!」シュトゥーダーは言った。彼はブリッサゴに火をつけた……

――州総督は肝っ玉の小さい野郎でね、とムールマンは語った、一から十までエッシュバッヒャーの意見をご説ごもっともと拝聴した。やっこさんの力説するには、これは殺人だというのだね。そんなことは不肖ムールマンだってわかってます。おれとしてはどうも、ヴィッチは自殺じゃないかと思うんだけどね……

「自殺はちょっと無理だろう」、とシュトゥーダーは言った。「法医学研究所の助手が実物実験してくれた。自殺なら火薬の痕跡があるはずだといってね。ヴィッチの腕が並みはずれて長いとしよう。しかしあの武器をどう持つことになるか想像してみろよ……」彼はランプの灯りのなかに歩み入り、ブローニングをテーブルから取り上げ、安全装置が掛かっているかどうかを試し（弾倉は空だ、しかし……）、それからまた持ち上げて……シュトゥーダーはイタリア人の助手が実物実験して見せてくれた姿勢を、そっくりそのまま真似しようとしてみた。彼の腕はかなり太いのでうまく行かなかった。

ムールマンは頭をふった。ヴィッチは身体がしなやかだったから、可能性がなくはないぜ……

「いいから先を続けて！」シュトゥーダーはその言葉をさえぎった。

――もうそんなに話すことはない。州総督の命によって、彼、ムールマンは、なおその日の午後、エレンベルガーのとこの労働者たちを尋問した。しかしそれで明らかになったことは何ひとつなかった。そこでムールマンはヴィッチの家へ行った。しかし家で会えたのは居合わせた息子だけだった。やつは何も言いたがらなかった……結局、アルミーンの言い分はこうだ。親父《おやじ》が森で殺されたことは聞いた。でも、それは警察の問題だ。

「これにはびっくりしたよ。だっておれはその朝、家族に死亡の準備がととのえられるようにとエキストラに写真屋まで現場にやらせたんだぜ……それに、なあおい、若造のほざくにはこうだ、おやじが死んだのは運がよかった、そうでなきゃ近々お役所の養護施設でお世話になるところでした……」

「で、例の三百フランは？」

「おれはそれから駅のキオスクに行ってヴィッチ夫人に問い合わせた。彼女は話してくれたよ、夫はその朝百五十フラン持って出たとね。どうしてそんな大金を持ち出したんだか、おれは知りたかった。しかし彼女は、夫はその金が必要だったんですと言い張るだけだ。ほかに何も話すことはないと言う。それからヴィッチ夫人が続けて言うには――息子と異口同音だ――夫にはもう辛抱できません、日に日に飲んだくれになる一方なんです。エッシュバッヒャーの意見では、養護施設のお世話になるしかないだろうって。自分はヴェンデリーンにもう一文も上げなかったけど、ずっと彼を助けてきたエレンベルガーが債権証書を発行させていて……なるほど、とおれは言ったよ、しかしヴィッチが行商に持って出た、あの百五十フランの出所はどこなんです？　すると夫人は矛盾したことを言ったと気がついて、いささかしどろもどろになって言うには、夫はあのお金がどうしても必要だったんです、だからわたしは最後のお金を上げたんです。それからはもう何も言いたがらなくて……」

「じゃあきみの考えはこうだな、ヴィッチは何かあることのために、何としても三百フラン必要だったと？」

「そうだ、いいか、そうだとすればことは簡単じゃないか。ヴィッチは森で拳銃自殺する。彼はシュルンプに指定して同じ場所にこさせるようにしておく。時間は十一時としよう。シュルンプにブローニングを持ち去らせなくてはならない。なぜかというと拳銃が死体の側《そば》にあったのでは、だれだって殺人とは思わないものな。シュルンプに拳銃の始末をさせる手筈だったんだ。シュルンプは必要とあらば起訴されても構わなくて、その代わりに三百フラン頂く。それに、捜査が一段落したらソーニャと結婚してもいい、と約束してやる……おいしい話にして、やつを釣ったんだろう。で、気のいいお調子者がすっかりその気にさせられた。それがいまや雪隠詰めになっちまった……」

「するときみの考えでは、シュルンプは何もしゃべっちゃいけないんだな？」

「そりゃそうさ、でないとソーニャを事件に引きずり込むことになる……」

「おい、ムールマン……いや、とりあえず教えてくれないか、シュルンプが〈熊〉亭で百フラン紙幣を両替したと通報して来たのは、何者なんだ？」

「それがおれにも言えないんだ。おれはあの晩そこの隅で報告書を書いていた。すると電話のベルが鳴った。おれは受話器をはずして名を名乗った。ところが相手は自分の名前を言わないで、ただ口早に「シュルンプは〈熊〉亭で百フラン両替した」と告げただけ。そっちにいるあんたはだれだと、おれはたずねたが、カシャッという音がして相手はもう受話器を切っていた……」

「それでそれからどうした？」

「あわてなかった。報告書を仕上げると、それから真夜中に旅籠屋を全部巡回してまわった。〈熊〉亭では亭主を脇に呼んで、シュルンプが百フラン紙幣を両替したというのは本当か、と質問した。「はい」、と亭主は言った。「今晩、九時頃でした。シュルンプは赤ワインを半リットル注文して、それからコニャックを飲み、そのあとビール大ジョッキを二杯、全部たいらげてからまたコニャックを一杯！……」たまげたね、あのシュルンプがそんなに飲むなんて。シュルンプはいつもこんなにガブ飲みするのか？　とおれは亭主に訊いた。いいえ、と亭主の言うには、いつもはこんなじゃないんで、あたしもびっくりしたくらいです。きっと、と亭主の思うには、相手の父親が死んだいまとなっては、シュルンプはソーニャをあきらめざるをえなくなって……そこでおれは、シュルンプを逮捕すべきかどうか電話した。すると州総督が逮捕の命令を出して……ところが翌朝あの若造をお迎えに行こうとすると、やつはトンズラした。そこで警察本部に電話をして……」

「そうだ」、とシュトゥーダーは言った、「おかげでこっちが金曜日にシュルンプを逮捕できた……それでシュルンプの部屋だが、きみは徹底的に調べたんだろう？　何か見つかったのか？」

ムールマンはその幅の広い頭をふった。

「いや」、と言った。「すくなくとも被告の不利になるようなものは何も。」

「部屋に本はあったかね？」

ムールマンはうなずいた。

「どんな本だ？」

「ああ、ほら、『愛で一体』とか『無実の罪』とかいう、きらびやかなタイトルの例の文庫本さ……」

「たしかに、一冊はそういうタイトルだったんだな？」

「『無実の罪』かい？　そうだよ、請け合うとも。それからまだ何冊か探偵小説があったぞ。ジョン・クリングとかいうんだと思う。知ってるね、あの本格物の盗賊小説……」

「うん」、とシュトゥーダーは言った、「知ってるよ……」

彼はまたしても長らく窓際の影のなかにいた。いま彼はこちらにくるりと背を向けた。前方の街道に自動車が次々に矢のように疾駆して行く。三台の車のライトがシュッと通りすぎるのを見てからシュトゥーダーはふり向きもせずに声低くたずねた。

「あのエッシュバッヒャーだが、やつも車は持ってるんだろう？」

「持ってるとも」、とムールマンは言った。「コットローの事件のことを言ってるんだな？　しかしそれはきみの勘違いだ……エレンベルガーはあの事故の後、つまり彼がコットローといっしょに運ばれて行っちまったときのことだが、あの後おれを迎えにきたが、このじいさんはいやな感じだった。もちろん村長にはすぐに電話で知らせて、村長は車で駆けつけた。ゲルバーという理髪屋の助手を知ってるね、そのゲルバーもいっしょに連れてきた。こいつは自分のモーターバイクに乗ってきた。で、おれはエッシュバッヒャーといっしょに出発した。おれたちは一晩中コットローを街道で探した。その前におれはベルンに電話を入れたんだが、あっちでは盗難車運転のチェックをしてくれる手筈だ。でもそんなことをしても何の足しにもならなかった。きみはコットローをどこで発見したんだ？」

「森のなかだ」、とシュトゥーダーはもの思わしげに言った。「きみたちが探さなかったところだ……しかし彼は何も言おうとしなかった。」

沈黙。左側の隣家でラウドスピーカーの音がガアガアがなった。犬の吠え声のようなざらつく声だ。

「なあ」、とシュトゥーダーが突然言った。「エレンベルガーは彼の園丁頭をラジオを通じて探させるべきだと、あのときみに言ったそうだね？　そうだったね？」

ムールマンはうなずいた。

「おれは警察本部に知らせただけだ。そこから先は本部さんがやったんだ。」

「林檎を早く熟させられるかどうか、一度見てみたいと思ったものでね。」

ムールマンはじっと自分の同僚を見つめた。何てバカなことをシュトゥーダーは言うんだ？　ムールマンはそのときたまたまその場に居合わせなかったのである。

「……で、熟してないやつは貯蔵庫に入れとく、そういうのはホルンでようやく良くなる……待つことだ、刑事、林檎が熟するまで……」

シュトゥーダーはしかし長すぎるおあずけなどまっぴらだった。

電話でベルンにつたえた二つの注文がいろいろ妙な結果を生んでしまったおかげで、ただでさえこみいった事件をなおさらこんぐらかせてしまったのだ。だがむろん、それはシュトゥーダーの知ったことではなかった……

「明日、〈熊〉亭で音楽会がある。きみの友人たちの演奏がある……」、とムールマンが帰り際に言った。「エッシュバッヒャーがくるし、エレンベルガーじいさんもお出ましになる……」

「おもしろいことになりそうだな」、とシュトゥーダーは言った。それから彼は教えてくれないかと言った。ムールマン夫人の名前はアニーというのかね、それともエミーというのかね？

——いいや、とムールマンは言った、家内の名前はイーダだよ。呼ぶときはイディーだけどね。それほど家内の名前に興味があるってことは、シュトゥーダーはそんな名前の鳥でも飼ってるのかね？

シュトゥーダーは頭をふった。

——いや、ただの習慣だよ、そう言うと、彼は臼歯を見せてニイッと笑った。おやすみなさい。
二、三歩あるいてからしかし、彼はくるりと引き返してきた。
「なあ、ムールマン」、と彼はたずねた。「きみはホフマン夫人の家のキッチンも捜査したよな？」

「かいなでにね。ブローニングが見つかるかもしらんと思ったものだから……」

「キッチン台のボードの上に、包装紙が一山積んであったのをおぼえてるだろ……」

「ああ、ああ、あれならよくおぼえてる。あの下には、よく円錐形に丸めた砂糖《ツッカーフート》をくるむのに使う青い紙があった。夫人がお店に出て行ったすきにその紙の山をひっぱり出して、ぱらぱらめくってみたんだ。何も見つからなかった。で、なぜ？」

「なぜって、あそこでこれを」、とシュトゥーダーはズボンの尻ポケットの上を叩いた、「青い紙の下に発見したからだよ……」

「ありゃ……」、とムールマンは言って、煙草入れの袋を持ち出し、煙草をパイプに詰めた。「ありゃまあ……」、と彼はもう一度言った。

「事件があってからあのキッチンに入ったのは、ソーニャ、教師のシュヴォム、理髪師ゲルバー――いずれにせよしかしシュルンプは入ってない。そうだ、これから〈熊〉亭に行ってみよう。」

「気をつけろよ、十一時になると」、とムールマンは言って、パイプから白煙をもうもうと吐き出した。「エッシュバッヒャーがかならずヤス［トランプのゲーム］の常連席にすわってるはずだから……」

親指の指紋

夜は冷えた。シュトゥーダーは警察詰所から〈熊〉亭までの短い道のりのあいだ、寒さに震えあがった。彼はもう一杯焼酒《グロッグ》を飲むことに決めた。鼻風邪のきざしが、頭の重いのと頸の不快なむずがゆさといっしょくたになってまたしても現れてきた。だが刑事は〈熊〉亭の食堂のなかに入り込む気はなかった。入口のドアのところにいる宿の亭主に、食堂の隣室は空いていないかとたずねた。亭主はうなずいた。

部屋は食堂の隣にあり、連絡用のドアは開けたままだった。食堂のほうはかなりやかましく、大勢の声がざわついて、そのうえラジオの吐き出すメロディーの断片がゆらめいていた（うまい放送局にダイアルを合わせたな、とシュトゥーダーは考えた）。それから声が上がった、「五十点、切り札のエース、キングとクイーン、シークエンス三枚……」驚きの叫びがどっと上がった。それから同じ声が言った、「これにて完敗……」

その声の抑揚はシュトゥーダーに何かを思い出させた。彼はしかし、ラジオのアナウンサーが「今日のたのしいコンサートの終りにみなさんがお聴きになるのは……」と報じたときようやく、それが何かに思い当った。そう、アナウンサーは標準ドイツ語でしゃべっていた。だがその抑揚、そのしゃべり方が、これまでに見たことにない「出来事」を放送する例の声そっくりだった……

〈熊〉亭の女将が焼酒《グロッグ》を運んできた。女将はシュトゥーダーと差し向かいですわり、どう、捜査は進んでます、とたずねた。彼女の思うに、犯人はシュルンプにまちがいない……でも、こんな犯罪がまさかゲルツェンシュタインみたいな静かな村で起こるなんて。他の人たちにだって責任がありますわ……無気味な気がした。女将のおしゃべりが、シュトゥーダーにはグリトリ・ヴェンガーのヨーデルを聴いているような感じだった。おまけに亭主も話に仲間入りをし（亭主は連れあいの女将よりずっと若く見えたが、ガニ股で、後でわかったことだが、むかしは竜騎兵軍曹だった）、そう、亭主も話に加わりはじめると、これがまた真に迫ってまさしく菓子職人喜劇役者へーゲッチュヴァイラーそっくりの声ときたものだ。

この連中は、自分の声をどこへ置いてきたのだろう？　ラジオに毒されているのか？　ゲルツェンシュタインのラウドスピーカーは新しい流行病を生み出したのか？　声色という流行病を？

ほら、ほら、またあの声だ……

食堂ホールのほうで誰かが、もう飲むものがない、と苦情を言い、この単純な言葉を歌うような抑揚をつけてしゃべるものだから、シュトゥーダーは「おいらにゃ車もない、おいらにゃ騎士領もない……」という例のポピュラーソングを聞いているみたいだと思った。刑事は慎重に連絡用ドアに近づき、しばらく柱の蔭に身を隠してから食堂ホールを見渡した。

シュトゥーダーが昼食を摂ったテーブルに四人の男がすわっていた。なかでも目立つのが隅のほうに身体を押しつけている男だ。でっぷりと肥えている。灰色の猫髭が上唇の上にごわごわこわ張り、顔は赤く、上向きにとんがり、顎は脂肪の襞《ひだ》に埋め込まれていた。頭はてかてかに光り、額に一房だけになった褐色の捲き毛が垂れ下がっていた。

あそこにいる男は何者だ？　とシュトゥーダーは声をひそめて女将にたずねた。

あの尖った頭の人？　あれがエッシュバッヒャーですよ、村長の。シュトゥーダーはほほえんだ。エレンベルガーじいさんを思い出し、その短いが的確な、丹毒持ちの豚野郎……という性格描写を思い起こさないわけには行かなかった。しかし全部当っているというわけじゃないな、とシュトゥーダーはひそかに考えた。エッシュバッヒャーは奇妙な目をしていた。非常に、非常に奇妙な目。狡猾で、利口で……どうして、どうして、やつはそんじょそこらのねんねえじゃないぞ！

村長のゲーム・パートナーを相勤めるのは、頭のある位置に代わりに明黄色の巨大な浴用海綿をのせているみたいな男だった。シュトゥーダーにはその男は背中からしか見えなかった。しかしいまは男の声も聞こえてきた。

「いやはや残念、パスせざるをえませんな……」

もう飲むものがなくなった、と先程苦情を言っていた声、シャンソン歌手みたいな歌い方をするあの声だった。

「村長と組んでる、あのゲーム・パートナーは何者かね？」シュトゥーダーはたずねた。

「あれが教師のシュヴォムよ。」

「よくぞその名前をつけたもの［Schwomm に音の似た Schwamm は海綿の意］、とシュトゥーダーは思った。ブロンドの髪は軽く縮れていた。高い、こちこちに堅いカラーをつけ、黒っぽい上着はどう見てもオーダーメイドだった……シュトゥーダーはさらに手を見た。手の甲にランプの灯りに映えて薄い毛がチラチラ光った。

別のテーブルに四人の若者がすわっていた――なかにアルミーン・ヴィッチと理髪師のゲルバーがいた。他の二人はようやく大人になりかけの少年たちで、頬っぺたに産毛《うぶげ》が生え、ズボンはまだ半ズボンだった。いまこうして席にすわっていると、その半ズボンはふくらはぎの中ほどまでしか届いてなくて――、彼らもカード・ゲームをしていた。

ちょうどこのときラジオが告げた。「みなさまが今夜のコンサートの終りの曲としてお聴きになりましたのは……」誰も目を上げたものはいなかった。ラジオの声が続けた。「天気予報をお伝えする前に州警察からのお知らせをご報告しなくてはなりません。今日正午失踪した、とお伝えしました、エレンベルガー園芸場の園丁頭ジャン・コットローの件です……」シュトゥーダーはとうに知っているニュースだった。ベルンの連中は急いでこのニュースを流そうと躍起なのだ。彼としてはここの連中がどんな反応をするか、好奇心いっぱいだった。

「この人が戻ってきました。彼は襲撃者についても、また自分の誘拐の理由についても大して正確な報告ができませんでしたが、すでにお伝えしたゲルツェンシュタインの殺人事件に関する捜査を委ねられたシュトゥーダー刑事は、先に申し上げた殺人事件は園丁頭コットローの誘拐ならびにエレンベルガー氏の負傷と密接な関係がある、と言っております。この事件についてくわしいことをご存じの方は、どうか、ゲルツェンシュタインの地区巡査詰所に届け出られるか、それとも州警察本部に電話報告にてご自身の見聞のほどをお知らせ下さるようお願いします。」

間。

シュトゥーダーはドアの下に近づき、この言葉の効果のほどを観察した。

四人の若造は身体がこわ張ってしまったようだった。ヤスのゲーム・テーブルでは最後の一勝負だった。ほぼテーブルの中央のあたりに四枚のカードが重なっていたが、どの手も札合わせに動こうとしなかった。だれもが扇形にしたカードを胸に押し当てていた。

村長たちのテーブルではそれ以上ショックを受けた気配はなかった。ゲームは元気はつらつと行われていた。エッシュバッヒャーは片手にカードの束を握り、もう一方の手は巨大な赤い頭を支えていた。口は軽くゆがみ、口髭が逆立った。ラジオが先を続けた。

「おそらく所轄の検察庁は報……」

エッシュバッヒャーがうなずいて、アナウンサーそっくりの声を出して言った。

「ガアガア声はたくさんだ、ラジオを止めろ！」

ホールのウェイトレスはまるでこの命令を待ってましたとばかりだった。パチン。ラジオの声はやんだ。

木のテーブルは明るく、ピカピカに磨き上げて光っていた。ゲーム用のテーブル掛けがその上に黒い方形を描いていた。一リットル入りのカラッフェ［ガラス栓つきの飲み物を入れるガラス瓶］に二つの天井電灯の黄色い光が反射した。磁器人形じみたエッシュバッヒャーのしわの深い顔面のあたりでマッチを擦る音がシュトゥーダーにはっきり聞こえた。エッシュバッヒャー村長は火の消えた両切り葉巻に火をつけ直し、それから静けさのなかで大声で言った。

「そこの若い衆たちに赤一リットル、わたしの勘定で差し上げてくれ……」

アルミーン・ヴィッチのテーブルで口ごもる気配。

「すみません、村長、どうもありがとうございます……」

するとまたそのグループは動きはじめた。これもちょっと無気味な感じだった。なにやら自動人形にスイッチが入れられたようだった。自動人形が突然いつもの運動をしはじめ、扇形にひろげたカードが目の前にせり上がり、カードがテーブルにパラパラ落ちた。

エッシュバッヒャーは自分の席にふんぞり返っていた。あいかわらずカードの束を手にしていた。視線は強引に自分のほうに目を向けさせようとしているように、ゲームを続けている若者たちのグループのほうにひたとばかり向けられていた。だが若者たちはゲームに没頭していた。ウェイトレスが若者たちの席にやって来た。彼女は一リットルの赤ワインをゆっくりテーブルに置きながら、アルミーン・ヴィッチにやさしく身体を押しつけた。これがアルミーンには邪魔だったと見え、いきなりふり向き――そこでエッシュバッヒャーがこちらをじっと見ているのに気がついた。村長は手にしているカードで合図をした。アルミーンは言いなりに立ち上がってお偉方たちのテーブルに近づいて行った。村長がアルミーンに二言三言なにやら熱っぽい言葉をささやいた。このとき突然シュトゥーダーは、エッシュバッヒャーの目が自分に釘付けになっているのに気がついた。刑事はひとりでドアのところに立っていた。女将はとっくにどこかへ行ってしまっていた。エッシュバッヒャーがアルミーン・ヴィッチにこちらに注目するよう目くばせしたのをシュトゥーダーははっきり目にとめた。アルミーンもいまや刑事のほうを横目づかいにながめた。シュトゥーダーは不愉快な感じがした。いっそ焼酒《グロッグ》を飲んでしまえばよかった、もう冷たくなってしまったけど……だが彼はこのパントマイムを最後まで見届けたかった。

だがもう何も起こらなかった。

「エッシュバッヒャー、あんたの番だ」、と頭の代わりに海綿をのっけているような男、うんざりするような鼻唄を口ずさんでいたあの男、教師のシュヴォムが言った……

「うん、うん」、村長は腹立たしげに言った。彼はアルミーンにもうあっちへ行けと目くばせをした。彼はカードの束を一気にパッと扇状にひろげ、「パス!」となった。それからウェイトレスに向かって、

「ベルティ、ドアを閉めてくれんか、風がくる……」

シュトゥーダーは焼酒《グロッグ》のところに戻った。連絡用ドアがばたんと閉まった。

その小さな部屋でシュトゥーダーは服を脱いだ。それからパジャマを着たなりで開けてある窓際に歩み寄り、静かな田園風景を見渡した。月がとても白く、ときおり目の前を雲が通りすぎ、ライ麦畑が奇妙に青っぽかった……

刑事は、パリで一時いっしょに仕事をしていたことのある、ある親友のことを思い出した。マドランという名で、司法警察の管区警視正だった。痩身で、気が好くて、信じられないほど多量の白ワインを平らげてケロッとしている男だった。二十年に及ぶ勤務経験のエッセンスとしてこの男がいつかシュトゥーダーにこう言ったことがある。

「シュトゥーダー（男の言い方では〈ステュデール〉だった）、なあいいか。田舎の一件の殺人事件より都市の十件の殺人事件のほうがはるかにまし、これは本当だよ。田舎では、村では、土地の人びとが鎖みたいにおたがいに絡まり合っていて、だれしも何か隠しごとがあるものだ……何も聞き出せやしないぜ、何ひとつな。これが都市《まち》なら……そりゃ危険はいっぱいさ、けど若い者とすぐに友だちになれて、若い者はおしゃべりだ、ぺらぺらしゃべる……だけど田舎じゃな！……田舎の殺人事件となるともうお手上げだ……」

シュトゥーダーはため息をついた。マドラン警視正の言う通りだった。

彼は、ブローニングを充分慎重に扱うのをなおざりにしたという非難になおも良心の呵責を覚えた。だってあのブローニングに指紋が見つかったかもしれないではないか？　しかしそれが何の役に立っただろう？　だってインクのマットと官製用紙を持って、教師シュヴォムだの、あまつさえエッシュバッヒャー村長だのを訪問して、ご面倒とは存じますがどうかあなたの大事な指紋をこの役所の書類に保存させて下さい、なんて真似はできっこないじゃないか……そりゃあ、指紋をいただく方法は他にもいろいろないことはない。たとえばシガレットケースだ――しかしシュトゥーダーはシガレットは喫《や》らないし、それにこうした方法はどれもすごく込み入っている。本のなかではうまく行く。スパイの事務所なんかではしょっちゅううまく行く……でも現実には？……シュトゥーダーはくしゃみをするとベッドに入った……

――彼はたいそう大きな音楽堂の幅のせまいベンチに腰かけていた。目の前にある譜面台の蓋が胃を圧迫するので痛くてたまらない。足を伸ばすこともできなかった。室内の空気は息が詰まりそうにむっとして、まともに息をすることもできなかった。黒板の前を白衣を着た一人の男がひっきりなしに往ったり来たりしていた。男はしゃべっていた。黒板にはチョークで巨大な指紋の絵図が描かれている。指紋のなかのいくつもの線は、くねくねした曲線、螺旋、山々、谷間、波、といったようないろんな狂った模様を作り出していた。何本もの直線が一つ一つバラバラの線で引かれ、それが指紋の上方まで飛び出した末端に数字がつけてある。黒板の前を往ったり来たりしている男がその数字を指しながら講義をした。「揺り籠から墓場に至るまで毛細血管はまったく変わりがありません。皆さん、どうかこの点にご留意下さい。十二の点が一致すれば数学的証明が得られたことになります。これは親指です、みなさん、ある男の親指の指紋です。これはさる役人の不注意のおかげで紛失していたのが、遠波動視というわたしの新たな方法によって全面的に復元《レスティトゥティオ・アド・インテグルム》されるに至ったものです。紛失責任を負うべき人間はみなさんのなかにいますが、彼の名を名指すつもりはございません。もう充分に罰されているからであります。彼は年金生活に入らなければならず、その年齢にしては窮乏生活を送らなければなりません。なぜなら彼は義務を閑却する行動をしたからです。なぜならばこの親指こそは、紳士淑女諸君……」ベンチの最前列にソーニャ・ヴィッチがいた。白い服を着てあざけるような目でシュトゥーダーをながめやっていた。それがシュトゥーダーにはとても痛かった。しかし何よりこたえたのは、村長のエッシュバッヒャーがソーニャの隣の席にいて、娘の肩に腕を掛けていることだった。シュトゥーダーはベンチの下にもぐり込みたかった。聴衆全員の目が自分に向けられているように感じ、どうすることもできず、ベンチの幅はせますぎる……と、突然ホールのドアのところに警察隊長がいて、大声で言った。「また恥をかいたな、シュトゥーダー？　さあ、こい、こっちへくるんだ……」シュトゥーダーはベンチからやっとこさ這い出した。ソーニャとエッシュバッヒャーは彼をあざ笑い、白衣を着た男は突然教師シュヴォムになって、唄を歌った。「それは愛、おろかな愛……」エッシュバッヒャーはあいかわらず親指をそっくり返らせていたが、その親指がみるみる大きくなり、しまいに黒板の上の絵図くらいの大きさになった……「多孔質複写《ポロスコピー》」、と医師の白衣を着たシュヴォムが言った。「指紋検査《ダクテュロスコピー》だ！」シュヴォムは絶叫した。窓際にマドラン警視正がいた。意地の悪い目つきをして悪態をついた。「ロカールを忘れたな、ステュデール、十五と六と六と十一の点だ。これはデヴィーヌ事件では充分犯行を認めさせるに足りた。ではヴィッチ事件では？……全部忘れちまったんだな、ステュデール？　恥を知れ。」警察隊長はしかしポケットから手錠を取り出し、シュトゥーダーの手にガチャリと掛けた。それから言うには、「おれはしかし駅のビュッフェで赤ワイン半リットルをおまえにおごったりはせんぞ。絶対にせんぞ！」シュトゥーダーは泣いた。小さな子供のように泣いた。鼻がつんとした。彼は警察隊長に連れられてのそのそ歩いた。その隊長の背中の上、シュトゥーダーのすぐ目の前のところに白い板がぶら下がっていた。そこにまたしてもあの指紋だ。指紋の下に太い丸文字でこう書いてあった。「樅の針葉は一本もなし、されど指紋は紛失せり……」それからシュトゥーダーは独房にいた。独房にはベッドが二台あった。その一台にシュルンプが寝ており、口から青い舌がだらりとぶら下がっていた。シュルンプも親指をそっくり返らせ、瞼をぱちぱちしばたたかせた。シュルンプは起き上がった。あいかわらず舌が口からだらんとぶら下がっている。シュルンプはシュトゥーダーに近づくと前に立ちはだかり、シュトゥーダーの目に親指を突っ込もうとした。シュトゥーダーは手錠を掛けられて、避けるに避けられない。彼は叫んだ……――

月が目のなかに照っていた。パジャマはじっとり濡れ、彼はたっぷり汗をかいていた。永いこと彼は目がさめたまま横になっていた。夢はなかなか追い払えそうになかった。シュトゥーダーはまた眠り込むのが怖かった。彼の心を占めているのは親指ではなかった。あの巨大な親指の指紋ではなかった。奇妙なことに、夢のなかで見たもう一つの光景が脳裡を去らなかった。エッシュバッヒャーだ。腕をソーニャの肩にまわして彼をあざ笑っている……

戸外は静かだった。ゲルツェンシュタインのラジオは鳴りをひそめていた。

囚人バンド

エレンベルガーじいさんがこうして頭に白い包帯を巻いているところを見ると、舞台衣裳のスモーキングを脱いで借り着の背広姿で散歩に出かける支度をした寄席《ヴァリエテ》の奇術師そっくりだった。けれども散歩には行かずに、ひっそりと静かに、赤いテーブルクロスを掛けたところがさる表現主義の画家の幻想絵画の紅天狗茸《べにてんぐだけ》そっくりに見えるいくつもある丸い鉄製小テーブルの一つに腰かけていた。

天気は上々で、暖かく、しかもこの天気は当分崩れそうになかった。〈熊〉亭の庭園の栗の樹々は枝々に赤くて堅い角錐の実をつけ、その花々がテーブルの上に赤い雪のように舞い落ちた。

庭園は大きかった。庭園が垣根に仕切られている奥にダンス・ステージが設営されていた。そこで二組のペアがダンスを踊っていた。ほとんど垣根に貼りつくようにして楽隊が演奏していた。アコーディオン、クラリネット、コントラバスだ。エレンベルガーじいさんにあいさつをしに庭園を横切りながら刑事は楽隊にうなずきかけた。楽隊の三人がうなずき返した。アコーディオン奏者がニコッと笑い、一瞬ベースの手を取ってウィンクした。シュライヤーだった。

三年前女将の取りしきる宿でシュトゥーダーに逮捕されたのが、あのシュライヤー……コントラバス奏者が弓を振った——これまた昔なじみの人間だ。屋根裏部屋専門の窃盗犯《しのび》、二年前からもう警察では彼の消息をとんと聞かない……

シュトゥーダーはエレンベルガーじいさんのテーブルにすわった。

あいさつ……――いかがですか？……――いいお天気で……

それからエレンベルガーがたずねた。

「林檎はもう熟《う》れましたかな、刑事さん？」言って、歯のない口でニヤリとした。

「いや」、とシュトゥーダーは言った。

ビールは新鮮だった。シュトゥーダーは長々とジョッキを干した。楽隊がタンゴを演奏した。

「チューリヒ湖畔の水浴生活……」、じいさんがいっぱしの音楽通面《づら》をして言った。言いながら舌でピチャッと音を立てた。両足を投げだしている。黒絹のソックスに茶の手袋……

「貴殿の健康《ア・ラ・ヴォートル》を、刑事《コミセール》……」、とエレンベルガーじいさんが言った。次に、刑事さんはフランス語も話せるかと訊いた。

シュトゥーダーはうなずいた。彼は老人の顔をながめた――その顔は奇妙に変容していた。顔つきは同じだったが、表情がすっかり変わっている。いままで偽って好々爺の農夫の役を演じていた俳優がやにわに変装をかなぐり捨てた、とでもいうようだ。しかし仮面の背後に現れたのは当の俳優の素顔ではなく、シュトゥーダーの目の前にいるのはアクセントもなしに流暢にフランス語をしゃべり、話におだやかな手の動きまで添える、思慮深げな一人の老紳士だった。その手の皮膚は、枯れたブナの茂みを思わせる色合いの斑点にびっしり覆われていた。

釈放された囚人に対する自分の好みを刑事殿は不思議がるには及ばない、と彼はなおもフランス語で話を続けた。自分は植民地で一財産稼いだ。あちらでは労働力としていつも囚人を割り当てられた。植民地総督とはうまくつき合っていたし……しかし人間、やっぱり利口じゃない。年齢《とし》を取るにつれてスイスへの郷愁に見舞われて、このゲルツェンシュタインに土地を買った……もともと、と彼は言った、わたしの開設したこの園芸場は道楽だ。わたしはもう金を稼ぐ必要はない。金は安全なところに預金してある。現代のように不安な時代にも大丈夫なようにね。

シュトゥーダーは上の空で老人の話を聞き流した。彼は一心に、回想のなかに生きているエレンベルガーじいさんをいま目の前に座っている男と比較してみた。毒々しげな灰色の夜になったあの金曜日の晩、カフェの窓際の小さな円卓のところで、すでに彼はこの園芸場主に対してなにか異様に不安な感情を抱いたものだ。あのときはこのじいさんのすべてが偽物だという気がした。すべてが？　いや、何もかもがではない。エレンベルガーがシュルンプに対して持っていると思しい感情だけは本物だ、明らかに……

しかしエレンベルガーは今日はどういうつもりなのか？　どうしてこうもガラリと変わってしまったのか？　シュトゥーダーは自分でもそれと気がつかぬうちに頭《かぶり》をふっていた。エレンベルガーじいさんの今日の顔もまた本物の顔ではないような気がした。それともこの男には本物の顔が一つもないのか？　出来損ないの詐欺師のようなものだったのか？　さっぱり正体がつかめなかった。

二人の若者と一人の娘がすぐそばの席にすわった。ソーニャ・ヴィッチがこちらに軽くうなずいてあいさつをした。若者二人はひそひそ声で話をしながらニヤニヤ笑ったり、横目でシュトゥーダーをながめやったり、言葉を交わし合ったりしていた。ウェイトレスがビールを運んで来るとアルミーン・ヴィッチは挑発的に腰に手をかけた。ウェイトレスはしばらく立ちどまった。顔色がおもむろに紅潮し、疲れた顔が感動的によろこびの表情をあらわした……が、彼女を呼ぶ声がした。彼女はやさしく身をもぎ離し……アルミーン・ヴィッチはパーマネントでせまい額の上に盛りあげた髪の毛を掌で撫でつけた。小指を開いて……

「ヒモ《マクロー》め……」、シュトゥーダーは小声でつぶやいた。手厳しい批判というよりは、どちらかといえば好意的に確認するといった風情だ。

「うんにゃ、まあな……」、エレンベルガーじいさんが答えて、歯のない口でニヤリと笑った。「ああいう手合いは思ったほどめずらしくないがね……」

アルミーンは悪意をむき出しにして二人のほうを見た。どうやら言葉こそわからないが、自分が話題なのが勘でわかったようだ。

アルミーンのテーブルにいるもう一人の若者は理髪店助手のゲルバーだった。ゲルバーは幅広のグレーのフランネルのズボンをはき、それにノーネクタイの青いポロシャツを着ていた。腕がひどく痩せこけている……

ゲルバーが立ち上がり、ソーニャの前に身を屈めた。二人はダンスのステージに上がった。二人が踊るのを見て、アコーディオン奏者のシュライヤーがそばまで行って演奏した。シュトゥーダーは目を上げた……すると三人の楽士の視線がこっちに向いているのに気がついた……彼はそちらに向かってうなずき返したが、我ながら気が知れなかった。どうしてこんなふうに励ますようにうなずくのだ……

三人の楽士は一色《ひといろ》のユニフォームを着ていた。辛子色《からし》のリンネルズボン、袖無しの辛子色のプルオーヴァー、シャツも辛子色に近い黄色だった。

エレンベルガーじいさんはシュトゥーダーの頭の中をお見通しのようだった。こう言ったからだ。

「連中にコスチュームをプレゼントしたんだよ……デザインもわたしだ……いささかこの村の善良なる市民諸君の度胆を抜いてやるのが当方には刺激になってね……いやはや、ほかに楽しみもないものだから……」

シュトゥーダーはうなずいた。話はだんだん彼には関係なくなってきた。彼は椅子を後ろにずらし、そうしてシュトゥーダー十八番のポーズを取った。両脚を左右にぐいと開き、二の腕を太腿の上にのせ、掌の指を大きく開くという姿勢だ。目の前は庭園だった。濃密な茂みを通してそこここに日光がはじけ、灰色の砂利の上に点々と白い斑点を描いていた。音楽がやむと、樹々の梢にいる見えない小鳥たちのさえずりがざわめく会場の雰囲気の上にふるえた……

シュトゥーダー刑事はいやな気がした……はじめはとてもうまく行っていたのに——なかでも気がかりなのは、奇妙なことに、昨夜の夢だ。朝が来ると彼は例の拳銃を調べてみた。安っぽいモデルの拳銃だ。ぼんやり思い出した、どこかベルンの店のショーケースで見たことがあるぞ……十二フラン、それとも十五フランだっかな？　昨日、地区巡査の詰所からシュトゥーダーは電話した。拳銃の登録番号を申し述べ、武器販売業者の店を当ってもらいたいと頼んだ……おそらく、買い手を確認する見込みはまずないだろう……しかしシュルンプがそのブローニングを買うことがありえないと証明することはできるだろう……

誰かが目の前に立っていた。さしあたりまず彼が目にしたのは、膝がすっかり丸くなった黒いズボンをはいた二本の脚だった。それから彼の視線は徐々に上のほうにあがっていった。巨大な太鼓腹。その上に幅の広い木綿地のベルトを締めている。ターンダウンカラーと蝶ネクタイの黒い結び目。最後に脂身ソーセージのなかに埋め込まれて、村長エッシュバッヒャーの顔……

シュトゥーダーは昨夜の夢を思い出した……だがエッシュバッヒャーは好意そのものだった。エッシュバッヒャーは慇懃にあいさつをし、こちらにごいっしょさせて頂けませんかとたずね、誠心誠意シュトゥーダーの手を握り、ぜいぜいあえぎながら席に着いた……ウェイトレスが注文もしていないのにビールの大ジョッキを運んできた。ビールはエッシュバッヒャーの腹のなかにあっという間に消え、ジョッキの底にわずかに泡だけがへばりついて……

「もう一杯……」、と村長は言ってぜいぜいあえいだ。彼はエレンベルガーじいさんの腕をやたらにさすり、さすられたほうはおのずと、喉をごろごろ気持ちよさそうに鳴らしたがよいのか、それとも邪魔者に唾を吐きかけて逃げたがよいのか、判断に迷う小猫が出すのに似た声音を立てた。

いかがです、〈ツーガー〉をやりませんか……エッシュバッヒャーはそう言って急場を救った。

二杯目のビールを運んできたウェイトレスがさっそく突っ走り、ヤスのカバーを持って戻って来てひろげ、きれいに磨き上げた平板の上にとがらせたチョークを置き、またいつのまにか姿を消した。三つの空いたビール・ジョッキを運んで行ったのだ……

「一点三ラッペンでは？」エッシュバッヒャーが提案した。

エレンベルガーじいさんは頭をふった。遠い旅をして来て、よどみなくフランス語を話す紳士のマスクがガラリと一変した。いままたテーブルにすわり直したのは年老いた農夫だった。そして不快なカラス声でこう言ったのも、その年老いた農夫だった。

「賭金がすくなすぎる。わたしは十ラッペン以下ではゲームをしない……」

シュトゥーダーはまたしてもいやな気がした。〈ツーガー〉はおそろしく危険なヤスだ。ツキが悪いと、あっという間に十五フランも負けてしまいかねない……十五フランといえばちょっとした金額だ！……賭博の負けを捜査経費にのせるのはマズい。しかしゲーム中の二人のパートナーの態度にまたしても強く興味を惹かれたので、シュトゥーダーは結局はオーケーした。エッシュバッヒャーが平板を手元に引き寄せ、木の上のほうの縁《へり》にチョークで三つの頭文字をS、E、Aと書いた。次いでカードをシャッフルして配りはじめた。エレンベルガーじいさんは上着のポケットから鉄縁の眼鏡を取り出して鼻の上にのせた……

最初のゲームでシュトゥーダーはまんまと百五十点の得点を上げた。ホッとした。

「刑事さん」、と村長が言って、猫髭を爪でカリカリ引っ掻いた、「あんた、聞くところによると、もうすぐ年金生活だそうですな？……」

シュトゥーダーは「ええ。」と言った。

「そう」、エッシュバッヒャーはカードを一気に扇形にひろげ、それを鼻先に持って行って、「あんたに……あんたがその気なら、おもしろい仕事があるんじゃがね。わたしの友人が」、と内緒話ふうに話を続けて、「興信所を開いてね、有能な男を求めてるんだよ。語学が達者で、いささか頭が切れて、自前できちんと調査ができるような男をね。できるだけ早く入社してほしい。あんたがすぐに警察本部から離れられるように、それはこっちが案配する。わたしなりのコネがあるからね。いいかね？　よければ明日電話して……」

――シュトゥーダー、蛇捕りの罠にはまるなよ、とエレンベルガーじいさんが言った。蛇捕りはいつも月をくれると約束するがね、ところが近づいてよく見ると丸パンでさえないんだな、これが。

エッシュバッヒャーは悪意に満ちた顔で目を上げた。

――エレンベルガー、いい子にして、口をつつしむがいい、さもなければ聞く耳持たぬわい、とエッシュバッヒャーはさも憎さげに言った。――それなら村長さんよ、そういう提案はシュトゥーダーと差し向かいのところでなさったがいい。村長さんが何か公に発言するときには、たとえ自分個人のご意見をおっしゃるのでも公明正大であってほしいものですな。

シュトゥーダーはカードをシャッフルした。

隣のテーブルでアルミーン・ヴィッチが立ち上がり、ウェイトレスの腰に手を回して、嫌がるのをダンス・ステージまで連れて行った。真っ赤な唇をした理髪店助手も立ち上がってソーニャの腕を取った。ソーニャはあまり行きたくなさそうだった……

シュトゥーダーは、一段高いステージに上ってぴったり身を寄せて踊っている二組のペアに目をやった。ソーニャは理髪店助手の肩に手を突っぱり、いくぶん距離を置くようにしていた。楽隊が演奏し、シュライヤーがルフランの部分を歌った。

「いらっしぇ、いらっしぇ、とスイスでは言う……」

「さあ《アレ》！　さあ《アレ》！」エッシュバッハーがいらだたしげに言った。「さあ、勝負だ！」しかし彼も首を曲げてダンスのペアのほうを観察した。

「そう、そう、ソーニャ」、と彼はうなずいた、「いい娘だ！」

――それはエッシュバッハーが誰よりよく知ってるに決まってるな、とエレンベルガーが声をひそめて言い、それからまたしてもその痩身にまるで似合わない、どよめくような笑い声を響かせた……

家から庭園に通じる扉のところに女将が現れ、人探しをするようにながめまわし、三人のテーブルを見つけて近づいてきた。

「村長さま」、と彼女はヨーデルを口ずさむグリトリ・ヴェンガーの声で言った、「お電話が入っております。」

「そうか」、とエッシュバッハーは言った。どうやら消えてしまった彼の車の消息が入ったらしい。

シュトゥーダーはそう気がついた。

――車がなくなったのはいつなんです？　とシュトゥーダーはたずねた。――昨日の夕方、という返答だった。エッシュバッハーはこの〈熊〉亭の前に車を停めさせておいた。ところが深夜になって家に帰ろうとすると車はなくなっていた。キーをかけ忘れたのだった。

シュトゥーダーは内心舌打ちする思いだった。ムールマンでさえ信頼できないのだ。あの地区巡査はどうしてそのことを話してくれなかったのだろう？

――すぐに戻ってくる、とエッシュバッヒャーは言って、女将といっしょに出て行った。エッシュバッヒャーは行商人が商品を陳列するのに載せる板を持ち運ぶように、太鼓腹を押し頂くようにして前へ持ち運んだ。

エレンベルガーじいさんは、突然、またしても植民地総督のたいそう垢抜けした友人に様変わりしていた。洗練されたフランス語を話し、村長の前では気をつけたほうがいいとシュトゥーダーに納得させようとした。

シュトゥーダーは反論した。あんたは、エッシュバッヒャーが生後二日目の仔牛よりも愚鈍なやつだと思ってるのかね？

それはただの言い回しにすぎない、とエレンベルガーは言い、テーブルの上でカードをカスケード［人工の階段状の滝］のようにしぶかせた。やつは愚鈍じゃないよ、あのエッシュバッヒャーは、いやいや、とんでもない……よしんば自動車泥棒がトリック以外の何ものでもないとしても、不肖エレンベルガーとしてはちっともおどろきませんな。

が、そこへ早くも村長が戻ってきた。不快な、あざけるような薄笑いに猫髭がゆがんでいた。

「トゥーンで犯人をふん捕まえた」、と彼は言った。「車を引き取りに行かなくてはならない。しかしあんたが電口に出たほうがよかったようだ、刑事さん、予審判事があんたと話をしたがっている……」

「今日？　日曜日に？」

「そう……そうすれば今晩中にベルンに帰れる。事件は解決したよ……」

「へぇ？」エレンベルガーじいさんが言った。

しかしエッシュバッヒャーはその鍔広《つばひろ》のフェルト帽を頭に載せ、「ごきげんよう」とあいさつをして庭園を立ち去った。

予審判事から電話だというのは嘘ではなかった。

予審判事の第一声はこうだった。

「シュルンプが自白しましたよ、刑事……」「自白した?」シュトゥーダーは電話口でうなった。彼は自棄《やけ》になりはじめていた。実際、なにやかや出来事が多すぎた。昨夜の夢、拳銃、ピアノの上の花瓶のなかの空の薬莢、村長の申し出、エレンベルガーとエッシュバッヒャーのあいだの緊張、ソーニャ・ヴィッチ、とりわけあの理髪店の助手とダンスを踊っていたソーニャ――それに何はさて、シュルンプは有罪と思うか、との質問に応じた地区巡査ムールマンの返事だ。「そんなバカな」、とムールマンは言った……そしていま予審判事が電話口でさえずっていた。

「シュルンプが自白しましたよ、刑事……」「いつです?」シュトゥーダーは憤《いきどお》ろしげに返した。

「今日の昼食後。正確な時刻をというんなら、十二時半……」イロニーはまだ終っちゃいなかったわけだ! シュトゥーダー刑事にはあまりといえばあまりだった!

「よろしい」、と彼は声低く言った。「明日早朝にトゥーンに参上します、予審判事殿。」

「そうするのがこの場合時宜にかなっている《オポルトゥーン》とお思いかな?」相手はたずねた。

「この場合時宜にかなっている」とは、なんともはやおどろきだ。この男、ドイツ語が話せるのか? せめて、「適切」と思うか、とかなんとか言えないのだろうか? いやはや、選りによって「この場合時宜にかなっている」とは!

「ええ」、とシュトゥーダーは嗄れた声を出した、「必要とさえ思います!」

電話線の向こうの端末で咳払いをする気配。

「わたしの思うのはただ」、と予審判事はなだめるように言った。「つまり、検事殿とも話し合ったところ、事件のこれ以上の捜査は必要ない、と検事殿もおっしゃった。こちらとしてはあなたを召還するよう取り計らおうというので……」

予審判事はそれ以上は言わなかった。

「どうぞ」、とシュトゥーダーは非の打ちどころのない標準ドイツ語で言った。「ご遠慮なくそうなさって下さい。

しかしにもかかわらずですな、自白に関する専門文献を参照されることをお薦めします。自白といっても種々さまざまで……ところで、そちらがそうなさりたければ、どうぞわたしを召還させるようになさって下さい。つまりですね、わたしは休暇を取ろうと思っているのです。ゲルツェンシュタインはとびきり気に入ってます。空気は健康的だし……たぶん女房も後で呼んでやることにします。あなたが自動車泥棒をパクッたのはいつでしたか？」

「ふむふむ」、と予審判事は言った。「自動車泥棒ですか？　あれは今朝警官に捕まりました。前科者で……」

「その男はシュルンプと話をしましたか？」

「ええ……まあ……したと思いますよ。同じ房に入れましたからね……」

「どうしてそれを言って下さらないので！　ではまた、予審判事殿！　また明日！　たぶんこちらから重要な証人を一人連れて行くことになるでしょう……」シュトゥーダーは受話器を受話器受けにガチャリと掛けた。


ダンスをしている人間はもう誰もいなかった。ウェイトレスが細長いエンメンタール・ソーセージだの、丸々とした脂のしたたるキュンミ・ソーセージだの、底光りのするセルヴェラだのを載せた皿を持って走りまわっていた。淡黄色の辛子入りのガラス器がひっぱりだこだった。いくつかのテーブルにワインが出はじめた。瓶入りワインだ。アルミーン・ヴィッチがノイエンブルガー・ワインの瓶を注文した。ソーニャは申し訳にグラスに口をつけるだけだった。びくびくして不安そうだった。

「囚人バンド《ザ・コンヴィクト・バンド》」の三人は鮮黄色のユニフォームを着て——半袖から筋肉質の日焼けした腕がはみ出し——顔もよく日焼けして——エレンベルガーじいさんのテーブルのすぐ近くに移したテーブルに腰かけていた。しかしエレンベルガーはひとりしゃちほこばって自席に鎮座ましまし——若い者たちの前にワインの瓶が二本、それにシンケンの大皿が置かれていた。

シュトゥーダーは軽食をつまんでいる人びとの居並ぶなかを縫い歩いた。アルミーン・ヴィッチはあざけるような笑いを浮かべ——ソーニャは手の甲に頬をのせてじっと空をにらみ、グラスには口をつけず、皿のキュンミ・ソーセージも手つかずのままにしているのがチラと目にとまった。
それから刑事はまたエレンベルガーじいさんの隣の席に腰を下ろした。「囚人バンド《ザ・コンヴィクト・バンド》」の面々がこぞって刑事のほうを目《もく》して乾杯した。空のグラスが一ついきなり目の前に置かれ——するとシュライヤーが立ち上がり、瓶を手にしてグラスに注いだ……「いまから五分後に巡査詰所の前で、刑事さん」、と若者はささやき声で言った。「見て頂かなくてはならないものがあります……」シュトゥーダーは横目遣いにエレンベルガーのほうをチラとうかがった。何も聞きつけた様子はなかった。そこでシュライヤーのほうにそれとなくうなずき返した——どういう意味だろう？　この若者は何か知っているのか？——三人とグラスをかち合わせた。へんにいびつな目鼻立ちでシャベル形の歯をした痩せ男のブッヒェッガー、それにベルテル、こちらは苗字のほうは忘れていたが、しかしぼんやりとながら思い出した——この若者も、いつかパクッたことがあったっけな？　いまはコントラバスを奏《ひ》いて立ち直っている、表向きは……

大声を張り上げて刑事は言った。

「音楽に乾杯！」言って、グラスを干した。つまらぬ格言が頭に浮かんできた。「ビールの後にワインはお薦めだが、ワインの後にビールはおやめなさい……」そのことばが離れなくなり、大声でどなると、バンドの三人がお義理に笑った。が、その笑い声もおさまるとシュトゥーダーは小声で告げた。

「シュルンプが自白したぞ！」

テーブルの四人の反応を見ていると奇妙だった。エレンベルガーじいさんは咳払いをして、同じく小声で言った。

「あんたには絶対に何もわからんね《ヴー・ニ・コンプランドレ・ジャメ・リアン》、刑事さん《コミセール》……」

ベルテルはとび上がり——この男は狡猾な猿みたいに見えた——なにやら救世主や百万もの星がずらずら出てくる悪罵を口にした。

痩せこけた熊といったふうのブッヒェッガーは、たった一言。

「バカな！」

シュライヤーはしかし黒い長髪をかきむしりながら顔をやや横に向け、二メートルばかり離れた別のテーブルにいる例の三人連れにいやでも聞こえるように、

「そう、そうか、シュルンプが自白したか！」と言い、ソーニャとその兄と理髪店の助手を見るがよいと、軽く頭をふって刑事に合図をした。そして実際、このテーブルの反応はさらに奇怪なものだった。

　ソーニャは身をすくめて拳《こぶし》を固め、憎しみを込めて兄のほうを見つめた。声をひそめて何事かを兄にたずねた。するとアルミーンは肩をすくめた。理髪店の助手のゲルバーは顔面蒼白になり、さなきだにチーズ色の顔色が緑色っぽくなった。彼はソーニャの腕をなだめるようにさすった。それはまるで、こうとでも言いたげだった。そんなにガタつくなよ、シュルンプがいなくなったって、おれがまだここにいるんだから……ソーニャの表情が不安げになった。彼女は立ち上がろうとし、兄とゲルバーが引き止めて、ソーニャの手に無理やりグラスを押しつけた。ソーニャは飲んだ。ハンドバッグからハンカチを取り出し、目頭をぬぐい、シュトゥーダーのいる方角に目をやり——二人の視線がかち合って、シュトゥーダーがなだめるような身ごなしで軽く手を上げ——するとソーニャはやにわに信頼し切ったようなほほえみを浮かべた。シュトゥーダーは、いつかはこの娘の助力を当てにできそうだとわかった。

「わたしはたぶんシュルンプを見捨てるだろうな……」、とシュトゥーダーは大声で言い、立ち上がって周りにあいさつをすると大股な足取りで庭園を立ち去った。

　五分後にシュライヤーが彼をつかまえた。シュトゥーダーは制服を脱ぎ、簡単なスーツを着ていた。

ヴィッチの射場

「シュルンプのことはよく知りません」、とシュライヤーは言って刑事と歩調を合わせた。「で、おれはやつがエレンベルガーのところにきたそもそものはじめの時から言ったんです。「気をつけろよ」、って言ってやったんです、「女の関係だけはなしにしな。ろくなことにならない。飲み屋の女の子なら問題ない。しかし村の娘にだけは手を出すな。」まちがってますかね、刑事さん?」

シュトゥーダーはぶつぶつうなり、ため息をついた。前科者がまた娑婆《しゃば》に出て仕事にありつくのは容易なことではない。誰か一人でも彼らを「懲役人」呼ばわりする人間が前歴を知ってバラせば――どうしようがあろうか?訴える?　いや、言葉さえ、最悪の誹謗として通るような言葉さえ、使う必要がなかった。態度だけで彼らに対して覚える軽蔑を見せることができる。じつのところは、大方はそんなに大それた悪魔でも何でもないのだ……シュトゥーダーがシュライヤーを逮捕したあのとき、この若者は何をしていたか?　下宿の主婦がいんげん豆のサラダを作る手伝いをしていた……そりゃ、まあ……

「何か見せたいものがあるんだろう?」シュトゥーダーはたずねた。

「いまにわかります、刑事さん。つまりね、ヴィッチは自殺したんです……」

またあの言い分だ!　ムールマンも同じことを言っていたっけ……自殺!……ところがどうだ、またしても自殺説!　ヴィッチは魔法でも使うのか!……

きっと腕がむやみに長かったんだろう、あのヴィッチってやつは。でも彼が拳銃を右耳の後ろに当ててその位置で発射することができたとして、そうだとしても説明できない事実が一つだけ残る。火薬の痕跡がほとんどないことだ。弾薬が並み以下だったのか？　それはありそうにない。ではどうだったのか？　かりにヴィッチに自殺する勇気があったとしよう——するとだれかが自殺の後にきて、ブローニングを持って行ったことになる。そしてそのブローニングをホフマン夫人のキッチンの包装紙の下に隠した。だれが？　拳銃を持ってきたのはだれなのか？　しめし合わせた上での八百長か？

「ヴィッチが拳銃自殺をしただなんて、どうしてそんなことを考えついたんだ？」

「そいつをこれからお目にかけようっていうんです……」

　街道には自動車が吼えたけっていた。モーターバイクがバリバリ憎たらしげな爆音を立てて走って行った。日曜日の気配が感じられた。家々はうち捨てられたようだった。しかし沈黙してはいなかった。今日という日でさえ。こっちでガアガア、あっちでブウブウ、ときおりメロディーの断片も聞こえる……

　ゲルツェンシュタインのラジオのスピーカーが空電で演奏しているのだ。空電を監視している人間はだれもいない……それでスピーカーが一人遊びでいたずらをしているのだ、孤独な午後の退屈をまぎらわすために……週日はやらされることが多すぎた。ラジオのスピーカーたちは歌い、音楽を演《や》り、談話をした。教授、連邦議会議員、牧師、心理学者——スピーカーたちは、どこかのお偉方が原稿から読み上げる言葉を言いなりにめえめえさえずった——そしてそれらの言葉がゲルツェンシュタイン人の耳に押し入り、頭のなかをぐしゃぐじゃにして……まるで沼地の長雨みたいなはたらきをした……スピーカーはゲルツェンシュタインの支配者なのだ。村長のエッシュバッヒャーでさえ、どこかのアナウンサーの声色でしゃべっていたではないか？……やっとヴィッチの家まできた。ところがここでも、よろい戸を閉めた店のなかからあのガアガア声がやかましく聞こえた。おかげでシュトゥーダーは最初、どこかの部屋に人が集まってパーティーをやっているのかと思った……しかしこれまた暇つぶしの気散じをしている孤独なスピーカーでしかなかった……

「アルプスの憩い」

と剝げちょろけかけたブルーの色の看板。

「ようこそ、立ち寄れば福あり」

この格言が、どうしてシュトゥーダーには嘲弄のように思えるのだろう？　福？　あのヴィッチが本当に一度でも幸福だったことがあろうか？　ヴィッチ・ヴェンデリーンがワイシャツ姿で新聞を読んでいるところを、立ち上がって生垣に結わえつけた若枝の紐がゆるんだのを結び直しに行くありさまを、まざまざと目に浮かべた……店の振り鈴がリンリン鳴り……それから床屋政治談議……

そしていまヴィッチはひんやりと白い部屋に、右耳の後ろに弾傷を負って横たわっていた……

シュトゥーダーは身ぶるいした。シュライヤーが言った。

「こっちにきて下さい、刑事さん！」そう言うと庭のなかをどんどん、あの屋根の支柱がへし折れた、古い、ボロボロに朽ちた物置小屋のほうに歩いて行った……扉がなくなり、扉のあったところに黒い穴がぽっかり開いていた。しかし物置小屋のなかはさほど暗くなかった。屋根瓦がいくつかなくなっている。その隙間から洩れてくるとぼしい光が闇とまじり合い、明るいとも暗いともつかない薄明をかもし出していた……

壊れたシャベル、ひん曲がったレーキ、空の梱包箱、木綿、ボール紙、包装紙……おそろしくこまかいキラキラ光る粉塵が、屋根から床までとどく光の帯のなかに踊っていた。

「で？」シュトゥーダーがたずねた。思わず咳払いをした。小屋のなかの空気は肺にこたえた。

シュライヤーは積み上げた梱包箱の山に近づき、一つ一つ梱包箱を慎重にどけ、最後に扉を一つひっぱり出した。錆びついた蝶番がまだついている、明らかに物置小屋のものだったと思しい扉だ。

「懐中電灯ありますか？」若者がたずねた。

「ああ。」

「ちょっと点けて下さい」、とシュライヤーが言った。

シュトゥーダーは光の円錐を件《くだん》の扉の上にさまよわせた。歯のあいだでかすかにピュッと口笛を鳴らした。二つ、四つ、六つ、十――十五の弾痕。扉の中央部やや上に割りふられている。それらが全部、高さ約六十センチ、幅四十センチの方形のなかにおさまっていた。そして弾痕をつけたその方形は、他のところは古く黒ずんでいる扉のなかで一際明るい地帯を形づくっていた。シュトゥーダーははっと身をかがめた。やっぱりそうだ。その方形の部分は鉋がかけてある。まだ鉋の刃の跡が見える……

だがこの射入口においてまことに不思議なのは次の点だった。すなわち、方形の左上にある最初の弾痕は、その円形状の縁のところにはっきり燃焼の痕跡を見せている。

「爆燃痕跡！」シュトゥーダーは小声で言った。

この種の爆燃痕跡のついた孔が五箇所あった。六番目の孔になると、痕跡は比較的わずかになり、射入口が方形の下部に行くにつれてだんだん減っていった。最後の三つの射入口の縁には痕跡がきれいになくなり、射入口の周囲の木肌は真っ白だった……

扉は分厚かった。弾丸はいずれも木にめり込んでいた。シュトゥーダーは手帳から細い鉛筆を抜き出し、孔の深さを測りはじめた。懐中電灯はシュライヤーにあずけた。彼は何度も計測し、鉛筆に親指の爪をがっちり押しつけて、できるだけ正確に――ミリメートル単位の破損箇所に至るまで――躍起になって、それぞれの孔の深さにあるはずの差異を確認しようとした。十五個の孔の深さは全部同じだった。ということは、弾痕の縁がきれいなままになっている最後の数個の射入口も、最初のいくつかの射入口と同じ距離から発射されてできたということだ。そうするとしかし、最初のほうのだけが縁に焼け焦げがあるのはどうしてなのだろう？

「話してみろよ、何か知ってるんだろ」、とシュトゥーダーはどなった。

「自信はありません、刑事さん」、とシュライヤーは言った。「でもあなたもご存じですよね。銃口に紙を一枚あてがって引き金を引くと、火薬の部分が全部紙に貼りついてしまって……」

シュトゥーダーは意地悪くなった。

「するとおまえは、ヴィッチが左手で銃口に新聞紙を当てがって、それから銃を発射したと思うんだな？　一度目の前でそうやってみてくれよ……」

シュライヤーは頭をふった。彼はポケットから何かを引っぱり出し、それに懐中電灯の光を当てた。赤い四角のボール紙だった。上に「リ・ラ・クロワ」と書いてあるのが読めた。紙巻煙草用の紙束ケースの表紙だ。

「この物置小屋で見つけたんです」、とシュライヤーはつつましやかに言った。「ここの大掃除をしていたとき。シュルンプが逮捕された後の日に、です。はい。」

「で？」シュトゥーダーは言った。

「この一家のなかで自分で紙巻煙草のインディアン・ペーパーを巻く人間は一人もいません。ヴィッチじいさんが喫《す》うのは両切り葉巻だし、最近ではパイプです。アルミーンはイギリスのシガレットを喫ってます。煙草屋で売ってる、あれです。だから……」

「だから？」シュトゥーダーは言った。シュライヤーの話に身を入れはじめていた。

「それでこんなふうに想像したんです。ヴィッチじいさんは何枚かのインディアン・ペーパーをここから抜き取って、後はくしゃくしゃに丸めてぶん投げちまったんだと。焦げ痕のない射入口の孔をでかすには、ペーパーがどのくらい必要か試さなければならなかった。だから何度も発射したんです。ついに成功するまで……」

「納得だ」、とシュトゥーダーは言った。「複雑だな、しかし不可能ではない。」

彼はもの思わしげにその赤いボール紙のケースを指の間でくるくる回した。うすい白いペーパーがまだ一枚ケースにへばりついていた。シュトゥーダーはそれをはがすと指のあいだにはさみ、マッチで火をつけて掌の上で燃やした。短いが、とびきり明るい炎がパッと上がった。その灰の上にシュトゥーダーは懐中電灯の光の円錐を当てた。わずかな黒い燃えかす。だが、ヴィッチが数枚のペーパーを使用したとするならば、おそらく灰が完全に消滅してしまうことはないはずだ。その種の痕跡が銃創に見つかるのでなくてはならない。しかし法医学研究所の助手はそれらしいことを何も言ってなかった。シュトゥーダーは調査が徹底的に行われたことを疑ってなかった……もう一度、あのイタリア人のところを訪ねなければなるまい。残念ながら今日は日曜日だ……

「よくやったな、シュライヤー。そこまでは思いつかなかったよ。しかしそれで陪審法廷を納得させられるかな？　では、ブローニングは？　あのブローニングは死体のそばには置いてなかった……だれが拾ってったんだ？　現場から持ち去ったんだ？」

「もちろんシュルンプですよ」、とシュライヤーは言った。「しかしこれ以上長居してるのはマズイんじゃありませんか、刑事さん？　あのばあさんが」――シュライヤーの言うのはヴィッチ夫人のことだった――「いつここへこないともかぎりませんよ。四時から五時まではキオスクを閉めるんです。日曜日でもね。で、もう四時五分すぎです……」

「扉を元通りにしておかないと」、と彼は言った。そこでシュトゥーダーは扉を手に取ると壁際にもたせかけ、その前に梱包箱や小箱を積み上げた……

「この扉が燃やされさえしなければ」、とシュトゥーダーはため息をついた。「燃やされたら、もう証拠がなくなってしまう……証拠？……そう、りっぱな証拠だ！」

二人は物置小屋を後にして庭のなかを抜け、一瞬庭の門のところで立ちどまって家のほうをふり返った。そしていましも道路に出ようとしたときのことだった。痩せた、黒い姿が彼らの行く手を塞いだ。

「あなた、わたしをご訪問ですの？　それとも何かほかにお探し？　わたしの所有地で？　刑事さん！」

問い詰めるにつれて声はいよいよ高まった……

アナスタシア・ヴィッチ、生名ミッシュラー

シュトゥーダーはヴィッチ夫人を駅に着いたときチラと見たことがあるだけだった。シュトゥーダーは無意識のうちに彼女にアナスタシアという名前（奇妙なことに、本名もこの名前と一致していたのだ）をつけたが、これには至極もっともな理由があった。

というのも、ヴィッチ夫人はカリカチュアの検閲官そっくりだったからだ。そして大戦中、フランス人たちは検閲官に「アナスタシア」という綽名《あだな》を奉っていた……

ヴィッチ夫人は質問を終えるとちょっと一息ついた。彼女のまなざしは我慢ならないというふうにシュトゥーダーの道連れに注がれた。その人はどういう御用なの、と夫人はたずねた。この最後の質問はことさらに毒々しかった。声が急にうわずった。シュライヤーは赤くなった。

シュトゥーダーはいやな感じだったが、内心を気どられないようにした。靴のなかで足指がちょっとしたダンスをしていても、だれにも見えはしない。

「わたしどもはあなたを探していたんです、ヴィッチさん」、とシュトゥーダーは言った。彼の声は、夫人の異常にうわずった声に平衡を取ろうとするかのように、たいそう深みを帯びた。「お庭を拝見していたんです。美しいお庭ですね、ほんとうにすばらしいお庭だ。いくぶん手入れ不足ですけど、でもそりゃあ、無理もありません……」

「ここへはまだお出でになってなかったんですの？」ヴィッチ夫人がたずねた。シュトゥーダーは彼女を見つめた。この質問は罠だろうか？　いや……どうもそうではないらしい……するとソーニャは彼の訪問のことを何も話していないわけだ。いずれにせよヴィッチ夫人は返事など待たなかった。

――刑事さん、何かおたずねしたいことがおありなら、どうぞお入り下さい……「わたしは何も隠しだて致しません」、と彼女は言った。「はい、何も。わたしどもの良心は潔白でございます。世間のみなさん、だれにでもできることではございませんけど。」

今度はシュライヤーが蒼くなった。わなわなふるえた。奇妙なことに、見かけは無頼なこの若者が、根はいたって感じやすかったのだ！……

「まあ、まあ」、とシュトゥーダーは小声で言って若者の肩に手を置いた。「ここは帰ってくれよ。どうもありがとう。おかげでいろいろ助かったよ。じゃあな！」

シュライヤーは刑事に黙って手をさし出した。老婦人にはあいさつをしなかった。

「あなたはああいう手合いにずいぶんご親切ですのね、刑事さん。」（ヴィッチ夫人は「あなた」に特に力を込め、彼女がふつうの人びと、つまり世間一般の「あんた方」とは人種がちがうのだということに、シュトゥーダーはいやでも気づかされた。）「お入り下さい、玄関口で立ち話をしていたくはありませんもの。」

キッチンはきれいに片づいていた。流しにはもう汚れた食器はなかった。梳き櫛は消えていた。居間のほうも片づけられていた。

ヴェンデリーン・ヴィッチの肖像写真の下の花瓶はなくなっていた。

「おすわり下さい、シュトゥーダーさん。いま何か飲み物をお持ちします。きっと喉が渇いておいででしょう。」

ヴィッチ夫人は木苺シロップの瓶とグラスを二つ手にして戻ってきた。シュトゥーダーは好き嫌いに関わりなくご相伴にあずからざるをえなかった。かすかに身震いがした。

「かわいそうな夫」、とヴィッチ夫人は言って、くすんと鼻息を鳴らした。ハンカチで目をぬぐった。しかし目に涙は浮かんでなかったし、出てきもしなかった。

「ええ、ええ」、とシュトゥーダーは言って、ヴィッチ夫人がまた彼のグラスにねばねばした液体を注ごうとするのを手で抑えた。「こんな死に方をしなければならなかったのは悲しいことです。でも、もしかしたら運がよかったのかもしれません……」

「運がいい？　どう運がいいんですの？　何をおっしゃるんです？」

「えっ、保険のことですよ……」、とシュトゥーダーは言って、すこぶるていねいにブリッサゴに火をつけた。言葉の洪水がどっとばかりに降ってきた。シュトゥーダーは荒れ狂うがままにさせておいた……

奇妙だ、まるで幻視のようだった。

――部屋が突然暗くなった。緑色のシェードをかぶせた電灯がわずかにうす暗い光を放っていた。テーブルの上に空のお皿が並べてある。上手《かみて》の席に故ヴェンデリーン・ヴィッチがすわっている。その右手に彼の妻、左手にソーニャ、向かい側に息子。

ヴィッチは黙り込み、疲労のしわが口のまわりにも額にも、にじみ出ている。夫人がひっきりなしにしゃべり続ける。嘆いている。あんたが悪いのだ、もっぱらあんた一人の責任だ。あんたのために家族全体が借金地獄に突き落とされた。暗礁に乗りあげた船をまた動かすのはあんた次第だ。あんたはだれにも相談せずに金を持ち出した……クロイガーの株を買ったのはあんたよね、そうよね？　ヴィッチは手を上げる。白いやせ細った手を上げる。反論を唱えようとするかのように。だが夫人はなおもまくしたて続ける。話にも何もなりゃしない、あんたは黙ってればいいの、お黙んなさい。それからやにわにささやき声を出す。保険でお金が出るわ……事故……何も悪いことじゃないわ。でも事故に見えるようにやらなきゃいけない……村には前科者がいっぱいいるわ、あれに罪をなすりつければいい……

息子が口を出す。妹があいつらの一人をひっぱり込めばいい。妹にどうしても一枚嚙んでもらおう。当の若造にランデヴーにこさせれば、やつはアリバイの持ち出しようがなくなる……そうすればやつを起訴することができて、父さんがやつを犯人と認めたら、やつはもうお手上げだ……

　ヴィッチはテーブルの上で手を組み合わせている。彼は首をふる。ひっきりなしに首をふる。しかしだれも彼のほうを見てくれない。話はそのままどんどん流れ続ける。母が息子に代わり、息子が母に代わる。ソーニャは黙ってすわり、ハンカチに顔を埋めて泣いている。泣いても何の足しにもならない。ソーニャは他の二人のプランを前にして、どこにも逃げ場がない……——

　シュトゥーダーがいまヴィッチ家の居間でげんに見たり聞いたりしたような場面が、何度演じられたことか？　そしてシュトゥーダーがその幻視を前にしているあいだ、アナスタシア老婦人が彼に話しかけ、そのことばが耳元にしんどいビーゼ［冷たい乾燥した北風］のように吹き荒れる。

　シュトゥーダーは夫人のことばに聞き入りながらうなずき続けた。何もかも嘘ッ八だった。それなら、どうして話に聞き入ったりするのか？……

　物置小屋が目に浮かんだ。まざまざと目に浮かんだ。

——夫人が厩舎用ランプを手にしている。で、ヴィッチが拳銃を試し撃ちする。白く鉋がけした扉の方形めがけて、かならず十センチの距離から弾丸を発射する。距離は、それ以上でもそれ以下でもない。紙巻煙草のペーパーで試している。ペーパーをときには三枚に、ときには五枚にしたりして試している。どれだけの枚数にしたら爆燃痕跡が生じなくなるか？——

　十五個の弾薬、とシュトゥーダーは考えた……弾薬箱がどこかにあるのでは？　それを見つけたらいい。そしてそのあいだにたえずインサートされるイメージ。

　厩舎用ランプの灯りで射撃練習をするヴィッチ……夫人が射撃音を消すために入口に扉がわりの袋を当てがう。

——

　でなければ、ご近所に音が聞こえなかったはずがないじゃないか？……たぶん聞こえたのだろう。いちばん近い家は約五十メートルのところにある……そこに訊きに行くべきだろうか？

このとき、ヴィッチ夫人のとうとうたる弁舌の真っ只中に、シュトゥーダーが夢のなかから語りかけるように小声で言った。

「ご亭主が物置小屋の扉めがけて射撃しているとき、あなたは射撃音を消すために入口に袋を当てがってましたね？」

床の上でがちゃんとグラスが割れた。ヴィッチ夫人が目を大きく張り裂いていた。片方の目の上の皮膚が真っ白になった。

「何が？……何ですって？……」、とヴィッチ夫人は口ごもった。

「いえ、何、何でもありません」、とシュトゥーダーは疲れ切ったそぶりで相手を抑えた。「そんなことはみんな無価値です。シュルンプが自白したんですから。」だが、なかば閉じた瞼の下からシュトゥーダーは、興味津々、夫人のほうを観察した。

深呼吸。ヴィッチ夫人は立ち上がってキッチンに行き、ゴミ箱を持って戻ってくるとガラスの破片を拾い集めた。

「ガラスの破片《かけら》は幸運の運び手です」、とシュトゥーダーは小声で言った。

夫人の憎々しげなまなざし。それから、

「そう！ あの人殺しがとうとう白状したのね！ よかったわ！ するとあんたはもうここには用無しだわね、刑事さん！」（「あなた」じゃなくて「あんた」か！ シュトゥーダーは苦笑した。）

「仰せの通りです、ヴィッチさん、わたしはもう用無しです……」

何時になったのだろう？ 外はまだ昼日中だった。物置小屋は庭のはずれにあって、窓からよく見えた。シュトゥーダーは永らくそちらをながめやっていた。彼は考えた。今夜はこの近くで夜番をするとするか。この母親と息子は例の扉を燃やそうとするだろう。あんなこと言わないほうがよかったかな？ でもあれでよかったんだ。ときにはこんな威嚇射撃も悪くない。事件そのものは見込みがないけどな。わからん、わからん……マドラン警視正の言う通りだ！ 田舎の殺人事件！……ヴィッチは墓のなかで静かにさせておこうか？ 彼は家族のために自分を犠牲にした……保険金が支払われるようにと拳銃自殺を遂げた……本当に拳銃自殺なのか？……腕を直角に突き出して？……どうも事件の背後にはまだ何かひそんでいそうだ……でも、それなら撃ったのはだれだ？……シュルンプか？……やっぱりシュルンプか？……愛から殺人を犯せようか？……それがなぜいけない？　それでも、ありそうにないな……アルミーンか？……あのヒモ風情が？……いや、いや、やつは臆病すぎる……母親は？……バカな！……では誰なのか？　拳銃を買ったのが誰かわかったらな、たぶんそれが糸口になる……

「娘さんはベルンのどこで仕事をしてるんですか？」シュトゥーダーは声の調子を上げて言った。

「レーブの店よ」、老婦人の声がふるえた。静かにさせといてやろう、アナスタシアさんは、とシュトゥーダーは思った。彼はおいとまごいに手をさし出した。しかしヴィッチ夫人は手を出さなかった。彼女はちょこまかした足取りでドアのほうに行き、ドアを開けた。顔面に凍りついたような笑《え》みが浮かんでいた。

「さようなら、刑事さん」、と彼女は言った。

シュトゥーダーは黙って頭を下げた……

シュヴォム

道路に出ると早くもシュトゥーダーに楽隊の音楽が聞こえた。とりわけアコーディオンの音《ね》が大きく鳴った。シュライヤーがまた座席に戻ったらしい……

ではあのテーブルにすわっている、スタンダップカラーを高く立てフランネルのズボンに黒いやや高めの編上げ靴を履いて、アルミーン・ヴィッチにしきりに話しかけているのは何者だろうか?

教師のシュヴォムだ。

シュヴォムは、シュトゥーダーが前を通るとぴょんととび上がった。その顔は途方に暮れて子供っぽかった。上唇の上にブロンドの口髭がちょこなんと鎮座ましましている。

「刑事さん」、とシュヴォムは息を詰まらせて言った、「聞くところによると、あなたはヴィッチ事件に携わっておいでだそうですね。この事件についてわたしの存じていることをあなたに打ち明けようかどうしようか、ずいぶんためらいました。しかし祖国の正義を守るというやむにやまれぬ気持ちに駆られてですね……」

「おしゃべりが過ぎるぞ、シュヴォム」、とアルミーンが語気をあらげた。シュトゥーダーが若者をキッとにらんだ。相手はまるで、「にらむんなら気のすむまでどうぞ、こっちはちっとも怖くない……」と言わんばかりに首でうなずいた。

「こちらのテーブルにおいでになりませんか、シュヴォムさん?」シュトゥーダーは慇懃にたずねて当のテーブルのほうを手で指し示した。そこにはまだ老エレンベルガーがすわって、もの思わしげにワイングラスを親指と人差し指のあいだでひねり回していた……

シュヴォムは席に着いた。ということは鉄製の庭椅子のへりに腰を下ろし、それからハンカチをひっぱり出して額の汗をぬぐった。顔の肌色も頭髪の捲き毛も、ほとんど区別のつかないような黄色だった。

「わたしはつまりあわれなヴィッチが殺人者の手にかかって落命したあの晩」、と教師のシュヴォムは言ってもみ手をした、「たまたま銃声を二発聞いたんです……」

「ほう?」シュトゥーダーはそっけなく言った。

「うへっ!」エレンベルガーじいさんが言って頬で口辺をゆがめた。

「はい」、と教師はうなずいた。「二発です。わたしはあの夜たまたま森を散歩していました……連れ立って……誰といっしょに森にいたか、ですか? それを言う必要はありません。」

エレンベルガーの脅かすようなバスの笑い声が教師をいよいよ狼狽させた。

「あなたと差し向かいでお話できないものでしょうか、刑事さん?」シュヴォムはそうたずねて赤くなった。

シュトゥーダーは首をふった。彼が興味があるのは、この教師がしゃべったことよりも、どうやら話したがらないでいることのほうだった。何を隠しているかは、この男の物腰から類推できた。

教師シュヴォムはえへんと咳払いをした。「街道を離れて脇道に入ったのは、あれは十時頃のことでした。わたしは、詩にあるように、わたし自身のために森に入って行ったので、それ以外に何の考えもありませんでした。夜は静かでやわらかく、眠たげな小鳥たちが枝々にさえずっていました……」

「うへっ!」またまたエレンベルガーじいさんがしゃがれ声を出したが、シュトゥーダーが目で制した。アルミーンのテーブルにはだれもいなかった。ゲルバーは、またもや「囚人バンド」の憎さげなまなざしにつきまとわれながらソーニャと踊り、「ヒモ」はウェイトレスと踊りながら何やらしきりに説明しているようだった(何かを納得させようとしているのだろうか?)。

「……ときどき獣がさっと巣をめがけて逃げて行きました。わたしはどんどんもう、その……連れと森のやさしい深みにかなり入り込んでいましたが、と、そのとき街道をこちらに近づいてくるモーターバイクの爆音が聞こえてきました。軽モーターバイクの、とつけ加えておきましょう……」

「つけ加えるなら、どうかお静かに」、とエレンベルガーじいさんが言って、ガハハとしゃがれ声を出した。これが笑い声なのか？　しかし教師はもはや妨害を受けつけなかった。

「騒音、と申し上げてよろしければ、その騒音はふいにやみました。枝の折れる音が聞こえました……」

「距離はざっとどのくらいでしたか？　わたしの言うのは、街道からあなたを隔てていた距離のことですが。」シュトゥーダーはたずねて、ひとしきりブリッサゴをくゆらせた。「正確には分かりません」、とシュヴォムは小声で答えた。何やら忘我の境地にあるようだった。目はぼんやりとはるかかなたをながめていた——はるかかなたといっても、この場合はすぐ隣接した旅籠の庭園だったが。「わたしがいた場所はたぶん、行けば見つかると思います……」

「よろしい」、とシュトゥーダーは言った。「続けて下さい、教師シュヴォム殿。」

「この最初の部分、つまりモーターバイクが来て、それがふいに止まったことは、むろんその瞬間には気にとめていませんでした。後になって、事故に遭ったヴェンデリーン・ヴィッチのものだという、〈ツェーンダー〉ブランドのモーターバイク、例の軽モーターバイクが見つかったという話が村で話題になったので、ようやくそれと思い当ったのです……」

事故に遭った、だって？　とシュトゥーダーは思った。どうしてこの男は、最初は殺人者の手で殺されたと言っておいて、今度は事故に遭った、と言ったのか？　そう言うのが身のためだったのか？　シュトゥーダーはふと、アルミーン・ヴィッチが語気をあらげて教師をどなりつけたのを思い出した。

「続けて」、とシュトゥーダーは言った。だがシュヴォムは促されるまでもなかった。彼はしゃべり、その話にはパセティックたらんとする身ごなしまでもが伴った。

「と、突然、森の静けさのなかに、二発の射撃音が轟きました。わたしの女の……いや、わたしの連れはすくみ上がりました。わたしは連れをなだめました。たぶん、さほどの凶事ではありますまい。しかしわたしは襲われるのではないかという気がして、というよりわたしの……あの連れが怖がったので、わたしたちは大きく迂回して森を抜け、村からかなり離れたところで街道に出て、そのまま街道に沿って行きました。しばらくして街道の端にモーターバイクが一台捨ててあるのが目に入りました。バイクは一本の樹にもたせかけてあって……」

シュヴォムはちょっと間を置いた。

「誰か人影を見かけませんでしたか？」シュトゥーダーはたずねた。

「見かけなかったか、ですと？　いいえ、見かけません。聞こえただけです。二発の銃声の後に何人かの乱れた足音を。ぼんやりした一人の人影にも気がつきました。しかしその影は街道のほうには向かわずに、反対の方角に、ということは森のはずれがエレンベルガーさんの園芸場に接している、そちらのほうに向かっていました。」

「一人の人影ね？」シュトゥーダーは言った。「その人影をもうすこしくわしく描写して下さいませんか？」

答える代わりにシュヴォムはいたってものやわらかにこうたずねた。

「事件はしかしシュルンプの自白で一件落着になったのではありませんか？　そうじゃないんですか？」

「たしかにね。」シュトゥーダーは自分の組み合わせた両手に目をやった。彼は相手の声の抑揚にじっと耳を傾けた。どうしてこの教師は証言の報告を話しはじめながら、話がまだ終りもしないうちに、事件は解決してはいないのかなどといきなり質問したのだろう？　二つの可能性がある。教師は——こちらのほうの可能性が大きにありそうだが、偉そぶってこの訴訟で一役演じたがっているのか、それともシュヴォムは何か知っていることがあるのに何らかの理由《わけ》があって真実を語ることをせず、見聞きしたことの半分を聞かせることで、いわば良心の呵責をしずめる鎮静剤として窮地を脱する一助たらしめんとしているのか。というのも、この男は確実に何かを知っているらしいのだ。何といってもひとかどの教養ある人物である——シュヴォムはゼクンダ［ギムナジウムの第六学級］の教員だった——その男がいたずらに、「眠たげな小鳥たちが枝々にさえずっていた」というような陳腐きわまる常套句を口にするはずはなかった。それに、「事故に遭った……」云々というあの言葉だ。あれはこの教師がどうやらつい無意識に口にしてしまったものらしい。テーブルには沈黙。楽隊の音楽が鳴りやんで曲はおしまいになり、人声ががやがやかましくなった。隣のテーブルの三人が戻ってきた。ソーニャは教師を無関心そうなまなざしでながめやり——ちなみにそのまなざしから察するに、つまりは彼女が教師の「連れ」でありそうにはなかった。逆にアルミーンの顔が軽くひきつった。彼は誰かを探していた。ときおり彼の視線は教師シュヴォムの上をさっとなで、かすめ過ぎ、また誰かを探しているような様子になり、旅籠の内部から庭園に通じるドアに釘付けになった……

そこにウェイトレスがいた。シュトゥーダーはウェイトレスがそれとなく合図するのを——頭を軽くかしげ、口辺をひきつらせるのを——ぬかりなく見届けた、というよりそれにピンときた……アルミーンは椅子の背にそっくり返り、あくびをして口に手を当てた。ほとんどそれと気づかぬうなずき——あくびはどうやら、見ている者の目から頭の動きを逸らそうとするだけのことのようだ……

シュトゥーダーはもう疲れていなかった。ふたたび事件の只中にいるという思いがした。もはや局外に締め出されているのではない。とりわけ、何かが起こったという感じがした。何かが次々に起こりそうだった。シュトゥーダーは全身でその気配を感じた。彼は落ち着き払っていた。まずはこのブロンドの海綿人間から、この教師から、引き出せるだけのものを洗いざらい引き出してしまうことだ、それから……

シュトゥーダーはもう明日のための計画を持っていた。

しかし今日と明日のあいだにまだどれだけの出来事が起こるやもしれないではないか!……一夜がまるごとある。シュトゥーダー刑事にはわかっていた。今夜はあまり眠る時間がないだろう……しかしそれがどうしたというのだ? きれいな仕事を! と彼は自分に命令した。問題がいまのところどんなに無秩序に錯綜しているように見えようともだ! 何とかして始末をつけることだ。きちんとすること! 何はさて、きちんと始末をつけること!

「で、人影はどんなふうでした?」質問は奇襲だった。夢想に囚われていた教師はぎょっとした。

「それがしゅっと動いて」(「しゅっと動いた!」と教師シュヴォムは言った)、「わたしたちから十メートルばかりのところをしゅっと動いて……ええ……こちらの目の前を通りすぎて。背丈ですか？　中背……そう、中背でした……」教師は突然黙り込んだ。

「中背？」シュトゥーダーはにこやかにたずねた。「比較の目処がほしいところですな。大体のところどのくらいの身長でしたか、その人影は？　わたしの申し上げたいのは、教師シュヴォム殿、その人影はたぶんちっとも重要ではないけれども、ひょっとするとわれわれの推測を確認してくれるかもしれないということです。その人影がその、まあ被告人のシュルンプと同じような背格好だとしたら、これは裁判官にとって非常に重要なことになるでしょう。裁判官はさよう、犯行前後の被告人の動きがことごとく、心理学的モティーフともども正確に確認されていないかぎり、自白に何の意味も認めません。わたしがいま話している相手は一人のアカデミシャンです、そうでしょう、そんじょそこらの人間に対して、わたしはこんな学問的な表現はいたしません。ですからその人影の背丈はどのくらいでしたか？」

「わたしはそもそもエルヴィン・シュルンプをちゃんと見たことがほとんどありません。ですが、その人影は彼の背丈ぐらいと思えました……」

「たぶんあなたの……その、連れのご意見がうかがえれば、たいへん大きな意味があるでしょう。しかしこれはどうやらできない相談らしいですな……」

「不可能です、そんなことは絶対にあってはなりません……わたしにはできないし、責任を負えません……」

「まあいいでしょう」、とシュトゥーダーはきっぱり断言した。彼は横目づかいにアルミーンのテーブルのほうをうかがい見た。そこで何やら事が起こっているようだった。アルミーンは妹に向かってしきりにささやきかけていた。理髪店助手には盗み聞きをしないようにと手で合図をした。それからアルミーンが立ち上がった――ウェイトレスはまだホールのドアの柱のところに背をもたせていたが、彼女は突然耳が聞こえなくなり目も見えなくなってしまったかのようだった。それというのも、注文の声にも客が合図をしているのにもまるで注意が行き届かなくなっていたからだ。だがアルミーンが立ち上がるのを見るとくるりと背を向けて〈熊〉亭の屋内に消えた。アルミーンは庭園のなかをぶらついた。頭を下に落としていた。突然ぶらつきの速度をはやめ、歩幅を大きくすると――彼もまた開いたドアへと呑み込まれた……

「まあいいでしょう」、とシュトゥーダーはしばらく間を置いてからくり返し――それでいてソーニャからは目をはずせないでいた。絶望、恐怖、困惑が、小さな娘の顔を不安の色に染めていた。

あの娘《こ》はおれを信頼しててくれさえしたらいいのに、とシュトゥーダーは老婆心を起こした。シュヴォムの続きのことばに放心状態で耳を傾けながら、彼はずっと妻のことを考えていた。妻《あれ》がここにいてくれさえしたら……彼が妻に小説を読む習慣をやめさせてからというもの、ヘディー（シュトゥーダー夫人はヘトヴィヒという名だった）は、悩みのあまり無口になった人たち――それもとりわけご婦人方の口を開かせるのが達者になったのだ。

教師シュヴォムはしかし言った。

「もちろんわたしは、エルヴィン・シュルンプがその下劣な行為の後で逃亡して行く現場を抑えた、などと言い張るつもりは毛頭ありません……」（事故に遭った――下劣な行為、シュトゥーダーの頭のなかをそんな言葉が駆けめぐった……）「しかしその人影がエレンベルガー氏の園芸場の方向に向かったことは、いずれにせよ異様に思えました……」

「影の国としての園芸場とね、へェへェへェ……」、と老エレンベルガーがいななき声を上げた。シュトゥーダーは彼を叱りつけるようににらんだ。

「たしかに二発の銃声を聞いたのですね。そして二発の銃声の後、あなたは人影が園芸場の方向に消えて行くのを見た。たしかにそうなのですね？」

「そんな気がしたんです」、とシュヴォムは口ごもった、「二発の銃声を耳にした、ような気がしたんです。」救いを求めるように教師はあたりを見回した。が、シュトゥーダーの目を見ることだけは避けていた。

「気がした！　気がした！」シュトゥーダーは非難がましく言った。「あなたのような人が、気がした、ではいけません。たしかにこれこれだ、でなければ困るのです。では二発の銃声ですね？　そうですね？」

「ええ、まあ」、とため息のような声が出た。

沈黙。それからまた楽隊が曲を演奏しはじめた。わけても、「きみがいつかハートを贈ってくれたら……」だ。シュトゥーダーが見ていると、理髪店助手がソーニャをダンスに誘った。娘は首をふった。彼女は小さなハンドバッグを取って腕に抱え込み、庭園のなかを一目散に駆け出した。逃げたのだろうか？　むしろ誰かに追いつこうとする最後の試みではなかったか？

「わたしは五人の証人を通じて銃声は一発しか鳴らなかったという裏付けを取っています。二発の銃声のことをわたしに話す任務をあなたに託したのは何者ですか？」（五人の証人云々は見えすいたペテンだった。ムールマンの書類にそんな話は載っていなかった。しかし真実を明らかにするためには、人間、何だってやってのけるのではあるまいか？）「五人の証人ですって？」シュヴォムは真っ蒼になった。「裏付け？」

「そう、裏付けを取ったんだ！」シュトゥーダーは荒っぽく言った。「どっちみちそんなことに興味はない。あなたは何かやましいところがおありですな、教師シュヴォム殿。事の半分だけをわたしに言うことで、良心の呵責から逃れようとしておられる。さあ、事の半分！　ですかな……四分の一しか話しておられない。もう何も聞きたくありません」、とシュトゥーダーはシュヴォムが口を開いて弁解しようとするのを目で制した。「あなたのおっしゃることはもう信じません。自尊心に訴えて、ここらでおいとまします……」

　シュトゥーダーが標準ドイツ語で話すことはめったになかった。しかし話すとなればその効果は――効果の対象が知識人に対してであれ、若い刑事たちに対してであれ――いつも変わらなかった。そうすると誰もが、刑事はもう休ませたほうがいいと感じるのだった。

「熱いぞ、熱いぞ！」老エレンベルガーがしゃがれ声を出した。「近づきましたな《ヴー・ブリュレ》、刑事《コミセール》！」ゲームなどで隠されたものを探すのに、ありかを知っている者が探し役を、探し役のほうが隠されたものに近づいたり離れたりするのに応じて、「冷たい、あったかくなった、とてもあったかい、熱い」と誘導する。それとそっくりに言った。

「あんたもそういつまでもゲームをしてる場合じゃないだろう、エレンベルガー」、とシュトゥーダーは言った。

彼は顔色がひどく蒼ざめ、拳を丸めていた。それから肩をすくめると騒々しいいくつものテーブルのあいだを抜けて、アルミーン・ヴィッチが消えて行ったドアのほうに歩いて行った。

ワンステップのリズムで「囚人バンド」が「そんなら、そんなら、都会《まち》へ出て行くっきゃない……」を演奏した。

裁判の前の愛

月曜日朝七時半、地区巡査ムールマンの事務所にて。

シュトゥーダーは窓辺にすわって細かい雨が降りこめる庭にながめ入った。肌寒かった。暑い日曜日の予想は思いちがいだった。

刑事はひとりぼっちだった。疲れているように見えた。二の腕を太腿にのせて両手を組み合わせる、お気に入りのポーズでアームチェアーにへたり込んでいた。顔の皮膚が雨ざらしになった紙を思わせた。ときおりふっとため息をついた。

手に一通の手紙を持っていた。ぎっしりと書き込まれた便箋三枚の手紙だ。彼は手紙を読み、便箋を手放し、また取り上げて頭をふった。それは例のビリヤード相手の手紙だった。公証人のミュンヒは奇妙なことを書いていた。ひょっとすると……ひょっとすると解決を――壁に塗り込められたヴィッチ事件に解決をもたらすかもしれないようなことを書いていた。「絶対に他言無用」と手紙の冒頭に書いてあった。ミュンヒはそもそもこの問題をどう思っているのだろう？　おもしろい事実が語られていて、しかもそれを活用してはならないのだとは。

手紙が書いているのはある手形の一件だった。かなりの金額に上る手形の一件だった。さるゲルツェンシュタイン市民が手形引受人になり、早急に受け戻しが待たれている為替手形。問題のゲルツェンシュタイン市民が一週間前に州立銀行と協定していたものだ。手形は今日が満期の日に当っており、銀行は一週間前にやっとのことでそれを八日目に延ばして（支払延期、と公証人は書いていた）くれた。ということは八日目の今日こそは支払いを済ませなければならなかった。一万フラン。ちょっとした「大金」だ。ミュンヒは手形引受人の名前を書いてなかった。だが容易に推定できた……金の受取人はヴィッチ。六カ月前だ……

このヴィッチが耳の後ろに拳《こぶし》大の穴をこしらえるはめになったのだ。金をすっからかんに使い果たしたのにちがいない。金はどこに行ったのか？　投機《スペキュレーション》か？　たぶん。ミュンヒは、ヴィッチが破産寸前だった（おもしろいことに、例のゲルツェンシュタイン市民も破産寸前だった）と書いていた。公証人はおもしろい物語を話してくれた。こんな話を書いていた。

「ほかにもきみに、刑事さんよ、もう一つ妙な話を話しておかなくてはならない。まだおぼえているだろう、ぼくらがエレンベルガーじいさんに会った、例のビリヤード・ゲームのときのことだ。あのときぼくは、エレンベルガーが自分はヴェンデリーン・ヴィッチの家の第二抵当権を持っていると、ぼくの事務所に知らせにきたと言ったよね。ところがこれがどうもつじつまが合わない。エレンベルガーはその前にも一度、一週間前のことだが、うちにきて、ヴィッチがエレンベルガー宛てに作成した大枚一万五千フランもの借用証書を持ってきた。ヴィッチが抵当として設定したのは額面二万フランの生命保険だった。エレンベルガーは保険料を支払うことを引き受けた。ところがエレンベルガーは何を思ったのか、これを取り止めにしたいと言い出した。当該の金額全額の払戻しと支払った保険料立替え分の返済を要求して、これをヴィッチに伝えてくれとぼくに言ってきた。ぼくは月曜日の午後（つまり五月一日だ）にゲルツェンシュタインにいたヴィッチに、うちの事務所にきてもらえないかと電話した。彼は十七時頃にやって来た。ぼくはヴィッチに彼の債権者の意向を伝えた。ヴィッチはおそろしく興奮して、破滅だ、自分に残された道はただ一つ、自殺するしかないと言った。そうしたからといって事態が変わるわけではなく、一層悪くなるだけだろうとぼくは言ってやった。だって保険会社は保険を支払おうとしないだろうから……」

二、三立ち入った技術的な解説をしてから公証人のミュンヒは先を続けた。

「ヴィッチはめそめそ泣き言を口にしはじめ、彼の言い分によると自分の生活を地獄にしてしまった妻と息子を、罵詈讒謗といった体《てい》に罵った。ぼくはなんとか彼の気持ちを落ち着かせようとした。しかし彼はいよいよ気を高ぶらせるばかり。いきなりポケットからピストルを一梃取り出して、助けてくれないんなら、あんたの事務所でピストル自殺してやると脅迫してきた。この男の態度にはとうとう頭にきて、いいから帰ってくれと言うと、村長が自分を監禁させようとしている……と苦情を言うやら泣き言を口走るやら。ぼくは、そんなことはこっちには関係ない、とにかくうちの事務所を出て行ってもらいたい、そんなやかましい騒ぎは真っ平御免だと相手の言葉をさえぎった。すると彼はまた泣きはじめ、いいえ、何か知恵を下さるまでは出て行かないと言う。ぼくはしかし彼に知恵など授けられはしないので、そう言ってやった。そんなら拳銃自殺をしてやる、とヴィッチは言った。ぼくは応じて、しかしぼくの事務所では困る。ここではおちおち落ち着いて自殺できないだろう、しかしわざわざそこへ行くつもりさえあれば、ぼくは空き部屋を一つ所有しており、そこならきっと自分をこの世から抹殺するのに最高のチャンスを持てるだろうと、そう言ってやった。刑事、さぞかしきみはぼくが血も涙もない人間だと思うだろうね。しかしぼくはそんな血も涙もない人間なんかじゃない。当方の職業柄、この種の事件はもううんざりするほどあるのだ、と考えてもらわんとね。自殺するぞという脅迫は、ものぐさな恐喝の試みだ。こういう連中は自殺する気なんぞ毛頭ありゃしない。そういう印象を与えて同情を引こうとしているだけだ。これは内証の話だが、きみなら分かってくれるだろう。」

シュトゥーダーは頭をふった。でももしかしたらヴィッチの場合、それは本物の絶望だったんじゃなかろうか？彼は法医学研究所の、明るい、過度に白い部屋の棺台に寝かされたヴェンデリーンの姿を思い浮かべた……顔には静かな、すっかり煩悩を解脱した表情……ミュンヒは書き続けていた。書いていることからして、どうやらこの公証人の言っていることが正しいように思われた。

「ぼくはヴェンデリーンをとある人里離れた小部屋に案内して、「どうぞ！」と言った。それからドアを閉めた。それからものの五歩も歩かなかっただろう、一発の銃声が聞こえた。なんだかいやな気がした。取って返してドアを開けた。ヴィッチは部屋の真ん中に立っていた。壁にかかっている古い鏡がひどい目にあっていたけど……ヴィッチはかすり傷ひとつなかった。それから二日後に森で射殺された姿で見つかったとき、ぼくは奇妙な思いがしただけだ。その点についてはぼくは意見を述べられない……」

ドアが開いた。二人の女性が入ってきた。大柄で、母性的で、保護するようなムールマン夫人がソーニャを部屋に連れてきたのだ。シュトゥーダーは二人を見つめた。彼はうなずいた。

「ありがとう、ムールマン夫人」、と彼は言った。「うまく人に見られないでやれましたか？」

「大丈夫よ、大丈夫」、と夫人は答えた。「駅の前でこの娘《こ》を待ち伏せしてたの。彼女はのっけから言うなりについてきてくれたわ。」

「これからいっしょにトゥーンに行こう、娘さん、シュルンプに面会に行くんだ。都合が悪かったんじゃないかい？　ぼくはただ、お母さんがこのことを耳にはさむのがうれしくなかったんだ。だから地区巡査の奥さんをやって、彼女からきみにそう言ってもらったんだよ。いいね？　別に危険はない……」

「はい、刑事さん。」ソーニャは熱っぽくうなずいた。

「しかしここの人たちに見られては困るのでね」、とシュトゥーダーは話を続けた。「ムールマンがモーターバイクを貸してくれる。彼は先に発って、わたしたちを待っててくれる。きみはバイクの同乗車席にしゃがんでいればいい。九時にはトゥーンに着く。それまではどうってことはない。さあムールマン夫人といっしょに出なさい。わたしはまだここで仕事がある。話はあっちへ行ったときにする。きみが先に行って、向こうで落ち合うんだ。いいね？」

ソーニャは黙ってうなずいた。

「さあ、行きましょ」、とムールマン夫人が言った。

しかしソーニャはまだためらっていた。とうとう口ごもりながら言った（シュトゥーダーが気がついたところでは、彼女は喉に嗚咽をひそませていた）。刑事さんはアルミーンがどこへ行ったか、ご存じありませんか？

「え？　アルミーンは家にいないのかい？」――はい、姿を消してしまったんです、あのときから……そう、あのときテーブルの席を立ち上がってからというもの。でも母さんはちっとも心配してる様子はなくて、今朝もまたキオスクへ行きました……刑事さん、どうお考えになりますか？

刑事にこれといった意見はないようだった。無言だった。彼は何かこうしたことを待っていたのだ。前夜は一晩中ヴィッチ家の庭で徹夜した。大きな榛《はしばみ》の茂みのかげに隠れて物置小屋から目を離さないでいた。夜番に立つ前にもう一度物置小屋に入ってみた。ヴィッチの射撃実験（そもそも、と彼は思った、まだヴィッチがそれをやったと証明されたわけじゃないぞ）の痕跡のあるドアはまだ同じ場所にあり、そして一晩中それを取りにこようとした人間は一人もいなかった。ヴィッチの家は物音ひとつせず、灯りもついていなかった。アナスタシア老婦人は十時に帰ってきた。その後一時間はキッチンに灯りが点いていた。それから朝まで家は真っ暗のままだった。シュトゥーダーの思うに、おそらくヴィッチ夫人は息子がどこへ行ったかを知っているのだ。大気がふたたび清浄になる頃、姿を現したのはまちがいなくアルミーンだった。

しかし何が彼アルミーン・ヴィッチをして、あのヒモをして、そうさせたのだろうか？　ひょっとするとアコーディオン弾きのシュライヤーが大声で言った「ほう、シュルンプのやつが自白したって？」という言葉がか。するとシュルンプの自白はプログラムでは予想されていなかったのか？

アルミーンの居場所を聞き出すのはシュトゥーダーにはお茶の子だったろう！　しかしさし当ってはそれを知りたいとも思わなかった。今朝、朝食のとき、ホールのウェイトレスのベルタが泣きはらした眼をしていた。彼女はしきりにハンカチで眼をぬぐった。どうかしたのかい？　とシュトゥーダーは率直にたずねた。

——何にもありゃしないわ、とベルタは言った。

そこでシュトゥーダーは抑え切れなくなって、同じ率直な口調で質問を続けた。

——きみがアルミーンに渡さなくてはならなかった金はどのくらいだったんだ？

——五百フラン、貯金全部なの！　でも刑事さん、それは胸にしまっといて、人には言わないどいてね！　保険金が支払われたら、アルミーンは結婚してくれるって、そう約束したの、いいえ、誓ったのよ。こんなことをいま刑事さんに話すなんて、自分でもどうしてなのかわからない。何も言っちゃいけなかったのよ、アルミーンは約束を反古にしてしまうもの……えんえんとこの調子だ。シュトゥーダーは娘の手をなだめるようになでさすった。この食堂のウェイトレス！　彼女はもう若くなかった。客たちにいつもにこやかに接していなければならず、彼らのごつい冗談も聞いてやらなければならず、いやでも愛想のいい顔をしていなければならない……と、そこへやってきたのがアルミーン・ヴィッチのような男だった……彼は親切で、よく気がついて、不幸だった。大学教育を受けた人だった……この娘がそういう男に首ったけになって何のふしぎがあろう？　おそらくアルミーンも根っからの悪《わる》ではあるまい。一度あの若者とも話してみなくては、とシュトゥーダーは考え、思わずしのび笑いを洩らした。まさか仲人を相勤めるシュトゥーダー刑事なんて！……

ソーニャが返事を待っていた。彼女は目に期待をこめてシュトゥーダーを見た。

「アルミーンはすぐに戻ってくる」、と彼は言った。「そろそろムールマン夫人と出かけるがいい。こちらは一時間以内に着く。」ソーニャは出て行った。

シュトゥーダーは書き物机に向かった。二つ折判の紙を手に取り、目の前にひろげると、紙のいちばん上の真ん中に、

貸借対照表

と書いた。それから黙想をはじめた。しかしこれまたそこから先が続くはずはなかった。ヴィッチ事件の特性の一つは、何かある部分に終止符を打つことができない、というもののように思えた。たとえば昨日、彼は「ツーガー」をしている最中のエレンベルガーと村長の振舞いを観察しようとしたのではなかったか？　そのあいだに何が起こったか？　いうまでもなく電話、それにシュライヤーの発見。

そして言うまでもないことだが、いまも電話のベルがけたたましく鳴っている。シュトゥーダーは受話器をはず

し、ベルンの事務所にいるときのいつもの癖で、

「はい?」、と言った。

「シュトゥーダーかね?」声はたずねた。巡査長の声だった。

「ああ」、とシュトゥーダーは言った。「何かあったのか?」

「じゃあ、よく聞けよ。ラインハルトが今朝武器販売店をしらみつぶしに調べた。最初の店ですぐに運がツイてきた。オーナーがもう店に出ていて、二週間前にブローニングを一梃売ったのをよくおぼえていた。商標は符合するし、登録ナンバーも一致する。買った男の顔までおぼえていた……」

「それで?」巡査長が黙り込んだので、シュトゥーダーは言った。

「いらいらしてるのか? ちっとも興奮しないんだな、シュトゥーダー。でもいまに恥をかくぞ……え?……妙に静かだな、シュトゥーダー。つまりだな、ラインハルトがおれに話すには、武器販売店の人は買い手をいまだによくおぼえているというんだ。男は老人だった。歯が全部抜け落ちていて、混紡亜麻布の服を着ていた。この買い手にはまだ目立つ特徴がある。褐色の、モダンな手袋をはめて、黒絹のソックスをはいていた。名前は名のらなかった……」

「名前までは必要もなかったしね。」シュトゥーダーはしゃべりながら口ごもりがちだった。一方ではこのニュースは咀嚼し難かったが、一方ではまたこれに類したことを期待してもいたのだ……

「いいか、よく聞けよ」、とシュトゥーダーは言った。「そっちにブローニングを一梃送る。特急便で出す。それから法医学研究所が弾丸《たま》をきみに送ってくるはずだ。ヴィッチの頭蓋骨に残っていた弾丸だ。手近に専門家がいるかい? いる? よろしい。なら、その専門家に二つとも渡して、ヴィッチの頭に見つかった弾丸が、いまからそっちに送るブローニングのものかどうかを鑑定してもらうんだ。ラインハルトにはまだ他の武器販売店を当ってもらう。おそらく同じ商標の武器がもう一つ売られているはずだ。わかったか?——鑑定書は今晩必要なんだ。晩くとも五時まで。じゃあな……」

シュトゥーダーはすこぶる慎重に受話器を受話器受けに吊るし、拳を固めて頬をささえた。そうしながらまなざしは、慎重に一枚の二つ折判の紙の頭のところに記しておいた「貸借対照表」という文字の上に落ちた。「まだ後の話だ」、と彼は思い、その文字を線で消し去ると、紙をていねいに折りたたんで上着のポケットに突っ込んだ。

濡れたソックスが気持ち悪かった。二日前に兆《きざし》の出てきた風邪が重いカタルに変わりはじめている感じがするだけに、なおさらだ。結局、人はある年齢がくるとえらく神経質になり、肺炎をおそれ、その危険を免れるために乾いた服を着たがる。だがそれができない相談となると（でも、絹シャツを着て伊達おとこ気取りの予審判事に「済みませんが、乾いたソックスをお貸し願えませんか？……」と率直に頼めばいいのに。）、歯を食いしばって我慢するのだ。歯のほうはもういい加減、ガチガチ歯鳴りがする態勢になっているというのに……

こういうことになったのも、二十代の若者みたいにオートバイにまたがって篠つく雨のなかを二十五キロも走ったからだ。ソーニャの靴下も濡れたけれど、なぐさめにはならなかった。

そのソーニャは外の廊下で待っていた。木のベンチにちんまりとちぢかまり、前を巡査が一人往ったり来たりパトロールしていた。シュトゥーダーはまたしても、どう見ても被告人用とおぼしい例の小さすぎる椅子に腰を下ろし、家紋を飾った指輪印章をいじくり回している予審判事と向かい合った。予審判事が言った。

「あなたという人がわかりませんな、シュトゥーダーさん。だって一件はもう片づいたんですよ。ここにあの若者の自白書があります。完璧なものです。彼は供述している……彼は供述している……」予審判事は指輪をいじくるのをやめ、テーブルの上をいらいら探した。やっと青いボール紙の表紙が出てきた。表紙のラベルには「シュルンプ・エルヴィン　殺人」とあった。

「彼は供述している……」、と予審判事は三度目に言い、該当する箇所がなかなか出てこない書類の頁と格闘した、

「ああ……ここだ。こうです。わたしはヴィッチ氏を待ち伏せし、拳銃を構えてバイクを降りろと命じました。彼は森のなかをわたしの後について来ました。そこで紙入れと、それに時計も財布も、こちらによこせと強制しまし

た。その後一発撃って彼を斃すはめに、どうしてなってしまったのか我ながらわかりませんが、顔の下半分を黒い布で覆ってはいても、相手はこちらの正体がわかったのではないかと、怖くなったのだと思います……（尋問に応じて）わたしは自転車を買うためにどうしてもお金が必要だったのです――」

予審判事は読み上げるのをやめた。シュトゥーダーがチンと鼻をかみ、ラッパを吹くようなしぐさをして、それを途中でやめるとくしゃみをしたが、このくしゃみはしかし押し殺したくすくす笑いを思わせた。最後には落ち着いて、涙声でこう言った。

「シュルンプのやつは文字通りにそうしゃべったのですか？　つまりですね、「そこで紙入れをこちらによこせと強制しました……」だの、「……その後一発撃って彼を斃すはめにどうしてなってしまったのか……」だの、といった文句のことです。やつは本当にそう言ったんですか？」

予審判事は侮辱されていた。

「あなただってご存じのはずだ、刑事」、と彼はきびしく言った、「供述は公式的に型にはまったものにしないわけには行きません。被告の言ったことをそっくりそのまま速記にするわけには行かないじゃありませんか。そんなことをしていたら書類が何冊にも増えてしまって……」

沈黙。予審判事は明らかに侮辱されたと感じていた。シュトゥーダーは相手の怒りをなだめようと思った。彼は立ち上がり、部屋の片隅にある直火式の暖炉のほうに歩いて行くと――そこには薪が一本燃えていた。五月だというのに！――暖炉に背を向けて靴底を暖めた。

「問題はこうです、予審判事殿、わたしはこの事件に二、三奇妙な点を認めたということなのです。ですからわたしには、シュルンプの有罪がどうしても信じられません。わたしは証人を一人連れて参りました。この人をあの若者に対決させてみたい。証人はいま外の廊下にいます。二人はしかしいますぐに会わないほうがいいでしょう。わたしの証人が待っていられる部屋はございませんでしょうか？　必要な時がきたら呼ぶことにしましょう。」

予審判事はうなずいた。彼はボタンを押し、部屋にきた巡査に、刑事と一緒にきた人間を待合室（なんだか歯医者さんみたいだな、とシュトゥーダーは思った）に連れて行き、それからシュルンプ・エルヴィンをここに連れてくるように、と命じた。——

シュルンプの第一声はこうだった。

「もう自白したじゃありませんか、これ以上、何のご用です？」

それからようやく刑事に気がついてうなずきかけ、目をあげるかあげないかに椅子に這い寄ろうとした。が、シュトゥーダーがそれを迎えて手をさしのべた。

「やあ、シュルンプ、一別以来だな、あれからどうだ？」

「うまくありませんや、刑事」、とシュルンプは言って、なすすべもなく自分の手が相手の手に重ねられるがままにした。シュトゥーダーはそのたるんだ手をぎゅっと握りしめた。

「どうも気持ちが変わったようだな、シュルンプ？　聞くところによると。」

「ええ、とても苦しかったもので。」

「うへっ」、とシュトゥーダーはおどけて笑った。シュルンプはおどろいて目を上げた。

「はい、信じてくれないんですか、刑事さん？」

「おれがいまだに信じているのは、おまえが列車のなかでしてくれた話だけだ。」シュトゥーダーはくしゃみをした。

「お大事に」、とシュルンプが機械的に言った。彼は被告人用の椅子にうずくまり、頭を下に向け、そちらのほうから危険が襲ってきそうだとでもいうようにシュトゥーダーのほうをチラチラ横目で窺った。ビンタを食らいそうな雲行きを察して、すかさず肘を上げてその瞬間を防ごうとする小学生そっくりだった。

「何もしやしないよ、シュルンプ」、とシュトゥーダーは言った、「きみを助けたいだけさ。昨日自動車泥棒の一件で送り込まれてきた男を知っているな？」

シュルンプがギクリとした。彼は目を丸くし、口をぽかんと開け、何か話そうとしたが、このとき予審判事が言った。

「どういうことです、刑事?」

「何でもありません、予審判事殿。シュルンプがもう答えました。」それからやや間があり、「煙草を喫ってもよろしいですな?」と言ってポケットから黄色い小箱を引き出した。ニヤニヤ笑いながら、「シガレットを一本、どうぞ。シュルンプもよろこんで一本いただくでしょう。雰囲気《アトモスフェア》が浄化されますな。」

予審判事は心ならずも微笑《ほほえ》まざるをえなかった。妙なやつだな、このシュトゥーダーって男は……一隅にぽつんと椅子が置いてあった。シュトゥーダーはその背もたせをむずと攫《つか》み、ふりまわすようにして部屋に持ってき、それに馬乗りにまたがると背もたせに下腕をのせ、シュルンプをじっと見つめながら言った。

「どうして予審判事殿をだまくらかしたんだ? だってバカな話じゃないか、おまえのヴィッチの殺し方はあれとは全然ちがってたじゃないか。ヴィッチのバイクを止めた。それはたぶんその通りだ。で、彼に言った。あなたに話したがっている人がいる、とな。彼がおまえの前を歩いていたので、それを撃った。それから死体をぐるりと裏返して紙入れを奪った——その通りだな? おまえが死体を放置したとき、死体は仰向けになっていた、そうだな? 今度は本当のことを言えよ。嘘をついたって無駄だ。おれはわかる。」

「はい、刑事さん。彼は仰向けに寝ていました。月が照っていて、ヴィッチがこちらにぎょろりと目をむいてました……わたしは走って、走って……」

シュトゥーダーは立ち上がり、サーカスの芸人みたいに手をふった。「コレニテ証明オワリ。」

彼はテーブルまで二歩で歩き、書類の束をぱらぱらとめくると、一枚の写真を引っ張り出してシュルンプの鼻先に突きつけた。

「ヴィッチはこういう姿勢だった。うつぶせになっている、この嘘つきめ、いいな? 仰向けになるなんてことはあり得ないんだ。なぜって彼の服には樅の木の針葉がただの一本もついてないんだからな。それはわかるな?」

それから予審判事のほうを向いて、

「そこにもう一枚写真がありませんでしたか？　頭部だけを写したのが？」

予審判事は度をうしなった。書類の束をやみくもにかき回した。そう、たしかに写真はもう一枚あった。わかってる。二枚だ。ヴィッチの全身を見せたのが一枚、頭部だけを写したのが一枚。右耳の後ろの創傷と、樅の木の針葉に覆われた周囲の森の地面とを一緒に撮った頭部だ。予審判事はようやく見つけ出してシュトゥーダーにそれを渡した。

「ルーペを」、と刑事が言った。命令のような感じがした。

「ここにあります、シュトゥーダーさん。」予審判事は不安になった。いつまでこの捜査官の指示にしたがっていなければならないのだろう？

シュトゥーダーは窓際へ行った。部屋のなかは静かだった。雨が窓ガラスをピシャピシャ単調にたたく音を立てた。シュトゥーダーはルーペを覗いた。一心不乱に覗くうちに……しまいに。

「この写真は拡大しなければなりませんな。持って行ってよろしいですか？」

「それは本来なら予審判事の仕事ですね」、と予審判事は言い、声につとめて拒絶するような即物的音調を帯びさせようとした。

「そうですね、しかしそれでやると三週間はかかりますね。わたしのほうに、今夜までに済ましてくれる男がいます。ですから持って行ってもよろしいですね？」シュトゥーダーは机の上の封筒をさっとばかりにひったくり、メモ用紙のブロックからメモを一枚ちぎって、そこに二言三言何か走り書きし、封筒に封をすると、呼び鈴のボタンを押した。巡査がドアを開けた。シュトゥーダーは早くもその前に行っていた。

「自転車で駅までやってくれ、特急便だ。ほら金だ。とにかく早く！」

巡査はびっくりして予審判事の顔を見た。こちらはいささか戸惑いながらもうなずき、それから言った。

「しかしまず刑事といっしょにきた人をここに連れてきて頂こう。お忘れになっていたようですな、シュトゥーダーさん……」

「いや、まったく」、とシュトゥーダーは放心した体《てい》で言った。「すっかり失念しておりました。」

彼はつるりと額をなで、親指と人差し指で眼蓋をぐりぐりマッサージした。

頭の横の針葉の地面の上の黒点……この黒点は何を意味するのか？　炭化した紙巻煙草のペーパーの微細な一部みたいだったな……拡大写真の画面でそれと確認できさえしたら！……難しいが、まるきり不可能というわけではあるまい……すると……すると教師のシュヴォムが銃声が二発云々と話していたのは、もしかすると嘘じゃなかったのかもしれない……そうすると、そうだ、そうすると問題はもっととても単純になる……子供だましだ……

小さな、するどい叫びがした。ソーニャがドアのところに立っていた。

シュルンプは飛び上がった。

「握手をしろよ、きみたち」、とシュトゥーダーは隅のほうからそっけなく言った。

二人は向かい合い、顔を赤らめ、戸惑い、両手をだらりと垂らしたまま立っていた。それからようやく、「こんにちは、エルヴィン。」

応じて、しめつけられるような声で、「こんにちは、ソーニャ。」

「すわれよ！」シュトゥーダーは言って、自分の椅子をシュルンプのすぐそばに並べてやった。ソーニャは刑事に目で感謝してみせてからそれに腰かけた。彼女は、あんまりちゃんと爪の手入れをしていないその小さな手をシュルンプの片腕にのせ、もう一度小声で言った。

「こんにちは。どう？」

若者は黙っていた。シュトゥーダーはまた暖炉際に立って、ふくらはぎを暖めながら二人に目を注いだ。予審判事が問いかけるように彼のほうを見た。シュトゥーダーは、「まあ、お二人さんのやりたいようにさせときなさいよ」とでもいうように目で制した。おまけにシイッと唇に人差し指を当てた。

突風がガラス窓にかすかな金切り声を上げさせた。後は単調な雨音がざわめいた。新たな突風が暖炉に舞い込んできて、シュトゥーダーはいきなり青い雲に囲まれた。ゴホンと咳をしたくてたまらない。が、その刺激を遮二無二抑えた。静けさの邪魔をしたくなかった……

ソーニャの手はシュルンプのシャツの袖をあちこちなでさすっていたが、肘関節を見つけるとその位置にとまった。

「あんたはいい人」、とソーニャがそっと言った。その眼は大きく開いて恋人の眼にじっと注がれていた。シュルンプもじっと見つめていた。シュトゥーダーにはその顔が別人のように思えた。顔にほほえみがなかった。おそろしく生真面目で落ち着いていた。本当に、あのシュルンプが突然大人になったように思えた。

「つらかったのね?」ソーニャがそっとたずねた。二人は、部屋にいるのが自分たちだけではないのをすっかり忘れてしまったようだった。突然、シュルンプが深いため息をついた。それから上体をがくんと前のめりに倒した。頭を娘の太ももの上にのせた。小さなソーニャの身体がいきなり大きくなったように見えた。彼女は上体をまっすぐに起こしてすわり、両手をシュルンプ青年の頭の上に重ねてのせていた。

「そうよ、あんたはいい人。ねえ、わたしはずっとあんたのことを思ってた。ずっと、ずっと、あんたのことを思ってたのよ。」揺りかごの子守歌のような声だった。

シュルンプはそこに頭をのせているので、口ごもるように、ほとんど意味不明の上に、衣服がさらに言葉をくぐもらせて、「おれ、きみのためによろこんでやったんだ。」それから頭をあげて、シュルンプはにっこり笑った。奇妙に痙攣したような笑いだった。そして言った。

「なあ、この仕事にはもう慣れたよ。」

頭は解放されたが、ソーニャの重ね合わせた手はまだ若者のうなじに置かれていた。彼女は若者を引き寄せて額に接吻した。

「もうあのことは考えなくていいの、ね? 二度とね! もうおしまいなのよ……」

シュルンプがしきりにうなずいた。

シュトゥーダーは咳をした。咳はうまく出なかった。煙はとっくに肺にこびりついていた。鼻をかみ、そのチンという音がまたしても合図のラッパを鳴らしたようだったが、しかし今度は凱旋のシグナルもさながらの音響を立てた。予審判事の顔がなごんだ。手でペーパーナイフを弄びながら、美しい丸文字で「シュルンプ・エルヴィン」、その下にブロック文字で「殺人」と書いてある書類の表紙を叩いて拍子を取った。

予審判事はペーパーナイフをそっと下に置き、テーブルの角で書類の束を叩いた。それから書き物机の端にのせてあった分厚い娯楽本を一冊手に取り、シュルンプの書類をその下にずらし、掌で何度か本の表紙の上を叩いた。「うむ」、と彼は言い、それがため息のようだった。どうやら内気な独身者であるらしかった。シュルンプ青年がうらやましかったのだろう。「うむ」、ともう一度言った。今度はすこしばかりしっかり。「で、これはどういう意味なのですかな、シュトゥーダーさん？」

「いや、べつに」、とシュトゥーダーは言った。「ソーニャ・ヴィッチが証言したがってるんです。」

いくらなんでもこれは誇張だった。ソーニャ・ヴィッチはこれまでずっと証言をするのをかたくなに拒否していたからだった。魚みたいに口を閉ざしていたのだ。「ヴィッチさん」、と予審判事はこの上なく慇懃だった。「只今すぐに書記を呼んで来させますから、そうしたら父上の死に関して何か証言すべきことがあるかどうか、わたくしどもにおっしゃって下さい。」彼は顔をあげず、内心ひそかに自分の言葉に腹を立てていた。

シュトゥーダーが申し出た。自分が司法書記の役を勤めたい、と言うのだった。そうすればここにいる人間だけでやれます。どうしてもタイプライターでやるというなら、それだって慣れたものだし。もっとも二本指ですがね。しかしソーニャがそう口早でなければ、たぶんそれで足りるでしょう。予審判事はうなずいた。シュルンプは席を立たなければならず、壁際に立ってソーニャにじっと目を注いだ。と、ソーニャが話しはじめた。

ヴィッチ事件第三回で最終回前

——すべての裏にはエレンベルガーじいさんがひそんでいたのです……

「エレンベルガーというのはゲルツェンシュタインの園芸場主です」、とシュトゥーダーが口をはさんだ。

「どうしてそれが分かったんですか?」予審判事がたずねた。

「父が話してくれました。二週間前のことです、まだよくおぼえています。父とわたしで連れ立って散歩に出ました。あれは日曜日で、よく晴れた日でした。わたしたちは森を通り抜けて行きました。父は家の中がもう我慢がならないと言うのです。母にはいじめられるし、それに自分が加入者になった保険のことでアルミーンにもいじめられる。で、そのとき父の言うには、すべての裏にはエレンベルガーじいさんがひそんでいるとのこと。あの男がいつも母をそそのかしてるんですって。」

「保険?」予審判事が訊いた。

「ご存じでしょう、あの雑誌!……」、とシュトゥーダーは、それですべて説明がつく、とでもいうように言った。

「それで……」

「それでまた一つ事故保険と生命保険をある保険会社で契約したんです……」

シュトゥーダーがまた言葉をさえぎって、「エレンベルガーじいさんが一万五千フランの借金の担保に取ったのはこちらのほうの保険だ、そうだね?」

ソーニャがうなずいた。

「二年前のことでした」、と彼女は言った。「すべての不幸はあのときはじまったんです。何という名前だったかもうおぼえてませんが、ある外国の株券に母の財産が投資してあって、かなりの額の利子がそこから入ってきました……」

「配当金の支払いがね……」、と予審判事はたしかめた。

「そうです。するとその株券がもう一ラッペンの値打ちもなくなってしまったんです。そこで父は自分の生命保険を設定して、エレンベルガーの借金の担保に置きました。」

当時父はシュヴォムと、あの教師のシュヴォムと、何かにつけつき合っていました。教師のシュヴォムにはアルザスに親戚がありました。この人がある会社に関係していて、ドイツの会社ですけど、それが十パーセントの利子を約束していました。そう、そうだったと思います。父はよろこんでいました。そして言うには、今度は例の損をした金が取り返せるかもしれないって。で、エレンベルガーのところに行って、自分名義の保険を担保にお金を借りました。その金を教師のシュヴォムの親戚はポッポに入れて、ドイツに行って……でも、それからその人の消息はふっつりと絶えてしまいました――つまりお金の行方のことです。男はバーゼルで逮捕されていました。ゲルツェンシュタインで人びとを騙《かた》っていただけではなくて、ほうぼうの都市《まち》で詐欺をはたらいていたのでした。件の会社はすでにドイツに設立されていましたが、男はこれと何の関係もありませんでした。教師のシュヴォムは、事件のことは内聞にしておいてほしいと父に頼み込みました。父もしゃべらなかったし……」

「この話は書類にする必要はないと思いますよ、シュトゥーダーさん」、と予審判事は言った。

「おっしゃる通り、おっしゃる通りですとも……」、とシュトゥーダーは答え、タイプライターのシフトキーを二、三度押して、それから両手を組み合わせた。「最悪の事態になりました」、とソーニャは話を続けた。「家のなかの空気は堪え難いほどでした。お金はなくなり、あるのは借金の山だけ……アルミーンはもう大学に行けなくて、日に日に憎さげになってくし、母は朝から晩まで苦情ばかり……その頃、伯父のエッシュバッヒャーがよく遊びにきました。伯父のエッシュバッヒャーなら気持ちの上で頼りになってくれるかもしれません。わたしは伯父がほとんど父と同じくらい好きでした。わたしが日に日に悲しげになるのを見ると、ベルンに就職口を世話してくれました。母は新聞売り場のキオスクの口をもらいました。伯父は父とはそりが合いませんでした。どうしてかは分かりません。そして父のほうはいつも伯父をこっそり観察してました。ときどき怖くなることがありました。誰が、ですか？　自分でもわかりません……エッシュバッヒャー伯父というのは一種の奇人でした……」、とソーニャはまた言って、一瞬黙り込んだ。

「伯父は大概夕方にきました。その時刻に家にいるのは、わたし一人きりです。母は九時の最終列車までキオスクにいなければならず、父も帰りは晩《おそ》くて、アルミーンは……アルミーンとの仲がよくなかったんです。」

沈黙。窓の前の大風が静かになった。部屋の灯りは水銀色だった。

「他の村人たちにはそれがわかってませんでした」、とソーニャは言ったが、その声はひそやかだった、「でもエッシュバッヒャー伯父は不幸な人でした。わたしにはわかってました。伯父は父という人間がどうにも我慢できませんでしたが、それでもわたしは伯父が好きでした。父のほうも……」

「わかった、わかりました、もういい」、と予審判事が言った。予審判事を見ると、明らかにうんざりし切った顔だ。「わたしが興味があるのは、何よりも殺人の晩に何があったかであってね！」

ソーニャは目をあげて予審判事を非難がましい目つきでながめ、それから彼女の母親を強く思わせる声で言った。

「でもその前にあったことも話しておかないと、筋が通らなくなるんです！」

「いいからまあ」、とシュトゥーダーの意見で、「話を続けさせなさいよ。時間はたっぷりあるんだし。シュルンプ、煙草は？」

シュルンプ青年がうなずいた。ソーニャは話を続けた。

「半年ほど前、父とエッシュバッヒャー伯父の間がガラリと一変しました。なんだか伯父が父を怖がっているみたいでした。それは……」、とソーニャは言いよどんで、「それはある晩以後のことでした……」

ソーニャは赤くなってシュルンプのほうをチラと横目で見た。こちらは黙々と煙草をふかしながら明らかに興奮した面持ちになって、肺の奥までぐいと煙を吸い込んだ……

「ある晩のこと、わたしはエッシュバッヒャー伯父と二人きりでいました。伯父は悲しげでした。十二月上旬でした。外は真っ暗でした。わたしが灯りをつけようとしました。するとエッシュバッヒャー伯父が、「灯りはいいよ、なあ、目が痛くなる。」と言います。そうして黙り込んで、目の上に傘みたいに分厚い手をかざしています。

わたしはテーブルにすわっていました。「何もかもうまく行かん。連中はわたしを委員会に選出しなかったし……」何の委員会なの？　とわたしは訊きました。「ああ、おまえにはわからんよ」、と応じて伯父。それで彼のところに近づいたほうがいいと思ったんです。伯父は真っ暗な隅の、深い安楽椅子にすわっていました。わたしがそちらに行くと、伯父はわたしを膝の上に引き取り、しっかり抱きとめました。わたしはちっとも怖くはありませんでした。エッシュバッヒャー伯父はいつもわたしにやさしくしてくれたからです。」ため息。

「と、突然ドアが開いてパッと光が射し込みました。ドアのなかに父とアルミーンが立っていました。「そら」、と父が言いました、「とうとうひっ捕まえたぞ、エッシュバッヒャー。うちの娘をもてあそぶとは何事だ？」伯父はわたしを突き放して飛び上がりました。「酔っているな、ヴィッチ！」伯父は言いました。それからその場からわたしをはずさせました。後のことはもうわたしの耳に聞こえません。父と伯父はそれからも小一時間いっしょにいました。アルミーンもその場にいました。この時から伯父はもうわたしにめったに口をきかなくなりました。しかし父の状態はますます悪くなる一方で、園芸場のエレンベルガーじいさんから書類を渡されては、それをベルンで両替しているのです。それから父はしょっちゅう一週間か二週間ゲルツェンシュタインを雲隠れし、疲れ切った悲しげな様子でまた姿を現しました。どこへ行ってたのとたずねると、ただ、「ジュネーヴだ。」一度偶然ベルンで父とばったり顔を合わせたことがあります。中央郵便局で。社用の特急便小包を出しに行ったときのことです。父はわたしに気がつきませんでした。父は郵便私書箱の前にいて私書箱から手紙を取り出し、封筒を開けて、またそれを捨てました。悲しげな顔でした、父は。まるで老人のように中央郵便局のホールを出て行きました。それからわたしは父の捨てた封筒を読みました。ジュネーヴの銀行からきたものでした。」「投機に投機を重ねていたわけだ……」、とシュトゥーダーが小声で言い、予審判事がうなずいた。

　ヴェンデリーンは許せる、とシュトゥーダーは思った。家族のためにやったことだ。金を取り返そうとしたのだ、妻の金を……

　ソーニャがまた話を続けた。

「父はその頃、いよいよしきりにエレンベルガーのところに出入りしていました。お酒もたくさん飲みました、父は。毎晩というわけではありません。でも週に一度か二度はへべれけになって帰宅しました。一度父に焼酎を持って行ってやったことがあります。半リットル。父はその日早く部屋に上がっていました。母はその晩エッシュバッヒャー伯父の家の招待があったのです。彼女はようやく晩《おそ》くなって戻ってきました。翌朝になると瓶は空っぽでした。わたしは瓶が母の目に留まらないように捨ててしまいました。」

　ふたたび沈黙。予審判事の顔を見るとうんざりし切っているのがよくわかった。だがシュトゥーダーは、この神経質な紳士をなだめるように手を動かして落ち着かせた。

「八日前の今日、わたしはいつものように六時半に帰宅しました。父はもう家に帰っていました。居間のピアノのそばに立っていて、わたしが歩いてくる足音が耳に入りませんでした。いつもピアノの上に置いてある花瓶を手に取ってゆすると、それはチャラチャラ音を立て、そこで父はまた花瓶をもとの場所に戻して秋草の束をきちんとそろえました。「父さん、そこで何してんの？」とわたしはたずねました。父はちょっとギクリとしました。それでそれ以上は質問しませんでした。次の朝、わたしは早起き一番乗りをしました。花瓶のなかには薬莢が十五発ありました。はい！」

　ソーニャは予審判事の顔を見、シュトゥーダーの顔を見た。おどろきの声が上がるのを待っていたようだ。が、二人とも無言のままだった。もっとも、まだ一語も打っていないタイプライターの前にいるシュトゥーダーだけはソーニャを目で制した。

「それはわかってるんだ。父上が射的板に使ったドアも見つかってる……」

ここでようやく予審判事は好奇心にせっつかれた。で、シュトゥーダーは暗い物置小屋を見つけたことや、古びて黒ずんだドアの鉋で削り出した方形のことや、また縁《へり》に火薬の痕跡の見当らない射入口のことなどを話さずにはいられなかった。

予審判事はうなずいた。

「で、その火曜日の晩はどうだったんですか？　あの晩、あなたはどうなさったんですか、ヴィッチさん？」

「わたしはエルヴィンと散歩に行っていました」、とソーニャは言ったが、その顔は蒼ざめたままだった。「わたしたちは森に行きました。美しい晩でした。家に帰ったのは十一時でした。父はまだ帰宅していませんでした。母はキッチンのテーブルにすわってました。なにやら興奮している様子でした。アルミーンもまだ帰っていません。父とアルミーンはどこにいるのか、とわたしはたずねました。母は肩をすくめました。「外よ」、と母は言いました。十一時半にアルミーンが帰ってきました。母が「あの人は？……」と訊きました。アルミーンはうなずき、ポケットの中を空にしはじめました。」

「待った！」予審判事が声を上げた。「シュトゥーダーさん、記録して下さい。」で、シュトゥーダーはどの証人審問の冒頭にもつけるお決まりの文句の後にソーニャの話を書き取った。

「先を続けて」、とそれから彼は言った。「ポケットの中身は？」

「ブローニングのピストル一梃、紙入れ、万年筆、財布、時計。それを全部アルミーンはテーブルの上に並べました。わたしは怖くてガクガク震えていました。でも二人は返事をしてくれません。アルミーンは紙入れを開け、百フラン札一枚と五十フラン札一枚を取り出しました。母がそれを手に取ってライティングビューローに行き、五十フラン札をしまって、百フラン札三枚を持って戻ってきました。アルミーンは金を受け取ってテーブルに置くと言いました。「さあ、よく聞けよ。そしてこれから言うことを、明日になったら言った通りにやるんだ。父さんは拳銃自殺を遂げた。」「嘘よ」、とわたしは叫び、声を上げて泣き出しました。「嘘よ！　そんなこと嘘だわ！」――

「ぎゃあぎゃあわめくな。いいか、聞くんだ。父さんは、これが自分にとって最良の道だと思ったんだ。それで自殺と思われてはならないと、ぼくたちと、つまり母さんとぼくといっしょに取り決めをした。自殺だと保険会社は金を支払わないからね。」――わたしは泣きました。それから言いました。「でも拳銃自殺したことはいずれ気がつかれるわ。小説のなかならそうなっても、現実には無理よ！」そうじゃありませんこと、刑事さん？」

「ふむ、まあ、たぶんな……」、シュトゥーダーはむにゃむにゃ口ごもり、タイプライター用紙のはさみ込みに大わらわだった。線がゆがんだ。

「わたしはそうアルミーンに言って、父さんがわたしたちのために自殺したというのにあんたは胸が痛まないの、とたずねました……するとアルミーンは、ぼくらは父さんと取り決めをしたんだ、と言うのです。撃って重傷を負いさえすればいい、それでも完全廃疾の保険は入ってくる――たとえば脚を撃てば、と兄は言いました。もっとも脚を切断しなければならないけれどな……そう言ったんです、兄は……」

「狂ってる、バカな、気ちがいじみている！」予審判事はささやき声で言い、上着の袖がほとんど肘までずれ込むほど、ぐいと腕を伸ばして両手を空中でふりまわした。「これはその……あなたのご意見はいかがです、シュトゥーダーさん？……」

「ロカール、つまりあのリヨンのロカール博士ですが、ご存じでしょうな、予審判事殿、そのロカール博士が彼の本の一つのなかでこう書いています――（わたしの友人のマドラン警視正はこの箴言を引くのがお得意なのですがね）――正常な人間が存在する、と思うのはまちがいだ。すべての人間はすくなくとも半分は気ちがいだ。この事実をいかなる捜査においても忘れてはならない……あなたもたぶんあのオーストリアの歯科技工の事件はおぼえておいでですよね。あの男は丸太の上に自分の足をのせ、かろうじて肉の一片しか残らぬまでそれを斧で細工しました――莫大な額に上る事故保険をわがものにするためだけに……当時、大訴訟になりましたね……」

「そう、そう」、と予審判事は言った。「オーストリアでね！　しかしわれわれがいまいるところはスイスですぞ！」

「人間はどこでも同じです」、とシュトゥーダーはため息をついた。「どう書けばよろしいでしょうか？」

ことばに詰まりながらも予審判事は口述したが、文章がひどくもつれあっているので、シュトゥーダーはシンタクスを解きほぐすのに苦労した……

「続けて、先を続けて！　ヴィッチさん！」予審判事はちいさな色物のハンカチで額の汗をぬぐった。ラヴェンダー香水の匂いが部屋のなかに漂った……

ソーニャはおじけづいていた。予審判事たちがそこで話し合っていることが、彼女には理解できなかった。狂ってる？　彼女は思った、どうして狂ってるのかしら？　だってうちにはどうしてもお金が必要だったんだから！

……それから彼女は話を続けた。

「すると母がいとも冷たくこうたずねます。「銃創はどこ？」――で、アルミーンが正確に、いとも冷たく答えるには、「右耳の後ろ。」すると母はうむうむとうなずき、「うまくやったわ、父さんは。」でもそれで母の落ち着きはおしまいでした。わたしは母が泣いたのを見たことがありません。家中が全財産をフイにしてしまったあの時でさえ、泣くところを見たおぼえはありません。母は毒づくだけでした。でもいまは頭をテーブルにのせ、肩をわなわな震わせていました。「だって母さん！」アルミーンが言います。「このほうがよかったんだ！」――と、母はカッとなってとび上がり、部屋のなかをあちこち走りまわると、「二十二年！　二十二年よ！」と言うばかり。」

ソーニャがその光景をいま一度体験し、一切をまざまざと思い浮かべているのが感じられた。眼蓋が下がっていた。――娘は長い睫《まつげ》をしていた……

シュトゥーダーはぼんやりと夢想した……するとヴィッチ夫人を訪ねたあのとき自分がデッチ上げたイメージは、やはりまちがいだったのだ……彼はテーブルを、テーブルのまわりを囲む人びとの顔を、まざまざと眼に浮かべた。アナスタシア・ヴィッチが夫に話しかけている。卑怯者になっては駄目よ……たしかに、その通りだったのだろう。ただ彼の見るところ、テーブルには一人だけ余分な人間がいた。ソーニャだ。

ソーニャは何も知らなかったのだ。完結した事実の前に立たせる瞬間がくるまで、彼女には何も聞かせていなかった……それでも、かりに……かりに『罪なくして罪あり』といったタイトルのついているような類の小説が世に存在しなければ……おそらく彼女は拒絶していたにちがいない。『罪なくして罪あり』といった類の小説——予審判事のような人たちにこの手の複雑さは理解が及ばなかった。

複雑さ？……

いや、それは単純だった！　圧倒的に単純だった！

だがこうした複雑さを理解するには、大学出よりは単純な捜査官のほうが向いていたようだ……ソーニャは敵側に寝返ったのだ……奇妙なことに、それは刑事がこの娘の涙を拭いてやったことからはじまった……こうしたことは小春日和に空中を浮遊する蜘蛛の糸みたいに微妙だ。考えるのはまあいいとして、話す段となると？　たしかに、そうしたことを話す段ともなれば、ロカールの引用句を頭にたたき込んでおくことだ……おっしゃる通り！　おっしゃる通りですとも！……

おもしろいことに、声まで変わってしまったようではないか！　話を続けるにつれてソーニャの声は深みを帯び、いくぶんしゃがれてきた。

「そこで兄は言いました、「おまえはシュルンプと好い仲だ。おまえたちは結婚することさえ考えている。いまこそシュルンプは、おまえを本気で好きかどうか目にもの見せてやれるんだ。どう見ても臭いようにしろ、と明日彼に言うんだ。やつが殺人を犯したように見えないと困るんだ……保険金がうちに支払われるまでのことさ……後はきっと、この目で彼が自由になるのが見られるさ。」はじめは断りました。でも永くは続きませんでした。わたしが馬鹿だったんです。小説を読みすぎたんです。小説だと、男が一人の女のために、相手に一言も言わずに自分を犠牲にしていそいそと牢屋に入る、なんてことがよくあるんです。わたしたちはそれから万事打ち合わせをしました。わたしは次の晩シュルンプの下宿を訪ね、三百フランを手渡しました。それから彼は〈熊〉亭に行き、そこでちょっと飲んで百フラン札を両替する手筈だったのです。それから兄がムールマンに電話をかけました……」

ムールマンが話していた電話というのはこれか！　知らない男の声だったという！　すべてが実際一篇の小説の

ように組み立てられていた……アルミーンの話も聞いてみなければなるまい……それに理髪店助手が事件全体のなかで演じた役割はいかなるものだったのか？　ゲルバーはモーターバイクを持っている。きっと自動車の運転もできるのではなかろうか？　やれるはずだ！　エレンベルガーじいさんのところの園丁頭コットローが何を目撃したのか、それも知る必要がある。そのためにコットローは何人かの若者たちに痛めつけられた……シュトゥーダーはしだいに夢想に深入りしていった。——武器を買ったのはエレンベルガーじいさんだ……しかし二発の銃撃があったらしいというのは？　誰かが自殺を幇助したのではあるまいか？……ヴィッチの片腕を支えてやるか何かしたのではないか？……それともヴィッチが撃ちそこなって、別の誰かが……

「一体、きみはどうしてあの理髪店助手に万年筆をプレゼントしたのかね？」シュトゥーダーは静けさのなかに問いかけた。そうたずねながら彼は、毒々しく赤い唇をして青い折り返しつきのマントを着たゲルバーをまざまざと目に浮かべた。

「あの人は、シュルンプとわたしの二人があの夜いっしょにいるところを見たんです」、とソーニャは声をひそめて言った。「そして脅迫するんです。シュルンプは無実だと州総督にブチまけてやるぞって……」「彼がきみたちを見たのは何時だったのかね？」シュトゥーダーはすかさずキッと問いかけた。

「火曜日の、あの不幸の夜の十時、村の反対側、つまり父が見つかった場所から遠いところでした……」

「そうか」、とシュトゥーダーは言った。それから彼はまた書取りに没頭した。予審判事がゆっくり口述した。シュトゥーダーはつつがなくそれをフォローした……

それでも作業は難渋した。予審判事があれこれしきりに質問をしはじめ、何もかも知りたがり、重箱の隅をつつくようにやたらに詮索して、三十分が経過し、一時間が過ぎた。シュトゥーダーでさえ額に玉の汗を浮かべ、ソーニャはいまにも崩折れんばかりだった。シュルンプ青年だけがまっすぐ立っていた。壁際に立ち、自分に質問が向けられると手短にはっきり答えた。そうしていながら、まもなくふたたび自由を満喫できるのを殊更によろこんでいる様子もなかった。シュトゥーダーにはその気持ちがよくわかった。ヒーロー役はもうおしまいだったし——だいいちシュルンプ青年は小説のヒーローみたいな振舞いはまるでしていなかった！　彼は自分は無実だと断言していながら自殺しようとしたのだ……いやはや、どう見ても金ピカの人物ではなかった……ありがたや、とシュトゥーダーは思った、まるっきりヒーローって柄じゃない。彼はひそかに思った。実際、弱点こそが人間を愛すべきものにするのだ……

とうとう、やっとのことで予審判事が口述を終った。しつこい質問のおかげでめぼしいことはもう何も出てこなかった。ソーニャの話をかりにレコードに録音していたら、とシュトゥーダーは考えた、間接話法の味気ない調書よりも印象ははるかにいきいきとして、はるかに真に迫っていたことだろう……しかしまあこんなところかな。

「もちろん」、と予審判事はソーニャ（「待ってなさい、ソーニャ」、とシュトゥーダーは娘に言った、「家まで送ってってやるから」）とシュルンプの帰宅を許可してから言った、「もちろんわたしは検事と話し合うことになるでしょう。そうすればシュルンプ釈放の障害になるものはもうないはず……」

「慎重にされたほうがいいですよ、予審判事」、とシュトゥーダーは指で脅した。目に奇妙な色を宿らせていた。

「とりあえず検事のことは考えないほうがいいでしょう。追認が必要です。まずソーニャの兄の、母の尋問をしなければなりません。園芸場主を出頭させなくてはならない。追認が必要です……」

「でもねえ、シュトゥーダー、この事件は明らかに自殺じゃないですか……！」

シュトゥーダーは黙った。それからまた言った。

「自動車泥棒の一件の話をしたい……」

「必要ですか？」

「はい」、とシュトゥーダーは言った。

予審判事は、まあ致し方なかろう、とでもいうように肩をすくめた。

だが予審判事はささやかな凱歌を挙げたいと思い、そこで辛辣な口調で言った。

「先程ロカール博士のことばを引かれていましたね？　しかし……あなたは……」シュトゥーダーのまなざしを前

にして、予審判事は突然後が続かなくなった。だが刑事は容赦なく相手の考えていることを口にした。

「おっしゃる意味は、わたし自身も半分気ちがいなのではないか、ということですね？　しかしね、あんた」、と呼びかけて予審判事にちょっとした衝撃を与えておいて——何てなれなれしい！——「われわれは誰しも頭のなかに一羽の鳥を飼ってるんです。なかには頭のなかがそっくり養鶏場になってる人だって……」

予審判事は急いで呼び鈴を押した。

自動車泥棒

見たところダックスフントとグレーハウンドの交雑種みたいだった。ダックスフントからはX脚を、グレーハウンドからはツンと突き出した頭部をもらっている。ちなみに名前はアウグスブルガー・ハンスといった。前科五犯。施設のご厄介になる寸前、といった風采だった。

アウグスブルガー・ハンスが仕事をやらかすのはよその州のほうが多かった――空き巣専門だったが、なんともツイてない、けちなみじめな素人《ディレッタント》だった――、それでもシュトゥーダーはこの男と顔見知りだった。というのも刑事は外国官庁の要請で彼をしょっぴくはめになったことがあるからだ。

「やあ、アウグスブルガー」、とシュトゥーダーは言った。タイプライターのデスクから立ち上がり、部屋に入ってきた男のほうに近づいて相手の手を握った。ドアの際にいた巡査がかるいおどろきの表情を見せたが、アウグスブルガーはこの親愛の情のこもったあいさつに、いささかもうろたえなかった。

「おや、シュトゥーダーか」彼は言った。「こんちは、刑事！」

それから予審判事のほうを向いて、

「刑事はまあ天与のお人でさ」、とアウグスブルガーは言った。「話のわかるお人ですよ。刑事さん、煙草ありますか？」

「あるよ、そっちが素直に吐けばな！」言いながらシュトゥーダーは、そろそろ尋問にかかっては、と予審判事に目くばせをした。予審判事はうなずき、デスクの上で「アウグスブルガー・ハンス、自動車泥棒」の書類カヴァーを探し出すと、シュトゥーダーに渡した。

シュトゥーダーは頁を繰った。おもしろそうなことは何もない。「前述のパトロールの際に……駅前で……運転者が停車……運転免許証を携帯せず……警察公報に告示されている車であり……抵抗せず……拘引された……」

「アウグスブルガーから取り上げた持ち物のリストも書類に記録してありますか？」シュトゥーダーはたずねた。

「ええ、記録してあったと思いますが」、と予審判事は言って、またしても手持ちのペーパーナイフをいじくった。

「ああ、そう、ここだ」、と言ってシュトゥーダーは読み上げた。

「一二・二五フラン入りの財布

一、ハンカチ

一、シャツ

一、ズボン……」

それから次のように書かれていた。

「一、ブローニング・ピストル二十六口径」……

これは何か？

「おい、アウグスブルガー、きさまワルだな。武器所持か？　いつから拳銃を持ち歩いてる？　終身監置でパクられたいのか？　アン？」アウグスブルガーは沈黙していた。

「そのピストルを拝見したいですな」、とシュトゥーダーは言った。

巡査が持ってきた。

「装塡してあります」、と巡査。

シュトゥーダーはピストルを手に取り、弾丸《たま》を抜いた。弾倉にはまだ六発の薬莢があり、一発は銃身に……

「一発使ったな、アウグスブルガー？」

アウグスブルガーは依然として無言だった。ただ顔の右側の皮膚だけが、虻《あぶ》をうるさがる馬のそれのようにピクッとひきつった。「掃除してないな、この銃身は?」シュトゥーダーはだんだんにまのびしたような話し方になった。予審判事が目を向けた。

「二十六」、とシュトゥーダーは言ってうなずいた。「ヴィッチの頭部にブチ込んであった弾丸《たま》も同じ口径でした……」

「しかし刑事、もう分かったじゃありませんか、あれは自……」

「何もわかっちゃいませんよ、予審判事殿。われわれが耳にしたのは可及的すみやかなやり方で金を手にするためのある計画であって、その計画は実行に移される段となるとあまり成功しなかったようです。」アウグスブルガーがその大きな耳をこちらに向けたのを見て取ると、シュトゥーダーはなるたけ聞こえにくい声でしゃべった。

「前に法医学研究所の助手が実物提示してくれたことがずっと気がかりになってるんです。故ヴィッチが、ちょうど右耳の後ろに弾丸《たま》を当てるようにするために取らねばならぬ姿勢……火薬の痕跡がないこと……これは紙巻煙草用のペーパーを使ってやれるとすれば……事件の裏にはこちらが思っている以上のいわくがひそんでいるとは思えません。」

シュトゥーダーはふいに黙り込んだ。アウグスブルガーは目を伏せていた。

「この二週間の間どこにいた?」シュトゥーダーが突然たずねた。

「あの……それは……」

「ほら煙草だ、取れ」、とシュトゥーダーはにこやかに言った。煙草の火がつくまでにしばらく時間がかかった。

「見ろ、アウグスブルガー」、とシュトゥーダーはおだやかに説明した。「おまえがあの夜、つまりヴェンデリーン・ヴィッチ某が殺された夜、どこにいたか証明できないんなら一つだけ言っとくことがある。おれは……いや、つまりそれはだな、そんならもうおまえがどうなっても、おれは知らんということだ。どうなるかは、きっと陪審裁判所が決めてくれるさ。つまり強盗殺人ってこったな……」「でもそれならシュルンプが自白したじゃないですか！」アウグスブルガーが叫んだ。「たったいまその自白を取り消したところだ。というより、おれは、シュルンプがあの殺人を犯《や》るのは不可能だということを立証したんだ。そこへまた、シュルンプが殺人の推定時刻にシュルンプといっしょにいたと証言する証人が見つかった。」

「じゃあ、やつはおれを騙したのか？」アウグスブルガーがいまいましげに言った。

「やつって誰のことだ？」

「エレンベルガーじいさん。」

「そうか、で、どうして土曜日の晩に村長の車を盗んだ？」

「ゲルツェンシュタインがめっぽう暑かったんで」、とアウグスブルガーは言ったが、無頓着な口調がいくぶん控え気味になったようだった。

「じゃあ、どうして駅前広場なんかを走ってたんだ？　あんなところじゃ、お巡りにパクられるのはわかりきってるじゃないか。」

「迷ったんです。あそこからインターラーケンに行こうと思って……」

「それで町中を通ったんだな、上に国道が走っているのは子供だって承知してるのに、な？」

「もうちょっと飲みたかったんでさ……」

返答がだんだんためらいがちになった。

「ブローニングはどこで盗んだ？」

「ブローニング？」アウグスブルガーは答を反覆しはじめた。良い徴候だ、とシュトゥーダーはわかった。もうすぐ落ちる。「ブローニング？」それからひどく口早に、「あれはエレンベルガーじいさんのところのデスクに置いてあったのをつい失敬しちまったんで……」

「ふむ」シュトゥーダーは黙り込んだ。つじつまは合うみたいだ。エレンベルガーじいさんは二週間前にベルンで二十六口径のブローニングを買った。それがこれだったのか？　もう一梃のやつはアルミーンがホフマン夫人のキッチンに隠させた。誰に隠させたのか？　それは目下のところどうでもいい。

「おまえはエレンベルガーのところに住み込んでいたのか？」

「はい。」アウグスブルガーは二、三度うなずいた。

「どの部屋だ？」

「階上《うえ》の屋根裏です。」

「エレンベルガーはどうしておまえを雇った？」

「ああ、それはただ、同情してくれて。」

「ほかの連中と会ったか？」

「めったに会いませんでした。エレンベルガーじいさんがいつも食事を運んできてくれましたから。」

「それでおまえに言ったんだな、村長の車を盗んで、トゥーンでとっ捕まれ、それからシュルンプを自白する気にさせるようにしろって。」

「どんなふうに？　何を？」アウグスブルガーがたずねた。彼は本当にびっくりしたようだった。だがシュトゥーダーにはしだいに、この若造が仕込まれた演劇《しばい》を演じているように思えてきた。

「だっておまえはシュルンプに言ったじゃないか、尋問をしてもらいたいと昨日申し出て、ヴィッチは自分が殺しましたと予審判事に言えと。それで、おまえはこの自白をどうしても無理強いする根拠をやつに与えたにちがいない。たとえばこうだ。あの殺人はつじつまが合わないことがわかってきた。自殺と考えられると、一家が保険金詐欺で逮捕されるおそれがある。だからシュルンプが罪をかぶってしまえば、それがいちばん話が早い。こんなふうに言ったんだろ。そうだな？　そうならそうとおとなしく認めたほうがいいぜ。こっちはシュルンプに訊きさえすればわかることだ。」

「それを前にやっとくべきだった」、と予審判事はため息をつきながら言った。「あなたはとにかく急ピッチすぎますよ。こっちが口をはさむ余地がない。」「ご自身では全然考えつきもしなかったくせに！」シュトゥーダーは短く答えた。「しかしシュルンプを連れてこさせるのはいつだってできます。対決させるわけですね……しかし対決に踏み切る前に、この男にもう二、三質問することがあります。」

　彼は黙り込んで考えにふけった。

「拳銃はおまえの持ち物にあった。しかしアウグスブルガー、それをエレンベルガーじいさんのデスクからひったくったとは証明できないだろう。だってわかりきってるじゃないか、そうだろ？　エレンベルガーはそんなところに拳銃はなかったと言うだろう。自分はあの火曜日の夜から水曜日にかけてベッドに寝ていましたと、おまえには証明できまいな。それともエレンベルガーじいさんがおまえのためにそう確認してくれるかな？」

「それは――絶対、そう思います。」

「よろしい。では、シュルンプの件でおまえに依頼したのは誰だったんだ？　吐いちまいな。」

「あの――アルミーン・ヴィッチで……」

「依頼は彼の妹から来た、と言ったほうがよくはないか？」

「へい。」

「その人とさしで話をしたか？　その人ってのは、アルミーンのことだが？」

「はい。ほかには誰もその場にいませんでした。」

「アルミーンとはいつから知り合った？」

「おお、さあ……彼に会ったのは……もうずいぶん前のことです。」

「盗まれた車を見てみたいな。でもきっともう村長が取り戻したんでしょうね？」

「ええ、昨日。」予審判事がうなずいた。「そのほうが都合が良い！」シュトゥーダーは言った。「何かわかったらお知らせします。いずれにせよ、シュルンプはまた独房に入れといて下さい。もう首吊りの実験なんかしないでしょう……またお会いしましょう！」この「またお会いする」がシュトゥーダーをことのほかよろこばせた。

　ソーニャを迎えに廊下を歩いて行きながら彼は声を出さずに笑った。

訪問

ソーニャはシュトゥーダーの肩に手をかけていた。シュトゥーダーは、こんなふうに手を触れられるのは悪くない、と思った。雨も降りやんで、空は白かった。北東の風が冷たく吹いていたが、シュトゥーダーは追い風運転なので大した障害にはならなかった。地区巡査ムールマンが購入した結構な二輪車。それほどの騒音もない。足下の黒いアスファルトの国道を見ると何本もの白線が引いてある。何もかもが結構ですばらしかった。それなのに刑事は、まるで鉛のなかにいるような感じがした。ずきずき頭痛がし、そのうえ胸の右側かなり下のあたりに刺すような点があるのがわかった。最初に目にとまった旅籠でシュトゥーダーはバイクを止め、店内に入って焼酒《グロッグ》を注文した。それは彼の万能薬だった。

「あのウェイトレスはどこの出なんだね?」彼は言った。言葉がやや引きずり気味に口を出た。

「ウェイトレスって、どこの?」ソーニャが言った。

「〈熊〉亭の。きみの兄さんのガールフレンドだ。」

「ツェーガーシュヴィルの出よ。どうして、刑事さん?」

「ツェーガーシュヴィル? 遠いのか?」

「遠いってほどじゃないわ」、とソーニャは言った。でも道が悪いんだって。エンメンタールによくある峡谷よ。丘の上にあって……——そんな話をどこから聞いた?——アルミーンがいつか話してたの。アルミーンはあのウェイトレスのお休みの日にあっちへ行ったんですって。——うん、アルミーンはあの娘《こ》と結婚する気なんだな。あの娘は兄さんよりかなり年上だろ。ちがうかい？——そうね、でも親に金があるし——それにベルティには貯金があるし。アルミーンはもう何度かあっちの親の家に行ったことがあるはずだわ。「その親の家をこれから訪ねてみようか？」シュトゥーダーは言って、キルシュ入りのコーヒーをもう一杯注文した。力をつけなければならない。刺すような点はおもむろに消え行き、頭痛は下火になって、風に吹き飛ばされる軽い帽子のようにふわふわ空中を飛んで行った。

「あそこへ行って彼女に何の用があるの？」ソーニャがたずねた。

「バカだな！　アルミーンに会いに行くんだ。彼に少々訊きたいことがある。」

「じゃあ、アルミーンがあそこに……」

「ほかにどこへ行く？　彼は旅券を持ってない。国外には出られない、都会は怖がってる。ちがうかね？」

ソーニャは黙ってうなずいた。

「だったら未来のお舅《しゅうと》さんのところに行くしかない。お舅さんの名前は何というんだ？」

クライエンビュールという名前だとか。上等じゃないか？　ベルタ・ヴィッチ-クライエンビュール。響きのいい名前だ。耳で聞いて手堅い感じ。ヴィッチ-ミッシュラーよりずっと手堅い感じだ。どうもいろんなことが名前次第らしいな。シュトゥーダーは気を引きしめた。突撃行にそなえて何を考えているのか？　彼は左手をそっと右手の手首に当てて脈を診た。わずかだがはっきり熱がある。しかしいまはとてもベッドに横になれる場合じゃない。何はさてヴィッチ・ヴェンデリーンの死を解明しなくてはならない。そこへ出てきたのが縁組だ……ヴィッチ-クライエンビュールかクライエンビュール-ヴィッチか。それはどっちでもいい！　とにかく行ってみること。コーヒーはおいしかった。もう一杯飲む？　オーケー。シュトゥーダーは二杯目のコーヒーを飲んだ。ソーニャはトーストを自分のグラスに浸して食べた。この年頃の娘なら腹を空かせていて当然だった。

ひとまず家まで送って行くほうがいいだろうか？　しかし家に帰ったところで温かい食事にありつけるわけでは

なかった。

「お腹が空いただろう、ソーニャ？」シュトゥーダーはたずねた。「何か食べたかったら遠慮なく言ってくれ！シンケン・サンドイッチはどう？」ソーニャは首をふった。

「後でね」、と彼女は言った。

クライエンビュール＝ミッシュラー、エッシュバッハー＝エレンベルガー、ゲルバー＝ムールマン……待てよ！　地区巡査夫人の娘時代の名前は何というのだろう。シュトゥーダーはいくつもの組み合わせを試してみて、完全に頭が混乱した。彼は立ち上がった。

「さあ、行こうか。」シュトゥーダーはテーブルの上の釣銭を拾い集めるのに難儀した。だがソーニャが手伝ってくれた。うまく行った。

ムールマンの二輪車のサドルにまたがると、その先もうまく行った。ソーニャが行先を指図してくれた。深い溝だらけのものすごい悪路に出た。二輪車はジャンプ競走でのようにぴょんぴょん跳ね上がった。シュトゥーダーは夢のなかを走っているような気がした。やっとのことで最後の上りを登りきると（バンゲルテンから後は道をたずねながら行かなければならなかった）、そこがお目当ての土地だった。大きな農家が一軒。古風な馬車道の門。静かだった。人の影は見えない。シュトゥーダーは中庭を横切った。厨房の扉は鍵をかけてなかった。ノックした。

「はい！」といらいらした声。

「こんにちは、アルミーン」、とシュトゥーダーはにこやかに言った。「ソーニャもいっしょにきてくれてね。」

アルミーン・ヴィッチは髪の毛がすこし乱れているようだった。髪の毛のウェーヴが、前のように誇らしげに低い額の上に垂れていなかった。

「刑事！」と彼は口ごもった。

「しっ！」とシュトゥーダーは言い、唇に指をあてた。「警察がきみを訪ねてきたのをわざわざ人に知られることはない。いや、ただの表敬訪問だよ。まあ一件落着まで山でゆっくり静養してなさい。誰かこっちの話を聞いているかい？」シュトゥーダーは突然たずねた。

アルミーンは頭《かぶり》をふった。こうしてひとりっきりになっていると、もう鉄面皮には見えなかった。唇にあざけるような笑みも見えはしない。不愉快な事件からできるだけ早く離れたいという欲求しか持たぬげな、ごくあたり前の不安そうな青二才だった。

「どうして逃げたんだ？　なあおい、こっちはもう昨日の午後、開いたドアの前でベルタがおまえに目くばせをしたとき、わかっていたんだ。だけど、何のために五百フランも必要だったんだ？　だってここにいれば金なんか一文も使えないじゃないか？」――ちんまりおさまり返ってたくなかったんです、とアルミーンは言った。外へ出たかったんです。闇で国境を越えてパリまで行けば、パリには友人がいる。そいつがきっとパスポートを世話してくれるはずだ。――クライエンビュール家の人たちはどこにいるんだね？――ボーネンゼッツェンだと思いますよ、とアルミーンは言った。――よろしい！　シュトゥーダーは言った。知りたいことは、ほんの二言三言でたくさんなんだ。

刑事はポケットから手帳を取り出した。すると心臓の鼓動がドキドキとても速くなるのを感じた――が、刑事の心悸亢進を惹き起したのはヴィッチ事件ではなかった。

「妹さんがもう全部しゃべっちまったんだ。こちらとしては保険金詐欺でやれるかどうかを見たいんでね。というのもこういう場合に問題なのは、もしも……まさにもしもだ。しかし今度ばかりはきちんと教えてくれなきゃ困るね。あのときお父上と何を取り決めたんだ？」

アルミーン・ヴィッチはあっさり内情を打ち明けた。いたって従順だった。ほとんど従順すぎた。しかしこういう性格の手合いはいつだってこうなんだ、とシュトゥーダーは考えた。やつらは世間に交わると自己優越的に目立ちたがる。しかしサシで話をすると小さくなって引き下がる……

父が事故を偽装しようとしたのは、久しい遅疑逡巡の果て、というわけではありません。しかし結局エレンベルガーがもう金を出そうとしなくなり、ほとんど口元まで水が上がってきて、ようやく父は同意しました。

父は足を撃ち、それからぼくが、つまりアルミーンが拳銃を隠すまで待って、それから叫び声を上げればいい。わざわざ選び出したその場所のすぐ近くにはエレンベルガーの園芸場があるので、誰かがかならずやってくるにちがいありません。そうしたら、襲われて金品を強奪された、と父は言い張ればいい。「事は」(「事は！」とアルミーンは言ったものだ)「夜もふけてから行うのが最善だと思ったのです。それなら父は事件のことをいくらでもしゃべれる。襲撃者を見なかったと言っても、人びとは父の言うことを信じるでしょう。あれこれうるさい質問をされることもなく、嫌疑はエレンベルガーの労働者たちにかかります。前科者ですからね。しかし彼らは全員、自分たちの無実を証明することができるでしょうから、誰も傷つけることにはなりっこない。事件は鎮静化し、保険会社は金を支払ってくれる……」

「ふむ」、とシュトゥーダーはうなった。「ところが目論見がはずれた？」

「父がいくらか金を持って帰ることになる夜に決行することに決めました。それもそのことをあらかじめしゃべっておく。ということは、エレンベルガーのところで、労働者たちの居合わせる前でそのことをしゃべっておく。そういうふうに仕組みました。父はブローニングを一梃手にしてました。」

「誰の？」

「エレンベルガーじいさんが都市《まち》で買ったものです……」

「たしかか？」

「はい。エレンベルガーじいさんは話の筋書きを知っていました。伯父のエッシュバッヒャーもです。」

「へえ？」

「母がしゃべったんです。だってエッシュバッヒャーは母の親戚ですから。」

「すると村長は」、とシュトゥーダーはつぶやいて、難解なタルムートの章句の意味が突然判明した老ユダヤ人のように、頭をゆらゆら揺り動かした。

「はい。父は火薬の痕跡がなくなるようになったと納得するまで、紙巻煙草のペーパーを銃身に詰め込んでブローニングを試射してました。こうしてあの夜ぼくは父を待ち構えてたんです。夜の十時から。すると父の〈ツェーンダー〉の音が聞こえました。打ち合わせた通り、父はバイクを下りるとこちらを見て合図の目くばせをしました。バイクのほかには、紙入れと時計と、それに万年筆が……」

「パーカー・ドゥオフォルド」、とシュトゥーダーは商品を奨める売り子の口調で言った。

「そうです。それから父は森に入って行きました。銃声が聞こえるまで永らくかかりました。それから聞こえたのは、一発でなく二発でした。頭をかしげました。二発の銃声が短い間隔を置いて発射されたからです。わけがわかりませんでした。最初の一発で傷が負えなくて、もう一発撃ったとする。するとそんなバカな話はありませんよね。だって二度目にまた紙巻煙草のペーパーを銃身に詰め込まなければならず、そうするとしばらく時間がかかるはずじゃありませんか。」

沈黙。ソーニャは短くため息をつき、くしゃくしゃにまるめたハンカチを取り出して、眼の涙をぬぐった。シュトゥーダーは娘の手にわが手を重ねた。

「泣くんじゃない、なあ」、と彼は言った。「歯医者みたいなものさ。鉗子を当てるときだけは痛いと感じるけど、後は成行きだ。」ソーニャはかすかに笑みを洩らさぬわけはいかなかった。

厨房の暖炉では薪がはぜた。フライパンにかぶせてある蓋から竈のプレートに水滴が落ちて、かすかにジュッという音がした。三人のすわっているテーブルの、蠟引きのテーブルクロスは脂じみて冷たい感触だった。開け放した扉から徒《いたずら》にせっせと鋪石をついばんでいる孤独な鶏が見えた。小さな白い鶏は一心不乱でとても静かだった……

「それからぼくは森に行きました。父を探しました。永いこと拳銃を探す必要がないように、あらかじめ場所を取り決めておいたのです。ようやく父を発見しました。父は取り決めておいたのとは全然別の場所に倒れていました。」

「別の場所に？　たしかか？」

「はい、大きなブナの木を落ち合う場所に決めておいたのに、父がいたのはそこから約三十メートル離れた樅の木の下でした。」

「うん。樅の木の下か。それが幸運だったんだ……」、とシュトゥーダーは小さな声で言った。

「どうして幸運なの？」ソーニャが喉を詰まらせたような声で言った。

「さもなければお父さんのフードつきコートに樅の針葉が一本もついてないのに、気がつかないままでいただろうからね。」

二人がおどろきの目を向けたが、シュトゥーダーは目で制した。胸の刺すような点がまたもや萌してき、頭がカッと熱くなった。いまこそ説明しなくてはならないというのに！……

「父は樅の木の下でノビていて、右耳の後ろを一発撃たれてました。懐中電灯を持ってたんで、ぼく、見たんです。拳銃は父の手のすぐそばにありました。」

「右手、それとも左手？」

「待って下さい、刑事さん、よく考えてみなくては。右腕も左腕も頭の両側にだらんとたるみきってました。で、ブローニングは真ん中に……」

「それじゃあまり役に立たんな」、とシュトゥーダーは言った。

「ぼくは武器を拾い上げて、家に帰りました。途々、これからどうしたらいいのか、よく考えました。父は死んでました。たぶんそのほうが父には良かったのです。エッシュバッヒャー伯父が、機会さえあれば、父をハンゼン療養所かヴィッツヴィル病院に収容しようと虎視眈々なのはわかってました。」

「紙入れその他は、父上が身体から離した後すぐに拾い上げたのかね？」

「いいえ、すぐにではありません。ということはそうこうしているうちに何かが起こったのです。自動車がこちらへ向かってくるのが聞こえました……」

「その自動車はどっちからきた？　村のほうからかね、それとも村とは反対のほうからかな？」

「村のほうから、だったと思います。」

「だと思います！　だと思います！　か。しっかりおぼえてないのか？」

「はい、なにしろ耳にしたのが、森のずっと深いところだったので……」

「きみが立っていたのは父上が倒れていた森の側かね、それともその反対側だったかね？」

「反対側でした。だから道路を横切らないとそこまで行けませんでした。」

「ほかに自動車はなかったかね？」

「はい。でもその自動車に奇妙な点がいくつかありました。とてもゆっくり走っていました。それはモーターの音で聞き取れました。ヘッドライトが遠くのほうから道路を、それに森も、照らし出していました。ぼくは見られないように地面に身を伏せました。道路はその場所の上手《かみて》も下手《しもて》もカーヴしていて、ですからあの車がどちらからくるのか、はっきりわからなかったんです」、とアルミーンは申し訳の言葉をつけ加えた。

「で？」

「ええ、突然ヘッドライトの光が消えました。モーターの音ももう聞こえません。ぼくはしばらく待ち、それからゆっくり這って道路に近づいて行きました。ところが自動車は影も形もありませんでした。」

エレンベルガーじいさんは、立ち木仕立ての木を運搬するための小型トラックを一台持っていた。そのエレンベルガーが生命保険の保険料の支払い人だった……

「それからきみは、父上が森の縁《へり》のところに置いといたものを拾い上げて、家に帰ったのだな？」

「はい。」アルミーンはうなずいた。

「ベルンまでわたしとつき合ってくれないかね、ソーニャ？」シュトゥーダーは言った。「必要なことはここで全部聞いたと思う。」彼は時計をひっぱり出した。「二時にはベルンに着けるだろう。だったらわたしの家で食事ができる。それにわたしの家でこっちの帰りを待っていてもらえるし。それから今夜またお宅まで送って行くよ。ついで《アプロポ》だが、ホフマン夫人の家に拳銃を隠したのは誰かね？　ゲルバーかな？　そう思ったんだが……」

顕微鏡《ミクロスコピー》検査

ノイエンシュヴァンダー医学博士宅（診察時間八時―九時）の夜間ベルが鳴ったのは夜の十時頃だった。医師は三十代末の、長い顔の、大柄な、骨太の男で、界隈ではかなり知られた、評判も悪くない顔だった。裕福な農家にはとほうもなく高い勘定を請求するという奇妙な性癖があった。その代わり、裕福でない人びとの家のキッチン・テーブルに出された二十フラン紙幣や五フラン玉は、ときどき度忘れした。そういう現場をつかまるとてもいやな顔をした。

ベルが鳴るのを耳にしたとき、彼はシャツを袖まくりしてデスクの前にすわっていた。胸中ひそかに、どうやら自分をぜひとも必要としているらしい患者をざっと思い描いてみたが、重症の患者は思い浮かばなかった。

「事故だな、きっと」、とつぶやいた。それから玄関扉を開けに行った。青いレインコートのがっしりした男が玄関扉の前にいた。顔は鍔《つば》の広い、黒いフェルト帽に隠れてよく見えなかった。

「何のご用です？」博士は腹立たしげにたずねた。――博士は顕微鏡をお持ちですか？――何ですって？――顕微鏡です。――そりゃまあ。あることはありますが。しかしそれがどうだというんです？　もう夜中ですよ？　明日まで待てないんですか？――待てません。

青いレインコートの男は精力的に頭をふった。それから自己紹介をした。捜査課のシュトゥーダー刑事。

「お入りなさい」、と博士は言い、夜中の訪問に首をふりながら診察室に案内した。

「ヴィッチ事件ですね？」ノイエンシュヴァンダーは簡潔に質問した。

シュトゥーダーはうなずいた。

博士は戸棚から顕微鏡が仕舞ってある明るい色の箱を下ろしてくるとテーブルに置き、水道の蛇口のところに行ってガラス板を洗浄し、アルコールに浸してみがいた……

シュトゥーダーはポケットから一通の封筒を取り出した。彼は慎重に封筒の極微量の中身をガラス板に空け、一滴の水をそれに垂らし、第二の、もっとうすいガラス板をその上にのせた。

「色は？」ノイエンシュヴァンダー博士がたずねた。

シュトゥーダーは要らないと言った。頭が燃えるように熱かった。ときどきとてもいやな咳が首から出、文字通り眼が血走った。医師は刑事をよくよく観察した。近づいて、鼻に角縁眼鏡をかけ、さらにくわしくシュトゥーダーの様子を見ると、黙って手首を握ってそっけなく言った。

「それを片づけたら、ちょっとあんたを診察したい。あんたはどうもおもしろくないな、刑事、でも現実には緊急事態だな。」

シュトゥーダーはしゃがれた咳をコホンと一つ、それからはげしく咳き込んだ——つらそうな咳だ。

「胸膜炎を起こしている。そこのベッドに、ほら、ベッドに！」

「明日になったらね！」シュトゥーダーはあえいだ。「明日の午後になったら、ドクター、お望みどおりにします。でもまだ、すこしやっておかなければならないことがね……本当はいちばん肝腎なことは済んだんですが、もしもここで……」

シュトゥーダーは、書き物机の明るい電灯の光が小さな鏡に当るように顕微鏡を調節し、それから接眼レンズの上に身を屈めた。ぶるぶる震える指でネジを回したが、どうしても調節がぴったり合わない。一度ネジ回しにかなり手間取ったので、とうとう医師があいだに入った。

「それじゃガラス板をこわしてしまう！」彼は腹立たしげに言った。

「調節して下さい、ドクター」、とシュトゥーダーはへりくだった口調で言った。「こうも震えなければね、いまいましい！」

「一体、どんな大事なことを見つけようというんです？」

「火薬の痕跡です」、とシュトゥーダーはあえいだ。

「ははあ！」ノイエンシュヴァンダー博士は言って、慎重にネジを回しはじめた。

「はっきりしている」、ようやく言って身を起こした。「わたしは法化学者ではないが、昔習ったことを思い出したよ。ほらここだ、刑事、この大きな輪は油滴だ。この油滴のなかに黄色い結晶が見えるね。これでよし、と。しかしこれで法的証拠になるかどうか？」

「おそらくこれが必要になることはないでしょう」、とシュトゥーダーは疲労困憊もあらわに言った。「それにしても相すみません、ドクター、こんな夜中にお邪魔してしまって……」

「本当にあつかましい！」ノイエンシュヴァンダー博士が言った。「でも聞かせて下さいな、この埃をどこで」、と人差し指で封筒を指して、「みつけたのか。待った、いまはしゃべらない。まず上っぱりを脱ぎなさい、シャツも。それからあんたの胸の中がどうなっているか聴診できるように、そこのベッドに横になりなさい。それから今夜のところ多少のことをして差し上げよう。」

ノイエンシュヴァンダー博士は聴診し、打診し、さらに打診と聴診をくり返した。とりわけシュトゥーダーが刺すような痛みを感じている点に関心があるらしかった。刑事の腋窩に体温計を差し込み、しばらくして細い水銀柱の状態を見て首をふると、もの思わしげに「三十八度九分！」と言った。博士はもう一度脈をとり、何やらうなったが、それは「むろん、ブリッサゴはいかん！」と言っているように聞こえた。それからとあるガラス棚のところに行き、小さな注射器にアンプルの中身を満たしながら言った。

「では、刑事、即刻ベッド行きです。少々強い薬を投与します。今夜ちゃんと汗をかいておけば、明朝はもうケリがつきます。しかし、いいですか、あくまでもご自分で責任を取って下さい。その遮二無二の突撃行が終ったら、入院の潮時です。そのときはわたしがあんたの代わりに車を拾って、病院に直行する。乾性胸膜炎なのがまだしもの幸運だ。しかしそれだって悪化する余地はある。それにしてもこんなに夜遅く、何だってうちの顕微鏡を覗きにきたのか、そのわけはぜひとも聞かせてもらいたいものだ。ちょっと待った！」彼はいくつもの棚からいろいろな液体を取ってきてグラスに注ぎ、これに熱湯を注ぎたしてシュトゥーダーに飲ませた。ひどい味だ。シュトゥーダーは身震いした。

それからもう一本注射を打ってもらうと服を着ていいことになり、起き上がろうとした。

「寝てなさい！」医師がどなりつけた。

シュトゥーダーは横になったままでいた。書き物机の上の電灯に緑色のブリキのシェードがかぶせてあった。壁際の本棚には分厚い本が並んでいた。部屋は薬局のにおいがした。シュトゥーダーは仰向けに寝て両手を首の根っこのところで組み合わせた。

「で、わけは？」ドクターがたずねた。

シュトゥーダーは深呼吸をした。彼がまともに深呼吸ができたのは、この日これがはじめてだった。

「火薬の痕跡は」、と彼は言った、「よく小説などで謂うところの最後の輪でした。本当は必要なかったかもしれません。あらかじめすべてはわかってましたから……」

そして彼は、トゥーン行きの話、ソーニャの証言の話、アルミーン・ヴィッチ訪問の話、ベルン行きの話をした。

「今日はもう顕微鏡検査をしたな」、と彼は言い、天井に向かってニヤリとした。大粒の汗の滴が顔の上をつと走り、ときどき彼は手の甲で額をぬぐった。「ご存じのように、ドクター」、とシュトゥーダーは突然標準ドイツ語でしゃべりはじめたが、いま彼にお国なまりを忘れさせたのはしかし何かの腹立ちではなく、むしろ高熱だった、「ヴェンデリーン・ヴィッチ氏の頭部に発見された弾丸は――ベルンの法医学研究所のジュゼッペ・マラペッレ博士の言うところによるなら、ヴェンデリーン・ヴィッチ氏は血中濃度〇・二パーセントのアルコール漬け死体だったそうです――、その弾丸はわたしが今朝素人窃盗犯のアウグスブルガーのところで発見した拳銃から発射したものでした。」シュトゥーダーは小学生のように得意の鼻をうごめかせた。「その拳銃をどすんと一発やったのが、このわたしだと予審判事にバレたらねえ！　良い男です、予審判事は、だけど若い！　こっちは齢を食ってる！　でしょう、ドクター？　馬齢をけみしてる。こっちは何でもわかるし、またわからなくては困る。ホフマン夫人は何と言ってましたか？　自分が裁かれたくなければ、他人を裁くな！　ってね。その通りです！　よくできました！そう言ったそもそもの人物は誰ですか？　それはもうわかりません。だって拳銃がどこからきたか、それを解くのは簡単じゃありませんか。だけどシュトゥーダーは口が堅い。——お宅はどうもやたらに暑いですなあ、ドクター、五月というのにまだ暖房してるんですか？　予審判事みたいに？　いつだったかご大層な夢を見たことがありました。指紋の夢、巨大な指紋の夢です。あなたはでも指紋解釈家じゃなくて、ええと……夢解釈家ですよね、ドクター？　いつだったか精神病院で起きた事件を調べたことがあります。そのときある紳士と関わり合いました。あれは——待って下さいよ、何といったかな？——そう、精神分析家でした。夢を解釈して、あなたの身に起こったことをじつに正確に言い当ててくれるんです。あの分析家が死んだんなら、あの人の夢解釈はご本人にはまるで役に立たなかったのかな。しかしわたしはあなたに何を話そうとしているのだろう？　何もかもごちゃごちゃだ……——あなたは、わたしがあの火薬の粉をどこで見つけたのか、それを知りたいんですね？　まあ、ちょっとお待ちになって……——コットローをご存じですね？　園丁頭の？　え？　あの男をどう思います？　老いぼれて少々もうろくしてる、どうです、ちがいますか？　彼は何か知っている。しかし若者たちが寄ってたかって彼を殴った。コットローは見たんです、その男を、やつだ……男の名前は言いたくない。あの晩、それともお望みならあの夜、コットローはその男を見たんです。そもそも何時までが晩で、何時からが夜なのか？　あなた、ひとつ定義してくれませんか、ドクター？……——ところで自動車の脇のドアについているポケットをご存じですよね？　ふつう地図なんかを仕舞っておくところです。その粉は、そういう車のさるポケットから掻きとってきたものです。最後の輪ですよ、ドクター、シュトゥーダー刑事は笑いものにはなりませんぞ。しかしシュトゥーダー刑事には、事件全体がどういう結末をたどるかの予想がまるでつかない。全然予想がつかない！　あなた、お考えなさい！……わたしは眠りたい」、と突然シュトゥーダーは言った。シュトゥーダーは口を閉ざし、眼蓋が眼の上に落ち、彼は深いため息をついた。

「かわいそうに！」ノイエンシュヴァンダー博士は言った。彼は隣人を連れてきた。二人してシュトゥーダーを客室に運び込み、服を脱がせ、きちんと毛布を掛けてやった。ノイエンシュヴァンダーはさらに湯タンポに熱湯を満たし、それを氷のように冷たいシュトゥーダーの足下に入れた。その部屋のドアは開けたままにして、自分の書き物机に戻った。そこで一時頃まで本を読んだ。一時間置きに刑事の様子を見た。こちらは重苦しい夢を見ているのにちがいない。しきりに何かむにゃむにゃつぶやいていた。それもほとんど同じことばだ。

「顕微鏡」、ということばがはっきり分かり、「指の指紋」。それから娘の名前で、「ソーニャ」。

四時頃、ノイエンシュヴァンダー博士はもう一度起きた。シュトゥーダーの体温は三十七度まで下がっていた。

ヴェンデリーン・ヴィッチ事件最終回

暗い埋葬。

むろん雨がまた降っていた。墓地のぬかるむ地面は足跡に黄色い水がたまり、ねばつく土から靴がなかなか抜けないほどだった。ヴェンデリーン・ヴィッチのお墓のまわりを囲むのは、わずかに十の雨傘にすぎなかった。その十のピンと張った黒い布に落ちる雨滴が、かすかな、悲しげな打楽音を奏《かな》でた。

牧師は短く切り上げた。ソーニャがしゃくり上げた。ヴィッチ夫人は娘の脇にすくと立っていた。泣いてはいなかった。アルミーンはこなかった。牧師の後に村長のエッシュバッヒャーが二言三言しゃべった。そうして話すのがいかにもつらそうだった。

シュトゥーダーはノイエンシュヴァンダー博士の隣にいて、こうして医師の腕に寄りかかっていられるのが頼もしそうだった。しかし全員がゆっくり墓地の門に向かって歩きはじめると、シュトゥーダーはつきそいの手を離れて村長に追いついて言った。

「村長、あなたにお話があります。」

「わたしにですか、刑事？」

「ええ」、とシュトゥーダーは言った。

「じゃあ、お出でなさい！」

エッシュバッヒャーの車は路上に置いてあった。村長は車の扉を開け、ハンドルの前の運転席にもぐり込んでシュトゥーダーに目くばせした。刑事はのり込んだ。彼は医師に手を振って別れのあいさつをすると、自分で車のドアをバタンと閉めた。

二人とも痩せているほうでないので、座席のゆとりはなかった。エッシュバッヒャーがスターターを押した。シュトゥーダーは車のドアについているポケットにじっと目を凝らした。

エッシュバッヒャーは無言だった。車は向きを変えて村のほうに戻り、いくつもいくつもの商店の看板の前を通過した。ゲルツェンシュタイン、商店だらけの村、ラジオのスピーカーだらけの村！――シュトゥーダーがこの村をそう呼んだのは、あれはいつだったか？　あれからどのくらい経ったのか？　あれは土曜日だった。そして今日は火曜日だ。わずか二日しか経ってないのだった！

ラジオのスピーカーの音は聞こえなかった。朝も早すぎたのか、それとも車の騒音がラジオの音楽や談話の音を上回っているのか。ゲルツェンシュタイン村！　村だって？　この村の農民はどこにいるのだ？　農民の姿はどこにも見えなかった。どうやら商店街というファサードの奥に住んでいるらしい。どこかしら後背地に。

エッシュバッヒャーが深い息をした。この男、ずいぶん心が重いのだろう。

車は駅前通りに折れ込んだ。大通りから「ゲルツェンシュタイン新報」の印刷所に通じる、ほんのわずかの道のりだ。と、シュトゥーダーは昨夜の体験をもう一度反芻した。

コットローがようやく話をする気になったのだ。コットローは、エッシュバッヒャーがブローニングを車のドアについているポケットにしまい込むところを目撃した。コットローはよくおぼえていた。あの晩、あの火曜日の晩、コットローは散歩に出た。いずれにせよ彼はドラマの全登場人物を見たのだ。中学三年生の女子生徒と連れ立った教師シュヴォム（それで教師はまぎらわしい沈黙を守っていたのだ！）、〈ツェーンダー〉を降りて森に消えて行ったヴェンデリーン・ヴィッチ。エッシュバッヒャーの車にもまたお目にかかった。村長がヴィッチの後をつけているのを、それより前、コットローは目撃していたのだった……

「わたしの家にきてもらったほうがいいと思いますが」、とエッシュバッヒャーが言った。車は、尖《さき》のとがった部分を金メッキしてある鉄の門の前で止まった。ここには台座のまわりを固い、赤い花々で囲んだアーク灯があり、向こうに鉄道駅があって、そこにアナスタシア・ヴィッチが客を待つあいだいつも小説を読んでいるキオスクがあった。村長と親戚関係にある、アナスタシア・ヴィッチ夫人……

そして夫が死んだと聞いたとき、彼女は何と言っただろうか？

「二十二年よ！」

そう言って、部屋のなかを往ったり来たりした。

「お気に召すままに」、とシュトゥーダーはエッシュバッヒャーの問いかけに応じて言った。もっとも、それは問いかけではなく、じつのところ要請だった。刑事はこのふとった男を気づかれぬように脇から観察した。

事務所《ビューロー》。女子事務員たちがタイプライターの前にすわり、エッシュバッヒャーがドア際に姿を見せると、とたんに荒々しくキーを叩きはじめた。

「今日は、大将、こんちは、村長……」ほとんど小人、のような一人の老人がエッシュバッヒャーの行く手に立ちふさがった。印刷用の枚葉紙を手にしている。エッシュバッヒャーに懸命に話しかけながら印刷された文字の並び線を人差し指でたどっていたが、その人差し指の先端は奇形だった。シュトゥーダーにはそれが何もかもはっきり見えた。それを見て彼は、自分がとても悲惨だと感じた。まるで自分の足がフランネルのボロを縫い合わせてできており、それにおが屑が詰まっている、という気がした。

白い小人のまわりくどいコメントにエッシュバッヒャーは放心状態で受け答えをしているだけだった。彼はただ前へ前へと進んだ。帽子は脱いだが、褐色の捲毛は依然として額に貼りついていた。

小さなドア。階段室。二階に住まい専用の玄関扉がある。玄関扉の脇に真鍮製の表札。それに黒い文字で、エッ、シュ、バッ、ヒャー、とある。個人名も肩書きも何もない。それがこの男には似つかわしかった。

「お入り下さい、刑事」、と村長は言った。エッシュバッヒャーの声にごくわずかながら跳躍の気配がなかっただろうか？　あいかわらずラジオ・ベルンのアナウンサーを思わせる口調ではあったが、どこかがちがっていた。それとも、とシュトゥーダーは思った、こちらが突然耳ざとくなったのかしらん？　熱のせいで？――

　シュトゥーダーは住まいの廊下に立っていた。キッチンのドアが開けっ放しだった。キャベツとベーコンのにおいがした。胸がむかついた。昨日の昼飯からこちら何も口にしていなかったのだ。胃がゼネストを宣言していた。いつまでこの廊下に立っていなければならないのだろう？

　キッチンから夫人が出てきた。小柄で痩せていて、髪の毛がライラックのように白い。そう、ライラックそっくりだった。とても静かに人を見つめる灰色の眼をしていた。エッシュバッハー村長夫人であることは、かならずしも容易ではないのだろう。

「妻です」、とエッシュバッハーが言った。そして、「こちらはシュトゥーダー刑事。」

　灰色の眼に軽いおどろきの色。それから表情が変わって不安そうになった。

「悪いことが起こったんじゃないでしょうね？」彼女は声をひそめてたずねた。

「いや、いや」、とエッシュバッハーはなだめるように言った。言いながら、彼はその大きな分厚い手を夫人の細い肩の上にのせた。その仕草がとてもやさしかったので、シュトゥーダーはいまこそ村長という人間がよくわかった気がした。人生はこれと見込んだ思惑がかならずはずれる。一人の人間が情知らずの人でなしであっても、見かけはまるで似もつかないということは、ありえなくない……

　大きな部屋だった。おそらく喫煙室として設計されたものだろう。壁には数点の絵。シュトゥーダーは絵画に冥《くら》かったが、それらの絵はどれも美しいと思った。大きな複製彩色画だ。向日葵《ひまわり》、南フランス風景、数点の銅版画。壁紙はグレーで、床には黒と赤の市松模様を縫いこんだ白地の絨緞が敷いてあった。

「妻の趣味です」、とエッシュバッハーは言った。「おかけ下さい、刑事。飲みものは何を？」

「そちらのよろしいように」、とシュトゥーダーは答えて、「ただし木苺のシロップとビールだけはいけません。」

「コニャックでも？　いかがです？　顔色がよくありませんな、刑事。どこか具合が悪いのでは？　妻に焼酒《グロック》を作らせましょうか？　あなたはどうも焼酒がお好きのようにお見受けしたが？」

居心地のよくないシチュエーションだ。あのエッシュバッヒャーがどうしてこうも慇懃なのか？　何か裏があるのだろうか？

村長はシュトゥーダーに両切の葉巻を手渡してから部屋を出た。それは上質の十本入り葉巻だったが、こげたゴムのような臭いがした。シュトゥーダーは何食わぬ顔をして喫《す》った。

エッシュバッヒャーが戻ってきた。コニャック、ウィスキー、ジンの三本の瓶を抱えていた。後ろから夫人がついてきて、テーブルにお盆を置いた。お盆の上のものは、砂糖、レモンのスライス、熱湯入りのポット、グラスが二個。

「刑事さんを治療してさしあげなければね」、とエッシュバッヒャーは言って猫髭をピンと逆立ててニヤリと笑い、

「風邪をひいておられる。捜査官が風邪をひいていては逮捕もようできんわ、なあ、刑事？」

言って、エッシュバッヒャーはシュトゥーダーの膝をポンとたたいた。シュトゥーダーは家族的ななれなれしさを謝絶しようとした。と、見上げると――村長の視線がまっすぐこちらを見ていた。その目に懇願の色があった。シュトゥーダーは了解した。エッシュバッヒャーはわかっている。妻のために懇願したのだった。「こっちは構わないがな」、とシュトゥーダーは思った。そして笑った。

「では、失礼します、刑事さん！」エッシュバッヒャー夫人が言った。彼女は手にドアのノブを握ってほほえんだ。やっとの思いの微笑だった。シュトゥーダーは突然、目の前の二人が八百長を演《や》ろうとしているのだとさとった。二人とも何が起こったのかわきまえていながら、お互いにそれを気づかせたがらないのだ。

奇妙な夫婦だ、エッシュバッヒャー村長夫妻は……

ドアがそっと閉ざされた。男たち二人だけがのこされた。

エッシュバッヒャーはグラスの底に砂糖を入れ、熱湯を半分ほど満たしてかきまわし、コニャック、ウィスキー、ジンの三つの瓶からそれぞれ定量を注ぎ込んだ。シュトゥーダーは目を大きく開けて、そのエッシュバッヒャーの

しぐさを見つめた。

エッシュバッヒャーがグラスを差し出すと、彼はいくぶん不安げにたずねた。

「わたしに？」

「最高ですよ、刑事」、村長は手作りのカクテルを自画自賛して、「わたしも風邪を引いたときはもっぱらこれです。飲みにくいようでしたら、後で妻にコーヒーをいれさせます。」

「おまかせします」、とシュトゥーダーは言って、一気にグラスを飲みほした。この土地の問題は素面《しらふ》ではうまい結末はつけられそうにないな、ぼんやりと彼はそう思った。「しかしぜひ次をお願いしたい。」

「どっちみちそのつもりです」、とエッシュバッヒャーは言って、同じカクテルをもう一つ作った。

おだやかなぬくもりがシュトゥーダーの身体を這い回った。ゆっくり、非常にゆっくり、暗い幕が上がった。ひょっとするとすべては、彼の考えていたほどすごいものでも、複雑なものでもなかったのかもしれない。エッシュバッヒャーはふかぶかと背もたせ椅子に沈み込み、両切り葉巻を取って火をつけ、グラスを空けて「ああ」と言い、一瞬黙り込んでから、さあらぬ態の声で言った。

「昨晩、うちのガレージでお捜しの物件が見つかりましたか？」

シュトゥーダーは自分の両切り葉巻を一服し（それは突然かなり良い味がした）、おだやかに答えた。

「ええ。」

「何を見つけたので？」

「粉です。」

「それだけ？」

「それで充分です。」

間。エッシュバッヒャーは考え込んでいる様子だった。それから言った。

「粉って？　あの地図入れのポケットの？」

「ええ。」

「残念ですな……日曜日のわたしの提案を受け入れてはいかがです。お望みなら、もうすこし上乗せしましょう、自前でね。あのポケットをほじくり返すとは凡手ではない。あなた以外に思いつく人間はありますまい。」

「提案？」シュトゥーダーはたずねた。「提案って、それ、どういう意味かな、エッシュバッヒャー？」

他の人間ならショックだったろう。たぶんこの「エッシュバッヒャー」という呼びかけは。もはや「村長殿」ではなく、ただの「エッシュバッヒャー」……「シュルンプ」というのと変わりないのだ。

「わたしの知人のところのポストのことだよ、シュトゥーダー。」

「ああ、あれね、考えたけど……興味ないな、エッシュバッヒャー、これっぽっちもない。金だって？　わたしに金をくれようという提案かい？　言わせてもらえば、あんたは破産寸前じゃないか。」

「はっは」、とエッシュバッヒャーは笑った。何だかお芝居の笑い方みたいな感じだった。「ヴィッチにかき回されんように、そんなことを言っていただけさ。たまたま彼の女房が親戚だからといって、こっちの全財産を彼の大口にぶち込むつもりはなかったからね……」

「するとあんたはヴィッチに金をやっていたのかな？」

「刑事」、とエッシュバッヒャーは腹立たしげに言った。「いまは〈ツーガー〉をしてるわけじゃない。カードを開けてプレーをしたいね。そちらが何かを知りたいんなら質問なさい。お答えしましょう。こんなことはもううんざりなんだ……」

「いいですよ」、とシュトゥーダーは言った。そして「およろしいように。」

彼は椅子の背にもたれ、両脚を交差させて待った。

部屋を圧する長い沈黙の間にシュトゥーダーはさまざまなことを考えた。が、それらの考えは一向にまとまろうとしなかった。よろしい、犯人は見つかった。しかしそれが何の役に立つのか？　予審判事はエッシュバッヒャーの尋問に応じないだろう。村長を殺人罪で起訴する検事はまさかあるまい。明らかにこれだという説得力のある証拠がないかぎりは。エッシュバッヒャーは、かって大きな役を演じていたにちがいない。それは、昨日の午後シュトゥーダーがベルンで集めたあらゆる情報からしてわかった。スキャンダルは起こせない。シュトゥーダーはどんな証拠をにぎっているのか？　コットローの証言か？　いやはや！　コットローはおそらく証言をひるがえすだろう。粉の調査結果か？　シュトゥーダーにとっては証拠としてそれで充分だった。陪審法廷にとって、農民の陪審員たちの構成する陪審法廷にとっては？　連中はおれを笑うだろうな！　予審判事にしてからが笑うだろう。

問題を穏便に済ますこと、のこる道はそれしかない。ヴィッチは自殺を遂げたのだ、これなら証明できる。容易に証明できる。げんに予審判事が説得され、シュルンプは釈放された——ヴィッチ一家は家を売らなければならないだろう。老婦人はなおもキオスクにすわり込んで小説を読み続けるだろう。アルミーンはウェイトレスと結婚して旅籠屋を買うだろう。そしてソーニャは？　ソーニャはシュルンプと結婚し、シュルンプ・エルヴィンはやがて園丁頭になるだろう。で、エッシュバッヒャーは？　いやはや、罰されずに世間を渡っている殺人者はなにも彼一人だけというわけではない。

「お考えはまことにもってごもっとも」、とエッシュバッヒャーの声が静寂のうちにこだました。「問題をこれ以上追求しても何の値打ちもない。あんたが笑いものになるだけだ。あんたは以前、あの銀行事件のとき一度笑いものになったことがあるね？　警察隊大尉の言うことを聞いて、彼の忠告にしたがいなさい。それがいい、シュトゥーダー、言うことを聞きなさい。焼酒《グロッグ》をもう一杯、いかがかな？」

「よろこんで」、とシュトゥーダーは言って、またもや沈黙に沈んだ。奇妙な話だが、エッシュバッヒャーはこちらの考えていることが読めるのではないか？　シュトゥーダーはぞっとした。胸のキリキリ刺すような点がまたはじまった。冷汗が出た。窓の外には灰色の霧が居座っていた。まるで雲が地上に舞い降りてきたようだった。おかげで室内までもが寒くなってきた。シュトゥーダーの両切り葉巻は火が消えていた。また火をつける気がしなかった。そもそも何もする気がしなかった。彼は病気だった。ベッドに入りたかった。胸膜炎だった、畜生、まただ！　胸膜炎でベッド入りだ。シャーロック・ホームズ風の演繹的方法を駆使して鋭敏な英国人探偵の役を演じている場合ではない。例のポケットの粉か！　毒食わば皿までとやら！　このまま行けばまもなくルーペ片手に床を這い回り、絨緞をためつすがめつするはめになるぞ！

「飲めよ、シュトゥーダー」、とエッシュバッヒャーは言って、新たに注いだグラスをテーブルに置いた。そこで刑事は言われた通りグラスを空けた。

だってけしからん話じゃないか、と彼は夢想の後を続けた。毎月二、三百フランの給料をもらう。それでなんとか足りる。充分やっていける。で、そのみすぼらしい給料と引き替えに下水掃除夫の役をしなければならない。いや、もっと悪い。くんくん嗅ぎまわり、他人の悪行をあばかなくてはならない。いたるところに首を突っ込み、一瞬たりと休む暇はなく、病気になっても療養ができないのだった。

エッシュバッヒャーは満足そうに両切り葉巻を吸い込んだ。その小さな眼が意地悪く、残酷そうにキラッと光った。

と、シュトゥーダーの脳裡に突然またしてもあの夜の夢が浮かんできた。黒板の巨大な指紋、上っ張りを着た教師のシュヴォム、それにソーニャの身体に腕をからめて、彼を、シュトゥーダーを嘲笑しているエッシュバッヒャー。

後になってからシュトゥーダーは、突然勇気を与えてくれたのが本当にこの夢の記憶だったのかどうか、何とも言いようがなかった。あるいはエッシュバッヒャーのあざけるようなニヤニヤ笑いが神経にさわっただけなのかもしれない。よかろう、彼は決然と立ち上がった。股を開いてそれに肘を突き、両手を組み合わせて地面に目を据えた。ゆっくりしゃべった。舌がおのが道を行きたくてうずうずしているのを感じていたからだ。

「よろしい」、と彼は言った、「まったく仰せの通り。わたしは笑いものになるだろう。しかしそれは大した問題じゃないんだ、エッシュバッヒャー。わたしは自分の仕事をやる。それで給料を支払ってもらっている仕事をね。捜査を遂行すること、そのために頂いている給料だ。真理を言う、ということで世間はわたしを弁護してくれている。わかってるよ、エッシュバッヒャー、あんたは笑っている。真理だとさ、と！　わたしも旧式の男だ。こちらの思っている真理が本当の真理じゃないくらいのことは、わたしだってよくわかっている。だけどわたしは虚偽のほうにも精通している。かりにわたしが問題を放棄して、シュルンプが釈放され、裁判所が事件をいわゆる一件落着の処理済にしたとする。これできれいさっぱり天下泰平だ。それに結局こっちは裁判官じゃなし、あんたは自分の犯行をひとりで処理するしかないしな。」シュトゥーダーの話し方はいよいよゆっくりしてきた。シュトゥーダーは目を上げなかった。エッシュバッヒャーの視線と目を合わせたくなくて、仕方なしに絨緞の小さな柄模様にじっと目を凝らした。赤い糸の縫取のある黒の市松模様で、それがなぜか彼にヴィッチの後頭部を思い起こさせた。より正確に言えば、血の糸に縫いとられた、とぼしい髪の毛を。

「ひとりで処理する、ってのは、このことだな。あんたにそれができるかどうかはわからない。あんたは賭け事が好きだ。みんなと賭け事をする、株式投機をする、政治に賭ける。あんたのことはいろいろ耳にした。できればあんたにはこのままやらしておきたい……でもソーニャとの一件がある。白っぱくれるな、エッシュバッヒャー、ソーニャだよ！　あの娘は潔白じゃなかった。あんたが一度あの子を膝に抱いているところへ父親が来合わせた……ヴェンデリーン・ヴィッチのあのときの言い分は本当にまちがいだったのだろうか？　いや、いまは何も言うな。後で話してもらおう。あんたが口をきくことは許さん。いまはわたしが教師役だ。わたしも冗談がわからなくはない、エッシュバッヒャー。しかし冗談はどこかで終りにしなくてはならない。あんたには良心のとがめることがすくなくない。なにもヴェンデリーン・ヴィッチの件にかぎったことじゃない。どうもソーニャの一件もやましいんじゃないかと思うな。ちがうかね？」

外の雲はいよいよ深く下降し、室内はとっぷりと暮れてきた。エッシュバッヒャーはふかぶかと椅子に埋もれ、シュトゥーダーには膝頭しか見えなかった。かすれたしゃがれ声を耳にした。しかしそれが咳払いなのか、押し殺した笑いなのか、シュトゥーダーにはわからなかった。

「彼が、あのヴェンデリーン・ヴィッチが、ほかにあんたの何を知っていたのか、わたしにはわからない……」舌はいよいよなめらかになる一方だった。しかしあいかわらずシュトゥーダーはゆっくりゆっくり話した。奇妙なことに、彼の人格はまるで分裂しているようだった。彼はその部屋を上から見ていた。前かがみになって両手を組み合わせ、椅子にすわって考え込んでいる彼自身を見ていた。「シュトゥーダー、おまえときたら、弔問をしにきた牧師さんといった風情じゃないか。」しかしこれもすぐに立ち消え、突然予審判事の部屋と、あの娘の膝に頭をのせているシュルンプの姿が目に浮かんできた。

「必要とあれば」、とシュトゥーダーは言った、「その点はまだ探り出すこともあるだろう。言わせてもらえれば、あんたは被後見人の金を株に投機していたよな、エッシュバッヒャー。なにしろあんたは当地で後見の監督官庁にいたのだから……投機した金はまた払い戻した、ところが、ヴィッチにそれを知られてしまった。ヴィッチもあんたといっしょに社会福祉事業委員会のメンバーだったね？　ちがうかね？　答えなくていい。これはあんたが、シュトゥーダーが阿呆だなどと考えないように話しているだけなんだから。シュトゥーダー刑事は、まだいくつか知っていることがある……」

沈黙。シュトゥーダーは立ち上がった。しかし依然としてエッシュバッヒャーに目をやらずに酒瓶を手に取って自分でグラスに注ぎ、辛口のやつをぐいと空けるとまた腰を下ろして、ケースからブリッサゴを一本取り出した。奇異なふるまい、とはいえブリッサゴはうまかった。シュトゥーダーの心臓はあいかわらず飛び出しそうにドキドキしていたけれど――、でも、と彼は考えた、今日は午後には病院に行けるだろう。そこでゆっくり休める。

シュトゥーダーはまたしても両手を組み合わせ、赤い糸の縫取のある黒い正方形を表している絨緞の柄模様に目を注いだ。

「あんたの従姉妹は、亭主のヴィッチが何をたくらんでいるか、あんたに話した。ヴィッチが例の計画をいつ実行しようとしているのかも、彼女から聞き出した。だがあんたはヴィッチを信用してない。あんたは彼が卑怯な男だとわかっているから――いやはや、恐喝者は卑怯と相場が決まっている――ヴィッチが自分の身体を傷つけるなんて勇気はまずないだろう、と考えた。そこであんたは自分の車で現場まで運転して行った。現場がどこかは正確に知っていたからね。アウグスブルガーは、その頃もうあんたの家に住み込んでいた。あんたはいつあの男を自家に引き取ったのかね？　エレンベルガーに少々嫉妬してたんじゃないのか？　あんたも自分なりに釈放された囚人を飼っておきたかったのかな？　まあ、それはどうでもいい。つまりあんたは自分の車であの現場に行った。ということは、アルミーンがあんたの車の音を聞いて逃げ出すのをあらかじめ計算に入れていた。アルミーンは実際逃げ出した。そこでヴィッチの紙入れを捜し出す絶好の機会ができた。ヴィッチがあんたを恐喝するのに使った記録が、どうやらその紙入れのなかにあったようだな？　それからあんたはなおも森のなかに入って行った。ヴィッチはたぶんがさがさ音を立てたので、彼の後をつけるのは容易だった。と、それが静かになった。あんたは待った。銃声を一発聞いた。あんたはもっと近づいた。ヴィッチが立ちすくんでいた。ブローニングをまだ手にしたまま——無傷のままで。そこで彼と何を話したのか、それは知らない。あんたは自分の役割をうまく演じたにちがいないと思うよ。おそらくヴィッチの肩に手をかけて慰め、まだすこし話し続けた。あんたは自分のピストルをポケットに隠し持っていたのだろう。それから別れを告げ、二、三歩彼から離れた。たぶん一メートル位だ。そして背後から撃った。」

間。シュトゥーダーはまたもや一杯きゅっと空けた。奇妙なことに、彼は一向に酔いを感じなかった。反対に、だんだんに醒めてきた。頭がいよいよ冴えてくるように思え、刺すような不快感は消えていた。彼は話しているうちに消えてしまったブリッサゴに、またていねいに火をつけた。

「手ぬかりは二つ、エッシュバッヒャー、重大な手ぬかりが二つあったな！」シュトゥーダーは出来のいい生徒を叱るのでなく、反対にそそのかそうとする教師のように言った。

「まず第一に、なぜヴィッチの拳銃を拾わなかったかだ。かりにあれをアルミーンが見つけていたら、話は何もかもスムーズに運んでいただろうに。わたしにしたところが自殺まではこぎつけても、それ以上は進めなかっただろう。そして第二の手ぬかりだ。残りの手ぬかりはすべてこれから生じた。なぜブローニングをあの車の地図用ポケットに入れたのか？　だって誰かの目にとまるに決まってるじゃないか。で、またよりによってあのケチな素人《ディレッタント》窃盗、アウグスブルガーの目にとまったとは。あれはツイてなかった……ツイてない？　いや、あんたがそう仕向けたんじゃないのか？」

シュトゥーダーの目はようやく黒い柄模様を離れた。一軒の家のように見える別の柄模様に目を据え、「ようこそ、立ち寄れば福あり」と壁に青い色で描いたのが色がはがれはじめた、あの諺《ことわざ》のことを思い出した。

「人間は不思議だ」、とシュトゥーダーは話を続けた、「ときとしてわたしたちは、できればそれだけは避けたいと思っていることをやってしまう。つまり悟性が警告していることをね。いまは故人になった、わたしのある知人はいつも無意識のことを話していたものだ。無意識にまるでそれ自身の意志があるとでもいうようにね。あんたの場合にも、エッシュバッヒャー、わたしはそういうものを考えずにはいられない。というのもあんたは、何をするにも大向こうが自分を注目するようにやってきたからだ。それはあんたの賭博好きのせいとばかりは説明し切れなくて、裏に何か別のものがひそんでいるらしい。殺人の話がひろまるのを、じつのところあんたは望んでいたんじゃないかね。そうでなければエレンベルガーとコットローじいさんを轢いてやろうと、ゲルバーやアルミーンをあんたの車で送り出さなかっただろう。コットローに見られたと、あんたにしゃべったのは誰なんだ？　アウグスブルガーか？」

「アウグスブルガーを連れて行ったのは、ヴィッチを仕留めようと思ったときのことだった……」その声は平静そのもののようにやってきた。興奮のあまり震えてなどいなかった。「ローヌ河下流地域の氾濫は大規模なものになりました。」と報じるラジオのアナウンサーの声とまったく同じ口調だった。

「もしかしたらアウグスブルガーが裏切るかもしれないとは思わなかったのかね？」

「あれは誠実な青年でしてね。ゆくゆくは外国に逃がしてやろうと思っていた……」

「しかし彼はお尋ね者だった。それに自動車泥棒だ……」

「これはしたり」、とエッシュバッヒャーは言った、「ああいう手合いは一年や二年刑期が長引くからといってもへいちゃらでね。わたしたちとはちがう。」

シュトゥーダーはうなずいた。その通りだ。

「それに」、とエッシュバッヒャーは続けた、「例の二人の若者たちには、よそ者が内輪の事柄に口をはさもうとしているると吹き込んでおいた……彼ら若いもんは犯罪小説の読み過ぎだ。ああいうことが大好きでな。ジョン・クリングごっこがしたいんだ。」

一瞬、刑事は誇りがましさに見舞われかけた。エッシュバッヒャーにしゃべらせるところまで漕ぎつけた。とうとう白状させたのだ。そこではじめて目を上げた。と、誇りがましさは消えていた。目の前にいるのは、ふかぶかと椅子に沈み込んでやっとのことで息をしている男だった。顔は紅潮し、手はわなわなふるえ、口がわずかに開いていた。だがこの男がそうしていたのは一瞬のことにすぎなかった。それから口は閉ざされ、目はふたたびシュトゥーダーの前をかすめて窓の外へとまっすぐ前を見つめた。

「あの二人の若い者は」、とシュトゥーダーは言った、「あわれなコットローをいやというほど叩きのめした。コットローはわたしに何も言おうとしなかった。ところでエレンベルガーじいさんもこの件のことは知っていたのかね?」

「たぶん後からね。コットローもはじめはヴィッチを撃ったのがわたしだとは知らなかった。わたしはただあそこでわたしに会ったことを、そうあっさりあんたの前でしゃべらんでくれと頼みたかっただけだ。」

「コットローがあんたを見かけたのはいつだったのかね?」

「わたしが車に乗り込んだときだ。アウグスブルガーもあのときコットローを見た……」そら、化けの皮がはげたぞ! とシュトゥーダーは思った。話を記録しろ!

「どうしてアウグスブルガーを盗んだ車にのせてトゥーンに送った? わざわざ逮捕してくれと言ってるようなものじゃないか。これもわざとしたことかね?」

「愚問だな、刑事!」そう語っているのは村長だった。「アウグスブルガーを送ったのはむろんわたしだ。理由は二つ。あんたが公示をして報奨を出すことになれば、彼はそれを耳にする可能性もないではない。それであんたの計算を出し抜いてやろうとした。シュルンプが自白すれば、あんたは一巻の終りだ。だよな? アウグスブルガーはシュルンプと顔見知りだ。彼はシュルンプと接触して、ソーニャからの伝言とやらを伝えようとするだろう。つまり情勢は悪化した、シュルンプに自白してもらうしかない、さもなければ一家が保険金詐欺でお縄頂戴になる。トゥーンの役人どもがこっちの思惑にはまってアウグスブルガーをシュルンプの同房にぶち込むとは、まさかわたしだって考えてなかった。ほかにまだ何か聞きたいことは？　アウグスブルガーはうまく嘘がつけない、それは承知している。しかし大きなでっちあげの才能がないからこそ、一切をエレンベルガーに転嫁した。」

「そう、エレンベルガー」、とシュトゥーダーはまるで同僚に教えを乞うようににこやかに言った。「あんたはあのエレンベルガーをどう思ってるんだ？」

「え」、とエッシュバッヒャーは言った。「この種の手合いはあんたのほうがよく知ってるはずだ。いつも何かが起こっていないと気がすまない。いつもある役を演じていなければ気がすまない。内面がうつろだからだ。べらべらしゃべりまくる、何にでも首を突っ込む、モロッコの邸宅だの、財産だのとあれこれほらを吹きまくる、〈囚人バンド〉を作らせる——エレンベルガーでわたしが評価しているのはただ一つ、彼がシュルンプを好いているということだけだ。」

沈黙。ことは終った。いまこそ一番重大なときだ。どうやって逮捕をしたらいいのか？　シュトゥーダーは思うように足がきかない。病気だ。エッシュバッヒャーはどっしりした大男だ。ムールマンに手伝いにきてくれと頼む電話をかけようにも、当の電話機は部屋の向こう側にある。ポケットには拳銃もあり、逮捕状もある。しかし——

「わたしを逮捕するにはどうするのがいちばん上策か、刑事、それを考えてますね？　ちがいますか？」エッシュバッヒャーは静かな声で言った。「ご心配ご無用。トゥーンに行きますよ。でも、わたしの車で行きましょう。運転はわたしがします。それだけの度胸がございますかな？」

エッシュバッヒャーはシュトゥーダーの考えをずばり言い当てていた。刑事の感じやすい部分さえ当てた。

「心配かって？　わたしが？」シュトゥーダーは侮辱されたように問い返した。「さあ行きましょう！」

「わたしは……その……妻に……さようならを言ってきたい。」言葉がとぎれとぎれに出てきた。シュトゥーダーはうなずいた。

ドアの際に立ってエッシュバッヒャーはなおも言った。

「遠慮なくやって、刑事……」、とテーブルの上に並んだ瓶を指した。

シュトゥーダーは遠慮なく頂いた。それから椅子の背にもたれて目を閉じた。疲れていた。犬のように疲れていた。誇りがましい気分もどこへやらだった。どうも釈然としなかった。エッシュバッヒャーはなぜ何もかも洗いざらい認めたのか？　シュトゥーダーがこの件の全体を知っている唯一の人間だと、気がついていたのか？　心配かどうかという問いは、この事実に関わりがあるのか？　いまにわかるだろう……

本来ならシュトゥーダーは、一度じっくりエッシュバッヒャー夫人と話がしておきたかった。どんな女性なのだろう？　とても不思議な話し方をした。外国の女《ひと》だろうか？　あのがさつなエッシュバッヒャーが、こんな繊細な女性をどこで見つけてきたのだろう……こういう女はまさか夜中に小説を読んだりはすまい。もしかしたらピアノを弾くかな？　それともヴァイオリン？　また頭痛がしてきた。でも、もうすぐ一切は終るだろう。エッシュバッヒャーを引き渡すには、本当ならベルンから平巡査を一人呼べば済む話だった……そうすればすぐにもベッドにもぐり込めたものを。あるいは家に帰って、家でベッドに横になるほうがいいかな？　ヘディーの看護も悪くないぞ。どうしておれはいたるところに入院《パルトゥー》したがるのだろう？

と、ドアが開いた。

「そろそろ行くかね？」エッシュバッヒャーがそうたずねた。まるでドライヴに行く話でもあるかのように、平然と。

シュトゥーダーは立ち上がった。口がからからに乾いていた。胃に奇妙なうつろさを覚え、気休めに、これは熱のため、空腹のため、醒めている胃に酒を飲んだためだ、と自分に言いきかせた。けれどもその感じは一向に立ち去ろうとはしなかった。

ヘアピンドライヴならびに結末

ハンドルにのせた手が車の方向を元に戻すとき、ときどきぶるぶる震えた。その大きな分厚い手がなかったら、隣にいるのが石像の人間とさえ思われかねなかったろう。エッシュバッヒャーはビクともしなかった。口を固く結び、目はまっすぐ前方に向けていた。ワイパーが左右に揺れて暗いフロントガラスに幾何学的図形を描き、その図形はシュトゥーダーに中学校時代を思い出させた。

「奥さんは外国人ですか?」沈黙を破ろうとして、シュトゥーダーはおっかなびっくりたずねた。

答はない。シュトゥーダーは横目で連れを窺った。と、二粒の大きな涙がまるまるとした頰の上を走って口髭にしみ込み、また新たに二粒がきて消えて行くのが見えた。シュトゥーダーは怯じるように目をそらした。それは人生のあまたのことどもと同様、悲劇的にしてかつグロテスクに見えた。

片方の手がハンドルを離れ、ポケットを探った。鼻をチンとかむ。

「畜生、この鼻風邪め」、としゃがれ声が出た。「妻はウィーン育ちでしてね。両親はスイス人だった。」

「で、奥さんはどう思ってるんです?」シュトゥーダーはいっそビンタを食わされて当然と思った。こんなことがよく言えるもんだ! 実際、これは反則だった。というのもふいにシュトゥーダーはあるまなざしに遭遇したのだ……毒をたっぷりはらんでいた、このまなざしは。いつか〈熊〉亭で浴びたまなざしよりもはるかに毒をはらんでいた。それにしても、あれは何と遠くに過ぎ去ってしまったことだろう! シュトゥーダーは、エッシュバッヒャーがカードを扇状にパッとひろげる迅速な動作をまざまざと思い浮かべた……

その声はおそろしくゆっくりやってきた。「そんなことを言うべきじゃなかったな、刑事！」

道路は湖沿いに走っていた。しかし湖はほとんど目に入らなかった。道路の横幅が湖とぎりぎりに接しており、そこから低い壁があって、その低い壁の向こう側にかろうじて大きな水面が灰色に、ひたすら灰色に、ぼんやりと冷たく見えた。車はゆっくり走った。

何時だろう？　シュトゥーダーは時計をひっぱり出そうとし、すんでに親指と人差し指をチョッキのポケットに差し込みかけた。そのときのことだ。と、耳慣れない声が――それはもはやラジオ・ベルンのアナウンサーのそれとは似ても似つかない声だった――こう言うのが聞こえた。

「ほら、出てけ！　さもないと……」

シュトゥーダーの時計がチョッキのポケットからふっ飛び、彼の右手がドアのノブを握って痙攣し、ノブを押し下げて上に撥ねあげた（ひたすらこの種のノブの機能するのに任せて）。そこでシュトゥーダーが頑健な身体を力いっぱいドアに叩きつけると、ドアはパッと開き、彼は道路に飛び出したが、片足がドアの下のエッジに引っかかってそのまましばらく引きずられた。肩が、それに頭が、なにか固いものに激突し、巨大な影が頭上を圧し、それが消え……それからようやく最終的に真っ暗になった。


「いや、今度は顕微鏡検査はしない」、と深みのある声が言った。夜だった。どこかで緑の光が燃えていた。シュトゥーダーはその声をどこかで聞いたことがあると必死で思い出そうとした。

「ピクリン……」、とシュトゥーダーはつぶやいた。と、笑い声が聞こえた。

「どうしようもない捜査刑事だ、ろくに寝かせてもくれない。ほら、気をつけてな、看護婦。先刻《さっき》も言ったように、一時間ごとにコラーミン、三時間ごとにトランスプルミンだ、いいね？　運よくまだ頑丈な男なのでね。冗談じゃないよ、骨折が二カ所、その上まだ……」

そこから先はシュトゥーダーに聞こえなかった。でも先刻までは黒い幕が掛かっていたのに、今度は赤い幕が彼の上に降りてきた。それがざわざわ衣ずれの音を立て、鐘が鳴った。あのウィスキーは辛口だった。飲むほどに喉が渇いた。それにしても湖はどんな光景だったかしら？　だだっぴろい水面が灰色に、ひたすら灰色に、冷たく、濡れて……

それからまた日光が射し込み、聞き慣れた物音がした。シュトゥーダーは耳をそばだてた。クリック……クリック。何の音だっけ？　前はこの物音がいつも頭の調子をおかしくしたものだ。よく知ってるぞ。何だったっけ？　そうだ！　刺繡針の音じゃないか！　彼はそっと声を出した、「ヘディーかい！」

「そうよ？」

彼と太陽のあいだに影が。

「やあ」、とシュトゥーダーは言って目をしばたたかせた。

「こんにちは」シュトゥーダー夫人は世間ごく当り前のこと、といった風情で言った。

——おれ、一体どうしたんだ？　シュトゥーダーは言った。——別にどうってことはないわ、と夫人は言った。熱、胸膜炎、上腕部捻挫、鎖骨骨折。命をとりとめただけ、もうけものなんだそうよ。

彼女は、まるで怒っているようなふりをした。だが、その合間にもときどき唇をかみしめた。

「しかし、まあ」、とシュトゥーダーは言って、また眠り込んだ。

三度目にはもうすっかり良くなっていた。胸の点、あの刺すような胸の点が消えていた。しかし右腕はまだ重たかった。シュトゥーダーはブイヨンを一杯飲み、またまた眠り込んだ。

四度目には、部屋のドアの前で大騒ぎがするのではっきり目がさめた。怒ったような声が部屋に入れてくれとせがみ、もう一つのほうの声が（あれはノイエンシュヴァンダー博士ではないのか？）カンカンに湯気を立ててなにやら罵《ののし》った。どちらも我慢できないほど大きな声だった。

「静かにしてくれったら！」シュトゥーダーはつぶやいた。

と、実際、まもなく騒ぎはおさまった。

それからようやく大いなる目ざめがきた。朝で、空気は冷たく、いましがた窓を開けたばかりにちがいなかった。部屋は小さく、四壁は緑色のペンキを塗ってあった。窓の腰板の上にゼラニウムの花が活けてある。

ふとった看護婦がちょうど部屋を出ていこうとするところだった。

「看護婦さん」、とシュトゥーダーは言った。声はしっかりしていた。「おなかがすいた。」

「そうなの」、とだけ看護婦は言って近づいてき、シュトゥーダーの上に身を屈めた。「すこしは気分がよくなった？」

「わたしはどこにいるんですか？」シュトゥーダーはそうたずねて笑い出した。だって何とかいう作家の小説の主人公も決まってそんな質問をするじゃないか……あの何とかいう……あのしょっちゅう小説を書いている女流作家の名前、何だっけ？　フェリシタス？　そう、フェリシタス……

「ゲルツェンシュタイン公立病院よ」、と看護婦は言った。どこかで音楽を演《や》っていた。

「あれは何？」シュトゥーダーはたずねた。

「港の灯《ハーバーライト》――ハンブルクね」、と看護婦が言った。

「ゲルツェンシュタインとラウドスピーカー」、とシュトゥーダーはむにゃむにゃ口ごもった。それからミルクとトーストと虹鱒とジャムが出た。シュトゥーダーはブリッサゴを一本やりたくなった。しかし彼がひとつお願いしますと申し出ると、看護婦の受けが急に悪くなった。

それからある日の午後がきて、彼はひとりっきりで部屋に寝ていた。妻はひとまずベルンに戻った。週末に迎えにくる、と約束していた。

と、看護婦が入ってきて、ご婦人が（看護婦は「ご婦人」と言ったのである）刑事とお会いしたいそうで、と言った。シュトゥーダーはうなずいた。

その婦人の髪の毛は真っ白だった。まるで……まるで……ライラックのように。

シュトゥーダーはエッシュバッヒャーが湖で溺死したのは知っていた。事故だったと聞かされた。シュトゥーダーはうなずいたものだ。

婦人はシュトゥーダーのベッドの枕元にすわった。看護婦は出て行った。婦人は無言だった。

「ボンジュール・マダム」、とシュトゥーダーは言ってなんとか冗談にまぎらそうとした。婦人はうなずいた。沈黙。円花蜂《マルハナバチ》が一匹部屋のなかをブンブン飛びまわっていた。六月も末の季節にちがいない。

「わたしのせいでした」、とシュトゥーダーは小声で言った。「あなたのことを彼にたずねたのです、マダム、すると彼は泣きました。涙が頬をつたって流れました。そうです。そこでまたわたしは、あなたはどう思っていると思うか、と彼にたずねました。つまりまあ、こうした問題全体について、です。わたしに警告したのはその直後のことでした。わたしはなんとか車を飛び出す暇があった。思えば、彼のほうはそれから塀を越えて……そのほうがよかった、とお思いになりませんか?」

「ええ」、と婦人は言った。彼女は泣かなかった。シュトゥーダーの腕に片方の手をのせていた。とても軽い手。

「わたしは何も申しません、マダム」、とシュトゥーダーはうんと声をひそめて言った。

「ありがとうございます、シュトゥーダーさん。」

それで終りだった。

一度、ソーニャ・ヴィッチが来た。彼女は感謝の言葉を述べた。保険は支払われなかった。予審判事が一家三人を招いた。母親、アルミーン、それにソーニャを。保険金詐欺の訴訟を起こすのは見合わせたという。ヴィッチ事件全体を一件落着にできて、まずはめでたい……

――シュルンプはどうしてる、とシュトゥーダーは消息を知りたがった。――元気よ、とソーニャは言って、赤くなった。

……鼻根のくぼみのところの、こめかみ際のソバカス……

――アルミーンももうすぐ結婚するだろう、と彼女は言った。母親はあいかわらず駅のキオスク勤めという。

おしまいに予審判事がきた。予審判事の絹シャツは今回はクリーム色だった。あいかわらず印章指輪をはめている。

「前に一度きたんだよ、シュトゥーダーさん」、と彼は言った。「だけど医者がえらく荒っぽくてね。アカデミックな教育を受けた人間のなかに、特に医者仲間だが、えらく育ちの悪いのがいるのには、毎度のことながらおどろきますね。」

――やっぱりあれがそうだったのか、とシュトゥーダーは思った。彼はベッドの上掛けの上で両手を組み、親指を交互にぐるぐる回した。

「あなたはどうしてあのときエッシュバッヒャーとドライヴに出かけたんですか、シュトゥーダーさん？　何か大事なことを見つけたんですか？　あのとき奇妙なほのめかしをされましたね？　ヴィッチが自殺したんじゃないとすると、やっぱり殺人だったんですか？　亡くなった村長氏はあなたに何か打ち明けたんですか？　何か大事なことを？　彼はわたしにも打ち明けたかったんじゃありませんか？　どうして黙ってるんです、シュトゥーダー？　そんなに急いで彼とトゥーンにドライヴしに行かなきゃならないほど、そんな大事なことをエッシュバッヒャーは打ち明けたんですか？」

シュトゥーダーは上掛けをじっと見つめ、しばらく黙り込んでいた。それから口を開いたが、その声はいたって無表情だった。

「いや、別に何も……」

シナ人

〇主な登場人物

ヤーコプ・シュトゥーダー………刑事

ジェームズ・ファーニー………「シナ人」

エリザ・エービ………「シナ人」の姉

ルートヴィヒ・ファーニー………エリザ・エービの私生児

アルノルト・エービ………エリザ・エービの現夫

エルンスト・エービ………エービの息子、ルートヴィヒの義弟

アンナ・フンガーロット－エービ………エービの娘

フンガーロット………救貧院院長、アンナの夫

ザック－アムヘルト………園芸学校校長

ヴォットリ………園芸学校教師

ブレンニマン………〈太陽亭〉の亭主

フルダ・ニュエッシュ………〈太陽亭〉のウェイトレス

公証人ミュンヒ………シュトゥーダーの友人

マラペッレ博士………医学助手

Der Chinese

墓の上の一人の死者といがみ合う二人の紳士

シュトゥーダーはモーターのスイッチを切ってバイクを下り、にわかに四方からひしと迫りくる静けさにおどろいた。よごれた毛皮のように濃密な、黄色い脂《やに》っこい霧のなかから外壁が浮かび上がり、家の屋根の赤い煉瓦がキラリと光った。と、濃霧のなかを一条《ひとすじ》の日光がチクリと刺して丸い紋章盾看板に命中し、それが金のような光を――いや金ではなくて何か別の、もっと卑金属めく金属のような光を――放った。看板のパネルには目が二つ、鼻が一つ、口が一つ描かれ、看板の縁《へり》から硬い鬣《たてがみ》が流れ出ている。看板パネルの下に〈太陽亭〉と記した店名札がぶらぶら揺れていた。踏みへらした石の階段が玄関扉まで通じ、その玄関扉の扉框《とびらがまち》におそろしく年取った小人がひとり立っていた。刑事は小人に見覚えがあるような気がした。だが老人のほうはシュトゥーダーに知らんぷりを決めこみたいとみえ、プイと背を向けて家の中に姿を消した。一陣の風が立つとまたしてもどっと霧をわきあがらせ――と、家も、玄関扉も、旅籠《はたご》屋の看板も消えてなくなった。

またしても太陽が霧の灰色を引き裂いてあらわれると、道路の右側に小体《こてい》な塀が浮かび上がり、たくさんの花輪に模造真珠の飾りがキラキラ光り、墓標の金文字や黄楊《つげ》の木の葉がエメラルドのようにきらめいた。

さて、三人の人物が一基《ひともと》のお墓を囲んでいた。まずお墓の頭のほうに制服姿の地方警官、右側には見たところ若い感じの、洒脱な装いの無髯の男、左側には手入れをしてない髭が白っぽく黄味がかった中年紳士。このご両人の猛烈な口論が道路のほうまで聞こえてきた。

シュトゥーダーは肩をすくめ、石を踏みへらした階段のところまでバイクを転がしていって後輪の下にスタンドを蹴込み、それから墓地に入ると、二人の人間がいがみ合っているかたわらで第三の男がそれを見守っている、くだんのお墓のほうにあゆみ寄った。

ベルン州警察のシュトゥーダー刑事は歩きながら二、三度、妙に気づかわしげにため息をついた。生きていくのは楽じゃないな、と思ったからだ。

今朝、ロッグヴィルの地方長官が役所に電話をしてきた。――プリュンディスベルク村の墓地で、九カ月来旅籠屋〈太陽亭〉で暮らしているファーニー某《なにがし》の死体が発見されたというのだ。死体を発見したのは旅籠屋の亭主ブレンニマン。地区巡査メルツが報告を受け、それからメルツ地区巡査が届け出たところでは、心臓に一発撃ち込まれたのが男の死因だという。「これまでのところ捜査はできませんでしたが、事件にはどうも不審な点があるようです。医者の申し立てでは自殺ということです。わたくしにはそうは思えません！　安全を期するために老練な捜査官が立ち会う必要があると思われます。墓地は旅籠屋の真ん前にあります……」

「わかってます」、とシュトゥーダーは相手のことばをさえぎった。いやな寒感《おかん》が背中を走った。ある七月の夜のことが記憶によみがえったのだ。あのとき一人の外国人がこの殺人を予言していた……

「あー、わかってる、ですと？　そもそもあなたはどなたです？」

「シュトゥーダー刑事です。課長はいま手が放せません」

「よし、よし！　シュトゥーダーですね！　そりゃよかった！　すぐにきてください！　例の墓場でお待ちしてます……」

シュトゥーダーはこれが四度目のため息をつき、がっしりした肩をつり上げ、うすい尖った鼻をぽりぽり掻いてひそかに呪いのことばを吐きだした。今回もあいかわらずの雲行きになるのは必定だ。こちらは若い時分にはずいぶん研鑽も積んだが、べつに名の通った犯罪学者ではない。さる陰謀事件のおかげで市警警部のポストをフイにし、州警察で初手から出直して――それであっというまに刑事に昇進した。ポストを解任され、敵も多いというのに、こみいった事件が起こると首をつっこまされる。今度もそうだ。電話が終るとシュトゥーダーは課長に報告をし、あの七月の夜の出来事のことに言い及んだ……「行ってこいよ、シュトゥーダー！　しかし何か確実なことがつかめたら戻ってきてくれよな――事件が解決したら。いいな？」――「かしこまりました……じゃあ！」シュトゥーダーはバイクにまたがって出発した。あの七月の夜、あれはほぼきっちり四カ月前のことだ。あのときスイス人名ファーニーと名のる外国人と知り合い――で、つまり死んだのはこの外国人なのだ……

「天に感謝なさい！　そうですとも！　天に感謝なさい、地方長官殿、こっちはこれから職務をおっぽりだすんですよ！　ふつうならあなたに釈明していただかなくてはならない！　たんと笑われるがよろしい……明らかに自殺とわかっているのにこっちを駆す――というか――たかが自殺のために出動要請だ！　州警察総動員ですか？」

しゃべっているのは中年紳士（黄白色の髭が大きな口のまわりにもじゃもじゃ生えている）で、エレガントな無髭男がそれを防ぐような格好でグラーセキッドの手袋をはめた両手を上げた。

「ブッフ博士、口をつつしみなさい！　なんといっても、わたしは公人です……」

「公人ですと！……ハハハ！……馬だって笑っちまう！」

どうして二人とも標準ドイツ語で話しているのだろう？　とシュトゥーダーはふしぎに思った。「ご自分を公人と思ってらっしゃる？　公人だったら、一目で自殺だとわかります、自殺なのですよ、オクセンバイン地方長官！」

「殺人です！　いいえ殺人です、ブッフ博士！　あなたのお齢で自殺と殺人の区別さえつかないとなると……」

「わたしの齢で！　わたしの齢で！　青二才の阿呆が……さよう！　阿呆が。いや、このことばは断じて撤回しませんぞ……老医師たるこのわたしに、これが殺人だとどう説明してくれようというのです……」

「わたしの官庁の規定にはこうあります、疑わしい事件にはかならず犯罪学に通じた権威をですね……」

シュトゥーダーはもはや黙って聴いてはいなかった。頭のなかをある詩がかすめた。

月では　阿呆が慣れてない
ことどもが行われる、
トゥーレモントとモンダミンが
ひざまずいて吠えたける……

だが彼は秩序にしたがうよう自制した。死体の前で滑稽詩を思い出すなんて、無作法もいいところじゃないか。ところでその死体だ。顔は年取っていた。白い口髭が、女たちが細かい手仕事用につかう絹糸の一種のように、口の端にくにゃりとやわらかく垂れている。目がおそろしく細くて……シュトゥーダーが四カ月前に知り合い、一目見て「シナ人」と名づけた男だった。

くたびれたハーヴロック［インバネス風のケープ付き袖なし外套］を着てひどく落ちぶれた感じがする田舎医者がエレガントな地方長官となおも口論を続けているあいだに、刑事はこの朝三度目にあの七月の夜のことを思い出していた。あの奇妙な体験の思い出は、前のときは二度ともまだうすぼんやりしていたが、今度は鮮明にオールカラーで、そのとき話に出たことばまでシュトゥーダーの耳に聞こえはじめた……

彼はたずねた――彼の声が二人のベルン人の標準ドイツ語をさえぎると、それは平和の天使の声もさながらだった。「このお墓に埋葬されているのはどなたですか？」

ブッフ博士が答えた。

「救貧院の院長が十日前に夫人を亡くしまして……」

「フンガーロット院長が？」

医者はうなずいた。うなじでも、耳の上でも、医者の髪の毛はおそろしく長かった。

「どう説明するおつもりです、ブッフ博士」、と地方長官が言った、「自殺した男は心臓に一発撃ち込んでいるのに、弾丸はマントにもパーカーにも、シャツやチョッキにさえも穴を開けていませんよね？……これが自殺でしょうか、刑事？　ご自分の目でしかとご覧下さい。服のボタンはきっちりかかっています。死体はこの状態で発見されたのです。それでいて心臓を撃たれている。」

シュトゥーダーは夢を見ているようにぼんやりうなずいた。

「では拳銃は？」ブッフ博士がかみついた。「拳銃は死者の右手の傍らに転がっていませんでしたか？　それなら自殺じゃありませんか？」

シュトゥーダーはその大きな連発ピストルを見て——これなら、このコルトなら、前にもお目にかかったことがあると思った。彼は何度も何度もうなずき——、それから五分間沈黙した。七月十八日の夜のことが映画のようにチラチラ脳裡に明滅したからだった……

思い出

あの晩、プリュンディスベルクでバイクを下りたのは偶然だった。オルテンでバイクに給油するのを忘れたのだ。それであのとき旅籠屋〈太陽亭〉に立ち寄った……

店に入った。隣室に通じるドアの際に、アルミニウム色に塗ってあるのでキラキラ銀色に光る鉄ストーブが置かれていた。四人の男がテーブルについてヤス［トランプのゲーム］をしていた。シュトゥーダーは大きなニューファウンドランド犬みたいにぶるんと身を震わせた。革コートに埃がどっさりつもっていたからだ。隅の席にすわった……だれも彼のことを気にかける者はなかった。しばらくしてから彼は、ベンジンを一缶分けてもらえないだろうかとたずねた。ヤスをしているひとりの、リネンの袖を継ぎ足したチョッキを着ているおそろしく年取った小人が相棒に言った。「ベンジンが一缶ほしいんだと……」

「むむ……ベンジンが一缶ほしいと……」

沈黙……窓を閉めきりにしてあるので、部屋のなかは空気が黴《かび》臭くてむっとした。ガラスを通して緑色のペンキを塗った鎧戸が見えた。ウェイトレスが注文を訊きに出てこないのがシュトゥーダーにはおどろきだった。老人の相棒が言った。

「得点を記帳してなかったな！　後の回の分を！」

刑事は立ち上がり、園亭《あずまや》にはどう行くのかとたずねた。第一に屋内はむっと暑苦しいし、第二にヤスをしているテーブルにシュトゥーダーの顔見知りのやせた山羊髯がいたからだ。プリュンディスベルク救貧院の院長、名はフンガーロット……いやなやつだ。むかし州警察の新米警官で役所からプリュンディスベルクまでの移送をやらされていた時分に知り合った。折りしも今晩、このフンガーロットとつきあう気はさらさらない……

「その廊下をずっと行くと……」おそろしく年取った男が言った、──まあ、まちがえようのない道だがね。

外に出るとシュトゥーダーは、空気は蒸し暑かったが大きく深呼吸した。地平線に巨大な雲が蟠居し、天頂に未熟なレモンほどの大きさもないちっぽけな月がかかって、風景にとぼしい光を投げかけていた。やがてそれも消え、近隣にはわずかに、旅籠屋からほぼ四百メートル離れたあたりにそびえる大きな建物の一階がキラキラ明るく光っているだけだった。

刑事は園亭の手すりにもたれて静かな風景をながめやった。すぐ目の前に一本の楓《かえで》の木が生えていて──いちばん近い枝の葉が一枚一枚数えられそうなほどはっきり見えた。発光源を探してふり返ると、園亭に面している一個の窓の窓ガラスの向こう側に、何やらものを書いている男を照らし出している灯りが見えた。窓ガラスにはカーテンが下りていなくて……

男はテーブルにすわり、右肘のかたわらに五冊のオイルクロス表紙のノートが積み上げられ──いまや六冊目のノートを書きつくすのに余念がない。はて面妖な……どうして外国人の客がプリュンディスベルク峡谷で回想録を書くはめになったのか……?

プリュンディスベルク。救貧院が一施設、園芸学校が一校、農園が二カ所。この村の人びとにとって重要なことはただひとつ、ガンプリゲン村──二キロ離れている──の村人がプリュンディスベルクに死者を埋葬するということだけだ……

うまずたゆまずオイルクロス表紙のノートに書いている孤独な男を窓の前にきて目にしたとき、シュトゥーダーの頭のなかを横切ったのはざっと以上のようなことだった。男の口の端は白い口髭に覆われ、頬骨が張り出し、目は裂けめのようだった。外国人と一言もことばを交わさぬうちにシュトゥーダーは男をひそかに「シナ人」と名づけた。

かりにあのささやかなアクシデントがなかったら、七月十八日のこの晩、刑事が男と知り合うことはなかったにちがいない。街道の埃のせいだったか、それとも風邪の引きはじめだったか？　要するに、シュトゥーダーはくしゃみをしてしまったのだ。

この悪気のない物音に対する外国人の反応はちょっとした見ものだった。男はいきなりとび上がった。あわてるあまり椅子がひっくり返り、男は駱駝の毛編みの室内コートの脇ポケットに右手を突っ込んだ。二歩横とびして窓際にきて、そこの壁龕にかくれ処《が》をもとめた。左手で窓の差し錠をつかみ、観音開きの窓をさっと開けた……みじかい沈黙。それから男は誰何《すいか》した。「だれだ、そこにいるのは？」

シュトゥーダーはあかあかと灯りに照らし出されていた。がっしりした体軀が園亭の胸壁に幅広い影を投げかけた。

「わたしだ」、と彼は言った。

「バカな答え方をしないでほしい」、と外国人はどなった。「こっちが知りてえのは、そっちが何者かということだ。」

男は英語なまりのドイツ語を話した。英語なまり？　おかしなことに、この異国風の発音にチラリとスイスのお国なまりみたいものが顔をのぞかせるのだ。男が「てえ《ヴィウ》」というような発音をしたのは、どうやら「たい《ヴィル》」の語がなまったものらしい。

「ベルン州警察」、とシュトゥーダーは愛想よく言った。

「警察手帳を。」

シュトゥーダーはいやいや警察手帳を見せた。この証明書に貼付してある写真にはいつもムカつくような思いをさせられた。写真の自分が恐わずらいをしている海驢《あしか》みたいな顔に思えたのだ。

外国人は証明書を返した。状況はあいかわらず気まずかった。刑事は、外国人が脇ポケットに拳銃を隠しているのを承知していたからだ。腹を撃たれるかもしれない、と思うといやな気がした。うるさい蚊みたいに、刑事の頭のなかを「開腹手術《ラパロトミー》」ということばがブンブンうなるのが耳についた。外国人がようやく室内コートのポケットから右手を抜いたので、シュトゥーダーはほっと安堵の息をついた。

そこでシュトゥーダーはこのうえなくきれいな標準ドイツ語でつつましやかに、かつまたおそろしく慇懃にたずねた。

「あなたのパスポートをわたしにお見せいただけますでしょうか？」

「よろし《シュアリー》……よろしい……」

外国人はテーブルのほうに歩み寄り、抽斗《ひきだし》を開けると旅券を持って戻ってきた。

スイスの旅券だ！……ベルン州ガンプリゲン在住ファーニー・ジェームズに交付されている。一八七八年三月十三日生、カナダ、トロントにて交付、一九〇五年、上海にて更新、シドニーにて更新、東京にて更新……更新……一九二八年、アメリカ合衆国シカゴにて更新、……一九三一年二月十八日、ジュネーヴにて国境通過……

「五カ月前からまたスイスに帰国されているのですね、ファーニーさん？」

「さよう、五カ月。故国をいま一度見ておきたくて……」またまた例のなまりだ。「シナ人」は「へーイマート[故国]」を、はっきり「へ」と「イ」を切り離して言った。イギリス人ならまちがいなく「アイ」とアクセントを強調するところだ。「あなたは……何というか？……その、警察の高官ですか？　その……いわゆる……警視、平巡査ではなくて？」

「刑事です」、とシュトゥーダーは愛想よく言った。

「すると、たとえば殺人事件が起こると引っぱり出されるのですね？」——シュトゥーダーはうなずいた。

「つまりですな、わたしが殺されることが大いにありえます」、と「シナ人」は言った。「ひょっとすると今日、もしかしたら明日、もしかして一カ月以内に——もしかするともっと後になるかもしれません……何かお飲みになりますか？」

雷雨

静かだ……雲はもう地平線にわだかまっていない。もっと高いところに上って空を覆っていた。稲妻が夜を切り裂き、続いて雷電がはげしくとどろき、やがてガラガラドロドロに変わって丘の向こうに消えた。しかしどうやら電線にショートがあったらしい。「シナ人」の部屋の灯りが消えたが、そんな故障に対してもファーニー氏は用意おさおさ怠りなかった。ものの五分もすると懐中電灯の光の球が園亭《あずまや》をすっとかすめた。シュトゥーダーが見ていると外国人の客は左手に懐中電灯を持ち、右手は小型タイプライターのピストンを包み込んでいた。稲妻がまたピカリ――と、ブナの木に斧の一撃を加えたように、楓の葉の上にパラパラッと水滴が落ち――それが、五滴、六滴、七滴と数えられて――また静かになり――と、ようやく雨がザッときた。しめった埃と濡れた樹のにおいが園亭のほうに上ってき、それから花の香がにおい立った。

電灯がついた。「シナ人」はピストルをテーブルの抽斗《ひきだし》に保管すると、洗面台の上にあるグラスを水で濯《すす》ぎ、それに黄色い、きついにおいのする液体を注いだ。壜のラベルに白い馬の絵が描かれていた。「お飲みなさい」、と「シナ人」は言った。「上等のウィスキーね！　これ、信用して大丈夫。」シュトゥーダーはグラスを半分ほど空けると思わず噎《む》せて咳き込んだ。それが「シナ人」を笑わせた。「強い？　でしょう？　慣れてない？　けど、あれより……何といいますか、あれ……安焼酎《ベッツィヴァサー》よりはましでしょう？」彼はシュトゥーダーの手から半分方残ったグラスを取り、ぐいと飲みほして言った。「これでわたしたち盃を交わした兄弟になりましたね。ヘシュトゥーダー兄貴《ブルーダー》〉なんて悪くないじゃありませんか、ね？　わたしが刺客の犠牲になったら、あなた復讐してくれますね。」

　このファーニー氏とやら何か勘違いしてるな、とベルンの刑事は思った。「シュトゥーダー‐ブルーダー［兄弟］」の語呂合わせが癇《かん》にさわった。それによく知らない人間から身内扱いなんかされたくない。このファーニー・ジェームズの正体が詐欺師と知れでもしたら、彼、州捜査警察のシュトゥーダー刑事は、なんたるざまになることか？　そうなればむろん逮捕しなければなるまい。すると「シナ人」は、自分はあの警察官とさしで一杯やった仲です、とまっさきに予審判事にぶちまけるだろう。だから外国人がグラスにまたウィスキーを注いでお飲みなさいと刑事に薦めたとき、シュトゥーダーが考えたのは体面の問題だった。「シナ人」はしかしそんなお固い考えなどまるで意に介さずに、そっけなく言った。

「飲みたくないんですか、シュトゥーダー兄貴《ブルーダー》？　だったら、わたし自分で飲みます。」そう言ってグラスを空けた。「ところで」、と「シナ人」は話を続けて、「わたしを殺す嫌疑のある人間をあんたにお教えしておきましょう。」

　一瞬シュトゥーダーはヴァルダウ［スイスの有名な精神病院］に電話をしようと思った。だってこのファーニー氏は明らかに追跡妄想患者ではないか。が、ヴァルダウ云々の計画はやめて、ここは「シナ人」の言う通りにしてみようと自分を納得させた。「シナ人」がきたのは、尋常に部屋のドアを通ってくる道ではなかった。ひょいと窓をとび越えて園亭に出て、刑事の腕をつかんで連れだって歩いた。シュトゥーダーはこの同伴者がひどく興奮しているのに気がついた。相手の指がぶるぶる震えているのがはっきり感じられた。指がシュトゥーダーのコートの革の上をカタカタ連打した。

騒ぎ

ジェームズ・ファーニー氏が刑事を案内して行った先は、かなり大勢の客が立て込んでいる前とは別のホールだった。あのキラキラ光るアルミニウム色の暖炉のある部屋は、どうやら亭主の私的サロンだったらしい。二人がいま入った食堂には汚れたブルーのコートを着た四人の老人がドア近くのテーブルを囲み、テーブルの上には淡黄色の液体を満たした二デシリットル入り壜が置かれていた。窓際に、汚れたブルーのオーヴァーオール姿の同じような装いをした別の人間が五人腰を下ろしていて、この連中の前にも背の低い、肉厚のグラスが並んでいた……

「安焼酎だよ……」、ファーニー氏があざけるように言った。

食堂の真ん中の円型テーブルには、襟のゆがんだターンダウンカラーの下に信じられないほど派手な色のネクタイを締めた都会風の身なりの五人の若者が陣取っていた。なかの一人が初手からシュトゥーダーの目を惹いた。仲間たちよりすこし年上のように見えた。やせた顔から描きそこねたかと思えるほど長いとんがった鼻がそびえ立っていた。五人の若者はビールを飲んでいた。カウンターの向こうにウェイトレスがすわって編物をしている。太い褐色の編み髪が奇妙な花輪みたいに頭のぐるりを巻いていた。ファーニー氏は若い男たちの席に隣り合ったテーブルさしてまっしぐらに進んだ。そのテーブルでは年取った一人の農民が気持ちよさそうに二デシリットルのワインを飲んでいた。

「で、シュランツ、調子はどうだ?」「シナ人」が老人にたずねた。

「むむ！」老人はぶつくさ言った。

「ブレンニマンは何をしている？……」

「ヤスをしてる……」ファーニー氏は席にすわり、シュトゥーダーも腰かけた。食堂はおそろしく居心地が悪かった。原因不明の緊張が支配していた。ドア際のブルーの服を着た四人も、窓際の汚れた服を着た五人も、新たに入ってきた二人に目をやった。全員の口があざけりにまみれていた。

緊張をかもしだした原因は雷雨でもなければ、ファーニー氏のエレガントな服装でもなかった。……シュトゥーダーの耳に「お巡り」ということばがはっきり聞こえた。が、それを言ったのがどのテーブルなのかわからなかった。

いずれにせよ連中は、警官が店にきたのをどこから聞いたのだろう？　いうまでもない！　バイクの警察徽章でわかったのだ。しかし……どうして救貧院の連中が警察をこわがるのか？　それにどうやら園芸学校の生徒とおぼしい、ゆがんだターンダウンカラーの、都会風の身なりをした若者たちもだ。どうして警察をこわがるのか？

「コニャック！」ファーニー氏が言った。「フルディー、コニャック二杯だ！　上等のやつをな！」ウェイトレスがおずおず近づいてきた。その顔の肌の色が目を惹いた。まるで肌いちめんに黴《かび》がはえているようだった。「はい、ファーニーさま！」とウェイトレスは言い、「かしこまりました！」とも言った。

しかし注文に応じるにはいたらなかった。突然ドア際の四人が「おれたちゃスイスにシュヴァーベン人は要らない！」のメロディーに合わせて、「おれたちゃ山にお巡りは要らない、山にお巡りは要らない！」とがなりはじめたのだ。彼らは席を立った。一人が二デシリットル瓶を手に持ち、残りの男たちは肉厚の焼酎グラスで武装して――こうして両側から刑事のテーブルに向かってじりじり前進しながら、そのふざけた歌をうたった。

「シナ人」は、かけている椅子の後脚でバランスを取っていた。赤い革靴が爪先立ちになってぶらぶら揺れた。見るからにこの事態をおもしろがっていた。

「こわいですか、警視？」と彼はたずね、口元を覆うやわらかい絹の髭をしごいた。

シュトゥーダーはがっしりした肩をすくめた。だが園芸学校の生徒たちも騒ぎに加わろうとし、描きそこねの鼻をした若者がビール瓶をつかんで救貧院の男たちに加勢しようとしたときだ、ジェームズ・ファーニーがまるで犬に向かっていうような命令調でいった。「しっ、静かに！《クッシュ・エービ》」若者たちはまた席に戻った。シュトゥーダーは両足を大きく開き、太腿に肘をのせ、両手を組んで椅子に腰かけていた。背中を丸めていた。実際、こわがるには及ばなかった。隣室に通じるドアがいきなり開いて、ヤスをしていた四人が姿をあらわしたのだ。

奇妙な光景だった――順々に――ドアの額縁にはまった四人の男たちにお目みえするのだ。どの男も、まるでそれ自体が肖像画のようだった。

フンガーロット氏が手はじめにあらわれ、閾《しきい》をまたごうとしてたじろいだ。顎の山羊髯が顔をとんがった形にしていた。

「何を騒いでおる！　また安酒を食らいおって！　酒は厳禁してるはずだ！」

きたならしい服を着た老人たちはドアに身体を押しつけ――いまやフンガーロット氏が電灯の光を浴びてすっくと立った。

「ああ！　刑事さん！　ご機嫌いかがですか、いかがです？」

シュトゥーダーは訳のわからないことをむにゃむにゃつぶやいた。

ブロンドの産毛《うぶげ》にびっしり覆われた腕のシャツの袖をまくりあげている、がっしりした身体つきの第二の人物がドア框のなかにあらわれてがみがみ小言をぶっ放した。

「何度言えばいいのだ、夜は旅籠屋にくるなとあれほど言ってあるのに？　えっ？　わたしの言うことが聞けないのか？　さあ、もう帰れ！　帰った、帰った！」これは園芸学校の校長にまちがいなかった。三重顎が絹シャツの上からあふれ出し、せり出した太鼓腹の上に白金《プラチナ》の鎖がゆらゆら揺れ、右手の薬指には結婚指輪が深くはめ込まれている。

生徒たちは姿を消した……

ここではじめて、あのおそろしく年取った男があらわれた。腰を曲げてぜいぜい息をしている。しゃがれ声で言った。

「何があったのだ、フルディー？　わたしを呼べなかったのかね？」それから咳の発作がその質問を終らせた。老人に続いて、彼のヤスの相棒が出てきた。農民ゲルバー。この小男は影がうすいのでだれからも注目を浴びなかった。

ほとんど人けのなくなった食堂には、救貧院の男たちを偲ばせる唯一の形見として安焼酎と安煙草の臭いがただようばかりだった。だがウェイトレスが校長の命令で窓を開けるとそれも消えた。雷雨のおかげで洗われた大気が室内に流れ込んだ……

それから奇跡が起こった。突然中央のテーブルの上にクリスタルグラス製のグラス（このちっぽけな居酒屋にクリスタルグラスとは）が六個置かれた。ファーニー氏がグラスに酒を注ぎ、刑事に向かって目くばせをするとこんなふうに紹介した。

「救貧院の家父のフンガーロット氏はもうご存じですな、警視……しかしここにご紹介いたしますのは、エルンスト・ザック＝アムヘルト氏、プリュンディスベルク園芸学校の校長。さらに、アルフレッド・シュランツ氏、農園主。アルベルト・ゲルバー氏、農園主。ウェイトレスのフルダ・ニュエッシュ。最後に、旅籠屋〈太陽亭〉亭主たる、わがルードルフ・ブレンニマン氏……――そしてこちらがわがヤーコプ・シュトゥーダー警視……では乾杯とまいりましょう！」

このファーニー氏というご仁は抜群の人名記憶力の持ち主とみえる、とこのとき考えたことをシュトゥーダーは思い出した。というのも、刑事の警察手帳にチラと目を走らせただけで姓名ばかりか個人名まで記憶していたからだ。もっとも、「シュトゥーダー＝ブルーダー」の語呂合わせのほうはもう忘れていた。もう客を身内扱いして、俺おまえ呼ばわりはしていなかったので……

「悲惨です」、とフンガーロット家父は言った、「あの連中に安酒飲みをやめさせることはできません。お願いですから刑事さん、ここでご覧になったことをベルンで広めないでください……結局、要するに、ですな、連中は一週間ぶっ通しに労働し、土曜日になると各人一フランと煙草を一箱もらいます。次の週の終りまでこれで済まさなければならないのです。どうしたら連中は悲惨を忘れられます?……コニャックは彼らに高価《たか》すぎる。だから焼酎をガブ飲みする。パウペリスムス［受救貧民が大量に発生するような社会的貧困状態］はわれわれの社会の癌です。〈パウペリスムス〉ということばの解説が必要ですか?」

シュトゥーダーは目の前のテーブルの上をながめていた。彼はまるで仮面そっくりの無言の表情を作った。ここで目を上げたが、まなざしはうつろだった。

「パウペールとは」、と家父は教師面をして言った、「つまりラテン語で〈貧しい〉ということです。パウペリスムスは貧困の問題に取り組んでいます。わが施設ではむろんそれに社会福祉施設の問題全体が加わって、これまた複雑な問題ですが……」

「でも、得点を記帳してなかったな、後の回の分の!」ここで農園主のゲルバーがことばをさえぎった。ブレンニマンはいきりたった。おい、おれは書いたぜ、そんな嘘っ八を……するとシュトゥーダーが言った。こちらはもうだいぶ前にベンジン一缶をお願いしたのだが、いつになったらもらえるのかね?

——そうだ! この人はベンジンがほしいと言ってたな、とゲルバーが刑事の苦情を支持してくれた。

一瞬沈黙が支配した。園芸学校長ザック-アムヘルト氏が言った。——園芸家の卵どもとつきあうのもどうして楽じゃない……概して若者たちは、もう一本立ちで働いているというのに規律精神に欠けている。

「わたしはしかし何と言えばいいのでしょう?」フンガーロット家父がまた会話に割り込んできた。「ヴィッツヴィルなり、トールベルクなり、ハンゼンなりに送り込めないとなると、あの連中を全部こっちに割り振ってくるんです。なかにはすくなくとも十年間牢屋で生きてきたようなのもいて、彼らの世話をするのはむろんわたしの義務ですが、こっちの苦情も聞いてください、刑事さん!——彼らの労働は無報酬で、その労働のおかげでお偉方たちは快適な生活を送っていられる——なのにこちらは、ざっくばらんに申し上げて、ついぞ経常費を黒字にできたことさえありません。毎年国家は最低限――よろしいか、最低限ですぞ！――二万フランを予算に計上してくれます。さもないと当方の経営は赤字です。そのうちわたしは行商もどきになり、自動車まで手に入れて偵察して歩かなければならなくなります。他の国家施設との生存競争！　これが災難なのです。精神病院、刑務所、こういうところはみんな家内労働を供給します――ですからある施設が他の施設の得意先を出し抜くというバカな事態に立ちいたって……」

「こちらはベンジンが一缶欲しいと言ってるんだ」、と農民ゲルバーが割って入った。――いま行くよ、いま行くったら！　亭主のブレンニマンががなり、ホールのほうに跛《びっこ》を引きひき出ていった。

残った男たちはまた乾杯し、飲み、沈黙した。すると園芸学校長ザック‐アムヘルト氏が同じく政府に苦情を唱えはじめた――むかしは、そうだ、むかしは、十分の一税を課せられたというので農民が革命を起こしたものだ。きょう日はどうか？　十二ないし十四パーセントの所得税を押しつけられてもだれも文句を言わない。ねえ、十二ないし十四パーセントですよ！　控えめに申しましてもこれは十分の一税より多い！　しかしだれがこの不当な干渉に――不当な財政的干渉に――あえて異議を唱えてますか？――だれも唱えない！　またどうしてなんです……？

ドアのところに亭主のブレンニマンが姿を見せた。――お申し出のベンジン一缶、なんとか工面できました。刑事さん、ちょっと見にきて下さい、さあ早く……！

シュトゥーダーと同時にファーニー氏も立ち上がった。お客さんを送って行きたい、と彼は言った。一座の人たちとのお別れ……フンガーロット院長の握手はえらくねばっこかった。まるでシュトゥーダーの手から指が離れなくなったみたいだった。ザック‐アムヘルト氏のお別れはおやというほど手短で、二人の農民ゲルバーとシュランツはなにやらむにゃむにゃつぶやき声を出しただけだった。やがてシュトゥーダーは下の踏みへらした階段のところにきていた。亭主のブレンニマンはベンジンを取りに行くと称して物置に姿を消し――刑事のかたわらに居残ったのは「シナ人」だけだった。

「彼らは全員ご覧になりましたよ、警視」、とファーニー氏は言った。「ほとんど全員です。と申しますのも、わたしが今日聞いたところでは、もう一人若者がいるそうですが、これはご紹介できませんでした。警察をこわがっているのです、ね？　しかしそれ以外は……いまも申しました通り、ほとんど全員が顔をそろえました。」

ファーニー氏は一瞬口をとざした。それからひょいと首を起こしてまっすぐに刑事の目を見た。旅籠屋の玄関扉の上にかけてある電灯——細い鬣のような光の線が太陽を表している看板がその電灯の上でぶらぶらゆれていた——が二人の顔を上から照らし、二人の上に看板の黒い影を投げかけた。「シナ人」は重みのない老人の手をシュトゥーダーのがっしりした肩の上に置いていった。

「あなた、わたしの復讐をします」

沈黙……！　外国人は目を伏せなかった。

「復讐を！」ファーニー氏はくり返した。「あなたはお考えでしょう、警視、子供っぽい話だと。おそらくお考えはまちがっていません！　それでもわたしはあいつには勝利してもらいたくない。」

「あいつ？」刑事はおうむ返しに問い返した。と、外国人はかすかに笑った。「あいつが何者か、ですか？　それはすこぶる非ベルン人的な微笑だった。——すこぶる非ヨーロッパ的といってもよい。それがわかってさえいたらねえ！　それがわからない。あなたに見つけてもらいたい……あなただけが頼みの綱ね。わたしは人間通だ。筆跡も生年月日も見なくても、あなたの運勢はぴたり当てられる。あなたは、警視、重油モーターのようなお人だ。回転数を高めるまでに時間がかかる。しかし一旦そうなると走り出し、トラクターのように、タンクのように、いかなる障害物も取り除いて……わかってます、あなたは今晩、ファーニーってやつは気が狂っていると思われた。追跡妄想患者だと。いずれファーニーが正気だとおわかりになるでしょう。明日か？　明後日か？　一カ月以内か？二カ月以内か？　三カ月以内か？　いつかファーニーが正気になる時がきて、それからあなたが仕事をはじめる……おやすみなさい、警視、ぐっすりお休みなさい。どうか気をつけてお家までお帰り下さい。」

握手もしなければ、音を立てもしない……ファーニー・ジェームズこと「シナ人」は、音もなく消えた——階段の上へ？　それとも家の角を曲がったのか？

そこへ咳込んでぜいぜい息を切らせ、ぺっぺっと唾を吐きながら亭主が物置からベンジン五リットル缶を運んできた。シュトゥーダーは満タンにして代金を支払うとスターターに足を踏み込み、静かな夜のなかへ向かってバイクを発車した。プリュンディスベルクの村落のいくつかの建物にはまだ灯りがともっていて――それらの灯りを後にした。夏の夜はさわやかだった。

それが七月十八日の出来事だった。

そして今日の日付けは十一月十八日だ。

「シナ人」は自分が殺される最高期限の日付けを三カ月以内としていた。彼は一カ月すくなく計算した。七月十八日から数えると、今日で四カ月が経過しているからだ。

三つのアトモスフェア

「シナ人」――と、あいかわらずこの外国人を自製の名前で称して――の死体を前にしたシュトゥーダーの無言の時間はさほど長くはなかったようだ。居合わせた人たちもそれに気がつかないほどだった。あの七月の夜の出来事の追体験はどうやら数秒ほどしかかからなかったらしい。その数秒間に起こった出来事の推移はすみやかで、外部の人間には目にもとまらぬように進行したのだった。しかし刑事は、耳や繻子《しゅす》の襟の上までもじゃもじゃ頭髪がはびこっているガンプリゲンの村医者にも、ウェストの線ぴったりに仕立てたコートがいとも効果的ではあるけれども暖かいという感じのしないエレガントな地方長官にも、あの七月の夜のことを話すつもりはなかった。そこでいかにもナイーヴそうに次のような質問をした。

「ホトケの名前は？　それに住まいはどこですか？」地方長官が咳払いをした。

「外国人なのです」、と彼は言った、「ガンプリゲンの郷里籍はあるのですがね。十三歳のときに家出をして、水夫に雇われました。その後、ありとあらゆる職業につきましたが――わたしの知るかぎりでは特にシナを放浪していました。船長の免許があるのではないかと思います。もともとは個人名をヤーコプと言いましたが……」これがシュトゥーダーに軽いショックを与えた。「……しかしヤーコプを英語化して、ジェームズと名のっていました。旅籠屋〈太陽亭〉の一室を住まいにしていて、ですが彼がそこに腰をすえた理由はだれにもわかりません。郷里に、ガンプリゲンの村に、おびき寄せられたのでしょうか？　血縁者を探していたのでしょうか？　こうした疑問一切への答を、殺された男は、わが身もろともお墓のなかに持っていってしまいました。」「ほらね、言った通りでしょう、刑事？　わが地方長官はどうして優秀な国民議会議員にならなかったのでしょう？　お話がお上手だ、お話がね！　で、ここが肝心な点ですが、この人、自分のおしゃべりに聴き入ってよろこんでいる！」

「ブッフ博士、どうかお願いですから……」

「どうぞお願いなさるがいい、どうぞ、どうぞ！」

「これ以上、げすの勘ぐりに立ち入るのは避けたいと思います。わたしは自分の義務を果たし、犯罪学に通じた老練な人物を引っぱり出しました……後のことはわたしに関係ない！」

「我関せずで責任逃れを決めこまれるのですな、オクセンバイン地方長官殿！　そりゃそうだ、ピラトも地方長官だったものな……」

「しかし皆さん！……しかし皆さん！」シュトゥーダーはウールの手袋をはめた手でまあまあと両方の側をなだめた。「よろしければ、この事件の奇妙な点を指摘したいのですが……」

「どうぞご指摘ください、ヒヒ！　どうぞおやんなさい！」ブッフ博士がカラス声を出した。

「……つまりそれは」――シュトゥーダーは息も継がずに言った――「以下のような事実でしょう。この事件の舞台になった場所は、村の旅籠屋、救貧院、園芸学校、の三つのアトモスフェアだということです。この事件にもっとも強く巻き込まれているのはどうやら救貧院のようです……フンガーロット院長の亡くなった夫人のお墓の上で被害者の死体が見つかったのはどうしてなのか？」

「ですがね！……その点こそがわたしの自殺説を強化するのです」、とブッフ博士はしたり顔に言って額を掻いた。「愛です！　そうでしょう、刑事さん、愛がどれほどの荒廃を――人間の心に――生むことか。院長夫人は美しい女性《ひと》でした……どうやら――どうやら、と申しておきますが！――あの外国人は夫人に首ったけだった……どうやら彼は彼女の死に耐えられなくて自殺した……」医者の顔は顔中がしわの毛玉みたいだった。

「そちらでお聞きになった通りです、刑事！　かれこれ一時間もわたしは、この医者に、われわれが扱っているのは殺人事件なのだと納得してもらおうと、また新しい発見が何かないかと、躍起になってきました——あげくが恋わずらいによる自殺だと！」

　シュトゥーダーはご両人の口論にそれ以上耳を藉さなかった。彼は死体の上にかがみ込み、ポケットの中身をあらためはじめた。しかしそうやっていながらも、死者と好きなように無言の会話を交わすことができた。「〈シュトゥーダー・ブルーダー［兄弟］〉だなんて語呂遊びをするものだから、あんたにはいらいらさせられた。申しわけない……あのときはあんたの言うことを真に受けなかった。道化芝居をやってるのか、それとも誇大妄想狂なのか、と思っていた。どうして一切合財ぶちまけてくれなかったんです？　どうしてガードしてくれと頼まなかったんです？　たぶんわたしなら保護してやれたのにね——白状するとわたしは、あんたは冒険小説の読みすぎだと思ってた。頭のなかになにやら『後日の復讐』というような三文小説を飼ってるんだろうと思ってた。ところがいま、何者かが本当にあんたを撃ったじゃないか。だってこの医者の言っていることはお笑い草もいいとこだよな。おめかし屋の地方長官の言う通りだ——やつの言うことが、あんたが言うことと同じで正しい……」

　ポケットは空《から》だった。そこで刑事は、灰色のゲートルを巻いている警察官のほうに向かっていった。

「ポケットを探ったか？」

「いいえ！　傷を見ただけです。」

「わたしもだ」、ブッフ博士がカラス声を出した。「だがそれ以外のことも確認できた。つまり、弾丸はホトケの右手のすぐそばにある武器から発射されたのだ」

　シュトゥーダーは身を起こしてたずねた。「どうしてそれがおわかりで、博士？」

「銃口をなめてみさえすればわかります、刑事」

　シュトゥーダーはひそかに思った。「あんたに剖検してもらうより、いっそベルンから救急車を呼んで死体を法医学部局に運ばさせるよ！」声に出して言ったのはこうだった。「新しい情報が入ったら追ってお知らせいたします、地方長官殿。さようなら、博士殿！」彼は帽子の鍔《つば》に二本指をかけると墓地を後にした。墓地の門のところでふり返るとご両人はまたもや激論を交わしており、一方、制服姿の地区巡査は墓の頭のところに彫像のように直立不動の姿勢で立っていた。以上の三人の身体が新墓の上に寝かされた「シナ人」の死体を見えなくしていた。

霧はしだいにうすらぎ、日光が中にもぐり込むので、霧はさながら赤い絹布のように光り輝いた……

不安

シュトゥーダーは今度はまともな入り方をした。アルミニウム色に塗った暖炉は記憶のなかだけで思い浮かべて亭主の私室に通じるドアの前を通っていくと、食堂の真ん中に来ていた。と、グラスが床に落ちてガチャンと割れる音がした。カウンターの向こう側にウェイトレスのフルダ・ニュエッシュがうずくまっていた。茶色の弁髪が花輪のようにぐるりと頭を巻き、顔の肌はあの七月の夜のときにくらべて一段と蒼ざめているようにシュトゥーダーに見えた。

「どうしたんだ、フルディー?」返事はない。

――赤を三つとポーク・ハム一人前を頼む。

「はい……ケ……ケ……刑事さん!」娘はおどおどとドアのほうにすり抜けて行った。

食堂のなかは冷えた安葉巻の煙と気の抜けたビールのにおいがした。シュトゥーダーは念入りにブリッサゴに火をつけ、ポケットからノートを取り出して鉛筆の尖《さき》をなめた。

「ファーニー・ジェームズ・ヤーコプ」、と彼は書いた、「一八七八年三月十三日生、郷里籍ガンプリゲン」

この生年月日は一度だけ、それもチラリと見たことがあるだけだ。それなのに、それが書いてあった旅券の頁が写真撮影したように頭に入っていた。おそろしく細かい字でその先を書いた。

「ファーニーの血縁者?

兄弟？　姉妹？　姪？

なぜ死体はフンガーロットの亡くなった婦人の墓の上にあったのか？

パジャマを着たまま射殺されたのに相違ない！

法医学部局に電話のこと……」

室内を見渡した。カウンターの奥にビュッフェ、ビュッフェの上のほうは酒壜がぎっしり並んでいた。大理石の板の隅に電話器が置いてある。シュトゥーダーはグラスを磨いている食堂ウェイトレスの前をすり抜けると法医学部局の電話番号を回し、マラペッレ博士とお話したいと言った。なかばイタリア語、なかばドイツ語で、こちらの意向を伝えた。射殺された男の死体はなるべく早目に回収していただきたい。解剖する必要があり、明朝ベルンに行って結果を聞きたいと思います。ではまた……

ブリッサゴはむろん火が消えていた。新たに火をつけているあいだ、彼は窓の外に目をやった。五百メートル先で高原がけわしく落ち込み、谷間の向こう側には霧を通してぼんやりと、樅の木の濃緑に縁どられて色とりどりに黄葉紅葉した森の木の葉が見えた。

「はい……ご注文のもの……刑事さん！」

「ありがとう！」

シュトゥーダーはグラスになみなみと注ぎ——ワインは薔薇色の地酒だった——ウェイトレスが急いで姿を消したかと思うと、あのおそろしく年取った男が入ってきた。

「ああ！……刑事さん！……ツ・インミスのお味はいかがですか？」

「むむう」シュトゥーダーは利き酒風にワインをすすり、伏せた瞼の下からブレンニマンを観察した。「あんただね」、と彼はことばを続けた、「ホトケを発見したのは？」

「わたしが？……そうです……偶然にね！」

「朝っぱらから墓地に何をしに行ったんだ？　え？　だってまだ暗いうちじゃないか？」

習慣なんです。家の前をちょっとうろつくんです。齢をとると新鮮な空気が格別に身体にいいもので……

「するとそのときお宅のお客さんに会った？　死んでいた？」

「完全に死んでました。はい、刑事さん。だけど死体には一指も触れませんでした！」「手を触れた、触れない、なんて話をだれがしてる？　一指も触れずに立ち上がった。で、階段を這って上がって部屋に逃げ込んだ、まるで……」

「すみまっしぇん！　ごめんくだせぇ！　よろしければ！」言ってから老人は大声で言った。「フルディー！　グラスをもう一つ持ってきてくれ！」

彼はウェイトレスを片時もやすませなかった。娘はグラスを持ってきたが、回れ右をして今度はワイン半リットルを持ってこなければならなかった。亭主は刑事と杯を合わせ、「ご健康を！」と乾杯した。そのわざとらしさがなんとも芝居臭かった。

ブレンニマンは決して刑事の目をまともに見なかった――目はたえず床に落としたまま、亭主は重い呼吸困難の症状でぜいぜい息をあえがせて憔悴していた。話はたえず咳込みで中断された。

「はい、刑事さん、ホシあつかいは御免こうむりますよ！　だってあたしのような老いぼれに――何を言うことがありますか！――コンコンコン――。はい。ファーニーはいいお客さんでした、いつもおとなしくて、いつも静かで――鼠公《ミュスリ》みたいにこそりとも音を立てないで……はい！　コンコンコン……だのに殺されてしまった」ゴホゴホ咳き込む。それから――あたしに弁が立ちさえしたらねえ！　と亭主は言った。だけど世間でよくいうじゃありませんか、用心こそは知恵袋ってね……「コンコンコン……」上流階級のお客さんがよくお見えになります。救貧院の院長とか、園芸学校の校長とか、州議会議員とか、連邦議会議員とか……つまり、その、施設を視察しにくる折りにですね。「コンコンコン！」上流階級のお客さんは桜んぼなんぞ食べません……

「ホトケの血縁者を知らんかね？」シュトゥーダーはたずねた。彼はポーク・ハムを一切れフォークに刺し、それを批判がましくながめた。

「血縁者ですか？　ええ、血縁者のことならお話することがすこしあります！　でもねえ、刑事さん、用心が肝心です。さもないと舌を火傷しますからね……お話するとなりますとね、何もかもアンナが死んだのが事のはじまりでして……」

「あのアンナ・フンガーロット？　院長夫人の？　娘時代の彼女の名前は何といったのかね？」

「えーと、エービ……」

「エービ？」シュトゥーダーはフォークに刺したハムを口に入れ、噛みながら考え込んだ。エービ？　その名前ならいつぞや耳にしたことがある。いつだったろう？　七月の夜のことがまたしても頭に浮かんだ。それにいまは亡きファーニー・ジェームズの「しっ、静かに《クッシュ・エービ》！」の二語も。あの「シナ人」は、園芸学校の生徒の一人に向かってそう言ったのだ。

「アンナはプリュンディスベルク村の人間に血縁者がいるのか？」

　ブレンニマンはうなずいた。何度もうなずいた。――彼女の弟が学校の一年コースを絶対化［absolutiert＝absolviert の間違い］したんでさ。シュトゥーダーは笑った。そうそう、あれは外来語だよな！　けど、要するに、絶対化［absolutiert］だろうが、修了［absolviert］だろうが、同じだ――大して変わりはない。問題は要するに、わかればいいってこと。

「いいか、ブレンニマン、昨夜、あんた何か物音が聞こえなかったかね？」

沈黙。それから小さな叫び声――声はカウンターのほうからきた。と、老人はふり向いてウェイトレスをどなりつけた。

「仕事をしてろ、この娘《あま》！」それからまた客のほうに向き直った。眼がアルコール・バーナーの炎みたいに青かった。

「はい、刑事さん」、と彼は話を続けた、「きょう日の奉公人ときたら目も当てられませんや！」

「銃撃音を聞かなかったか、と聞いてるんだ！」

「銃撃音？」老人はおうむ返し。――あれは二時半だったと思います……ドンという音がしたけど、それからバイクが窓の下を通っていって、だからバイクがドンという音をさせたのかもしれません……モーターの爆発音かなにか、そんな……

カウンターの奥で声がした。

「でもあれは射撃音でしたわ、ブレンニマンさん！」

――娘《あま》っ子がこっちの問題にあれこれ首を突っ込むでない、と老人はいきりたったが――シュトゥーダーは鉛筆の尖をなめてノートブックに新たな書き込みをした……

「すると二時半だな？」刑事はたずねた。「昨日の晩、店にきたのはだれかね？」

「おお……コンコンコン……フンガーロット院長、ザック‐アムヘルト校長、ゲルバー……それにわたしの四人でヤスをやってました……それに園芸学校の生徒が二、三人……」老人は黙った。

「ほかにはだれも？」シュトゥーダーは訊いた。またしてもカウンターの奥から応答があった。

――まだ二人いたわ。どうしてご主人はあの二人の名前を言おうとしないの？

――娘っ子は黙っとれ！　口がすぎるとロクなことはないぞ。シュトゥーダーはしかし、近い機会に娘にそれとなく聞き出してみようと思った。が、目下のところは次の質問だけにしておいた。

「なあ、ブレンニマン……あんた、どうしてビクついてるんだ？」

咳の発作が答だった。それからどもりどもり亭主は言った。

「あっしが？　刑事さん、あっしがビクつくですと？」

「そうだ、おまえだ！」シュトゥーダーはさりげなく言い、人差し指で老人のくぼんだ胸を指さした。だって人間は一人一人ちがうんだ！　ある人にはあんた呼ばわりしなきゃならないし、またある人にはあなた呼ばわりしなければならず――おまえ呼ばわりしてようやく白状する人種だっているんだ……

――ビクついてなんかいやしません、と亭主は抗議した。お笑い草じゃありませんか。ビクつくだなんて！……

そう言って老人は立ち上がり、ちょこまかとドアのところまで歩いて行くといきなりドアを開け、部屋の外からバタンと閉めた……

身内めいたおまえ呼ばわりは失敗だった。シュトゥーダーは立ち上がった。

「さあ、フルディー！」彼は言った。「ホトケの部屋を見せてくれ」

「でもねえ、刑事さんはあの人を逮捕しないの？」

ははあ！　つまりこの家には腹に一物《いちもつ》ある人間がいるのだな……いや亭主じゃない——ウェイトレスはそいつをブタ箱にぶち込みたくてたまらないらしい——いやウェイトレスが、じゃなくて……では、だれだ？　たとえば、あの七月の夜「シナ人」が話していた人物では？「わたしが今日耳にしたところでは、この家にはまだあなたにお引き合わせできなかった若者が一人おりまして……」奇妙なことに、そんなことばをまだはっきり記憶しているのだ……シュトゥーダーは娘のことばを誤解したようなふりをした。

「とんでもないよ、そうだろ！　死んだホトケが逮捕されるものか！」

「えー、ご存じのくせに、刑事さん、わたしがだれのことを言ってるのか……」

「わたしが？　わたしは何も知らないね！……」

茶褐色の弁髪を花輪のように頭のぐるりに巻きつけているフルディー・ニュエッシュが案内に立った。シュトゥーダーが後に続いた。赤いタイルを敷きつめた廊下を通った——タイルの上には白い砂が撒いてあった。——ウェイトレスが左側のドアを開け、それから二人は死んだ「シナ人」の部屋に入った。

〈蜂の巣から手を引け!〉

——刑事さん、ご免なさい、とフルディーは言った——あの大騒ぎでお部屋の支度がちゃんとできていなくて。シュトゥーダーは部屋の真ん中に棒立ちになり、コートのポケットに手を突っ込んであたりを見まわしながら思った。何も手をつけていないとはうれしい……ベッドは、そこで格闘をした形跡が歴然としていた。シーツも、毛布も、床にずり落ちている。観音開きの窓は閉まっている。地球のあらゆる国々のたくさんのホテルのラベルを貼ったトランクが、部屋の真ん中に置かれていた。だが中はからっぽだった。

テーブル板の上にも何もなかった。シュトゥーダーは戸棚のなかを、ナイトテーブルを、マットレスの下を探した。——記憶にあざやかなオイルクロスの表紙のノートはどこにもなかった。

「フルディー」、と刑事はもの柔らかにたずねた、「ファーニーが書き込んでいたノートのことをおぼえてるね?あれを読んだことがあるかね。何が書いてあったか知ってるだろ?」

娘は何度もうなずき……それから暗記した課題を述べ立てるような口調で言った。「われわれは一九一二年に香港を発ち、台風に遭遇した。われわれはバンコク行きの米と、スマトラ行きの苦力《クーリ》を積載していた。わたしは一等船員に、苦力を甲板の下の一室に閉じ込めるよう指示を与えた……」

「それで充分」、とシュトゥーダーは言った。「ほかに何か思い出せないか?」

「最後に書いていたノートは絶対にひろげたままにしておかなくて、かならずトランクに鍵をかけてしまっていました。でも一度だけちょっとのぞいたことがあって、するとこんなことばが目に入りました。〈神ハ罰シタイト思ウ人間ニハ血縁者ヲ贈リ給ウ〉」

「正確にそのことば通りだったかね？」シュトゥーダーはたずねた。ウェイトレスはうなずいた。

彼女がうなずいているうちに窓ガラスがガチャンと割れた。

「なんだあれは？」シュトゥーダーがたずねた。フルディーが窓際に行き、窓を開けて霧深い午後にチラリと一瞥を投じた。――何も見えません、と彼女は申し立てた。刑事は猛然と娘の腕をつかみ、ぐいと引き戻した。――だれかがこの部屋を撃ったんだ、と彼は怒ってきっぱり断言し、娘を椅子の上に引きすえた。娘はそこに腰を下ろし、テーブルに肘をついて顔を両手のあいだに埋めた。「撃った？」娘はたずねた。「撃ったのね！」

「そうだ、撃った！」シュトゥーダーはいらだたしげに認めた。彼は部屋のなかをあちこち走りまわって床に目を向けて探し――が、何も見つからなかった。おしまいにしゃがみ込むとベッドの下に鉛の弾丸《たま》を見つけた。手に取った。弾丸は地球儀みたいに丸かったが、赤道の代わりに何者かが鉛に溝を刻み込み、その溝のなかに折りたたんだ紙テープをはさみ込んでいた。刑事はそれを溝から注意深く引き出し、次のようにタイプしてある文句を読んだ。

「蜂の巣から手を引け！」

シュトゥーダーは顔をしかめて頭《かぶり》をふり、「バカな！」とつぶやいた。

といってそのことばが、この事件に対する彼の最終的な考えを言い表しているとは思えなかった。というのも刑事はその紙テープを手にして、「蜂の巣から手を引け！」という当の文句を二、三度ぶつぶつぶやいたからだった。

この弾丸がカービン銃や、まして空気銃なんぞで部屋に撃ち込まれたのでないのは明白だった。それを物語る反証は多々あった。

鉛の弾丸の赤道にはさみ込まれていた紙テープを撃ち込むには銃ではまず無理だった。それなら、あと何が、武器として考えられるだろうか？

雀を撃つ道具に使う例の投石器以外にない……木または金属の二股の両端に概して直角にゴム紐を取り付け、ゴム紐の二股と対角をなす端を革切れでまとめる。この投石器のなかに弾丸なり石なり、要するに投擲弾を仕込み、左手で二股を固定しながらそれを右手の親指と人差し指でしっかりつまむ。右手の親指と人差し指でゴム紐を引っぱって、二股の開口部を通してねらいをさだめ——右手が革切れの部分を離すと擲弾が飛んで、雀または窓ガラスに命中する……今日のところはそれが窓ガラスで、擲弾にタイプした警告文が仕込まれていたわけだ。

シュトゥーダー刑事に警告を発しないではいられないと感じたのは、一体何者か？ 第一に警告は本気なのだろうか？——まあ本気ではなかろう。本気なら射手は警告に方言の形を使ったりはしなかっただろう。彼が撃とうとしている相手なら、まず「蜂の巣から手を引け！」などと書きはしない。だがかりに、これが第二の仮説たり得るのだが、警告のこの方言の形こそが受け手の不信感を眠り込ませるためのものだとしたらどうだろうか？……要するに、用心するに越したことはなかった。

盲目の旅客

霧が出た。どうやら黄昏があわただしく大地に下りてきたせいだ。シュトゥーダーは電灯のスイッチを入れ窓のカーテンを引いた。ウェイトレスはあいかわらず両掌のくぼみに顎をのせて、だれもいないテーブルを前にすわっていた。しかし刑事がよくよく目を凝らすと、娘の頬に大粒の涙がつと走るのが目にとまった。ある文句が、文句というよりある質問が、シュトゥーダーの意識に上った。「ねえ、あの人を逮捕しないの、刑事さん！」ジェームズ・ファーニーの部屋には備えつけの家具がかなりあった。すくなくとも二脚の椅子があった。そのうちの一脚にフルディーがすわっていたので、もう一つのやつに手をかけてこちらに持ってくると、シュトゥーダーはこれに馬乗りになり、腕を背もたせに、顎は重ねた両手の上にのせた。

「どこか具合が悪いのかい？」彼はたずねた。

声を出さずに泣いているのが声高な嗚咽《おえつ》になった。

「ルー……ルートヴィヒよ、刑事さん！」

「ルートヴィヒってだれ、どこにいるの？」

「わたし……わたしの部屋よ！」

「えらいことをやってくれたな？」シュトゥーダーは言った。「ここで待っててくれ、そのルートヴィヒとやらを連れに行ってくるから。」彼は部屋を後にした。老亭主がドアのかげで立ち聞きをしている現場を押さえなかったのは、予想のほかだった。こうしてシュトゥーダーは二階に上がり——空部屋ばかりだ——、そのまた一階上の屋根裏部屋にたどり着いた。ウェイトレスの部屋を見つけるのは簡単だった。他の部屋の閾には埃が積もっているのに——とある閾だけには炭素フィラメント電灯の赤みがかった光が照り返していた。シュトゥーダーはノックした。応答はない……ノブを押してドアを開けた。

窓の左側にベッドが一台。そのスプリングの上に毛布。右側には床の上にマットレス。組んだ手に頭をのせている若者がとび上がって刑事を見つめた。髪の毛がライ麦の藁のように黄色く、眼はアルコール・ランプの炎ではなく、むしろ山の湖の色を思わせる暗いブルーだった……混紡亜麻布のスーツはしわだらけ……おまけに若者は確実に三日前から髭を剃っていなかった。

シュトゥーダーは満足げにうなずいた。その部屋は、すべてが面目を失っていないことを物語っていたからだ。今時の若者の不道徳の話になると大げさな御託を並べるのが常だが——ここはどうか？　ここではボーイフレンドの急場をマットレスで救うためにウェイトレスがスプリングの上で寝ている。あるかなしかの笑みがシュトゥーダーの口髭をふるわせた。そう、シーツも二人別々で——娘が一枚、坊やが一枚——毛布もだ……娘は羽根布団にくるまり、若者は毛布と自分の貧弱なマントにくるまって寒気をしのいでいた……

「名前は何という？」

「ルートヴィヒ・ファーニー」

「ホトケの親戚かね？」

「ホトケの？」

「そうだ、じゃあ知らないのか、あのシナ……じゃない、ジェームズ・ファーニーが死んだことを？」

「ヤーコプ叔父が？」

シュトゥーダーは顔をしかめた。どうしてあの「シナ人」はベルンの捜査刑事と同じファーストネームなんかなんだ？

「そう、ヤーコプ叔父！」

「死んだ？　ヤーコプ叔父が？　まさか……叔父にはよくしてもらった……ぼくはもうだれ一人身寄りがないのか！」

「きみはどこで暮らしている？」

「トゥールガウです」

「ちょっと一緒にきてくれ！」

「ええ、シュトゥーダーさん……」

「わたしを知っているのか？……もう前から知ってるのかい？」

ルートヴィヒは口をつぐんだ。目が大きく見開かれた。刑事は灯りを消し、廊下に出て行った。若者が後について行った。

二人は階下の廊下でばったり亭主に遭った。シュトゥーダーが言った。

「あんたに新しいお客を連れてきてやったよ、ブレンニマン。わたしの部屋、ってことはファーニーの部屋に、もう一台ベッドを頼む。いいね？　それから窓ガラスを入れてくれ――わたしが一枚割ってしまったんだ……」

「ホトケの部屋に？　ホトケの部屋に？　まさかそんな！」

「ワウワウ！　こいつも怖がってないしな。だな、ルートヴィヒ！」

「そりゃあ！」

ブレンニマンは咳をし、それからハンカチで爛《ただ》れ目を拭いて若者にじっと目を凝らした。ブレンニマンは侮蔑的に言った。

「救貧院の人間なんかをどうなさるんです、刑事？」

ルートヴィヒ・ファーニーは顔を真っ赤にし、両の拳をにぎった。シュトゥーダーはその腕をつかんで部屋に押し込んだ。「落ち着け、若いの！」彼は小声で言った。「老いぼれ亭主なんか、言わせておけったら」――彼はウェイトレスのほうに向いて――こう言った――ルートヴィヒはわたしと一緒の部屋で寝たほうがまだしもだ。だってスチールのスプリングで寝るなんて身体に良くないものな。悪い風邪をひくおそれがあるよ。言いながら娘を観察していると、娘が赤くなったのがわかった。彼は思った。赤くなったその色が蒼白な顔によく映える……

「ルートヴィヒ！」フルディーが声を上げて言った。

今度は若者も赤くなり、顔に狼狽の色があらわに出た。

「えー、そうだなあ！」シュトゥーダーは言った。――で、だからどうだというのかね？「彼を見つけたのはわたしだ。わたしの部屋に引きとめておく。わたしに彼が必要だからだ。説明、終り！」

「でも、シュトゥーダーさん！　ルートヴィヒが昨夜、もう夜も明ける頃、わたしの部屋の窓をコツンコしたのはご存じないでしょう？　石を投げたの……ちょうど、うちのお客さんが射殺されたあの夜のことよ」

ルートヴィヒは頭を垂れた。――ええ、その通りです。でも、だからどうだっていうんです？　と彼はたずねた。そして小声でつけ加えた。――殺人のことは知りません。だって何も知らないんですってば！

「その話は後にしよう」、とシュトゥーダーは言った。「いまはおれたちだけにしといてくれんか！　こっちは白状しなきゃならんのでな……だな、ルートヴィヒ？」

「そうです、シュトゥーダーさん！」

「そのベッドにすわっていなさい。わたしはまだ探さなきゃならないものがあるんでね」ルートヴィヒは黙っているということを聞いた。シュトゥーダーは戸棚から下着を取り出した――赤絹のパジャマ五着、エレガントなシャツ六枚、一ダースのネクタイ、下着、ウールとシルクのソックス、ハンカチ。駱駝の毛の部屋着がハンガーにかかっており、その隣に英国の仕立屋のマークが縫いこんであるグレーのスーツが二着、そして最後に毛皮裏付きの冬用マントだ。これらの服を全部、シュトゥーダーは念入りにテーブルの上に置くとポケットの中身をあらためはじめた。部屋着の脇ポケットに手紙が一通見つかった。彼は声を上げてそれを読んだ。

「アムリスヴィル、十月十五日。
親愛なる人！　パトロンにして協力者へ！　ご機嫌いかが、またいつもどうお過ごしですか？　無病息災を祈ります。当方とて同じく無病息災！　さて今回は、今日までどう過ごしてきたかを書きたいと思います。ガンプリゲンからチューリヒにきました。チューリヒに翌週水曜日までいて仕事を探しました。無駄でした。余儀なく八月一日にヘーリザウに行きました。ヘーリザウには十四日しかおりませんでした。あそこの町は世にまたとないエゴイストです。それからアムリスヴィルにきました。ここはちがいました。わたしはいま日に十三時間家畜の世話をしています。夏場は七十フラン、冬場は六十フランで、仕事は盛りだくさん。この夏はトラクターの操縦を習いました。トラクターは運転するだけでは駄目で、レバーの操作もします。だけどやり方に気をつけないと止まってしまったりスピードが速すぎたりします。でも操縦席にすわるのは最高です。機械や車と水入らずで牧草地に出ることもしょっちゅうで、帰りはかなりの距離をまわってきます。野菜栽培もやっています。こちらは当方にもいささか心得があります。それからまだあって、望むらくは菩提樹の下から掘り出した蹄鉄が〈幸運をもたら〉さんことを。というのも富籤を二、三枚買って運試しをしてみたいからです。ほかにもう書くことはありません。
では、さようなら、愛する叔父さんにしてパトロン。心からご健勝を祈りつつ
ルートヴィヒ。　御用の節は、どうかアムリスヴィルにお手紙ください」

便箋三枚にわたって書いてあった。四枚目の最後の便箋に若者は自分のアドレスを以下のように書いていた。
〈ルートヴィヒ・ファーニー
日雇い
アムリスヴィル、トゥールガウ州スイス　ヨーロッパ〉
シュトゥーダーは、股をひろげて上に肘をのせるお好みの姿勢で腰を下ろし、手紙を手にしていた……そりゃそうだ、アムリスヴィルがトゥールガウ州にあることはだれもが知っているわけじゃないし、トゥールガウ州がスイ

スの一州であることは外国では周知の事実というわけじゃなし、——念には念を入れて——旅行ばかりしている叔父さんが身内にいるんなら、スイスがヨーロッパの一部であることはいっておいたほうが身のためだ。刑事の口元にひくりとしたささやかな笑みは、わが日雇いくんには見えなかった。だがこの手紙から刑事に吹きつけてくるのは気持ちのいい誠実であり、愚直であった。感情にだまされているのでなければ、シュトゥーダーは、アムリスヴィルの日雇い、ルートヴィヒ・ファーニーを殺人犯としては除外してよかった。まあ、実地に試してみればよかろう……

「ルートヴィヒ！」シュトゥーダーが声を上げた。そして若者が近づいてくると、鼻先に手紙をつきつけた。「これを書いたのはおまえか？」日雇いくんは妙な具合に顔を赤らめた。最初は血の波が首に上って顎と頬とこめかみにあふれ出た。しまいに額までもが赤みを帯び——その顔は、海のなかにうようよしていて熱湯のなかに放り込むと紫色になる、奇妙な形をしたあの甲殻類そっくりに見えた……

「ええ……ぼくが書きました……それがどうかしましたか？」

「いや……何を言うんだ……だけどね、叔父さんはこの手紙に返事を書いてきたかい？」

「もちろん！」

「その手紙を見せてくれ！」

さほど金がない日雇い諸君はみんな同じような習慣の持ち主で……エレガントな紳士諸君のように上着の内ポケットに紙入れを入れて持ち歩かずに、心臓の上あたりの胴着の裏地の奥にしまっている。そこでルートヴィヒ・ファーニーがいろんな服のボタンをはずし——どうやら格安に手に入れたらしい、すり切れた紙入れがついに姿をあらわすまでにはかなりの時間がかかった。——紙入れの仕切りの一つからルートヴィヒは叔父さんの返信を取り出した。

「プリュンディスベルク、十一月十五日

親愛なるルートヴィヒ！

今日やっときみの手紙の返事を出すところまでこぎ着けた。きみが即刻アムリスヴィルの仕事のポストを捨ててこちらへきてくれるといいのだがね。きみが必要なんだ。なぜか――それはきみがこっちへきてから説明する。たぶん旅費ぐらいのお金はあるんだろうと思う。では遅くとも十八日までにはきてくれることを期待している。――こちらにきたらわたしのところに住めばいい。わたしはどうも命を狙われているような気がしている。きみを心から信頼している。

よろしく
きみの叔父ジェームズ」

「ふむ！」シュトゥーダーは手紙をしまって、テーブルに二通並べて置いた。「十六日に叔父さんはこれを書いている。きみが手紙を手にしたのはいつかね？」

「親方がぼくにそれを渡してくれたのは十七日でした。昼食の時です。身の回りのものをいくつか持って出発しました。十七日の晩はベルンにいました。あそこに友人がいるんです。そいつが自転車を貸してくれて、まだ夜中というのに走り続け、ですからプリュンディスベルクに着いたときはもう午前三時になってました。道路で――悪魔みたいにバイクでつっ走っている――男に出遭《でくわ》しました。一瞬、こいつは知ってるやつだ、と思いましたけど、でも、わたしの思ってたやつではありませんでした。それからフルディーが、彼女の部屋の窓に石を投げたものですから、玄関扉を開けてくれて、それで彼女の部屋で寝ることができたんです――とてもまじめにね……」

「もちろん、もちろん――とてもまじめにね！」

「いまじゃもちろんフルディーも、ぼくが叔父さんを殺したと思ってる――たぶん、ぼくがきたのが銃声が聞こえた直後だったからでしょう。シュトゥーダーさん、あなたとお話できて、ぼくとってもうれしいです」

「お話できて！　お話できて、だと！」シュトゥーダーはぶつくさぼやいた。「おまえはどうやら、ルートヴィヒ、わたしがもうおまえの顔を忘れた、と思ってるんじゃないか？　あれはいつだったかな、プリュンディスベルク救貧院におまえを引き渡したのは？　三年前だったかな？　二年前かな？」シュトゥーダーは手を組み、床に目をやった。割れたガラスから冷たい空気が室内に漏れてきた。「フルディーに暖房を入れにこいと言え。それから糊の壺も一緒に持ってきたら、窓の修理もできる。そうしてからゆっくりおまえに話をしてもらえるさ。」

バルバーラの物語

割れた窓ガラスは応急に修復され、暖炉の煙の通りがよくなって——暖炉に薪がパチパチはぜた。シュトゥーダーは自分の時計を見た——やっと五時半だ。一時間以内にフンガーロット院長を訪問したかった。

「話してくれ、ルートヴィヒ!」相手にもブリッサゴを一本差し出してから、シュトゥーダーは言った。日雇いくんと捜査刑事は葉巻喫《の》み合戦をした。

それは単純な話だった。ルートヴィヒは父親がだれだか知らず、それで母親の姓で洗礼を受けた。幼児の彼が六歳になったとき、母親はエービという名の左官と再婚した。この結婚から二人の子供が生まれ、女の子のほうが後にフンガーロット院長と結婚したアンナで、男の子はプリュンディスベルク園芸学校の年間コースを修了した——ルートヴィヒ・ファーニーは「修了《アプソルヴィールト》」と言って、絶対化《アプソルティールト》とは言わなかった——エルンストだった。

「養父はぼくを家に置きたがらず、それで母はぼくをオールドミス二人の田舎の親類にあずけたんです。オールドミスのマルタとエリカは二人とも救世軍に入っていて、ぼくは日曜日になると一緒に集会に行かなければなりませんでした。でもやがてエリカは病気になりました。ご存じかどうか知りませんが、それは肉体の病気ではなかったのです。エリカはもう口をききたがらなくなり、黙って家の中を徘徊していました。あるとき何人かの女の人がエリカを連れにきました。その女の人たちの言うには、エリカは森で首を吊ろうとしたのだそうです。そこで母はぼくをこれ以上マルタの家に置いておきたがらず、ぼくはさる農夫の家に小僧奉公《ヴェルディングブーブ》に出されました……山羊の番、厩の掃除。日曜日になると農夫は居酒屋に行き、帰ってくると自分の子供がいないものですからぼくを鞭打つんです。それがどうも」、ルートヴィヒの口元にうっすらと微笑が浮かび、「農夫のつもりでは女房に鞭をくれてやりたいんだけど、女房のほうが腕力が強いんです。それでぼくを追っかけまわした。シュトゥーダーさん、日曜日ごとに、だけではなくて週日にも鞭をくわされ、一年中たのしいことが何もなくて、クリスマスにさえ母は会いにきてくれない。ひどいものでした。そのうち十二歳になりました。ぼくは腹ペコでした。ときにはチーズを一切れ、またときには肉を一切れ盗み食いしました——ひたすら空腹だったからです。ぼくは、農夫は文句を言わないだろう——鞭をくわせられる人間がいさえすればうれしがってるんだ、と思ったんです。だけど女房のほうがぼくを市町村長に告訴したんです。彼女の吝嗇《りんしょく》がそうさせて、ぼくは鑑別所入りになりました。これまたひどいものでした、シュトゥーダーさん、ほんとうですよ。大人になって新聞をよく読むことがあって、あるときぼくらの施設の写真が出ている絵入り新聞を見つけたことがあります。絵入り新聞のなかのぼくらは美しく写ってました。でもその施設でぼくらは正しいことばかり学んだわけじゃありません。先生方も院長も、みんな、ぼくが白痴《ばか》だとおっしゃいましたが、でも実際にはぼくは特別の白痴というわけじゃありませんよ、シュトゥーダーさん……ぼくが字を書きまちがえるのはわかってます。でも、結局のところ、字を書きまちがえたからといって、なにも罪じゃありませんよね？　そういうわけでぼくは農場経営を手伝わされました。これは気に入りました。動物が好きなんです、牛とか山羊とか馬とか。そのうち施設はとうとうぼくを釈放してくれたので、ぼくは仕事を探しました。おわかりでしょう、シュトゥーダーさん、ぼくはあんまり外へ出たくなかったんです。賃金と労働があれば、ほかは何も要らない。でもそれから病気になり——あるとき冬場に——、肺をやられたんです。喀血して、しょっちゅうだるくて、夜中に発汗して——そこで医者が療養所に送ってくれました。二年間も！　そして戻ってくると仕事をすっかり忘れてました。ある農家で働こうとしましたが、二日後には追い出されました。てんで役立たずだったんです！

そこで政府がプリュンディスベルクの救貧院送りにしたわけです。ねえ、よく思ったものですよ、これは監獄より悪いって。院長、というより家父——あの人は特に講演をされる、その貧《パウ》……貧《パウ》……」

「貧困問題《パウペリスムス》」、とシュトゥーダーがさえぎった。

「それ、それです！　貧困問題！　それでいてここで覚えることはただ一つ、安焼酎を飲《や》ることだけ……」

この単純な語り方にはなにか人をつらくさせるものがあった。シュトゥーダーはやわらかい心の持ち主だった。彼は頬に汗の粒の流れるのを感じ、それを暖炉の過熱のせいにした。それは一瞬のことにすぎなくて――やがて自分の顔を汗ばませたのはルートヴィヒの物語だとわかった。「まだ先が長いのかね？」彼はしゃがれ声でたずねた。

「つまり、おまえの話のことだよ。」

「いいえ、シュトゥーダーさん……」――それにしてもこの若者は、なんというおだやかな声をしていることだろう！――「でもまだバルバーラの話を聞いていただきたいんです。バルバーラは跛《びっこ》でした。それ以外の点ではあのフルディーにそっくりでした。顔もあんなふうに大きいし、ねえそうでしょう、顔色もあんなふうに蒼いし、あんな長い弁髪をしてるんです。バルバーラも救貧院にいました。ぼくは日曜日にだけ彼女と遭って一緒に森を散歩しました。バルバーラは自分の家のことを話してくれました。彼女の家もひどいものでした。ある日曜日の晩、女看守に連れられて施設に帰る途中でぼくたちはたまたま出遭いました。するとバルバーラが、もう施設には戻りたくないと言うのです。ぼくと一緒に出かけるものだからみんなに冷やかされるって。ぼくは彼女をなぐさめようとしましたが無駄でした……ご存じでしょうけど、こんな諺があります。自分で蒔いた種子《たね》は自分で刈り取らねばならぬ。バルバーラがもう施設に戻りたくないとわかって、ぼくたちはいっしょに逃げました。晩の六時。六月三日のことでした。ぼくはいまだにあれがよくわかりません。だって家父の自動車に出くわしたんです。ところが向こうはぼくたちに気がつかずに前を通りすぎていったんです。ぼくたちは歩きに歩きました。バルバーラは走れないので、ときにはぼくが背負ってやった……ぼくたちはユーラ州［スイス北西部の州］に、つまりロマン語系の州にたどり着きました。あそこの農民はほかよりましだった。ぼくは仕事を見つけました。というのもあそこの山地では干草刈りがやっと七月半ばになってからはじまるんです。ぼくはいつもまずひとりで行って自己紹介し、一日働いて、それから妻もいっしょだと話すんです。すると農民たちは大概、連れてきたらいい、家事の手伝いをしてもらうからと言ってくれました……バルバーラは仕事熱心な娘で、ぼくたちは八日間も同じところにいたことがよくありました……でも、ぼくたちにはパスポートがありません。パスポートがなければこの世では売りものになりません。世間は人間を見て、使いものになるか正直かを決めるわけじゃありません。スタンプと署名のある、写真付きの茶色の小冊子を持っているかどうかを世間は見るんです……　秋がきました——山地は秋がくるのが早いんです。するとぼくたちはこんなふうにしました。柳の枝が刈り頃になるとそれを集めてきて、バルバーラとぼくの二人で籠を編み、それを村々に売り歩くんです。ふつうはぼくが行きました。だってバルバーラは足早に歩けませんからね。彼女は家で留守番です……家で！　そう、森の真ん中の木樵小屋……夏中せっせと倹約して薬罐《やかん》と毛布を冬に備えて手に入れました。薪はたっぷりありました。小屋のすぐ近くには小川が流れていました。小屋はいつも清潔で、ぼくたちは、シュトゥーダーさん、アダムとイヴみたいに生きていました。

でもホルンでバルバーラが病気になってしまいました——その病気のことなら知ってました。彼女は夜中に汗をかいて、咳をして、血痰を吐きました。ぼくはできるかぎりの看病をしました。ぼくたちは樅《もみ》の柴をベッド代わりにして寝ました。けれども何をやっても無駄でした。それから四月の終りに彼女は死にました。

ぼくはどこへ行けばいいのでしょう？　何もかもが台なしでした。そこで考えました。プリュンディスベルクに帰ったらいいじゃないかと。あわてることはありません。あちこちで仕事をしているうちに七月になっていました。七月十八日にぼくはプリュンディスベルクに着きました。朝の六時でした。で、ぼくが出遭った最初の人間がフルディーでした。もうお話ししましたよね、バルバーラがフルディーの小学校仲間だって？　フルディーはぼくをひろってくれ、飯を食わせてくれ、ぼくのために家父のところに走って、フンガーロットのところでぼくのことをとりなしてくれました。家父は荒れ狂いました。警察に通報してやると吼えたけり、おまえはもうプリュンディスベルクの人間じゃない、もっと暮らしがつらい他処《よそ》の人間だとわめき散らしました。しかし彼が中庭で騒ぎを起こしていると、突然一人の紳士がそこにきあわせたのです。雪のように白い口髭が口元を覆ってい、紳士は標準ドイツ語で、どうしてここでこんなに騒いでいるのだとたずねます……「ルンペンのファーニーの畜生が、わたしどものところを家出して、またのめのめと帰ってきやがったもので！」――「ファーニーですと！」老紳士がたずねました。それからぼくと話をはじめました。そしてこの上品な紳士がぼくの叔父であること、母の弟であることが判明したのです。フンガーロットはむろんもう口がきけません。叔父はぼくにトゥールガウの仕事先を世話してくれたうえに旅費をくれ、ぼくは出立して……」

「でも、もしもあそこで出立していなかったら！」日雇いくんはため息をつき、拳で目頭をぬぐった。

シュトゥーダーは咳払いした。「で、フルディーは？」彼はたずねた。

「もう説明しましたよね、シュトゥーダーさん、バルバーラがフルディーと同じクラスに通っていたことは……」

「するといまはフルディーがおまえの大切なお人なんだな？」刑事はたずねた。

また血の波が首から顎、頬、こめかみを経て額にまで上り、日雇いくんはしどろもどろにつぶやいた。「ぼくたちが結婚したら、叔父はまあよろこばないことはないでしょうけど」

刑事は立ち上がり、幅の広い手を上げてルートヴィヒの肩に下ろした。

「おめでとうさん！」と、それから言った。「じゃあこれで決まった。おまえに事件解決の手伝いをしてもらう」

「貧困問題《パウペリスムス》」

グレーの吊しの背広姿も肩幅ひろくがっしりとしたシュトゥーダー刑事——農民風の裁ち方の混紡亜麻布の服を着たルートヴィヒ・ファーニー、二人のおたがいに似ても似つかぬ二人連れが夕食のテーブルを囲んだ……二人は芽キャベツの葉つきの薄切りカツレツを食べ、日雇いくんはものすごく大量のパンをたいらげた。

「部屋の番をしててくれ、ルートヴィヒ。」ウェイトレスが食事の片づけをすませると、シュトゥーダーは言った。「わたしはこれから行くところがある。おまえにこの部屋の管理は任せる。だれもなかに入れるなよ。いいな?」「はい、シュトゥーダー」、と日雇いくんは言い、顔を見ると、課せられた防衛任務を健気に引き受けたことがよくわかった。それに刑事のシュトゥーダーは、ルートヴィヒが「シュトゥーダー」と言って、「さん《ヘル》」づけにしなかったのがうれしかった。

地面には霜が下り、霧は消えていた。薄板のような雲が通りすぎ、月の顔を隠したりまた見せたりした。月は小さくて、まだ熟《う》れていないレモンみたいに緑色がかり——げにもあの七月の夜の月を思わせた。

救貧院は元修道院を無産者たちのために改装したものだった。救貧院に通じる道路の水たまりには薄い氷が張っていた。シュトゥーダーが着いた場所はもう暗くなった前庭だった。舗装した道の先に玄関扉があり、その上に赤っぽい光の電球が灯っている。刑事は屋内に入った——が、できれば引き返したかった。なにしろこの空間によどんでいる臭気がほとんど息を詰まらせんばかりだったからだ。貧困のにおい、不潔のにおい。左側の一つのドアの向こうにくぐもった物音が聞こえ、シュトゥーダーはそちらのほうに行くとノックもせずにドアを開けた。

三段の階段を下りると地下牢風の部屋になり、むきだしの電球が天井からぶらさがって厚い木板のテーブルを照らし、そのテーブルを汚れた青いコートを着た男たちが囲んでいた。ドアとドアとのあいだを一人の男が往きつ戻りつし——これはどうやら監視役の看守と思われる。シュトゥーダーはこっそりなかに入るとドアを閉め、上から二段目の段の上に立ちどまった。男たちの前には飯盒《はんごう》とブリキの皿。チコリーコーヒーと薄いスープのにおいがした。もう一つのにおいがそれにまじった。湿った服の、下着のにおい。

男たちはテーブル板の上に腕を置き、いわばコーヒー入りの飯盒とスープの皿とを保護する役をする堤防もさながらにすわっていた。貧民たちの形づくる堤防がときおり開くことがあった。一本の手が隣の男のほうににゅっと伸びて、パン一切れをかっさらう。と、いさかいが火を吹いた。いさかいを仲裁しに入った男にようやく刑事のがっしりした体軀が目にとまり、二、三歩ぴょんぴょん跳んで段のところまでくると、何か用か——とキンキン声で——たずねた。

——家父に会いたいのだが、とシュトゥーダーは言った。

——ここはだれでも入れるがね、と看守は言った。シュトゥーダーは黙ってポケットから警察手帳を出すと男の鼻先につきつけた。看守の身に起こった変化は見るだに奇妙だった。口が卑屈な笑いにひきつり、のみならず男は、キンキン声を愛想よさそうに作り変えようとしながら言った。

「院長さまはさぞおよろこびになるでしょう……」彼はドアを開け、シュトゥーダーを先に行かせた。その背後でいきなり魔女の宴が突発した……何人かがコーラスで歌をがなった。五カ月前にシュトゥーダーが聞いた歌だ。

「おれたちは山地にお巡りは要らねえ、お巡りは要らねえ……」

「静かに！　戻るまで静かにしていなさい！　さもないと懲罰を食わせるぞ」だが看守のことばは騒ぎにかき消された。監視を逃れた男たちの騒ぎは、閉めたドアを通して聞こえた。

廊下、廊下……長い廊下、ところどころ壁に窓が開いて、壁がいかに厚くできているかがわかる。階段……廊下……片隅……案内人がいなければ、この迷路で迷子になるのはまず必定だ。

　とこうするうちに二人は施設の新しい部分にたどり着いた。廊下の床にインレイド・リノリウムが敷いてあり、そのうえココ椰子繊維製の敷物が足音をやわらげた……ドアが一つ。呼鈴の引き紐の下に真鍮板。真鍮板には、「フィンツェンツ・フンガーロット－エービ、家父」と渦巻装飾体の文字が彫り込んである。看守が引き紐を引く。その単純な動作は、うやうやしさたっぷり、卑屈さたっぷりだった……住まいのなかで鐘が鳴り、一人の少女がドアを開けにきた――清潔な服装だ。黒い服に白いエプロンが際立って見える。看守が息を殺して声を出した。「その……刑事……シュトゥーダー……さん……が院長先生にお会いになりたいそうで」若い娘の姿が消えまた戻ってきて、刑事さんはどうぞこちらへ、と案内した。看守が馬鹿丁寧にいとまごいをした。シュトゥーダーは、あの男なにかやましいところでもあるんだろうか、とふしぎに思った……しかし長く考えている暇《いとま》はなかった。というのもフンガーロット家父の書斎に一歩足を踏み込んだとたん、アッといわんばかりのおどろきが待っていたのだ。ふかぶかとした革張りの安楽椅子から、シュトゥーダーがここにいようとは思いもかけなかった一人の男が身を起こした。ビリヤード仲間の公証人ミュンヒではないか。ミュンヒはいつものように高いスタンダップカラーをつけ、首のところでそれをゆるめていた。書き物机の向こうにフンガーロットがいた。立ち上がって、言った。

「これはこれは、刑事さん、わざわざお越しくださいまして。お見受けするところ、わが友ミュンヒはご存じで……」

　――はい、はい、とシュトゥーダーはそっけなく、ミュンヒとはもう長いつき合いでして。でもこんなところで遭おうとはおどろきです。

「これには訳があります」、とフンガーロットは教えさとすように言った。「そうでしょう、刑事さん、あなただって四カ月前には、わたしたちがかくも悲劇的な状況で再会することになろうとは夢にも思わなかったでしょう？」

　シュトゥーダーは戸惑いを感じた――いやな感じだった。だってこのフンガーロットに、夫人を亡くしたというので、お悔やみを言わなくてはならないのだ。

「どうぞおすわりくださいませんか、刑事さん？　お友達のミュンヒと向かい合わせの席がよろしいかな？　それとも暖炉の前がよろしいか？　おふくみいただかなければなりませんが、うちのセントラルヒーティングは具合がよくなくて……それで夜になるといつも暖炉に火をつけさせるのです……そのほうが暖かいし、明るいし、居心地もいいし……そうですよね、ミュンヒ？」

「わたしはまだ」、とシュトゥーダーは言った、「重大な喪失のお悔やみを申し上げておりませんで……」そこから先のことばが出なかった。家父が飲み物を選ぶのに手間取っているので、ベルンの公証人ミュンヒがそのすきを利用した。刑事は脛《すね》に蹴りをくらった。くらって声は出さないが、なぜなのか理由がわからなかった。

「ええ」、とフンガーロットは言った、「重大な喪失でした！　しかも突然の……」

「で、フンガーロット夫人の病気は……」

またしても脛に蹴り——不幸中の幸いにも刑事は革脚半を穿いていた……むろん、友にして公証人たる人に、どうして足蹴をくわせるのだと訊くわけには行かないが——この振舞いにはなんらかの理由があるはずだ。

公証人の目は雄弁だ。シュトゥーダーは造作なく解読できた……それはほぼこんなことを言っていた。「何でこんな事件に割り込んでくるんだ？　フンガーロット夫人の死がきみに何の関係があるんだ？　え、シュトゥーダー！」目はそう語っていた。「きみはいつもバカげた質問をして恥さらしをしてるじゃないか？」

「飲み物は、皆さん、何がお好きですか？」フンガーロット氏がたずねた、「ワイン？　ビール？　コニャック？」

公証人ミュンヒが友のシュトゥーダーに代わって答えた。「よろしければ、院長殿、こちらは二人ともコニャックを少々。」

静けさのなかでコルクを抜く音がはっきり耳についた。黄色い、ツンとにおう酒がグラスにとくとく注がれた。——なぜか刑事は、「シナ人」が椅子の後脚でバランスをとりながら——革靴を足の先に引っかけていた、あの七月の夜のクリスタルグラスのことを思い浮かべないわけには行かなかった……！

「乾杯」、とフンガーロット氏が言った。彼は二人の友人のあいだに立ち、ひとまず刑事と杯を合わせ、次いで公証人と杯を合わせた。フンガーロット氏はチャーコルグレーの生地のスーツを着、上っ張りはリテフカ［柔らかい生地でできた折襟の制服の上衣］のような裁ち方で首のところまで締まっている。カラーの前にエメラルドグリーンに赤い水玉模様のネクタイがのぞいていた。このネクタイはしかしフンガーロット氏が首を横に向けるときにチラリと見えるだけで——ふつうは短い山羊髯がこの色彩の碗盤振舞を隠していた。

「貧困問題《パウペリスムス》——つまりは貧困学！」プリュンディスベルク救貧院家父の講義がはじまった。

「われわれは貧困について多くを知っています。われわれはたとえば、一度として芽が出たことのない人間がいることを知っています——右のようなメタファーを使うのをお許しいただけますならば。それは彼らのせいではありません。わたしとしては——迷信と受け取られる危険を冒してでも——、ほとんどこう言いたいほどです、——それがこの人たちの運命であり、そういう星まわりなのであって、つまり彼らは貧しさから抜けられないのだと……」

講演の続き

フンガーロット氏は両手をズボンのポケットにつっ込んで往きつ戻りつした。部屋の床に厚い絨緞が敷きつめてあるので、歩く音がしなかった。窓の近くに、パネルに何も置いてないどっしりとした書き物机があり――シュトゥーダーは殺された「シナ人」の部屋にあった書き物机を思い出した――。開口式暖炉でブナの割り木がパチパチ爆《は》ぜた。薪の炎は明るく、それを見ているだけでも暖かかった。刑事の真向かいに公証人ミュンヒがゆったりとした安楽椅子に腰をかけ、右脚を左脚の上にのせていた。シュトゥーダーは股を開き肘をついて手を組む、お得意のポーズですわってじっと炎を見つめていた。部屋の二つの壁は書架でびっしり覆われ、以下にはじまる講演のあいだ刑事が遠目に確かめたところでは、旧知の本がいろいろと見受けられた。グロース『予審判事のためのハンドブック』、ロカールの著作、ロンブローゾ――二つの棚には探偵小説がぎっしり、アガサ・クリスティー、バークレー、シムノン……

「彼らは一度たりともまともな生活――経済的にまともな生活を送ることができない、わたくしはそう思うのであります。つまり彼らには、すべてのものが指先で壊れていくように思われ、どんな足場にも身を置けなくて、かりにたまたま両親の遺産が遺されたとしてもその金を散じてしまう――それも自分のせいですらなくて……銀行倒産であるとか、どこかの公証人の不正行為であるとかによるものです――といっても、ミュンヒ、決してきみを当てこすっているわけじゃない……」

「そう願いたいものですな！」公証人はぼやき、カラーと首のあいだに人差し指をつっ込んだ。

「あなたもご存じのように、シュトゥーダー、彼らはどんなに感じやすい人間たちであることか……わたしは政府に、わたしの貧困問題セオリーを討議してもらうように働きかけました――個人の落度としての貧困問題ではなく運命としての貧困問題を――、けれども聞き入れてもらえませんでした。それでもそのつもりなら、毎日でもわたしのセオリーの証拠を挙げることができるでしょう。あなたがご存じでしたらねえ、シュトゥーダー、どれほど多くの運命がわたくしの手のあいだを通過して行くことか！……仕事がないためばかりに人びとはプリュンディスベルク送りになる、わたくしはそう聞かされてきました！　わたくしはこうした一人一人の人間を助けるのに持てるかぎりの力を尽くしました――しかし彼らが生きなければならない共同体こそが呪いなのです。環境がどんな影響を及ぼすか、シュトゥーダー、彼らはまったくわかっていません。十人のアル中となまけ者は百人のまっとうな人間を駄目にします。呪いはまさに、十人のアル中となまけ者が存在することなのです。こうした社会的構成要素を外部に放り出してしまうこと、それをなんとか当局にわかってもらおうとしました……が、無駄でした！　彼らは犯罪を犯したわけではない、不幸に陥ったのも自分の責任ではない、というのが、わたくしの提案に対する答でした。わが国の民生当局はこうした不幸な人びとを扶助する義務があります。さて、ご自分で判断なさってください、シュトゥーダー、わが施設は養い子一人につき日に一・一七フランを受け取っています。これであらゆるものを賄わなくてはなりません、食事も、衣服も、医者も。どうしてやったらいいのでしょう？　あの人たちに満足な食事ひとつ出すことができないのです――お認めいただけますね、悪い食事は精神をも害します。わたくしは最善を尽くしています……」

「で、車をせしめた！」シュトゥーダーは心ひそかに思った。

フンガーロット氏にあって刑事が気に食わないものは多々あった。まず薬指の、二つの指輪をひとつに溶接した装飾品――やもめになった氏の指輪に亡くなった夫人の指輪を溶接したものだ――で、フンガーロット氏は自分のいくらか細目の指にはやや太すぎる、この二重指輪をたえずもてあそんでいた。第二には山羊髯で――頬はきれいに髭を剃り、顎からだけきたならしそうな灰褐色の毛髪がもじゃもじゃ生えている。第三にはフンガーロット氏の奇妙なスーツだった。つまりときおり豪華絢爛のネクタイをチラリとのぞかせるそのリテフカ風の上っぱりだ……第四には、これがきわめつけで、家父は「シュトゥーダー」と言って、「さん」づけにしなかった……一つだけしかし、この男にまあまあ共感できる点があった。いい気になってしゃべりまくるのがよかった。シュトゥーダー刑事はむしろ黙って聞き役にまわるのが好きで、いい気になってしゃべりまくる人間に反論する気はなかった。静かに自分の椅子に腰かけて風馬牛を決めこみ、暖炉の炎をじっと見つめていればいい……

しかし友なる公証人がこっそり合図してきたあの二度にわたる足蹴は、何を、いやはや、いったい何を意味しているのか？　シュトゥーダーは目の端でミュンヒにチラリと流し目をくれたが、こちらはあまりにも高いので首の皮膚にこすれるスタンダップカラーの始末に大わらわで……

「わたくしは最善を尽くしています」、フンガーロット氏は講義を続けた、「しかしディレンマに陥って抜け出せません。養い子たちに労働への愛を教え、労働を通じてこそまっとうな生活に復帰できるのだと彼らを納得させること、これが一面では救貧院の家父としての義務であります……わたくしの個人的確信、というよりもほとんど信仰は、これとは正反対でありまして、貧困はある種の人間には前もって決められ、〈運勢に書き込まれて〉いて、努力も、労働も、義務の遂行も、何ものをもってしても彼らの人生行路を変更させることはできない、とわたくしは申し上げたいのです！」

「フンガーロット夫人は腸インフルエンザに罹って亡くなったのですか？」シュトゥーダーがたずねたが、火を見つめたままでフンガーロット氏に目は向けなかった。

三度目の足蹴！　シュトゥーダーは顔をしかめた。

「腸……ええ……腸の……腸インフルエンザに罹って……そうです……悪性の腸インフルエンザに罹って」、と家父はしどろもどろになった。「ジェームズ・ファーニーは遺言状を遺しましたか？」シュトゥーダーはなにげなくたずねた。

公証人のミュンヒは手を組み、絶望的なまなざしを天に向けた。もはやシュトゥーダーの胸のうちがわからなかったからだ。

「それは……どういう意味ですか、シュトゥーダーさん？　もちろん被害者《ガイシャ》は遺言状を遺しました、親族宛てにね……姉宛て――つまりわたしの義母宛てですが――、この女性はベルンでさる暗い素姓の人物と結婚しています。……さて、暗い素姓の人物というのはいささか言い過ぎです。結局、このアルノルト・エービはわたしの義父です。しかしわたしがアンナと結婚する前に民生当局が二度にわたって申請書を出していました――エービを施設に収容すべきだと。彼は飲酒常習者です。昔は左官でしたが、いまでは仕事嫌い気味――とまあ言っていいでしょう、親族ではありますが。義母のほかにもむろんわたくしの妻も遺産相続者と見なされます。その妻が今度亡くなりました。それでわたくしには、こういう場合どうなるのかがよくわかりません。アンナの弟も遺産を相続するのでしょう――エルンストという名で、園芸学校の年間講習コースを修了しています。この件で言っておかなければならないのは、ジェームズ・ファーニーはその甥にコースの授業料を支払ってやったばかりか小遣いの面倒まで見てやったのに、ひきかえわたしの妻は鐚一文も――声を大にして申しますが、鐚一文も、ですよ――叔父から頂戴しておりません。ですからわたしはわが友ミュンヒに助言を乞いたかったのです。このエルンスト・エービに支払われた金額はいうまでもなく遺産から差し引かれなければならない、のではありますまいか？……これらの人たちのほかにまだファーニー姓を名のる者がいます。エービ母の庶子で、エービ母はつまり娘時代の姓がファーニーなので、その子にもむろんこの名を授けました。だれがこの子の父親なのかはわかっていません。さて、このルートヴィヒ・ファーニーにも遺産相続権があるのかどうか……」

「ありますね」、とミュンヒがうなるような声を出したが、家父は聞こえなかったふりをして話を続けた。

「……その件についてはむろん裁判所が決めるでしょう。わたくしはわが友ミュンヒと協議した上で、わたくしの利益を守るべく、いずれ代弁人をお願いしたいと思っています……」

シュトゥーダーは立ち上がり、伸びをしてのうのうとあくびをした。「今晩のところはこれでお開きですね、フンガーロットさん」「さん」ということばにわざとアクセントを込め、さらに手で合図をして強調した。彼は二人の相手のどちらにも握手をもとめず、さっさとドアのほうに歩いていった。控えの間でマントを手にすると——方向感覚には自信があったので、出口はたやすく見つかった。旅籠屋〈太陽亭〉にまた戻った。客室にはまだ灯りがついていたが、刑事はひとりきりになりたかった。そこでジェームズ・ファーニーが滞在していた部屋を探した。予備のベッドが設営されていた。アムリスヴィルの日雇いルートヴィヒ・ファーニーがそこにぐっすり眠り込んでいた。ということは、前代未聞の大いびきをかいていた。刑事がコツンと一発頭に拳骨をくれると若者はおどろいてとび起き、ライ麦の藁みたいに黄色い髪の毛が頭からさんばらに垂れ、大きく見開いた眼の青がキラキラ光った……

刑事は自分がパトロネージュしている若者に向かってぼやいた。「そんないびきじゃこっちは眠られないよ！」

「ごめんなさい、シュトゥーダーさん……でも、疲れているといつもいびきをかくものですから……」

「じゃあ脇腹を下にして寝ろ！　仰向けに寝るから、いびきをかくんだ！」

ルートヴィヒは言われた通り顔を壁のほうに向けると、ほとんど一分もしないうちにまた眠り込んでいた。二分後にはまたまたいびきがはじまり、ぎっこぎっこと木樵りの鋸のような音がした……シュトゥーダーはもごもご悪態をつきながら服を脱いだ。それからフランネルのパジャマを着、足には革スリッパを履いていま一度部屋中を点検した。壁は鏡板張りだった。刑事は木摺《きずり》という木摺を丹念に調べた——が、なにひとつ見つからなかった。しまいに寒気がしてきたので、ベッドにもぐり込んだ。眠りに入る前にぶつぶつぼやいた。「いずれにせよあのファーニーはこの部屋で撃たれたんじゃないな。だったら弾丸が見つかったはずだものな。」

数分間は助手のいびきに悩まされた。それからはもうそれも聞こえなくなり、右手の上に細長い頭をのせてすやすや眠り込んだ。

アトモスフェア・ナンバー3

後になって「シナ人」の物語の話をする段になると、シュトゥーダーはこれをアトモスフェアの物語とも呼んだ。「というのは」、と彼は言った、「〈シナ人〉の事件は、村の旅籠屋、救貧院、園芸学校、と、それぞれ異なる三つのアトモスフェアで演じられたからだ。だからわたしは、ときにはこの事件を三つのアトモスフェアの物語と呼ぶこともある。」

翌朝は三番目のアトモスフェア、つまり園芸学校の番だった。手はじめにシュトゥーダーは偶然のめぐり合わせで助手になったルートヴィヒ・ファーニーと朝食を共にし、それからこの助手をつれてザック＝アムヘルト校長を訪問しに出かけた。「シナ人」の第二の甥のエルンスト・エービと知り合えるのが、願ってもない幸いだった。

夜中に天候は一変した。フェーンが吹いた。谷の向こう側の丘の斜面がとてもきれいで、白樺の葉が日を浴びて金貨のように光り、広葉樹林は濃緑の樅の葉に縁取られてすみれ色にきらめいた。

園芸学校の地所に入り込んで気がついたのは、ここの農業経営が一風変わっていることだった。砂利が山積みにしてある——冬の湿気で地面に砂利がめり込まないように——のだが、よくよく道を見ると砂利は石床の上に敷いてあるのだ。遠くでロータリー式耕耘機《こううんき》がブンブンうなっていた。とある石塀のかたわらに小果樹栽培園がひろがり、そこに生徒たちの一グループがいた……シュトゥーダーがきたのが生徒たちのあいだに興奮をかきたて、ひそひそささやきあう声が刑事の耳に聞こえた。だが彼はたゆまず前進した——五十メートル——三十メートル——すると、聞き覚えのある声がした。「よそ見をするな！　授業中だぞ！　ほら、ここに注意を集中しろ！」

　シュトゥーダーは話しているのがだれかわかった。ザック‐アムヘルト校長は毛皮の衿つきマントを着用していた――のみならずカラーも毛皮なら、縁なし帽も毛皮製――、手にはこれまた毛皮の縁飾りの革手袋をはめていた。靴の上にガロッシュ［ゴム製のオーバーシューズ］を穿いており、ズボンは非の打ちどころなくアイロン掛けがしてあった。片方の手にピカピカにニッケル鍍金《メッキ》した剪定鋏を持ち、それであちこち小枝を挟み切った。

「ピラミッド型剪定をするときには、まず何よりも、木の構成、組立てが傷まないように気をつけなくてはならない。きみたちがまさにそういう考えなわけだが、むろんそんなことはお構いなしに剪定をする庭師もいる。そういうのを、わたしは木の剪定とはいわずにやっつけ仕事というのだ……――ああ！　今日は、シュトゥーダーさん！これはこれは！　またお目にかかれて、まことに欣快至極。おいでになったのはむろん殺人事件の件ですね！　しかしですな、まさかうちの生徒のだれかに嫌疑をかけられたのではありますまいね……それとも？」

　シュトゥーダーは握手をし、むにゃむにゃ訳のわからないあいさつのことばをつぶやくと、目をまんまるにしている生徒たちから離れて校長を脇に連れ出した。

「わたしはもちろん」、と彼は言った、「貴校にできるだけ不愉快な思いをさせまいと思っています。しかしすくなくとも一人だけ、貴校の生徒に尋問するのを避けるわけにはまいりません。その一人とは、話に聞くところによると、殺されたホトケの甥です。エービ・エルンストというのがその甥の名だそうです。どうやら、エルンストのロッカーを徹底検証する必要がありそうです……」

「何をおっしゃる！　ロッカーをあらためるですと、わたしの生徒の一人のロッカーをあらためるですと！……――エービ！」と声を上げた。声がうわずった。

　この生徒はいくつぐらいなのだろう？　たぶん朋輩たちより年上だろう。二十六歳？　二十八歳？　いずれにせよ前から知っている顔だった。それはあの、絵に描いたように顔から長々と鼻の突き出した生徒だった。若者が二人の男のあいだにくると校長はどなりつけた。「おまえのおかげで不愉快な思いをさせられる。警察がおまえのロッカーをあらためたいと言っている！　これが学校にとってどれだけ不面目を意味するか想像できるか？」

思いちがいだろうか？　思いなしかエービ・エルンストの顔は蒼ざめているようだった。だがシュトゥーダーは声にわざと愛想のいいふくみを持たせていった。

「歯医者さん式にやりましょう、校長先生……手早くやるほど上出来と。」

シュトゥーダーは、義弟から目を離さないようにとルートヴィヒに目で合図をし、それから先に立って、校長と肩をならべながら学舎のほうに向かった。

州の建築家の設計になる、一部は農家風、一部は村の学校風、また一部は工場建築風という、混合様式の横幅の広い建物だ。正面玄関扉は金物職人の手で飾りつけてある。それを抜けると長方形のホールに出、そこから二度曲がり角のある階段が二階に通じていた。この二つの曲がり角のあいだの空間に苔が生えている小さな泉があり、それが茎の長さが二十五センチないし一メートルもある鉢植えの菊に囲まれている。菊はブロンズ色、すみれ色、黄金色――白、と色とりどり。校長とならんで階段を上りながらシュトゥーダーはふり向いた。そしてそのとき見た光景にこの先長いことつきまとわれることになる……

ルートヴィヒ・ファーニーが、その幅の広い、仕事胼胝《しごとだこ》ででこぼこになった右手を義弟の肩の上に置いている。青が奇妙にキラキラする目が気遣わしげなまなざしだった。日雇いくんの庇ってやる身ぶり――彼は園芸学校生よりずっと小柄だった――がいかにも感動的だったので、シュトゥーダーは一瞬良心の痛みを覚えた。しかし結局のところ、義務は義務だ。捜査の際、感情にとらわれるのは禁物だ。

刑事はまっしぐらにエービ・エルンストのロッカーに案内されると思っていたが、これは思いちがいだった。殺人でさえ一校の学校校長におのが教育機関のすばらしさを開陳することを妨げなかった。おまけにザック‐アムヘルト氏は喘息持ちだった。そこで二階全体を案内して、客に、病室（ベッドが二つも置いてある）をはじめ、図書室、美術室、会議室をほめちぎらせた。とある部屋に入りながら校長氏は、突然、一人の教師に生徒たちの監督を引き継がせるのを忘れていたのに気がついた。はじめはエービを行かせようとした――が、この提案に刑事は反対した。そこで日雇いくんが送られ、シュトゥーダーはその、背もたせの高い六脚の椅子に囲まれて緑色のフェルト張りのテーブルが所在なげにしている部屋で待たなければならなかった。

「さあ、若いの、行ったり！」ザック－アムヘルト氏は言って、どう行ったらいいか道順をくわしく説明した。「わたしは十一時まで手が放せない、と言ってくれ。それまでほかの生徒を温室に連れて行って、鉢植え植物の講義をしていてほしい。ヴォットリという名の男だ。郵便受けに名前を書いたプレートが取りつけてある。わかったな？」

ルートヴィヒはまた赤くなり、窓ガラスに額をもたせて庭園をじっとながめている義弟のほうをそっと偸《ぬす》み見た。それから出て行った。校長のおしゃべりを聞かないですむようにと、シュトゥーダーは腰を下ろしてテーブルの上にある本をパラパラめくった。ふしぎな本だった。インド人が書いていた。奇妙な実験の話で、著者は複雑な装置を使って植物の脈拍を計測しているのだった。それは、クロロフォルムを注入すると減速し、コカインを注入すると加速しかねない……

ようやくルートヴィヒ・ファーニーが戻ってきて、いまや四人は三階に上がった。ここでもシュトゥーダーはまず共同寝室を、そのピカピカの寄せ木張りの床を、赤い市松模様の羽根布団と枕を置いた白塗りのベッドを、礼賛しなければならなかった。それからようやく一行は通路に出て（そのグレーのタイルにはココ椰子繊維製の細長い敷物がかぶせられ、洗濯場には上に冷水と温水のコックがついた二ダースもの白い磁器製のタブがならんでいる）、黒字で二十六と番号を書き込んだロッカーの前で立ちどまった。

「開けなさい！」校長が命令し、それから刑事のほうを向いてつけ加えた。「むろんどのロッカーも予備の合鍵はわたしが持っています、しかしわたしの思いますに……」

エルンスト・エービは彼のロッカーを開けた……仕事着、日曜日の晴れ着……下着、靴……シュトゥーダーは在庫一掃に取りかかり、それらの物品をいちいちココ椰子繊維製の敷物の上にきちんときれいに置いた。ときおり横目でエービ・エルンストのほうを窺《うかが》い、若者の蒼白な鼻先をふしぎに思った。刑事はそうしながらさっきまで読んでいた本のことをぼんやり思い浮かべた。なんならこの生徒の脈拍を取ってみたい。いつもより速いんじゃなかろうか。きっとそうだ……血液循環を速めるのに、人間は植物みたいに毒性の異物を用いる必要はない……

「これは何だ？」シュトゥーダーは靴を取り出し終えると、今度は紐で括った包みを手にしていぶかしげに重みを量った。「これは何だ？」彼はくり返した。

返事はない。エルント・エービがかたくなな顔つきになった。そこで刑事は結び目を解き、包み紙をはがして中にあるものを見た。生糸製のパジャマだ。ズボンに赤い飛沫が点々……上着には血がべったり固まっている。左の前面にぎざぎざに生地のほつれた穴。

「これは何だ？」シュトゥーダーは三度目にたずねた。あいかわらず生徒が黙っているので校長がいきりたった。

「答えなさい！」だがエルンスト・エービは唇をぐっと嚙みしめ、いまや鼻だけではなく顔全体が蒼白になった。日雇いくんはしかし七面鳥のように顔を真っ赤にして、不安そうに義弟に目をくぎづけにしていた……

シュトゥーダーはもう一度試した。

「どこでこれを見つけたんだ、エルンスト？」

またしてもかたくなな沈黙。好意だけではどうにもならない。そこでシュトゥーダーはその血まみれの下着を床に置いたまま包み紙を持って窓際に行き、包み紙を調べた……明らかに包み紙に書かれた宛名がペンナイフで削りとられている。だがその茶色の紙を手にして窓ガラスにかざすと、次のような文字がはっきり読み取れた。

「パウル・ヴォットリ氏、園芸学校教師、ガンプリゲン近傍プリュンディスベルク。」そして発送人としては、

「エミリー・ヴォットリ夫人、アールベルガーガッセ二十五、ベルン。」

手がかりになるかもしれなかった。まるまるとふとった校長は目をまんまるにして刑事の作業を追跡していた……

——シュトゥーダーさん、何か見つかりましたら教えていただきたい、と校長は言って、太鼓腹にぶらぶらしている白金の時計鎖をもてあそんだ。質問を受けた相手は無言で肩をすくめた。

ヴォットリ……ヴォットリ……聞いたことがあるような名だな、と彼は思った。日雇いくんのルートヴィヒが使い走りにやられた先がヴォットリとかいうやつじゃなかったかな？　たしかヴォットリ先生が校長の代役をつとめるんじゃなかったかな？

「おたくの先生方、お名前はなんと言いましたかね、校長先生？」

ザック‐アムヘルトは右手を上げ、言われるがままに教師団メンバーの名を枚挙した。「果樹栽培が担当のブルーメンシュタイン──野菜栽培を教えるケールリ、それに鉢植え植物と肥料論と化学が担当のヴォットリ。このヴォットリは有能な教師でして……だからわたしも彼を監督に指名した……」

「ヴォットリは結婚していますか？」

「いいえ、刑事さん。ヴォットリは母親を養っていて──ヴォットリ夫人はベルンに住んでいます。いい息子です、孝行息子で……」校長の声はなんともあまやかだった！　唇が小さな輪をこしらえた。「そうですとも！　ヴォットリ先生は前途有望です。いずれにせよ……死んだファーニーともうちの先生は仲が良くて」──「うちの先生」……とこのデブは言ったものだ！──「うちの先生は仲が良くて……かりにヴォットリに何か遺産相続分があったとしてもふしぎはないと思いますね……あの人は、あの人里離れた宿屋でせっせと回想録を書いていた奇妙な滞在客は、たいそうな金持ちでした……」

するとザック‐アムヘルト校長も、あの「シナ人」が回想録を書いていることは知っていたわけだ。

「その回想録をお読みになりましたか、校長先生？」

「一部分だけ……いつぞやファーニーさんが抜粋して読んでくれたんです」

突然シュトゥーダーは生徒エービのほうに向き直った。

「その紙包をどこで見つけた？」

沈黙……かたくなな沈黙。日雇いくんのルートヴィヒ・ファーニーが義弟の沈黙を突破しようと試みた。

「言いなよ、エルンスト！」誠心誠意をこめて彼は言い、その声は涙ぐむようにふるえた。

が、エルンスト・エービは口を開こうとしなかった。彼は、大きなしたたかに赤らんでいる耳にあわや触れなんとするまで肩を吊り上げた――その動作で、何を言っても無駄だとほのめかそうとするように。もとより刑事にはこの無言の抗議《プロテスト》がわかった……

「あなたさえご異存がなければ、校長先生」（この提案をするのにシュトゥーダーは最高に美しい標準ドイツ語をつかって）、「われわれはおそらく――むろん先生の了解を得ての上のこと、またあくまでもご異存がなければの話ですが！――次のような結論に達することになりましょう。つまり校長先生ご自身も、この疑わしい包みを見つけたことで、あのミステリアスな殺人へのあなたの生徒の罪を――すくなくとも共犯を物語るものと認めざるをえますまいと……」

「ミステリアス、まさしくミステリアス……」ザック‐アムヘルトはため息をついた。

「ご存じですよね？　ここの二階にはすばらしい病室があって、空いています。空室です。これこそは貴校の最高に衛生医学的指導の証拠でして……」

「ホホホ」、とザック‐アムヘルトはお追従にくすぐられて笑い、照れて、糊付けしたシャツの胸前を隠している黒いプラストロン・タイ［幅広のネクタイ］に顎を埋めた。

「わたしは事件に確信が持てるまでエルンスト・エービを逮捕したくない」、とシュトゥーダーは話を続けた。それも二人の異父兄弟に一語一語よく聞こえるように声を大にしてしゃべった。「あの病室にこの二人の兄弟を入れてやってはいかがでしょう。ルートヴィヒ・ファーニーがあなたの生徒を見張れるし、請け合って申しますが、容疑者が逃走を試みることはまずありますまい。日雇いくんのことなら、わたしは信用しています……」

「何ですと？」校長はうなって顎を突き出した。「何ですと？　元救貧院の男を？　鑑別所で教育を受けた、この若者を信用しておいでだと？」

「はい」、とシュトゥーダーはおだやかに言った。「わたしは彼を信用しています。だってシナ……、えーと……彼の叔父さんだって……彼を信用してたんですからね……」

「あなたは責任を負わなくてはなりませんよ、シュトゥーダー刑事さん。そちらの後盾が州警察ならわたしだって……」

「どうだ、ルートヴィヒ?」日雇いくんがうなずいた。「じゃあ、おまえは、エルンスト?」

「はい……よろこんで!」

「では、これで万事片づいた!」シュトゥーダーはほっと一息ついた。安堵を物語る吐息だった。「昼のあいだは二人とも校内をうろついていて構わない。でも夕方六時になったら、校長先生、部屋のドアに鍵をかけて、鍵は翌朝まで保管しておいて下さい。あなたにはご自分の生徒の責任を取っていただきます!」

ザック‐アムヘルトは異議を唱えようとした――だがやがて唱えようとした異議をのみ込み、うなずいて了解の意をあらわした。

「ごきげんよう、皆さん!」刑事は片手をふって合図をし、彼の助手のライ麦色ブロンドの髪の毛を撫で、それから拳をまるめてエルンスト・エービの胸元に親しげなボクシング・パンチをくれた。

「バカはよせよ、ぶきっちょ野郎!」

それからゆっくり階段を下りて行ったが、まだ校長の激昂したどなり声が聞こえていた。ザック‐アムヘルトは「ぶきっちょ野郎」ということばにいきりたった。来年二月に緑の資格証明書を受けるはずの生徒に対して、そのことばは中傷以外の何ものでもなかった。

トリリおっかあ

園芸学校と旅籠屋〈太陽亭〉とを結ぶ道は救貧院の敷地の入口の前を通っていた。刑事は門の前で立ちどまり、大きな木桶で洗濯をしている小女に目をやった。もつれてフェルトみたいになった灰白色の髪の毛が小さな頭の上で風になびき、右のほうにすっかりずれ込んだ鼻は穴だけが大きかった。洗濯女の脇の地面には、汚れたシーツ、シャツ、クッションカバー、ハンカチが置かれ、足下には若い雄鶏《おんどり》がまとわりついてときおりコッコと鳴き声を上げようとした。が、雄鶏はうまく鳴けなかった。なんとか鳴こうとしても声が割れる――どうやら鶏は声変わりの最中らしい。

「こんちは、かあちゃん！」シュトゥーダーは立ちどまり、マントのポケットに拳をつっ込んだ。エービ・エルンストのロッカーで見つけた包みを右肘で腰に押っつけた……

「こんちは、美人おっかあ！」小女はくっくと笑い、咳き込み、目をしょぼしょぼさせて涙をにじませた。

「洗濯かい？　どっさり洗うね？」

「そうだよう！　トリリおっかあ、はたらかにゃなんねえ、はたらくだ、はたらくほかなんにもねえだ！……」

洗いざらしの青いコートを着た三人の救貧院収容者が、前庭で熊みたいに鈍重で緩慢なしぐさで踊っていた。三人ともそれぞれ箒を手にしていた。柴の小枝で塵を掃きあつめる箒だ――ところが突然突風がきて、あつめた塵の山を吹き飛ばしたではないか。するとまた箒がふみ固めた土の上をひっかきはじめた……

トリリおっかあはいつもこんなにきつく仕事をせんならんのかね？　と刑事はたずねた。――フンガーロット夫人がまだ生きてたら、おっかあの仕事もすこしはすくなくなったべが？――奥さんが？　あん人が水仕事をすると？　爪に色塗った手で？　家母が石鹸液に手を浸すことなんど金輪際ありはしねえだ。だで、トリリおっかあが洗わねばなんねえだ……「のう、ハンスリ［鶏の名］やい？」

雄鶏は、高すぎるスタンダップカラーからなんとか頭をねじり出そうとでもするように首をのばし――公証人のミュンヒそっくりだ、とシュトゥーダーは思った――、次いで紫色の鶏冠《とさか》をかしげて目くばせをした。「ゴォーオッグ！」雄鶏が言った。明らかに、鶏語で小女の言うことは嘘じゃないと請け合っている。

それから雄鶏は庭をつっ走り、とある塵の山の前で足をとめると脚でガリガリかき、嘴でついばんだ。三人の救貧院の男たちは柴の小枝の箒の柄で身体を支えながらそれをじっと見ていた。それからポケットを探って鳥にパン屑を与えた……

「ハンスリ！」洗濯女が大声で呼んだ。鶏はコッコとこちらへやってき、鳴き声を出そうとし、ぶるっと身震いをして――今度は地面に置いたシーツをついばみはじめた。

トリリおっかあが歌をうたった。

「かあちゃんの部屋にはフムフムフムが、
かあちゃんの部屋には風が吹く。
フムフムフムだらけでこりゃかなわん、
風だらけでこりゃかなわん。
おまえ　物乞い袋とフムフムフム持ち、
おまえ　物乞い袋と籠持って……」

小女はどうしてベルン・ドイツ語の歌ではなく、アッペンツェル民謡をうたうのだろう。シュトゥーダーが考えあぐねていると、このとき突然肘の下にはさみ込んであったあの包みが地面にはたと落ちる感じがあった。包みがぱっくり開き、二つの雲のあいだから顔を出した太陽が血まみれのパジャマをギラリと照らし出した。まず雄鶏がバタバタ駆け戻ってきた。近くまでくると、パジャマの薄手の生地に爪をたてて何度も何度もついばんだ――さっき汚れた寝具をついばんだのとそっくりに……

「こら、行け……しっ……行けったら！……」刑事は手をたたいたが、鶏は腰をすえたまま、できそこないの鳴き声を出すばかり。

ずいぶん人ずれのした鶏じゃないか！　シュトゥーダーはおどろいてそう思った。

「そうだよ、ねえ、ハンスリ！　うん、わかったよ！」小女は大桶のなかから洗濯物をつかみ出して水をしぼり、かたわらの舗石の上に投げ出した。シュトゥーダーはしゃがみ込んで自分の持ち物をひろい上げようとしたが――鶏は妙に気が立っていた。空中に飛び上がり、包み紙を嘴で食いちぎった。それをやめると汚れ物いじりをまたはじめた。

シュトゥーダーはやっとのことで茶色の包み紙でパジャマをくるみ直すことができた。トリリおっかあよ、あんたの齢にしちゃ歌がうまいでないの、と彼は言った。で、家母はどんな病気だったのかね？

小女は泡だらけの水を平手でぴしゃりと叩いた。とばっちりが刑事のとがった鼻のところまできた。

――あん人は、家母さは、むごたらしい病気を病まねばならなかっただ、と老婆は言って、くしゅんと鼻をかんだ。それから濡れた手の甲で目をこすった。

――むごたらしい？　一体、その病気はどんな容態なのかね？

すると小女は右手を口の前にかざした――なにもかもがまとも、というわけじゃなかっただ。でも口に蓋しとくのがいちばんいいだい……

――なにかあやしいことがあったんだな？　どうしてそれを話しちゃなんねえだ？

小女は人差し指を落ちくぼんだ唇に当てた。
――くっちゃべりすぎねえのが、と彼女は言った、まんずいちばんだべや。
――んだともさ、と刑事はうなずいた。けど、おらのことなら信用できるだ。ほかさにぺらぺらくっちゃべらねえて、トリリおっかあよ、保証するだ。捜査官ちゅうものは口が固い訓練さしてるものだからの……

しかしいくら保証しても老婆はどこ吹く風の面持ちで、あの鼻唄を口ずさんだ。

「おまえ　物乞い袋とフムフムフム持ち、おまえ　物乞い袋と籠持って……」

その小唄を最後まで歌い終らぬうちに妙なことが起こった。汚れた下着をついばんだり、とがった嘴でシュトゥーダーの拾得物をいじくり回していた例の雄鶏がばたりと倒れたのだ。瞼が下のほうから目にかぶさり、ハンスリは弱々しくココッと鳴いて脚爪をだらんと伸ばし――と、死んでいた。

いまや老婆は悲嘆のあまり泣きくずれた。「ハンスリ、あたしのハンスリ！　どうしたんだい？」真っ赤に爛れた目から涙がぼろぼろ転がり出た。老婆は鶏をだき上げて子供のように腕にかかえてゆすり、この子が死んだのはおまえのせいだ、とばかりの非難がましい目で刑事を見た。トリリおっかあのまわりに、箒のつっかえ棒をしている三人の救貧院の男たちがやってきた。一人はおっかあの背中のほうに、もう一人は右側に、三番目のは左側に。シュトゥーダーは、昨日ここに到着したとき墓場で見た光景を思い浮かべないわけにはいかなかった。三人の男が一つの死体をとり囲んでいる……

雄鶏は、まあなんとあっけなくくたばったことだろう！　刑事は、鶏が大桶のそばの汚れた下着をついばんでいたのを思い出し――で、シュトゥーダーはしゃがんでその下着の山を選り分けはじめた。三枚のハンカチ――いずれもニンニクのいやな臭いがした。一枚一枚ひっくり返し裏返すと、ようやく組み合わせ文字《モノグラム》が見つかった。A・Äの二つの文字をくにゃくにゃからめたものだ――アンナ・エービ……

ニンニク？　そんなもの大した証拠にならない。ちなみに雄鶏は、刑事が肘と腰のあいだにはさんでいたあの包みも嘴でいじくりまわしていた。で、この包みにも鼻を当ててみると――まちがいない、茶色い包み紙もニンニクの臭いがした……シュトゥーダーはぼんやりさる毒殺事件の捜査を思い出した。あのときシーツやハンカチが調べられ、法医学部局助手の、ミラノ出身のジュゼッペ・マラペッレ博士が懇切丁寧に説明してくれたものだ。ニンニクの臭いはたいていの場合砒素の存在を推測させる。それに血液中に砒素鏡反応が出れば、充分使える証拠がそろったことになる……アンナ・エービ……アンナ・フンガーロット‐エービ……彼女の下着にニンニクの臭いがした……だがヴォットリ某宛ての小包の、茶色の包み紙にもニンニクの臭いがした……ヴォットリ——プリュンディスベルク園芸学校の教師だ。

シュトゥーダーの頭のなかに大きな混乱が生じた。「シナ人」はアンナ・フンガーロット‐エービの墓の上に寝かされていた。上っぱりもマントもチョッキも無傷で、きちんとボタンがはめてあった。それなのに、それなのに心臓に弾丸が命中していた……ホトケのパジャマは一人の園芸学校の生徒のロッカーで見つかり——ニンニクの臭いのする紙に包んであった。それに昨夜は？　家父の家に客にきていた公証人ミュンヒは、どうして友人シュトゥーダーの脛のあたりに足蹴をくれて痛めつけたのか？　三度も蹴りやがった！　刑事がフンガーロット夫人の死に言い及んだというだけのことで。

ヴォットリ……ヴォットリ……どうしてこの名前がシュトゥーダーにつきまとうのか？　異様な臭いのする包み紙に名前が書かれていただけのことでか？　あの雄鶏がほんとうに毒殺されたのかどうか確認しなければならない。それだって確実じゃない。エキセントリックな理論のにおいがする。事実は——これを忘れてはならないが——ときとして空想の産物より奇なり、なのだ。

どうやら公証人ミュンヒはなにかの形跡を追っているのだ。もしかすると毒殺の形跡を追って素人探偵の役を演じようとしているのではないか？

やにわに刑事は裏打ちをした革コートの内ポケットから新聞を取り出した。新聞紙の一枚は三枚のハンカチを包むのに使い、二枚目と三枚目は死んだ雄鶏を包み込むのに使った。老婆が仲良しの死体を渡したがらなかったので、格闘に近い争いをしなければならなかった。だが結局はシュトゥーダーが三つの包みを腕にかかえ、その場を立ち去るありさまはほとんど逃走といってよかった……

三人の救貧院の男たちが彼の後姿をじっと見ていた。そして旅籠屋〈太陽亭〉のほうに通じる街道に出てあたりを見まわすと、園芸学校と救貧院とをへだてる境界線のところに二ダースばかりの若者がずらりと並んで立っていた。彼らはゲラゲラ笑い、膝を打ち、人差し指を曲げて走って行く捜査官を指さした。一団からやや離れたところにやせた男が一人、こちらは背が高くきれいに髭を剃っていた（どうやら教師ヴォットリだ！）が、あざけり声を上げる連中を鎮めるすべとてもなかった。

また雲間から日光が射して学校の正面を照らし出し——いちばん隅の角の一つの窓が開いて二つの頭が突き出していた……そこからも笑い声、あざけり声が聞こえてきた。日雇いくんとその異父弟が逃げて行く男を笑っているのだ……「待ってろよ！」シュトゥーダーはつぶやいた、「わたしはおまえたちが必要なんだ！」旅籠屋の角を曲がると息せききって階段を駆け上り、食堂に入り込んで椅子に倒れ込んだ。フルディーがカウンターの向こうにいた。刑事は額の汗をぬぐい、ビールの大ジョッキを注文し、長い太い紐をもらいたい、と言った。紐をもらうと目の前のテーブルに置いた三つの包みをそれでぐるぐる巻いた。そしてこの複雑な仕事が終ると、立ち上がって部屋を出て行った。ウェイトレスにまだ始動するモーター音が聞こえていたが——やがてシュトゥーダー刑事はベルンをさして走っていった……

連邦首都にて

ブルクドルフを通りながら、刑事は突然、教師のヴォットリと顔見知りになるのを忘れたのに気がついた。もう一つのことも忘れていた。そう、友なるベルンのミュンヒ公証人と会わなくてはなるまい。この法律に通じた男に遺言状について、殺されたホトケの財産について、根掘り葉掘りたずねる必要がある。ヴォットリ教師も遺産の分け前に与かるのであれば、この事件にはにわかに、たとえば園芸学校生徒エルンスト・エービよりはるかに疑わしい未知の人物が浮かび上がってきたわけだ。エルンスト・エービは、死んだ「シナ人」のべったり血のついたパジャマを二十六の番号のロッカーに隠していた……二十六……十三の二倍！……この数字はなぜなのか？　シュトゥーダーは頭《かぶり》をふった。どうやらそれは数字にまつわる迷信的な考えを追い払うためだったらしく、——それにまた風がバシバシ顔に吹きつけてくる雨が、頰に、鼻に、痛みを加えているためでもあるらしかった。

ジェームズ・ファーニーの死体が法医学部局に運ばれているのはわかっていた。そこで彼はベルン駅のほうに右折した。以前の事件来顔見知りのマラペッレ博士が、どっとばかり歓迎のことばを浴びせかけながら迎えてくれた。射殺された男の死体に関しては、とこの警察医助手は伝えた、大したことはわかっていません。シュトゥーダーはもう一度死体を見せてもらいたいと言い、どぎついまでに白い部屋に案内された。「シナ人」の顔はあざけりの面持ちを浮かべているようだった。おそらく唇がもう口髭に隠されてなくて、おかげで骨太の顎のほうにだらんと下がった口元が見えるためだろう。

「くだくだしい専門用語であなたをわずらわせたくありません、警視……弾丸《たま》は心臓を貫通しています。この男は即死でした」

「大量出血でしたか?」

「その通り! 内出血はありませんでした」「どのくらいの距離で撃たれたのでしょう?」

「その見当は非常に難しいですね……難問ですな……爆燃の痕跡はなく……たぶん四ないし五メートルでしょうか」

「で、銃の口径は?」

「ざっと二十六口径ですかな」

「何ですって?」シュトゥーダーは面食らって目をしばたたいた。「ずいぶん小さな弾丸だったんですね。ご存じのように、死体のそばに発見されたのは大口径の拳銃でした。コルト、つまりほとんど携帯機関銃なみの拳銃です──その銃からも発砲されたのでしょうか?」

マラペッレ博士が刑事を「警視」と呼ぶのは、相手に満足した場合にかぎられた。だがシュトゥーダーに腹を立てたときは呼び方を変えて、「曹長」と言った。そしてその曹長《セルジェンテ》ということばの〈r〉を巻き舌で発音するのだった。

「ノー、セルジェンテ!」警察医助手は言った。あげくの果ては、刑事さんは高級な、知性のある犯罪学者ではない、と主張するにいたった──だって高級な、知性のある犯罪学者なら射入口を一目見ただけでこの傷が小口径の銃でできたものだとピンとくるはずですからね。

シュトゥーダーは首筋をかいた。とがった鼻のまわりの皮膚にしわが寄った。狼狽した。死体の調査を精密にやっておかなかったことで自分が憤《いきどお》ろしかった。しかし結局のところ──捜査刑事が医者の知識を持つ必要はないのだし、この矛盾に気づかせてくれるのが、あの長年髪を刈っていないプリュンディスベルクの医者の義務だったろう。シュトゥーダーは肩をすくめた。それからハタと膝を打った。

が、バイク後部の相乗り席にのせてきた、あの紐で括った包みのことを突然思い出した。彼は「シナ人」の死体に背を向け、ドアに向かって突進し、そこでもう一度首をめぐらせて、階上の実験室で待っていてほしいと警察医助手に呼びかけた。いま、分析の必要がありそうなブツを何個か持ってくるから。

「いいですとも《ベーネ・ベーネ》、警視《イスペットーレ》」と、今度はすこぶるなごやかにマラペッツレ博士は言った。このミラノ人は捜査刑事にたいそう好意を持っていた。それというのも、がっしりした体軀をしてほとんど農民のような感じがするこの男がすこぶる流暢にイタリア語を話すからだった。そればかりではない。退屈な質問はせず、すくなからぬ学問的問題に通じていた。

　シュトゥーダーはしかしまもなく三階の実験室にやってきた。彼はいつも階段を一度に二段ずつ上る癖があるので、ふうふう息を切らせていた。

「これです、博士《ドットーレ》」、と彼は言って、包みをテーブルの上に置き、軍用ナイフを取り出して紐を切った。

「鶏《ウン・ガッロ》だ！」警察医助手は叫んで雄鶏を手でゆすった。「でもどうして？　何のために鶏を、警視さん？」

「解剖して下さい！」シュトゥーダーは命じた。「それから内臓を調べて下さい。砒素が見つかると思います。あと、まだこれと（と三枚のハンカチを指さして）、それにこっちのこれと（とヴォットリの名前が書いてある茶色の包みを見せて）、最後にパジャマが一着。」

　マラペッツレ博士の派手なネクタイはシャツの固い襟先で小さな結び目を作っていた。警察医助手はその結び目を拇指と人差し指のあいだでつまみながら、盛りだくさんの物品をおどろいてながめた。

「砒素？　As？」当の元素の化学記号を使ってたずねた。

「そう」、とシュトゥーダーはうなずいた。「Asがね。」

　イタリア人はすみやかに上着を脱ぎ、白い実験室衣に着替えて――仕事に取りかかった。救貧院の老婆の有翼の友たりしハンスリはランセットで切開され、素嚢の中身はフラスコに入れて水にひたされた。ブンゼンバーナーの焔が青い舌みたいにフラスコの球をのせた金網をなめ、水が沸騰しはじめ、濡れた布で包み込んだ頸部に湯気が立ってきた。と、ジュゼッペ・マラペッツレはガスを止め、ブンゼンバーナーは舌をひっこめ、濡れた布が取りのけられた。砒素鏡反応は明瞭だった。

「ふむむ」、とシュトゥーダーは長く引っぱってつぶやいた。「鶏は毒殺、ですよね?」

「まちがいない《センツァ・ドゥッビオ》」、と警察医助手はうなずいた。「まちがいありません。」

今度はハンカチの番だった。ハンカチにも砒素が検出された。お次は包み紙で——砒素鏡が輝いた。シュトゥーダーは混乱した。混乱はしかし最後に故ジェームズ・ファーニーのパジャマが調べられるに及んで、いやましに高まった。パジャマ・ズボンは半時間水にひたされていたが、フラスコの水が加熱されてもフラスコの嘴の部分に変化は見られない。内壁に水滴が数滴こびりついたが——輝く砒素鏡を作ることはなかった。次にパジャマの上着をほぼ四十五分間ひたしてあった液体を加熱すると、ほとんど輝きのない、透明な湯気ができただけだった。マラペッツレ博士の意見では、パジャマをくるんでいた茶色い包み紙のせいでごく微弱な反応があるのだという。

懐中時計を取り出すと、シュトゥーダーはあわれな男を長く引き止めすぎたのがわかった——法医学部局にやってきたのが十一時半、それがいまはもう二時過ぎだった。そこで刑事は唯一まともなことをした。イタリア人を食事に招待したのだ。バイクは街中をバタバタ音を立てて走った。マラペッツレ博士は後部相乗り席にまたがり、ときおり刑事の左耳に適切なコメントをがなりたてた。ヘトヴィヒ・シュトゥーダー夫人は夫のしょっちゅう変わる食事時間には慣れていて、食卓の支度はできていたが、三人目の支度を追加するのにさして時間はかからなかった。

警察医助手は魚のスープをスプーンでかきまわし、シュトゥーダーが腹立たしげにお世辞はやめてくれと言うまでスープの香りをほめ続けた。要らざるお追従を聞くために、と彼は言った、博士を昼食に招待したわけではなく、こちらはあなたと討論がしたいのです……

「いまは討論する気なんてありません、いまは食べること!」警察医助手はお説教をすげなくさえぎった。

ブラック・コーヒーになってはじめてシュトゥーダーは話を切り出した。だが刑事夫人はキッチンに引っ込んだ。食器を洗わないとね、と彼女は言ったが、ありようはまた殺人事件の話を聞かされるのは気が進まなかったのだ。

そもそも捜査官と結婚したのが災難だったので、この手の亭主は食事時間には遅れるし、死亡事故や盗みや強盗殺人のことしか頭にないときてるし。

「今度のは強盗殺人じゃない」、とシュトゥーダーは腹立たしげに言って、「シナ人」の事件を縷々《るる》開陳しはじめた。彼はお墓の上に寝かされていた射殺死体の話をした――殺人者は明らかに自殺を装わせようとした。しかしそれはできない相談だった。心臓を撃たれたのにホトケの服は無傷で、ボタンがきちんとかけてある。のみならずマラペッレ博士の意見によれば、弾丸はすくなくとも四メートルの距離から発射されているという……

「おぼえてるかい、マラペッレ、ゲルツェンシュタインで起きた事件のことを――われわれはあのとき知り合ったんだった。あのときは今度と正反対だった。自殺ということがありえた。ヴィッチは爆燃を隠そうとしてピストルの銃身に手巻煙草のペーパーを詰め込んだ。でも結局、村中の人びとが自殺だと思い込んでいるのに、わたしは彼以外の何者かがすくなくとも二メートルの距離から撃ったと見た。当時あの事件を扱っていた予審判事はいまもってそう思っている。博士《ドットーレ》、あなたとわたしを別にすれば、現実に何が起こったかを知っているのは一人の女しかいないのです。」

「ヴィッチ事件ね」、とイタリア人はうなずいた。

「今度のはもっと腹立たしい」、とシュトゥーダーはため息をついた。「ヴィッツィという家族名もiで終っていたけど、今度は三つの家族名とも、エービ、ヴォットリ、ファーニーとiで終ってる……ホトケはファーニーという名前なんです。ヴォットリというのは園芸学校の教師。母親がベルンに住んでいて、この母親がどうやら息子に送る下着を包むのに使ったのが、あなたがいま砒素を検出されたその茶色の包み紙なのです。どうしてこの包み紙に、この茶色の包み紙に、砒素の痕跡が証明できるのでしょう？　この疑問にお答え下さるなら……」

「まあまあ《パッツィエンツァ》！　お待ちなさい！」ジュゼッペ・マラペッレが制した。次いでマラペッレは、雄鶏とハンカチにはどんないわくがあるのかとたずねた。シュトゥーダーは今朝方起こった出来事の話をした。

「たぶん」、と応じて法医学部局の警察医助手は言った、「あなたは見当ちがいをしてますね、警視さん。事件は全部、園芸学校の近くが舞台だということを忘れてはなりません。」

「園芸学校がどうして砒素と関係があるんです？」

「非常に関係がありますね。第一にこういう学校にはかならず化学の授業があるでしょう……」

「ああ！」シュトゥーダーはおどろいて言った。「その通りだ。ヴォットリは化学の教師もしてます。今朝、校長がそう言っていた……」

「ほらね。第二にこの種の学校では生徒たちに、植物につく害虫をいかにして絶滅させるかを教えるはずです。病害虫駆除に用いられる薬はおしなべて有毒です。虱《しらみ》対策にはニコチンを使うし、蛾の幼虫駆除には砒素製剤を使います。おそらくその教師は——何と言いました、彼の名前は？　ヴォチュリ？　スイスにそんな名前があるんですか！——ええ？　ああ、ヴォットリね、よろしい。おそらくヴォットリ教師はどこかで、たぶん病害虫駆除剤が収納されている倉庫で、その包みを開けたので——包み紙がこうした物質と接触して——それで砒素反応が見つかったのでしょう。おわかりですか？　え？」

　シュトゥーダーはうなずいた。説明はつじつまが合う、というより筋が通ってさえいた——つじつまが合わないことが一つだけある。ハンカチが故フンガーロット夫人のものだということだ。夫人のハンカチが蛾の幼虫の駆除剤と接触することなどまずあり得ない。刑事はそこで警察医助手に反論したが、こちらは肩をすくめるばかり。

「もっと捜査を進めなければなりませんね、警視。ヴォットリの母親に会いにいき、それにフンガーロット院長夫人と、たしかその弟の生徒エルンスト・エービの母親も探さなければ、ねえ？」シュトゥーダーはうなずいた。

「たぶん両方の母親のところで重大な事柄が見つかるはず。それからフリュンディスベルゴ［プリュンディスベルクのイタリア語訛り］に戻らなければなりません。なぜって、あそこに解決が見つかるはずだから——あの、われわれの最初の事件の場合と同じようにね。あのときにも解決は村にありました。Asのことはしばらくおあずけにするのです……」

　警察医助手は外でヘトヴィヒ夫人にいとまごいをしていたが、そのあいだシュトゥーダーは背もたせ椅子にずっと身を沈めていた。片手を目の上に置いていたが眠っておらず、物思いにふけっていた。友なるミュンヒが自分に足蹴をくれたのは、あれはどんな意味だったのか？

二人の母親

シュトゥーダーは立ち上がって寝室に行った。電話のある場所がベッドの枕元のナイトテーブルの上だったからだ。受話器を取り、郵便小切手局の番号を頼んだ。待たされた。ようやく十分後にまたベルが鳴り、ジェームズ・ファーニーの預金残高が六三二五フランであることを聞き出した。かなりの大金だ……振込銀行はどちら？——リヨン銀行でございます……そこでシュトゥーダーはフランス銀行協会ベルン支社に電話をした。するとおどろき入ったことを聞かされた。銀行機密というものがあり——たぶん聞き出すのが難しいのではないかと案じていた。まるであべこべの事態が生じたのだ。ファーニー氏は、自分の財産について警察の問い合わせがあればただちに答えるように、との指令を残していた。安全を期して——と相手は、シュトゥーダー氏に受話器をいったん置いてくださいと頼んだ——すぐにこちらからかけ直します。ご自宅の番号宛てですね？　かしこまりました……それから電話がきた。預金はアメリカ・ドルが十万ドル、イギリスのポンドが一千万ポンドございます。そのほかにファーニーさまはまだ、宝石を収納する貸金庫を借りておいでになります。ダイヤだの、サファイアだの、ルビーだの。丁重にまたうやうやしく、シュトゥーダーは受話器を受話器受けに置いた。新聞の外貨の為替相場を探した……ポンドは十五コンマゼロ三、ドルは三ドル対二十五スイスフランになっていた……莫大な金額だ！「シナ人」はざっと五十万スイスフランの財産を遺していた。それも未確定の宝石を内蔵している貸金庫の中身は別として……シュトゥーダーの首に吐気のようなものがこみ上げてきた。突然、この事件に神経を逆なでされた。何だ？……

ただの単純な遺産相続案件だったのか？　幸運な遺産相続人——というより幸運な遺産相続人たちを発見する、すると犯人が割り出されるのか？　くそっ！　すると——まさに、するとだ、犯人が割り出されるのはもういくばくもなかろう……そう、この事件にはいよいよ興味がなくなった。一生のあいだかならずしもいいことばかりはない安月給の男にとって、赤の他人のために財産を守ってやるのがうれしい話であるわけがない。……そして結局のところ——「シナ人」の財産はだれのポッポに入るのか？

刑事はベッドにすわりこんだ。外の曇った日は室内にわずかにくすんだ薄明りをにじませているだけだ。シュトゥーダーは手をまるめ、拳を目の前に持ってくると、まず人差し指を伸ばした。「第一に、姉だ……」とつぶやいた。中指がピッと飛び出した。「第二に、その姉の私生児の息子——日雇いくんだ……」お次は薬指の番。「第三に——園芸学校生徒エービ・エルンスト。第四に彼の姉の、フンガーロット夫人……」シュトゥーダーは自分の手を見やった。残るは拇指だけだった……いまその拇指がピッと飛び出し、掌の面と直角をなす位置にきた。……「それに亭主は？　娘の亭主は？　貧困問題の家父は？　えっ？　それに左官のエービだ……指がいくらあっても足りやしない！」

「ケービ［ヤーコプの愛称］、コーヒーを一杯いかが？」ヘトヴィヒ夫人がドアの向こうからたずねた。

「いらん！」刑事はご機嫌ななめでうなり声を上げた。彼はコート掛けのところに行って上着とマントを着、アパルトマンのドアをさっと開けた。後手にバターンとドアを閉めようとして後悔の念に襲われた。——たぶん日曜日には戻ってこられるよ、と小声で愛想よく言った。——いまいましい事件なんだ……シュトゥーダー夫人は悲しげにうなずいた……日曜日？　今日がやっと木曜日だというのに。「じゃあな、ヘディー……」そう言うと刑事は念入りにドアを閉めた。

彼はバイクにまたがり、アールベルガーガッセ二十五に行った。ヴォットリ教師のことをくわしく知りたかった。なにしろこの男は、砒素の痕跡が検出された包み紙の持ち主なのだ……

その三部屋のアパルトマンは二階にあって極度に清潔だった。白髪のわりに若く見える（顔にまるでしわがなかった）婦人が一人、ピカピカに磨き立てた寄せ木の床をフェルトのスリッパ履きでやってきた。ドア際からもうしゃべりはじめ、このおしゃべりの洪水はなんとしても止められなかった。彼女は、ベルン語のかけらで薬味をつけた奇妙なバーゼル語をつかい——どうやらもう長いこと故国を離れているらしかった。息子を自慢した。——とても賢くて、物知りの子なんです……おおォー……園芸だってただの下働きからはじめて——独学でやってきたんです。というのもちょうどその頃父親が亡くなって、家にお金がなくて。はいはい……十六歳からはじめて、パウルはまもなく何もかも教わってしまいましたの。ポストが転々と代わったものですからね。はじめは苗木畑、それから野菜、お次が薔薇栽培、最後に景観園芸——刑事さんは、景観のお仕事をするというのがどういうことかご存じかしら……？　ご存じない……？　あのね、新しい庭園を設計するんです……はいはい……そのプランをパウルが立てたんですよ！　それからパウルはドイツに行きました。ベルリンの近くです。多年生植物栽培の修業のためです……だって——だってそうでしょ——新しい庭園にはもう縁取り花壇なんか設営しませんでしょう。代わりに多年生植物ですわ、飛燕草とかあやめとか、水仙とか草夾竹桃《フロックス》とかアスターとか、何という名前の植物であろうがね。多年生植物の後でパウルはシュトゥットガルトに行き、王宮の熱帯植物栽培用温室で蘭栽培のスペシャリストになる修業をしましたの……「どうぞ、おかけになってください、刑事さん……」何かお飲みになりませんこと？

シュトゥーダーは頭《かぶり》をふった。質問をしたかったが、滔々たる流れはやまなかった。——はい、蘭の栽培に……！　夜は本を読んで、そりゃもううんと勉強して、植物学の専門誌に科学論文を——はいはいはい——科学論文を書けるところまで行きました……

刑事は頭をふってうなった。きれいな白い歯のある老女にとりあえずおしゃべりをさせておくほかない……

それからパウルは、トゥーン湖畔にお城がある金持ちの旦那に呼ばれてスイスに帰国しました……三人の労働者を配下に持ち、彼らに働いてもらえるようにと——パウルは率先範を垂れて、ときには日に十四時間も働きました。それから金持ちの旦那が亡くなり、パウルに仕事の感謝のしるしに遺贈金が遺されました……

「いかほど？」シュトゥーダーの質問が長い話を切断した。が、そうしたところで話をやめさせることはできなかった。

――五千フラン！　はいはいはい！　五千フランでした！　ちょっとした一財産ですわね！　で、それからまもなくパウルはベルン政府からプリュンディスベルク園芸学校の教師に選ばれました……おぉ！　それで息子は生徒たちに人気がありますのよ！　たいていは――たとえば年間講習コースの生徒ですが――、なかには冬期コースだけをやる生徒もいて、この子たちでさえ後でどこかまたほかの勤め口に行ってからも、ただもうパウルのことが忘れられないのね。そんなふうにパウルは人気がありました。パウルは何でも知ってました――肥料理論であろうが、樹木剪定であろうが、温室栽培であろうが……何でも、はい、何でもかでも知らないということがありませんでした、パウルは……

「化学も？」この第二の質問もするどい口笛のような響きがした。

――もちろん、もーちろんですとも……それからまたことばの雨あられ。まるで窓ガラスを叩くどしゃぶりの雨だ……シュトゥーダーは頭をたれた。彼は安楽椅子にすわっていた。安楽椅子は赤いフラシ天張りで、腕木は請け合って毎日つや出しワックスで磨いているにちがいなかった。母親がようやく口をつぐむと、刑事はいともいたわり深く、いとも慎重に、ヴォットリ夫人が息子に送られた包みには何が入れてありましたかとたずねた。

――えー、本です！　五日前にパウルに本を何冊か送りました。刑事さんはどうしてそんなことを聞きたがるのかしら？

「大したことじゃありません……」――で、パウルはファーニーとかいう男と親しくしていませんでしたか？　プリュンディスベルクの旅籠屋〈太陽亭〉の一室に住んでいた男ですが……――ファーニー？　はい、そりゃもう！　ファーニー氏はいつぞや――刑事さんはもしかして昨日の朝死体で発見されたあのファーニー氏のことを言ってらっしゃるのかしら、そうでしょう？――では申します、あのファーニー氏は家を建てようとして――プリュンディスベルクに――息子に庭の設計プランを立ててくれる気はないかと問い合わせてきたんです……設計プランならパウルはお手のもの！　すばらしい設計プランですのよ！　都市造園家でさえよくパウルが何でもできるのにおどろいて、園芸学校の休暇中に一度かならずベルンにきて植物園の植えつけを手伝ってほしいと言ってました……はい、さようで……でも、シュトゥーダーさんはそろそろ喉が渇きましたでしょう。何かお飲みになりませんこと？　パウルがプリュンディスベルクで品種改良した新種のイチゴで作った、特製の上等なイチゴ酒がちょうどございますの。あのリキュールを召し上がりません？

刑事はうなずき、礼を言って、夕方にはプリュンディスベルクに戻らなければならないのでと言った。

ヴォットリ夫人はキッチンに行き、一本の瓶をかかえて戻ってき、二つのグラスに酒を満たすと刑事とグラスを合わせた。

シュトゥーダーがちょうど円形テーブルに自分のグラスを戻したときのことだ。家の中のどこかで物音がした。聞き耳を立てた――椅子が倒れ、お皿がガチャンと音を立てて床に砕けた。騒音はさながら部屋のなかで霰《あられ》が爆ぜているような感じだった。そんな夏の悪天候のことが思い起こされるというのも、音がどうも家の三階からやってくるために相違ない……

「あちらは、どなたがお住まいなのですか？」シュトゥーダーは言って、拇指で天井のほうを指した。

こんどは女の叫び声がした。甲高く哀訴するよう――。ヴォットリ母はしかし頭《かぶり》をふった。エービが今朝早く帰ってきたの、と彼女は言った。きっとまた酔ってるのね。ほら、女房を鞭で打ってる……

「エービだって？」刑事はたずねた。「エービには子供がいるかい？」――「はい」

「一人は息子で、一人は娘……」娘のほうは結婚して、豪華な披露パーティーを挙げたわ。夫は政府高官で――でもそれがアンナに何だというの？　何の役にも立ちはしないわ！　その娘はついこのあいだ死んでしまった。息子はのらくら者。日雇い労務者でのらくらして、いまになって、三十近くになってやっと、なんとかプリュンディスベルクに入れた……外国帰りの金持ちの叔父さんが援助してくれたのよ……

「で、父親は？」

――一カ月前から石炭販売の臨時雇い職に面倒見てもらっているわ……時給一フランの稼ぎになるの……

「高が知れてるね……」シュトゥーダーは言った。

……いえ、いえ。でもよく二日酔いで休むんです、アルノルト・エービは。それも日曜日の続きの月曜日だけじゃなくて。今日だって三時にはもう仕事をうっちゃって飲みに行ったんだわ、きっと。「はい、あの人はうちのパウルとは人種がちがいます。うちの息子はお酒は飲みません」

　刑事は老女をまじまじと見つめた。鼻の右側に、川の茶色い浮きコルクみたいに、あちこちにソバカスがひょこひょこ浮き出ていた。シュトゥーダーにはヴォットリ教師の像がいよいよはっきり見えてきた――この男が「科学者」だという事実が画竜点睛をなした。刑事は一生のあいだに、書物から――たいていは百科事典から――知識を得てくる人間（いうところの「独学者」だ）をたくさん知っている。ふつうこうした人たちは、目に見えない兜のように、確固たる信念を頭にかぶっている。彼らは何事にも精通していているが――しかし考えがことごとくまちがっている。自分は何でも知っていると思い込んで、自信満々だが――ときとして、いや、じつにしばしば、この自信のためにまちがった道に駆り立てられる。幸運に恵まれることはめったにない……あの教師もこうした人間のお仲間なのだろうか？　彼は一度五千フランの遺産を相続している――今度はこれを上回る大金を望んだのか？刑事はため息をついた。刑事のおだやかな心は無益な争いごとに関わりたくなかったからだ――なのにそんな争いごとを目前にしている。あの園芸学校教師とひとまず話しあってみれば、それが表沙汰になってくるだろう……頭の上で女の泣く声がいよいよ声高になり、パシッパシッと平手打ちをくわせる音が聞こえた。

　ここでヤーコプ・シュトゥーダーはいとまごいをした。が、それでいてアルノルト・エービと顔を合わせることはできなかった。階段室までくると、階下の家全体の門扉の錠前がカチャリと下りるのが聞こえ、階上ではうめき声が聞こえた。彼はそっと階段を上った――ヴォットリ夫人は自分の住まいに引っ込んでいたので、何も気にする必要はなかった。半開きのドアの前に女の身体が転がされていた。頭にくしゃくしゃにつっ立った髪は、短く刈り込んで脂じみた灰色だった。黒い木綿服を着……青い前掛け……足は茶色の短靴を履き、その踵で赤いタイルをガンガン蹴とばしている。門柱の汚れきった呼鈴ボタンの上に画鋲で名刺がとめてある。

アルノルト・エービ、
左官親方

シュトゥーダーはしゃがみこみ、わなわな震える身体の下に腕を差し入れて起こしてやると、アパルトマンのなかに入った。通路の廊下——寄せ木の床は埃だらけで敷物もない……ワンルームの居間——清潔で、家具はほとんどない。ダブルベッドに茶色の毛布がかけてある。その上にひくいうめき声をあげている女を寝かせた。女はすくなく見積もっても六十歳。額がかなり禿げ上がっている。なかば閉じた瞼のあいだに角膜が白く光る。唇が開いて二列の歯が見えている。幅広で長い、黄色い歯——馬の歯のようだ。うめき声ははじめ、「アアｰオオｰアアー！」だった。いまは瞼もすっかり開き、身体にかけてある毛布そっくりに紅彩が茶色くて光沢《つや》がなかった。

「水！」女がうめいた。シュトゥーダーは廊下に出てひとまず玄関のドアを閉め、それからキッチンに行った。ここは床中に皿の破片がまき散らされていた。前脚が二本とも折れた椅子が壁際に転がされていた。食卓テーブルは紙切れや汚れたフォークやスプーンで散らかっていた。食卓テーブルの端に万力が固定してあり、シュトゥーダーはそれに手を触れてみた——と、鉄の切り粉が指先にこびりついてきた……

万力……鉄の切り粉……こんなところで何を鑢《やすり》がけしたのだろう？

刑事はグラスを濯《すす》ぎ、それに水を満たして居間に戻った。女は手を伸ばし、水を飲むとまたばたんとひっくり返った。

「あんた、だれなの？」彼女は言った。シュトゥーダーは名前を名のった。

「何のご用？」

「いえ、別に……」

女はごくんと水を飲み下した。と、喉ぼとけがたるんだ布地の下の石の玉みたいにごろごろ転がった。居間のなかはおもむろに暗くなった。やにわに街頭の電灯がともされ、四角い黄色い光の幕が天井にはりついた。女は押し黙った。顔は暗がりに埋もれていた。ドレスに長い裂けめがあり、下に柄物のバーシェント［木綿の一種］の下着がのぞいていた。

「彼はどうしてあんたを殴ったのかね？」シュトゥーダーはたずねた。

ため息。左手の爪が毛布をかきむしる。階下の街路が静かなので、ほかには何の物音も聞こえない。それから女が答える代わりに質問をした。「亭主があたしをぶったって、それがあんたに何の関係があるのさ？」女は短くキキッと笑った。

「子供たちは助けになってくれないのかい、かあちゃん？」刑事はたずねた。「かあちゃん」ということばが寝ている女を蘇生させた。ぴょんと跳び上がり、足を床につけ、ベッドの縁から跳び出してはじめはすこしよたついていたが、やがてしっかりした足取りで部屋を横切った。スイッチをパチリとひねる。と、青いクレープ紙のシェードがかぶせてあるのに、電灯の光がぱっとまばゆく輝きわたった。

「子供たち！」女は言って、短く刈り込んだ髪に指をさし込んだ。「子供たち！」彼女はくり返した。「わたしに娘が一人いた――でもあの子は死んでしまった。息子が二人いた――でも一人は姿を消してしまい、もう一人のほうは父親を憎んでるので、母親に会っても知らんぷりしている……そう、そうなんだ……」彼女はため息をついた。「あの子は自分のママの顔を見ても知らんぷりしてるんだよ――同じ建物に住んでいるもう一人の母親の家に行きたがってね。階下の、階下のあそこの……」彼女は人差し指で床の上を指した。「あそこに何時間もいるんだ――わたしのところにはたった五分間しかいないのにね……」「エルンストが？」

「へー？　あれはエルンストって名前なのかい？」ほほ笑みが口をなおのこと大きく見せ、二つの歯が下唇をとらえた。「そうそう。一人はエルンストという名で、もう一人はルートヴィヒという名。一人はエルンスト・エービで、もう一人のほうがルートヴィヒ・ファーニー。二人ともプリュンディスベルクにいるって聞いたわ。一人は園芸学校に、もう一人のほうは救貧院にね。そうなんですか、あの……その……」

「シュトゥーダー！」

「わかりました……そうなんですか、シュトゥーダーさん？　それともルートヴィヒはまだトゥールガウに？」

刑事は思いあぐねた。この女は芝居をしているのか、それとも本当に病気なのだろうか？　健康そうに見えないので、きっと熱があるのだろう。顔はやせ、頬骨の上いちめんに赤い斑点がキラキラしていた。ゴホゴホ咳き込みはじめ、ナイトテーブルのところまでぜいぜい喘いでいって抽斗《ひきだし》を開け、中にあるものをかきまわした。突然彼女は叫んだ。

「どうかしたのかね？」シュトゥーダーがたずねた。

「何でもない……おお……何でもないの！」顔面蒼白になっていた。頬骨の上の小さな赤い斑点の色だけがそのまま残った。

「たぶん……わたし……わたし……わからない。先生が薬を処方してくれて、それがどっかに消えてしまった。きっとノルディー〔アルノルトの愛称〕が持ってったんだわ……でも、あれを何に使うのかしら、ノルディーは？」

言うことが変だという気がした。あの酔いどれの、彼女をむごたらしく鞭でたたく夫にどうしてやさしい愛称を奉れるのだろう？　夫はアルノルトという名だ――それをまだノルディーなんぞと呼んでいる……

「何だったんです？」

「鎮静剤……」女は言った。「錠剤……白い錠剤よ……それとも、もしかしてヴォットリ夫人が持って行ったのかしら？　あの人に一度あれを分けてあげたことがある、一週間前のことだわ――それで彼女は大助かりしたの。眠れたのよ、のんでから。それで今朝わたしのところにきた。もしかしたら……」

シュトゥーダーは時計を取り出した。六時！　今晩中にプリュンディスベルクに行くつもりなら急がねばならぬ。そこで彼は病気の女に別れを告げ、またすぐに戻ってくると約束し、ヴォットリ夫人にきてもらうように言っておこうかとたずねた。「そうすれば具合が悪くなってもひとりでいないでいいし、それに」、と刑事は質問がてらつけ加えた、「なんならわたしが薬局へ行って、医者が処方してくれた薬を取ってこようか？　処方箋はまだ持ってるかい？」

女は首をふった。それは駄目、と彼女は言った。処方箋は薬局の人があずかってるの。麻酔剤なんですって。麻酔剤？　シュトゥーダーはそっと口笛を吹いた。医者がこの病人にどんな薬を処方したのか、それがわからないのが残念だ。今晩はもう晩《おそ》いので医者に電話をかけられない。早く役所に戻って、そこで必要な指示を出せばいいのはたしかだ。しかしシュトゥーダーはそんなことをする気がしなかった。ある事件ですべてがまだ混乱しているときに同僚の助力を乞うのは、できるものなら避けたかった。そうしてもいいのは、解決の糸口を手にしたときだ。麻酔剤がなくなっているからといって、それで大騒ぎをするほどのことはなかった。というのも元左官のアパルトマンのなかは乱雑をきわめていて、女がいかにも薬を置き忘れそうだったからだ。シュトゥーダーはすばやく開いた抽斗に目を走らせ、強心剤だの、睡眠薬だの、強壮剤だの、いくつもの小箱やガラスの筒や壜を目にとめた。大きな部類の壜を何本か手に取ってみた。中身はからっぽ。ラベルを見た――「毒薬」と一本の壜には書かれていた。もう一本のには、二本の骨のぶっちがいの上に髑髏《しゃれこうべ》。最後にいちばん大きな壜には、「ファウラーの溶液」。これまた砒素製剤ではないか！

「この壜を使い切っちまったのはだれかね？」シュトゥーダーがたずねた。

「あたしよ」、と女が言った。その指がまたしても短く刈り込んだ白髪をひっかきまわした。

二階の踊り場までくると、シュトゥーダーはヴォットリ夫人のアパルトマンのすぐ前で立ちどまった。耳を澄ました。電話のベルが鳴り、受話器が外されるカチャリという音が聞こえた……

「あー……はい……こんにちは、パウル……はい、訪ねてきたわよ。今日の午後……もうとっくに帰ったから、そろそろそっちに着く頃……いえ、いえ……いいえ！　わたしは階上《うえ》のエービのところには行かなかった。行ってみようか？……うちの玄関のドアが開けっぱなしなの、いま閉めてくるわね……はいはい！　すぐに行くわ。」シュトゥーダーは足音が近づいてくるのを耳にし――息を殺して待った。

内部《なか》でドアの錠が閉まった。

そしてシュトゥーダーはその小さな家を後にした。

新しいパートナーとのヤス勝負

霧が濃かった。旅籠屋の屋内に通じる玄関扉の上に電灯が点っていた。わずかな光が、踊り場と街道をつないでいる階段に落ちた。そしてこの石造の段々の足下に待っている男がいた。

モーターを止めたとたんにシュトゥーダーは自分の名前を呼ぶ声を聞いた。「はい？」彼はうなった。

「パウル・ヴォットリ、プリュンディスベルク園芸学校の教師です。」

シュトゥーダーはウールの手袋を脱いだ。と、腹が立った。自己紹介をした男は手を出して握手をしないで、三本の指を差し出しただけだったからだ。肘は身体にぴったり押しつけていた。

「午後中お待ちしていました、シュトゥーダーさん」、と教師は言った。「午後中ずっとです！　あなたはベルンに行かれるので簡単に捜査をとりやめられましたが、これはいかがなものでしょう？　わたしの思いまするに、殺人の解明は厳粛な問題です。わたしもこの手の問題については関係書を博覧しておりますので。」

シュトゥーダーはこの十一月の夜——暖かい下穿きとウールのプルオーヴァーを着込んでいたが——ひどく凍えていたので暖かい夜食にありつきたくてかならずしもいい気分ではなかった。それでもこのスピーチには笑わざるをえなかった。

「犯罪学の専門書ではどんなおもしろい著作をお読みになられましたか、先生？」

「さてと、グロースは存じております。ロカールはフランス語で読みましたし、犯罪学雑誌を予約購読しておりますし……」

「それで充分、もう申し分ありません。それではわたしが、どうしても都市《まち》に行って二、三照会をしなければならなかったこともご理解いただけますね。」

「照会！　照会ですと！　まずすでに発見されている前提の利用価値を論理的に検討しつくしていないと、ですな、シュトゥーダーさん、そんなものは何の役にも立ちません。おわかりですか？　わたしの思いまするに、わたしの生徒の一人を世間の厄介者の救貧院の男の監視下に置き、あまつさえこの両者を病室に監禁するとは大きなまちがいであります。それゆえにわたしは、あえてエルンスト・エービを解放しました。なぜならわたしは今晩の大事な仕事に彼を必要としているからです。今晩温室に青酸ガスを満たして、わたしの蘭やわたしの棕櫚をおもちゃにする害虫を殺す必要がありました。そこでわたしはわたしの生徒を五時半に迎えに行きました――まずあなたの許可をお願いしたかったのですが、事は急を要したので、わたしの独断でいたしました。ただ、あなたの胸中に沸き上がるやもしれぬ、なにやら徒《あだ》な嫌疑をあらかじめ除去しておくために、このわたしの決断を知っていただくことが必要かと思いまして。おわかりですか？」

シュトゥーダーはうなずいた。何度もうなずいた……おかしなことに、すべてが思った通りなのだ。……前提《プレミッセ》……所　産《プロドゥクト》……外国語の誤用……

「夕食をいただきたいのですが、先生」、とシュトゥーダーは言った。相手と同じく標準ドイツ語をつかった。「コーヒーにご招待してもよろしいでしょうか？　どうぞ……」

二人は階段を上がった。玄関扉を開けると亭主が二人を迎え入れ、刑事さんは何を召しあがりますかとたずねた。それからあのアルミニウム色に塗った暖炉のある私室に通じるドアを開けた――暖炉は火が入っていて、居心地のよい温気を放射していた。フルダ・ニュエッシュが焼酒《グロッグ》を、すこし後に夕食を運んでき、ヴォットリ氏のためには高脚グラスに入れたブイヨンを持ってきた。

刑事はくつろいで食事し、教師のやかましいおしゃべりにもかかわらず、しばしのあいだ事件をすっかり忘れようとした。四人の男が部屋に入ってきてあいさつをし、窓際に近いテーブルにすわった。ザック‐アムヘルト校長、フンガーロット家父、農場主シュランツ、それに長い鼻がまるで絵に描いたような趣《おもむき》で赤くテラテラしている見知らぬ男、の四人だ。

「今晩は、エービさん……」教師が立ち上がって赤鼻に二本の指をさし出し、それからまた刑事の真向かいの席に腰を下ろした。

「あれがわたしの生徒の父親です」、と彼はささやいたが、その声は居合わせた全員が何を言っているのかわかるほどだった。シュトゥーダーはうなった。

するとこれが、名刺では「左官親方」と自称し、女房を鞭打ち、へべれけになるまで酔いどれるあの男なのか。しかしどうしてこの男、こんなに速くプリュンディスベルクにやってこられたのだろう？　五時十五分過ぎに彼はアールベルガーガッセのドアを閉めたのだ――それがもうここにいる。いつプリュンディスベルクに着いたのだろう。フンガーロット家父がそれを説明してくれた。カード遊びに取りかかり、カードを混ぜはじめるあいだに、人差し指を伸ばして自分の左隣にすわった男を指さしながら彼は話した。今日の午後ベルン市に車で行きました――土曜日に客がくるので買い物や注文をしたりしなければならなくて――委員会のお客のための買い物ですよ、へへへ、委員会なんてものは週末に予定されてますからね。衛生管理局の派遣員、州議会議員、それにどこかの看護施設の助手医が二人、プリュンディスベルクにご来駕あそばして、「貧困問題《パウペリスムス》」について教えを乞いたいというので……さよう！……ですから今日車でベルンまで走ったのです――そして六時四十五分前に駅前でだれに遭ったと思います？　左官親方のエービ！　むかし、むかしむかしも大昔のことですが、このエービをプリュンディスベルク救貧院に収容しようという話が何度か出たことがありまして――へへへ！　ところが家父がいま言ったエービの娘婿になったので、救貧院にまた一人収容者をふやすなどということはもうだれも考えなくなったのです……フンガーロットは横目で刑事のほうをうかがい見た。ザック‐アムヘルトは紫色のストライプ入りシャツの袖をまくってから目の前にあるカードの束にチラと一瞥を投げた。エービ父は目玉をむき、手にした扇状にひろげてあるカードがぶるぶる震えていたが――ようやくカラス声を出して――声がしゃがれていたので――頭を上げ、「パス！」

農場主シュランツが応じて、「行くぞ！」

　窓ガラスごしに木の鎧戸が緑色に光る二つの窓のあいだに、時計が掛けてあった。その時計が三度打った。時鐘がこなごなに砕けそうな音を立てた。シュトゥーダーは時計に目を上げた。九時四十五分前。プレイヤーたちはヤスを続けた――フンガーロットとザック‐アムヘルトはすばやく確実、エービと農場主はのろのろとためらいがちだった。左官親方がいささか長考するので、ときどきちょっとしたいさかいが生じた。シュトゥーダーは真向かいの席にいる教師にたずねた。

「六時に燻蒸消毒をはじめられた、そうですね？　で、いつ終ったのですか？」

「それは重要なことなのですか？　それともわたしを試そうとしているだけなのでしょうか？　もしもそういうおつもりなら、こちらも正確にお答えできます。六時十五分過ぎに一切完了いたしました。それからわたしは温室から通路に通じるドアの鍵を閉めました。六時十五分――そちらのほうがお好みなら、つまり十八時十五分でした。」

　シュトゥーダーはうなずいた。彼はブリッサゴを喫《の》み、ベルンで買った新聞を上の空で読んだ。

　農場主のシュランツが立ち上がった。今夜雌牛が子を産むはずなので家に見に帰らなければなりません。ついては刑事さん代わっていただけませんか――ほんの十五分です、それ以上、お手間は取らせません。

　シュトゥーダーはうなずき、赤鼻の正面にすわった――フンガーロットが配り手で、エービが切り札を出すか、それともパスしたいかを言う番だった。エービは決断をつけるのが難しかった。おもむろにカードをひろげると、カードが拇指と曲がった人差し指とのあいだに乱雑にならんだ。彼は呪い、額をぼりぼり掻き、悲嘆の声を上げ、どうしていいかわからないと申し立てた。そこでついシュトゥーダーは、早いところケリをつけたらどうだとつっけんどんな語調になった。小さな目から出る毒のあるまなざしが――それは彼の妻のと同じように輝きがなかった――刑事に当たり、エービは口をとがらせてぼやいた、「わしはパスだ……」――「クラブ！」シュトゥーダーが言った。というのもこのスートで杖と十と八のクローバーがあったからだ……それにスペードのエース、二枚の小数字のハート。

パートナーが札を出した――と、シュトゥーダーのおどろいたことには、相手は切り札の代わりにハートの十を場に投げ出したのだ。ザック‐アムヘルトがエースで取り、シュトゥーダーは切り札のキングで取り、フンガーロットは切り札のエースで上切りしていたので、お突きをくわせた。勝負は悪い一番になった。勝った二人の高笑いがあまりにも大きな声だったので、旅籠屋亭主ブレンニマンがドアから鼻をつっ込み、ヴォットリ教師はしゃれをとばし、負けたほうの二人は小声の、だが断固たる悪態を放った。

ヤスをやるのは心理学的理由から、いわばチームメイトの性格をつきとめるためだと説明しながらも、刑事はしかし負けたのが――今晩は特に――くやしくてならなかった。今度は元左官親方（いまは石炭販売の日雇い仕事をしていて――それも月曜日だけとはかぎらず――二日酔いになってサボるのではなかったか？）がカードを混ぜた。カードを配るときの動作からしてもう挑発的だった。拇指をなめ、それをいちばん上のカードにぺたりと貼りつけてから山積みからひっぺがし、それからまたもや――次のカードのために――指をなめ、というふうに続けて行き、しまいにはカードを配りまちがえた。フンガーロットがカードが十枚きたと言い――そこでカードをもう一度配り直さなければならなかった。ようやくカード数が合い、ザック‐アムヘルトが切り札を出した。突然シュトゥーダーは腹立ちがおさまった。もっぱらパートナーに目を凝らし、ゲームの速度が落ちてきた。

エービ父はぶるぶる震えた！――たしかに震えはアルコールのせいかもしれない。が、どっこい！　どっこい！　ちょっと様子がちがうのだ。というのもこの男、先刻からずっと何かを待っている様子なのだ。彼の耳は大きく赤く、耳殻の上部は真っ平らで、頭から垂直につっ立っていた。この耳が、エービが緊張して何かに聴き入っていることを物語っていた。ときに廊下に通じるドアのほうに頭を向けるかと思うと、今度は隣の部屋に通じるもう一つのドアのほうに頭を向けるのだった。かてて加えて目を閉じた。ということは明らかに、何か物音を待っているのだ……どんな物音をか？

シュトゥーダーはちょっとした実験をした。取り込んだカードを数えた後で、彼はパートナーをどなりつけた

——おい、もうすこしましなプレイはできないのか？——お巡りぐらいのプレイはいまでもできるさ、というのが返ってきた答だった。

「まあ、喧嘩はやめて！」フンガーロットがなだめるように言った。それからフンガーロットが刑事のほうを向いて説明するには、義父を今夜一晩泊まるように招待したのだと言う。妻が亡くなったので、場所の余裕はたっぷりあります。エービは同じ部屋で寝るといい。あそこにはベッドが二台あることだし……シュトゥーダーは咳き込み、視線を次々に一座の人びとにさまよわせ、それから犯罪学通の教師にひたと目をとめた。ヴォットリはエービの肩に両手を置いていた。長い、細い指が、汚れた作業衣の布地に爪を食い込ませている。と突然、刑事は七月十八日の夜がまたくり返されているような気がした……隣の部屋に騒がしい物音がし、ガラスがガチャンと割れた。と、五人に亭主が助けを呼ぶ声が聞こえた。刑事は椅子を後ろにずらし、ドアのほうに飛んでいってさっと引き開けた。

汚れた青い上っぱりを着た四人の男たちが亭主のまわりを囲み、なかの二人が亭主の腕をつかんでいた——一隅ではフルディーが三人の別の救貧院の男たちに抵抗していた。刑事はこの三人に見覚えがあった——今朝、柴の小枝の箒を手に熊踊りをしていた連中だ。シュトゥーダーはすみやかに動いた。亭主を抑えている二人の首をつかみ、頭と頭を鉢合わせにして亭主を解放する——と、後の二人も尻尾を巻いて逃げていった。ウェイトレスをつかまえているやつらも同じように片づけたが、フルディーの髪の毛を引っぱっている三人目のやつだけは拳固をかためて腕をぐいと引き……シュトゥーダーめがけて一発お見舞いしようとした。だが、こちらがさっとしゃがみこんだものだから拳固は空を切って窓ガラスを砕いた。すると残りの四人も消えた。めいめい頭蓋骨の痛みをさすり、最後のやつも血だらけの手をハンカチでぐるぐる巻きにしてこそこそ逃げて行った。静かになった。ブレンニマンの私室に通じるドアの下に二人の人物が立っていた。ザック－アムヘルトが時計鎖をぶらつかせ、フンガーロットはやもめ指輪をもてあそんでいた。

「他の人たちはどこです？」

「皆、行ってしまいました、刑事さん。うちの教師は、園芸学校に異常がないかどうか、調べに行きたいと言ってました。」

「ふむむ……」シュトゥーダーはその細身の鼻を拇指と人差し指のあいだにはさみ、なにやら聴き耳を立てている様子だった。割れた窓ガラスごしに妙な物音が聞こえた。それは群衆のつぶやきのようだった。観音開きの窓を開けると下に集会が見えた。約三十人の顔が部屋から出る灯りに照らし出された。ニヤニヤ笑っている顔で刑事はすぐに見分けがついた。今朝、彼が救貧院の前庭から逃げ出すとき笑っていた顔どもだ……園芸学校の生徒が全員ここにやってきて、こちらの窓を見上げているのだ。

なぜかシュトゥーダーにはピンときた。これは全部八百長ではないのか。というより、あらかじめ仕組まれた茶番ではないのか？　救貧院の男たちが旅籠屋の亭主やウェイトレスを手込めにする理由《わけ》があるわけはない！　騒ぎを起こしたのは、園芸学校生徒たちをおびき寄せるためだったとしか考えられなかった。そうでなければ院長の義父のエービは何を待っていたのか？　彼が聴き耳を立てていたのは何を意味するのか？　それに、どうして彼はヴォットリに連れられてすぐに部屋を出ていったのか？　窓の下板に無言で寄りかかっていると、刑事はそれとはまた別のことに気がついた。園芸学校の一階にあかあかと電気が点り、主屋《おもや》の右側約五十メートルほど離れたところに一つの立方体が、ガラスの立方体が白く輝いているのが見えた。温室だ……

シュトゥーダーは主屋正面の窓々を几帳面にくまなく探していった——二階の窓々は灯りを消して閉めてある。が、よくよく見ると窓ガラスが見えた。窓ガラスは鏡面もさながらこまかい光の破片を反射していたからだ。ところが最後の窓だけは開いていて、コーニスから地面までなにやら白いものがぶら下がってい、それがフェーンの風に振り子のように揺れていた。日中眠り込んでいた風が目をさまして、霧を追い払ってしまっていた。

シュトゥーダーはふたたび下の生徒たちのほうに目をやり、元救貧院の男に監視を頼んでおいたエルンスト・エービを見つけ出そうとした。が、それらしい男を発見できなかった。と突然、新しい人物が人の群れを押し分けてこちらへやってきた。

「刑事！」叫んでいるのはルートヴィヒ・ファーニーだった。「シュトゥーダー刑事！　きてください！　弟が温室に倒れてます!」

　連想の輪はすみやかに結ばれた。シュトゥーダーは考えた。温室――燻蒸駆除――青酸……それから日雇いくんに、ひとまずこっちへ上がってこいと呼びかけた。窓を閉めた。隅の椅子にウェイトレスがふだんよりずっと蒼ざめた顔色をしてしゃがんでいた。ルートヴィヒがどうかしたの、と彼女はどもりどもりたずねた。「うんにゃ!」刑事はうなった。「お宝はいまくるところだ。」ルートヴィヒ! いつだってルートヴィヒだ! 隣の部屋に通じるドアは閉まっていた。廊下のドアが開き、日雇いくんが部屋に入ってきた。

温室にて

「ぼくのせいじゃないんです、シュトゥーダーさん！　エルンストが逃げ出したんです！　注意してなきゃいけないのはわかってました。でもぼくは疲れてたんです、シュトゥーダーさん、とても疲れてたんです！　あなたにご満足いただけるように一日中身体を酷使していました。眠り込んでしまったんです、シュトゥーダーさん、ヴォットリがまたぼくらの部屋に鍵をかけた後ですけど。エルンストもベッドに入っていびきをかいてました。いまでは、寝たふりをしてたんだとわかってますけど――あのときは本当に寝てると思ったんです！　本当に！　本当に寝てるかどうか、ぼくにわかるもんですか！」

刑事は椅子に馬乗りにすわり、背もたせに腕をのせて黙していた。すべてのものが混乱しているときにはひとまず全体を落ち着いてよく考え、それから決断を下せばいいのだ。六時にパウル・ヴォットリは燻蒸消毒をはじめ、六時十五分に終了した。よろしい。それからヴォットリは二人を――それはともかく、ヴォットリ教師はどうしてエルンストのことばかり話して、ルートヴィヒには何一つ言及しないのだろう？――病室に連れ戻して、鍵をかけてそこに閉じ込めた。そうだ、しかし彼の話では、生徒エルンストを五時半にはすでに迎えに行ったという。燻蒸消毒をする準備に十五分を要したと仮定して、なおも中身が空白の十五分間が存在する。フンガーロットの申し立てによると、彼は六時十五分前に駅で義父と遭ったという――すると車のスピードを上げれば、フンガーロットは早ければ六時五分過ぎには到着していたことになる。しかし霧が出ていたのでたぶんもっと手間取り、プリュンデイスベルク着はやっと六時半頃だったろう。シュトゥーダーは駅の時計の下を通りすぎたとき、時計が六時五十分を指していたのを思い出した。それに食事を終えたとき八時四十五分の時鐘が鳴ったのを思い出した。とすると、モーターバイクでベルン――プリュンディスベルク間の距離はすくなくとも五十分を要したことになる。玄関扉前のヴォットリとの会話に――十分間。――夕食を摂るのに――三十分。ブリッサゴ、新聞に――十五分。すると彼の到着時間は七時半ないし七時四十五分ということになる……

「すわれよ、ルートヴィヒ」、と彼は言った。そしてウェイトレスのほうを向いて、ことばをつけ加えた。「フルディー！　ビールを一杯持ってきてやれ」

日雇いくんがビールを空けると、シュトゥーダーは額の汗を拭くようにうながした。

「すっとんできたな？」

「はいはい」ルートヴィヒは何度かうなずいた。事は急を要します、と彼は言った。シュトゥーダーはがっしりした肩をつり上げた。事は急を要する、だと！　青酸ガスが充満した部屋に足を踏み込んだら、そこから連れ出すのに急を要したりする必要なんかない。せいぜいが三分間。それから後は、どんなに救おうとしたって無駄だ。

「さあ、話してみろよ、何が起こったのか――おまえのあわて方は尋常じゃない」ルートヴィヒ・ファーニーはおどろいた。青い目をカッと開いて肩幅のひろい男をじっと見つめた。その男が標準ドイツ語を話すのを耳にするのは、これがはじめてだった。そこで、刑事に倣って標準ドイツ語をしゃべってみようとした。

「ぼくは」、と彼は話しはじめた。ためらい、それから修正して、「ぼくは聞きました」、と彼は語った、「大きな物音を。この音のおかげで目がさめました。部屋のなかは暗かった。あなたはご存じですよね、シュトゥーダーさん（刑事は頭をうつむけて、だれにも笑っている現場を押さえられまいとしていた。いやはや、びっくり！　日雇いくんが〈あなた〉呼ばわりするとは。たぶん小学校の記憶からしてその時分のことも思い出しているのだろう）、六時半にはぼくたち部屋に鍵をかけられました、あのヴォットト……ヴォットリさんに。ぼくは二人が温室を燻蒸消毒しようというとき、最初は二人について行きました。だってあなたはおっしゃったでしょう、弟をよく見張ってろって……」

ルートヴィヒ・ファーニーはちょっと口をつぐんだ。まだ息を切らし、目を大きく開けていた。

それからまた話を続けた。

「六時十五分にはすべてが終了し、教師は錠前の鍵を下ろしました。内部《なか》にはまだ灯りがついていて、ガラスごしに内部が見えました。だってご存じのように、シュトゥーダーさん、あそこのドアは上半分がガラスで、ガラスごしに温室の内部がよく見えるんです……蘭は左側のトレーの上、真ん中には背の高い棕櫚と小さな飛燕草——教師はそれをデルフィニウム・キネンゼと呼んで、祝日用に栽培していたんです。学校の建物に戻る道すがらヴォットリさんは、エルンストのロッカーにあなたが何を見つけたのか知りたがりました——でもエルンストは何も言いませんでした。彼はいつまでも黙ったまま、あっちを見たりこっちを見たり、まるで何かを待っているみたいでした。だれかを捜しているのか、とたずねると——首をふるだけでした。それからぼくらは部屋に入り、教師が向こうへ行くのが聞こえました——ただひとつ奇妙だったのは、教師がドアに鍵をかけなかったことです。エルンストは窓際に立って外を見ていました。突然彼は教室机からすぐに取ってきたいものがあると言い、出て行くのでついて行こうとすると、ひとりきりにしておいてくれと言うのです。三十分間、出ていったままで、それから手ぶらで戻ってきました。そして彼が部屋に入るか入らぬかのうちにヴォットリ教師がドアを開けて、『ひとりで家の中をうろつくのなら鍵をかけて閉じ込めないわけにはいかない。いなくなったことは、もちろん報告するつもりだ。』と言いました。エルンストは肩をすくめました。それから錠前のなかで鍵を回すのが聞こえました。エルンストは服を脱いでベッドに横になりました。ぼくもです。それからしかし弟が電気を消し——ぼくはすぐに眠り込みました。」

「何だと?」シュトゥーダーはおどろいて言った。「おまえは七時にはもう寝ちまったのか?」

「もっと晩《おそ》い時間だった、と思います。正確なことはわかりません。というのは——何か忘れていることがあります。そうだ、教師がもう一度きました。夜食を持ってきたんです。干しプラムの砂糖煮つき焼きトウモロコシにミルクコーヒー。はい、二人ともそれを食べて、それからようやくベッドに入ったのでした……」

どうしてだ……どうして校長も教師も二人とも隣の部屋にいたんだ？　ドアはずっと閉めてあったのに。

「続けて！」シュトゥーダーはうなり声を出し、「ただし前半分の話も忘れるなよ！」「はいはい……突然物音が聞こえてびっくりしました。ベッドからとび起きて灯りをつけました。と、部屋には自分ひとりしかいないのがわかりました――窓が開いていました。ぼくは手摺《てすり》の上にかがみ込みました。緑色の鎧戸の下のほうの蝶番になにか白いものが掛けてありました。エルンストはシーツを二枚つなぎ合わせて地面までとどかせ、これを伝って窓の外へ出て行ったのです。そこで考えました。やつにできるんなら、ぼくにだってできないわけがない！　服を着て下りて行きました。それから温室に電気がついているのに気がついたので、温室まで走って行きました。だってはっきりおぼえていますけど、ぼくらが皆で出て行くときに教師が灯りを消しておいたんですもの。とば口の部屋に入ると――天井に電気がついていて、燻蒸消毒をした部屋にも電気がついていました。そこの土間にエルンストが倒れてました。腕を組んでその上に頭をのせ、脚はすっかりねじ曲がっていました……そこでぼくは外に転がり出て、シュトゥーダーさん、あなたをお連れしようと走りに走りまくったんです。というのも、おかしいと思ったことがあるんです。ドアを開けてエルンストを助けようとしたんですが――ドアは閉まっていて――鍵は内側に差し込まれていました。それは誓って言えます。ぼくの考えでは、エルンストは自殺したんじゃないか。あなたはどうお考えですか？　自殺なんでしょうか？　エルンストは温室に青酸ガスが充満しているのは承知してましたし、立ち入りが危険であることもわかっていました。」

沈黙……シュトゥーダーは椅子に馬乗りになり、背もたせに重ねた腕の上に顎をのせた。「そうか……」彼は頭を上げて何度もうなずいた……

「そうか……エルンストは死んだのか！」若者が死んだのは自分にも一半の責任がある、という気がした。そして若者の顔を思い浮かべた。顔からつんとつき出し、妙に長くてまるで絵に描いたように見える鼻。若者は、捜査官が彼のロッカーをガサってそこに血まみれのパジャマを見つけたので死のうとしたのだろうか？

「校長を呼んでくれ、ルートヴィヒ！」シュトゥーダーはぐったりして言った。彼は拇指で隣室のドアを指した。

日雇いくんはおずおずとドアをノックした。「お入り！」

「シュトゥーダーさんのところにおいで下さい！」むにゃむにゃ言って椅子を後ろにずらすのが聞こえ、それから足音がして、声が言った。

「何かご用ですか、刑事さん？」

「温室までご足労願います……」

「何か変事が起きましたか？」

「はい……エービ・エルンストが死にました。温室に倒れています。細身のペンチをお持ちありませんか？」

「ペンチ？」ザック－アムヘルト氏はおうむ返しに言った。「たしか……の前の……のセクションの前の廊下の道具箱にあったと思ったが……」

「では行きましょう。」シュトゥーダーはため息をついて立ち上がった。肩に百キロもの重い荷物を負っているような気がし、それでいて寒気がする。ぞっとする――氷水のように冷たい――気配が背筋を走った。だが彼はじっとこらえた。

「ついてきなさい、ルートヴィヒ！」シュトゥーダーは命じて廊下に出た。ついてくる相手を待っていると、家のなかでウェイトレスが、ルートヴィヒ、気をつけてね、と言うのが聞こえた……何か起こらなきゃいいけど！　日雇いくんはしかし黙っていた。

階段の下までくるとシュトゥーダーはもう一度立ちどまった。

「家父はどこへいった？」、と彼はたずねた。

「わたしにおやすみを言ってから園亭を抜けて自宅に帰りました。というのも家父はこう言うのです。こんなことは自分には関係がない。自分にはもっと大事な用事がある。自宅に友人のミュンヒが待っている。これから彼と相談を取り決める約束だ。ファーニーの遺言状のことで……」

ザック－アムヘルトはため息をついた。そのため息には嫉妬の気味があった。明らかに園芸学校校長は、遺産相続で金持ちになるという友人フンガーロットの幸運をねたんでいた。シュトゥーダーはため息の意味をわかりそこねたのではないかと思い、そこで歩きながらたずねた。「その遺言状のことで、もうすこしくわしいことをご存じありませんか?」ザック‐アムヘルトはフェーンの空気を吸い込み、またぜいぜい息を吐き出してから話した。故ファーニー・ジェームズはフンガーロット夫人の死後、遺言状を書き改めて家父を相続人に指定したそうですよ。

「そおー……そおー」刑事はことば尻を長くひっぱるようにして言った。

温室にきた。三段の階段を上ると通路になり、通路の左側は長いテーブルが占めている。テーブルのプレートはセメント製で、壁にはめ込まれていた。

その上に砂、ビートモス［土壌改良用の泥炭屑］、こまかく碾《ひ》いた堆肥、の三つの堆積《やま》が置いてある。と、シュトゥーダーは遊びはじめた。左手でビートモスを、右手で砂を手に取り――それから指を大きく開いた。おもむろに手が軽くなっていく。重みが消えていくような奇妙な感じだった。おれの魂からおれを苦しめている罪という、別の重みが落とされるのはいつのことだろう? 今日の午後留守にしていたのが、本当にさしさわりにならなかったか?

シュトゥーダーはテーブルに背を向けて手を拭いた。

「どこにいるんだ?」彼はたずねた。目の前にドアが二つあるからだった。ルートヴィヒが無言で一方を指した。そのドアは上半分はガラスだが、下の部分は緑色のペンキを塗ったブリキ板でできていた。シュトゥーダーは近づき、しばらくのあいだ、ちょっと汚れて曇っているガラスごしにのぞいていたが、ハンカチを取り出してガラスを拭いた――が、そのちょっとした汚れは内側に付着していた。それで床に倒れている身体も妙にゆがんで見えた。刑事は屈んだ。すると内部《なか》で錠前からはみ出ている鍵の握りが見えた。それは黒く変色し、いちめんに赤い斑点が散っていた。シュトゥーダーは向き直って校長にたずねた。

「危険なので入室禁止なのですか、どうなんでしょう? 室内は換気できるんですか?」――はい、はい、換気できますとも、とザック‐アムヘルトは言って、ハンドルを指した。これで屋根に取りつけてある天窓を開けられます。すると風が通ります。しかし校長が手を下す気はなさそうなので、刑事はルートヴィヒ・ファーニーに命じて機械を操作させた。

ハンドルがギイッときしった。静けさのなかでそのきしる音が幽霊じみていた。

「これで五分間待たなければなりません」、とザック-アムヘルト氏は言った。

シュトゥーダーはセメントのテーブルのほうに戻り、お砂場遊び好きの小さな男の子みたいに堆肥とビートモスを相手に遊んだ。堆積の上のほうを平らにして、そこにルーネ文字だの、十字だの、円環だの、ジグザグ線だのを描いているうちに――ドアのほうから声がした。

「だれだ、窓を開けたのは？　わたしの蘭は？　棕櫚はどうなる？」

シュトゥーダーは子供じみた遊びから目を上げなかった。小声で言った。

「室内に死人がいるのでね、ヴォットリさん。」

「死人？　どんな死人です？　だってこの室内にはだれも入れないんですよ！……鍵はわたしがポケットにちゃんと持ってるんだから！」「すると」、と刑事はげんなりしたように言った、「鍵はあなたがポケットにお持ちだった？　見せていただけますか？」

「ほら、これです！」

シュトゥーダーが手にした鍵は、錠前に差し込んである鍵と何から何までうり二つだった。黒く変色して、ちっぽけな赤い斑点が点々とついている……

「ありがとう！」シュトゥーダーはまのびした調子で言って、鍵をズボンのポケットにすべり込ませた。「あなたも鍵をお持ちなのですか、校長先生？」

「わたし？　いいえ！」

「あなたはどこからこられたのですか、ヴォットリ先生？」

「それに興味がおありなのですか、刑事？　さて、わたしはひとまず、その……その……死人の父親を送って救貧院に行きました。院長もわたしも、二人ともエルンスト・エービが死んだとは露知りませんでした。そんなことがどこから耳に入るはずがありましょう？」

シュトゥーダーはうなだれて胸に顎を押しつけ、話し手を下からうかがい見た。思いすごしだろうか？　このヴォットリが何かにおびえているような、いやそれよりも、怖がっているような気がした……この男、何かを隠そうとしているのでは……

「で、それから？」

「それから戻って、居酒屋の窓の前にいる生徒たちを学校の主屋《おもや》のほうに追い立てました。あんなところに用はありませんからね！　でもわたしの言うことなど耳に入りません。だれひとりベッドに行こうとしないのです。いまや全員が教室に腰をすえ、ディスカッションをはじめようというのです、ディスカッションをね！　わたしはしばらく彼らのところにいて、それから窓の外をのぞくと温室に電気がついているのが見えたので、一体どうしたのか見ようと思ってやってきたのです。だって自分で電気を消したことをわたしはちゃんと——非常にはっきり——記憶しているんですから。はい！」

教師はやすやすとは尻尾をつかませなかった。ああ、と彼は声を出して言った、やっとわかった……皆が温室の前を通って行こうとするわけがいまやっとわかった。「わたしはそんなことはしません。だって青酸が充満していて危険なのはわかってますからね。だからわざわざ寄り道をした……」

「その道からだと、温室に電気がついているのは見えなかったんじゃありませんか？」

「まだ霧があって……」

「いや！」シュトゥーダーは無愛想に言って、またくり返した。「いや！　霧はとっくに風に吹き散らされてました。」それから彼はにっこりとほほ笑み、頭を上げて教師の顔をじーっと見つめてから言った。「あなたは、犯罪学の老大家たちが目撃証言について何を言っているか、よく読み返してみる必要がありますね！」

沈黙。と、仔山羊がメエメエ啼《な》き出すような声がした……ザック - アムヘルト校長が笑い、むせ、それから、五分間はとっくに過ぎましたな、と言った。

五分間は、待たなければならぬとなると長い。しかし今回はまたたくまに過ぎてしまった。シュトゥーダーは道具箱を見つけるには見つけたが、小さいペンチがなかった。おかしい……！　ようやく鍵を錠前から押し出すのに成功した。鍵は室内で床の上に落ちた。シュトゥーダーはヴォットリ氏の鍵を手にし、鍵を開けて室内《なか》に入った。

エルンスト・エービは床上に倒れ、肩がひきつっていた。刑事は片膝をつき、身をひねって片手を胴着の下に持っていったが——心臓はもう打っていなかった。確実を期するためにシュトゥーダーは円い鏡を倒れている男の唇の前に持っていった——が、鏡は曇らなかった。

ここでようやく死者のポケットを調べはじめた。上っぱりのポケットにパチンコを見つけた。腕白小僧が「鳥」撃ちに使うようなやつだ。刑事はうなずき、そのおもちゃをポケットにすべり込ませた。胸ポケットには証明書類の詰め込んであるすり切れた紙入れ。これもシュトゥーダーはポケットにすべり込ませた。右のズボンのポケットには財布……中身は、二十フラン紙幣一枚、五フラン玉一個、小銭。左のポケットには白い錠剤入りの小函。シュトゥーダーは立ち上がった。錠剤のにおいを嗅ぎ、一つを手に取って、舌先でなめた……苦い味だ。彼はその小函を校長にさし出し、「ご存じですか？」とたずねた。ザック‐アムヘルト氏は頭《かぶり》をふった。と、このときヴォットリ教師が話に割って入った——校長先生はきっと憶えがあるはずです。ウスプルーンですよ、例のドイツの化学工場が試薬として送ってきた、菊の種子のための新しい消毒剤です。三週間前でした……エルンスト・エービはこの薬剤を試用する課題を仰せつかったのです。濃度はどのくらいが最適か、種子はこの液体に何時間くらい漬けておかなければならないか。……あの……死んだ男は錠剤の加工もしていました。きっと教室机のなかに見つかるでしょう……

——で、とシュトゥーダーは質問した、ヴォットリさんのお考えでは、この薬剤に含有されている成分は何ですか？

——「砒素です……有機質の砒素化合物です……」

「なるほど」、とシュトゥーダーはうなずいた。「砒素ですか！　確かですね？」

「絶対確実です、刑事さん……」

また静かになった。冬の蠅のぶんぶんいううなり声がはっきり聞こえた。もう一度シュトゥーダーは片膝をつき、人差し指と薬指を死者の瞼の上に置いてエルンストの眼をつむらせた。

それから立ち上がってズボンの埃を払い落とした——と、背後に声が聞こえた。

「こんなことってあるか！　おれの息子が！　おれの息子が！」

シュトゥーダーはいきなりふり向いた。ドア框《がまち》の下にヤスのパートナーが立っている。長い鼻が赤く光って……

——ここに何の用があるんだ、と刑事はどなりつけた。

——おれの息子が！　おれの息子が！……男はハンカチをひっぱり出し、目をこすり、ぷんと鼻をかんだ……

——ここでお芝居をやってもらいたくないな、とシュトゥーダーはぶっきらぼうに言った。なにしろ男の目には涙が出てなかったし、鼻をかんだのも説得力に欠けた。——だれがこいつをここに入れたんだ？

——皆の後についてきたんでさ、とエービ父は涙声でいった。彼の死《あれ》んだことを女房にどう言ってやればいいかわからねえ……

——そうしてやる気があるんなら（シュトゥーダーの声はまだいら立っていた）、わたしがベルンに電話して市警の巡査に言いつけてやろう。アールベルガーガッセに行って、悲報を伝えがてら母親を手厚くいたわってやれとな。それともルートヴィヒが行くか？　えっ？「最後に母《かあ》ちゃんの家に行ったのはいつだ？」日雇いくんは苦しげに頭をふった。彼の目は涙でいっぱいだった。

「最初が叔父さん」、と彼は苦々しげに言う、「次は弟……母ちゃんの番はいつだ？」「バカなことを言うでねえ」、とエービ父がうなり、シュトゥーダーはおどろいて首をめぐらした。いつこの男はそこにきていたのだろう？　すこし前には控えの部屋にいたのに、いまは死者の枕元にいる。

「そこで何をこそこそ探している？」

「探してる？　めっそうもねえ！」またしても毒のあるまなざし。それからアルノルト・エービは忍び足で階段のほうに行った。ゴム裏の靴で歩いているので足音が聞こえなかったのだ。シュトゥーダーは死者の寝ている部屋に入った――と、そこでいきなり思いがけない事態にぶつかった。錠前から押し出した鍵を拾おうとしてしゃがみ込むと……床の上に見つかったのはあの黒くていちめん赤錆だらけの鍵ではなくて、ピカピカに真新しい鍵だったのだ。刑事はその鍵でドアを試してみた――ドアの外側には、ヴォットリがくれた古い鍵がまだ差し込んである……

シュトゥーダーはキラキラする鍵を手にして電灯の光にきらめかせ、拇指と人差し指でつまんでぶらぶら踊らせた。どうして錆びついた鍵がこんな鍵と取り替えられたのだろう？　なぜだ？　これは自殺なんぞではなく――殺人なのだ、と想定すれば、簡単に答が出る問題だ。しかし実際に殺人だとすると、それがどう遂行されたかを想像するのは容易でない。エルンスト・エービは余儀なく病室を出るはめになったのにちがいない。二枚つなぎ合わせたシーツはぶら下げたままだった――つまり、脱出者はまた部屋に戻ってくるときにこれを使おうと考えていたわけだ……で、それから？　だれかに遭ったのだろうか？　脱出者はどうやらそのだれかの後に、若い庭師に権力を有している男の後に、ついていったのだ。男の権力たるや絶大なものだったにちがいない――というのも、あの温室に連れ込まれた、毒の充満する部屋に押し込まれた、と想定するとなると、彼は難なくドア上部のガラスを拳でたたき割ることができたはずだ。たった一度の短い動作で救われたのだ。それなのに、なぜ生命の危険のある部屋に居残ったのか？　なぜ閉じ込められるがままにさせていたのか……？

待った！　エルンスト・エービが閉じ込められたという、閉じ込められたに決まっているという、証拠は何もない……証拠はない？　いずれにせよいくつかの推測はある。何者かが錆だらけの鍵を新しい鍵と取り替えたのだとして、どんな理由からなのか？……これが第一の推測だ。第二の推測、若者の父親のアルノルト・エービのアパルトマンにはキッチン・テーブルに固定した万力があり、それに鉄の切り粉がついていた……さらにまた第三の推測がある。シュトゥーダーは思い悩み、額にしわを寄せた。と、突然額が元通りなめらかになった。「ああ！」刑事が口にしたのはそれだけだった。エービの女房が薬がなくなったと言って嘆いていたのを思い出したのだ。それがどうやら「麻酔剤」らしいことを。

シュトゥーダーはエービおやじにしかと目をすえた。だがその顔を統《す》べる表情を見ると、さしあたりは何をしても無駄だとさとった。服のポケットを徹底的に調べ上げたが成果はなかった——古い鍵はおそらくとうにどこかに隠されているのだろう。大きな花瓶、隅のほうに盛ってある砂の山、別の隅にあるビートモスと、隠し場所はそこらじゅうにあった。温室の真ん中にあるテーブルは二つの部分から成っており、一つのほうは四面が指尺「20—25センチ」幅の板で囲われ、土がうずたかくかぶさっていた。刑事が名前を知らない植物がそこに生えていた。おが屑がそこらに雑然と撒いてあった。このおが屑がすこし前に隠し場所として用いられたものかどうかは確かめられなかった。あの飲んだくれ（ひそかに刑事は例の男をそう呼ぶほかはなかった）の部屋にもきっと何も見つからないだろう……おそらく「麻酔剤」はどこかのゴミの上にある——ゴミなら別にめずらしくはない。三つのアトモスフェアにはゴミがありすぎるほどある……

エービじいさんの顔に仮面のようにかぶさっている表情にもかかわらず——口も目も、あざけりにまみれている——、刑事はあえてある試みをした。彼は声を上げて言った。「エルンスト・エービの教室机を調べたいのですが……」

「今夜これから？」校長がたずね、パウル・ヴォットリも抗議した。いや、シュトゥーダーがそれと気がつくほど強烈に反発した。というのも校長もヴォットリも、そう答える前にも最中にも、問いかけでもするように元左官親方に目を釘づけにしているのを、シュトゥーダーははっきり確認していたからだ。アルノルト・エービの顔はガラリと一変した。あざけりの色が消え、瞼が下がった。それから男は首をふった。頰が蒼白くなっていた。不安なのだろうか？

「ぜひとも今夜中にしていただきたい」、とシュトゥーダーは言った。「ところで、教師殿、もう一つ質問があります。温室の鍵はいくつあるのですか？」

「どの鍵のことをおっしゃっているのでしょうか？　入口の外扉のですか？　それなら一つしかありません、これがそうです。」ヴォットリはズボンのポケットから鍵束を取り出し、中くらいの大きさの鍵を手にかざした。シュトゥーダーは頭《かぶり》をふった。「わたしのいうのはこのドアの鍵のことです！」と彼はドアを手で指し示した。

「二個あります」、と教師は声を落として言った。どうして彼はその度にエービじいさんのほうをうかがい見るのか？「一つは校長先生、もう一つはわたしが持っています。」「あなたのはどこにありますか、校長先生？」

「校長室の事務机の、どこか抽斗《ひきだし》のなかです。」

「するとここにあるこれは、だれのものですか？」

二人は同時に話をしながら、おたがいに相手を押しのけようとし――アルノルト・エービが彼ら二人の後ろに隠れた。この老いぼれ飲んだくれは何をしたのだろう？どうして隠れるのだろう？シュトゥーダーは男が手袋をしているのをなんとか目撃した。

「わたしの鍵かもしれませんな……」「それは校長先生のです。」歌のメロディーなら二重唱は美しい。が、ことばの二重唱を唱えるのは耳に苦痛だ。

「ちょっと！」シュトゥーダーは手を挙げた。「一人ずつ順番に願います。するとあなたのものであることは確かなのですね、校長先生？本当に確かなのですね？最後にこれをお使いになったのはいつのことですか？」

「おぼえていません。二、三日前か――もしかすると一週間前……ああ、やっと思い出した。ちょうど一週間前の木曜日にその鍵をエルンスト・エービに渡しました。彼は日曜日になってやっと返しにきて、忘れっぽくてこんなに遅れました、と言いました。」

「で、あなたの鍵は、ヴォットリ先生？」

「いつもポケットにしまっています。」

「どうして鍵束につけていないのですか？」

「ときどき生徒たちにも貸してやる必要があるからです。外扉の鍵を使うものはいません。休暇のとき以外はいつも開けてあるからです。」

「ルートヴィヒ」、とシュトゥーダーは呼んだ。日雇いくんは暗い隅のほうに隠れていた。それが近づいてきた。

「どんな鍵が室内の錠前に差してあったか、おまえ、まだおぼえているか？」

沈黙。ルートヴィヒは一人また一人と次々に目をさまよわせた。アルノルト・エービの頭が校長の肩の上にひょいとあらわれた。瞼がつり上がり……そうして男はじっと若者に目を据えた。

「ぼくは……ぼ――ぼ――ぼくは知りません……あれ……あれ……は古くて……錆びてました。」「これより古いかね？」

「あれはピカピカの新品でした！」

「黙れ！」――「すっこんどれ！」――「嘘をつくな！」――「そうだ！　この鑑別所帰りめが！」

「静かに！」シュトゥーダーが吼えた。それから意地悪そうに笑って言った。「妙ですな、ただの鍵ひとつがこれだけ興奮を誘うとはね……」

アルノルト・エービの顔は悪罵のあいだは真っ赤になっていた――が、シュトゥーダーのことばの後では蒼白になった。それを刑事がかろうじて確認できたかと思うと、相手の頭はまたもや校長のかげにすいと隠れた。他の二人もまちがいを犯したのに気がついたとみえ、彼らの頭にも不安の色がきざして顔つきが変わった。

「もう我慢がなりません、刑事さん。あなたにはほんとにいらいらさせられる！　これでわれわれがうれしがっているとお思いなのですか？　最初はわが校の生徒の一人に嫌疑をかけ、彼のロッカーをガサって中に血まみれの下着を発見し、これでどうやら明らかになったのは、この若者が自分で直接手を下したのではないまでも、すくなくとも殺人の共犯ではあったらしいということ……で、あなたはエルンスト・エービを興奮させ、今晩このわが校の生徒が自殺するに立ちいたりました――この事件をまたどうなさろうというのですか？　すでに第一の事件を、あなたは医者の正反対の意見にもかかわらず殺人と言われた――いいえ、殺人事件に仕立てあげた、と申し上げよう。わたしはこの目で鍵が室内の錠前に差し込んであるのを見ています。だって鍵が室内にあれば、だれかが外側からドアに鍵をかけるなんてことは不可能じゃありませんか――もう一度言いますが、室内に！――錠前に差し込んであって、室内に！　ですよ。でしょう？」

「ではペンチはどうしてなくなったんですか?」シュトゥーダーはたずねた。小声だったので、校長はかがんで右手を耳殻の後ろに当てた。刑事は質問をやや声を高めにしてくり返した。

「ペンチですと? ペンチなどわが校にはありませんな! それはそうとシュトゥーダーさん、使われたのは別の鍵だと——あるいはこうおっしゃりたいのでしょうが、地面に落ちていた鍵はだれかの手ですり替えられたのだと、あなたに証明できますか? そう主張されるなら、わたしの見るところ事件はじつに明快だと反論するしかありません。つまりエルンスト・エービはわたしに鍵を返しにきて、わたしがそれをしまった場所を見た——とするとあの若者が自殺するために——今晩わたしの事務机から鍵を持って行くのは当然だと思われませんか?」

校長のことばが終るか終らぬかのうちに、飲んだくれがまた頭を出すのが刑事に見えた。電灯の真下に男はきていて、胸の前で腕を組み、シュトゥーダーを大きく見開いた目でじっと見つめた。

刑事は疑問に捕らえられた。奇妙だ。エービ父はきちんとした身なりをしていた。察するに、女房がととのえてやったのだろう……服は着古してこそいるが、上っぱりのカラーは垢じみておらず、丹念にブラシがかかっていて、淡いブルーのシャツは清潔だった。なのに……それなのに……男の顔にはいまや表情が戻っていて……もはやあざけりの色こそないが、それでいてどこか救貧院を思わせる表情なのだ。

しかし——人相の見てくれが悪いというのはよくある話だ。だからといって、それがこの男が息子を殺したという証拠にはならない。右の嫌疑を証明しようとするなら、鍵がすり替えられたと想定しなくてはなるまい。では、だれの手で? それがアルノルト・エービである必要はない……ザック-アムヘルト校長でも、教師ヴォットリでも、いや日雇いくんことルートヴィヒであってもよかった。この三人はずっと現場に居合わせているし、三人のうち二人は鍵のすり替えの可能性に精力的に反対していた……居合わせた人間のうちの一人を殺人に向かわせた動機を見つけなければなるまい。一体、そんな動機があるのか?

気をつけろ! 息子殺しの父親の話を聞くのは、なにもはじめてじゃない……理由は? エルンスト・エービが「シナ人」の遺言状のなかで相続人に想定されているのはまず確実だった。彼が脱落するとすれば、他の人間たちがそれだけ得をする。他の人間たちとは？　女房の縁を通じて遺産相続にありつくのはこの飲んだくれだけじゃない。家父長のフンガーロットも――死んだ妻の縁を通じて、そうなる。ルートヴィヒもお仲間に数えなければなるまい。最後に教師ヴォットリがいる。

刑事は疲れていた。時計を見ると、もう十一時十五分だった。できるものなら礼儀作法など構ったことではなく、温室にうろついている全員を逮捕してしまうか――それとも悪魔にくれてやりたかった。しかしそうも行かなかった。そこでザック゠アムヘルトに、さっさともう一度校舎に案内してくれるように頼んだ。二つのものを見たいのだ、と彼は説明した。他の鍵もしまわれているという例の抽斗《ひきだし》と、それにホトケの教室机と。パウル・ヴォットリは、エルンストの父親を救貧院に連れていってからお引き取り下さい、と頼まれた。

「ルートヴィヒ」、と彼は最後に日雇いくんに向かって言った、「ルートヴィヒ、おまえはここに残れ！　わたしが戻ってきておまえを連れて行くまで温室を見張ってろ。わかったか？　それからあなたには、ヴォットリさん、外扉の鍵をお渡し下さるようお願いします。鍵束から外して下さい！……メルシー。では、まいりましょう、ザック゠アムヘルトさん……」

夜の生徒たち

校舎の一階はまだこうこうと電灯に照らされていた。二階にも電気がついていた。シュトゥーダーは校長といっしょにホールに入ったが、巨大な蜂の巣を思い浮かべないわけにはいかなかった。建物全体がワンワンうなるざわめきに満たされ、それがかろうじて教室のドアのおかげでなごめられていたからだ。

ザック‐アムヘルトが校長室に入って電灯のスイッチをひねった。窓際にいわゆる外交官事務机［大型の事務机］、ドアの脇に鉄製の金庫、まわりの壁際には書類ファイルがぎっしり詰まった戸棚……校長はぶつぶつ言いながら事務机の前のアームチェアに腰をかけ、鍵のかかってない抽斗を開けて中をかきまわした。書類がひらひら舞い、それから次の抽斗を開けて探し終えると――三番目へ……「鍵がない」、とザック‐アムヘルトはため息をついた。

シュトゥーダーは無言でうなずいた。

「しかしこれこそ動かぬ証拠だ」、と校長は続けた、「つまり死んだあの男は、この校長室に入って、自殺をするために鍵を持ち去ったわけだ。ちがいますか？」

シュトゥーダーは肩をつり上げ、ズボンのポケットに拳をさらに深くつっ込んだ。

「証拠？」彼はつぶやいた。「証拠とは思えませんね。何よりも確かめなければならないのは、いつエービがその鍵を持ち出したかです。今晩中？　それとももっと前？　昼のあいだですか？　あなたの鍵が新品だというのは確かなんでしょうね、校長先生？　本当にこの鍵だったんですか？」

シュトゥーダーはキラキラ光るものをポケットから取り出して、相手の鼻先に突きつけた。ザック＝アムヘルトはあくびをした。

「そんなことがどうしてわたしにわかるはずがありますか？　わたしは鍵をもう久しいあいだ見ていなかった。いまになってようやく思い出した。エービが先週鍵を貸してほしいと言ってきたとき、わたしは自分で取ってこいと言って、どの抽斗にあるはずかを説明した。それから彼は鍵を返しにきて自分で元通りにしまった。そうしてからはじめて、ちゃんとしておきました、とわたしに報告した。だってこっちは全然気にしてなどいなかったのですからね。あなたはまだ彼の教室机を見に行きたいのでしょう？」

彼らは廊下に出て、校長室の筋向かいにあるドアに向かった。

「すこし待ちましょう」、とシュトゥーダーは声を落として言い、校長の腕に手をおいて立ちどまらせた。

教室のなかで声がした。

「じゃあバウマン、きみはあの刑事が、あのお巡りが、何かを見つけると本気で思うのかい？　彼はおれたちに訊きもしないで、もっぱらおやじさんやヴォットリの後をつけ回している。エービの身に何が起こったかあの二人が感づいている、とでもいうようにな。学校中のだれよりエービのことを知ってるのはおれだよ。嘘じゃないぜ！」「しっ！　しっ！」と声がした。「大きな声を出すな！　立ち聞きされたらどうする！」「いまドアを開けにいってみるよ……」シュトゥーダーはそれ以上待たずにドアのノブを押した。

教室は昼をもあざむくばかりに明るかった。天井からぶら下がった四つの電灯によほど強力な電球が仕込んであるのにちがいない……教室机が三列、机にはどれにもベンチが固定されている。ドアを開けた真ん前に教師用の幅のひろい長テーブルがあり、壁際の黒板になにやらデッサンのようなものがチョークでなぐり描きしてある。建物の見取り図――どうやら温室の見取り図らしい！　その脇にやや小さめの見取り図があり、それがシュトゥーダーの好奇心をそそった。

「ここに描いてあるのは何かね？」彼はたずねて、指で黒板をコツコツ叩いた。すくなくとも十人以上の人数からなる合唱が一斉に答えた。「ボイラー室！」――「どこのボイラー室だ？」――「温室のですよ！」当り前だ！　若者たちはバカではなかった。彼らがボイラー室のことを考え――こちらはそんな大事なことを忘れていたのだから、熟練刑事は恥じ入らないわけにはいかない。シュトゥーダーは長いことぐずついてはいなかった。

「あなたはもう結構です、校長先生！……あなたがお疲れなのは存じています。どうぞ、ごゆっくりお寝《やす》み下さい。生徒たちのことはわたしが何とかします」（シュトゥーダーはザック‐アムヘルトの耳元に小さな声で、それも口に掌を当てながら話した）「責任を持って終ったら寝室に連れて行くようにします」「いいだろう。わたしは構わない！」校長はもう一度大きくあくびをした。室内は静かだったので、ノックをしているその音ははっきり聞こえた。音は天井を通してやってきた。「はいはい……妻がわたしを呼んでいるのです。きっと心配なんでしょう。では……皆さん、おやすみ。そして、うるさくしないようにね！」

　ザック‐アムヘルト氏は外側から静かにドアを閉めた。足音がしだいに消えていった。教室のなかは沈黙が支配した……「では」、とシュトゥーダーは言ってマントを脱ぎ、「これからいっしょに捜査しようじゃないか。われわれがこの部屋に入ってくる前に、バウマンと話していたのはだれかね？」

「ぼくです！」ずっと奥の最後列のベンチからのっぽが一人立ち上がった。髪が真っ赤に輝き、顔に点々とそばかすが散っている。「きみは何という名前だ？」――「アムシュタイン・ヴァルター」――「じゃあ、ヴェルティ［ヴァルターの愛称］。教師はきみのことをきみ呼ばわりしないと思うけど――わたしはきみで行くほうが慣れてるんでね。これでいいかい？」――「いいですよ、ちっとも構いません。そのほうがいいくらい！」赤毛は笑った。笑うと白い歯並びがのぞいた。「ヴェルティ、きみは、学校中でだれよりもエービのことを知っているのはおれだ、と言っていたね。あれはどういう意味だ？　あのことばがかろうじて聞き取れたもんでね。」「ほら、やっぱりぼくの言った通りじゃないか！」小柄な茶髪がアムシュタインに声をかけた。茶髪は上っぱりを脱いでシャツの袖をまくり上げていた。

「きみがバウマンかい?」シュトゥーダーはたずねた。

「むう」、若者はうなずいた。肘の筋肉がもりもり盛り上がってい、丸めた拳のあいだに顎を押しつけていた。「ぼくはあんたを知ってるぜ、刑事。七月十八日に〈太陽亭〉にいて、あんたが救貧院の連中をぶん殴ろうとしたのを見たんだ……」

ここでシュトゥーダーが口を出し、バウマンを問いただした。原因は何だったんだ、あのときの?「わたしはつけていたわけじゃない。あれは本当に偶然だったんだ、バイクに給油をし忘れたし、それに……」――シュトゥーダーは、三人の生徒に一斉にことばをさえぎられた。バウマンとアムシュタインと、それにほとんど白子みたいに髪の白い三番目の生徒の三人に……この三番目の生徒は角縁眼鏡を鼻にのせていたが、これがレンズの奥の眼がゆがんで見えるほど強いレンズの眼鏡だった……ポーピンハという名前で、強いオランダ語なまりのあるドイツ語を話した。彼は級友たちに黙っているように命じ、次のように話した。あの晩、エービ・エルンストが突然この教室に現れ、四人の男が必要だという。自分(ポーピンハ)とアムシュタインとハイニスとフォンツーガルテンがついて行き、級友《カメラート》(「キュユウ」とポーピンハは言った)エービ・エルンストは途々皆に、兄――異父兄――が今朝ここに着いたと話した。むかし、貧民対策当局が兄を施設に収容していたが、兄はある娘をつれて脱走した――ファーニーという外国人が彼を引き取ってはいるが、フンガーロットのほうで何をたくらんでいるか、知れたものではない。今朝自分は兄をまた逃がすことに同意し、ファーニーにもそう約束した。ところが今晩やみくもにお巡りがやってきた。どうやら兄を逮捕するつもりらしい。で、救貧院の連中を何人かけしかけた。でも頼りになる助けっ人がもう三四人ほしい。それできみたち級友を連れにきた。お巡りを怖がらせてやるんだ。そうすればあのお巡りは退散し、兄は枕を高くしていられる。「そういうわけでした、刑事さん。ですからあなたを襲撃するような真似をしたんです……」

ずいぶん簡単な話ではないか! それにしても、いま異父兄に見衛られながら温室に死んで寝かされている若者は、なんとけなげな振舞いをしたことか。

温室……ボイラー室の見取り図というのはどういう意味だね？　今度はアムシュタインが答える番だった。自分のベッドは大寝室の死んだエービのすぐ隣なんです。エービが最近寝つきが悪いのに気がついていました――ほとんど一晩中目を開けて寝ていて、明け方近くになってようやく眠りにつくと、夢のなかで話をしてるんです。それが毎度きまってボイラー室の話でした。ボイラー室と温室。何度かエルンストは――バウマンの無二の親友で――「だろう、ブーマ〔バウマンの愛称〕？」――「もちよ！」の間柄です――エルンストは晩方仕事時間をサボりました。仕事時間というのはこの学校では朝六時半から七時半の朝食（夏場はもっと早い）までと、晩は五時から六時半まで、それに七時半から十時までです。こんなことを申し上げるのも、もっぱら刑事さんに問題をちゃんとわかっていただきたいからなのです……そのとき自分（アムシュタイン）はバウマンから、エービがときどきいなくなる、と聞いたのです。バウマンは小心者なので一度エービに注意したことがあるそうです。と、何がわかったでしょう？エルンストは外の墓地で彼の父親と会っていたのです。「二人は、二週間前に死んだフンガーロット夫人のお墓のところにいました。これでぼくはようやく夫人がエルンストの姉とわかったのです。ただどうして彼が、この場所で父親と会っていたのかはわかりません。その後二人は温室に入りました。ぼくははじめは外に立っていましたが、やがて中に入りました――もうだれもこなかったからです。しかし二人が下のボイラー室でささやきあっているのが聞こえました。何を言っているのかはわかりません。そこでぼくはまたこっそり姿を消しました。一つおかしなことがあります。というのは、下のボイラー室にぶら下がっている電球は夜通しはつけてませんが――先週の月曜日にあそこに電気がついているのが見えたんです。あれはちょうど九時でした。エービはこの週は当番で、朝がくると錆落《さびおと》しをし、夕方は夜間用に石炭をつぎ足しておくのがお役目です……ぼくはてっきりエービが特別の電球を持ってるんだと思いました。ボイラー室を出て行くときにそれを外して、別の――切れた電球――を代わりにつけてるんだと。でもどうしてそんなことをしたのか、それはわかりません……」

　第二の発見。シュトゥーダーは用心してメモを取った。重箱の隅をつつくような書き込みほどいやなものはない――そんなことをしているとそのあいだは目を上げられないものだから、話を聴いている最中の相手とのつながりがすっかりうしなわれてしまう……しばらくのあいだ沈黙が支配した。生徒という生徒が頭をカッカさせ、目をキラキラさせていた。

「ほかに何か？」大きな眼鏡をかけたオランダ人のポーピンハが短く笑ってからうなずいた。——まだ知っていることがあるけど、大したことじゃないと思います。

「いいから話してみろよ！」シュトゥーダーはじつは、このよく知らない生徒たちとこれほどうまくやって行けるのにおどろいた。彼らにしてみれば、こちらは今朝エービのロッカーをガサって「犯罪を構成する物件《コルプス・デリクティ》」を見つけ出したのだから、そういう手合いは憎らしいのが当然だろうに。級友の死に大変なショックを受けたので、彼らは皆、自分の殻に引きこもらずに力を貸したがっていた……ポーピンハは話した、——以前、ヴォットリ先生がアンナ・フンガーロット夫人と連れ立って散歩しているのをしょっちゅう見かけました。賭けてもいいけど、あの二人は相思相愛の仲でしたよ。

シュトゥーダーはほほえみ、口の端がひくつき出すのを感じ——しかし突然、教室のなかは息が詰まるほど熱いのにぞっと寒気を覚えた。事件の糸口をつかまえたような気がした。もつれにもつれた、下手に結びそこねたロープがこれでなんとか解ける、という気がした。

「さあ、もう寝なさい！」彼は命じた。「階段を静かに上がるようにな。」生徒たちは彼の言うことをきいた。シュトゥーダーは電気を消し、全員がベッドに入るまで三階で待ち、それから大寝室の電灯も消した。

「おやすみ、ぐっすり眠れよ！」

建物を出ると十二時四十五分だった。温室にはまだこうこうと電気がついていた。

ボイラー室の拾得物

二棟の温室の前の通路にくると、シュトゥーダーはルートヴィヒ・ファーニーがセメント製テーブルの前にいるのを目にとめた。日雇いくんは右手で砂をすくい上げては左手に流し落としていた。そうしているあいだにも頬に涙が流れた。

刑事はかたわらに近づき肩をたたいて、「どうした?」とたずねた。

ルートヴィヒはつっかえつっかえ、エルンストはいつも自分によくしてくれたと話した。話しながら彼は闇のなかに横たわっている死者のほうを指さした。バルバーラが病気になったとき、困ってエルンストに手紙を書いて金を無心したことがあった。五十フランほしい、と言うと——弟は、自分だって金があるわけじゃなかったのにすぐに金を送ってくれた。それから——エルンストはいつも母を守っていた。彼が家にいるときには、さすがの父も——義父、と言い換えて——母に指一本触れようとしなかった。飲んだくれた父が母を虐待しはじめたので、殴り合いになったことさえあった。エルンストはそのときまだ十六歳そこそこだったが熊のように強く、エービは翌日目に青い痣《あざ》をこしらえて、それからというものは……

「もういいよ」、とシュトゥーダーは言った。これ以上結構な動機が考えられるだろうか? あの老人は若者を憎んでいたのだ——シュトゥーダーは、この手の男がいることを知っていた。やつらは酒を飲むと女房を虐待したがる。奇妙な権力欲が背後に隠されているにちがいない——なぜって、ふだんはこの虐待の虫もあわれなやつで、上から踏みつけにされると——ふしぎに女房を虐待しては自分がいかに強いかを見せつけようとするのだから。

「ボイラー室がどこにあるか知ってるか、ルートヴィヒ？」日雇いくんはうなずき、先に立って案内した。一隅で階段が地下に通じていた。ルートヴィヒがスイッチをひねると——下でパッと電灯がついた。するとエルンストは死ぬ前に電球を取り替えたのだ……ボイラー機関は埃だらけで、右のほうにコークスの滓が混じった灰が山積みにされていた。左側の隣室はコークス置き場だった。シュトゥーダーはマントを脱いで釘にかけた。何着かある作業着のなかで自分に合うやつを見つけて身につけた。灰篩《はいふるい》が壁に立てかけてあった。「二人で灰を篩《ふる》おうじゃないか、ルートヴィヒ」、と刑事は言った、「上着も脱げよ！」日雇いくんが一張羅の晴れ着らしいのを着ているのを考慮したのだ。

二人が取りかかったのはあんまりぞっとしない仕事だった。小部屋の空気はたちまち灰の塵埃がもうもうとたち込めて呼吸困難になり、シュトゥーダーは咳き込まないわけにはいかなかった——が、灰の山はだんだん小さくなった。じつをいえば刑事は灰のなかに何を探そうとしているのか、自分でもわかっていなかった……ルートヴィヒが灰の残りをかき集め、二人してせっせと篩いをかける——と、ついにコークス滓の下に刑事は三つの物品を見つけた。なかば焼けこげたボタン一個、無傷なボタン一個、焼けこげた薬莢一個だ。シュトゥーダーは三つの物体を掌にのせてながめ入った。

「見ろよ、ルートヴィヒ」、彼は言った、「これはそこらの雑貨店で買ってきたボタンだ。こっちのは」、と二番目の、無傷なボタンを指して、「マントのボタンで、高級素材だ。たぶん出所はイギリスの仕立屋だろう……それとこれだ、わかるか？」

ルートヴィヒはうなずいた。こういう薬莢を、と彼は言った、ガキの頃よく射的場でひろったものです。ただあの頃の薬莢はもっと大きかった……自分の考えを申し上げてよろしければ、この薬莢はピストルの薬筒、それもかなり口径の大きいやつから出たものですね……

「その通りだ、ルートヴィヒ、その通りだよ！　おそらくアメリカ製ピストルの薬莢だろう。墓場のおまえの叔父さんの手のそばに見つかったやつだ。」

ルートヴィヒは思慮深くうなずいた。その骨張った顔にほほえみが浮かび——眼の青がひときわ強く光った。シュトゥーダーは懐中電灯のスイッチをひねり、その光の束を壁に当てた。コークス置き場の入口があるところでシュトゥーダーは止まると、壁に目を近づけて……「ほら、見てみろ！」と叫んだ。ルートヴィヒがきた。刑事は、黒い壁の上にはっきり浮き上がっているいくつかの飛沫を指さした。「ナイフを持ってるか？」シュトゥーダーは助手にたずねた。日雇いくんはうなずいたが、ズボンのポケットから刃こぼれのしたナイフを取り出してくるのに少々時間がかかった。

シュトゥーダーはポケットから古い封筒をひっぱり出し、あやしげな飛沫の見つかった壁の証拠物件を掻き出して封筒に入れた。それから封筒に封をし、助手相手に講演を一席ぶちあげた。

——事件をこんなふうに想像してみるといい。だれかが叔父さんをこの地下室におびき寄せたのだ——それもベッドに入っているところを連れ出した。証拠は高級仕立屋が出所のボタンだ。おそらく叔父さんは急いでコートをはおって、呼びにきた男についてきたのだろう。この男は、叔父さんがいつも武器を身につけていることを知っていた——この武器を男がどうやって奪いとれたのか、それはもう一つの謎で、これはおそらく犯人の自白を俟ってはじめて解決するだろう。要するに叔父さんは、この地下室で小口径の武器で射殺されたのだが、大きいピストルも発射されている——しかも察するに、犯人は単独で凶行を犯したのではなく、すくなくとも一人は共犯者がいたらしい。この共犯者が叔父さんの部屋に行って、部屋からシャツやスーツやカラーを持ってきた。地下室でそれを死体に着せ、墓地まで運んでアンナ・フンガーロットのお墓に置き去りにした。ルートヴィヒ、絵に描いたように想像できるだろう。殺人者は、これで当局はてっきり愛の苦悩のあまりの自殺だと思い込むと考えたのだ。ところがうっかりしてドジを踏んだ。上着もチョッキもシャツも、無傷のままなのを考えに入れてなかった。いずれにせよ地方総督はすぐに気がついた。心臓に弾丸をくらった男が、服のボタンをはめたままなんてことはあり得ないとね……

「最初のドジはだな、ルートヴィヒ……殺人者がちょっと頭を使えば、このドジは避けられた。第二の失敗のことは話したくない――これは鍵の件だがね……おまえは疲れてるし、シュトゥーダー刑事は口の軽い男だ。もう寝ようじゃないか、さあ……」彼らは階段を上がり、ルートヴィヒが電灯を消した。通路はがらんとしていた。セメント・プレートの上のビートモスの山には、先刻シュトゥーダーが描いたルーネ文字がまだそのままになっていた。それをきれいに拭き取った。ビートモスの冷気が熱くなった拳に気持ちよかった。戸外に通じる外扉のところでルートヴィヒが最後のスイッチをひねり――いまや温室全体が真っ暗になった。室内《なか》の死者はたったひとり、だれにも邪魔されずに眠りにつき、生きている二人は、シュトゥーダーが外扉も鍵で閉めてからそれぞれの寝室に向かった。空は淡い銀色にきらめき、月はとうに沈んでいた。シュトゥーダーが懐中時計を出して確かめると、もう真夜中も二時をまわっていた。

公証人ミュンヒが夜の訪問をする

老婆心はときに復讐を受けることがある。シュトゥーダーはルートヴィヒ・ファーニーを自分と同じ部屋で寝るように招じたが、この若者がいびきをかくとは知らなかった。昨夜はじめてそれを知ったのだが、今夜あらためてそれがはじまった。刑事が灯りを消すやいなや、向こうのベッドでうなり、いびきをかき、歯ぎしりし、ヒューヒュー息をしはじめた。シュトゥーダーはスリッパを投げつけたが、静かになったのは一分間だけ、あらためてまた騒音がはじまった。第二のスリッパが飛んだ。右足の靴が飛び、それから左足の靴、革脚半の片方が飛び、もう一つのほうも飛んだ……一分間以上向こうが静かになったためしはない。ため息をついてシュトゥーダーはベッドを輾転とし、歯ぎしりし、数を数えはじめ、声を出して九九算を暗唱した……が、ルートヴィヒのいびきはやまなかった。プリュンディスベルク園芸学校の時計塔の時計が二時半の時鐘を鳴らした。救貧院のけたたましい鐘がこれに答えた。二時四十五分の鐘が鳴り、三時の鐘が鳴った。うなり声を上げて刑事はまた灯りをつけ、新聞を最後まで読んだ。

窓の鎧戸は閉めてあり、その緑色の板木が窓ガラス越しにキラキラ光った——だが室内の光はまるで日雇いくんの邪魔にならなかった。突然シュトゥーダーはとび起きた。だれかがドアをノックしたような気がしたのだ。彼は待った。と、ドアのノブが外から押し下げられるのが見えた。だれかドアを開けようとしている者がいるのだ——よかった、ドアは鍵が掛かっている!

シュトゥーダーは立ち上がり、そっとドアに忍び寄った。鏡板に耳を押し当てたが、何も聞こえない。なにしろどんな音もルートヴィヒのいびきには勝てないからだ。ようやく外からひそひそ声がたずねた。「シュトゥーダー、まだ起きてるかい？」公証人ミュンヒの声だ！　刑事は閂《かんぬき》をはずし、錠前の鍵を回すと、友を招き入れた。——あんまり大きな音を立てないでほしい、とシュトゥーダーは公証人に言って聞かせた。あそこのもう一つのベッドに寝ているやつがいる。いい若者で、今日はずいぶん働いて、やっと眠れたところだ……いびきはかくが、そりゃだれだって完璧というわけにはいかないからな！

そう言いながらシュトゥーダーはそっと自分のベッドに引き返し、公証人を招いてすわるように言うと——ミュンヒは招きに応じた。クッションが一つほしいと言い——壁がごついもので、と彼は言い立てた——、クッションを背中に詰め込むと言った。「施設から抜け出すのがえらく面倒だったんでね！」

シュトゥーダーは同情のかけらも覚えずに友を笑いとばし、すこしは運動したほうが身体のためだと言った。それでなくてもあんたは四六時中事務机の椅子に神輿《みこし》を据えて、顧客の耳にあることないこと吹き込んでいるのだものな。——ミュンヒはこの攻撃をシュトゥーダーのふくらはぎを足で挟んではぐらかしたが、これは失敗に終った。刑事はいきなり長い脚を伸ばし、友を情け容赦もなくベッドの足元のほうに押しまくった。ミュンヒは勘弁してくれと頼んだ。

——こんな夜晩く何の用でおいでなすった、とシュトゥーダーはささやき声で（日雇いくんがひっきりなしに歯ぎしりをしているので、ささやき声など不必要だったのに）たずねた。あっちの救貧院で何か特別なことでも起こったのか？　そもそも公証人殿はフンガーロットを何用あって訪ねなければならないのだ？　こっち（シュトゥーダー）の知るかぎり、あの家父はかならずしも清廉潔白というお人じゃない……

「だろうな、それを知りたいかね？」ミュンヒは言って右目をぱちぱちまばたきさせ、首をひねった。

「知りたいだと！」公証人さんは私立探偵の役を演《や》りたいらしいね？　これまでのところフンガーロットに対しては一通の訴状も舞い込んでないんだ……

「でもわたしの見るところ、きみはあの家父が夫人を砒素で毒殺したと思ってるね……でも園芸学校のある生徒のところでわれわれが当の毒薬を見つけたと、ここで申し上げたら？　さて、どうおっしゃいますか？　かてて加えて、この園芸学校生が昨日窓越しにパチンコで警告文を撃ち込んできた、と言ったら？　蜂の巣から手を引け！　だとさ。これに対するきみの答はどうだい？」

「きみは月の仔牛《モントカルプ》〔バカの意〕だってことよ」、と公証人はさらりと言ってのけた。

「お古いしゃれだな」、とシュトゥーダーは気難しい顔をして言った。「バカといえばプリュンディスベルクでは地方長官とか医者のことだよ。きみも彼らのひそみに倣いたいのかい？」

おぼえておきたいのは、とミュンヒ公証人は言った、刑事さんはもう長いことビリヤードに勝ったためしがないってことだ。負けがこんでるものだから刑事さんの精神活動はしょっちゅう恵まれない星の下にあるんだね……シュトゥーダーはなにやら悪態を口にした。それからたずねた。こんな真夜中に訪問を受けるわたしは、どんな名誉に与っているのかね？

「きみは」、と公証人は言った、「今日法医学部局に行った。ハンカチの鑑定結果はどう出たんだ？」

――公証人さんは本当は見かけほどバカじゃない、とシュトゥーダーはさりげなく認めた、でもとうとううっかり口を割ってしまいましたな。

ミュンヒは上着の前を開け、紙入れから一通の手紙を取り出した……「そら、読んでみろよ！」彼は言った。

シュトゥーダーは読んだ。

「公証人アルフレート・ミュンヒ殿、ベルン。

プリュンディスベルク、一九……年十一月十七日

拝啓　公証人アルフレート・ミュンヒ殿！

わが姪アンナ・フンガーロット‐エービの死の直後、わたしは遺言状を次のように書き改めました。すなわち、

姪の相続分と決められた、わたしの財産の四分の一は、さらに二分され、一半は故人の夫たる救貧院家父フンガーロットの、また一半はプリュンディスベルク園芸学校教師パウル・ヴォットリの、相続分と決められるべきものであると。この新たな付帯条項をわたしはさらにいま一度変更すべく余儀なくされており、そこで明十一月十八日午前十時にあなたをお訪ねしたいと思います。遺言状を持参して新しく書き直そうと存じますが——下書きはすでに作成してありますので、すみやかに仕上げられましょう。どうかわたしの指定した時刻を逃さぬようお願いします。つまりこの数日のうちにわたしは知人たちの一人に対し計画を口外してしまい、そこで彼がこの決意を即刻ふれまわるのではないかとおそれているのです。他の人たちがわたしの決意を知ることにより、わたしの生命は二重の危険にさらされます。数カ月前にわたしはたまたまあなたの友人の一人と知り合い、この方にわたしの生命が風前の灯《ともしび》であることを打ち明けました。この友人、すなわちヤーコプ・シュトゥーダー刑事は、わたしの報告に対しかなり懐疑的でありました。あなたはこの刑事の友人でありますから、それゆえあなたに相談に乗っていただくのが得策と思われたのです。わたしの身にもしやのことが生じた場合、シュトゥーダー氏を呼んでいただければまことに幸甚であります。遺言状作成につき、なぜわたしがあなたにご相談するか、それを手短に説明することがぜひとも必要と思われました。

では明日朝まで。ごきげんよう！　あなたの

ジェームズ・ファーニー」

シュトゥーダーはその手紙をあらゆる方向から検討した。手紙はタイプライターでしたためてあった。

「たぶんコピーを取ってあるね！」

「まちがいなく！」公証人は認めた。

「しかしコピーは彼の所持品のなかに見つからなかった……」

「わたしも見つからなかった」、と公証人は無邪気に言った。

「ほう、きみも部屋中探したのか？」

公証人は肩をすくめた。「わたしは捜査警察より早く現場に行ったのでね……公証人が捜査官より早起きだということも、ときにはあってね……」

シュトゥーダーは当惑してうなじを掻いた。彼のパジャマは――カラーに小さな赤い花柄の刺繍がしてある――前がはだけ、がっしりした首がまるまる見えていた。刑事はたずねた。

「きみが現場に着いたとき、ホトケはもうお墓の上に寝ていたのかい?」

ミュンヒはまた肩をすくめた。「残念ながら情報提供のお役に立てないね。わたしは旅籠屋に直行して、ファーニーの部屋はどこかとたずねた――ウェイトレスが案内してくれて、それからわたしはそこで待った……十二時までだ。結局待っているのがバカらしくなり、捜査警察が旅籠屋で騒々しくしてもいたので、それで救貧院のほうに移った。きみだってあんな心のこもった歓待を受けたらねえ! 家父はわたしにぜひともわが家に泊まっていただきたいと頼み、一部屋を自由に使わせてくれ、昼食に招待してくれた。救貧院であんなうまい昼食を食べているとは思いも寄らなかったな……フンガーロット家父はとても親切だった。妻を亡くしたことをつらそうに訴えて――こちらも、奥さんを亡くされてさぞおつらいでしょうと言わざるをえなくて……」

シュトゥーダーが友の顔を見ると、公証人はうっすらと笑っていた――しかしこれをほほえみと善意に申すのは、あるいは言い過ぎかもしれない。

「腸インフルエンザ!」ミュンヒは言った。「腸インフルエンザ……! 腸インフルエンザという名前の下になんでもかんでも隠せる……とは思わないかい、シュトゥーダー?」

「ふむふむ」、とシュトゥーダーはつぶやいた。「砒素鏡はとてもはっきりしていた……それに法医学部局の助手医の仕事ぶりは確かだし……」

「砒素だな?」ミュンヒはたずねた――「ふむふむ」

ルートヴィヒ・ファーニーのいびきが室内の空気をゆるがしていなければ、たぶん部屋のなかは非常に静かだったろう……

「あそこにいい目覚ましがあるな」、とミュンヒは拇指で日雇いくんのベッドのほうを指した。シュトゥーダーはため息をついた。「なあ、やつはいい目を見てこなかったんだ。小僧奉公に出されて、それからフンガーロットのところのエサにありついて、脱走して娘っ子といっしょに森で暮らして……今度は遺産相続を受けるだろうな……やつに上げてやりたいものだよ。」

「わたしもだ」、とミュンヒは言った。それから公証人はもう一度紙入れを取り出し、そこから手書きの書類を出して、それをシュトゥーダーに渡した。書類の内容を要約すればこういうことだ。某々年生、ガンプリゲン郷里籍のジェームズ・ファーニーは、アメリカ外貨とイギリス外貨ならびにリヨン銀行に貸金庫にある宝石類よりなるその財産を、アルノルト・エービの妻たる姉のエリザ、エリザの私生児ルートヴィヒ・ファーニー、および嫡子エルンストとアンナに、等分に遺贈するものである。この四人の人物のうち一人が被相続人の死亡前に死んだ場合には、財産は残りの相続人たちのあいだに分与されるものである。生名ファーニーのエリザの夫たるアルノルト・エービはいかなる相続請求権をも有しない。十月十日の日付けのある遺言状補足は次のような規定を含む。すなわち姪のアンナの夫フンガーロット・フィンツェンツは、妻の死に際してその亡き夫人の持ち分を取得する。しかしこの持ち分のうち半分を彼はプリュンディスベルク園芸学校の教師ヴォットリ・パウルに譲渡しなければならない。遺言状執行者はミュンヒ公証人たるべし。

「遺言状の日付けは七月二十五日だ」、とシュトゥーダーは言った。「これを作成したとき、きみは立ち会ったのか？」

ミュンヒはうなずいた。彼は両手を組んで脛骨にかけ、立て膝をした膝蓋骨に顎を当てがっていた。

「七月十五日だ」、と彼は夢を見ているように言った。「当時わたしは事件をきちんと説明できなかった。たとえば、ジェームズ・ファーニーはなぜわたしに相談を持ちかけたのか？　なぜ彼はきみを引き合いに出したのか？　だれが彼にわれわれの交友関係のことを話したのか？——きみはまさか忘れやしないだろうな、ヤーコプ、七月二十日と二十一日は二人でビリヤードをしたんだよな、いつものカフェで。あの二晩に何か特に気がついたことはなかったかい?」

シュトゥーダーはあくびを嚙み殺した。それから首をふった。「ビリヤードをやってるときには」、と彼はうんざりしたように言った、「自分の結構な職業のことは忘れてるさ。だって十点のセリーができてるときに、だれがこちらを見ているか、監視してるわけがないだろう。ちがうかい?」

「わかってるよ」、とミュンヒは言った、「だからわたしも、ファーニーが七月二十五日の朝十一時にわたしを訪ねてきて、まずきみのことをいろいろたずねたことはきみにも話さなかったんだ。ファーニーは何もかも知りたがった。きみがこれまでキャリアで成功してきたかとか、どうして刑事までしか昇進しないのかとか、その他もろもろをね。だからわたしは、きみの賛歌をぶち上げて、わが国では何かある党派に属していない人間は成功しないのだと説明してやった。シュトゥーダーはしかるにいかなる党派にも属さなかった——いや、あべこべだ。かつて彼はある銀行事件で大火傷をしたことがある。重要人物が何人かそれで面目を失って、事件はもみ消されたという。——「ああ!」ファーニーは即座に応じた。「そいつはおもしろい!」——やれやれ、とわたしは言ったね、シュトゥーダーにとってはおもしろくも何ともありませんよ。だってそのために彼は当時のポストをフイにしたのだし、はじめからやり直さなければならなかったのだから。まあ刑事より上には昇進しないでしょうね。なぜってまず第一に、血縁者(スイスでは保護されることを端的に〈親類のコネ〉と言うんです)がいないし、第二に、いやに頭の切れる部下は下の部署に貼りつかせておこうとするけれども、どうしても彼らでなければならないというときにしか起用しはしないものだ。そういうときには彼らに命じればいい——と、一件落着になる。「とすると込み入った事件だとシュトゥーダー氏に捜査が任せられるのですね?」——「そう!」わたしは言った。「それは保証してもいいです。それはかならず彼を使う——そうして警察署長も警察本部長も、そのときにはシュトゥーダーを支えて彼がやりたいようにやらせるんです——事件が一件落着するまではね。それからまたシュトゥーダーはガラクタ部屋に放り込まれて、ゆっくり休むがよろしい……」——「おお」、とファーニーが応じて、「そいつはおもしろい。どこの国でもそれはそうなるでしょうね。よろしい。さて、遺言状を書きましょうか。」彼は自分が書きたいことを話し、こちらはそれを口述筆記して、彼が清書した。それからその遺言状をわたしにあずけた。出て行く前に彼は（ドアのノブにもう手をかけながら）、わたしは大方殺されるだろう、と言った。血縁者のだれかか、知人のだれかか――それは定かではないけれども。自分の身に気をつけるように常々心がけていたからいいようなものの、もう二度もあやうくおだぶつになるところだったものでね、と。うん……その話もしておきたいんだけど……」

「ありがとう、ハンス！」刑事がこの友人を呼び名で呼ぶことはめったになかった――それも今日は特に気が重かった。なぜって解剖された雄鶏もハンスという名だったことを思い出したからだ。と、不安めいた思いがこみあげてきた。知りすぎた男だから死んだのではないか？　園芸学校生エービは？　公証人の身に危険が迫ってはしないか？「気をつけろよ！　きみの身に何か起こらんようにな、ようく注意しろよ、ハンス！　わかったかい？」

「ああ、わかった！　心配するな！」

「遺言状にはつまり、ファーニーの財産は四分割しなければならないと規定されている。そうだね？　二人の遺産相続人がもう死んでいる。そこでこれまでうまく人生を送れなかったルートヴィヒが財産の半分を手に入れ、ルートヴィヒのおふくろさんが後の半分をもらう。」

「そうじゃない！　きみは疲れてるな、ヤーコプ。計算がなってない！　遺産は、ルートヴィヒ・ファーニー、エリザ・エービ、それにフィンツェンツ・フンガーロットに三分割される。家父長の取り分はさらに分けられて、半分は教師ヴォットリのものになる……」

「ヴォットリはそれを知っているのか？」「手紙によるとそう推測できる。しかしこの件はフンガーロットが知っていて――ヴォットリはつんぼ桟敷、ということもあり得る。さて、わたしはもう行かなくちゃならん。おやすみ！」

――その手紙と遺言状をこっちに預からせてもらえるかね、とシュトゥーダーはたずねた。ミュンヒはうなずいた。それから彼は、いわばその夜の訪問の帰結としてこうも言った。「わかってくれるよね、ヤーコプ、もっと早い時間にきみを訪ねてこられればよかったんだが。なにしろ昨日ここに着いてからというもの家父は一瞬たりとこちらから目を離さないのでね。彼の寝室の隣にある、ドアが一つしかない部屋をあてがわれたんだ。外に出たいと思えばフンガーロットのベッドの枕元を通って行かなければならない。ところが今夜新しい客があらわれたので、部屋替えをしたんだ――こちらがないがしろにされたのだから、この客はとても重要だったにちがいない。だからわたしはこっそり抜け出してこられたんだよ……！」

またしても刑事はあのいわれのない不安の感情に襲われた。「ハンス、気をつけるんだぞ！」彼は言った。公証人はおどろいてシュトゥーダーの顔を見た。

「こっちの身に何か起こるってのかい？」びっくりしてミュンヒがたずねた。

シュトゥーダーは肩をそびやかして何事かぶつぶつつぶやいた。それから立ち上がって友人をドアまでエスコートした。

「階段が足下から落ちやしないかな、ねえ？」ミュンヒは笑っただけだった。

シュトゥーダーはベッドに横になり（手足をようやくゆっくり伸ばせるので気持ちがよかった）、電灯をじっと見つめて考え込んだ……早まった結論はつつしまねばならない。救貧院院長夫人が死んだとしても、それがフンガーロットにとって利益を意味することはない……というのは、とどのつまり見てくれ通りの話ではなかったのだ。晩方、救貧院院長とヤスをしてわかったのは、院長がたくみなゲームをするということだった。つまり――容易にわかることながら――院長はたくみなゲーム運びをし、あてずっぽうではなく確信を持ってプレイをしていて、切り札を出すはめになるとかならず棍棒が用意してあった……

かりに院長が遺言状の文言を知っているとすると、かならずヴォットリを撃退する王手を用意しているはずだ。なんといっても知識人だ、自分も分け前にあずかれるとわかっている遺産にありつくだけのために、故意の毒殺の廉で二十年の禁固刑をくらうようなリスクを冒しはすまい。シュトゥーダーは明快に考え、そして同室者のいびきはじゃまになるどころか、気持ちのいい唄のように思考活動の伴奏になってくれた……

もうひとつ忘れてならないことがある。明朝は州議会議員や医者たちがお客にくることだ。これが切り札になるだろうか？

待った！　要注意！　誤謬にはまって犯人を見そこなってはならぬ……園芸教師ヴォットリもこの件に利害関係がある……ヴォットリは好感の持てなくはない人間で、老母を養っており、めきめき出世している。が、それでおしまいではない……いくつか不審な節々がある。たとえばトゥーン湖畔の遺産相続。血まみれのパシャマが彼のアドレスを書いた包み紙にくるまれ——しかもそのアドレスはナイフで削られていた。青酸による温室の燻蒸消毒のことを知っていたのはだれか？　ヴォットリ教師だ……温室の鍵をいつも身につけていたのはだれか？　ヴォットリ教師だ。——この男に有利な点はただ一つ、動機がはっきり見えないということ。この教師を二つの殺人に駆り立てたどんな動機があり得ただろう？　だがなんといっても、種子消毒用の新しい試薬を持っているのは彼であり、彼がその試薬で実験をしたのだ……このヴォットリが若いフンガーロット夫人に首ったけになり、すげなくされて復讐心から夫人を毒殺した、などと考えられるだろうか？……そして何人かの生徒がそのあたりの消息を知っているとすれば、一番知り抜いているのはエルンスト・エービ以外にはいない……——知りすぎていたのだ！……どうやら日雇いくんも何事かを知っているのでは？

「ルートヴィヒ！」いびきがちょっと弱まった。「ルートヴィヒ！」

若者はベッドのなかで飛び上がった。「へっ？　どうかしましたか？」

「おい、目をさませ、若造！」おまえもヴォットリ教師がフンガーロット夫人に首ったけだったのに、うすうす気がついていたんじゃないか……

日雇いくんは目をこすった。最初は何の話かさっぱりわからない。刑事は質問を三度くり返さなければならなかった。ようやくルートヴィヒはわかった。——はい、あの七月十八日に二人を見かけました。二人で散歩していました……

——フンガーロット夫人というのはどんな女性だったのだ、と刑事はたずねた。

「美しい女性《ひと》でした！」若者の目が光った。——がっしりした身体つきで、と彼は言った、きびしい面もありましたが、いつもノーブルな服を着て、しょっちゅうベルンの美容院に調髪しに行ってました……爪にマニキュアをしたり……

刑事の脳裡をトリリおっかあがふっと横切り、あの小女が家母を描写したことばが浮かんだ……

「ああ、それからもう一つ。彼女はいつも経理の帳簿をつけてました……」

「そう……そう……経理の帳簿をね！」シュトゥーダーは言った。今度は彼のあくびも正真正銘のほんものだった──何の底意もないあくびだ。瞼が重くなっていくのを感じた。「あんまりいびきをかくなよな、ルートヴィヒ！」

「はい、刑事さん……」

「それからな、電灯を消してくれ！」五分後には二人とも寝入っていて、どちらも相手のじゃまにはならなかった……が、刑事のか、ルートヴィヒ・ファーニーのか、どちらのいびきが声高であるかを判定するのは、容易な業ではなかった……

ヴォットリ教師が旅立とうとする

眠り込む前にシュトゥーダーが最後に考えたのは、「この事件はあんまり発展しすぎて、急《せ》いてはことを仕損じるばかり」というものだった。だから眠り込んでしまうことにしたのだ。九時になってようやく彼は助手のルートヴィヒといっしょに食堂に姿を見せた。食堂には旅籠屋の老亭主がいて、曲げた鉄縁眼鏡をかけて新聞を読んでいた。刑事がドアの下に姿を見せると、亭主はニヤリとお愛想笑いを浮かべて迎えた。

「プリュンディスベルクは有名になりますよ」、と亭主はキイキイ声を出した。「殺人事件が二件、刑事さん、殺人事件が二件ですもの！　はい、はい、プリュンディスベルクはそのむかし、わたしの祖父《じい》さんの時代に有名だったように、これからまた有名になりますよ……あの頃は〈プリュンディスベルク温泉〉と言ってました。紳士たちが都会からこの〈太陽亭〉に湯治にやってきたもので……ところがその頃、政府が古い修道院を買い上げて救貧院に仕立てました……それで高級な上流の人たちは逃げてしまったんです。だってそうでしょう、刑事さん、金持ちは浮浪者なんぞ見たかありませんもの。それからというもの〈太陽亭〉は、救貧院の連中が安焼酎を買いにくる安酒場になり下がりました……ときどきガンプリゲン市民のだれかが死んであっちの墓地に埋葬されると、うちで野辺送りをします。ほかに園芸学校の生徒たちがビールを飲みにくることもありますが、ザック-アムヘルトはそれを見るのをいやがって――むしろひとりできたがって、家父やシュランツやゲルバーとヤスのカードを引く……わたしもときには仲間入りしますけどね。でもね、わたしはもう齢だし、もうカードがよく見えない。それにわたしの時代にはクロイツ・ヤスをやってバカな闇取引はしなかった……いちばんおもしろいのは、フンガーロットや校長やシュランツが一点につき五ラッペンで〈ツーガー〉をやるときです……そういうときにはやんごとない紳士諸兄がどれだけ悪態を口にするかお聞きになれますよ……ご存じでしょうが、今日はお偉方が何人か施設を視察しにくる手筈だとか？」

――ああ、そうなんだってね、とシュトゥーダーはつぶやいた。でもいま欲しいのは、チコリーなしの強いコーヒー、それにトーストとチーズ。ときにフルディーはどこへ行ったのかな……？

亭主はウェイトレスを呼びにいく役を自分で引き受け、当の顔色の蒼い娘は五分後にはもう注文した品を運んできた。ルートヴィヒはと見ると、彼は刑事と同じテーブルにすわっていかにも誇らしげだった……若者の物腰も悪くなかった。食事の仕方もきれいで、必要以上に大きなかたまりは口に入れず、食べるのにナイフをほとんど使わなかった。飲物を飲むのにもずるずる音を立てなかった。

きっかり九時半に二人は食べ終り、亭主に別れを告げてから出立した。途々、刑事は自分が保護している男に話して聞かせた。

――ルートヴィヒ、世の中どれだけ変わるものか見るがいい。たとえばあの居酒屋だ、あれがとてもきれいな旅籠屋だったんだよ、昔は！　まあ想像しても見ろよ、四輪馬車だの、ベルンの乗合馬車だのがガラガラ走ってくる――美々しく着飾った男女がご入来あそばして、どの部屋も満室。それがいまやガラガラで埃だらけ、鼠や家鼠の遊び場ときた……代わりに国家が施設を二つ開いた。一方は新築、しかしもう一つのほうは五百年前だか、もしかすると六百年前に修道士たちが建てたまんまだ。新しい学校では園芸家――つまりは未来の失業者たちが養成されて、もう一つのほうではもう必要とされなくなった貧民どもが少量のスープとコーヒーの食事をあてがわれて、すくなくとも街頭では飢えなくてすんでいる……州捜査警察刑事シュトゥーダーはこの朝とみに哲学的だった……おれには、と彼はことばを続けて、こういう施設がいつも悲しくて仕方がないんだ。フランスを思い出すんだ、とりわけパリを。あそこにも貧乏人はいた――でもすくなくとも人間が所有し得る最高の財宝を、つまりは自由を、彼らの好きなようにさせていた。人に物乞いをしているのを見ても警官たちは見て見ないふりをする。寒い冬がくると彼らは地下鉄駅の階段にたむろして、すこしでも暖気にありついたり昼になるのを待ったりしている。大都会の夜は短い。四時になるともう中央市場に貧民どもの姿が見られるんだ。朝の野菜を持ってくる園芸家たちの手助けをしたり、車の後押しをしたりだ。すると駄賃に小銭がもらえる――食い物もだ。一日中街頭を走りまわっている。あっちの人間は――特に労働者は――もともとつましい。こっちで一フラン、あっちで二十三スー。それに対してここスイスでは……刑事のわたしは故国に対してべつに四の五の言いたくはない。でもベルトコンベアー式の福祉にはいつも神経を逆なでされるんだ。

　ちっぽけな白雲がウルトラマリーンの空の上をのろのろ這い、あるかなきかの風が道端のとぼしい草とたわむれた。刑事は上機嫌だった。青がふしぎな光を見せるルートヴィヒの目が刑事の顔に釘づけになり、若者は相手のことばをごくごく飲み込んでいるかのようだった――こんなふうに自分に向かって話しかけてくれて、ときおり自分の胸に立ち上ってくる考えがまちがってないと保証してくれた人はこれまで一人としていなかった。それがいま、がっしりした身体に本当なら似合わないやせた顔の中年男が、自分の隣を歩いていて、彼の若い頭のなかを芋虫のように這いまわっていただけの、この考えを発言し、それに形をあたえ、彩りあざやかな蝶のように空中にはばたかせ、手品師もさながらに舞いたわむれさせているではないか……

「メルシー」、とルートヴィヒは言った。シュトゥーダーが横目でうかがうと、うれしそうな顔が見えた。そしてそれが自分の仕業とは何の関係もないのに、この感謝のことばの意味を理解した。

「そうだ、ルートヴィヒ、おまえはこれから金持ちになるだろう」、とシュトゥーダーは言った。「しかしそうして金を持ったら、自分がむかしは救貧院にいたことを忘れてはいかんよ。おまえは森に住んで、バルバーラという娘と籠を編んでいた――なぜだ？――ひたすら自由であるためだ。自由……自由とはそもそもどういうものなのか、今日ではもうわからなくなってしまったんだ……」

「ここでわたしを待っていろ」、とシュトゥーダーは言って園芸学校のホールに通じるドアを押した。静かだ。噴水がぶつぶつつぶやいているだけで、菊が墓場のにおいをただよわせた。長い廊下にはだれもいない。校長室の真向かいのドアの向こうで単調な声がしゃべっており、シュトゥーダーはその声に聞きおぼえがあった。

「……ですからこの害虫駆除薬の原料は砒素なのです。消毒薬のなかにも、つまりウスプルーンにも、砒素があることは証明されていて……」シュトゥーダーはするどくノックしてドアを開けた。

三列にならべたベンチに生徒たちが腰かけている。彼らはシュトゥーダーにうなずきかけた。それからまたひろげたノートの上に頭をかがめて、万年筆をぎしぎしさせて——書き取った。

ヴォットリ教師は赤面した。が、ふつうのそれではなく、不自然な赤面だった。

「な……な……何かご用ですか？」

「よろしければお時間をちょっとだけ。」「よろしいですとも。」

教師は刑事について廊下に出た。シュトゥーダーは校長室に入り——そこは無人だった——、教師に待っていてくれと頼み、それからドアを閉めて電話をかけた。電話の話はしばらく続いてやっと終り、一時間以内にエルンスト・エービの死体を運び出しにくることがわかった。廊下に出てルートヴィヒ・ファーニーを呼び、温室の入口のドアの鍵を渡して、そこで待つように言いつけた。二人の衛生警官のほかは何人《なんぴと》といえども温室内の立入りは禁止。終ったらルートヴィヒがドアをまた閉めること。わかったか？「はい……シュトゥーダー」——「では、それでよろしい！」

ヴォットリは自信たっぷりの態度をすっかりうしなっていた。この背の高い、やせた男はうなだれて廊下の真ん中に棒立ちになり、両手を胸の前で組んでいた。刑事は気の毒な気がした——なにせシュトゥーダーは心やさしい人間なのだ。

「まず故人の教室机を見せてください」、とシュトゥーダーは頼み込むように言った。「それからご一緒に、どこかじゃまが入らない場所にまいりましょう。どこかあなたがお好みのところがあったら、ヴォットリ？」（ヴォットリ！　この呼びかけは一つの実験だった——「教師殿」はこれにどう反応するだろうか？）

「わたしの部屋で、シュトゥーダー……あなたさえよかったら。」

実験は成功した。刑事はよろこんだ。このガチガチにこわ張った男はもはや固くなかった——彼は話すだろう。きっとうんとしゃべることだろう……しばらくは沈黙した。シュトゥーダーは辛抱強く待った。ついに、

「ご勝手にどうぞ、シュトゥーダー、ひとりで教室に行きますか？　わたしは行きたくない。生徒たちのだれかがエービの机を教えてくれるでしょう。机のなかをガサってもまあ無駄でしょう——けど、義務を果たしたといえるためには、それでもやらなければなりませんね。」

言う通りだった。ノート、ノート、ノート——どれも、あの七月の夜まばゆい電灯の下で見たオイルクロスの表紙のノートそっくりだった。たぶんあのとき見たノートは、ここにあるのと同じ店から買ったものなのだろう。こちらのタイトルは「野菜栽培」——「堆肥論」——「温室」——「果樹論」等々……サンセリフ書体の文字で……「多年生草木」。刑事は赤毛のアムシュタインに礼を言った。それから教師みたいに黒板の前に行ってスピーチをした。——どうか、と彼は言った、生徒たちはわきまえてほしい。ある捜査がここで進められており、それが終るまでは学校を出ないように、ここにおられる諸君にぜひともお願いしたい。これは形式の問題にすぎないとはいえ、しかしまあ、いずれにせよですね……わたしはこれから、外の廊下で待っている先生としばらくお話しなくてはなりません。ヴォットリ氏の留守のあいだ、クラスの皆さんはどうか静かにして他の作業の自習をして下さるようお願いします。とりわけお願いしなくてはならないのは温室に入らないことです。温室にどなたも近づかなければ、それに越したことはありません。どうです、約束してくれますか？——アムシュタインが立ち上がって断言した。

ぼくはこのクラスの級長です、刑事さんのご希望が叶えられるように配慮いたしましょう。

シュトゥーダーは礼を言ってクラスを出た。

「さて」、とシュトゥーダーは外の廊下に出ると言った。「これで行けますよ。で、どこにお住まいですかな、ヴォットリさん？」

「旅籠屋の〈太陽亭〉です。」

シュトゥーダーは立ちどまった。「どこだって？」彼はびっくりして訊いた。

「旅籠屋です。どうしてそんなことにおどろくんです？」

「何階ですか？」

「二階……ファーニーの真上の部屋。」

「まさか……」

彼らは救貧院の前を通る道を通って行った。救貧院の前庭は静かで——トリリおっかあが歌をうたってもいなければ、洗濯もしていなかった。踏み固めた地面の上を粗朶《そだ》の枝の箒で踊っている人間もいなかった……

ヴォットリの後について刑事は部屋に入り——そこで見たものにすこしばかりおどろかされた。床の上にトランクが二つ。シュトゥーダーはトランクを持ち上げた。中身が詰まっている。テーブルの上に茶色の小さな手帳——スイスのパスポートだ。

「旅に立たれるんですか？」

「ええ……でも、あなたとの話を済ませなければ出発はしません。」

「どうして旅に立たれるんです？」

「怖いんです、シュトゥーダー。」

「わたしが、ですか？」

首をふる。沈黙。シュトゥーダーは攻勢に出た。

「フンガーロット夫人とのあいだに何かあったんですか、ヴォットリ？」

「あなたも知ってたんですか？」

「考えてもご覧なさいな、狭苦しい片田舎に暮らしてるんです。あなた方を見た者はだれもいなかったと思ってたんですか？」

「まあ……そりゃあ……でも後ろ指をさされるようなことは何もやってません。ただ——あの女《ひと》は不幸でした。夫には虐待され、頼りになる人間はいない。あるときばったり彼女と出くわすと——もうかなり前、半年位前のことでしょう——向こうから話しかけてきたんです。フンガーロットは留守で、ベルンに行っていました。そのときはじめて二人で散歩に出たんです。アンナはずっとみじめな思いをしてきました。生まれた土地でみじめで——それからある事務所に勤めて、そこであの夫と知り合ったんです。もともと彼女が結婚したのは、ベルンの町を出て父親の顔を二度と見ないためでしかありませんでした。ところがここへきてもうまく行かなかった。」

シュトゥーダーは椅子に腰をかけ——そこにお得意のポーズで、つまり両手を組んで腕を太腿にのせて、うずくまった。

「彼女の死に方はどんなだったのですか？」

「それは言えません……言ってはいけないんです！」

「どうして？」

「証拠がないからです。」

「だれかとこの問題について話をしたことがありますか？」

「どこから聞いたんです？　わたしがアンナの死についてある人と話をしたと、そんなことをどこから聞いたんです？」

やさしい人間でもときにはしっぺ返しを食らうことがある。

「あなたは犯罪学におくわしいと思ってましたが？　その方面の著作を通読された、と。ちがいますか？」

「シュトゥーダーったら！　わたしを笑いものにするのはやめてください！　昨日そんなことを言ったのはわたしのまちがいでした——でも不安なのです、あなたが……その……その……何かを見つけたのではないかと！」

見つけた？……シュトゥーダーは思い悩んだ。何を見つけることができたというのか？　顔は無表情のままで彼はこう言った。

「それは何かを見つけたでしょう。」

「それでわたしをどう考えているか、何かあるでしょう！　わたしがバカなまねをしたと思ってるんじゃありませんか？」

バカなまねをした……？　シュトゥーダーはとりあえずにっこり笑った。ヴォットリはカッとした。「そうか、わたしを笑ってますね！　なぜです？　ラブレターを書いたからですか？　だってわたしはアンナが好きだったんです！　彼女は離婚するつもりでいました。何ならわたしたちは結婚してたでしょう……彼女の言うには、わたしの手紙は隠してあると――それがいま……いま司法機関の手に渡っている……」（本当だ！　ヴォットリは「司法機関」と言ったのだ……「ポリ公ども」とかなんとかではなしに……）「だれがあの手紙をあなたに渡したのですか？　渡したのがエルンスト・エービなら彼は死んで当然でした。言って下さい、エルンスト・エービだったのですか？　それとも彼の父親？　それとも母親？　アンナがあの手紙をどこに隠したのか、わたしは教えてもらえなかった……でもあなたは昨日アールベルガーガッセに行きましたね。わたしの母の家に。母もあの手紙を見つけようとしてくれました。後生です、言って下さい、あの手紙をだれから手に入れたのですか！」

シュトゥーダーは無言だった。内心ひそかにうれしかった。昨日はあれでまちがいなかったのだ。オランダ人園芸学校生ポーピンハがもつれた糸玉をほぐす緒《いとぐち》をわたしに手渡してくれたのだから。

事は明々白々だった。「シナ人」ことファーニー・ジェームズが当の手紙を持っていたのだ――だから彼が書いていた最後のノートが消えてしまったのだ。ノートも、おそらく手紙の類を挟んであったファイルも、消えてしまった。「シナ人」はどうしてあの手紙を手に入れたのだろう？

「フンガーロット夫人は叔父さんとうまく行ってましたか？」シュトゥーダーがたずねた。

「あなたはわたしの質問に答えていない。で、わたしに情報を提供せよとおっしゃるのですか？」

「ヴォットリ！　ちょっと頭を冷やしてくれ！　わたしが答えられないのは自信がないからだ。あなたがわたしに答えてくれれば、こっちは助かるんだ。そうしてくれますか？　だったらわたしはベストを尽くして、あなたが日曜日には旅立てるようにしてさしあげる。それでいいですか？」

「日曜日に？　どうして今日じゃなくて？　あなたが事件の解決の話をするまで、わたしにここにいろというんですか？」

シュトゥーダーは緊張して考え込んだ――最良の解決はどちらだろうか？　平の捜査刑事の自分に予審判事の役を演じろというのか？　ヴォットリが部屋のなかを右往左往しているあいだ、彼は瞼を閉じてじっと動かなかった。教師は沈黙に辛抱できないようだった。またもや興奮しておしゃべりをはじめたからだ。

「フンガーロットが町に行くのは週に一度だけでした――だからアンナに会えるのも週に一度だけでした。わたしたちは用心深くて――いつも森で逢っていました。プリュンディスベルクでいっしょにいるところを人に見られたことはありません――ところがある生徒に森のなかで現場を押さえられたのです。現場をね！　そうです……オランダ人の彼がニヤついていました。一度だけアンナとここで逢ったことがあります――そのときはわたしが呼ばれてきました。彼女の夫が異父兄を逮捕させようとした。彼女はあの日曜いくんが好きで、夫と話をしてくれというのです。それでわたしは――いやいやながらも彼女の夫と話をしました。二人はおたがいに会って話し合えないので、わたしはアンナに手紙を書いた。病気のあいだも毎日手紙を書いて、毎日彼女を見舞いに行く弟のエルンストに手紙を持たせてやりました。一度など――いや、何度か――叔父さんに手紙を託したことさえあります。叔父さんもお見舞いに行ってました。あるとき彼女はエルンストに手紙を持たせてきました。その手紙のなかで彼女は、自分は何者かに毒殺されそうだ、と書いていました。しかしわたしは信じたくなかった……だけど……だけど家父があるとき……あるとき……いや！　それは言えません！」

沈黙。シュトゥーダーは待った。彼のすわっている椅子はパスポートをのせてあるテーブルの前にあった。教師は彼の後ろのベッドに腰を下ろしていた。刑事は耳を澄まし、脚の筋肉を緊張させた――背中のほうでごくわずかな物音がしたので、攻撃を避けようとして彼はあやうく椅子の右側の床に転げ落ちそうになった。が、攻撃は成功せず、こうして一人の男が無実を証明しおおせたのだった。念には念を入れて、彼は声を落としてたずねた。

「あの消毒薬は何といったっけね、ヴォットリ？」

ため息がひとつ。ホッとしたような様子だ。がっしりした足取りの足音がした――もう忍び足ではない。教師は刑事の前に文字通り仁王立ちになった。「では、わかったんですね？　わたしの言うことがおわかりになった？昨日ウスプルーンが――そうウスプルーンというのです、あれは――死者のポケットにあるのを見たとき、わたしはアンナはまちがっていなかったと知りました。彼女は弟に毒殺されたんです――なぜか？　エルンストが遺産相続しようとしたからです。わかりますか？　自分の生徒の一人が殺人犯と知った教師は、どんな気持ちがするものでしょう？　しかも殺人者が自殺をする！　これでもあなたは鍵のすり替えを信じるんですか？　どうです？」

シュトゥーダーは微動だにしなかった。頭も上げず、両手を組んだままだった。

「エルンストの叔父だったあの外国人がどんなにあの若造のことを心配していたか、それを考えるとねえ！　エルンストは自分の姉だけではなく叔父さんまで殺害した！　わたしはそう思います。そう思いませんか、シュトゥーダー？　さあ、いいかげんに口をきいて下さいよ！　木偶《でく》の坊みたいにそこにボーッとしてないで！　あの外国人はここに土地を買って定住しようとして――庭園はわたしが設計し、生徒たちといっしょに造園するはずでした。わたしは彼に――生徒たちのあいだで設計競争をやったらどうかと提案した。めいめいが設計図を描き――最優秀のに五百フランの賞金を出そうというのです。実現されればすばらしかったでしょう。ジェームズ（〈ジェームス〉と教師は言った）は承知しました。わたしは何ももらいたくない――わたしに遺産相続の約束をしたときはいやな気がして、絶対にいただきませんよと言いました。「わたしが死んだらそうなるさ、パウル！」と彼は応じました。そう、その通りになってしまった！」

ゆっくり、とてもゆっくりシュトゥーダーの組んでいた手がほどけ、脚が左右に伸び、横幅の広い、がっしりした胴体がせり上がって口髭が震えた。目は室内をさまよい、壁際に並んだ本を見た。グロースやロカールやローデの著作で、それは刑事に自分の図書庫を思い起こさせた。

「パウル」、と刑事は言って、教師の肩に手を置いた。「きみは偉大な犯罪学者だ。だけど、わたしもよろこばせてくれないか。荷造りをして今日中にも国境を越えなさい。行先は海辺だ、きみさえよければね。それからきみのアドレスを送ってくれ。きみに最新情報を送ってやれるようにな。いますぐ旅立ったほうがいい、なあ？　おふくろさんにあいさつしないで。アールベルガーガッセは身体によくないしな。お達者で、行ってらっしゃい！」

シュトゥーダーはドアに歩み寄り、くるりとふり向くと片手を上げて合図をした。「ごきげんよう！」ともう一度言った。「ザック-アムヘルトには後でわたしから説明しておく……きみの……いなくなったわけをね」

パウル・ヴォットリ、化学、堆肥学、鉢植え植物栽培の教師、蘭のスペシャリストは、部屋の真ん中に棒立ちになっていた。彼は木の階段をギシギシと喘がせる重い足音に耳を澄ませた。その足音がしだいに遠くなっていくと、このやせた男に突然生気がめざめた。ドアに突進し、さっとドアを開けて階段の欄干越しに身をかがめた。「シュトゥーダー！　シュトゥーダー！」返事はない。ヴォットリはため息をついた。それから思わず声を上げて笑った。低いが深い笑い声だった。「後で手紙を書くよ」、と彼はささやき声で言った。「シュトゥーダー！　おれたち、おれおまえの仲になったな！」

うつろな日

シュトゥーダーが旅籠屋を出てルートヴィヒ・ファーニーに会いに行ったのは、かれこれ十一時半のことだった。日曜いくんは温室の外扉の前にいて、二人の男と話をしていた。小柄で活発な一人のほうはシガレットを吸い、引退したスイス式レスリング・チャンピオンみたいな感じのもう一人のほうは葉巻を喫《の》んでいた。シュトゥーダーがあらわれたのを見ると、二人とも目くばせをしてゆっくりこちらに近づいてきた。

「おや」、と刑事は言った、「早めのお着きだね。で――もううちの助手とはお近づきいただいたかな？」

女房が都会暮らしをしたいというので一年前にゲルツェンシュタインの地区巡査のポストを離れたムールマン巡査長がうなずき、人差し指を伸ばして喫《の》みかけの葉巻をポンとたたいた。――ルートヴィヒは能のある若造だ、とムールマンは言った。活発な小男（こちらはラインハルト巡査だった）もこの発言に同意した。

死体はもう運んで行ったかね？　シュトゥーダーがたずねた。二人とも――ムールマンが刑事の右側を、ラインハルトが左側を歩いた――うなずき、ルートヴィヒ・ファーニーもついてきてシュトゥーダーに入口の外扉の鍵を渡した。

「ほかにだれもこなかったか？」彼はたずねた。頭をふる。「よし。じゃあ、きみたち二人は今日は休んでてくれ。明日になったら必要になる。きみたちさえよかったら、ガンプリゲンに行ってくれないか――きみは、ムールマン、バイクで行けるだろう、なあ？」引退したレスリング・チャンピオンがうなずいた。「ガンプリゲンのある旅籠屋に行って――たしか王冠亭だったと思う――そこで待機しててくれ。もしも今日中にきみたちが必要になったら電話する。で、明日になったら決着をつける。救貧院に訪問団がくるし、こいつは好都合だ。そうなれば聴き手も証人もいるわけで――もっけの幸いだ……警察《うち》からだれかくるのかい？」

「本部長が招待されたと言ってたけど。貧民救済課の書記たちが車で連れてくる。」

「ほかにくる連中は？」

「州議会議員が二、三人、担当部局の秘書と助手が二人、一人はマイリンゲンの人間、ほかの連中がどこの出なのかはわからない。知ってるね、これは鑑定書を書くご一行さまでね……」

「ふうむ……では、明日！」

　二人は立ち去った。

「きてくれ、ルートヴィヒ！　おまえは手伝ってもらう！」残った二人は温室に入り、昨日は――室内《なか》から――閉めてあったドアを開け、シュトゥーダーはほぼ二十センチ幅の板で半分だけ囲ってある四角いテーブルのまわりをゆっくり歩いた。板囲いのなかに積んである土は上のほうにおが屑がかぶせられ、これはおそらく植物の根の乾燥を防ぐためにちがいない。

「エルンストが倒れていたのはここだ」、とシュトゥーダーは夢を見ているように言った。「そしてあそこにおまえの義父がいた……〈エービ〉と言ったほうが、おまえにはいいかな？」ルートヴィヒは黙ってうなずいた。「ここを探してみよう。そこに柄の短い鍬《くわ》がある。こいつは使えそうだ。」刑事は除草用の鍬の二枚の歯でおが屑をいじりはじめた。ゆっくり順序立てて作業をし、かたわらルートヴィヒと話をした。

「昨日ヴォットリはきみたちと夜を過ごしたね。そのときエルンストはコーヒーを飲んだだろう、おぼえていないかい？」

　ルートヴィヒはおどろいて目を上げた。

「どこからそんなことを聞いたんです、シュトゥーダーさん？」

刑事は作業に没頭していた。「いま何と言った、ルートヴィヒ？」日雇いくんは赤くなった。「あなたはそれをどこから知ったんですか？」ことばに詰まって、それから、「シュトゥーダー？」

「そのほうがいい。わたしがどこから知ったか？ そのうち教えてやる。いまは探し続けるとしよう……」

ルートヴィヒは鋤き返した土を爪でほじくった。ふいに彼は「ここだ！」と言い、シュトゥーダーに錆びついた鍵をさし出した。刑事はそれを拇指と人差し指のあいだでつまみ、電灯の近くに行って末端部をじっくりと思案顔に観察した。「ぴったりだ。こい、ルートヴィヒ！」

外に出るとシュトゥーダーは鍵を閉め、旅籠屋に向かって歩いた。「一つのアトモスフェアは片づいた」、と彼はつぶやいた。「今度は第二の結論を出すことにしよう。第三の結論は明日のために取っておこう」シュトゥーダーは石の階段の下に立って向かいの墓場のほうをながめた。そしてひょいと肩をすくめた。「行こう、ルートヴィヒ」、と彼は言った。「二人ともいいかげんに剃刀を使わなきゃな。おまえは口髭を生やすんだ！」

彼はキッチンに行って熱い湯を所望した。いま甕に入れてお持ちします、とフルディーが言った。シュトゥーダーは、つい先刻まで「シナ人」がまだ住んでいた部屋に入った。ウェイトレスが注文したものを持ってき、シュトゥーダーは顔にシャボンをぬりはじめた。それから刷毛をルートヴィヒに渡した。「その道具も使っていいよ——おまえさえよければな。」

日雇いくんを見ると、この勧誘がなにやら中世の騎士の刀礼のようなものを意味したように思えた。刑事さんと同じ道具を使っていいとは！

「メルシー……よろこんで……シュトゥーダー！」若者はどもり、顔にさっと赤らんだ色がさした。

ノックする音がした。「お入り！」シュトゥーダーはうめいた。ちょうどシャボンの泡を耳から洗い落としたところだった。あらわれたのはブレンニマンだった。

「刑事！ ヴォットリがズラかりました！」「そうか……」シュトゥーダーはタオルで顔をぬぐった。「するとヴォットリの部屋に入れるわけだな！」彼はベッドに腰を下ろし、ルートヴィヒが顔をあたり終えるまで待った。「あんたはもういいよ、ブレンニマン。食事はいつできる？　すぐできる？　三十分で済ましたいね。もう一人友人を迎えに行きたいものだから。」

亭主は姿を消し、それから彼がキッチンに命じる声が聞こえた。

「ルートヴィヒ、行こう！」彼らは階段をのぼり、空いたばかりの部屋のドアを開けて中に入った。本がまだ壁に釘づけにした棚にならんでいた。シュトゥーダーは棚の前に行った。とある分厚い本の足下に小さなガラス管が置いてあった。刑事はそれを手に取り、窓際に行ってラベルを読んだ。ガラス管の栓を抜き、中の小粒を一錠掌に空けるとにおいを嗅ぎ、舌先を触れてひとりごちた。「無味無臭。上質の薬品だ！　むろん正規の麻酔剤局法通りのものだ……昨日の晩目がさめたとき、おまえ、なんだかくらくらするような感じがしなかったか？　え、どうだ、ルートヴィヒ？」

その通りです、と日雇いくんは応じた。なんだか気分がすっきりしなくて……

「ヴォットリはやさしい男だな！　彼はきっとエルンストが父親と遭ったところを見たのだろう。たぶん疑惑を抱いた……で、落ち着かせるためにきみたち二人を眠らせようと思った。コーヒーさえ飲まなかったらエルンストは死なずに済んだのに……」

「はい、あなたのお考えだと……ふむ……シュトゥーダー、エルンストは自殺したと？　ヴォットリがあなたにそう言ったのですか？」

「ヴォットリはそう思い込んでいた——なぜってわれわれが鍵を見つけたのを見ていないからね……さて、食堂に行ってわたしを待ってなさい……わたしはまだ公証人に会ってきたいのでね……」

「公証人って、だれですか？」

「おまえはぐっすり寝ていたものな、昨夜は……」シュトゥーダーは笑ってドアのほうに行き、もう一度立ちどまった。「これでもう二番目のアトモスフェアも片づけたことになる。三番目はどうなるかな？」

十五分後にシュトゥーダーは戻ってきた。顔色が冴えなかった。ルートヴィヒとは目を合わさず、まっしぐらに電話に向かい、番号を回してラインハルト巡査を電話口に呼び出すように言った。待った。それから、「二人ともすぐに戻ってきてくれ！　バイクは旅籠屋から二、三百メートル離れたところに止めてな。それで森のなかを捜査してくれ。ミュンヒが消えたんだ……ベルンの事務所に帰ったと、やつらは言ってるけど、こっちにはそうじゃないのはわかってる。救貧院の門番にも、何人かの収容者にも訊いてみた。でも、だれも今朝ミュンヒの姿を見たものはない。ところがフンガーロットの言うには、ミュンヒは八時に発ったというんだ。どうもつじつまが合わない。」

刑事の見込みは正しかった。午後いっぱい彼は食堂でねばった。晩の六時に電話が鳴った。食堂には彼とルートヴィヒのほかだれもいなかったので、シュトゥーダーがじかに受話器を取った。こちらムールマン——シュトゥーダーはうなずいた。それから刑事は声を落として言った。「ラインハルトは歩かせて、きみが怪我人を連れて行け。看護をして、明日早朝にここに連れてきてくれ」

この夜、シュトゥーダーはぐっすり眠った。日雇いくんはしかし暗闇にうずくまって、この父親めいた友人を見守っていた……

終わりの始まり

五時半にはもう外に車が走ってきて、シュトゥーダーは目をさまされた。彼はマントを着、忍び足で建物の玄関扉に向かい、抜いた閂《かんぬき》を元に戻した。三人の男が車から下りるのが見え――それからまた車は走り去った。三人はゆっくり階段を上がった――真ん中を歩いている男が他の二人に重そうに支えられながら……

「おはよう、ハンス」、とシュトゥーダーは小声で言った。

「やあ！」ミュンヒはにっこり笑った。

「こいよ。わたしのベッドで寝てろ。そしてあんまり口をきかないことだ。きみの話は昼食の後でゆっくりできる。どうやら向こうにはまだ何もわかってないらしい。フンガーロットは昨日わたしを昼食に招待した……」

「シュトゥーダー、気をつけろよ！」ミュンヒがつぶやいた。ミュンヒは話をするのが難儀そうだった。「きみは、自分がどんなリスクを冒しているのかわかっていない……向こうは狡猾だぞ……きみはまだ手紙や遺言状を持ってるかい？」

やっとシュトゥーダーの部屋に着いた。公証人はベッドに横になった。八時になると刑事はルートヴィヒに朝食を取りにやらせた。「ほかの人間に持ってこさせるんじゃないぞ！」彼は命じた。

十一時まで三人の捜査官は作戦会議をした。それからシュトゥーダーは何もかも洗いざらいぶちまけてしまって立ち上がった。窓の前を車が何台か通りすぎた。救貧院の訪問者一行が到着しはじめたのだ。

「さあついてこい、ルートヴィヒ！」刑事は命じた。それから二人で出かけた……彼らはめざす建物に入った。ホールは人けがなかった。シュトゥーダーは収容者たちの食堂に通じるドアを押した。テーブルは満席で収容者たちは洗い立ての青い上っぱりを着、魚のスープのにおいがした。飯盒《はんごう》はぎりぎりいっぱいまで満たされ、各人の席の前には半斤ずつのパンが置かれていた。収容者たちは食べた。

シュトゥーダーは院長のところに案内してもらいたいと頼んだ。看守が同行した。

看守は今度は呼鈴の引き紐を引かず、ドアのノブのあたりまでふかぶかと、恐縮のきわみとばかりに頭を下げ、鍵穴に耳を当てて様子をうかがい、それからそっとノックした。室内《なか》で話し声がやんだ。ドアがさっと開き、フィンツェンツ・フンガーロットがいかにも親しげに呼びかけてきた。

「ああ、これはこれは、刑事さん！」シュトゥーダーさん、こちらへどうぞ。もうおなじみの仲ですよね。それから家父長はやっとルートヴィヒ・ファーニーに気がついた。歯痛がする、とでもいうかのように顔をひきつらせた。そちらは招かれざる客ですな、と彼は言い、それからたずねて言うには、日雇いくんはどうしても同席しなければいけませんか。

「はい！」シュトゥーダーはそっけなく言った。

フンガーロットは無作法に気がつかぬ体を装った。どうぞこちらへという彼の身ごなしは、二人に対するものとも——刑事一人に対するものともつかなかった。シュトゥーダーは横目で同伴した若者をうかがった……奇妙なことにルートヴィヒは赤面していない。

二人は中に入り、廊下を通った。小間使いがとある部屋に通じるドアを開けた。部屋中に葉巻の紫煙がたちこめていた。リキュール・グラスがそこらじゅう並んでいる。

「エルジー、グラスをあと二つ持ってきてくれ」、とフンガーロット氏は命じた。長々しい紹介の必要はなかった。紳士たちの大部分はとうにシュトゥーダーの知り合いだった——それもそのはず、シュトゥーダーはかつては市警察の警部だったのだ。貧民救済課の書記が二人——二人とも「秘書殿」と呼ばれると得意然となった——、刑余者のための社会福祉施設からきた難聴の中年男、燕尾服姿の州議会議員。ほかにもう一人、残りの人びとからちょっと離れて、シュトゥーダーの上司の警視がいた。顔色が蒼白く、口髭は長くてグレーがかっている。「ああ、シュトゥーダー！」この身なりのいい紳士はこくんとうなずいて、やせた手で合図をした。「で？　何か見つかったかい？」

「食事の後まで待ちましょう」、と刑事はささやいた。――「いいよ、いいよ……わたしは構わん。でも、恥をかくなよ。」――シュトゥーダーは頭《かぶり》をふった。「今日はしません」、と彼はささやいた、「今日のところはまず恥をかくようなことはありません……何もかも解明するというわけには行かないでしょう。でもわたしは、ほかにまだ二人の人間を招待しています。女が一人に男が一人。その二人も食後にくるはずです。」シュトゥーダーはフンガーロットを目で追った。家父は若い助手の一人との話に打ち込んでいた。エービ父が家父の隣席にいたが――こちらは特に目立たなかった。

「お巡りがここに何用かね？」書記の一人が聞こえよがしの大声を上げた。シュトゥーダーは目をしばたたかせて、ロッグヴィルの地方長官に呼ばれたんでね、と言った。用件は片づいたので、おいしい昼食のお招きにあずかれて……最後のことばは哄笑の大波に押し流された。州議会議員の一人がしゃれを飛ばしたからで、するともう一人の議員が新しい話をはじめた。またしても哄笑……フンガーロットがグラスを満たして……乾杯。おしゃべり……葉巻の紫煙が一段と濃くなった。シュトゥーダーは窓辺に立ち、土地の風景をながめながら自問した。どうしてこの会合が薄気味悪く思えるのだろう。グラスをカチャカチャ合わせる音、アペリチフの酒を飲み、しゃれを笑う、そして安葉巻の、シガレットの、もうもうたる煙……刑事の向かって右手に窓越しに墓場が見えた。白い石、赤い石の墓標がいくつも見え、黒塗りの木の十字架が見え――真新しい墓もいくつか見えた。ちょうど真向かいに旅籠屋〈太陽亭〉がそびえ、その右側には――約四百メートル離れたところに――幅広くがっしりと真っ白な園芸学校が立ちはだかっている。その一階の窓がいくつか開いていて、そこにたくさんの若者が雁首をそろえ、一昨日の晩そこで死を遂げたものがあった温室のガラスの立方体に一斉に眼を向けていた……刑事を悩ませているのはこの二つの、もう片のついたアトモスフェアの眺めではなく、また整然とプリュンディスベルク方式でつっかえ棒をして多少とも奇形じみている、おびただしい果樹群の光景でもなかった。そう、重苦しい、不気味な何ものかが彼の背中にひろがった――一人の、いやおそらく二人の殺人者が、無実のふりをして最後の勝負をモノにしようとしているのだ。切り札があるのか？　何かを試そうとしているのか？　もう安全だと思っているのか？　昨日いちばん危険な証人を消そうとしたから？　あの公証人ミュンヒを？　申し分のない素行証明書もなく、友人もすくない、ここにいる捜査官を脅かしているものは何なのか？

背中のほうでだれかが言った。

「あんたは事態を重視しすぎてるよ、お巡りさん、重大視しすぎてる！」

「ご同感！」別の声が受けて答えた。刑事はその声に聞きおぼえがあるような気がした。ちょっと頭をひねって目の端からうかがい見た――もちろんだ！　差しで口をきいたのはアルノルト・エービにちがいない。エービは黒っぽい色の、きちんとブラシをかけた晴れ着を着て暖炉の脇に腰をかけ、ときどきだれかほかの人がしゃべるとそれを確認するようにうなずいたり、ちょっとことばを口にしたりした。要するに、なんとか目立たないようにしていた。思いきって脚を交互に組むことさえできないでいた……だが室内を横目でうかがっているあいだにもう一つの光景がシュトゥーダーを縛りつけた。日雇いくんが隅のほうに黙ってすわっている……ルートヴィヒ・ファーニーは右脚を左脚の上にのせ、手を組んで膝を抱きかかえていた。ルートヴィヒの安物のスーツもきれいにブラシがかけてあり――どうやらフルディーが手を貸してやったらしい……彼のこわばった顔はほとんど高慢な感じさえした。奇妙に青い光を放つ眼がじっと義父に注がれ……その眼には侮蔑と誇りが宿っていた。そして実際、ルートヴィヒは誇り高くて当然だったのだ。警察関係者たちの会話からして、ジェームズ・ファーニーの財産が自分と母親に転がり込むと知ったのではあるまいか？　一人は幼時の、もう一人はもっと後になってからの、自分を苦しめた二人の男が何ももらえないだけではなく、どころか二人には独房が、うすいスープとチコリーのコーヒーさえもが待ち構えていることも？　日雇いくんは目を上げ、まなざしをややしばし刑事のがっしりした体軀にとめていたが、しだいに上へずりあがり……それと気づかぬまに両者はうなずき合い――と、また爆笑がどっと沸いた。居合わせた人びとのだれひとりとして、この二人の暗黙裡の了解に気がついたものはなかった……フィンツェンツ・フンガーロットは黒のフロックコートを着、結び目が作りつけの幅広のネクタイはピンで留めてあって、顎髭が水平状態になるとその模造真珠が瞬時キラッときらめいた。ドアがノックされた。家父が両手を上げて、皆さんご静粛にと命じた……「よろしければ皆さん、お食事に?」出立は順序よく行われ――たくさんの灰皿から透明な、幅のせまいリボンが何本も天井に向かってゆらゆら立ちのぼった。赤い石のタイル(それは床ワックスでピカピカに光らせてあった)を踏んで廊下を抜けると、小間使いがもう一つのドアを開けた。「よろしければどうぞそのままお入りくださいませ……!」

長いテーブル板にダマスク織りのテーブルクロスを敷きつめ、どのお皿の前にもいろいろな形のクリスタルグラスがきらめいていた(シュトゥーダーはあの七月の夜、旅籠屋の焼酎バーで出されたグラスを思い出した――あれはきっと〈太陽亭〉がまだ〈温泉ホテル〉だった時代の名残だったのだろう)。

客が席に着くと、給仕娘が移動配膳台でスープをよそいにかかり――めいめいの皿を満たして客に運んだ。スプーンが磁器の皿の底にカチャカチャふれる音がし、スープをすするのが聞こえた……「すばらしいスープだ……!」――「最高!」――「これはまあ料理女でも達人級の腕前ですな……」フンガーロットは慇懃にうなずき、顎髭をしごいた。

ふつう大して重要でない客を押し込むテーブルの末席も末席に、シュトゥーダーは日雇いくんと並んですわっていた。刑事はルートヴィヒの礼儀正しいスプーン運びにおどろいた……彼はスープをすする音を立てない――だのにテーブルの上席ではずるずるすする音が一段と耳ざわりになって……

昼食の中断……

「さて、刑事さん、なにかあなたのキャリアのお話をうかがえませんでしょうかな？　たとえば銀行事件のお話なんかを？　当時は市警の警部でいらして、片田舎の救貧院なんぞに友を訪ねる必要はなかったのでしょう？　ちがいますか？」どっと笑いが沸き、それが話し手に媚びるようで――フンガーロットは喝采を浴びた俳優のように頭を下げた。

ルートヴィヒ・ファーニーはギクリとし、ぽかんと口を開けた――しかしシュトゥーダーは足で彼を軽くつっ突いた。「しっ、坊や……」ささやいて、それからえへんと咳払いをした。

「そう、わたしも当時は貧困問題に関心はありませんでした」、と彼はそっけなく言った。「きっと家父のお宅で昼食をごちそうにならないと、貧困問題とは何ぞやはわかりませんのでしょう……」

狼狽した沈黙。給仕娘が空を片づけはじめ――彼女の肘の尖《さき》がシュトゥーダーのこめかみに当った。刑事が目を上げると――娘は緑色の眼をして、それが憎悪に満ちみちていた。ミュンヒの言う通りだった――気をつけないといかん。沈黙が続いているので、シュトゥーダーは話を続けた。「ルートヴィヒのほかにもう一人別の友人がいて――わたしの面倒を見てくれています。わたしはてっきりここで彼に会えるものとばかり思っておりました。公証人ミュンヒがどこにいるか教えていただけませんでしょうか、フンガーロットさん？」

家父は実際、最高級の役者だった。顔がゆがんでおどろきの表情になった。「公証人は朝ベルンに発ったと、昨日あなたに申し上げたはずですが。」

「おかしいな……自宅でも事務所でもつかまらない。二カ所とも電話をしてみたのですがね……」

「それならご自身でじかにベルンにおいでになるほうが賢明ではありませんか？」

シュトゥーダーは黙った。警視がしゃべりはじめて、ここで最初の前哨戦が終った。小間使いの娘が埃まみれの瓶から赤ワインをグラスに注いだ――それで、刑事も彼が保護している若者も、どん尻にワインのサービスを受けた。それから客のめいめいの前に温めた皿が配られ、ミルク・パイをのせた大皿が一座に回された。今度も末席のご両人はどん尻にサービスを受けた……

ラインハルトは、ムールマンは、はたして人目に立たずに救貧院に潜入し、家父の書斎を徹底捜査することができたであろうか？　それともフンガーロットはこの（フェンシングの）お突き《トス》を――一昨日の夜旅籠屋の酒場で大騒ぎをした救貧院の連中（シュトゥーダーの思うに、それは七月十八日に見たのと同じ顔ぶれだった）を廊下という廊下に配置して――、うまくセーヴしおおせたのか？

「そのワインは飲むな」、とシュトゥーダーはささやいた。しかしフンガーロットはこの警告を耳にとめたらしい。その証拠に席を立ってテーブルをまわり歩きながらめいめいとグラスを合わせたからで――応じて相手もそれぞれグラスを干した。刑事は自分のグラスにちょっと口をつけてすぐにまた下に置き、ルートヴィヒもお手本に倣った。刑事さんは身体の具合でも悪いのですかな？　と家父は気づかわしげにたずねた。エービ父も義理の息子にたずねた。どうしたっていうんだ？　上等のワインだぜ！　ルートヴィヒは返事をしなかった。

――いつだってこうなんだ、とエービ父は嘆いた。さんざん苦労し貧乏して子供たちを育て上げ、良い教育も受けさせて――ようやく社会に送り出してやった、そのあげくにこちらの顔に泥を塗りおって……

「黙って！」シュトゥーダーは若者が抗議しようとするのにささやきかけて――エービはおまえの父親じゃないんだ！――一座は殺気立った状況になった……さよう、気晴らしに救貧院見学をなさろうという諸兄には何の危険もありません、しかし腸インフルエンザ云々などという話を信じていないことが犯人にわかっている一介の刑事というものは、この手の男は、危険にさらされています。腸インフルエンザは伝染病です。とりわけ、ドイツの化学工場が園芸学校の実験用に送ってくる錠剤が何個なくなったか、はっきりわからないような場合にはね。こういう錠剤は簡単に水に溶けて——男やもめが客のもてなし役になり、いま申し上げた男やもめがさる女性に生活の面倒を見させていることを考えに入れますと……男やもめというものは願ってもない結婚相手でして……なにしろ家母になれるのですから、小間使いはどんな命令でもやってのけます。口に合うようにしてもらった命令なら、何でも。いたずらに注意、ですな。とびきり頭脳明晰なお巡りに悪さをしかける。たとえば彼に下剤を飲ませちゃう——まあ罪のないものですが、しかし他のお客さんたちにはおもしろい……！　そうなれば、そのお巡りは笑いものになるもいいところ！　捜査官が例の溶かした錠剤を嚥んでしまって具合が悪くなり、するとすみやかな応急措置という口実の下に、紙入れを抜き取り、ついでに関連書類も……公証人は他のどんな人間に書類を託せたでしょうね？

　シュトゥーダーは目をとろんとさせてある質問をした。フンガーロット氏さえよろしければ、刑事に電話を使うことをお許しいただけないだろうか？　たぶんミュンヒはそろそろ家に戻って——食事をしているところでしょう。ちょっと彼に伝えたいことがあるので……（二人の捜査官が書斎を捜し終ったかどうかをこの目でたしかめたい、そのための口実だった。）

　シュトゥーダーの目が反芻する牛のとろんとした表情を帯びると注意力がするどくなるのが常だった。だからエービ父が、フンガーロットと目を交わすのを見逃しはしなかった……怖れか？　狼狽か？　いや、敵意だ……！二人は仲たがいしたのか？　そうかもしれない。金が関わってくると往々にして友情はなえ萎んでしまう。

　家父は苦笑いした。——よろしいですよ！　電話はご自由にお使いください。

「こい、ルートヴィヒ！」シュトゥーダーは立ち上がった。毎度のことながら彼は日雇いくんのすばやいのみ込みように感心した。ルートヴィヒはナプキンで静かに唇をぬぐい、その布切れをテーブルに置くと友人の後にしたがった。

　シュトゥーダーが外からドアを閉めると、またもや室内で笑いがどっとはじけた。刑事はすばやく方向を定めた。

書斎に通じるドアはあちらだ。そのドアを開けた……中はからっぽ！

　すると？　ムールマンとラインハルトはどこへ行ったのだろう？　じゃまが入ったのか？　シュトゥーダーは事務机の抽斗《ひきだし》を開けようとしてみた――が、どれも鍵がかかっていた。事務机の上にある書類ファイルを開いてみた――中には何もなく、吸取紙が何枚かはさんであるだけだった。

「書棚の後ろを探ってみろ、ルートヴィヒ！」刑事はそうささやいて、隣室に通じるドアを開けた。隣室にはベッドが二つ置いてあった――赤い木で造った美しい家具だ。ベッドの一つは窓際に、もう一つは奥の壁際にある。元はたぶん二つ並んでいたものにちがいない。部屋には三つのドアがあった。一つはシュトゥーダーがいま入ってきたドア、二つ目のはこのドアの真向かいにあり、さらにもう一つの部屋に通じていた。最後に三つ目のドアの先は、どうやら廊下に出るのだろう。ミュンヒが寝ていたのはおそらく隣の部屋で――書斎にはフンガーロットが義父といっしょにやすんで――、だから公証人はあの三番目のドアから逃げられたのだ。シュトゥーダーは書斎に入った。

「何か見つかったか、ルートヴィヒ？」

「このノートだけです！」

　オイルクロスの表紙のノート……日記だ……どうやら「シナ人」の書いたものらしい。最後の書き込みにはⅪ 17（十一月十七日）の日付けがある。ついてない！　ついてなかった！　ジェームズ・ファーニーは英語で書いていた――彼の書体はかならずしも読みやすくなかった。いずれにせよこれを書いた男はびっしり四頁書いたのだが――最終頁の見てくれがちょっとおかしかった。紙の上にインクのしみ、つまり孔が一つあいていた……万年筆が折れたのだろうか？　シュトゥーダーはノートから何枚かの頁をむしり取った……「戻しておけ、ルートヴィヒ！どこにあったんだ？」

「そこの本の並んでいる後ろです！」

　シュトゥーダーは近づき、日雇いくんがノートを元の場所に戻しているあいだに本のタイトルを読んだ……プリユンディスベルク人は犯罪小説がことのほかお好きと見える。この種の文献に興味があるのはヴォットリだけにかぎらなかったのだ。アガサ・クリスティー、ウォーレス……シュトゥーダーは思い出した。そういえばこの手の本をいつか見かけたことがあったっけな。あのときはミュンヒが暖炉際の背もたれ椅子にいたんだった。

足音が近づいてドアが開いた。フンガーロットが部屋に入ってきた。

「終りましたか、刑事さん?」

「はい、メルシー。ミュンヒと話すことができまして……」

「そう? 本当ですか? 変だな……」内心シュトゥーダーはニヤリとした——が、そのことにたちまち腹を立てた。家父がこう言ったからだ。「変だな、はい。だって小間使いは、あなたが電話をかけているのを聞いていないんですから。まあ、もうお戻り下さい。おい、そこのおまえもだ!」ルートヴィヒは怒った犬のように歯がみをした。が、シュトゥーダーはその肩をたたいた。「旅籠屋にひとっ走りしてアレを持ってきてくれ。いいな? 走れ!」ルートヴィヒは了解した——ムールマンとラインハルトを探してこいというのだ……

……そしてその続き

シュトゥーダーの胸ポケットに四頁分二枚の紙がしまわれた。彼は家父の後について会食者たちの席に戻った。ステーキと焼き林檎のにおいがうっすらと漂い、サラダは園芸学校の献上品だった。赤ワインのグラスが次々に空になり――刑事とその被保護者のグラスだけはまだ手つかずだった――、小間使いが首の長い罎を持ちまわっては白ワインを注いだ。今度は家父も隣席の警視と杯を合わせるだけにし、両人ともそれぞれのグラスからチビリとひと飲みし、ワインを舌の上にピチャピチャころがした……「ノイエンシュテッター、二十八年物」、と警視が言った。家父がへつらうように相槌を打つ。――なるほど、院長先生はワイン通でいらっしゃる……

シュトゥーダーは夢を見ているような気がした。新しいイメージが続々と生まれてき、新たなアトモスフェアをうんと知った。ここで食事をしている男たちを見ていると同時に、園芸学校の温室で死んでいたエルンスト・エービの姿が脳裡をかすめた。

まるで夢のよう……

あの温室には蘭の花が咲いてたっけ――と、奇妙なことに、突然その花が刑事の目にまざまざと浮かんだ。それは人間の顔のような、そうじゃない！　むしろ仮面のような形をしていた――いや、それもちがう。蠟人形の頭《かしら》そっくり――というのでもない。死んだ「シナ人」の顔にうり二つだった。あの蘭の花には土と苔でこしらえた背景があったからだ――「シナ人」の頭も、土と苔の上に転がされていた……

エービ父が憎々しげにたずねた。

「で？　あんたの稚児さんをどこに置いてきたんだ、シュトゥーダー刑事？」シュトゥーダーの舌に荒っぽい応答の焔がきざしたが、それを抑えて冷静に答えた。

「わたしのために買い物を頼まれてね……」

彼はワイングラスをつかもうとするように手を伸ばし、その手をさっと引っ込めた——と、グラスは床に落ちてこなごなに砕けた。くどくど謝罪のことばを並べる——いや申し訳ない！　不器用なもので……！　目を上げると、フンガーロットの額にしわが寄るのが見えた。家父長は自分のグラスを干し、小間使いを呼び寄せてグラスに注がせ、それをまたまた干した……エービ父の額にも大粒の汗が浮かんでいた……

難聴の社会福祉課職員が立ち上がり、口をぬぐい咳払いをして演説をはじめた。演説のなかで彼は救貧院の管理を賞賛し、家父が蒙った重大な喪失にお悔やみを述べた……しかしひるがえってこれを見まするに、男はやはり男でありまして、運命に打ち負かされたりはいたしません。これまでもこれからも家父は容易ならぬ職務を遂行し、収容者たちに有用な労働をするように仕向け、やくざな生活を社会に奉仕する労働力に変えて行くのであります。要するに、かかる人物こそは、個人の苦痛をいかにして抑制するかを義務の遂行を通じて示すことの、若い世代にとってのお手本たり得るのであります。それゆえに、家父の功績を祝して万歳を唱えたい。わたくしはそう決意いたしました。

椅子をずらす……小間使いが、桶に冷やしたワインをグラスに注いだ。紳士諸君ご一同いっせいにフンガーロットのまわりに押し寄せ、杯を合わせては賞賛し、お悔やみを述べ……だが一同、舌の回りは重くなりがち、顔色は蒼ざめかかっている。

「書斎でコーヒーを飲もうではありませんか」、とフンガーロットは言った。「わたしが皆さんをご案内します。」そう言って先に立った。シュトゥーダーはいやな感じがした……もしかするとこの瞬間を利用してムールマンとあの活発なラインハルトがガサを仕掛けている最中だとしたら、スキャンダルは必定だ。そこで刑事は後に残り、フンガーロットが書斎に通じるドアを開けるまで待った。が、別段不審な物音も聞こえないので、ルートヴィヒと一緒に殿《しんがり》についた。

大きなコーヒー自動沸かし機が電線につないであり、ガラスのカバーの下に茶色の液体が煮えたぎっている——家父長が差し込みプラグをはずすと——煮えたぎりは収まり、カップにコーヒーが満たされた。客の一人一人にフンガーロットがたずねた。「キルシュ？　ラム？　プラムブランディー？」コーヒーカップの脇にある小さなグラスも、まもなく全部なみなみと満たされた。紳士たちのなかにはそれを一気にぐいと飲《や》るものもあれば、強い液体をチビチビなめるものもいる。葉巻に火がついた。両切り葉巻だ。シガレットを喫っているのはルートヴィヒだけだ。シュトゥーダーは何も提供されなかったので、自前のブリッサゴで満足した。

警視が部下の教育をはじめた。一体、どんな殺人があったんだ？　またまた妄想の糸を紡いでいるんじゃないのか？　家父に近づこうとしなくてもだな——どうもこれは単なる色恋沙汰にすぎないんじゃないかね？　初老の男が自分の姪に惚れ込んで、彼女の死に耐えられなくなったあげくの……自殺じゃないのか？　えっ？　わたしの知っているかぎり、ご当地の医者も自殺説の代表だし、殺人事件だという考えなのは、何かにつけて出しゃばりたがる若造の地方長官だけだ……シュトゥーダーは標準ドイツ語をつかって返事をした。「たしかにわたしの妄想かもしれません。しかしよろしければ説明して下さいませんか。心臓を撃たれた男がどうして下ろしたてのシャツを着て、チョッキも上着もマントも、ボタンをきちんとはめたままでいられるのか……この変則の説明をして下さるのなら、わたしはよろこんで自殺説に賛成します。」

沈黙。シュトゥーダーが標準ドイツ語をしゃべりだすと、きまっていやな感じがした。それというのもまず第一に、彼は非の打ちどころなくはっきりことばを分節化し、ベルン人のように標準ドイツ語を軟口蓋音でもごもごしゃべらないし、次に——この点は集まった紳士諸兄ご一同の一致した見解だが——この刑事にはしゃれというものが通じなかった……結局のところ、ここにおいでの皆さんは気分のいい昼食をするためにやってきたので、一捜査官の殺人事件の報告を拝聴するために集まったわけではない。警視は腹を立てたふりをした。——シュトゥーダーは話の先を続けた。

「腸インフルエンザについてのご意見をお聞かせ願いましょう、警視……」

「腸インフルエンザ？」上司はたずねた。おびただしいしわが顔の皮膚に走った。

「さよう、腸インフルエンザです……」シュトゥーダーはそっけなく言った。——「わたしは昨日偶然に……（「偶然に」ということばにアクセントを込めて）……三枚の婦人用ハンカチを発見して、これを法医学部局に持って行きました。同部局の助手医による分析の結果次のような事実が判明しました。ハンカチを汚している吐瀉物には砒素が含まれていて……」シュトゥーダーのまなざしは一座の上をさまよい、紳士諸兄の目がこちらに注がれているのがわかった。その紳士諸兄に向かって彼はそっけなく言った。「おそらく皆さんもご存じでしょうが、砒素は毒薬です。」


もうたくさん！　一介の捜査刑事ごときに虚仮《こけ》にされていていいものだろうか？　ことばが乱れ飛んだ。「バカを言うな！」——「なにをバカな！」——「証拠は！　そんなことを言う証拠がどこにある！」シュトゥーダーはてんやわんやを制して手を上げ——と同時に、この事件のそもそもの発端になった例の情景がまたしても脳裡によみがえった。「シナ人」の死体の頭上で地方長官オクセンバインと口論している田舎医者ブッフ……するどい声が質問をした。「シュトゥーダー刑事殿はこのわたしが有罪とお考えなのですか？」家父フンガーロットは椅子にこちこちになってそっくり返り——顔色はおそろしく蒼白になって……

「わたしが？　あなたを有罪だと？　どうしてそんなことができましょう！」明らかに、議論が標準ドイツ語で進められているのがお歴々の神経を逆なでしたらしい……——「どうしてわたしがあなたを有罪にできるのです？証拠もないのに！」


家父フンガーロットは後ろにのけぞると脚を交互に組み、角砂糖を一かけらキルシュに浮かべ、それを口に入れると小グラスを一気に干した。角砂糖をかみ砕いているので口いっぱいに頬張りながら言った。「この不愉快な話題に関する議論はここで打ち切りにして、施設内の巡回を開始するというのはいかがでしょうか。シュトゥーダー刑事殿にもむろんごいっしょ願いましょう……」最後のことばも口に砂糖を含んだままでしゃべったので、辛辣そうな口調になった。

「もちろんです！」――「そりゃもう！」――「施設のなかを拝見したい！」シュトゥーダーは遅れて殿《しんがり》についた。なんだかいやな気持ちがした。書斎の捜査はうまく行かなかったのだ。ラインハルトもムールマンもどうしてこなかったのだろう？

家父フンガーロットは威厳のある足取りで客たちの先頭を歩いて行った。

「われわれはなによりも清潔を心がけております。清潔こそは貧困問題に対する最善の戦闘手段であります。大寝室にご案内する前にまずキッチンをお見せして、皆さんにぜひ、今日収容者に出したスープを味わっていただきたい……」

巨大な竈……上に大鍋が二丁。男が二人キッチンにいた。二人とも清潔な白い前掛けを締め、底の浅い白いキャップをかぶっている。「コックも施設の収容者です。パン焼き職人も同様です。――モーザー、皆さんに味を見ていただけるように、お皿にスープをよそいなさい！……」ブリキの皿がサンドペーパーでピカピカにみがきたてられていた。濃厚なエンドウ豆スープには脂肪の玉が浮かんでいた。

「すばらしい！」書記が腹の底から出るような低音《バス》で言って、スープの味を見た。「女房《うちの》が毎日こんなスープを作ってくれたら、まったく言うことはありませんな！」

「あなたもおひとついかがですか、刑事さん？」フンガーロットがにこやかにたずねた。シュトゥーダーは謝絶した。

土曜日の晩に救貧院の収容者たちが一週間分の労働の駄賃にもらったフランで飲みに行く安酒のことが頭に浮かんだ。胸が悪くなった。

お歴々はキッチンを後にした。

「さて今度は皆さんに」、とフンガーロットは言った、「収容者たちの大寝室をお目にかけましょう。その後は、皆さんさえおよろしければ仕事場も見学できます。園芸とか、農作業とか……」

例のコックの一人のことばを耳にとめたお歴々はひとりもいなかった。殿《しんがり》を承っていたおかげで、聞きとめたのはシュトゥーダーだけだった。コックは同僚に向かって言った。「見ろよ……」こうも嘘八百だらけじゃなければ、そう悪かないかもね。結局、今日の料理はまあなんとか我慢できても、他の日は毎朝、飯盒もりきり一杯のコーヒーと焼き林檎で仕事をしなきゃならなくて――そりゃもう最低ってもんだ！

中庭はがらんとしていた。北風《ビーゼ》がピューピュー吹いた。隅のほうでトリリおっかあが大桶の前にうずくまって洗濯三昧……唇がすっかりひび割れしていた。老婆は歌をうたわなかった。ときおりゴホゴホ胸が張り裂けそうな悪い咳をした。刑事を見かけると会釈《えしゃく》し、近づいてかたわらにくるとたずねた。「あんた、あたしのハンスをどうしたい？」

刑事は肩をすくめた。なんだか首筋に大きな弾丸を撃ち込まれたような気がした。その弾丸が話をするじゃまになった……

納屋の屋根の下で四人の老人が木の割れ目の修理に精を出していた……

「貧困問題の解毒剤は」、と家父長は講義をはじめた、「ひたすら労働、労働、労働です。働かざる者は食うべからず。どんなよぼよぼの老人にも、どんな虚弱者にも、その人がやれる仕事を見つけてやれるものです……そうすれば自分を無用の長物と思わないで済むし、稼いだ金で食べていると、施しに与るのではなく、労働賃金として日当をもらっている感じを持つことができます……

わたしはここで貧民救済課の諸兄がいつも示されているご理解に感謝したい。このご理解によってこそわたしは、困難な仕事を最善の知識と良心とをもってやり遂げ、すくなからぬ逸脱を正道に戻すことができたのであります！わたしをねたんでいる手合いがおることは存じております（憎さげなまなざしを刑事にチラリ）が、あらゆる誹謗中傷にもかかわらず、わたしは自己の義務を果たし、また……」

フンガーロットはふいに口をつぐんで中庭の門のほうに目をやった。太鼓腹の上で手を組んで演説をかしこまって聞いていたお歴々も――口の端に火のついた葉巻をくわえたまま――、中庭の門のほうに目をやると我とわが目をこすった。

公証人登場

右腕をルートヴィヒ・ファーニーの肩にかけ、左腕はラインハルト巡査の肩にかけて、公証人ミュンヒが中庭の門をよろよろくぐってきた。マントはずたずたに裂け、額の上に瘤《こぶ》ができ、血だらけのハンカチが二枚、首のまわりにかけてある。シュトゥーダーが迎えに立った。

「やあ、ミュンヒ」、と彼は冷静に言った。

「やあ、シュトゥーダー」、としゃがれ声の応答が返ってきた。

——横になりたいんじゃないか、と刑事がたずねた。公証人はぐんにゃりと首をふった。——彼は州警察警視にひたと目を注いだ。これこそは証言をするのにふさわしい人物だった……

「しかしここでは駄目だ」、とシュトゥーダーは言った、「きみは温かいところに行かないと。」ミュンヒはうなずいた。

背中のほうでいきなり聞きおぼえのある声がした。「動くな！」ふり向いて思わず笑った。目にとまった光景は、もっぱらおもしろおかしいだけのアメリカ製ギャング映画の撮影場面そっくりだった。ムールマン捜査巡査長が手にピストルを構え、エービ父から目を離さないでいる。

「やつを縛りましょうか、刑事？」彼はたずねた。

シュトゥーダーは笑った。ほっと安堵した笑いだ。わけても彼をおもしろがらせてくれたのは、救貧院の視察にやってきたお歴々の顔だった。

　家父フンガーロットがとがった声で言った。

「抗議します！　司法捜査がこのようになされることはありません。捜査刑事も警視も、証言を聴取する権限は与えられていません。わたしの申すのは、法的に有効な証言という意味ですが……」

が、いましも門をくぐってくる、あれはだれだろう？　ウェストの線をぴったりカッティングした冬コートを着て、瀟洒そのものといったこの人は？　オクセンバイン地方長官だ。制服姿の地区警官を連れていた。警官のサーベルの柄はピカピカにみがきたてられていた。

「あれ……は……何だ？」

「わたしに電話を下さいましたね、刑事？」オクセンバインがたずねた。彼は硬い帽子を頭からひょいと持ち上げて、居並ぶ一同にあいさつをした。

「もう一度提案をくり返します」、とシュトゥーダーは言った、「フンガーロット氏の書斎に引き返しましょう。皆さんさえお許しくだされば、わたしに少々お話することがあります。いかなるものであれ自白はあきらめます。

――ムールマン、エービ父から目を離すなよ！」

　シュトゥーダーはまたしてもお歴々を先に行かせた。その前を威風堂々と闊歩するのはムールマン捜査巡査長。シュトゥーダーは行列の殿《しんがり》をつとめた。ルートヴィヒ・ファーニーは彼のそばを離れなかった。

　はじめはてんやわんやのありさまだった。椅子を持ち込まなければならず、官庁関係の人物が全員腰を下ろすまでにはかなりの時間がかかった。公証人ミュンヒのために一番すわり心地のいい椅子を探し出してきて、クッションをのせたスツールを前に置き、怪我人の両脚を上にのせた。これは認めざるをえないが、公証人はあんまり知的な顔ではなかった。

　シュトゥーダーが言った。「さあ、話してくれ、ミュンヒ。わたしは事件の内容を知っている。今度はきみが他の皆さんに話して聞かせてくれないとね。」

そこで公証人はしゃべりだした。顔ははっきり意識を回復していた。遺言状を託されたあの奇妙な国外スイス人との、そもそものなれそめから話しはじめた——はじめて会ったあの頃から、自分はあの「シナ人」（というあだ名は友人のシュトゥーダーがつけたものなのですが）が殺されるのをおそれているような感じを受けていました。おそれて……というのは誇張です。あの男は怖がってはいませんでした。あべこべです。勇気がありました。ただ——それに値しない人間の手に財産が転がり込むのを好まなかったのです。遺言状なしに死ねば家族が遺産相続をする。血縁者に対してふくむところは何もありません——しかし妹も姪も所帯を持つ身です。その亭主のほうが両方とも、気に食わなかった。

「ちょっと待った、ミュンヒ！」シュトゥーダーがさえぎった。「ラインハルトにその一人のほうの亭主の持ち物をガサってもらおう、そのほうがいい。さあ！」

エービ父は抵抗したが、さして役に立たなかった。シュトゥーダーが介入するまでのこともなかった。ズボンの尻ポケットに小型のピストルが隠してあった。刑事はそれを手に取った。「二十六口径」、と彼はうなずいた。次いで床尾をカタンと開けると——弾倉に二発の弾丸がなくなっていた。ピストルを開けたとたんに未使用の薬筒が一個ぽとんと落ちた。「つまり一発は発射されたってことだ」、とシュトゥーダーは言ったが、目は上げなかった。

「続けて、ミュンヒ！」

「しばらくして亭主の一人のほうは気に入られるのに成功しました。妻が死ぬと、彼は、わたしの顧客を説得して、自分の妻に転がり込むはずだった取り分が自分のものになるように認めさせました——しかしこの男やもめは、取り分の半分をいまは故人になった女性のさる友人に譲渡することを約束しなければなりませんでした。ジェームズ・ファーニーはそのことを内聞にしていましたが、彼は口が軽かった。ある晩、この遺言状の変更を当の（故人になった女性の）友人にしゃべってしまった——おそらくあの旅籠屋の食堂でしゃべったのでしょう。旅籠屋の亭主がそれを立ち聞きし、ニュースを例の男やもめに受け渡した。思うに、男やもめは大騒ぎをしたのではありませんまいか——それがお目当てで犯罪まで犯したのに金をフイにしてしまったというので、どうやら憤懣やるかたなかったのでしょう。そう思うと、ジェームズ・ファーニーに当の男の魂胆が見えすいてきた。で、またまた生命の危険を気づかわねばならないと思ったのです。そこでわたしに手紙をよこし、十一月十八日午前十時にくるように指定してきました。プリュンディスベルクに行くと、ファーニーは死んでいました。わたしが現地に到着した直後に一人の捜査官があらわれたのですが――わたしは彼に会わないようにしました。それというのも突然、わたしの顧客の死と彼の姪の死には何か関連があるという気がしたからです。そこでわたしは男やもめを訪問し、彼の家に泊めてもらうように仕向けて――その夜のうちにも、こちらのやり方がまちがってなかったことの証拠をつかみました。何者かが部屋にしのび込んできて、服のなかのものを探っている――幸い、紙入れは用心して枕の下に隠してありました。次の日一日中、あの男はわたしから片時も目を離しませんでした――ですが翌日の夜になって、なんとか友人シュトゥーダーの居場所を訪ねることができました。わたしは彼と問題全般にわたって話し合い――われわれは一つの結論に達しました。しかしわたしはもう自分の部屋まで戻れませんでした。問題をもう一度頭にたたき込もうとし――それが頭に入らなくて……街道を歩いていると、いきなり頭の上に袋をかぶせられ、数人の男につかまえられ縛り上げられて――それからガツンと一発食らい……我に返ったのはようやく正午頃のことでした、採石場の地面の上で……それからお二人にそこで発見されたのでした……」

「以上のことは事件には関係ありません」、とシュトゥーダーは言った。「この襲撃が物語っているのはもっぱら次のことです。つまり、何者かがジェームズ・ファーニーの遺言状を自分のものにしたがっているということ。ここで、わたしが話す番になります。四カ月前のことでした。バイクにガソリンを入れ忘れてガンプリゲンまでたどり着けそうになかったので、たまたま旅籠屋〈太陽亭〉で一晩を過ごしました――なにしろガンプリゲンまでは六キロあったし、その夏の夜は暑くて雷雨もよいだったのです――旅籠屋の亭主ブレンニマンの私室に入ると、そこで四人の男がテーブルについてヤスのゲームをしていました。わたしはすぐに自分がここにいるのはじゃまらしいと思い、園亭《あずまや》に出る道をたずねました……園亭の手すりに寄りかかっていると、目の前にほとんど数えられるほどしか葉のない楓の木が見えました……ということは、木はどこかから照らされているのでなければなりません。で、光源を探してみると、あかあかと電気のついた部屋が目にとまり、なかで一人の男が熱心にオイルクロス表紙のノートに何か書いていました。別の五冊のノートの山が彼の右肘の脇にありました。その外国人を見守っているうちに――大失敗をやらかしました。思わずくしゃみをしてしまったのです……外国人はとび上がり、すわっていた椅子はひっくり返り、三歩横跳びにすっとんで窓際にきました。わたしはてっきり思いました。駱駝の毛製の部屋着のポケットに突っ込んだあの右手はピストルをにぎっていて、銃口をこちらの腹に向けているな……いずれにせよ三つの奇妙な事実がここにあります。つまり、一人の外国人が人里離れた旅籠屋の一室で回想録を書いている、彼は武装している、どんなかすかな物音にも発射の構えをする……わたしはその外国人と知り合いになりました。彼の旅券は、アジアといい、アメリカといい、世界中のあらゆるところで更新されていましたが、そこには、名前はジェームズ・ファーニー、生年月日は一八七八年三月十三日、郷里籍はベルン州ガンプリゲンとありました……男が窓を開けたので、こちらも身元証明をせざるを得なくなり、このファーニーは相手が警察の刑事とわかるとようやくピストルをしまいました――コルトで、口径の大きい武器です。いまから五カ月前のことでしたが、そのときすでに外国人は、自分の命は危険にさらされていると話していました。自分が殺《や》られたらその殺人事件の捜査は、ぜひともあなたにお願いしたい……もちろんわたしも初めは追跡妄想患者だと思いましたし、衛生警察に通報してその方面の施設に入院させたほうがよくはないかと考えました……変だと思ったことがまだあります。その外国人はわたしと兄弟分の杯を交わそうと言いだすのです――もちろん断りましたけど……それから彼と連れ立って旅籠屋の食堂に行くと喧嘩に立ち会わされました。折しもその部屋で安焼酎を飲んでいた救貧院の収容者たちと、それに何人かの園芸学校生がわたしにつかみかかってきましたが、計画は未遂に終りました。どうやらこのジェームズ・ファーニーはそこに居合わせた人びとにある種の力を行使するらしいのです。結局、園芸学校の校長と救貧院の家父（彼らはわたしが最初に入った部屋でヤスをやっていました）も喧嘩に割って入り、気を鎮めさせて、救貧院収容者たちも園芸学校生たちも、帰って寝なさいと送り出しました。亭主のブレンニマンが五リットル入りのベンジン缶を二つ見つけたので、わたしは満タンにして出発することができました。その後この奇妙な出来事は忘れていましたが、それから四カ月目の、ちょうど十一月十八日に地方長官のオクセンバインから要請を受けました。プリュンディスベルクの墓地で起きた、謎めいた殺人事件を解明するようにと……

アンナ・フンガーロット－エービが埋葬されている真新しい墓塚の上に、目が極端に細いところからわたしが勝手に〈シナ人〉と呼んでいた、あのジェームズ・ファーニーが倒れていました。男は心臓に一発食らって死んだのですが、シャツにも衣服類にもちっとも血がついていない。そこから結論すると、ホトケはどこかよそで殺され、後で服を着替えさせられてここに運ばれてきたのでしょう……ホトケが怖れていたのは何者か、それを知ることが問題だと思われました。男がガンプリゲン生まれであることは旅券からわかりましたから、はじめは血縁者ということが——彼が金持ちなのは確実と思われます——考えられました……

ホトケにはベルンに結婚した姉がおりました。左官のエービと夫婦になる前に、この姉は母方の姓のついた男の子の私生児を産んでいました。わたしの隣にすわっているのがその子です……ルートヴィヒ・ファーニーと申します。この姉なる婦人はエービの子供を二人産んでいます。一人は女の子で、後に家父フンガーロットと結婚したアンナ、一人は息子のエルンストで、こちらはプリュンディスベルク園芸学校の年間講習コースに入りました……

公証人のミュンヒ氏は、十一月十八日に行われるはずの話し合いの手筈をジェームズ・ファーニーから指定されていました。この日、この時刻に、〈シナ人〉はもう生きておりません——心臓に一発……死を招いた弾丸はどこかにいってしまい——薬莢だけはここに持っています。わたしが昨日見つけたものです。

皆さん！〈シナ人〉の姪、アンナ・フンガーロット－エービは二週間前に腸インフルエンザで亡くなりました。この突然の死は彼女の叔父に不審を抱かせ、この死のために公証人ミュンヒ氏をプリュンディスベルクまで話し合いにくるように指定したのです……ジェームズ・ファーニーは明らかに、アンナの夫である家父フンガーロットが妻を砒素で毒殺したのではないかと疑っていました。ミュンヒはこれをほとんど証明しかけていたのです……

偶然のおかげでわたしは——冷静にいえば、わが友の——疑惑を立証するはめになりました。アンナ・フンガーロット－エービが使っていた三枚のハンカチに明白に砒素の痕跡が含有されていたのです。……この件に関する報告は法医学部局の助手医マラペッレ博士が当該当局に提出するでしょう。

　プリュンディスベルク救貧院の家父フンガーロット氏は、公証人ミュンヒ氏をプリュンディスベルクに呼び寄せた文書を手に入れようものと躍起でした。同じ頃に、わが友は殺されたジェームズ・ファーニーの手書きの遺言状を手に入れました。

　二つの文書が家父の手に入らなかったのは、ひたすら偶然のなせる業《わざ》です。家父は公証人を救貧院の自宅に泊まるよう招待しました。その最初の晩にいかなる事態が発生したかは、公証人ミュンヒが皆さんにお話した通りです。

　しかしながらジェームズ・ファーニー殺害には共犯者がおりました。お認めいただかなくてはなりませんが、皆さん、〈シナ人〉を射殺して服を着せ、死体を警察が跡をつけそこなうような場所に運ぶのは、たった一人の人間ではとうてい不可能であります。共犯者、助けっ人は、園芸学校生のエルンスト・エービでした。あの若者を疑うことはついぞ思いも及びませんでした。しかしここにきた最初の日に、わたしの部屋の窓ガラスに投擲器を使って鉛の弾丸が撃ち込まれたのですが、弾丸には〈蜂の巣から手を引け！〉という警告文が貼りつけてありました。警告文はタイプで打ってあり、わたしは不審の念を抱きました。警告文はふつうこんななれなれしい表現はしないし、特に方言で書くというのは……

　警告文はエービ父が出したものではあり得ません。彼がベルンにいること、そこで石炭販売の下働きのポストを見つけたことは、わかっていました。

　以上から導き出される結論は？

　死体の運搬を手伝った男が、わたしにこの警告文を送りつけてきたのにちがいありません……ルートヴィヒ・ファーニーは、わたしが警告をもらったときはウェイトレスのフルダ・ニュエッシュの部屋にいました。後になってから彼にその警告文の紙切れを見せると赤くなりました。つまり、ルートヴィヒはわたしに警告文を送りつけてきた男を知っているにちがいありません……救貧院収容者たちはアル中ですから、アル中の例に漏れずおしゃべりで、ですから共犯者には向いていません。彼らのほかにルートヴィヒが知っている人間といえばだれでしょう？　異父弟のエルンスト・エービ。後になって聞き知ったところでは、ルートヴィヒが苦境に陥ったとき、エルンスト・エービは助けてやったということです。これで事件は見えてきました。殺人の背後にひそんでいる男は、もしかすると共犯者を片づけようとするかもしれない。ですからわたしは、ルートヴィヒ・ファーニーに異父弟をよく見張っているように命じたのです……なぜならば、皆さん、エルンスト・エービは父親を守るためにあらゆる手だてを試みるだろうからです。そうしているあいだにもわたしはベルンに行き、当地で——間接的にではありましたが——元左官エービの性格にお目見えしました。この男には金があり、酒を飲み、妻を虐待し——なかでも注目に値するのは、救貧院の家父フンガーロット氏ときわめて密接な交友関係があることでした。

この交友関係は、フンガーロットがエービの娘と結婚した時から生じたのか——逆にフンガーロットはエービ父を前々から知っていたのか、は、これからの捜査が明らかにしてくれるでしょう。要するに、その友人たる下働き労働者エービをプリュンディスベルクに連れてきたのはフンガーロット氏だったのです。青酸ガスの充満した温室に園芸学校生をおびき寄せたのがフンガーロットか、それともエービ父か、という第二の疑問もまた、今後の捜査によって解明されましょう。

以上で充分……

園芸学校生エルンスト・エービは、ルートヴィヒ・ファーニーが眠っているあいだにまんまと病室を脱出し、あらかじめしめしあわせておいた話し合いにおもむきました。おそらく温室の前の通路で話をしたのでしょう……温室の外扉をすばやく開けて若者を温室に押し込み、ペンチで外側から鍵を回した——マンマトイッパイ食ワセタ《エ・ル・トゥール・エ・ジュー》と、お隣のフランス人だったら言うところでしょう。救貧院の収容者たちを何人か旅籠屋〈太陽亭〉の食堂で大騒ぎをさせて園芸学校生たちを旅籠屋の窓の前におびき寄せ、そうしてエービ父が早々と発見されるのを未然に防いだのも、どうやらフンガーロットの仕業のようでした。

残念ながらルートヴィヒ・ファーニーは目をさますのが遅すぎました。わたしは彼に呼び出され、教師ヴォットリがわたしに自分の鍵をくれたので、（事前に温室には風を通しておいてから）われわれは内側から鍵のかかっているドアを開けました……

ここで犯人は失策をおかした……が、犯人に残された選択の余地は次の二つのうち一つしかありませんでした。すなわち、金属の部分に掻き傷の痕がある鍵を白日の下にさらすか、でなければ錠前に新しい鍵を差し込んだままにしておくしかない……犯人にはたぶん、ピカピカの新品の鍵を酸化させてもう一つの鍵と寸分ちがわぬ鍵に仕上げるだけの時間がなかったのです……そうしていたらわたしは犯人の手掛かりをつかめなかったでしょう。ところがこうして犯人はうっかりミスを犯し——このミスのおかげでわたしは事件の解明に成功したのです。問題の鍵というのはここにあります……

手落ちはこれ一つだけではありません。ジェームズ・ファーニーが残した遺言状には、自分の血縁者（姉や姪）の配偶者たる男たちには遺産相続権はない、とはっきり銘記されています。遺言状の補足はいくらか変わりましたが——しかし大したことではありません。この遺言状がなくなってしまえばフンガーロット氏に——妻の遺言状によってでしょうが——遺産相続権ができます。

ここでざっと事件を概観しますと、どうやらわが友ミュンヒに罠が仕掛けられたような気がします。エービ父がプリュンディスベルクに連れてこられて客室をあてがわれたのは、もっぱら公証人があの家を出てわたしのところを訪ねてこられようにするためだったのです……おそらく向こうは、ミュンヒがわたしと会う前にぶちのめして、ミュンヒから遺言状とジェームズ・ファーニーの手紙を奪い取るつもりだったのでしょう……」

「地方長官におたずねしたい。いつまであなたの部下に世迷言をしゃべらせておくつもりですか？」このときフンガーロットが話に割って入った。「ベルンではシュトゥーダー刑事の妄想といえばだれでも知っています。下は巡査から上は警視にいたるまでだれもが、〈またケーブ［ヤーコプの愛称］が妄想してる！〉という決まり文句を使っているくらいです。ちがいますかな？」がっしりと、肩幅広く、しかも静かに、シュトゥーダーは暖炉の前に立っていた。彼は肩をすくめた……沈黙……うろたえた沈黙……警視の顔が赤くなり、その他の面々の顔も熟したトマトの色を思わせた。

シュトゥーダーはエービ父のほうに向き直った。

「警察にあんたの名義でモーターバイクが登録してある。ハーレー・ダヴィッドソンだ。どういう金でこんな高価なバイクを買ったのか教えてもらえないかね？　だれが代金を払ったんだ？」

「あれは……わしの……貯金で……」元左官はしどろもどろに言った。

「ラインハルト」、とシュトゥーダーは言った、「あの女房を連れてこい！」

母

ラインハルト巡査がドアのほうに行き、ドアを開けて外から閉め、また戻ってきた。短くもじゃもじゃに灰色の髪が頭につっ立った一人の老女が後をついてきた。老女の顔はしわだらけだった。質素な帽子をかぶり――ウールのショールを胸に十字掛けにして背中で結わえていた。

「エービ夫人」、とシュトゥーダーはやさしく言った。「ご亭主はいつからあのモーターバイクを所有しているのですか？」

「あれは友だちから贈られたもので……」

「どんな友だち？」

「えー、あのフンガーロット！」

「いつ？」

「六カ月前！」

――ご亭主はあのバイクをよく使っていましたか？　それはそうと、どなたかご婦人に椅子を差し上げていただけませんか！

お歴々はだれひとり席を立たなかった。が、ルートヴィヒ・ファーニーが言った。「こっちへおいでよ、母さん！」彼は老いた母に歩み寄り、腕を取って自分の椅子のほうに案内し、それから友なる刑事の隣に寄り添って立った。
女房の話すには、――亭主はよく夜中に出かけました。どこへ行くのかと訊くことなんかできません。今朝警察の車が迎えにきたけど、わたしにどんな用なのかちっともわかりません……老女は話なかばでルートヴィヒにたずねた、元気にしてるかい……ルートヴィヒはうなずいた。元気にしてるとも、運がついて、二人ともいまに大金持ちになれそうだぜ……

フンガーロットのとがった声がこの会話をさえぎった。――金持ちになるには民事裁判所がまだ何か一言いわんとな……白い前掛けに、ボーイッシュ・スタイルに刈り込んだ頭に白い頭巾をのせた小間使いが入ってきた。グラスがカチャカチャふれ合う音を立てているお盆を捧げている。右手には三本の瓶を細首のところでにぎっていた……家父が言った。皆さん、少々冷たいものを召し上がりたい潮時でしょう。施設の見学が尋問に早変わりするなんて、まったく聞いたこともありません……！

エービ父の顔色がさっと変わった。妻が部屋に入ってきてからは、顔面蒼白になっていた……母は話した――彼女の声はもう泣き声ではなかった――

――みじめな暮らしをしてきました……それがいまは、頼りにしていたたった一人の人間も死んでしまいました。そこにいるあいつ（仕事胼胝《だこ》で節くれだった手がエービ父を指さした）が怖がっているたった一人の人間でしたのに。あの息子が家にいれば、わたしは最高にしあわせな暮らしでした。ルートヴィヒが悲しげな目をしているのを見て彼女は、あの一人の息子が家にいれば、と急いで言い直した……――はい、夫はエルンストを怖がっていました。かなり大酒を食らっていても、エルンストが家にいる時はわたしに手を出そうとしません……ただ、ねえ、エルンストは家にいない時が多くて。でもよく手紙を書いてよこしました。たとえばここにあるこの手紙がそうです……彼女は古ぼけたハンドバッグをごそごそかきまわし、すり切れるまで読み古した手紙を一通取り出して、シュトゥーダーに手渡そうとした。婦人が席を立とうとする労をはぶこうと刑事が彼女のほうに近づくと――が、とっさに間に合わず――エービ父がとび上がり、さっとばかり猿臂を伸ばしむずと――手紙を！　当の手紙をひったくろうとしたのだ！

　ラインハルト巡査がいなかったら――なんとか成功していたかもしれない。エービ父があわや手紙をひったくりかけた、そのときのことだ……すばしこいラインハルトが足掛けを食らわせたので、エービは鼻から先につんのめり――そしてシュトゥーダーは何事もなかったかのように静かに手紙を手に取り、それを開くとこうたずねた。

「読み上げても構いませんでしょうか？」うなずく。居合わせた全員がうなずく。シュトゥーダーは読んだ。


「愛するお母さん！

　ぼくはだれかに告白しないではいられません。今夜、だれかぼくの部屋の窓に石を投げるものがあり、ぼくは目をさましました。級友たちには何も聞こえませんでした。外をうかがい見るとお父さんがいて、こちらに合図しました。夜のあいだ学校のドアは閉鎖されています。そこでぼくは二階に上がりました。二階には、すぐそばに太い木蔦《きづた》の枝が地面まで届いている窓があるのを知っていました。ぼくは器械体操の要領で地上に下り、お父さんに会いました。お父さんはぼくをボイラー室に連れて行きました。そこに叔父さんが射殺されて床に寝ていました。パジャマを着、その上にマントを着込んでいました。お父さんはぼくを叔父さんの部屋にやり、あそこからスーツとシャツと靴下、それにコートを取ってこいと言うのです。ぼくらは死体を運び出し、死体にぼくが持ってきた衣類を着せました。死人はまだ硬直していませんでした。それからお父さんは死人を墓場に運ぶのを手伝えと命令しました。ぼくらはアンナのお墓の上に死体を置きました。警察には恋わずらいの果てのピストル自殺と思わせればいい。それからぼくらはボイラー室に引き返しました。まだマントを燃やすだけの火力は残っていましたが、そのうち火が弱くなり、パジャマを燃やす余力がなくなってきました。上着がまだ血でびしょ濡れだったのです。パジャマの上着は朝一番に燃やせと、お父さんはぼくに誓わせました。ぼくはその上着を持ってまた木蔦の枝をよじ登り、パジャマは自分のロッカーに隠し、次の日にセントラルヒーティングのボイラーに投げ込むつもりでした。郵便物の配分の後、教師のヴォットリが包み紙を捨てるのを目にしました。ぼくはそれをひろい上げてパジャマをそれにくるみ込みました。夜中に起きて、パジャマも包み紙も二つとも学校のセントラルヒーティングで燃やすつもりでしたが、そうは行きませんでした。朝の三時半にお父さんはバイクに乗ってベルンに帰りました。それを見送っていると、ふとだれかがぼくの横にいるのです。ルートヴィヒでした。ぼくはいつかルートヴィヒを助けたことがあるので、彼は見たことを決して口外しないと約束してくれました。

ぼくは洗いざらい一切を話さなければなりません、お母さん。なぜってそうでもしないと耐えられないからです。しかしこのことはだれにも言わないで下さい。特に、お父さんには。

母さんへ、息子エルンストよりたっぷり愛をこめて。

でもこのことは一切だれにもしゃべらないでね。」

「で、その手紙は本物だというのかね？　ハッハッハ！」エービ父は笑った。「だって郵便受けの鍵を持っているのはおれだけなんだぜ！」

シュトゥーダーは老婦人を見た。みすぼらしい身なりだった。スカートは丈が長く、縁《へり》の下から大きな靴がはみ出していた。多くの老女と同じように腕を組んでいたが、肘が掌のなかにすっぽり納まるような組み方だ。立ち上がると曲がった背中がすくと伸び――シュトゥーダーが病身と思いなしたこの老女は、人品骨柄に品格が見てとれた。彼女が夫に返した答にあざけりの色はなかった。いや、あなどりの色はあっても、品位のあるあなどりだった。ノルディーは馬鹿だと思うわ、と彼女は言い、もっぱら刑事のほうだけを向いて、あの人はわたしが自分宛ての手紙を自宅に送らせると思ってるんですからね！　と言った。もう何年も前から、夫に見せたくない手紙を送らせる宛先の女友だちがいるんです。刑事さんが興味がおありなら、ここにアドレスが書いてあります……

シュトゥーダーは手紙と封筒の両方を手に取り、それらの書類を地方長官に渡すと――標準ドイツ語を使って――言った。「両方とも証拠書類になります。」

「じゃあ、やっぱりわたしの言う通りだったのですね、刑事さん？」

シュトゥーダーは肩をそびやかした。「推測するだけなら別に難しいことはありません」、と彼は言った。洪水のような悪罵がエービ父の口から注ぎ出された。が、しまいに男は息を切らし、そのすきに割り込んで老女が言った。「あの人を裏切るつもりはなかった、あの人がエルンストさえ……」

目は涙を浮かべていなかった。彼女はぼろぼろにすり切れたハンドバッグからハンカチを取り出して鼻をかんだ。部屋の静けさはたいそう深く、冬の蝿のぶんぶんうなるのが耳に立つほどだった……では、どうします？……シュトゥーダーは地方長官に、決断を下すのが彼の役目なのを思い起こさせた。

「逮捕だ」、とオクセンバイン氏は言った、「二人とも逮捕だ……」

エービ父は棒立ちになっていた。顎の上に下唇がだらりとさがり、アルコール常用者の目がなすすべもなく凝《こご》っていた。が、家父フンガーロットは決断が速かった。ひと跳びすると……窓ガラスが砕け、家父長は窓から飛び下りていた。人びとは一斉にこなごなになった窓ガラスのところに押し寄せた。当の男は下の地面に転がり、やっとの思いで這って進んでいた。どうやら脚を骨折したようだ……エービ母は部屋の真ん中に立っていた。ウールのショールが胸の上で十字に交わり、彼女は仕事胼胝《だこ》に節くれだった手を組み合わせていた。声を落として彼女は言った。

「我は復讐なり、と主は言い給う……」それから指がほどけ、老女は腕の脇にはさんでいたハンドバッグを手に取ると中を探り、しまいに一束の手紙をさらけ出した。

「エルンストがわたしによこしたものです——アンナが死んでから。「手紙は捨てないでね、母さん」、とあの子は言ってました。「悪いやつの手に渡ると困るんだ。手紙はだれかが姉さん宛てに書いた。アンナにとってはこれらの手紙が多少はなぐさめだったんです！」でもシュトゥーダーさん、よろしければあなたがお持ちになっていて下さい。」

シュトゥーダーは手紙の束の文面をぱらぱらめくってみた。「心から愛する人！」——「愛する人よ！　病気なのですか？　わたしは悲しい。ご主人はあなたにつらく当りませんか？　病気が治ったら離婚の話を持ち出さなければなりません。きみの叔父さんと話し合いました。叔父さんは賛成してくれました……」刑事は椅子に腰を下ろした。室内のざわざわした空気も気にならなかった。彼は読み続けた。「母は、きみに会えたらうれしいのだけれど、と言ってくれました。行く行くはきみの母さんのお世話をしてあげようとも思っています。かわいそうな女《ひと》……」

「そこで何を読んでいる、シュトゥーダー？」警視がたずねた。「それも証拠書類になるのかね？」

刑事は頭《かぶり》をふった「これは事件とは無関係です。まったく関係ない。個人的問題、それ以外のなにものでもありません」

「ならいい。すくなくとも今回、きみは恥だけはかかないで済んだな」

「恥をかかないで済んだ？　するとてっきり恥をかくと予想してたんですね！　解けなかった謎もありました。捜査のときにどうして包み紙に砒素の反応が出たのか。それを教えてくれそうな人間は旅に出てしまいましてね。」

「証人が？」警視はたずねた。「証人をむざむざ旅に出してしまったのかい？　何を思ったんだ？」

「遺産は相続できないでしょう、この証人は。遺産相続はできない！　もっとも――相続する気もない。その点はまったく問題ない。」

「また愚にもつかんことをぐだぐだ言っている！　フンガーロットにもたしかに一理はあった！」

シュトゥーダーの口髭がぶるぶるふるえはじめた。ひょいと首をめぐらした。友なる公証人が後ろにいた。

「ミュンヒ」、と刑事は言った、「いつになったらまたビリヤードができるかな？」

「二週間後かそこら……」ミュンヒが言って、頭を抱えた。頭がずきずき痛むらしかった。

「当り前さ」、とシュトゥーダーは言った、「御年五十八歳にもなって、泥棒ごっこをしようというんだものな……」

解説　種村季弘と翻訳

池田香代子

本書に収録された作品はウェルメイドの推理小説だが、推理小説といっても、トリックが幅をきかせる類のものではない。事件の奇々怪々さもさほどではない。大長篇ではないから、人物群像が大事件を巡って複雑に交錯し、ある時代、ある社会が浮き彫りになるわけでもない。

なぜこれらの作品を、種村季弘は訳したのだろう。なぜみずからの訳業の最後になるかもしれない仕事に、この作家を選んだのだろう。

とっさに思いつくのは森鷗外の訳業だ。鷗外の翻訳作品のなかには、たしかに名作も数多い。リルケ、ホーフマンスタール、アンデルセンなどの小説や戯曲の数々があり、なかんずくシュニッツラーがある。独文畑の人間なら、リーリエンクローンやベーア・ホフマンの名前を鷗外翻訳集に見つけて、へえ、と思うだろう。しかし、コピッチュ、クレーガーとなると、ドイツ文学史に造詣の深い人間でも、はてと首を傾げるのではないだろうか。いまではとうに忘れ去られた作家の名前が、鷗外が翻訳したもののなかにはかなり見受けられるのだ。鷗外は広く当時の彼の地の現代文学に目を配り、せっせとその紹介にいそしんだ、という言い方もあるだろう。しかし、実態はそうでもない。鷗外は新聞雑誌の埋め草として掲載されたような短篇小説を読むこと、それを自分の日本語に置き換えることを無上の楽しみとしていた、といったほうが事実に近い。泉下の鷗外も喜ぶだろう。

もちろん、グラウザーはそうした泡沫三文文士ではない。そうはいっても、詳細は種村季弘自身の書いたものに譲るとして、今後文学史に一章が設けられるような、忘れられた大作家だとは言い難いと、すくなくともわたしは思う。

いや、こればかりはわからない。なにしろ種村季弘が晩年をその翻訳につぎ込んだのだ。どこから入手するのか、誰よりも早く情報を摑み、誰よりも早く才能を発見し、誰よりも深くその作品世界を理解し、誰よりもみごとな紹介で世間に知らしめてきた種村季弘が、命の最後の炎をかきたてるように、はんぱではない量の作品を訳したグラウザーなのだから。

文学の稀代の目利き種村季弘は、戦後の早い時期、学生時代にはフランツ・カフカに入れ込んでいた。そのことで当時の左翼勢力から目をつけられ（なぜカフカを読むのが問題とされるのか、さっぱりわからない）、学内の細胞という名前のグループの、査問と呼ばれる吊し上げを食らった。そんななか、命を落とした友人もいた。そのことを別の友人がシナリオに書き、また別の友人が映画に撮った。それが「日本の夜と霧」（監督大島渚、脚本石堂淑朗）だ。

大学を出て編集者になると、梶山季之を見いだした。週刊誌に雑な文体で大量のポルノ小説を書きなぐる流行作家の中に、若き編集者種村季弘は『黒の試走車』や『李朝残影』の作家を先取りしていたのだ。登場しての水上勉にも肩入れした。後年、「あの頃文芸誌に出たり、本を出していた作家たちよりももっと出ていい人だと思っただけだ」といっていた。そして「文体がな」と付け加えた。

ドイツ文学者としてはエリアス・カネッティを、ノーベル文学賞を受けるよりはるか前から読んでいた。文芸評論家としては、小栗虫太郎や稲垣足穂再発見の先頭に立った……思いつくままに並べてみたが、ほんとうはこんな書き方をしていたら、種村季弘の目利きリストはきりがないのだ。かなり長いこと朝日新聞の文芸時評を担当していたときには、有名無名にかかわらず、さまざまな作家の作品について種村季弘ならではの視点から、あっと驚くほど的確な評価を下していた。

いや、不的確な評価も多々あった。何度か苦情をいったことがある。「先生の時評を読んで、面白そう、と思って読んでみたら、ちっとも面白くなかった」と。「あれれと思って新聞を引っ張り出してもう一度読んでみると、先生は褒めてない。最初読んだときには、そこんとこに気づかなかった。人が悪いわ、先生」

種村季弘は、してやったりとばかりに、上機嫌で笑うだけだった。しかし、作品よりもそれを論じた批評のほうが面白いというのは掟破り、文芸評論では御法度ではないだろうか。あげつらわれた作家がかしこければ、大いに気を悪くしただろう。わたしレベルの間抜けなら、糠喜びもしただろうが。ついでにいっておくと、種村季弘は正真正銘、わたしの先生である。今はなき東京都立大学独文学科の、元教師と元学生の間柄だ。

そうなのだ。箸にも棒にもかからないものが、種村季弘の手にかかると、誰も思いも寄らなかった輝きを発することがあったのだ。もっとも、種村季弘の掌にあるうちは、という留保つきだが。それは翻訳にもいえる。だが、翻訳のばあいは種村季弘の手を離れても輝きつづけるところが、文芸評論への引用とは違う。

それはなにも三流の作家や作品に限ったことではない。たとえばE・T・A・ホフマン。ドイツロマン派の、わたしも大好きな作家だが、一見スカスカな文体が身上だ。わたしはホフマンは原語で読むよりも種村季弘の翻訳で読むほうがいい。たとえば『砂男』、たとえば『ブランビラ王女』、たとえば……。スカスカと見えていたところに語の余韻が過不足なく漂って、ホフマンの文体の魅力はこういうところにあったのか、と幸せになる。その勢いで原書を見較べると、非才の目にはやはりこちらはスカスカのまま。

けれど、種村流の翻訳が効果を上げないケースもある、とわたしは思う。たとえばハインリッヒ・フォン・クライスト。こちらもドイツロマン派の作家だが、ホフマンのスカスカにたいし、クライストは文体がセカセカしている。けれど、そこからかもし出される独特の切迫感がいいのであって、語を前後に深々と呼吸させてはいけない、とわたしは思う。クライストに限っては、素顔の美しさを大切に、なのだ。けれどもいかんせん、クライストは種村季弘が初期の、学術論文といってしまうにはあまりにも完成度の高い「『ホンブルク公子』と病める言語」で取り上げ、終生愛着し、したがって翻訳にもなみなみならぬ情熱をかけていた作家なのだ。「素顔の美しさを大切に、じゃないのかなあ、先生」とはついにいえなかった。

グラウザーの翻訳に話を戻すと、結局この作家の推理小説の見どころは、人間の心理模様であり、それを表現するさりげない筆致だ。ぽつんとこの世に置き去りにされたような孤独な人間たちの、それぞれの心のありよう。一人語りの形式をとる作品も多い。内面を吐露しながらも、なぜかドライで、内面描写は禁欲するのがモットーなはずのハードボイルドということばを思い出すほどだ。内面のハードボイルドという形容矛盾が、種村季弘の日本語によって説得力をそなえてしまっている。

短篇は、そうした人間たちの、ちいさな心理のレース編みの花の趣だ。それを種村季弘の日本語がなぞり、解釈し、演奏する。レース編みの花がつなげられ、短篇集となったとき、じわりとある時代ある地域のリアリティが迫ってくる。並みの翻訳ではこの渋みのある面白さは伝わらない。そういうところが森鷗外の訳業に通じる。鷗外の、今は忘れられた作家たちの作品が、にもかかわらずその翻訳のおかげでいまなお読むに耐えるように、グラウザーは種村季弘によって味わい深い良質の読み物に生まれ変わった。それが翻訳本来の醍醐味だろう。それを実現させることのできる翻訳者がどれほどいるかは知らないけれど。グラウザーにかんするかぎり、原語で読むドイツ語圏の読者より種村季弘の日本語で読むわたしたちのほうが幸せなのだろうと、わたしは思う。

著者　フリードリヒ・グラウザー　Friedrich Glauser
1896年ウィーンで生まれたスイスの作家。四歳で生母と死別し、ウィーンにてギムナジウムの第三級まで履修する。その後、スイスの田園教育舎、ジュネーヴのコレージュに学ぶが放校処分となる。チューリヒのダダイズム運動に最年少のメンバーとして加わり、フーゴー・バルやトリスタン・ツァラとともに活動する。モルヒネ依存症となったため、父親により精神病院に強制隔離される。以降、外人部隊、皿洗い、炭坑夫、庭師などの職を転々とし、その放浪生活のあいだに書き上げた『シュルンプ・エルヴィンの殺人事件』(1935)でミステリー作家としてデビューする。その後『クロック商会』(1937)、『シナ人』(1938) 等、一連のシュトゥーダー刑事シリーズを次々に発表し、〈スイスのシムノン〉と絶賛される。その他、『外人部隊』(1940) をはじめとした小説や、放浪記をふくむ自伝的エッセイも発表し、放浪作家としても称えられる。1938年42歳で死去。死後刊行された一連の作品によって、20世紀の先駆的アウトサイダー作家としての評価が高まっている。

訳者　種村季弘（たねむら・すえひろ）
1933年、東京生まれ。57年、東京大学文学部独文科卒業。
パニッツァ、クライスト、ホフマン、ルネ・ホッケなどの名訳者として知られるかたわら、パラケルスス、カリオストロ、ザッヘル＝マゾッホなどの評伝や、人形、奇人、温泉、錬金術、幻想文学等をめぐる多彩なエッセイを発表する。その多面的な著作の一端は『種村季弘のラビリントス』（全10巻、青土社）、『種村季弘のネオ・ラビリントス』（全８巻、河出書房新社）にまとめられている。『ビンゲンのヒルデガルトの世界』で芸術選奨文部大臣賞・斎藤緑雨賞、『種村季弘のネオ・ラビリントス』で泉鏡花文学賞を受賞。2004年71歳で逝去。

老魔法使い——種村季弘遺稿翻訳集

2008年６月10日初版第１刷印刷
2008年６月18日初版第１刷発行

著者　フリードリヒ・グラウザー
訳者　種村季弘

装幀・コラージュ　間村俊一

発行者　佐藤今朝夫
発行所　株式会社 国書刊行会
東京都板橋区志村1-13-15　郵便番号＝174-0056
電話＝03-5970-7421　ファクシミリ＝03-5970-7427
http://www.kokusho.co.jp

印刷所　株式会社 シナノ
製本所　株式会社 ブックアート
ISBN978-4-336-04983-4　